I0761474

MONSTRUOS ORDINARIOS

J. M. MIRO

MONSTRUOS ORDINARIOS

Título original: *Ordinary Monsters*

J.M. Miro

Traducción: Alejandro Romero Álvarez

Diseño de portada: Keith Hayes
Adaptación de portada: Planeta Arte & Diseño
Fotografías de portada: iStock

Bajo el sello editorial CROSSBOOKS M.R.
Avenida Presidente Masarik núm. 111,
Piso 2, Polanco V Sección, Miguel Hidalgo
C.P. 11560, Ciudad de México
www.planetadelibros.com.mx

Primera edición en formato epub: agosto de 2022
ISBN: 978-607-07-9043-0

Primera edición impresa en México: agosto de 2022
ISBN: 978-607-07-8927-4

Impreso en los talleres de Litográfica Ingramex, S.A. de C.V.
Centeno núm. 162-1, colonia Granjas Esmeralda, Ciudad de México
Impreso y hecho en México - *Printed and made in Mexico*

Para Dave Balchin

Cuando los hombres ya no pudieron sustentarlos, los gigantes se volvieron contra ellos y devoraron a la humanidad.

El Libro de Enoc

LA COSA EN LA ESCALERA DE ADOQUÍN

1874

1

NIÑOS PERDIDOS

La primera vez que Eliza Grey vio al bebé fue al anochecer, en un vagón que avanzaba lentamente por un tramo de la vía azotado por la lluvia, a unos cinco kilómetros al oeste de Bury St Edmunds, en Suffolk, Inglaterra. Tenía dieciséis años en aquel entonces, era iletrada e inculta, con ojos tan oscuros como la lluvia, y estaba hambrienta porque no había comido nada desde la noche anterior. Tampoco traía abrigo ni sombrero, ya que había salido huyendo en plena oscuridad, sin pensar a dónde ir o qué hacer. Su cuello aún tenía las marcas de los pulgares de su patrón y sus costillas, los moretones que le había hecho con sus botas. En su vientre tenía al bebé creciendo, aunque ella no lo sabía aún. Cuando dejó a su patrón en su camisa de dormir, con una horquilla en el ojo, lo había dado por muerto.

Había estado corriendo desde entonces. Cuando salió tropezando de entre los árboles y echó un vistazo a lo largo del campo oscurecido en busca del tren de carga que se acercaba, pensó que no lo lograría; pero, de algún modo, unos instantes después, estaba trepando la cerca; luego, vadeando por el campo mojado; sentía como si la lluvia helada cortara sus costados, el grasiento y denso lodo del terraplén manchó su falda cuando resbaló y cayó hacia atrás. Siguió avanzando, abriéndose paso a gatas frenéticamente.

Fue entonces cuando escuchó a los perros. Vio a los jinetes aparecer de entre los árboles, varias figuras oscuras, una tras otra tras otra, todos formados tras la cerca, mientras los perros sueltos ladraban y se precipitaban hacia adelante. Vio a los hombres a caballo galopando, en cuanto sujetó el asa del vagón y se impulsó con las pocas fuerzas que le quedaban para abordar, escuchó el sonido de un rifle y sintió unas chispas que pasaban cerca de su rostro; dio la vuelta y vio al jinete con sombrero de copa, el aterrador padre del hombre muerto, parado en los estribos y levantando el rifle nuevamente para apuntarle. Ella rodó desesperadamente sobre la paja que estaba lejos de la puerta y se quedó jadeando en la penumbra mientras el tren empezaba a acelerar.

Debió quedarse dormida. Cuando despertó tenía el cabello pegado al cuello. El suelo del vagón se sacudía y golpeteaba, y la lluvia y el viento entraban con fuerza a través de la puerta entreabierta. Apenas alcanzaba a distinguir los bordes de las cajas amarradas, con etiquetas que decían Greene King, y una tarima de madera volcada en la paja.

Había algo más, una especie de luz que ardía tenue y casi imperceptiblemente con el brillo azulado de un relámpago. Cuando gateó hacia el resplandor, se percató de que no era una luz, sino un bebé que brillaba entre la paja.

Recordaría ese momento por el resto de su vida: la forma en que el rostro del bebé titilaba con un brillo azul translúcido, como si tuviese un farol bajo la piel, el mapa de venas en sus mejillas, sus brazos y su cuello.

Ella se acercó más.

La madre del bebé, una mujer de cabello negro, yacía junto a él, muerta.

¿Qué rige nuestras vidas, si no el azar?

Eliza observó cómo el brillo que emanaba la piel de la pequeña criatura se desvanecía lentamente hasta desaparecer. En ese momento, su pasado y su futuro se extendieron frente y detrás de ella, como una sola línea continua. Apoyada en sus rodillas y en sus manos, se agachó sobre la paja, meciéndose al ritmo del vagón. Podía sentir los lentos latidos de su corazón, y casi creyó que lo había soñado, que aquel brillo azul podría haber sido un resplandor en sus pupilas a causa del cansancio, el miedo y el dolor de la vida de fugitiva que se abría ante ella. Casi.

—Oh, ¿quién eres, pequeño? —murmuró—. ¿De dónde saliste?

Ella no se consideraba ni especial ni astuta. Era pequeña como un ave, con un rostro estrecho y esquelético, ojos demasiado grandes y cabello tan castaño y áspero como pasto seco. Sabía que no era importante, se lo habían dicho desde que era niña. Si su alma pertenecía a Jesús en la siguiente vida, en esta, su carne le pertenecía a cualquiera que la alimentara, vistiera y albergara. Así era el mundo. La lluvia golpeteaba y entraba por la puerta del vagón, y ella sostenía al bebé junto a su pecho, mientras la fatiga empezaba a abrirse frente a ella como una puerta en la oscuridad, se vio sorprendida por lo que experimentó: un sentimiento repentino y simple, pero intenso. Se sentía como ira y era desafiante como la ira, pero no era ira. Jamás en su vida había sostenido algo tan indefenso y tan poco preparado para el mundo. Eliza empezó a llorar. Lloraba por el bebé y por ella misma, y por aquello que no podía enmendar. Después de un rato, cuando ya no podía llorar más, abrazó al bebé y volteó a ver la lluvia.

Eliza Mackenzie Grey. Ese era su nombre. Se lo susurró al bebé una y otra vez, como si fuese un secreto, pero no añadió: «Mackenzie por mi padre, un buen hombre que el Señor llamó demasiado pronto a su lado». Ni dijo: «Grey por el hombre con el que mi mamá se casó después, un hombre tan grande como mi papá, apuesto como el mismo diablo, quien le endulzó el oído a mi madre con sus palabras, pero que resultó no ser tan dulce como estas». El encanto de ese hombre se había ahogado en la bebida tan solo unas semanas después de la noche de bodas, hasta que las botellas rodaron bajo sus pies en su miserable vivienda al norte de Leicester. Ese hombre acostumbraba a tocar violentamente a Eliza en las mañanas de un modo en el que ella, que seguía siendo una niña, no comprendía, y que la lastimaba y la hacía sentir avergonzada. Cuando la vendieron para trabajar como empleada doméstica a los trece años, fue su madre quien llevó a cabo la venta, quien la envió a la agencia, con los ojos secos y los labios pálidos como la muerte, todo por alejarla de ese hombre.

Ahora ese otro hombre, su patrón, el vástago de una familia azucarera, con sus chalecos elegantes y sus relojes de bolsillo y su bigote arreglado, que la había llamado a su estudio y le había preguntado su nombre, a pesar de que ya llevaba dos años trabajando en la casa, que había tocado suavemente la puerta de su habitación dos noches atrás con una vela en la mano, que había entrado en silencio y cerrado la puerta detrás de él antes de que ella tuviera oportunidad de levantarse de la cama, antes de que pudiera preguntar lo que pasaba, ese hombre estaba muerto, a miles de kilómetros, en el suelo de su habitación, en medio de un charco de sangre oscura.

Asesinado por ella.

Al este, el cielo empezó a palidecer. Cuando el bebé empezó a llorar de hambre, Eliza sacó el único alimento que tenía, una hogaza de pan envuelta en un pañuelo. Masticó un pedacito para molerlo y se lo dio al bebé. Este lo succionó con hambre, tenía los ojos muy abiertos y la contemplaba mientras comía. Su piel era tan pálida que ella alcanzaba a distinguir las venas azules que corrían debajo de esta. Luego se acercó al cuerpo de la madre y tomó de su enagua un pequeño paquete de billetes y una bolsita de monedas, y con dificultad le quitó el abrigo que portaba, una manga a la vez. La mujer también llevaba colgado del cuello un cordón de cuero con dos pesadas llaves negras. Eliza no se molestó en tomarlas. La falda color malva era tan larga que tuvo que doblarla de la cintura para que le quedara. Al terminar dijo una oración por el alma de la difunta. La mujer era suave y robusta, con grueso cabello negro, todo lo contrario a Eliza, pero tenía cicatrices en el pecho y en las costillas, estriadas y abultadas, no como quemaduras ni como viruela, sino como si la piel se le hubiese derretido y luego congelado así. Eliza no quería ni imaginar qué las había causado.

La ropa nueva era más suave que la que ella tenía, de mejor calidad. Con la primera luz del día, cuando el tren de carga redujo la velocidad en un pequeño cruce, Eliza saltó con el bebé en brazos y caminó por la vía hasta la primera plataforma que encontró. Estaba en un pueblo llamado Marlowe y, ya que le pareció un nombre tan bueno como cualquier otro, decidió llamar Marlowe al bebé. Pagó una habitación en la única casa de huéspedes que había, junto a la vieja taberna, y se acostó en las sábanas limpias sin siquiera quitarse las botas. Sentía la suavidad y el calor del bebé contra su pecho; juntos se quedaron dormidos.

A la mañana, siguiente compró un boleto de tercera clase hacia Cambridge, y de ahí, ella y el bebé siguieron viajando hacia el sur, hasta la estación de King's Cross y el humo de la oscura ciudad de Londres.

El dinero que había robado no le duró mucho. En Rotherhithe contó la historia de que su joven esposo había fallecido en un accidente de carreta y dijo que estaba buscando trabajo. Encontró empleo y alojamiento en la calle Church, en el pub de un barquero que vivía con su esposa, y fue feliz por un tiempo. No le importaba el trabajo duro, trapeaba los pisos, apilaba frascos y pesaba y cernía harina de los barriles. Incluso descubrió que tenía buena cabeza para hacer cuentas. Los domingos llevaba al bebé hasta Bermondsey, al Parque de Battersea, con su pasto crecido, desde donde apenas se alcanzaba a ver el Támesis entre la niebla, y lo cargaba para que los dos chapotearan descalzos en los charcos, y les arrojaban piedras a los gansos, mientras los pobres vagaban como velas parpadeantes por los caminos. A esas alturas ya casi se le empezaba a notar el embarazo, y estaba preocupada todo el tiempo, ya que sabía que llevaba en su vientre al hijo de su antiguo patrón. Sin embargo, cierta mañana, mientras estaba agachada sobre el orinal, sintió un fuerte calambre y algo rojo y viscoso salió de ella. A pesar del gran dolor que sintió, ese fue el fin de ese asunto.

Después, durante una oscura noche de junio, una mujer la detuvo en la calle. La peste del Támesis invadía el aire. En aquel entonces Eliza trabajaba como lavandera en Wapping, apenas ganaba suficiente dinero para comer. Ella y el bebé dormían bajo un viaducto. Su chal era un harapo y sus delgadas manos estaban manchadas e irritadas. La mujer que la detuvo era enorme, casi como una giganta, con hombros de luchadora y grueso cabello plateado recogido en una trenza que caía sobre su espalda. Los ojos de la mujer eran pequeños y oscuros, como dos botones lustrados en un par de botas finas. Su nombre, dijo, era Brynt. Hablaba con un marcado acento estadounidense. Dijo que sabía que su apariencia era extraña, pero que no debía asustarse, ya que todos tenían alguna diferencia, por ocultas que estuvieran, y que esto era una maravillosa muestra del toque divino de Dios en el mundo. También le contó que había trabajado en barracas de feria por años, así que sabía el efecto que podía causar en las personas, pero que ahora había decidido seguir al buen reverendo Walker, del Teatro Turk's Head. También se disculpó por ser tan directa, pero quería saber si Eliza ya había sido salvada.

Cuando Eliza no respondió, y solo se le quedó mirando sin hablar, la enorme mujer de nombre Brynt levantó la capucha para ver el rostro del bebé. Eliza sintió un temor repentino, de que Marlowe no fuera a ser él mismo, de que no fuera a estar del todo bien, y lo apartó; lo que cargaba no era más que un bebé normal, sonriendo adormilado. Fue entonces cuando Eliza notó los tatuajes que cubrían las manos de la enorme mujer, que desaparecían bajo sus mangas y que lucían como los de un marino recién llegado de las Indias Orientales, con criaturas y rostros monstruosos entrelazados. También había tinta en el cuello de la mujer, daba la apariencia de que su cuerpo entero estaba pintado.

—No tengas miedo —dijo Brynt.

Eliza no estaba asustada, solo que nunca había visto a alguien así.

Brynt la guio entre la niebla por un callejón y a través de un patio goteante hasta un teatro destartalado que se asomaba sobre el río fangoso. El interior estaba lleno de humo y poco iluminado. La habitación era solo un poco más grande que un vagón de tren. Vio al buen reverendo Walker caminando sobre el pequeño escenario, en mangas de camisa y chaleco. La luz de las velas se reflejaba en su rostro mientras sermoneaba a un grupo de marineros y prostitutas sobre el apocalipsis que se aproximaba. Cuando terminó de predicar, se dispuso a vender sus elíxires, ungüentos y bálsamos. Después, llevaron a Eliza y al bebé a donde estaba él, sentado detrás de la cortina, secando su frente y su cuello con una toalla; era delgado y, de hecho, apenas un poco más alto que un niño. Su cabello era gris, su mirada antigua e intensa. Sus suaves dedos temblaban mientras le quitaba la tapa a su botella de láudano.

—Solo existe un *Libro de Cristo* —dijo suavemente. Alzó la mirada, adormecida e inyectada de sangre—, pero existen tantas clases de cristianos como han existido personas en esta Tierra.

Apretó el puño y luego abrió la mano.

—De muchos, uno —susurró.

—De muchos, uno —repitió Brynt, como si se tratase de una plegaria—. Estos dos no tienen dónde quedarse, reverendo.

El reverendo gruñó, tenía una mirada vidriosa. Era como si estuviera solo, como si se hubiese olvidado de Eliza por completo. Sus labios se movían sin emitir sonido.

Brynt la tomó del hombro para escoltarla afuera.

—Solo está cansado, es todo —dijo ella—, pero le agradas, querida. También el bebé. ¿Quieren un lugar donde dormir?

Se quedaron. Al principio solo por una noche. Luego todo el día siguiente, luego hasta la siguiente semana. A Eliza le agradaba cómo cuidaba Brynt al bebé. Después de todo, solo tenían que compartir el lugar con el reverendo y con Brynt; esta última se encargaba de las labores domésticas, mientras el reverendo mezclaba sus elíxires en el rechinante y viejo teatro, «discutiendo con Dios a puerta cerrada», como solía decir Brynt. Eliza había pensado que Brynt y el reverendo eran amantes, pero pronto se dio cuenta de que al reverendo no le interesaban las mujeres, y esto la hizo sentir un gran alivio. Por su parte, ella se encargaba de lavar, acarrear y hasta de cocinar un poco, aunque Brynt hacía muecas todas las noches al olfatear las ollas. También barría el pasillo y ayudaba a acomodar las velas del escenario y a reconstruir, con tablas y ladrillos, los bancos todos los días.

Fue cierto día de octubre cuando dos figuras llegaron al teatro, sacudiendo la lluvia de sus abrigos. El más alto de los dos se pasó una mano por la barba mojada, sus ojos estaban ocultos bajo el ala de su sombrero. Ella lo reconoció de todas formas. Era uno de los hombres que la había perseguido con perros en Suffolk. El padre de su patrón muerto.

Ella se encogió junto a la cortina, tratando de desaparecer. No podía quitarle la mirada de encima, a pesar de que había imaginado ese momento muchas veces, soñado con él, despertado empapada en sudor noche tras noche. Eliza observó, sin poder moverse, cómo el hombre caminaba alrededor de la multitud, estudiando los rostros de los presentes, y era como si ella solo estuviese esperando a ser encontrada, pero él no volteó a verla. Se reunió con su compañero en la parte trasera del teatro, desabotonó su abrigo y sacó un reloj de bolsillo dorado, como si estuviera retrasado para algún compromiso. Luego los dos se abrieron paso para salir a la lobreguez de Wapping, y Eliza, sana y salva, pudo respirar otra vez.

—¿Quiénes eran, querida? —le preguntó Brynt más tarde, con esa voz baja y retumbante que tenía, la luz de la lámpara alumbraba sus nudillos tatuados—. ¿Qué fue lo que te hicieron?

No podía decirlo, no podía explicarle que ella les había hecho algo a ellos; solo pudo abrazar al bebé y estremecerse. Sabía que no podía ser una coincidencia. En ese momento, se dio cuenta de que la seguían buscando y de que siempre sería así. Todos los sentimientos agradables que solía tener estando ahí, con el reverendo y con Brynt, desaparecieron. No podía quedarse con ellos. No era correcto.

No se marchó, al menos no de inmediato. Entonces, una mañana gris, mientras cargaba un balde por Runyan's Court, se encontró con Brynt, quien sacó de su falda un papel doblado y se lo entregó. Había un borracho durmiendo en el fango. La ropa limpia estaba colgada en el tendedero. Eliza desdobló el papel y vio su propio retrato en él.

Era un anuncio de periódico en el que ofrecían recompensa por la captura de una asesina.

Eliza, quien no sabía leer, solo dijo:

—¿Tiene mi nombre?

—Oh, querida —respondió Brynt dulcemente.

Eliza le contó todo, justo ahí en ese patio penumbroso. Al principio las palabras se le atoraban en la garganta, pero de pronto salieron apresuradamente, y notó que, al hablar, una sensación de alivio la invadía; no se había percatado del gran peso del secreto que cargaba. Le contó del hombre en su camisa de dormir, la luz de la vela en sus ojos hambrientos, y lo mucho que le dolió, y le siguió doliendo, hasta que él terminó. Le contó que sus manos olían a loción y que ella había avanzado a tientas hasta su cómoda y había sentido… *algo*, algo filoso bajo sus dedos. Le contó cómo lo atacó con este objeto y no se percató de lo que había hecho sino hasta que lo empujó para quitárselo de encima. También le habló del vagón y del farol que había resultado no ser un farol, y de cómo la había visto el bebé aquella primera noche, hasta le contó que le quitó los billetes a la madre muerta y la ropa fina de su cuerpo tieso. Cuando terminó, se quedó viendo a Brynt, quien resopló y se sentó con pesadez en una cubeta volteada, con sus grandes rodillas en alto, el vientre inclinado hacia adelante y los ojos bien cerrados.

—¿Brynt? —le dijo, asustada de repente—. ¿Ofrecen una gran recompensa?

Brynt levantó sus manos tatuadas y volteó a verlas alternadamente, como si tratara de descifrar alguna clase de acertijo oculto en ellas.

—Pude verlo en ti —le dijo en voz baja—. El primer día que te vi en la calle. Pude ver que había algo.

—¿Es una recompensa muy grande, Brynt? —insistió Eliza.

Bryn asintió.

—¿Qué piensas hacer? ¿Vas a decirle al reverendo?

Brynt alzó la mirada y sacudió lentamente su gran cabeza.

—El mundo es un lugar muy grande, querida. Algunos piensan que, si corres lo suficiente, puedes escapar de todo. Hasta de tus errores.

—¿Eso crees…?

—Mira, yo llevo dieciocho años corriendo, pero no puedes huir de ti misma.

Eliza se secó las lágrimas y se limpió la nariz con el dorso de la mano.

—No quise hacerlo —murmuró.

Brynt asintió mientras observaba el papel en la mano de Eliza. Se dispuso a marcharse, pero se detuvo.

—A veces esos bastardos se lo merecen —dijo fieramente.

Mientras tanto, Marlowe, con su cabello negro y actitud juguetona, seguía creciendo. Su piel seguía siendo extrañamente blanca, de una palidez malsana, como si nunca hubiese visto la luz del sol. A pesar de eso, se convirtió en un niñito dulce, con una sonrisa capaz de abrir cualquier cartera, con ojos tan azules como el cielo de Suffolk, pero había algo más en él. Algo en su temperamento y, conforme iba creciendo, Eliza se daba cuenta de que, cuando no se salía con la suya, hacía muecas furiosas y pisoteaba con fuerza; en esos momentos, ella se preguntaba qué clase de demonio tendría dentro. Durante estos ataques de ira gritaba y aullaba, y tomaba lo que tuviera a la mano, un pedazo de carbón, un tintero, lo que fuera, y lo hacía pedazos. Brynt trataba de reconfortarla diciéndole que así eran los niños, que todos los chicos de dos años pasan por esa fase, y que no tenía nada de malo, pero Eliza no estaba segura.

Y es que cierta noche, mientras caminaban por la calle St Georges, el niño quería algo (¿qué había sido?, ¿una barra de regaliz que había visto en un escaparate?), Eliza, cansada o tal vez distraída, le había dicho que no con firmeza, y lo había jalado de la mano para alejarse de la multitud. Había una ancha escalera de adoquín que llevaba a Bolt Alley, y lo arrastró hacia ella. «¡Lo quiero! ¡Lo quiero!», gritaba él. Volteó a verla y frunció el ceño con una mirada que destilaba oscuridad y veneno. Ella sintió un calor creciente en la palma de la mano y en los dedos mientras sostenía la de él, y se detuvo en medio de la escalera de adoquín bajo la tenue luz amarillenta de una lámpara de gas. Al detenerse, volvió a ver ese mismo brillo azul que emanaba de él y sintió un dolor intenso en la mano. Marlowe la fulminaba furiosamente con la mirada, observando cómo se retorcía de agonía. Ella gritó, lo empujó y en la base de la escalera de adoquín apareció una figura encapuchada que volteó a verlos, tan quieta como un pilar de oscuridad; la figura no tenía rostro, era solo humo, y ella se estremeció al verla…

En cuanto la ira de Marlowe desapareció, también se desvaneció el brillo azul. La veía con confusión desde el fango en el que se había caído; su pequeño rostro pálido se retorció con temor y empezó a llorar. Eliza puso su mano contra su pecho, la envolvió en su chal y tomó al niño con su brazo sano, canturreando suavemente, sintiéndose a la vez avergonzada y asustada. Luego echó un vistazo alrededor, pero la cosa de las escaleras había desaparecido.

Cuando Marlowe cumplió seis años perdieron el teatro en Wapping debido a las rentas atrasadas, así que estaban todos viviendo en una miserable habitación entre las calles Flower y Dean, en Spitalfields. A Eliza le parecía que tal vez Brynt se había equivocado, y que *sí* era posible huir de los errores que uno había cometido, después de todo. Habían pasado dos años ya desde que habían dejado de aparecer los anuncios de periódico que ofrecían una recompensa por su captura. Eliza caminaba penosamente desde Spitalfields hasta la orilla del Támesis para buscar objetos de valor entre el profundo y pegajoso fango del río cuando la marea bajaba; Brynt era demasiado pesada para hacerlo, y Marlowe seguía siendo muy joven. Él corría junto a las carretas de carbón en las calles neblinosas, mientras tomaba pequeños pedazos de carbón de entre los adoquines y se deslizaba bajo las patas de los caballos y esquivaba las ruedas de hierro; Brynt lo observaba con preocupación, parada tras los bolardos. A Eliza no le gustaba mucho Spitalfields, era un lugar oscuro y violento, pero sí le gustaba la forma en que Marlowe había aprendido a sobrevivir en él: su carácter rudo, la forma en que había aprendido a cuidarse, sus grandes ojos oscurecidos con conocimiento. Algunas noches él seguía acostándose a su lado en el colchón plagado de bichos, ella escuchaba los rápidos latidos de su corazón, entonces todo parecía como había sido antes, cuando él era un bebé, sencillo, dulce y bueno.

Pero no siempre era así. Durante la primavera de ese año lo había encontrado agachado en un callejón lleno de basura en la calle Thrawl, sujetando su muñeca izquierda con su mano derecha. El brillo empezó a emanar de sus manos y su cuello y su rostro, como había ocurrido años atrás. El brillo era azul y atravesaba la niebla. Cuando soltó su mano, por un momento, la piel burbujeó y rezumó. Luego volvió a la normalidad. Eliza no pudo contenerse y dio un grito. Marlowe volteó a verla con culpabilidad, bajó su manga y, de pronto, el brillo desapareció.

—¿Mamá…? —le dijo.

Estaban solos en el callejón, pero ella podía escuchar las carretas rechinando a no más de diez pasos de ahí, y los gritos de los hombres en sus puestos callejeros más adelante.

—Oh, mi cielo —susurró ella. Se arrodilló a su lado sin saber qué más decir. Ella no creía que él recordara el día en que le quemó la mano. Tampoco estaba segura de si sabía lo que hacía o no, pero sí sabía que no era bueno ser diferente en este mundo. Trató de explicárselo. Le dijo que todas las personas tienen dos destinos que Dios les otorga, y que depende de cada uno elegir alguno de los dos. Contempló su pequeño rostro, sus mejillas pálidas por el frío y su cabello negro sobre sus orejas, y sintió una tristeza abrumadora.

—Siempre puedes elegir, Marlowe —le dijo—. ¿Entiendes?

Él asintió, pero ella no estaba convencida de que lo entendiera.

Cuando él habló, su voz era apenas un susurro.

—¿Es malo, mamá? —preguntó.

—Oh, cielo. No.

Él se quedó pensando un momento.

—¿Porque es de Dios?

Ella se mordió el labio y asintió.

—¿Mamá?

—¿Sí?

—¿Y si no quiero ser diferente?

Le dijo que nunca debía sentir temor de quien era, pero que debía ocultarlo, fuese el brillo azul u otra cosa. «¿Incluso del reverendo? Sí. ¿Incluso de Brynt? Incluso de Brynt». Le dijo que descubriría su propósito cuando llegara el momento, pero que hasta ese día, otros podrían querer usarlo para sus propios fines. Muchos otros le temerían.

Ese fue el año en que el reverendo empezó a toser sangre. Un médico en Whitechapel dijo que un clima más seco podría ayudarle, pero Brynt solo agachó la cabeza y salió molesta hacia la niebla. El reverendo provenía de los desiertos de América, y ahí había pasado su infancia, como les explicó después, con rabia, y todo lo que quería ahora era volver a los desiertos a morir. Mientras avanzaban lentamente a la deriva en las noches, iluminados por las lámparas de gas, el rostro del reverendo lucía cada vez más gris y sus ojos más y más amarillentos, hasta que incluso dejó de fingir que mezclaba sus elíxires y solo vendía whisky, asegurándole a quienquiera que estuviera dispuesto a escucharlo que este había sido bendecido por un hombre santo en las Colinas Negras de Agrapur, aunque Eliza pensaba que a los clientes no les importaba, y que hasta esa mentira la decía con un tono cansado y poco convincente, como un hombre que ya no creía en su verdad ni en la de nadie más.

El reverendo se desmayó en la lluvia una noche, mientras les gritaba a los transeúntes de la carretera Wentworth parado sobre una caja, y pedía por la salvación de sus almas. Brynt lo cargó de vuelta a la barriada. La lluvia se filtraba por varios puntos del techo, el papel tapiz se había despegado hacía mucho tiempo, y crecía moho en el sarro alrededor de la ventana. Fue en esa habitación, el séptimo día del delirio del reverendo, donde Eliza y Marlowe escucharon que alguien tocaba suavemente a la puerta; pensando que se trataba de Brynt, ella se levantó para abrir, y se encontró en su lugar frente a un hombre extraño.

Una corona de luz gris procedente del rellano cubría su barba y los bordes de su sombrero, de modo que sus ojos se perdían en las sombras al hablar.

—La señorita Eliza Grey —dijo.

No se trataba de una voz desagradable; de hecho, sonaba casi amable, como la voz de un abuelo en un cuento para niños.

—Sí —respondió lentamente ella.

—¿Brynt volvió? —gritó Marlowe—. ¿Mamá? ¿Es Brynt?

Entonces el hombre se quitó el sombrero y se asomó de lado para ver más allá de ella. Entonces Eliza pudo verlo bien, la larga cicatriz roja sobre un ojo y la maldad que reflejaba. Tenía una flor blanca en la solapa.

Ella empezó a cerrar la puerta, pero él interpuso una de sus grandes manos, casi sin esfuerzo alguno, y entró. Luego cerró la puerta detrás de él.

—No nos han presentado, señorita Grey —dijo él—. Ya habrá oportunidad de remediar eso. ¿A quién tenemos aquí?

El hombre observaba a Marlowe, quien estaba parado en medio de la habitación abrazando su oso de peluche café. Al oso le faltaba un ojo y estaba perdiendo relleno, pero era el único tesoro del chico. Este observaba al desconocido con un aire inexpresivo en su rostro pálido. No era miedo, no aún, pero ella se percató de que él presentía que algo estaba mal.

—Todo está bien, cariño —le dijo ella—. Vuelve con el reverendo. Solo es un caballero que quiere discutir un asunto conmigo.

—Un caballero —farfulló el hombre, como si le hiciera gracia—. ¿Tú quién eres, hijo?

—Marlowe —respondió el niño con firmeza.

—¿Cuántos años tienes, Marlowe?

—Seis.

—¿Quién es ese que está en el colchón atrás? —preguntó, moviendo su sombrero en dirección al reverendo, quien estaba acostado, sudando, delirando y volteando hacia la pared.

—El reverendo Walker —dijo Marlowe—, pero está enfermo.

—Anda —intervino Eliza rápidamente, con un nudo en la garganta—. Ve a sentarte con el reverendo. Anda.

—¿Eres policía? —dijo Marlowe.

—*Marlowe* —dijo ella.

—Pues sí, hijo, así es. —El hombre jugueteaba con el sombrero en sus manos mientras observaba al chico, luego volteó a ver a Eliza a los ojos. Su mirada era dura, estrecha y muy oscura—. ¿Dónde está la mujer? —preguntó.

—¿Qué mujer?

Él alzó la mano por encima de su cabeza para referirse a la estatura de Brynt.

—La estadounidense. La luchadora.

—Si quiere hablar con ella…

—No —respondió él. Había una silla torcida junto a la pared y él dejó su sombrero sobre ella, se detuvo a contemplar su reflejo en la ventana opaca y se pasó una mano sobre el bigote. Luego echó un cuidadoso vistazo alrededor. Llevaba un traje verde a cuadros y tenía manchas de tinta en los dedos, como un empleado de banco. Eliza también notó que la flor blanca de su solapa estaba marchita.

—Entonces, ¿qué es lo que quiere? —dijo ella, tratando de ocultar el miedo en su voz.

Él esbozó una sonrisa. Dobló su chaqueta hacia atrás y ella vio el revólver que llevaba en la cadera.

—Señorita Grey, un caballero de dudosa procedencia, que reside actualmente en Blackwell Court, ha estado preguntando por usted por todo Spitalfields. Asegura que usted es la beneficiaria de una herencia y desea localizarla.

—¿Yo?

Sus ojos destellaron.

—Usted.

—No puede ser. No tengo parientes en ningún lado.

—Desde luego que no. Usted es Eliza Mackenzie Grey, solía habitar en Bury St Edmunds y, según los avisos, es fugitiva de la ley por haber asesinado a un hombre, a su patrón. ¿Correcto?

Eliza sintió cómo se encendían sus mejillas.

—Ofrecen una recompensa considerable por su captura. Aunque no mencionan al niño. —Volteó a ver a Marlowe con una expresión indescifrable—. Me imagino que el caballero no estará interesado en él. Puedo encontrarle un trabajo adecuado en algún lado. Como aprendiz. Eso lo mantendrá alejado de los asilos. En definitiva, estará mejor que aquí, con ese reverendo moribundo y la estadounidense loca.

—Brynt no está loca —dijo Marlowe desde el rincón.

—Cielo —dijo Eliza con desesperación—, ve a Cowett's a buscar a Brynt, ¿sí? Dile que el reverendo la necesita. —Se dirigió a la puerta, pero entonces escuchó un chasquido sordo y se detuvo en seco.

—Aléjese de la puerta ahora. Eso es.

El hombre le apuntaba con su revólver en la tenue luz gris que se filtraba por la ventana. Volvió a ponerse el sombrero.

—No tiene pinta de asesina —dijo él—. Lo admito.

Había sacado un delgado par de grilletes niquelados del bolsillo de su abrigo con la otra mano, y antes de que Eliza pudiera reaccionar, el hombre estaba a su lado, sujetándola con fuerza del brazo, colocándole los grilletes en la muñeca derecha y tratando de tomar la izquierda. Ella trató de resistirse.

—No… —trató de decir.

Del otro lado de la habitación, Marlowe se puso de pie.

—¿Mamá? —dijo—. ¡Mamá!

El hombre empujaba a Eliza hacia la puerta e ignoraba a su hijo, cuando de pronto Marlowe se le fue encima. Se veía tan pequeño. Ella observó casi en cámara lenta cómo Marlowe estiraba sus pequeñas manos para sujetar al hombre de la muñeca y detenerlo. El hombre se dio la vuelta, y por lo que a Eliza le pareció un largo instante, aunque en realidad no pudieron ser más de unos segundos, se quedó viendo al chico con sorpresa y asombro, luego la expresión en su rostro se retorció y se tornó en una especie de horror. Marlowe estaba brillando. El hombre soltó el revólver y abrió la boca para gritar, pero no lo hizo.

En medio del forcejeo Eliza había chocado con la pared. Marlowe estaba de espaldas a ella, por lo que no veía su rostro, pero sí podía ver el brazo del hombre donde el niño lo había sujetado, y cómo empezaba a burbujear y luego a derretirse como cera caliente. El cuello se le torció, sus piernas cedieron, y entonces, de algún modo, su cuerpo empezó a derramarse a su alrededor, gélido, pesado y espeso como melaza, había extraños bultos por todo su traje verde. En cuestiones de unos instantes, lo que solía ser un hombre poderoso en su plenitud, había quedado reducido a un insignificante pedazo de carne, su rostro estaba congelado en un rictus de agonía y sus ojos muy abiertos, observándolos desde aquella forma derretida que solía ser su cabeza.

Cuando todo quedó en silencio, Marlowe soltó su muñeca y el brillo azul se desvaneció. El rígido brazo del hombre sobresalía de la masa de carne congelada.

—¿Mamá? —dijo Marlowe. El chico volteó a verla y empezó a llorar.

La deteriorada habitación se sentía fría y muy húmeda. Eliza se acercó a él y lo abrazó lo mejor que pudo con los grilletes de hierro en sus muñecas. Sintió cómo temblaba, y ella también estaba temblando. El chico enterró su rostro en su hombro, y ninguna parte de ella había sentido antes lo que sintió en ese momento; ni ese horror, ni esa lástima, ni ese amor.

Pero no estaba asustada. No, no de su pequeño.

Encontró las llaves de los grilletes en el bolsillo del abrigo del hombre. Envolvió a Marlowe en la mejor manta que tenían, encendió el último pedazo de carbón que quedaba en el balde, se sentó junto al reverendo y meció al niño para que se durmiera, mientras el cuerpo arruinado del cazador de recompensas seguía en el suelo junto a la ventana. El chico, que estaba exhausto, se durmió pronto. Brynt seguía sin llegar a casa. Seguramente seguiría trabajando hasta que amaneciera. Cuando Marlowe se quedó dormido, Eliza envolvió el cuerpo deforme en otra manta, junto con el revólver, y lo arrastró con dificultad hasta la puerta y luego por las rechinantes escaleras. Los talones del cuerpo resonaban al bajar cada escalón, hasta que llegaron al último, y Eliza lo arrastró con dificultad hacia la oscuridad de un callejón.

Estos hombres, quienesquiera que fueran, jamás dejarían de perseguirla. En Wapping, en Spitalfields, en todas partes. Tendrían distintos rostros, distintas edades y cargarían distintas armas, pero la recompensa monetaria siempre existiría, y era demasiado cuantiosa para que alguien la rechazara.

Eliza no volvió a entrar. Se puso a pensar en Marlowe, a quien amaba, y de pronto supo con toda certeza que el niño estaría mucho más seguro con Brynt. Brynt, quien sabía cómo funcionaba el mundo, quien no era perseguida por cazadores de recompensas y quien había estado considerando la posibilidad de regresar a América en los últimos días. Ahora todo eso parecía una especie de sueño. A dos calles de ahí, en Blackwell Court, había un hombre con una pinta de cerveza en la mano y un arma en el bolsillo, y seguro estaría despierto, incluso a esa hora. Eliza se envolvió bien con su harapiento chal, cruzó los brazos, abrazó sus codos y empezó a avanzar por los adoquines chorreantes a través de la niebla hasta la calle. Sentía que su corazón se rompía, pero no se permitió disminuir la velocidad ni voltear a ver la ventana rota de la habitación que rentaban, por miedo a lo que podría ver ahí: una pequeña silueta envuelta en una manta y presionando su mano pálida contra el vidrio.

UN MAPA HECHO DE POLVO

1882

2

PEQUEÑOS INCENDIOS

Los sentía como pequeños incendios en su piel. Eso era lo que trató de explicarles. Que le *dolía.*

Su nombre era Charlie Ovid, y, según las estimaciones del juez, posiblemente tendría unos dieciséis años, y a pesar de toda una vida de azotes, golpizas y brutalidad, no había una sola cicatriz en su cuerpo. Con un metro ochenta de estatura, era tan alto como llegaría a ser, pero seguía siendo delgado del pecho, como un niño. Sus brazos eran nervudos y musculosos. Ni él mismo sabía por qué su cuerpo se curaba a sí mismo de ese modo, pero no creía que tuviera nada que ver con Jesús, y sabía lo suficiente para saber que era mejor guardarse esta información. Su mamá era negra y su papá era blanco, en un mundo que lo consideraba un monstruo.

No sabía ni su edad ni su mes de nacimiento, pero era más listo de lo que pensaban, y hasta podía leer un poco y escribir su propio nombre cuidadosamente si le daban tiempo para hacerlo. Había nacido en Londres, Inglaterra, pero su padre soñaba con irse a California para que todos tuvieran una vida mejor. Tal vez lo hubiera logrado, de haber vivido lo suficiente para ir allá. Sin embargo había muerto en un vagón de tren en Texas, al sur del territorio indio, y había dejado a Charlie y a su mamá varados, solo con dinero suficiente para viajar de vuelta al este, más allá de Luisiana. Después de eso pasaron a ser solo dos negros más a la deriva en un país lleno de gente igual, y cuando su madre enfermó y falleció cinco años después, solo le dejó su anillo de matrimonio. El anillo era plateado, con un emblema formado por dos martillos frente a un sol ardiente, y Charlie, que no tenía ni diez años en aquel entonces, lo sostenía y lo giraba entre sus dedos a la luz de los faroles, mientras recordaba el olor de su madre y trataba de imaginar cómo había sido su padre, ese hombre enamorado que le había dado el anillo a ella. Charlie aún tenía ese anillo y lo mantenía oculto. Nadie iba a quitárselo.

Su madre sabía lo que él era capaz de hacer. Las curaciones, pero lo amaba de cualquier modo. Sin embargo, él se había esforzado por mantenerlo oculto de todos los demás; eso y su poder curativo lo habían mantenido con vida. Había sobrevivido al trabajo en el río al sur de Natchez, Misisipi, y a las pobres chozas que se habían alzado cerca de la carretera River Forks en ese mismo pueblo, pero ahora, de pie y esposado en medio de la oscuridad de esa habitación en un viejo almacén, no sabía si sobreviviría. Todo lo que había conocido o perdido o sufrido en su breve tiempo de vida le había enseñado la misma dura verdad: todos te abandonan, a la larga. Uno solo se tiene a sí mismo en el mundo.

No llevaba ni zapatos ni abrigo, su camisa tejida en casa estaba tiesa por las manchas de su propia sangre y sus pantalones estaban andrajosos. Lo tenían en este almacén y no en la cárcel por el terror que le provocaba a la esposa del *sheriff*. Estaba bastante seguro de que esa era la razón. Llevaba dos semanas ya con los tobillos y las muñecas esposadas frente a él. El ayudante del *sheriff* iba de vez en cuando junto con otros hombres blancos, todos con garrotes y cadenas, dejaban una linterna en el suelo y, en medio de las sombras, lo golpeaban solo por diversión, luego se reían asombrados mientras observaban cómo se cerraban sus heridas. Incluso si se curaba, la sangre era real, así como el dolor y el terror que sentía mientras lloraba, tirado en el suelo en medio de la oscuridad.

Después no podía hacer nada más que caminar, tambaleándose de una pared a otra en medio de la penumbra, con cuidado para no derramar la cubeta de su propio excremento; podía sentir los pequeños incendios donde solían estar sus heridas, y las lágrimas y los mocos secos en su rostro. Sus muñecas eran tan delgadas que los grilletes se le resbalaban, hasta que el *sheriff* trajo unos que había mandado hacer especialmente para él con el herrero, y esos sí le quedaban bien. El único mueble en la habitación era una banca que pendía de la pared con dos cadenas oxidadas, y él se acostaba sobre ella a veces, cuando creía que era de noche, y trataba de dormir.

Estaba acostado sobre ella el día en que escuchó esas voces afuera en la calle. Al menos estaba seguro de que no era hora de comer. Comía solo dos veces al día y el ayudante del *sheriff* se encargaba de traerle la comida en una bandeja cubierta con un trapo directamente de la cocina del *sheriff* en la misma calle, a veces también se encargaba de escupirle a la comida antes de dársela. Charlie lo odiaba. Lo odiaba y le temía, por esa crueldad tan casual que mostraba, por cómo lo llamaba mestizo y por su risa áspera; lo que más lo atemorizaba era su mirada, esa mirada que le decía que Charlie era solo un animal, que ni siquiera era una persona.

Del exterior se escuchó el golpeteo del cerrojo de la gran puerta del almacén, luego, el lento y pesado paso de unas botas que se acercaban. Charlie se puso de pie, encogido de miedo.

Había matado a un hombre. Un hombre blanco. Eso fue lo que le dijeron. A ese hombre, el señor Jessup, el mismo que acechaba por el muelle de las líneas navieras fluviales que se dirigían al sur, hacia Nueva Orleans, y al norte, hacia San Luis, con un látigo en la mano, como si siguieran en 1860, como si no hubiese habido una guerra y nada hubiese sido abolido y la libertad no fuese aún la mentira que se demostraría que era. El hombre al que había asesinado se lo merecía, de eso estaba seguro. No sentía remordimiento alguno. El problema era que no recordaba el asesinato. Sabía que había ocurrido porque en la audiencia todos habían dicho que así había sido, incluso el viejo Benji, de mirada triste y manos temblorosas. «A plena luz del día, sí, señor. En las plataformas de madera, sí, señor». Charlie estaba siendo azotado por alguna transgresión, los azotes duraron tanto que podía sentir que los cortes comenzaban a cerrarse y cuando el señor Jessup lo notó también, empezó a maldecir y a mandarlo al diablo. Charlie se dio la vuelta asustado, posiblemente con demasiada rapidez, y derribó al señor Jessup. El hombre cayó al embarcadero, se golpeó la cabeza de manera extraña y eso fue todo. Cuando trataron de dispararle por lo que había hecho, Charlie simplemente empezó a respirar casi de inmediato, las balas salieron de su carne frente a los ojos del verdugo. La segunda vez, cuando lo ataron a un poste y empezaron a dispararle, tampoco pudieron matarlo, ya no sabían qué hacer con él.

Ahora los pasos se habían detenido y Charlie escuchó el raspado y tintineo de unas llaves, luego sintió cómo se estremecía la pesada puerta con cerraduras de hierro. El sonido de un garrote golpeando el metal resonó por la habitación.

—¡De pie! —gritó el ayudante del *sheriff*—. Tienes visitas, chico. Enderézate.

Charlie se encogió de miedo y se movió hacia la pared de atrás, de manera que los ladrillos fríos quedaran alineados con su espalda. Colocó sus manos frente a su rostro, temblando. Nadie venía a visitarlo. Nunca.

Inhaló profundamente con temor.

La puerta se abrió de golpe.

Alice Quicke, cansada, con los nudillos adoloridos y aburrida del mundo, estaba parada en medio de la deslumbrante luz del sol afuera del almacén en ruinas en Natchez, mirando con furia la calle empinada mientras su compañero, Coulton, caminaba tranquilamente hacia ella. Cuatro noches atrás, en un restaurante junto al muelle en Nueva Orleans, se había visto obligada a presentarle la barandilla de latón del bar a la nariz de un hombre, y lo único que pudo evitar un verdadero derramamiento de sangre fue el revólver de Coulton y una salida rápida. Algunas veces, a los hombres se les hacía fácil opinar sobre las mujeres y su vestimenta, y conforme ella iba envejeciendo tenía cada vez menos paciencia para eso. Ya tenía más de treinta, jamás había estado casada y jamás quería estarlo. Había sobrevivido gracias a la violencia y a su propio ingenio desde que era una niña, y esto le parecía suficientemente bueno. Prefería los pantalones a los polisones y corsés, y siempre usaba, sobre sus anchos hombros, un largo abrigo de hule, como el de un velador nocturno, con las mangas dobladas a la altura de las muñecas. Este solía ser negro, pero con el tiempo algunas partes se habían decolorado y se habían vuelto grisáceas, y tenía unos botones plateados deslustrados. Su cabello amarillento lucía grasoso y enredado, ella misma se lo había cortado a un largo cómodo. Era casi bonita, tal vez, con rostro en forma de corazón y facciones delicadas, pero su mirada era dura, y años atrás le habían roto y reparado mal la nariz, y no sonreía lo suficiente para atraer mucho la atención de los hombres. Eso le parecía bien. Era una detective mujer, y si ya de por sí era difícil que la tomaran en serio, el hecho de tener hombres besando su maldita mano a cada momento no ayudaría.

Calle arriba, Coulton no tenía ninguna prisa. Podía verlo caminando despreocupado bajo los frondosos álamos verdes, abanicando su bombín mientras avanzaba, y con un pulgar enganchado en su chaleco. A su alrededor yacía la destartalada quietud ribereña de una ciudad cuya arquitectura seguía siendo hermosa, toda construida sobre las espaldas de los esclavos, hermosa como una flor venenosa. Coulton venía de la casa del *sheriff*, y de la pequeña cárcel de ladrillo junto a esta.

Ella empezaba a odiar su trabajo.

Había localizado a la primera de los huérfanos, una chica llamada Mary, en una pensión en Sheffield, Inglaterra, en marzo. El segundo desapareció antes de que lograran llegar a Ciudad del Cabo, Sudáfrica. Alice encontró su tumba recién cavada, en la grava roja, sin pasto, con un pequeño poste de madera. Había muerto de fiebre, y el entierro había sido financiado por una sociedad de ayuda de mujeres. Coulton le contó de los otros, que provenían de Oxford, Belfast y de Whitechapel. En junio los dos habían navegado hasta Baltimore para recoger a una niña en un asilo, luego habían navegado al sur, hacia Nueva Orleans, y desde ahí habían reservado un pasaje en un barco de vapor río arriba. Ahora ahí estaban, en Misisipi, buscando a Charles Ovid, quienquiera que fuera.

No sabía más que eso, porque solo le habían dado el nombre del chico y la dirección del palacio de justicia de la ciudad de Natchez. Así era como funcionaba. Ella no hizo preguntas, solo se dispuso a cumplir con su trabajo. A veces solo le decían el nombre de una calle, un vecindario o la ciudad, pero no importaba, ya que siempre los encontraba.

Coulton traía un traje a cuadros amarillo a pesar del calor y su bigote despeinado resaltaba en su rostro. Era prácticamente calvo, pero peinaba el poco pelo que le quedaba para cubrir su cuero cabelludo, y se la pasaba llevándose la mano a la cabeza para acomodarlo. Tal vez era el hombre más confiable que ella había conocido, siempre resuelto y educado, como un buen inglés salido directamente de la clase media. Sin embargo, Alice también lo había visto moverse con furia en un pub lleno de humo en Deptford, dejando cuerpos a su paso, así que sabía que no debía subestimarlo.

—No está aquí —dijo Coulton acercándose—. Lo tienen en un almacén. —Se abanicó lentamente con su bombín y se secó el rostro con un pañuelo—. Parece ser que la esposa del *sheriff* no quería que alguien como él estuviera con los demás.

—¿Es porque es negro?

—No, no es por eso. Me imagino que tienen muchos otros así encarcelados.

Ella esperó.

—Tendré que reunirme con el juez local para ver qué tiene que decir al respecto —siguió diciendo—. El *sheriff* agendó la reunión para esta tarde. Legalmente hablando, el chico no es propiedad de nadie, pero tengo la impresión de que es lo mejor que podría ser. Por lo que puedo deducir, el almacén es el dueño de él.

—¿Qué fue lo que hizo?

—Mató a un hombre blanco.

Alice alzó la mirada.

—Sí. Fue una especie de accidente en el muelle donde trabajaba. Hubo un enfrentamiento con el supervisor, el hombre cayó de la plataforma y se golpeó la cabeza. Y murió de inmediato. Posiblemente no haya sido una gran pérdida para el mundo. El *sheriff* no cree que haya sido intencional, pero también dice que no le importa, que lo que pasó, pasó, y no puede permitir que vuelva a ocurrir. Ahora lo curioso es que ya juzgaron al chico y lo declararon culpable. Ya se llevó a cabo la sentencia.

—¿La sentencia?

Coulton le mostró las palmas.

—Lo fusilaron. Hace seis días. No funcionó.

—¿Qué quieres decir con que no funcionó?

Coulton volteó a ver la cárcel con calma y su mirada se ensombreció.

—Bueno, el chico sigue respirando. Supongo que a eso se refieren. La esposa del *sheriff* dice que no pueden herirlo.

—Apuesto a que él no opina lo mismo.

—Sí.

—Por eso lo tienen encerrado en un almacén. Porque no quieren alterar a todos los buenos samaritanos.

—Señorita Quicke, no quieren que los buenos samaritanos se *enteren* de nada. Hasta donde saben los habitantes del pueblo de Natchez, Charles Ovid fue fusilado en la cárcel hace seis días y ya está enterrado.

«No pueden herirlo». Alice resopló. Siempre había odiado las supersticiones ignorantes que son tan comunes en los pueblos pequeños. Sabía que estas personas buscaban algún motivo, cualquiera, para golpear y seguir golpeando al chico negro que había matado a un hombre blanco. Esa idiotez de que no podían dejarle heridas visibles era tan buen pretexto como cualquier otro.

—Entonces, ¿qué piensan hacer ahora? —preguntó ella—. Quiero decir, si no nos presentáramos y ofreciéramos llevarnos al chico, ¿qué le harían?

—Me imagino que lo enterrarían.

Ella se le quedó viendo.

—Pero si no pueden matarlo…

Coulton le devolvió la mirada.

Entonces, lo entendió. Lo enterrarían *vivo*. Su mirada se desvió por encima del hombre de Coulton.

—Maldito lugar de porquería —dijo ella.

—Sí. —Coulton entrecerró los ojos para ver lo que ella estaba observando, pero no vio nada, así que dirigió su mirada al cielo despejado.

Ahora dos hombres se acercaban desde el otro extremo de la calle, sus siluetas ondulaban en el calor. Venían a pie, sin caballos, ambos de traje, y el más alto de los dos sostenía un rifle frente a él. El *sheriff* y su ayudante, supuso ella.

—¿Qué quieres que hagamos con estos? —preguntó ella en voz baja.

Coulton volvió a ponerse el bombín y volteó a verla.

—Lo mismo que usted quisiera hacerles, señorita Quicke —respondió—, pero nuestros empleadores no lo aprobarían. La justicia no es más que un balde con un agujero en la parte de abajo, como solía decir mi padre. ¿Lista?

Alice se frotó los nudillos.

Llevaba trece meses trabajando con Frank Coulton y casi había llegado a confiar en él, al menos tanto como le era posible. La había contactado a través de un anuncio que ella había publicado en el *Times.* Había subido las escaleras encharcadas del edificio donde vivía en Deptford, sujetando el recorte de periódico guardado en el bolsillo de su abrigo, con una respiración que parecía humo en el frío. Él le explicó en voz baja que deseaba saber sobre sus credenciales. Había una niebla amarillenta en el callejón chorreante de atrás. Había escuchado rumores, siguió diciendo, de que había sido entrenada por los Pinkerton en Chicago, y que había dejado inconsciente a un hombre golpeándolo solo con los puños en los muelles de la India Oriental. ¿Eran verdaderos todos estos informes?

«Verdaderos», pensó ella con desagrado. ¿Qué significaba esa palabra, a fin de cuentas?

La verdad: había sobrevivido como carterista en las calles de Chicago desde que tenía catorce años. La verdad: su madre estaba encerrada en un asilo para criminales trastornados y llevaba casi veinte años sin verla. Además de ella, no tenía más familia en el mundo. Tenía dieciocho años cuando trató de robar el bolsillo equivocado, y resultó que la mano que la sujetó de la muñeca pertenecía a Allan Pinkerton, un detective privado, trabajador ferroviario y agente de inteligencia reclutado para la causa de la Unión. Sin embargo, en vez de entregarla quedó fascinado con ella y la invitó a su oficina. Y para su propia sorpresa, ella aceptó la invitación. Él la entrenó en el arte de los operativos encubiertos. Se dedicó a eso durante ocho años, uno podría preguntarle a cualquiera de las dos docenas de bastardos encarcelados en varias prisiones si era buena para su trabajo, y todos escupirían, se limpiarían la boca y admitirían que sí por el odio en sus miradas, pero cuando los hijos de Pinkerton tomaron el control la despidieron, simplemente por el hecho de ser mujer y, por lo tanto, delicada; por lo tanto, no podía trabajar como detective. Cuando la despidieron atravesó el muro en la oficina de William Pinkerton de un puñetazo.

—Tu puta pared es delicada —le dijo ella.

Después de eso solo pudo conseguir trabajo en hipódromos a lo largo de la costa este y, cuando eso también se acabó, compró un boleto para un trasatlántico que se dirigía a Londres, Inglaterra, porque dónde más y por qué no. Al llegar ahí se encontró con una ciudad tan oscurecida por el vicio, los asesinos y los callejones brumosos iluminados por faroles, que hasta una detective mujer de Chicago con cabello amarillento como azufre turbio y puños como mazos podía encontrar bastante trabajo.

El *sheriff* y su ayudante avanzaron por la calle caliente y asintieron cortésmente al acercarse. El ayudante estaba silbando, mal y fuera de tono.

—Señor Coulton —dijo el *sheriff*—. Pudimos haber caminado juntos. Y usted debe ser la señora…

—Señorita Quicke —dijo Coulton para presentarla—. No se dejen engañar por su buena apariencia, caballeros. La traje para que me protegiera.

El *sheriff* pareció encontrar esto divertido, mientras que el asistente abrazaba su rifle y estudiaba a Alice como si fuese una criatura extraña que había sido arrastrada hasta la orilla del río, aunque su mirada no denotaba desprecio ni hostilidad. Cuando notó que ella lo estaba mirando, sonrió tímidamente.

—Ya no recibimos muchos visitantes del extranjero —dijo el *sheriff*—. No desde la guerra. Hubo un tiempo en que veíamos toda clase de gente por aquí, franceses, españoles. Hasta hubo una condesa rusa que vivió aquí por un tiempo, ¿verdad, Alwyn? Ella también tenía costumbres distintas.

Alwyn, el ayudante, se sonrojó.

—Eso me contó mi papá —respondió él—, pero yo era muy pequeño para recordarlo. Yo tampoco estoy casado, señorita.

Alice se mordió la lengua para no responder.

—¿Dónde está el chico? —preguntó ella, cambiando el tema.

—Ah, sí. Vienen por Charlie Ovid. —La expresión del *sheriff* se oscureció con arrepentimiento—. Acompáñennos. —Se detuvo por un momento para ajustar su sombrero y frunció el ceño—. Miren, no sé si debería de estar haciendo esto, pero ya que han venido desde lejos para hablar con el juez Diamond más tarde, no creo que haya problema. Solo les pido que no comenten nada de lo que vean. Ese chico es un tema incómodo por aquí. Es algo de lo más extraño.

—Una abominación, eso es lo que es —masculló el ayudante—. Como una de esas cosas que mencionan en la Biblia.

—¿Qué cosas? —preguntó Alice.

Él volvió a sonrojarse.

—Los subordinados de Satanás. Los monstruos que él creó.

Ella se detuvo, volteó a verlo y lo examinó de arriba abajo.

—Eso no dice la Biblia. ¿Se refiere al Leviatán y a Behemot?

—Sí, esos.

—Esos son los monstruos de Dios. Dios los creó.

El ayudante estaba inseguro.

—Eh, no pienso que…

—Pues debería.

El *sheriff* estaba abriendo la pesada puerta del almacén, cerrojo por cerrojo.

—Inglaterra, ¿verdad? —masculló—. Es un viaje bastante largo para hacerlo solo por un chico negro cualquiera.

—Sí —respondió Coulton, quien se encontraba junto al *sheriff*, sin agregar nada más.

El *sheriff* se detuvo y volteó a verlos.

—Saben, no hay manera de que el juez vaya a dejar ir a este chico —les dijo con satisfacción—. Ni con ustedes ni con nadie más.

—Espero que se equivoque —dijo Coulton.

—Nada personal, desde luego. —El *sheriff* esbozó una sonrisa—. Saben, siempre he querido conocer Inglaterra. Mi esposa siempre me dice: «Tal vez ya es hora de que cuelgues las espuelas, Bill, y salgamos de viaje». Verán, sus padres llegaron desde Cornwall hace mucho tiempo. Claro, no sé si ya esté demasiado viejo para andar vagando por el mundo como un gitano; si me preguntan, me parece un viaje bastante largo.

El almacén estaba oscuro y olía un poco a algodón rancio y óxido. El aire se sentía sofocante y denso. Pasando la puerta había dos viejos faroles que colgaban de unos clavos en la pared; el ayudante del *sheriff* tomó uno, abrió el panel de vidrio y lo encendió con una piedra de fusil. Cerraron la puerta detrás de ellos. La luz del farol se balanceaba ligeramente en el puño del hombre. Alice alcanzó a distinguir la silueta de unas grandes máquinas en medio de la penumbra, con ganchos y cadenas colgando en largos bucles de las vigas. El *sheriff* los guio por el almacén hasta que llegaron a un pasillo sucio, sus paredes estaban perforadas como si les hubiesen disparado, y la luz del sol se filtraba por los agujeros. A lo largo de la pared opuesta había contornos de puertas y, al final del pasillo, una gruesa puerta de hierro con varias cerraduras. El *sheriff* se detuvo frente a ella.

El ayudante dejó el farol en el suelo y golpeó la puerta con la culata de su rifle.

—¡De pie! —gritó—. Tienes visitas, chico. Endérezate.

Volteó a ver a Alice con timidez.

—No está muy bien de la cabeza, señorita. No se asuste. Es un poco como un animal.

Alice no respondió.

La puerta se abrió. El interior estaba completamente oscuro, había una peste espantosa, el olor de carne sucia, basura y heces.

—Por Dios —murmuró Coulton—. ¿Es él?

El *sheriff* se llevó un pañuelo a la nariz y asintió con solemnidad.

El ayudante sostuvo el farol frente a él y entró con cautela. Alice ya podía distinguir la figura del chico, encorvado junto a la pared del fondo. Era alto y flaco. La luz se reflejaba en los grilletes de sus muñecas y en la cadena de sus tobillos. Avanzó un poco más y pudo ver sus pantalones desgarrados, su camisa manchada con sangre seca que se había tornado café y el terror en su mirada. Sin embargo su rostro lucía suave, de rasgos finos, sin moretones ni hinchazón y sus pestañas eran largas y oscuras. Esperaba encontrarlo muy lastimado; era extraño. Sus pequeñas orejas sobresalían de su cabeza como asas. Levantó las manos frente a su rostro, para repeler un golpe, como si la luz lo lastimara. Sus cadenas crujían suavemente con cada respiración.

—Nunca en mi vida había visto algo así —dijo el ayudante, casi con admiración. Se dirigía a Alice—. Ninguno de nosotros lo creeríamos si no lo hubiéramos visto con nuestros propios ojos. Toda esa sangre es suya, pero les aseguro que no encontrarán una sola marca en su cuerpo. Si lo golpean con un garrote, simplemente se vuelve a levantar. Si lo acuchillan, sana justo frente a sus ojos. Les digo, es casi suficiente para hacer que uno crea en el diablo.

—Sí, así es —mascculló Alice, fulminando al ayudante con la mirada en la penumbra.

—Adelante, Alwyn —le indicó el *sheriff*—. Enséñales.

El chico se encogió de miedo.

—¡Por el amor de Dios, señor Coulton…! —dijo Alice, demasiado fuerte.

Coulton estiró una mano para detener al ayudante.

—Eso no será necesario, Alwyn—dijo, con su acostumbrado tono calmado—. Le creemos. Ese es el motivo por el que estamos aquí.

Metió la mano en su bolsillo y sacó la carta de instrucciones que había escrito su empleador en Londres. Desdobló los papeles y los sostuvo frente a la luz. Alice podía ver el emblema de Cairndale en el sobre, el sello de cera como una huella digital de sangre.

Se percató de que Charles Ovid también observaba el sobre. Se había quedado muy quieto de repente, vigilante como un gato, sus ojos brillaban en la oscuridad.

La habitación improvisada era larga pero angosta. Alice entró, con una creciente sensación de desagrado al pensar en esos dos hombres y en el pobre chico. Independientemente de lo que estuviera diciendo Coulton, ella sabía que las heridas no se curan por sí solas. De hecho, algunas no sanan jamás. Lo sabía por experiencia propia.

Se quitó los guantes. Sus nudillos estaban enrojecidos y amoratados. Se quedó viendo los grilletes del chico.

—Puede empezar por quitarle estas cosas —dijo por encima del hombro. Luego volteó—. Alwyn, ¿verdad?

Nadie se movió. El *sheriff* volteó a ver a Coulton.

—Está bien, señor —dijo Coulton, mientras volvía a guardar la carta en el bolsillo de su chaleco—. Le aseguro que es solo para examinarlo.

El ayudante se acercó, se hincó y abrió los grilletes de los tobillos; luego se puso de pie para abrir los de las muñecas. Retrocedió con los eslabones de la cadena entre las manos.

Alice se le acercó, se puso de pie frente a Ovid y estiró una mano para tomar la de él. Se sentía suave y no estaba lastimada. Le sorprendía que no tuviera callos. En medio de la oscuridad, el chico temblaba.

—¿Mejor? —murmuró ella volteando a verlo.

Ovid no dijo nada.

—Señorita —dijo bruscamente el *sheriff*—. No está bien que una dama como usted toque a alguien de su tipo. Al menos no aquí, en Natchez. Retroceda, por favor.

Alice lo ignoró. Levantó la barbilla del chico hacia la luz hasta que pudo ver sus ojos. A pesar de todo lo que había sufrido, a pesar de la forma en que temblaba y se encogía, cuando volteó a verla su mirada lucía indiferente, inteligente y sin temor. Tenía la feroz quietud de un niño que sabe que no cuenta con nadie más en el mundo. Tal vez los otros no lo notaran, pero ella sí.

—Señorita… —repitió el *sheriff*.

—Charles Ovid —susurró ella. No podía evitar el tono de indignación en su voz—. Charlie, ¿verdad? Mi nombre es Alice. Y este es el señor Coulton. Las personas con las que trabajamos nos enviaron para ayudarte, para alejarte de todo esto, para que nadie vuelva a lastimarte así.

Más que escucharlo, sintió que el *sheriff* se aproximaba. La sujetó del brazo con su gran mano, aunque no con violencia, y la alejó del chico.

—Eso lo verán con el juez —dijo—. Hasta que lo hagan, mantengamos el orden y la propiedad.

Pero Alice estaba enfocada en Charlie Ovid.

Si acaso la entendía, no lo demostró; solo se encogió de miedo por la cercanía del *sheriff*, agachó la mirada y siguió temblando a la luz del farol.

Más tarde ese día, Alice y Coulton se encontraban sentados en el despacho del juez, dentro del palacio de justicia de piedra fina, cerca de la plaza arbolada. Ella traía un vestido azul largo y un corsé que le apretaba las costillas, sentía que le faltaba el aire y no paraba de moverse, odiaba su suave cabello recién lavado y peinado en rizos, así como el *rouge* en sus labios. El sol que estaba por ponerse se filtraba por las ventanas y se enredaba en las cortinas. El juez recorrió la habitación mientras encendía las antorchas de gas uno por uno, antes de volver a su escritorio y sentarse. Había ido directamente después de cenar y aún estaba en mangas de camisa. Volteó a ver a Alice y luego a Coulton.

—Bonita tarde —dijo, acariciando su largo bigote.

Su escritorio de madera de nogal estaba completamente vacío y relucía en el brillo rojizo de la puesta de sol. El juez era un hombre pesado, con un cuello suave y tembloroso, y cuando colocó sus grandes manos sobre el escritorio frente a Alice, esta se quedó asombrada por su palidez de alabastro.

—No sé qué le ha dicho el *sheriff*, su señoría —empezó a decir Coulton con amabilidad—, pero somos representantes del Instituto Cairndale, en Edimburgo. Venimos por el chico Ovid.

Sacó los documentos y las cartas de testimonio del bolso junto a su silla y se los entregó. El juez los revisó todos meticulosamente.

—Es una especie de clínica, ¿cierto?

—Sí, señoría.

El juez asintió.

—Bill dice que quieren llevarse al chico, ¿correcto?

—Sí, señoría.

—Lo que no entiendo —dijo— es cómo diantres se enteraron del chico en su instituto. Me imagino que salieron de Edimburgo hace cuatro o seis semanas, ¿no? En ese momento no había matado ni a una mosca. No puedo concebir que haya algún registro de su existencia en el mundo. El chico no es ni un fantasma, señor Coulton.

Coulton asintió.

—Así es, su señoría.

—¿Entonces?

Coulton volteó a ver a Alice y luego apartó la mirada.

—En Cairndale se especializan en investigar casos potenciales. Algunos pueden ser rastreados a través de registros de paternidad. —Coulton abrió las manos de par en par—. No pretendo entender sus métodos, señoría, pero sí sé que el instituto lleva varios años buscando a la familia de Charles Ovid, desde que uno de sus tíos llamó su atención.

El juez golpeteó los papeles con dos dedos y volteó a ver la ventana.

—¿Saben que ya matamos al chico dos veces? —murmuró—. Creo que Bill le tiene miedo.

—Tres veces —corrigió Alice.

Coulton cruzó la pierna, alisó sus pantalones y giró el sombrero en sus manos.

—Es una condición médica, su señoría. Nada más. Si me permite decirlo, usted es un hombre educado. Sabe lo fácil que se asustan las personas cuando se topan con algo que no entienden.

El juez inclinó la cabeza.

—No solo los demás. Ese chico me asusta a mí también. —La luz del día estaba desapareciendo, y las sombras de las lámparas de gas resaltaban su rostro arrugado y las bolsas bajo sus ojos cansados—. ¿Cómo puedo conjuntar esto con el problema de la justicia? Charles Ovid mató a un hombre.

—Sí, señoría, así es.

—A un hombre *blanco* —intervino Alice—. Ese es el verdadero problema, ¿no?

—Sí, señorita, a un hombre blanco. Yo conocía un poco a Hank Jessup. Tal vez no era un caballero, pero era honesto y recto. Siempre lo veía en la iglesia los domingos. Y tengo todo un pueblo de ciudadanos indignados que me envían cartas furiosas para quejarse del rumbo que está tomando este condado. La mitad de ellos están listos para un linchamiento a la antigua.

—¿Y la otra mitad? —murmuró Alice mordazmente.

—Charlie Ovid fue ejecutado la semana pasada, en privado —la interrumpió Coulton—. Esa es la realidad hasta donde todos saben.

—Eso no es del todo cierto. Para empezar, Bill y Alywn lo saben. El joven Jimmy Mac estuvo en la cárcel esa noche. También las esposas, la de Bill y la de Alywn. Apuesto lo que quieran a que ellas lo saben.

—No se olvide de los hombres que su ayudante dejó entrar toda la semana, para golpear al muchacho —añadió Alice con rencor.

El juez se detuvo y volteó a verla.

—Su señoría —intervino Coulton de inmediato—. Si me permite, ¿quién va a creer que hay un chico negro que no puede ser herido encadenado en la cárcel de Natchez? Suena como algo sacado de la Biblia. Suena como un verdadero milagro. Simplemente no es posible, así que no vale la pena preocuparse de lo que hablen las esposas de sus subordinados en sus reuniones de té. La gente siempre chismea, es su especialidad, pero si usted declara que el chico fue ejecutado, ¿quién se atrevería a cuestionarlo?

—Pero sería una mentira —dijo el juez.

—¿En serio? —Coulton resopló mientras alisaba su pantalón—. El único problema que tiene es el de cómo deshacerse de un supuesto cadáver andante. Ese chico murió. Dejó de respirar. No importa si volvió a la vida, la sentencia se llevó a cabo, se hizo justicia. No niego que es un asunto extraño, pero desde el punto de vista de la justicia, no veo el problema. Sé que otros podrían no estar de acuerdo si lo vieran andando por ahí, pero creo que nosotros podríamos ser la respuesta. La clínica que representamos se encuentra en Escocia, y le aseguro que, si lo deja ir, el chico nunca volverá a Natchez, Misisipi. Aún no comprendemos del todo su condición, pero lo que sí han descubierto es que, a la larga, resultará fatal. Al chico solo le quedan unos cuantos años de vida.

—Unos cuantos años.

—Sí, señoría.

—¿Entonces por qué simplemente no conmuto la sentencia del chico a diez años de trabajo forzado?

—¿No cree que a sus electores les parecería un castigo muy leve?

Alice observó cómo el juez absorbía todo. Había conocido hombres así toda su vida, hombres seguros de sus convicciones, no solo con certeza, sino con satisfacción, hombres que preferían contemplar una cosa bonita y que los admiraran por tenerla a su lado en lugar de escucharla hablar; por un instante pensó que tal vez eso debería hacer: admirarlo, hacer sonidos de satisfacción, murmurar con fascinación y pestañear de manera coqueta, pero no lo haría.

En medio de la penumbra el juez los examinaba por encima de sus dedos en forma de campanario. Luego suspiró y volteó hacia la ventana.

—Mi esposa prepara la mejor tarta de manzana que hayan probado —afirmó—. Ha ganado el listón azul en el pícnic de las Hijas Unidas de la Confederación durante tres años consecutivos. Ahora mismo hay un pedazo de esa tarta enfriándose sobre un plato en mi cocina. Lamento que hayan venido hasta acá, en verdad.

Coulton se aclaró la garganta y se puso de pie. Alice también se levantó, el vestido le llegaba a los tobillos. Coulton giraba el sombrero entre sus dedos.

—¿Podría consultarlo con la almohada, señoría? Podríamos volver en la mañana…

—Señor Coulton, accedí a reunirme con ustedes solo por educación.

—Su señoría…

El juez levantó la mano.

—La única forma de que el chico salga de esa celda —dijo en voz baja— es en una caja de madera de pino. No me importa si se sigue moviendo o no dentro de ella.

—Hijo de puta —murmuró Alice entre dientes mientras bajaban las escaleras del palacio de justicia. Estaba ajustando su corsé y metiendo la mano bajo su falda de una manera impropia para una dama para tratar de desabrocharlo un poco y respirar mejor. Ya había oscurecido, el calor del día se había acumulado en las calles y el sonido de las cicadas era fuerte en medio de la cálida noche—. ¿Para eso me puse vestido?

—Sí, y mírate. Ojalá no nos topemos con el tal Alwyn, el ayudante del *sheriff*. Si te viera así, toda arreglada, se le caería la lengua hasta los pies.

Ella se mordió la lengua para no responder. Seguía demasiado molesta para distraerse.

—¿Es cierto lo que dijiste adentro? ¿Al pobre chico solo le quedan unos años de vida?

Coulton suspiró.

—Charlie Ovid vivirá más que todos nosotros —respondió él.

—Esos malditos están tan convencidos de que el chico es como Jesucristo. Eso solo empeora la situación para él. ¿Por qué están tan convencidos de que no pueden lastimarlo?

—Oh, claro que pueden lastimarlo. Solo que sana, es todo.

Algo en su tono de voz la hizo detenerse de golpe.

—¿Crees que sea verdad?

Él se encogió de hombros.

—No vi ninguna marca en su cuerpo. ¿Tú?

—Tal vez debajo de su camisa. O tal vez sus piernas estaban lastimadas. ¿Qué tan de cerca lo revisaste?

Él suspiró.

—Lo suficientemente cerca para darme cuenta de que el mundo no es como me gustaría que fuera —dijo en voz baja—. Escucha, necesito que te cambies y envíes tus baúles al muelle. Paga nuestra cuenta. Te veré en el hotel en una hora. Creo que es hora de decirle adiós al buen pueblo de Natchez.

Alice se detuvo en el césped de la plaza vacía, frente a la estatua de algún general confederado caído. Después de un momento, Coulton se detuvo también, se dio la vuelta y se acercó a ella lentamente.

—No pienso marcharme sin el chico —afirmó ella.

Un carruaje pasaba por la calle, sus faroles se balanceaban. Una vez que pasó, Coulton se le acercó más.

—Yo tampoco —dijo con determinación.

Eran las nueve de la noche cuando salieron del hotel y empezaron a caminar por el entablado de la calle Silver hacia el río, luego por los callejones traseros del viejo almacén, el cual lucía viejo y oxidado bajo la luz de la luna sureña. Se quedaron un buen rato entre las sombras; después cruzaron el camino sin decir una palabra. El bolsillo del abrigo de Coulton se sentía pesado y tintineaba. Alice vigilaba las calles con cautela para asegurarse de no toparse con nadie, pero las calles estaban totalmente vacías.

Hincado frente a la gruesa puerta, a Coulton le tomó solo un minuto forzar la cerradura. Se puso de pie, volteó a ver a Alice en silencio, abrió la puerta y se escabulló en la oscuridad mientras ella lo seguía. No traían nada para alumbrar, pero caminaban con confianza por el pasaje que habían recorrido antes ese mismo día; cuando llegaron a la celda del chico, Coulton volvió a sacar sus herramientas y, con pericia, abrió la cerradura.

El interior de la celda estaba por completo oscuro. Por un momento Alice no pudo distinguir nada, y se preguntó qué vería Charles Ovid, si es que los estaba viendo, que seguramente era el caso. Coulton aclaró su garganta y susurró:

—¿Charlie? ¿Chico? ¿Estás aquí? —Por un largo y silencioso momento, Alice temió que se lo hubieran llevado.

Entonces escuchó un suspiro en la oscuridad, el sonido de unas cadenas y el chico se acercó al tenue halo de luz de luna. No parecía sorprendido de verlos.

—Permíteme quitarte estas cosas —murmuró Coulton.

Alice observaba al chico con detenimiento. Ahora que sus ojos se habían ajustado a la oscuridad, se adentró más en la celda y dijo en voz baja y lenta:

—Venimos por ti. Vamos a sacarte. ¿Quieres venir con nosotros?

Pero Ovid se quedó ahí parado, contemplándolos en medio de la penumbra. Algo respecto a su forma calmada de observar le resultaba inquietante a Alice.

—Los… papeles —susurró. Su voz se escuchaba grave y áspera, como si no la hubiera usado en mucho tiempo—. ¿Dónde están?

Coulton parpadeó.

—¿Qué papeles? ¿De qué habla?

De pronto, Alice entendió.

—La carta de Cairndale, la que le mostraste al *sheriff*. ¿Dónde está?

Coulton sacó el sobre de su chaleco y desdobló la carta.

—No creo que entiendas, chico. Son solo instrucciones, autorizaciones, documentos legales…

Pero Ovid ignoró la carta y tomó el sobre, pasó delicadamente sus dedos por encima del escudo de armas de Cairndale: dos martillos idénticos cruzados frente a un sol ardiente.

—¿Qué es esto? —susurró.

—Chico, no tenemos tiempo para… —empezó a decir Coulton.

—Es el escudo de armas del Instituto Cairndale, Charles —respondió Alice—. Son nuestros jefes. Trabajamos para ellos. —De pronto se le ocurrió algo—. ¿Ya habías visto este símbolo? ¿Lo conoces? ¿Significa algo para ti?

Ovid se humedeció los labios. Parecía que estaba a punto de hablar, cuando, de pronto, levantó el rostro y se quedó quieto, escuchando en la oscuridad.

—Ya viene —susurró el chico.

Alice se congeló.

Entonces lo escuchó también: el roce de las botas de un hombre que se acercaba en el almacén. Ella se deslizó silenciosamente hasta la puerta de la celda, la cerró con cuidado y se recargó en la pared detrás. Coulton se colocó junto a ella. Había envuelto uno de sus puños con las cadenas. El hombre había empezado a silbar y Alice reconoció el silbido: era Alwyn, el ayudante del *sheriff.*

Coulton empezó a revisar sus bolsillos.

—¿Trajiste tu arma? —preguntó entre dientes.

Pero Alice no la había llevado. La había dejado a propósito, pues sabía que, si la usaba, el sonido llamaría demasiado la atención y los delataría. De cualquier modo, no necesitaba nada más que sus puños.

De pronto, Ovid se colocó frente a ellos con un movimiento rápido y empezó a hurgar a tientas en los bolsillos de Coulton, quien, sorprendido, dejó que lo hiciera y se le quedó viendo, mientras el chico sacaba su ganzúa más afilada. Se agachó al borde de su banca y se arremangó la camisa. Luego sujetó la ganzúa en su puño derecho como un tenedor, de repente, en medio de la oscuridad y sin emitir un solo sonido, se apuñaló en el antebrazo izquierdo, encajando la ganzúa hasta el fondo de la carne, tallando un corte irregular hasta su muñeca.

—¡Por Dios…! —susurró Alice.

La sangre oscura goteaba en la oscuridad; ella notó que el chico hacía muecas de dolor, apretaba los dientes y se formaban burbujas de moco en su nariz mientras respiraba con dificultad. Entonces dejó caer la ganzúa al suelo con un estrépito y enterró los dedos en su propia piel para sacar una resbaladiza y delgada pieza de metal de unos quince centímetros.

Una hoja afilada.

Un minuto después, para el asombro de Alice, la cortada en el brazo del chico empezó a cerrarse sola, poco a poco, hasta que solo quedó un largo rastro de sangre, las manchas en su camisa y el suelo resbaladizo.

Parecía un sueño. Ovid se puso de pie sin decir nada. Tembloroso, pero decidido, se quedó parado frente a la puerta sosteniendo la hoja en la mano derecha y aguardó.

Una luz anaranjada se filtró por debajo de la puerta, las pesadas cerraduras empezaron a abrirse, una por una, mientras el ayudante de *sheriff* exclamaba con voz alegre: «Hola, chico. ¿Qué crees? Parece que no te marcharás tan pronto después de todo». La puerta se abrió de golpe; por un instante bloqueó la visibilidad de Alice, de modo que no podía ver a Ovid ni al ayudante cuando entraba, solo vio cómo bajaba la luz del farol y escuchó el gruñido de sorpresa del hombre. Se escuchó el estrépito de algo que caía: era la linterna que se estrelló al golpear el suelo. Luego todo quedó oscuro.

Alice salió de detrás de la puerta de inmediato, con ambos puños preparados, pero el ayudante ya estaba muerto. La hoja estaba enterrada profundamente en su cuello y Ovid lo observaba.

—Mierda —maldijo—. ¿Qué fue eso?

Pero Coulton estaba impávido.

—Déjame ver, chico.

Tomó a Ovid de la muñeca y examinó su brazo meticulosamente, hasta que el muchacho se apartó.

El chico se arrodilló junto al cuerpo del hombre y sacó la hoja de su cuello con un sonido de succión. La limpió en sus propios pantalones y la guardó dentro de su camisa.

—¿Por qué volvieron por mí? —susurró. Aunque sus gestos denotaban calma, su voz se escuchaba temblorosa.

Aún impactada, Alice no sabía qué decir.

—Porque es nuestro trabajo —dijo finalmente—. Y porque nadie más iba a hacerlo.

—No debieron haber venido.

—¿Por qué no?

—Yo no lo habría hecho.

—No tenemos tiempo para esto —interrumpió Coulton—. El barco sale en quince minutos. Tenemos que irnos.

Alice sostuvo la mirada del chico por un largo rato en silencio.

—Tal vez algún día lo hagas —dijo ella—. Tal vez algún día haya alguien por quien valga la pena regresar.

Coulton ya se estaba quitando el abrigo y entregándole su bombín. Ovid se veía ridículo en esa ropa. «Era demasiado alto para ella», pensó Alice, «pero no podrían hacer nada al respecto». Alice le quitó las botas al ayudante y Ovid se las puso. Tenían que mantenerse ocultos entre las sombras y orar para que las calles estuvieran vacías. Alice estimó que posiblemente tendrían unos diez minutos a lo mucho antes de que notaran la ausencia del ayudante y fueran a buscarlo. Le arregló las mangas del abrigo a Ovid, lo abrochó por encima de su camisa ensangrentada, le subió el cuello y refunfuñó.

—Bien —dijo—. Vámonos.

Coulton les hizo una señal para que avanzaran. Corrieron por el almacén hasta salir a la calle iluminada por la luna; luego se escabulleron a lo largo de la pared que se veía plateada y se dirigieron al río. El aire se sentía limpio e imposiblemente puro para Alice, después del hedor encerrado en la celda del almacén. Trataba de no pensar en lo que acababa de ver, en el chico, en su antebrazo y en la hoja guardada en él, pero no conseguía sacarlo de su cabeza.

Cuando llegaron al río, Alice pudo distinguir el gran barco de vapor iluminado sobre el agua, que reflejaba su brillo, y a los hombres moviéndose en silencio abajo, con la carga y las cuerdas. Coulton los guio por una larga rampa hasta llegar a una pequeña taquilla; ahí habló en voz baja con un hombre detrás del mostrador, y unos minutos después se apresuraron a salir y subir por plancha hacia el barco de vapor. Y aunque Ovid traía el sombrero bajo y el cuello del abrigo levantado, y las manos dentro de los bolsillos, a los ojos de Alice seguía viéndose claramente como un chico negro, que lucía absurdo en esas grandes botas vacías y esa ropa demasiado corta. No obstante, los arreglos que Coulton había hecho funcionaron: nadie los detuvo, y en cuestión de minutos estaban a bordo del barco, luego siguieron a un mozo por un pasillo hasta sus camarotes. Después escucharon los gritos de los trabajadores en el muelle, soltaron las cuerdas, y el barco de vapor empezó a moverse lenta, pero poderosamente, por las corrientes del oscuro Misisipi.

Ella y Coulton cenaron tarde en el barco, eran los únicos.

En la cabina de Coulton habían dejado a Ovid, quien fingía que dormía, con las muñecas desatadas, ya que creían que no confiaría en ellos si ellos no confiaban en él primero. En el bar la luz era tenue, y las paletas de la rueda del bote golpeteaban en la distancia. Un mesero negro estaba inclinado sobre el barandal de latón del bar y los observaba en el espejo. Coulton masticaba su bistec en pequeños bocados, llenando sus mejillas con papas y salsa. Alice no tenía mucho apetito.

—¿Lo sabías? —preguntó—. ¿Sabías que podía hacer eso?

Coulton la vio a los ojos.

—No, no sabía —respondió en voz baja.

Ella sacudió la cabeza.

—El ayudante trató de explicarnos. Trató de decirnos.

—Estos chicos son huérfanos. Ninguno de ellos es normal. Eso no quiere decir que sean monstruos.

Ella reflexionó por un instante.

—¿No? —Alzó la mirada—. ¿No quiere decir precisamente eso?

—No —respondió él con firmeza.

Ella se quedó sentada con ambas manos sobre su regazo y contemplando su plato. Era cierto que había algo peculiar respecto a todos ellos, a todos esos huérfanos, algo extraño e inexplicable, algo de lo que ella y Coulton no debían hablar. Vestigios de rumores los seguían desde sus vidas pasadas.

—Pudo haber escapado en cualquier momento —dijo ella lentamente—. Tenía un cuchillo *dentro* de él. Lo tuvo todo el tiempo. ¿Por qué no trató de escapar antes? —Alzó la mirada y pensó en lo poco sorprendido que había lucido Coulton en la celda, y de pronto se sintió tonta, como si le hubieran estado mintiendo—. ¿Qué es *exactamente* el Instituto Cairndale, señor Coulton? No me digas que es un lugar para niños *afligidos*. ¿Para quién estoy trabajando?

—Somos los buenos —respondió él en voz baja.

—Claro.

—Lo somos.

—Todos siempre creen ser los buenos.

Pero Coulton hablaba en serio. Acomodó los cabellos sueltos sobre su cuero cabelludo con el ceño fruncido.

—Antes de marcharnos le dije a la señora Harrogate que deberías saber más, pero no estaba segura de que estuvieras… comprometida. Supongo que ya es tiempo. Solo mantén todas esas preguntas claras en tu cabeza y, cuando volvamos a Londres, podrás preguntarle tú misma.

—¿Quiere reunirse conmigo?

—Sí.

Alice estaba sorprendida, solo había visto a su empleadora una vez, pero con eso le bastaba. Tomó el cuchillo y el tenedor.

—No sé cómo puedes soportarlo —dijo ella, cambiando el tema—. Toda esa gente. Ese juez. Yo tenía ganas de arrojarlo por la maldita ventana.

—¿Y en qué nos habría ayudado eso?

—Me habría ayudado a mí.

—Conozco bastante este mundo, señorita Quicke. Aquí la cortesía es más importante que la verdad. Y más importante que tener razón.

Pensó en el chico en harapos, temblando en ese almacén.

—Cortesía —dijo entre dientes.

—Sí. —Coulton le esbozó una sonrisa—. Creo que ese tema puede ser algo complicado para ti.

—Puedo ser cortés.

—Claro.

—¿Qué? Sí puedo.

Coulton dejó de masticar. Tragó el bocado, bebió un trago de vino, se limpió la boca y la miró a los ojos.

—Nunca en mi vida había conocido a una persona que me recordara tanto a un forúnculo en el trasero rojo y brillante de un panadero como tú, Alice Quicke. Y lo digo de la mejor manera posible. —Metió la mano en su bolsillo y sacó un pequeño pedazo de papel doblado—. Un mensajero entregó esto en nuestro hotel —dijo él, mientras empezaba a masticar de nuevo—. Una nueva misión. Su nombre es Marlowe. Tienes que ir al Circo Beecher y Fox en Remington, Illinois.

—Remington.

—Sí.

—El manicomio de mi madre está en Remington. O en las afueras.

Coulton se le quedó viendo.

—¿Algún problema?

Ella dudó, luego sacudió la cabeza.

—Estaré bien. No es un lugar muy agradable, es todo. —Hizo una pausa—. Espera. *¿Tengo* que ir? ¿Tú no vienes?

—Yo escoltaré al chico Ovid a Londres. —Coulton sacó otro sobre de su bolsillo—. Aquí hay un boleto de barco para San Luis. Sale al amanecer. No te preocupes, no para en Natchez. Tomarás el tren hasta Remington. También encontrarás algunos testimonios que me tomé la libertad de escribir para ti, documentos y cosas así, además de la dirección en Londres donde te encontrarás con la señora Harrogate. Si algo sucede, comunícate con ella directamente. También hay algo de dinero para cubrir tus gastos, y dos boletos de segunda clase para un barco de vapor que sale de Nueva York en dieciocho días. —Tomó otro bocado de su bistec—. Y un informe que explica que este chico Marlowe fue robado por su niñera de bebé y sacado a escondidas de Inglaterra, y que tú fuiste contratada por su familia para rastrearlo, etcétera, etcétera.

Ella revisó los papeles.

—¿Hay alguna marca para identificarlo?

—Sí, una marca de nacimiento.

—Qué inusual.

Él asintió.

—¿Qué tanto de esto es verdad?

—Algo. Lo suficiente.

—¿Pero se trata de un huérfano más?

—Sí.

—Siempre y cuando no llegue allá y lo encuentre sacándose objetos de los jodidos brazos.

Coulton sonrió.

Ella tomó otro bocado y masticó.

—¿Por qué me toca hacer esto sola?

Coulton volteó a verla, y ella estaba sorprendida por la emoción que reflejaba su rostro.

—Ha habido… investigaciones —respondió con renuencia—. Me enteré justo antes de que saliéramos de Liverpool. Un hombre está haciendo preguntas. Sobre Misisipi, sobre el tipo de cambio. Tiene cierto *interés*, por así decirlo, por los niños que hemos estado recogiendo. En particular por el chico Ovid. De hecho, me preocupaba un poco que nos lo encontráramos en Natchez. Estaré alerta en el viaje de regreso.

Ella examinó la expresión de Coulton en silencio.

—¿Es un detective?

Coulton sacudió la cabeza.

—Solía ser uno de los asociados del instituto. Su nombre es Marber. Jacob Marber.

—Jacob… Marber.

—Sí.

Algo en el tono de voz de Coulton la hizo detenerse un momento. Dejó el cuchillo y el tenedor en su plato mientras pensaba.

—Lo conociste —dijo ella finalmente.

—*Escuché* de él. Tenía… cierta reputación. —Coulton jugueteaba con sus manos—. Jacob Marber es un hombre peligroso, señorita Quicke. Si está buscando a Charlie Ovid, lo mejor es llevar al chico a Londres lo antes posible. Creo que estará más a salvo con este tal Marlowe en Illinois. —Coulton hizo una mueca, como si tratara de decidir si debía decir más—. Marber culpó al instituto por algo, algo que ocurrió. No sé qué. Creo que alguien murió. No importa. El punto es que le perdimos la pista hace muchos años, y no hemos sabido de él desde entonces. Algunos aún piensan que está muerto, pero yo no. Era demasiado bueno en su trabajo, de los mejores.

—¿Cuál era su trabajo?

Coulton la vio a los ojos.

—El mismo que el nuestro. Excepto que sus métodos eran más sangrientos.

Alice se quedó pensando.

—¿Cómo lo reconoceré, si es que lo veo?

—Lo reconocerás. Será el que te asuste.

—Yo no me asusto.

Coulton suspiró.

—Claro que sí. Solo que aún no lo sabes.

Alice sintió frío de repente y cruzó las manos sobre su regazo. Se quedó observando sus reflejos en el vidrio combado de la ventana del barco, las grandes corrientes del Misisipi en la oscuridad a su alrededor, el mesero de pie con las muñecas cruzadas detrás la espalda. Los lujosos sillones verdes y los helechos moribundos. Todo ello en medio del brumoso resplandor de las luces de gas en sus antorchas.

—Entonces, el tal señor Marber se decepcionará —afirmó ella—. Si va a Remington.

Coulton reaccionó con una sonrisa cansada ante su rudeza, pero la sonrisa se desvaneció mientras hacía su plato a un lado y se ponía de pie. Limpió sus dedos grasientos con una servilleta.

—De ser así, más te convendría estar lejos de ahí —dijo él en voz baja.

3

EL NIÑO EN EL FIN DEL MUNDO

Habían pasado trece meses desde que Brynt tuvo el Sueño por última vez, pero estaba de vuelta, tan malo como siempre, y la asustaba tanto que, ahora, evitaba dormir todas las noches, y trataba de quedarse despierta hasta el amanecer con un café concentrado en su carreta oscura, mientras observaba el pequeño rostro de Marlowe respirando en la litera, y se decía a sí misma a la luz de la luna que no pasaba nada malo, que estaban a salvo.

Cada noche, finalmente, le pesaban los párpados, bajaba la barbilla y el sueño se apoderaba de ella.

Siempre empezaba del mismo modo. Estaba agazapada en el armario de su infancia, tratando de ocultarse. Percibía el olor acre a naftalina y escuchaba el crujido de la ropa colgada. De algún modo había vuelto a ser pequeña, una niña. Aunque en realidad nunca había sido pequeña. Era la pensión de su tío en San Francisco; era de noche, y cuando abría una rendija en el armario con el dedo, podía ver cómo se filtraba la luz de la luna. Aunque era una niña, de algún modo también seguía siendo ella misma, la Brynt adulta, agobiada y cansada, y el pequeño Marlowe estaba con ella, llorando de miedo en voz baja. Ella salía lentamente del armario, tomaba a Marlowe de la mano y se llevaba un dedo a los labios para indicarle que guardara silencio.

Había algo en la pensión con ellos.

Avanzaban hasta el pasillo. Había unas escaleras empinadas y angostas, y la luz plateada de la luna iluminaba el rellano. Todas las puertas de las habitaciones estaban abiertas en la sombras. Brynt y el niño empezaban a bajar con lentitud, con extrema lentitud, los escalones crujían a cada paso, y Brynt se enfocaba en escuchar, con toda su concentración, los sonidos de la otra presencia de la casa, de esa *cosa*, lo que sea que fuese.

Entonces los escuchaba: pasos por encima de ellos. Una oscuridad emergía del tercer piso, caminando lentamente, con manchas de sombra revoloteando a su alrededor. Brynt empezaba a correr y a bajar los escalones de dos en dos, mientras arrastraba al niño detrás de ella. Ahora esa oscuridad se acercaba a una velocidad imposible y estiraba un largo, largo brazo, también sus dedos, pálidos, crispados y extrañamente alargados, y entonces la mano parecía succionar toda la luz que había. Marlowe gritaba. La sombra no tenía rostro, y en lugar de boca, tenía…

Brynt se levantó. Sintió la manta enredada a lo largo de su gran cuerpo, y el sudor en su rostro enfriándose en medio de la penumbra. La luz de las estrellas se filtraba por la alta y estrecha ventana. Se quitó el cabello del rostro.

«Marlowe».

No estaba en su cama. Alarmada, saltó de la litera, la carreta del circo crujió y se estremeció bajo su peso, y se abrió paso entre la andrajosa cortina. Marlowe estaba comiendo un panecillo con mantequilla en la mesa angosta, y tenía un libro de grabados abierto frente a él. Eran los grabados de Doré del *Infierno* de Dante: almas espeluznantes retorciéndose en tormento. Era un regalo que el reverendo le había dado tiempo atrás, el único libro que había en la carreta además de la Biblia. Brynt sintió cómo se desaceleraba el latido de su corazón.

—¿Estás bien, cielo? —preguntó con voz forzada—. ¿Qué estás haciendo?

—Leyendo.

Ella se sentó a su lado.

—¿No podías dormir?

—Estabas hablando de nuevo —respondió él—. ¿Fue el sueño otra vez?

Ella volteó a verlo y asintió.

—¿Aparecía yo en él?

Volvió a asentir.

La luz de las estrellas reflejaba un brillo plateado en su cabello negro y en las mangas de su camisa de dormir. Él volteó a verla con una mirada seria y oscura. Su rostro lucía tan pálido que podrían haberlo confundido con uno de los muertos.

—¿Te ayudé esta vez? —preguntó.

—Sí, así es, cielo —mintió ella—. Siempre me salvas.

—Qué bueno —respondió él firmemente, y se acurrucó en sus brazos.

Ella acarició su cabello. La última vez que había padecido el Sueño había sido la semana en la que el reverendo murió, en esa húmeda y mohosa habitación en Spitalfields, más de un año atrás. El hombre había resistido dos años después de esa semana oscura en la que la madre de Marlowe desapareció entre la niebla. Brynt había hecho su mejor esfuerzo por cuidarlos a ambos, al niño y al hombre moribundo; la mitad del tiempo se sentía enojada con Eliza, y la otra mitad, se preocupaba por ella. Siempre mantuvo la esperanza de que regresaría, pero jamás lo hizo. El niño nunca hablaba de esa noche. De hecho, casi no hablaba de su madre. Solo a la hora de acostarse, cuando empezaba a darle sueño. Claro que Brynt sabía que Eliza Mackenzie Grey no era su verdadera madre, pero la pobre chica había salvado al niño del abandono y lo había cuidado, sin importar lo duro que había sido, y lo había amado como si fuera de su propia sangre. Si a eso no se le podía llamar maternidad, entonces Brynt no sabía a qué sí.

Pero ahora el Sueño había regresado. Brynt estaba sentada con Marlowe junto a la mesita de noche y sintió una especie de cosquilleo en la punta de los dedos de sus manos, casi como un presagio, como si el clima estuviera a punto de cambiar, y esto le decía que algo se aproximaba; algo malo, y no estaban listos.

Marlowe no era como los demás niños.

Brynt lo sabía. Claro que lo sabía. Para empezar, obviamente, estaba el brillo. De pronto su piel comenzaba a brillar con ese espeluznante color azulado y él adoptaba una mirada tranquila. No era un truco, en absoluto. Claro que ni el señor Beecher ni el señor Fox conocían la verdad; después de todo, un artista tiene derecho a guardar sus secretos. Lo más probable es que creyeran que el chico estaba pintado con algún tipo de pintura luminiscente, tal vez iridio, como los que usaban los espiritistas en sus ridículos ectoplasmas durante las sesiones en los salones de Inglaterra. No pensaban que ese brillo era más extraño, que parecía que se podía ver a través de su piel y distinguir cada vena resplandeciente y los huesos y los pulmones y todo.

Una noche le había confesado, mientras ella se pintaba el rostro para salir al escenario, que le asustaba lo que era capaz de hacer.

—¿Y si no puedo detenerlo, Brynt? ¿Qué pasa si alguna vez no puedo?

Ese era el otro aspecto peculiar de Marlowe: siempre parecía estar muy preocupado. No se parecía a ningún niño de ocho años que Brynt hubiera conocido.

—¿Detener qué, cielo? —preguntó ella.

—Lo que me sucede. El brillo. ¿Qué pasa si una noche empeora?

—Entonces podríamos usarte para buscar cosas en la oscuridad.

Él volteó a verla en el pequeño espejo con una expresión muy seria.

—Tú deja que yo me preocupe por los dos, ¿de acuerdo? —dijo ella.

—Mi mamá solía decir que yo podría elegir qué hacer. Que dependía de mí.

—Así es.

—Pero no siempre es así, ¿o sí? Quiero decir, una elección. A veces uno no puede elegir.

Era como si estuviera pensando en otra cosa, en algo más oscuro, más perturbador, y en ese momento ella se preguntó si estaría pensando en su madre, en Eliza.

—Es cierto —dijo ella con gentileza—. A veces no podemos elegir.

—Sí —respondió él.

Ella volteó a verlo, a verlo *con atención*. La forma en que contemplaba su propio rostro pálido en el espejo y se mordía el labio, los mechones de cabello negro que caían sobre su frente. Dejó su maquillaje sobre la mesa y se acercó al chico.

—Oh, cielo —dijo, como solía decir siempre que no sabía qué más decir.

Brynt sujetaba su falda con una mano y se abría camino a través del fango matutino y las cuerdas, mientras buscaba la oficina del señor Beecher. Marlowe medio corría junto a ella para seguirle el paso.

Beecher era el socio gerente y el pagador. La noche anterior, Brynt había decidido que tendría que hablar con él de cualquier modo, que ya era hora, pero en la mañana, justo antes de desayunar, una niña había tocado a la puerta de su carreta para decirle que el señor Breecher quería verlos, a ella y al chico, en su oficina, «de inmediato, por favor». Brynt no creía en las coincidencias, sabía que el mundo y sus acontecimientos tenían una razón de ser, sin importar si podía distinguirla o no. Pensó en el sueño de esa noche y en lo que aún sentía, frunció el ceño y tomó su sombrero.

Todo el lugar apestaba a caballos mojados y a heno. Había basura y carteles pisoteados en el lodo, y figuras sin rasurar agachadas en los escalones de las carretas de viaje, bebiendo café en latas de estaño. Esos eran aquellos cuyos dones no tenían lugar en el mundo. Fenómenos y payasos, quiromantes y tragafuegos. La siguieron con sus miradas oscuras. Ella y Marlowe llevaban seis semanas trabajando en los escenarios secundarios y seguían siendo forasteros, extraños que casi no interactuaban con nadie. A Brynt no le importaba. De hecho, lo prefería así. Había estado rodeada de gente así toda la vida y sabía que no podían ser mucho peores que los que había conocido antes ni tan diferentes a ella misma, sin importar cuán extraños fueran. La gente siempre era gente, lo cual significaba que estaban dispuestos a tomar lo que pudieran, siempre que pudieran.

Ella siempre había sido diferente, toda su vida.

«Eres como un pie izquierdo», solía decirle su tío cuando era niña y vivía en San Francisco, en el edificio de departamentos que él vigilaba. Su tío había sido un púgil bastante famoso en algunos círculos, que ganaba pelea tras pelea; hasta que una noche no lo hizo, y ahí empezó la larga y lenta cuesta abajo, con los dolores de cabeza, los puños tan inflamados que no podía cerrarlos y las palabras arrastradas al hablar. Él la había criado para pelear, y cuando tenía diez años ya era capaz de enfrentarse al chico más grande de cualquier calle. A veces le parecía que pelear era todo lo que había conocido en la vida, pero amaba a su tío, su gentileza, la forma en que siempre la había tratado, como si ella fuera alguien normal, a pesar de su tamaño y su gran fuerza. A veces se sorprendía al pensar en su vida, en todas las partes del mundo que había visto, en cómo había conocido al reverendo en San Francisco el año después de que murió su tío y se había ido con él al sur, a México. Fue ahí donde se puso su primer tatuaje. Después, ella y el reverendo navegaron hasta Inglaterra, viajaron a España y volvieron a Inglaterra. Ahora que había vuelto a América entendía que no pertenecía a ningún lugar.

Ella caminó cavilando por el recinto ferial, mientras Marlowe saltaba por el lodo. Sentía algo extraño en su corazón. Un martillo resonó en el aire frío, dos veces, luego dos más, como una advertencia. Un viejo payaso en mangas de camisa alzó el rostro de un barril de agua con una navaja abierta en la mano y asintió solemnemente cuando los vio pasar. Más lejos, junto a una valla, una mujer que llevaba una levita sobre un par de calzoncillos largos, estaba acarreando un balde de agua. En el horizonte se alzaba un arrecife de nubes oscuras contra un cielo aún más oscuro.

No podía adivinar qué querría el señor Beecher. Pensaba que ella y Marlowe llevaban demasiado tiempo, más de un mes, trabajando como atracciones secundarias, y que ya era hora de seguir adelante.

Había tres personas, todas sentadas alrededor del escritorio de Beecher en la carpa manchada de lodo que él llamaba oficina, y todos voltearon a la vez cuando ella entró. Brynt tuvo que agachar la cabeza para no chocar con la entrada, estiró la mano y sintió cómo Marlowe sujetaba dos de sus dedos con su pequeño puño. Entre los presentes había una mujer con un vestido de terciopelo azul y un sombrero de ala ancha colocado con delicadeza sobre sus delicados rulos amarillos para ocultar su mirada. Debajo del dobladillo de la falda, Brynt notó que traía unas botas salpicadas de barro. Cuando pudo verla mejor notó que le habían roto la nariz a la mujer tiempo atrás y que le había quedado torcida; también pudo ver que sus ojos estaban llenos de fuego, así que comprendió que no era ni delicada ni refinada. Por el contrario, tenía un aire de ferocidad y sospecha que, en otras circunstancias, le habría resultado atrayente.

El señor Fox, tan caballeroso como siempre, se puso de pie cortésmente cuando Brynt entró, pero Beecher solo se inclinó en su silla mientras mordisqueaba su cigarro en la penumbra.

—Ahí está, la Gran Brynt en persona —dijo Beecher con insolencia—. Qué bueno que trajiste al chico, querida. Esta es la señorita Alice Quicke, una detective privada de…

—Inglaterra —dijo la desconocida, quien observaba a Marlowe con curiosidad.

—… las distantes islas de la hermosa Inglaterra. La señorita Quicke me estaba explicando lo fácil que es confundir, eh… ¿Qué era? Ah, sí. Un chico robado con otro.

—Nunca dije robado —intervino ella en voz baja.

Brynt vaciló, miró detenidamente sus rostros mientras sus ojos se adaptaban. Entonces se dirigió al tercero de los presentes:

—Señor Fox —dijo—, ¿de qué se trata todo esto?

—Del chico, señorita Brynt. Su Marlowe. Corríjame si me equivoco, pero usted no es su pariente de sangre, ¿correcto? —Ya que ella no respondió, el señor Fox se aclaró la garganta, como disculpándose—. Siéntese, por favor. Estoy seguro de que hay una explicación para todo esto. Hola, hijo.

Marlowe se asomó desde atrás de Brynt, en silencio.

La tienda era estrecha, y estaba iluminada solo por un viejo farol en una esquina del escritorio. Se le ocurrió a Brynt que podía irse, sabía que sí. Podía simplemente dar la vuelta, llevarse a Marlowe y apostaba a que ninguno de los tres podría detenerla, ni siquiera la detective. Recordó los asuntos turbios en los que se había involucrado Eliza en Inglaterra. No sabía si esto estaba relacionado con eso, pero prefería no averiguarlo.

Pero no se marchó. Los tablones de madera bajo sus pies estaban sueltos y garabateados con arcilla seca, y crujieron cuando se dirigió a la silla vacía, la giró, se arremangó la falda y se sentó, con sus enormes brazos cruzados sobre el respaldo de la silla.

—Su verdadero nombre es Stephen Halliday —dijo la mujer, la señorita Quicke. Ojeó a Marlowe ansiosamente, quien estaba apoyado en el brazo de Brynt; luego, volteó a verla a ella—. ¿No sería mejor que no estuviera aquí presente? ¿Por su bien? —Pero nadie se movió, en especial Brynt, y Marlowe solo se quedó en silencio escuchando; después de aparentemente resolver un argumento interno, continuó—: Stephen Halliday fue secuestrado por su niñera hace ocho años, en Norfolk,

Inglaterra. Su familia ansía recuperarlo. Vengo de su parte. Tengo los papeles, desde luego.

Sacó un grueso sobre atado con un cordel de su bolsillo y se lo entregó. Brynt desdobló los documentos y, mientras todos esperaban, empezó a leer. De vez en cuando, y a su pesar, hacía una mueca y alzaba la mirada. El sobre contenía varios formularios y archivos estampados y certificados tanto en Londres como en Nueva York. Aunque Brynt no entendía todo, en términos generales autentificaban la identidad y la historia del niño perdido. También estaban los testimonios y permisos oficiales de la mujer, la señorita Alice Quicke, firmados por un tal Lord Halliday, que la identificaban como la legítima investigadora privada del caso. Al parecer, Marlowe era el heredero de la vasta herencia de los Halliday, que vivían al este de Inglaterra. Había sido secuestrado de bebé y desaparecido entre el humo de la gran ciudad de Londres, y la familia lo buscaba desde entonces. Podía identificársele por una marca de nacimiento en forma de llave que tenía en la espalda.

Mareada, Brynt sintió que su rostro se calentaba. Conocía esa marca.

—Lo siento —dijo la señorita Quicke en voz baja—. Desde luego que la familia está muy agradecida con usted.

—No —dijo Brynt.

Fue lo único que se le ocurrió decir, y se le escapó de inmediato sin poder detenerse. Tan pronto como lo dijo, lo lamentó. Vio cómo el señor Beecher se pasaba un dedo por el bigote; volteó a ver al señor Fox y el cigarro que humeaba entre sus dientes. Pensó en el Sueño y la sensación que tenía de que algo malo se aproximaba. Trató de asimilarlo, pero no pensaba que se tratara de esto. Lentamente se arremangó la camisa, exponiendo sus gruesos antebrazos tatuados. ¿Qué tenía ella de malo? Ella era su verdadera familia. Su verdadera madre. Su *hogar.*

La señorita Quicke la observaba con atención, como si pudiese ver todo esto reflejado en el rostro de Brynt.

—Lo siento, señorita Brynt. Es un requerimiento legal, no una solicitud.

—Si no, te implicarán en problemas legales —dijo el señor Fox—. A todos nosotros.

—¿Qué ley? —dijo Brynt, recomponiéndose—. La ley de Inglaterra no es ley aquí.

—Si se niega a entregar al niño —siguió diciendo la señorita Quicke—, ahora que conoce su identidad, sería cómplice del secuestro. También el señor Fox y el señor Beecher. Y toda su empresa. Podría pasar una década tras las rejas. O peor.

—Qué barbaridad —murmuró Beecher, quien parecía disfrutar todo eso—. Oh, oh. O peor.

—Estamos dispuestos a compensarla, desde luego —siguió diciendo la señorita Quicke.

Brynt rodeó los hombros de Marlowe con una mano protectora.

—¿Compensarme?

—Financieramente. Por la pérdida de ingresos.

—¿Por la pérdida de ingresos?

El señor Fox se quitó los lentes. Tenía brazos y piernas largos, como una araña de campo, y la misma clase de cabeza pequeña y peluda.

—Marlowe, hijo, levántate la camisa y date vuelta.

El chico se desabrochó los tirantes, se levantó la camisa y se dio la vuelta. Brynt escuchó a la señorita Quicke respirar fuertemente. El torso del niño lucía deslumbrantemente pálido, como si nunca hubiese visto la luz del sol. Y en la espalda baja había una marca de nacimiento roja en forma de llave.

—Es él —dijo el señor Beecher. Volteó a ver al señor Fox, asombrado—. Es el chico Halliday.

Felix Fox se puso las gafas, inspeccionó la marca y volvió a quitárselas. Emitió un sonido bajo con la garganta, pero no habló.

Nadie dijo nada.

El señor Fox se frotó el rostro; lucía como un hombre que no quiere decir lo que estaba a punto de decir.

—Brynt, hay dinero detrás de todo esto. Dinero y personas poderosas convencidas de que este es su hijo. ¿Crees que se detendrán? —Entrecerró sus ojos llorosos—. Tú sabes bien que no.

Brynt estaba pensando básicamente lo mismo.

La señorita Quicke se quitó los guantes y se arrodilló frente al niño, pero no lo tocó.

—Tu verdadero nombre es Stephen, niño —dijo—. Stephen Halliday. Te perdiste cuando eras bebé. Y me contrataron para encontrarte y llevarte de regreso con tus padres, a Inglaterra.

—Les dará mucho gusto saber que estás a salvo, hijo —dijo el señor Fox—. La señorita Quicke está aquí para ayudarte, puedes confiar en ella. Todo está bien. Es una buena persona.

El chico escuchaba todo esto en silencio, observando sus bocas con atención. No dio señales de entender lo que pasaba, excepto por la forma en que tomó la mano de Brynt y la apretó con fuerza.

La señorita Quicke se puso de pie.

—¿Por qué no habla? ¿Está sordo?

—¡Sordo! —Beecher sonrió—. ¡Por Dios! Claro que no, ¿verdad?

El señor Fox cruzó los brazos; se veía ansioso por terminar con todo el asunto.

—No existe ley en el mundo que no coincidiría en que el chico estará mejor con sus parientes, Brynt. —Frunció el ceño—. La señorita Quicke quiere marcharse en la mañana. Confío en que no será necesario llevar el asunto más lejos. Tendrás al chico listo, Brynt.

—¿Listo…? —Brynt alzó la mirada, como si acabara de recuperar el conocimiento—. ¿Listo?

—Ah —intervino Beecher rápidamente—. Aún tenemos algunos detalles que discutir. La compensación y todo eso, como se propuso. Después de todo, tenemos un contrato.

—De acuerdo —dijo la señorita Quicke.

Beecher levantó su mano larga y grisácea.

—El chico tiene que actuar en la función de la tarde y la noche. Es nuestro hasta mañana.

—De acuerdo.

El chico se fajó la camisa y se puso los tirantes. Luego, se quedó parado observando a la detective, la señorita Quicke.

—¿Hijo…? —dijo el señor Fox.

Marlowe no respondió. El silencio reinaba en la carpa.

—Marlowe —dijo la señorita Quicke, lenta y cautelosamente—. Sé que esto debe de ser confuso. Sin duda tendrás preguntas que hacerme.

Él se le quedó viendo con intensidad, sus ojos eran de un color azul pálido. Era como si escudriñara su rostro en busca de alguna pista sobre la verdadera naturaleza de su ser. Ella soportó su escrutinio en silencio, con sus guantes blancos inmaculadamente doblados frente a ella, como si, de algún modo, comprendiera que era importante quedarse quieta y no apartar la mirada. Brynt observaba todo esto del otro lado de la carpa. Veía sus largas pestañas oscuras, las pecas esparcidas a lo largo de su nariz, el mechón de pelo negro que sobresalía de su cabeza, conocía cada rasgo a la perfección. «Era tan pequeño para un niño de ocho años», pensó ella. «O tal vez así eran todos los niños de esa edad».

Finalmente, la señorita Quicke se retrajo y volteó a su alrededor con incertidumbre.

—¿Qué es lo que quiere? —preguntó.

Brynt la observaba como una serpiente.

—Señorita… —empezó a decir Fox.

Pero antes de que pudiera terminar lo que iba a decir, el chico se inclinó hacia adelante, para responder, y le susurró algo en voz baja a la mujer. Ella volteó a ver a Brynt, y adoptó una expresión triste.

Entonces la mujer, la señorita Quicke, volvió a hincarse.

—Oh, cielo, no —le dijo al chico—. No, Brynt tiene que quedarse aquí.

Alice Quicke salió de la carpa de Beecher con deseos de golpear algo; de preferencia, a su empleadora, la señora Harrogate, en su gordo rostro, o tal vez a Frank Coulton, lo que fuera. Odiaba su trabajo, lo que tenía que hacer para cumplirlo y a quién tenía que hacérselo.

«Ese pobre niño», pensó. «Esa pobre mujer, con sus tatuajes y su mirada triste». Mientras se agachaba para pasar debajo de una cuerda y avanzaba por el lodo hacia la gran carpa y el camino de regreso a Remington, se dio cuenta de que ya estaba harta de todo eso. Que ya no quería seguir haciéndolo, ya no quería rastrear a los huérfanos, las mentiras. No era solo por este chico y por toda la tristeza que rodeaba esta situación. También por el chico Ovid en Misisipi, el que había abierto un surco en su propio brazo y había sacado una hoja filosa. Y la advertencia de Coulton sobre el tal Jacob Marber, que se encontraba en algún lugar del mundo rastreando a esos niños. Por Dios.

No. Terminaría este último trabajo, escoltaría al chico Marlowe hasta Inglaterra y luego le informaría a Harrogate su decisión: renunciaba.

El asunto era que solo había visto a esa mujer, la señora Harrogate, una vez, en el hotel Grand Metropolitan, en la calle Strand, cuando empezó con todo eso. El hotel estaba oscuro, con espejos brillantes que reflejaban las luces eléctricas, revestimientos de caoba pulida, candelabros suspendidos en ruedas ardientes de las vigas y todo eso. Tenía altas columnas de mármol en la recepción y una cabina de ascensor forrada de terciopelo con un chico en uniforme que lo operaba. Alice había seguido a Coulton adentro, hasta el cuarto piso, con un revólver Colt Peacemaker en un bolsillo y unos puños de latón en el otro.

La guio por un corredor largo y opresivamente amueblado, y se detuvo al llegar a una gran puerta, la cual abrió con una llave, luego entraron a una sala de estar, con puertas a medio abrir en el fondo y una pequeña mesa china de madera roja lacada con una tetera humeante sobre una bandeja de plata. En la ventana del fondo, de espaldas a ellos, había una mujer de mediana edad, vestida de negro.

—Señorita Quicke —dijo ella, dándose la vuelta—. He escuchado cosas muy interesantes sobre usted. Pasen. Señor Coulton, permítame su abrigo.

—Yo prefiero quedarme con el mío —dijo Alice, que tenía una mano en el bolsillo, sujetando el revólver.

La mujer se presentó: era la señora Harrogate, viuda desde hacía largo iempo y una de las representantes del Instituto Cairndale, su representan- en Londres, por así decirlo. Alice la observaba cuidadosamente. Lucía mo un ama de llaves, excepto por la expresión en sus ojos. Podría tener nos cuarenta años, quizá unos cincuenta. Se deslizó hacia adelante sobre lfombra, con las manos entrelazadas frente a ella, enrojecidas como las hubiesen frotado con lejía, y no llevaba ningún anillo ni joyería. enía una marca de nacimiento morada que cubría su mejilla, el puente de su nariz y uno de sus ojos, por lo que era difícil distinguir su expresión, pero sus labios estaban caídos, como si acabara de probar algo amargo y sus ojos oscuros reflejaban cierta crueldad. No traía maquillaje, y el único accesorio que traía puesto era un crucifijo de plata sobre el pecho.

—Lo sé, soy fea —dijo ella con naturalidad.

Alice se puso roja.

—No —respondió.

La señora Harrogate señaló un sofá y luego se sentó. Alice, después de un momento, se sentó también. El hombre, Coulton, dio un paso adelante y sirvió el té. Luego desapareció de nuevo entre las sombras, y mientras lo hacía, la señora Harrogate le explicó a Alice lo que quería que hiciera. Todo era bastante claro, dijo ella, aunque tal vez algo inusual. El Instituto Cairndale era una organización de caridad a la que le interesaba el bienestar de ciertos niños que sufrían algún trastorno extraño y no podían ser tratados en ninguna otra parte. El trabajo de Alice consistiría en rastrear a estos niños; le proporcionarían los nombres y los lugares. Una vez que los encontrara, el señor Coulton los llevaría de vuelta a la ciudad, con la señora Harrogate. Ella se aseguraría de que fueran llevados a salvo al instituto. Alice le respondería directamente al señor Coulton; él también se aseguraría de que ella recibiera su pago y de cubrir todos sus gastos. El contrato de Alice duraría un año y se renovaría en caso de que siguieran requiriendo sus servicios. Desde luego, todo era perfectamente legal, pero se requería discreción. La señora Harrogate confiaba en que los términos le resultaran satisfactorios.

Alice se quedó contemplando el té negro en su taza, pero no bebió. Estaba pensando en los niños.

—Ah —murmuró la señora Harrogate—. Imagino que se pregunta qué debe hacer en caso de que no quieran venir.

Alice asintió.

—No nos dedicamos a secuestrar gente, señorita Quicke. Si los niños no desean venir, entonces no tienen que hacerlo. Aunque no creo que eso ocurra. El señor Coulton puede ser muy… persuasivo.

Alice alzó la mirada.

—¿Qué quiere decir con eso?

—Bueno, usted vino, ¿no es así?

Alice sintió que sus mejillas enrojecían.

—No es lo mismo.

La señora Harrogate sonrió y bebió un sorbo de té.

—Los niños sufrirán si no reciben su tratamiento, señorita Quicke —dijo, después de un momento de silencio—. Ese hecho suele convencer a las personas con bastante rapidez.

—¿Y sus padres? ¿Ellos también vienen?

La señora Harrogate dudó, y detuvo la taza cerca de sus labios.

—Estos niños —dijo— son desafortunados. —Se inclinó hacia adelante, como si fuera a contarle un secreto—. No tienen padres, querida. Están solos en el mundo.

—¿Todos?

—Todos. —La señora Harrogate frunció el ceño—. Parece ser una de las características.

—¿De su instituto?

—De su padecimiento.

—Entonces, ¿es contagioso?

La señora Harrogate esbozó una pequeña sonrisa.

—No es una plaga, señorita Quicke. No se contagiará ni se enfermará, así que no se preocupe por eso.

Alice no estaba segura de entender. Trató de imaginarse recorriendo el mundo y recolectando niños, uno por uno, como una especie de monstruo de cuento de hadas. Sacudió la cabeza lentamente. Ya encontraría otro trabajo.

—No sé si pueda hacer esto —dijo, no muy convencida.

—¿Qué? ¿Ayudar niños?

—Robármelos.

La señora Harrogate esbozó otra pequeña sonrisa.

—No hay que dramatizar, querida. Tal vez le ayudaría si le cuento lo que sé. Aunque no sé todos los detalles. Tal vez haya oído hablar de la Real Sociedad, ¿sí? Fue el comienzo de un acercamiento científico organizado al mundo que nos rodea, aquí, en Inglaterra. En una de las primeras reuniones llevaron a una chica ciega, que padecía un mal inexplicable: aparentemente podía ver a los muertos. Ninguno de los científicos se dejó engañar; después de todo, esos fraudes se han perpetuado durante siglos. Sin embargo, lo inquietante fue que ninguno de ellos pudo refutar lo que la niña afirmaba. Esto les preocupó, sobre todo a los anatomistas. El Instituto Cairndale fue fundado unos doce meses después, con el fin de investigar todo fenómeno fuera del ámbito de las investigaciones científicas. En el primer mes les llevaron a unas hermanas gemelas que provenían de una aldea en Gales. Ambas habían presentado síntomas extraños alrededor de los cinco años. Había otros, más niños que también padecían… ¿Cómo decirlo? *Males*. Desde entonces, el instituto se dedica a localizar a esos niños y a trabajar con ellos para ayudarles a superar su enfermedad.

—¿Trabajar con ellos? ¿Cómo?

La señora Harrogate la miró a los ojos. Su mirada era muy oscura.

—Es su carne, señorita Quicke —murmuró—. *Parece* ser capaz de hacer cosas muy extrañas. Regenerarse, transformarse.

Alice se sentía perdida.

—No entiendo.

—Ni yo. No soy experta, pero me imagino que, para las personas que no son de mente científica, debe parecer algo asombroso. No sé, algo como un milagro.

Sintiéndose cautelosa de repente, Alice volteó a ver a la mujer, tratando de evaluar lo que quería decir.

—¿Disculpe? —preguntó en voz baja.

—¿Sí, querida?

—¿Por qué, exactamente —continuó despacio— acudieron a *mí*, señora Harrogate?

—Usted sabe por qué.

—Hay otros detectives.

—No como usted.

Alice se humedeció los labios, comenzaba a entender.

—¿Qué soy yo, exactamente?

—Una testigo, desde luego. —La señora Harrogate alisó su vestido—. Vamos, señorita Quicke, sin duda se imaginará que hemos hecho nuestra debida investigación.

Ya que Alice no respondió, la señora Harrogate metió la mano en su bolsa y sacó un largo sobre café. Empezó a leer los papeles que este contenía.

—Alice Quicke, de Chicago, Illinois —leyó—. Es usted, ¿cierto? Se crio en la comunidad religiosa de Adra Norn, en Bent Knee Hollow, bajo el cuidado de su madre, ¿correcto?

Pasmada, Alice asintió. No había escuchado ese nombre en años.

El extraño rostro de la mujer se suavizó.

—Presenció un milagro cuando era niña. Vio a Adra Norn caminar y pararse sobre fuego sin quemarse. Oh, la historia es bastante famosa en algunos círculos. Nuestro director, el doctor Berghast, fue amigo por correspondencia de Adra Norn. De hecho, se conocen desde hace muchos años. Fue una verdadera pena lo que ocurrió, lo que su madre hizo. Lo lamento mucho por usted. Y por su madre, claro.

—Estaba loca. Está loca.

—Aun así.

Alice se puso de pie. Ya había escuchado bastante.

—Debería sentir pena por las personas que quemó en sus camas —dijo—. A ellos debería dirigir su lástima.

—Señorita Quicke, por favor tome asiento.

—Ya conozco la salida.

—*Siéntese.*

Su voz era fría, adusta y profunda, como si le perteneciera a otra mujer mucho mayor y más dura. Furiosa, Alice se dio la vuelta, pero se sorprendió al darse cuenta de que la señora Harrogate no lucía nada arrogante; era la misma figura apacible, con la marca de nacimiento que decoloraba su rostro, y con sus dedos enrojecidos que ahora estaban sirviendo una segunda taza de té.

—Señorita Quicke —dijo ella—. Usted en particular debería saber el daño que puede hacer el prejuicio y lo rápido que se puede despertar el miedo. Estos niños la *necesitan.*

Alice seguía de pie, con los puños a los lados. Notó que el hombre, Coulton, había desdoblado los brazos cerca del perchero, con sus grandes y peludas manos a los costados. Bajo el ala de su bombín su expresión era indescifrable.

—¿Y si digo que no?

Pero la señora Harrogate solo sonrió levemente y sirvió el té.

Desde luego, no había dicho que no.

Ahora ahí estaba, exhausta, manchada de lodo y haciendo justo lo que había jurado no hacer: deambular entre los desafortunados del mundo con las manos vacías y enroscadas a los costados, justo como un monstruo de cuento de hadas que había ido a robarse a un niño de ocho años.

Remington se encontraba a cincuenta kilómetros al noreste de Bloomington, lejos de la línea troncal. Ella se había bajado del tren en Bloomington, había caminado hasta el otro extremo del pueblo y había comprado un boleto para la antigua diligencia. Salió esa misma noche, sin siquiera recoger sus maletas. Eso había sido cuatro días atrás. Había hecho el viaje a través de campos verdes y arboledas de álamos y robles iluminados por el crepúsculo, y había observado las vastas nubes de tormenta turbulentas del Medio Oeste de Estados Unidos, que se amontonaban oscuramente en el horizonte. Habían pasado casi seis años desde su partida y el país había cambiado. Ella había cambiado.

Distraída, Alice salió del terreno del circo. Caminó hasta un herrador a las orillas del pueblo y compró una carreta con ruedas de hierro, un montón de paja y el caballo de carga que tenían en el establo. El animal estaba tan escuálido que se le marcaban las costillas, con llagas alrededor de la boca y un ojo vidrioso, pero no quiso negociar el precio. Alice se quedó viendo los aparejos de cuero viejos y las cuerdas que colgaban de ganchos sobre el mostrador, pero no dijo nada. Parecía que llevaban ahí colgados desde la fundación del pueblo. El herrador escupió en su mano y la estiró. Su barba rubia se veía descuidada y las palmas de sus manos sucias. Ella la estrechó. Compró un hacha de mano, algunas mantas y una piedra de fusil en el local de junto y se quedó parada en la rambla, masajeando su muñeca torcida y contemplando la calle hasta el campo pisoteado a la distancia, donde se alzaba la gran carpa. Pensaba en el niño. El cielo estaba blanco con rastros de vapor oscuro flotando a la deriva, y cuando alzó la mirada tuvo que entrecerrar los ojos por el brillo. Más tarde fue al almacén y compró una caja de pan, cecina seca y un costal de manzanas marchitas. Llevaría al niño al este, y cabalgarían desde Lafayette, Indiana, en la mañana.

En lo que *no* estaba pensando deliberadamente era en su madre, en aquel manicomio que se encontraba a unos veinticinco kilómetros de donde ella estaba. Su madre, a quien no había visto en años, a quien había ido a visitar durante su último día en Illinois años atrás, antes de viajar hacia el este, y a quien había vislumbrado caminando por los terrenos del manicomio con una enfermera: su cabello ya se había tornado gris, estaba encorvada, su rostro lucía inquietantemente suave, su mirada se veía vidriosa y muerta y sus dedos revoloteaban en el aire como pajarillos. Alice se había quedado parada en el extremo del jardín cubierto y había observado a su madre recorrer el sendero, arrastrando los dedos a lo largo de la pared de piedra, como si estuviera ciega y tratara de encontrar el camino. Y Alice no le había hablado, no se había acercado, no la había abrazado ni permitido que ella la abrazara.

Apenas era mediodía cuando llevó el caballo de carga hasta el hotel. Se quitó el vestido azul y se puso su ropa preferida: los pantalones de hombre, su abrigo desteñido y el sombrero desgastado con el ala rota. Cuando volvió a la calle se subió a la carreta, se sentó con una manta sobre el regazo, chasqueó las riendas y empezó a cabalgar hacia el norte, fuera del pueblo.

Conocía el camino, lo recordaba bien. El cielo seguía deslumbrante, y mientras cabalgaba empezó a llover y se formó una ligera niebla, pero no bajó la velocidad ni se detuvo bajo un árbol, y pronto la niebla se disipó y el mundo volvió a brillar. Sentía el corazón en la garganta. No tenía miedo, precisamente, pero no sabía cómo luciría su madre al llegar allá ni lo que le diría ni incluso si su madre la reconocería. Había pasado tanto tiempo. Solo Dios sabía lo que les hacían a los pacientes en esos lugares.

Cuando llegó al manicomio se quedó un largo rato sentada en la vieja carreta, con los nudillos entrelazados, escudriñando la fachada de granito oscuro, las ventanas deslumbraban con el reflejo del cielo. No se escuchaba ni un sonido ni siquiera el cantar de las aves en los árboles alrededor del patio. No sabía qué haría o qué diría. Ni siquiera estaba segura de por qué había ido. ¿Qué podría ofrecerle su madre, después de todos esos años? ¿Qué podría ofrecerle ella a su madre?

La carreta crujió y se sacudió cuando bajó. Subió por los viejos escalones y entró. La luz en el vestíbulo era tenue y olía a barniz; frente a un gran escritorio estaba sentada una enfermera, escribiendo en un libro de contabilidad. Alzó la mirada cuando Alice entró, y la observó de arriba abajo con desaprobación. Era muy vieja. Detrás de su escritorio estaba la puerta que conducía al pabellón de enfermos, cerrada.

Alice dudó por un momento.

—Vengo a ver a Rachel Quicke. Está internada aquí. Soy su hija.

La mujer frunció ligeramente el ceño.

—Los días de visita son los domingos.

—Vengo desde muy lejos —dijo Alice—. Desde Inglaterra. Tengo que marcharme en la mañana. Por favor.

—¿No se le ocurrió escribir antes? —La enfermera dio dos, tres golpecitos con su lápiz. Suspiró. Luego tomó un gran libro de cuero negro que estaba detrás de ella—. Necesito el número de identificación de la paciente.

Alice sacudió la cabeza.

—Lo siento, no me dijeron…

—Claro que no. A nadie le dicen. Verá, el doctor Crane no cree en eso de usar sus nombres verdaderos. No importa, la buscaré. Rachel Quicke, ¿verdad?

Alice asintió.

—Así es.

—¿Y la internaron recientemente?

—Hace dieciocho años.

La enfermera alzó la mirada.

—¿Por qué motivo?

Alice hizo una pausa.

—Manía religiosa. Quemó a once personas en sus camas. Trataba de recrear un milagro que creía haber visto.

La enfermera la miraba de manera extraña.

—Paciente diecisiete —dijo en voz baja—. ¿Usted es su hija? No sabía que tenía una hija. ¿Nadie la contactó?

—¿Contactarme…?

La enfermera cerró el libro suavemente y dirigió su mirada al rostro de Alice.

—Su madre era una buena mujer, señorita Quicke. Todos la conocíamos. Perturbada, claro, pero una buena persona a pesar de todo.

Alice no entendía.

—¿Qué quiere decir? —susurró.

La enfermera se puso de pie con solemnidad, con las manos entrelazadas frente a ella.

—Su madre falleció hace siete años. Mientras dormía. Lo siento.

«Siete años».

Alice no dijo nada. Tal vez debió sentirse avergonzada. No había nada en su corazón, estaba vacía. Ni tristeza ni ira ni amargura, y esto la sorprendió. «Tal vez así es el dolor», pensó. «Tal vez así se siente una pérdida. Como nada. Como el viento en una hondonada».

La enfermera se puso un chal y la llevó a la parte de atrás, para mostrarle la pequeña tumba en una colina. Alice caminó hasta la tumba ya erosionada de su madre y se quedó parada frente a ella por un rato. Seguía sin sentir nada. Se preguntó si debía decir algo, una oración tal vez, pero a fin de cuentas solo se quedó viendo el cielo sin pensar en nada y luego caminó de vuelta a la carreta y el caballo de carga que la esperaba con las orejas levantadas y moviendo los ojos nerviosamente, y se subió.

Para cuando Alice volvió a Remington ya era de noche. Había sombras que inundaban las calles bajo las luces de las tabernas. Podía escuchar el circo, el redoble de los tambores, el clamor distante de la multitud.

Arriba, en su habitación del hotel, no podía dormir. Cruzó las manos detrás de la cabeza y se quedó observando las luces que proyectaban las linternas de colores de la pista del circo en el techo. Pensaba en Jacob Marber y en lo que había notado en la expresión de Coulton cuando este le contó de él. No fue precisamente miedo. Fue algo más oscuro y extraño.

Después de eso ya no logró conciliar el sueño. Se vistió, se sentó en el borde de la cama, se puso las botas y salió. El circo estaba lleno de velas encendidas en frascos de vidrio rojos y verdes, había ciudadanos con trajes muy pasados de moda que se arremolinaban frente a la gran carpa y esposas con sombreros adornados con flores de tela que llamaban a sus hijos para que no se alejaran. Un payaso sacaba volantes de una bolsa de lino y los repartía. Dentro de la carpa empezaron a sonar un trombón y un bombo. Dio media vuelta, y con su abrigo salpicado de barro y sus pantalones de hombre pasó y se alejó como en una oscuridad creada por ella misma, y poco a poco la risa se desvaneció. Finalmente se detuvo frente a una tienda con un letrero pintado con plantilla, alzó la mirada y leyó el nombre.

Casi la pasa de largo, pero algo dentro de ella no le permitía dejar el asunto por la paz. Un promotor que vendía boletos de un rollo en la entrada la estudió desde su taburete, con las manos inmóviles y un cigarrillo entre los labios.

Adentro había un grupo de hombres con sombreros y abrigos viendo bailar a dos chicas. No había música. Las chicas vestían negligés y tenían listones negros atados alrededor de las muñecas y los brazos. Mientras danzaban, movían las manos lentamente en círculos y los listones en sus antebrazos se movían al ritmo. Fue entonces que Alice notó que no eran listones, sino serpientes. Los hombres ahí reunidos observaban a las bailarinas de serpientes con gran seriedad, como si lo que estaba ocurriendo frente a ellos contuviese alguna verdad sobre un futuro que aún no se había escrito. Cuando las chicas terminaron de actuar, un hombre de cabello largo trenzado que caía sobre su espalda salió, se agachó, ató una cadena a los piercings en sus pezones y, con las manos en las rodillas, levantó un yunque y caminó con las piernas flexionadas por el escenario. Entonces, una de las bailarinas de serpientes caminó entre los presentes con una caja de madera atada al cuello, donde llevaba botellas de licor y copas que tintineaban. Debajo del maquillaje su rostro lucía demacrado y gastado.

Junto en ese momento la mujer llamada Brynt se abrió paso entre la multitud a zancadas. Las figuras se apartaban a su paso, hoscas, cautelosas, y ella se cernió imponente sobre Alice y la miró fijamente, con sus brazos descubiertos enormes y los tatuajes que cubrían su piel y parecían runas extrañas a la luz del fuego.

—Quiero que sepas —dijo con voz ronca— que estará listo para partir en la mañana. No me lo quedaré. Lo mejor y lo correcto para un niño es estar con los suyos. No me interpondré en su camino.

Había un brillo en su mirada que contradecía sus palabras, y de pronto Alice sintió náuseas al verlo, al verla a ella, y el dolor que claramente sentía. Alice conocía ese dolor.

—Lo llevaré hasta allá a salvo —dijo.

Brynt resopló. Dio la vuelta y desapareció.

Más tarde el niño, Marlowe, salió a escena. Se sentó en una silla con respaldo de escalera frente a los hombres y colocó sus pequeñas manos sobre las rodillas, como un niño en la escuela. Aguardó. Los hombres estaban callados. El promotor empezó a caminar a lo largo de las paredes, y fue apagando los faroles uno por uno hasta que toda la carpa quedó sumida en una oscuridad absoluta.

Qué cosa era, pura sangre y hueso. El resplandor lucía tenue al principio y azul y parecía brotar del mismísimo aire. Luego creció el brillo. Era la piel del niño, quien seguía sentado y completamente quieto, sujetando su brazo izquierdo con su mano derecha, crepitando con luz azul mientras la oscuridad en la tienda comenzaba a vibrar. Alice no podía apartar la mirada.

El chico ya no lucía igual. Poco a poco su piel se fue tornando translúcida y uno podía ver el funcionamiento interno de sus pulmones azules y de sus huesos azules y de los senderos azules de venas entrecruzados debajo de su cara y de su garganta. Miraba con sus ojos negros, duros y reflexivos como la obsidiana. Ella tragó saliva y los vellos de sus brazos se erizaron. Cierta tarde de abril en Chicago, cuando tenía seis años, había quedado atrapada en medio de una tormenta eléctrica y había sentido algo parecido, con toda esa electricidad girando a su alrededor. Su madre había corrido hacia ella, y una vez en la casa la había envuelto en mantas con sus nudillos inflamados y la había secado con una toalla mientras la madera en el sótano siseaba en el fogón y los relámpagos destellaban por encima del lago. Había un olor a cedro ardiente. A té de escaramujo de Boston, servido en tazas despostilladas. El olor a aceite y grasa de la piel de su madre, que Alice no había percibido en un cuarto de siglo. Eso. Estaba llorando. Parada en medio de la oscuridad de la carpa se secó las lágrimas con el reverso de sus muñecas. Notó que los rostros de los hombres ahí presentes, iluminados por el brillo azul, también tenían lágrimas, y alzó la mirada.

El resplandor del niño creció. Y creció más.

4

UN HOMBRE DE GRAN OSCURIDAD

Walter tenía hambre. Mucha hambre.

Entre las oscuras multitudes y los ruidosos carruajes de Whitechapel caminaban los vendedores con sus canastas, las niñas y las mujeres con largos escotes blancos y chales andrajosos, como hechos de jirones de sombras. Walter merodeaba en el callejón y los observaba pasar, mientras olfateaba el aire y percibía su olor a sangre caliente. Su piel era grisácea y lampiña, sus labios rojos estaban humedecidos. Las uñas dentro de sus bolsillos eran filosas como cuchillos.

Ninguno de ellos estaba al tanto de que los observaba. Eso le agradaba, pero estaba cazando a alguien en particular, uno entre todos ellos. Una mujer con quemaduras en el cuerpo. Ella no debía darse cuenta de que la acechaba.

Las multitudes empujaban y gritaban al pasar. Un vendedor de tartas calientes gritaba para ofrecer su mercancía. Walter trataba de recordar, pero le dolía recordar. Había una mujer con un arma, o era un arma o algo así. Podría herir a su querido Jacob y eso lo asustaba. Walter salió de noche porque eso es lo que Jacob quería, su querido Jacob, el buen Jacob. Porque en la fría neblina de la noche, que apestaba a azufre, pocos podrían verlo como realmente era.

«Walter Walter Walter Walter…».

Pero no sabía qué mujer era. La vendedora de canastas a la que había seguido esa noche tenía cabello amarillo, el rostro demacrado y cicatrices por todo el pecho y el cuello, como si hubiera rodado sobre fuego. ¿Sería ella la que lastimaría a su Jacob? La multitud se separó; Walter la observó serpentear entre la gente para cruzar la calle, su pesada falda se arrastraba por el lodo. La multitud volvió a cerrarse. Tenía que preguntarle. Tenía que encontrarla y obligarla a que le dijera lo que sabía. Se subió a una pila de cajas justo a tiempo para verla tambaleándose entre dos portales iluminados por linternas, borracha tal vez, luego entrar en un callejón oscuro.

«...ve Walter ve a buscarla oblígala a mostrarte lo que oculta...».

Walter se humedeció los labios. Echó un vistazo alrededor. Luego, deslizándose por debajo, se escabulló entre las sombras, salió del callejón y avanzó desapercibido entre la multitud, con el cuello levantado y su sombrero bajo.

El callejón oscuro lo atraía como una canción.

Walter despertó sin aliento. ¿Dónde estaba? Lo último que recordaba era que estaba cruzando los muelles de noche en Limehouse, y antes de eso había estado en un pub cerca del matadero, pero no podía recordar nada más. No, eso no era verdad. Recordaba un muelle en la oscuridad, el chapoteo del Támesis, una vendedora de flores llorando en un callejón. Abrió uno de sus ásperos párpados: paredes cafés descarapeladas y cuerpos que dormían en los rincones oscuros de la habitación. Sus dedos aún sujetaban una pipa, que ya se había enfriado; la resina negra de opio había sido fumada hace mucho tiempo.

«Walter Wal...».

Tambaleándose y apoyándose en la pared, se puso de pie. Tenía que regresar, tenía que regresar a la habitación que había rentado por medio penique a la semana, debajo de las ruinas derruidas de St Anne's Court. El suelo estaba mojado. Miró hacia abajo. Alguien le había quitado los zapatos.

«... ter Walter qué nos trajiste Walter Wal...».

Las voces. Siempre las voces. Se detenían cuando fumaba la resina, pero en cuanto empezaba a salir del estupor que le provocaba, con el cráneo palpitante, volvían de inmediato a su cabeza, susurrando, siempre susurrando.

No sabía qué hora era, pero ya no era de noche. La niebla flotaba afuera en la calle angosta. Jacob le había dado una tarea, sí. Ahora empezaba a recordar. Había una mujer que podía herirlo, sí. Había confiado en Walter para encontrarla. Tropezó en un charco, se sostuvo de un bolardo en medio de la niebla y desapareció entre el bullicio de la calle Market. Avanzaba aprisa por una calle angosta entre bloques de viviendas, giró a la izquierda, cruzó una segunda calle y se agachó bajo el toldo goteante de un tabaquero. Bajó un tramo de escaleras de adoquines y avanzó por un pasaje empinado. Había niños amontonados en las entradas que lo observaban al pasar; había mujeres hurgando en la basura. Al llegar a St Anne's Court dio la vuelta, se escabulló más allá de la reja de hierro retorcida y caminó con cautela sobre el lodo, evitando los charcos profundos y el fango grasiento que flotaba en ellos. Había un tendedero colgado de una ventana, toda la ropa lucía amarillenta y parchada y aguada en la acuosa niebla, y bajo el eje de una carreta rota en una esquina vio al hombre rata, borracho y durmiendo.

«Walter Walter Walter Walter Walter...».

Su puerta. La habían dejado abierta. Entró a traspiés y bajó los tres escalones húmedos. La única luz era la que se filtraba por la ventana rota.

«... ven con nosotros Walter ven con nosotros tráenos el *keywrasse* y...».

Trataba de recordar. Entonces, ahí... en una repisa en la pared del fondo, los vio, sus preciosos, brillando en la oscuridad. Una fila de tres recipientes de vidrio enormes. El líquido en su interior tenía un tono verde opaco, y flotando en cada uno de ellos, como fruta enlatada, había una pálida figura craneal: fetos humanos, enroscados, abortados, deformes. Sus ojos estaban abiertos y sus lentas manos estaban presionadas contra el frasco. Lo observaban y lo llamaban en voz baja.

«Walter Walter qué dejaste en...».

Fue entonces cuando volteó y vio su catre roto, y entre la ropa de cama estaba la vendedora de canastas de pelo amarillo. Le habían cortado el cuello, de oreja a oreja; su abdomen había sido abierto y vaciado, como si la hubiese intervenido un cirujano, como si alguien hubiese estado hurgando dentro de ella, buscando algo. Le habían sacado los ojos y los habían colocado a su lado.

«... porque lo estaba ocultando lo estaba ocultando pero dónde está Walter dónde está la cosa que puede herir a...».

Cerró los ojos. Abrió los ojos. La luz en el sótano era diferente. Sus preciosos, verdosos y adorables, brillaban en sus frascos de vidrio. Atontado, se puso de pie y se paró tambaleante junto a la chica muerta y luego volvió a sentarse en el suelo helado y se volvió a dormir, y cuando despertó su cabeza estaba más despejada y había una visita parada junto al catre: una mujer de mediana edad, que observaba el cuerpo de la vendedora.

—Parece que hiciste un gran desastre, Walter —dijo con tono casual—. Me culpo a mí misma. Claro, debí haber venido contigo antes.

«... nos conoce Walter por qué nos conoce...».

—Nos conoces —dijo él con voz ronca—. ¿Por qué...?

—¿Nos? —Ella retrocedió hacia la tenue luz gris que se filtraba por la ventana; era una visita que pertenecía a una sociedad y un mundo que él solía conocer, pero ya no. Sujetaba una bolsa recatadamente frente a ella, con sus manos enguantadas. Llevaba un vestido negro de cuello alto, guantes y un sombrero negro con una pluma azul. También tenía una marca de nacimiento que oscurecía la mitad de su rostro. Sus ojos eran muy oscuros y su voz, cuando hablaba, era peligrosa.

—Estamos completamente solos, Walter. Te he estado observando por un tiempo.

—Walter, Walter, el pequeño Walter —masculló él.

«... tal vez ella lo tiene tal vez ella tiene el...».

—Eres Walter Laster —afirmó la mujer—. Jacob Marber era tu amigo.

«Sí», pensó él. «Mi amigo. Jacob era mi amigo. Es mi amigo. Lo amo». De pronto volteó a ver a la mujer con agradecimiento. Tenía un hermoso cuello.

—Soy la señora Harrogate, Walter. He venido a ayudarte.

«Sí», pensó él. «La señora Harrogate nos ayudará».

Pero cuando se levantó en toda su altura pudo sentir todo lo que era, sus pensamientos, su breve destello de comprensión empezaba a escabullirse hacia una habitación en lo profundo de su cabeza, luego la puerta de esa habitación empezó a cerrarse, y se estaba perdiendo otra vez, se estaba durmiendo de nuevo, y las voces le susurraban, cada vez más fuerte. Quería advertirle a ella de las voces, pero no lo hizo.

La mujer avanzó hasta sus preciosos, que se revolcaban en sus frascos y fulguraban con un brillo fuera de este mundo, y los examinó cuidadosamente en la luz verde que emitían.

«... por qué nos está mirando Walter qué es lo que quiere Walter acaso tiene la cosa que lastima...».

La cosa que lastima, el arma, sí... Ella estaba de espaldas y él se acercó un poco, solo un centímetro, solo medio centímetro, arrastrándose, arrastrándose. No sabía lo que hacía, oh, no estaba haciendo nada, nada de nada, pero, entonces, por qué tenía los puños apretados, oh, ahora alcanzaba a oler el polvo de lila en su cabello...

«... hazlo Walter hazlo ahora...».

—Oh, Walter —escuchó murmurar a la mujer, la señora Harrogate, como si estuviera muy lejos de ahí—. *Estoy* decepcionada. En verdad tienes que esforzarte más por controlarlo.

«... ahora ahora ahora ahora ahora...».

Se deslizó más cerca. Ella estaba buscando algo en su bolsa, pero cuando estaba a punto de tomarla del cuello, su pequeña y robusta figura giró con fluidez en medio de la penumbra, increíblemente rápido, algo sujetaba en la mano, entonces un intenso dolor empezó a florecer dentro del cráneo de Walter.

Margaret Harrogate volvió a guardar la porra en su bolsa y la cerró rápidamente. Lo había golpeado con tanta fuerza que le dolía la muñeca.

«Walter Laster», pensó. «Bien, bien».

Se arrodilló a su lado para tomarle el pulso, pero su muñeca estaba fría, helada, de hecho, como la de un cadáver. Dudó solo por un instante y luego se quitó el sombrero y los guantes y acercó una oreja a su pecho. No escuchaba latido alguno, pero sabía que esto no quería decir nada, nada en absoluto. Con cautela levantó su labio superior y vio los largos y amarillos dientes, que lucían incluso más largos por las encías enrojecidas que se habían retraído, justo como se los habían descrito. Su rostro era tan pálido que parecía no tener sangre en las venas, del tono azul grisáceo de la leche echada a perder. Estaba completamente calvo y sin un solo vello en el cuerpo. Tres líneas rojas, como pliegues de piel, rodeaban su cuello.

Después se puso de pie, ajustó su sombrero y pasó con cautela por encima de Walter para acercarse a la mujer que yacía muerta en el catre. Había que hacer algo al respecto, y como siempre, supuso que le correspondería a ella encargarse.

Estudió rápidamente la miserable y pequeña habitación, la humedad que cubría los ladrillos, la oscuridad que acechaba casi como un ser vivo en la pared del fondo, los tres brillantes y extraños fetos que flotaban en el fluido de análisis. Entonces se puso a trabajar. Había un trapo que Walter había estado usando como toalla, el cual ella utilizó para recoger las entrañas de la mujer muerta y ponerlas de nuevo en su cavidad y luego metió los dos ojos en sus cuencas y envolvió el cuerpo en la manta y lo arrastró; mientras este golpeteaba por el suelo, la sangre empezaba a filtrarse por la manta. Logró hacerlo sin manchar su ropa ni un poco, y cuando terminó se paró, satisfecha, con las manos en la cadera. Después levantó a Walter en sus brazos y lo cargó afuera, hacia el patio, y lo apoyó contra una pared en el lodo. Le sorprendió lo frágil y ligero que era, casi puro hueso y polvo. Tomar su mano era como levantar un nido de pájaros.

Entró de nuevo al sótano, abrió su bolsa y sacó dos frascos de aceite que traía; procedió a vaciarlos sobre la cama, el cuerpo envuelto de la mujer y las repisas de madera. Se detuvo frente a los frascos de vidrio que contenían los especímenes. Los pálidos fetos seguían flotando en ellos. Golpeteó el frasco con el nudillo. Pobres cosas. Defectos de nacimiento teratológicos. Dos de los frascos aún tenían la etiqueta de la Colección Hunteriana del Real Colegio de Cirujanos. No tenía idea de cómo una criatura tan patética como Walter Laster había logrado entrar en dicha institución y sacar esas cosas. Un misterio más. En fin.

¿Qué fue lo que la obligó a hacer lo que hizo a continuación? ¿Un presentimiento, tal vez? ¿Su «intuición», como diría Frank Coulton? ¿Algo dentro de ella en lo que había aprendido a confiar? No estaba segura, pero tomó el tercer frasco, el que contenía al feto más pequeño, con sus pequeñas pupilas cerradas como pétalos y sus facciones delicadas casi humanas. Estaba pesado, mucho más pesado que Walter, y el formaldehído se agitaba erráticamente contra las paredes de vidrio mientras ella arrastraba el frasco afuera. Walter seguía tirado en el lodo, sin moverse.

Se estaba haciendo tarde. Cuando volvió a entrar, sacó un largo fósforo de seguridad de su bolsa, lo frotó contra la pared de ladrillo y lo arrojó sobre las mantas bañadas en aceite. La habitación estalló en llamas. Ajustó el velo sobre su rostro; la marca de nacimiento, que era como una huella digital púrpura, se extendía desde su mejilla hasta su nariz y uno de sus ojos; siempre había vivido con ella. No estaría bien que la miraran. Luego salió calmadamente, dejando la puerta abierta. Tomó a Walter con un brazo, y con el otro cubrió el frasco con su chal y lo tomó también, y mientras el sótano zumbaba y rugía en llamas detrás de ella, y un ebrio en la esquina del patio alzaba su amodorrada cabeza; se abrió paso entre la niebla hasta Bloom Stairs, donde tomó un taxi.

Eso era lo peculiar de su trabajo, de lo que hacía: tenía un aspecto bastante horripilante, algo que definitivamente no era digno de una dama, pero ella lo disfrutaba mucho. Su esposo, que descansaba en paz, había notado esa cualidad en ella y la había amado por eso. Claro, no es que tuviera que quemar cuerpos todos los días —secuestrar, sí, había que decirlo como era, *secuestrar* desgraciados adictos al opio. Homicidas—. No, la mayor parte del tiempo era como una especie de administradora, como en un banco o en una oficina de seguros, algo así y supervisaba los trabajos que el doctor Berghast encargaba en la capital y los optimizaba para que fueran más eficientes. Aun así, llevaba una vida de discreción, una vida de engaño, incluso en los aspectos más aburridos de su labor. Margaret Harrogate lo disfrutaba demasiado, era demasiado buena en eso para dejarlo.

El edificio del Instituto Cairndale, en el número 23 de la calle oeste Nickel, en Blackfriars, no tenía marca ni distintivo. Era una imponente casa adosada de cinco pisos donde solo habitaba Margaret Harrogate, en la cual se deslizaba a través de las oscuras habitaciones pesadamente amuebladas, pasaba frente a la chimenea de carbón, las cortinas gruesas y cálidas, o acechaba en la ventana que daba a la calle, como una aparición. Cuando su esposo vivía tenían sirvientes y una cocinera e incluso un carruaje y caballos estabulados en la cavernosa cochera adoquinada que había en la entrada, pero ahora solo quedaba ella, y llevaba tantos años así que la presencia de otras personas se sentía como una interrupción, como un error. Pasaba los días tratando asuntos del instituto. Esto implicaba, en parte, archivar papeles, organizar correspondencia y reunirse de vez en cuando con alguno de los inversionistas del instituto, pero más que nada significaba que, cuando Frank Coulton o su nueva compañera, la señorita Quicke, traían un nuevo huérfano, Margaret debía examinarlo, confirmar la naturaleza de su talento y registrar sus descubrimientos en uno de los grandes libros de contabilidad guardados en el hueco detrás del cubo de carbón.

Talentos. Así los llamaba el doctor Berghast. Margaret había presenciado cosas perturbadoras, casi bíblicas: carne que ondeaba como agua y alteraba el rostro de un niño hasta que se transformaba en el de otro; un pequeño que había colocado su mano sobre un cadáver y este se había alzado, sin huesos, adoptando la forma de un enorme gigante de carne. Dos años atrás había escuchado a una niña de doce años, una «bruja de huesos», como la había descrito el doctor Berghast en una carta, silbar, y así sacar a un esqueleto de su ataúd y poner sus huesos a bailar repiqueteando. Eran visiones dignas de una pesadilla. Margaret Harrogate no poseía ninguno de esos talentos, gracias a Dios. Ni tampoco su esposo, cuando vivía. Y para ser franca, ya ni siquiera estaba segura de si lo que podían hacer los niños era algo natural o antinatural, bueno o malo.

Sin embargo, Walter Laster era algo malo, definitivamente. De eso estaba segura. Lo veía en su piel pálida y lampiña, como una larva, en sus apetitos y en sus dientes como colmillos. Se trataba de algo nuevo, y el doctor Berghast estaría intrigado.

Fue su esposo quien la involucró con el Instituto Cairndale, casi treinta años atrás. O al menos, su muerte lo había hecho: murió de fiebre durante el segundo invierno que pasaron juntos. Corría el año de 1855. Ella era tan joven aún. Cuando conoció a Henry Berghast, tres semanas después del funeral, no había sabido muy bien qué decir. Al llegar, el hombre abrió la reja de hierro de la calle oeste Nickel con su propia llave y tocó el timbre con un ramo de lirios en una mano y su sombrero y una cartera de cuero en la otra. Los sirvientes ya se habían marchado, así que ella tuvo que abrir la puerta.

—Mi más sentido pésame, señora Harrogate —comentó él—. ¿Tal vez su esposo le habló de mí?

Ella se quedó viendo su rostro apuesto y poderoso, su cabello negro y engominado, y dudó de haber escuchado a su esposo hablar de él.

—Soy el director del Instituto Cairndale; su esposo trabajaba para mí. Hay un asunto que me gustaría discutir con usted, en privado. ¿Puedo pasar?

—De acuerdo —respondió ella con recelo. Lo guio hasta el sofá en la sala y se sentó, con sus manos cubiertas por guantes negros cruzadas sobre su regazo. Imaginó que había ido a desalojarla.

En aquel entonces, el doctor Berghast parecía no tener edad: ni joven ni viejo, aunque sí tenía el mismo aire distante. Había a su alrededor algo magnético y concentrado, casi como un perfume. Sus gestos eran lentos y calculados. Sus rodillas y tobillos crujían ligeramente cuando cruzaba las piernas. Sin embargo tenía hombros anchos, una espesa barba negra, ojos grises y una apariencia poderosa. El traje negro que portaba estaba impecable y le ajustaba a la perfección, diseñado a la moda de la temporada, y la rosa blanca que llevaba en la solapa lucía recién cortada. Al asomarse por la ventana, Margaret notó que la tarde se había puesto gris y lluviosa, pero su visitante no estaba mojado.

—Lamento mucho su pérdida —empezó a decir. Miraba su marca de nacimiento sin rastro alguno de incomodidad—. Su esposo no le temía a la muerte, no deseaba que fuera un motivo de sufrimiento. Hablábamos del tema a menudo. Lo que nunca consideró fue cómo se suponía que sus seres queridos siguieran adelante.

—Sí —respondió ella.

—¿Ha pensado en cómo se mantendrá ahora? Sigue siendo joven…

—No estoy desahuciada, señor. Tengo una hermana en Devon.

—Ah. —Hizo una pausa, como si estuviese sopesando algo. Dobló la muñeca elegantemente sobre la rodilla y frunció el ceño con cortesía—. Esperaba que considerara otra posibilidad. Señora Harrogate, todos nosotros estamos rodeados por cosas que no podemos ver, todos los días. ¿Qué más es la pérdida si no? ¿La muerte? ¿Quién no cree en cosas que no puede explicar? Dios y los ángeles, la gravedad y la electricidad, la muerte y el misterio de la vida. Hay fuerzas que entendemos y otras que aún no. El Instituto Cairndale se encarga de cultivar y preservar uno de dichos misterios. Su esposo fue de gran ayuda para nuestra causa, así como su padre y el padre de este.

Ella asintió en silencio.

—Hablo del río, el muro, la cortina, la mortaja, señora Harrogate. Hablo del paso de este mundo al siguiente. La muerte, madame. Sabemos más de ella de lo que nos damos cuenta. —Se inclinó hacia adelante y bajó la voz. Ella alcanzó a percibir su aroma a menta y a humo de pipa—. Necesitamos a los muertos más de lo que ellos nos necesitan a nosotros, pero el cuerpo humano está conformado de casi tanto tejido muerto como vivo. Piénselo. Llevamos nuestra propia muerte a cuestas dentro de nosotros. ¿Cómo podemos estar seguros de que, cuando morimos, la proporción no es la misma, pero al revés? La química de la muerte, la física de morir, la matemática del reino de la muerte. Todos estos son misterios que la ciencia aún no ha abordado.

Parpadeó con suavidad, con los ojos ligeramente lagrimosos. Se humedeció los labios. Era apuesto y aterrador a la vez.

—Algunos de nosotros, señora Harrogate, ya viejos, fuimos bendecidos alguna vez. Nacimos con ciertos… talentos imposibles de erradicar. —Examinó su rostro con detenimiento—. El talento de manipular células muertas, por ejemplo. Tal vez lo haya visto en el trabajo de su esposo. ¿No? Puede manifestarse de muchas maneras extrañas. Puede dar la impresión de sanar, o de destruir, de terminar con la vida o de resucitar. Nunca es el tejido vivo el que se interfiere. Estos hombres y mujeres viven en Cairndale desde hace mucho, mucho tiempo. Desde que yo era niño. Desde antes, incluso.

—¿Cairndale es una especie de… hospital?

—Una clínica privada, por así decirlo. Muy privada.

Margaret Harrogate, con su vestimenta de luto, contempló a su visitante, pensativa.

—Me está ofreciendo su trabajo —expresó confundida—. El de mi esposo, el señor Harrogate.

—Su esposo tenía mucha fe en usted. Él mismo deseaba esto.

El doctor Berghast se puso de pie para marcharse. En ese momento ella notó que los helechos en las ventanas no habían sido regados desde hacía al menos una semana. Su visitante sacó de su bolso un grueso montón de correspondencia entre él y su difunto esposo, y la colocó sobre un banco.

—Cuento con su discreción —le dijo mientras se acercaba al perchero—. Sin importar lo que decida.

Durante las siguientes semanas ella se dedicó a leer detenidamente las cartas a la luz de las velas. Aparentemente, el instituto estaba ubicado en una mansión que había sido construida en el siglo XVII, a orillas de un lago y sobre lo que solía ser un viejo monasterio, unos kilómetros al noreste de Edimburgo. El doctor Berghast, hijo del antiguo director cuyo nombre era el mismo, había sido criado en ese lugar hasta que heredó el puesto. Había muchas conversaciones en las cartas de su esposo que no entendía; hablaban de un *orsine*, fuera lo que fuese, y de los huéspedes del instituto. Con el tiempo, llegaría a saber mucho más de esos asuntos de lo que deseaba. En aquel entonces, conforme leía, solo se percató de que ya había visto el lugar alguna vez, a la distancia, durante el primer verano de su matrimonio, caminando del brazo de su esposo a lo largo de un muro bajo que se desmoronaba y rodeaba los terrenos. El sol brillaba intensamente y el cielo estaba tan azul que casi se veía negro. Fue en lo alto de un acantilado de extraña arcilla roja, con vistas a un lago oscuro y a una isla a la distancia; apenas se alcanzaban a ver las nervaduras de piedra de un antiguo monasterio, y un árbol de hojas doradas que se alzaba sobre las ruinas. Había una hermosa casa señorial en la orilla, más adelante. Debajo de esta, un grupo de pinos enanos se balanceaba oscuramente con el viento. En el perímetro de piedra había un arco, construido tal vez en el siglo XIV, con musgo verde, grabado con marcas extrañas y rodeado por una reja negra con el prominente escudo de Cairndale sobre ella. Fue allí donde ella y su joven esposo habían estado, mirando a través de los barrotes, pero sin ir más lejos.

Así había sido.

Intrigada y confundida, le había escrito al doctor Berghast para comunicarle que estaría encantada de hacerse cargo de la labor de su difunto esposo. Así empezó su extraña segunda vida, la vida que había conocido durante casi treinta años, su vida de secretos y oscuridad.

Su trabajo pocas veces la llevaba al norte, al instituto. En aquellas raras ocasiones solía detener el carruaje cerca de la reja y recordar a su esposo, preguntarse qué clase de vida habría tenido. Pasaron los años; ella envejeció.

Entonces algo nuevo apareció. Algo terrible. El doctor Berghast lo llamaba un *drughr*, una criatura de sombras, que no estaba ni muerta ni viva. Claro, para ese entonces ya había escuchado rumores, indicios de sucesos extraños en Cairndale, murmullos sobre los *experimentos* del doctor Berghast. Trataba de no prestarles atención, pero ella misma había visto, durante sus travesías ocasionales al norte, cómo él estaba cambiando: sabía que le temía a *algo*, algo *antinatural*. Así que, cuando él le escribió para contarle del *drughr*, y para advertirle que este estaba acechando a los nuevos Talentos, los niños que aún no habían encontrado, ella también sintió miedo.

Fue así como comenzó todo, diez años atrás. Fue así como comenzaron los hallazgos. El doctor Berghast envió dos hombres al número 23 de la calle oeste Nickel para que trabajaran bajo las órdenes de Margaret. Ellos se encargarían de localizar a los niños, todos huérfanos. Ambos eran hombres capaces, callados y adustos. Ellos llevaban a los huérfanos, retorciéndose en sacos de yute, si fuera necesario. Sus nombres eran Frank Coulton, a quien había conocido antes, y Jacob Marber.

Jacob. Hubo un tiempo en que casi le tenía lástima. El doctor Berghast lo encontró personalmente, en las lúgubres calles de Viena. Lo rescató de la miseria y le obsequió una vida mejor. Nadie lo había visto desde hacía más de siete años, no desde aquella noche terrible en que había atacado al mismísimo instituto. Fue entonces cuando todo salió mal, cuando se puso en contra de Cairndale y asesinó a esos dos niños a la orilla del Lye, comenzando así con esos horribles actos antinaturales, lo que hizo, lo que juró que haría, esos actos de los que no hay vuelta atrás, cuando una oscuridad te invade y corroe tu ser y te deja al revés, con las costuras de fuera. Después de eso desapareció de la faz de la Tierra. Algunos dicen que fue devorado por el *drughr*, pero Margaret sabía que no era así: sabía que había sido seducido por él, que había caído ante su influencia, y que seguía allá afuera, acechando a los niños, como un monstruo de esos que aparecen en los cuentos para antes de dormir.

Había pocas cosas en el mundo que asustaran a Margaret Harrogate. Jacob Marber era una de ellas.

Todo esto ocupaba los pensamientos de Margaret Harrogate mientras sacaba con dificultad a Walter del cabriolé, pasaba por la reja del número 23 de la calle oeste Nickel y subía cuatro pisos de escaleras oscuras hasta llegar a la habitación que había preparado. No empleaba ni sirvientas ni cocineras desde la muerte de su esposo, por privacidad y por su naturaleza solitaria. Nunca tuvo problema con el trabajo pesado, desde que era niña. Lo que no podía soportar eran los chismes ni las supersticiones de los sirvientes.

Dejó a Walter inconsciente y con las muñecas y los tobillos atados a uno de los fuertes postes de roble de la cama destendida. Bajó por el espécimen dentro del frasco de vidrio y lo colocó, con cierta incertidumbre, sobre una mesa en la sala, junto a la ventana. Sacó los helechos de las macetas, uno por uno, y los puso en el rellano.

Cuando regresó arriba, Walter estaba despierto, y la observaba con una mezcla de miedo y artería. De algún modo había perdido los zapatos. Ella se acercó al armario del rincón y de la repisa superior sacó una pipa, un pequeño plato despostillado y un bote de hojalata del tamaño de un frasco de ungüento. Le quitó la tapa y sacó, con cuidado, un pequeño pedazo de resina negra de opio, cortó un pedazo y lo untó en el plato. Luego le desató una muñeca. Walter se apoyó con debilidad sobre el codo y tomó la pipa sin hablar; ella salió de la habitación y regresó con una vela. Pasó la flama unas cuantas veces por debajo del plato hasta que la resina negra empezó a burbujear y humear. Él usó la pipa para inhalar el humo profundamente. Se dejó caer sobre las sábanas con un suspiro.

Claro que normalmente sus métodos no involucraban usar opio. Tenía un polvo que guardaba en pequeños paquetes cafés dentro de un cajón con llave en su escritorio, un polvo que motivaba hasta al más renuente de sus visitantes a decir toda la verdad. Los hacía hablar, pero Walter requería algo más fuerte.

Margaret colocó el plato sobre el suelo, apagó la vela y le quitó a Walter la pipa de sus dedos húmedos. Entonces agachó el rostro de modo que sus labios quedaran a la altura de su oreja. Ya tenía mucha información. Sabía que Jacob Marber había dejado a Walter ahí, en las sucias calles de Londres, para que buscara al *keywrasse*. Sabía que esta era un arma de tal poder que podría destruir hasta aquello en lo que Jacob se había transformado. Sabía que él le temía; y sabía que jamás debía encontrarla.

Walter levantó lentamente la barbilla. Sus pupilas translúcidas se agitaban conforme la droga iba haciendo efecto.

—Walter, Walter —dijo ella en voz baja—. Vamos, cuéntanos. Cuéntanos de Jacob. ¿Estuvo aquí en Londres contigo? Tienes que recordar.

La voz de Walter era apenas un susurro.

—Jacob… Jacob estuvo aquí…

—Sí, sí, muy bien. —Ella acarició su cabeza calva con gentileza, como una madre—, pero ¿se marchó?

—Jacob… me dejó…

—Sí, así es, Walter —murmuró ella—, pero ¿a dónde fue? ¿Dónde está Jacob Marber ahora?

5

Y MÁS BRILLANTE AÚN

El forastero salió de entre el polvo y una zanja con un siniestro paso de piernas largas, tomó la carretera y, sin aminorar la marcha, giró al oeste, hacia el pueblo. Parecía no tener sombra. Cuando pasó frente a la antigua propiedad de los Skinner, con su granero y una pared destrozada, el sol se escondió detrás de una nube y la tarde se oscureció. Avanzaba a zancadas; llevaba un abrigo negro opacado por manchas de polvo de la carretera, un sombrero negro alto que cubría sus ojos y una bufanda que ocultaba su rostro. Parecía no cansarse al caminar.

El herrero lo observó con un sentimiento de aprensión a medida que se acercaba y, cuando el extraño se detuvo, el herrero se enderezó en su fragua. Tenía las mangas arriba por el calor y la pechera de su camisa estaba pegajosa. No podía explicarlo, pero aquel hombre le provocaba una profunda sensación de ansiedad.

El extraño se detuvo en la entrada; la luz del día lo ocultaba entre sombras.

El herrero estaba acostumbrado a recibir viajeros en apuros, pero como el visitante no habló, él se aclaró la garganta y dijo:

—¿Se topó con algún problema en el camino, señor? ¿En qué puedo ayudarle?

El hombre se movió y alzó la mirada, pero no bajó la bufanda que cubría su rostro. El herrero vislumbró dos luces encendidas, como pequeñas brasas, que reflejaban el fuego de la fragua.

—Estoy buscando el Circo Beecher y Fox—murmuró.

—Ah, es del circo —dijo el herrero, tragando saliva—. Habría jurado que era un forastero. ¿Se separó del grupo? Sus compañeros están en Remington, a tres kilómetros de aquí.

—Remington —murmuró el extraño.

—No tiene pierde, amigo. No viene a pie, ¿o sí?

El extraño volteó a ver los caballos herrados que relinchaban en los establos. Luego dirigió su mirada nuevamente al herrero y empezó a quitarse los guantes negros, un dedo a la vez.

—No —respondió en voz baja.

Avanzó silenciosamente mientras hablaba y cerró la puerta detrás de él.

En los días posteriores a la partida de Marlowe, Brynt no hacía más que dormir, comer y trabajar. Se sentía vacía, como si no le quedara nada en la vida. Dos veces por noche se alzaba imponente frente a las candilejas de la carpa de Fox, semidesnuda, con su cabello plateado trenzado sobre la espalda y sus tatuajes expuestos a la luz de las velas, mientras varios rostros feos la miraban por todas partes con lascivia. Luego se subía los tirantes del vestido y bajaba con fuerza del escenario. Una profunda tristeza la invadía, como una droga que nunca perdía efecto.

Sin embargo, el Sueño sí había desaparecido. Se había marchado junto con Marlowe, en esa vieja carreta conducida por la detective contratada, esa mujer tan seria de ojos oscuros y abrigo de hule, con el cuello levantado para protegerse del frío. Brynt casi lo extrañaba. Al sueño, claro, no al hombre de capa negra con largos dedos blancos y el rostro oculto en la oscuridad. Casi lo extrañaba porque era una de las cosas que le recordaban lo que había tenido, lo que siempre había temido perder.

La luz del día comenzaba a desvanecerse. Brynt se encontraba trabajando en la carpa de las fieras, limpiando los establos con una pala y acarreando cubetas de agua sucia. El arriero, encorvado en su banco de cajas con un mazo y un punzón, fijaba las correas; era un hombre hosco y desdentado como el cuero de un zapato viejo. Había pasado la mitad de su vida en las alcantarillas de ciudades que Brynt ni siquiera podía pronunciar, en Argentina, en Bolivia, y había cierta claridad en su mezquindad que hacía soportable su presencia. Los compartimentos aún apestaban al humo de la noche anterior. El holgado overol del arriero se le bajaba mientras trabajaba, y maldecía a diestra y siniestra entre dientes. A nada ni a nadie en particular, simplemente maldiciendo porque sí, como si fuera algo que requiriera su atención, como una oración o poesía. «Malditohijodeputademierda», espetaba. Y Brynt, cansada y triste, asentía en respuesta a sus arrebatos.

Marlowe no emitió ni un sonido esa última mañana. Ni una palabra. Ella caminó a su lado, sin tocarlo, hasta la carreta que se encontraba en medio de la penumbra matutina del campo, con la hierba mojada en sus rodillas, su palma flotaba protectoramente muy cerca de la nuca del niño y su chal envolvía sus hombros. Esperaba que dijera algo, lo que fuera, incluso que abriera la boca solo para decir lo mucho que le molestaba la maldita situación, pero su pequeño rostro solo se quedó viendo sus zapatos todo el camino. Se veía tan pequeño. Eso fue casi lo peor de todo para Brynt, el hecho de que no dijera nada ni siquiera cuando ella se arrodilló en el lodo frío para abrazarlo y despedirse, mientras la detective subía su pequeño baúl a la parte trasera de la carreta y se quedaba ahí parada observando, quitándose los guantes con los dientes y pasando sus manos enrojecidas sobre la yegua en medio del frío. Entonces Marlowe se subió, la detective chasqueó las riendas, la carreta crujió y empezó a avanzar traqueteando sobre el campo húmedo hacia el viejo camino que conducía al este, hacia el sol naciente.

Brynt trató de imaginarse a Marlowe feliz en compañía de la mujer, riendo por alguna tontería que ella había dicho, tal vez acurrucándose somnoliento en su abrigo frente a una fogata en una zanja al costado del camino, pero no pudo, y cerró fuertemente los ojos con desesperación. Ocho años. Su familia llevaba ocho años buscándolo. Sin duda el amor detrás de ese gesto tenía que significar algo.

«Al menos», pensó, «estará a salvo».

A salvo. En ese momento sintió algo, un brote de dolor en su abdomen, en sus costillas, repentino y precipitado, tanto que se enderezó, se llevó una mano al vientre y se quedó jadeando y mirando a su alrededor. No sabía qué le pasaba. Era como si, de pronto, no pudiera respirar. Entonces la sensación empezó a disiparse, o al menos lo peor, y ella quedó aturdida, con esa misma pesadez que había sentido desde que Marlowe se fue, o, mejor dicho, desde que se lo llevaron; era una pesadez conformada principalmente de soledad, pero también de ira, y la ira iba dirigida a ella misma. No debería haber dejado ir al chico. No solo. No sin ella.

El señor Beecher apartó la lona de la carpa con su bastón de plata, con cautela, como si no quisiera ensuciar su ropa fina, sin considerar que vivía y viajaba con un grupo de circo que visitaba los pueblos más de mierda en todo el Medio Oeste.

—Ah, conque aquí estás —comentó de mala gana—. ¿No recibiste mi mensaje?

Se limpió las manos sucias en la pechera de su camisa, las palmas y los nudillos, y lo fulminó con la mirada. Debería odiarlo por el placer con el que entregó a Marlowe a esa detective; mierda, debería haberlo despojado de su encantador trajecito de tweed y meter su blanco trasero desnudo en el excremento de las mulas, pero no lo hizo. ¿Qué le pasaba? ¿Por qué no lo había hecho?

—Olvídalo. No pienso darle vueltas al asunto —dijo con desagrado—. No somos una organización de caridad. Tu carreta está asignada para dos artistas. Ahora solo hay una, ¿verdad?

Brynt se estremeció y asintió.

—¿Muy cómoda con todo ese espacio?

—No —respondió ella.

Él la miró de arriba abajo.

—Ah. No importa…

—Le está dando vueltas al asunto, señor Beecher —afirmó ella en voz baja.

Él se puso rojo.

—El punto es que voy a asignar a la señora Chaswick a tu carreta. Llevará sus cosas en la mañana.

—La señora Chaswick.

—¿Algún problema, señorita Brynt?

—¿Es la que habla con fantasmas? ¿Qué tiene de malo el lugar donde duerme?

—No es que sea de tu incumbencia, pero por el momento duerme en la carreta destartalada con el viejo señor Jakes. No es muy apropiado.

Y son espíritus, no fantasmas. —Se dispuso a marcharse, pero se detuvo y se pellizcó el puente de la nariz—. Y algo más. No vengas conmigo a quejarte de cómo huele. Ya lo sé y no me interesa.

Brynt extendió una de sus grandes manos para evitar que el pagador se marchara.

—Señor Beecher —dijo ella—. Espere.

Él volteó a verla, irritado.

—No es una negociación, mujer.

—La detective, la que se marchó con Marlowe... ¿Le dio alguna dirección? Dijo que iría a algún lugar en Escocia, ¿no?

El señor Beecher caminó distraídamente hacia la barandilla de un compartimento y raspó la suela de su bota contra él. El caballo que se encontraba dentro de este se movió, inquieto. El arriero seguía maldiciendo entre dientes al otro lado de la carpa. «Malditaperrademierda. Mierdamierdamierdamierda». Beecher no le prestó atención.

—¿Señor? —insistió ella.

—Alice Quicke. Ese era su nombre. ¿Qué, estás pensando en dejarnos también? ¿Piensas en ir detrás del niño?

Lo dijo con una sonrisita mezquina en el rostro y su pequeño bigote se crispó. Por un largo momento Brynt no respondió.

Luego dijo:

—Tal vez.

—Si no terminas tu contrato, no recibes paga —respondió él bruscamente.

—Solo me gustaría escribirle una carta, señor Beecher.

Él resopló.

—Bueno, no puedo ayudarte. Tal vez Felix sepa. Aunque solo Dios sabe qué tanto de lo que dijo esa mujer sea cierto. Puedo oler una mentira como si acabara de pisarla, señorita Brynt. No había ni medio dólar de verdad saliendo de la boca de esa mujer.

Brynt levantó la cara y volteó a verlo directamente a los ojos. Sentía que su rostro se calentaba.

—¿Y lo dejó marcharse? —masculló ella—. ¿Sin decir nada?

Beecher sonrió.

—Ay, mírate —dijo, y guiñó un ojo—. Estoy bromeando, mujer. Anímate.

Cuando se marchó, Brynt se quedó parada un largo rato, cabizbaja. Luego salió de la carpa con la pala en la mano. Necesitaba aire. Su trenza plateada caía larga y pesada sobre un hombro. Sus ojos se dirigieron a las tiendas remendadas y caídas; la gran carpa se cernía por encima de todo, cubriendo el lugar en una sombra fría y opaca contra el cielo de la tarde.

«Marlowe», pensó.

Entonces fue cuando la vio. Una figura.

Una figura que avanzaba entre las cuerdas como un destello de oscuridad.

Brynt empezó a temblar y dejó caer la pala sobre el lodo con un golpe. La cabeza le daba vueltas. Era él. El hombre sombra. El hombre del Sueño, con largos dedos blancos, el abrigo tan negro como el alquitrán, una bufanda cubriendo su rostro y un sombrero vaquero que ocultaba sus ojos.

El hombre no volteó hacia donde estaba ella. Caminaba a zancadas entre los charcos a la luz de la tarde y se deslizaba entre las carpas rápidamente, pero había algo malo en él, algo confuso, como si saliera humo negro de su vestimenta al moverse. Era alto, tal vez tan alto como ella, aunque ni la mitad de fuerte. Brynt sintió que la invadía una sensación terrible y nauseabunda.

Sabía lo que quería.

A Marlowe.

Tomó la pala del lodo, giró su hoja frente a ella como un hacha y limpió el fango de su manga. Entonces empezó a seguirlo. Ella se veía enorme, de cabello plateado, y llena de una furia que no había conocido antes. No parecía haber nadie cerca; por algún motivo las carpas estaban calladas. Chapoteó a través de los charcos resbaladizos, más allá de los fogones, siguiéndolo.

El extraño giró a la izquierda, luego a la izquierda otra vez, y reapareció del otro lado de una carreta. Brynt se apresuró. La figura no volteó hacia atrás ni una vez. A ella ni siquiera le hubiera importado. Quería que volteara, que la viera; así de grande era su ira. Ella conocía su fuerza; una vez había tumbado a un puma en un miserable pueblito de México. Eso había sido muchos años atrás, ahora era mucho mayor, pero era lo bastante fuerte para enfrentarse a un hombre de su tamaño. El miedo era para los pequeños.

Él se detuvo frente a la carpa de Felix Fox. Entró con sigilo y desapareció. Brynt echaba chispas por los ojos. Balanceaba la pala a su lado y tenía la cabeza agachada como un toro, sus pequeños ojos entrecerrados y no bajó la velocidad ni un poco. Se resbaló con el lodo, pero logró recuperar el equilibrio, llegó a la carpa, inhaló profundamente, levantó la puerta de tela con la pala y entró.

Adentro estaba oscuro. Callado. Se detuvo un momento para que sus ojos se adaptaran. Había un escritorio, un archivero. Tres sillas vacías. Cuando dio un paso adelante notó que las tablas sueltas del suelo tenían una costra de fango. La parte trasera de la tienda estaba separada por una cortina, detrás de la cual Felix tenía su pequeña cama, su armario y una cubeta para limpiarse. Se acercó para revisar, pero el extraño no estaba ahí, ni Felix tampoco. Claro, a esa hora seguro estaría ensayando los actos en el escenario principal, pero no entendía; el extraño no podía haberse marchado: solo había una salida. Pasó por la cortina y se quedó parada con los hombros encogidos para evitar golpear el techo, y con la pala suelta al costado. Escuchó, pero no pudo oír nada.

—No estás loca —masculló, al ver su figura corpulenta en el espejo.

Por todo el escritorio había una fina capa de polvo. Ella se agachó, preocupada, y pasó dos gruesos dedos por él, dejando un pálido rastro torcido en la madera. Sus dedos salieron negros.

Ya era de noche cuando Felix Fox dejó al señor Beecher, con todos sus libros de contabilidad y sus columnas de números pequeños y sus horarios de ferrocarril, y empezó a caminar cansado por los enlodados terrenos hacia la carpa principal. Sus anteojos estaban doblados y guardados en el bolsillo del pantalón. Los faroles ardían frente a él. Podía escuchar a los caballos relinchando en el corral. Tendrían que moverse pronto, todos. No estaban vendiendo boletos. Ese era el resumen de las quejas del señor Beecher, pero aún no habían terminado de reparar algunas piezas de las ruedas de las carretas donde transportaban el equipo, que se dañaron cuando quedaron varados en medio de una tormenta cerca de Bloomington, y el nuevo herrero siempre estaba ebrio antes del desayuno.

«Bueno, que Beecher se preocupe por eso», se dijo a sí mismo. Su socio se ocupaba del dinero, la organización, los horarios y otros compromisos. Vaya, prácticamente dirigía el circo cuando este estaba de gira, pero si Beecher era el cerebro de la operación, Felix Fox era el corazón. Él era un artista. Había estudiado el arte del Pierrot en Bolonia, manejo de marionetas en Praga, y había trabajado con acróbatas en los cálidos y soleados pueblos de Provenza. Era él, Felix, quien ideaba los estilos, los temas y las coreografías de todos los actos, y él, Felix, quien trabajaba en la pista todas las tardes para entrenar a los artistas, y él, Felix, quien pintaba la escenografía y se encargaba de la ebanistería y revisaba dos veces los nudos en las cuerdas de seguridad. Si bien era verdad que sin Beecher no habría circo, sin Felix no habría espectáculo.

Encendió un puro mientras se acercaba a la gran carpa. Escuchaba las risas que provenían del interior. Scootch estaba recibiendo los boletos en la entrada, con una caja para el dinero colgando del cuello y las manos en los bolsillos.

—¿Noche lenta? —preguntó Felix en voz baja.

—Más lenta que el culo de un caracol. —Scootch se encogió de hombros e inclinó su sombrero hacia atrás—. Creo que este rumbo ya está próximo a secarse, señor Fox, si no le importa que lo diga.

Felix guiñó el ojo.

—Ya pronto nos moveremos, chico—respondió—. A pastizales más frescos y todo eso.

Entró. Las gradas no estaban llenas ni a un cuarto de su capacidad. La joven Astrid, con su maquillaje teatral y sus pantalones bombachos, caminaba alrededor de la pista mientras tocaba una melodía en su corneta. Una chica muy talentosa. No tenía ni quince años y ya podía hacer malabares, caminar por la cuerda floja y payasear tan bien como cualquier profesional. Después de una caída le había salido un moretón que decoloraba la mitad de su rostro, pero el público jamás lo notaría con todo el maquillaje. A Felix siempre le había maravillado la belleza de todo eso: cómo una carpa andrajosa salpicada de lodo podía transformarse, a la luz del fuego, en algo tan *sublime*; cómo los artistas, con sus cansados ojos sombríos y sus costillas hambrientas, podían lucir tan *hermosos*; cómo las mulas podían transformarse, con un toque de pintura aquí y allá, en corceles tan gráciles como cualquier semental. Oh, sin duda había magia en todo eso.

Se puso los anteojos y caminó lentamente por el perímetro de la pista, contando cabezas por costumbre. Había faroles encendidos colgando de clavos en postes sobre las gradas y velas cubiertas que servían como candilejas en la pista. El aire estaba lleno de humo y sombras. Felix contó veintitrés cabezas, ocho de las cuales reconocía como integrantes del equipo. Eso quería decir que solo habían vendido quince entradas, incluso después de haber bajado el precio. Lamentable. Se quitó los anteojos y se pellizcó los párpados un momento. Tal vez el espectáculo secundario había tenido mayor asistencia.

Aunque no ayudaba el hecho de que «Marlowe, el Sorprendente Niño Brillante», se hubiera marchado. Ni que Brynt luciera tan apagada y deprimida cuando se paraba frente a la multitud. «Un mal negocio», pensó. Los artistas iban y venían, claro, aunque rara vez incumplían sus contratos y nunca había perdido parte de su espectáculo por una detective.

Se abrió paso por la oscuridad hasta su tienda, cabizbajo. Tiró su puro en el lodo, lo aplastó con el talón y luego entró. Ya se había quitado el sombrero en la penumbra, cuando sintió que algo estaba mal. Había un ligero hedor a hollín en la oscuridad.

—¿Hola? —dijo—. ¿Hay alguien ahí?

—Señor Fox —respondió una voz—. Lo he estado esperando.

—Estos son mis aposentos privados, señor —respondió Felix bruscamente. No estaba seguro de dónde provenía la voz—. Imagino que viene del *Daily Almanac,* ¿verdad?

Se sentó frente a su escritorio y buscó a tientas el farol hasta que logró encender la mecha y cerrar la puertita de vidrio. Entonces alzó la mirada. El extraño estaba parado en la oscuridad, junto al archivero y su rostro estaba cubierto por una bufanda negra. Intranquilo, Felix tragó saliva. No lucía para nada como un reportero de un pueblo pequeño. El hombre era alto y delgado, traía puesto una especie de abrigo o capa negra y larga, y un sombrero de copa que le cubría los ojos.

—Por favor, señor, dígame qué asunto lo trae aquí —añadió Felix, irritado de repente. Estaba cansado y no eran horas de recibir gente sin cita. Jugueteaba con el cuello de su camisa—. Si no le importa, tengo un circo que dirigir. Estoy en horas de *trabajo.*

—No hace falta que se preocupe por la presentación de esta noche, señor Fox. Ya me he encargado de todo. —La voz del desconocido era suave y grave. Tenía acento inglés. Antes de que Felix pudiera preguntar de qué diablos hablaba, el extraño añadió—: Recibió una visita recientemente. Un hombre de Inglaterra, de nombre Coulton, ¿verdad?

Por alguna razón Feliz empezaba a sentir que le faltaba el aliento.

—¿Quién? —preguntó. Quiso beber un vaso de agua, pero no encontró ninguno.

—Coulton —repitió el extraño—. Un detective.

—Nunca he conocido a nadie llamado Coulton —gruñó Felix. Su respiración se estaba volviendo acelerada ahora y superficial—. Disculpe, señor, ¿no le parece que hay algo de humo aquí? ¿Le parece si salimos?

—No me mienta, señor Fox.

Felix se puso de pie. Se sentía mareado.

—Disculpe, necesito un poco de aire…

—*Siéntese.*

Aturdido, Felix se sentó.

—Responderá mis preguntas, señor.

De pronto Felix sintió temor. Se quedó viendo al extraño. No sabía cómo, pero de pronto comprendió que era él quien estaba provocando su asfixia y la falta de aire.

—El detective —repitió pacientemente la voz—. Frank Coulton. Cuénteme de él.

—Era una mujer —respondió Felix jadeante—. Alice Quicke. Vino. Por el chico de Brynt.

—¿El chico de Brynt?

—Marlowe. Trabajaba. En el espectáculo. Para nosotros.

El extraño se movió en la oscuridad, asintiendo.

—¿Qué hacía exactamente este chico?

A Felix se le hincharon los ojos; su corazón latía con fuerza en su pecho.

—Nada. Brillaba. De color azul. Como un farol. Por favor, nunca le pregunté…

—Cuénteme de la mujer. Alice… Quicke. ¿Se llevó al chico?

—A Inglaterra. Sí. Halliday. El apellido. De Marlowe. Era Halliday.

—¿Cuándo se marchó?

—La semana pasada…

—Me temo que le han mentido, señor Fox —anunció con calma el desconocido—. No hay ninguna familia Halliday. El chico, Marlowe, ha sido robado. Lo llevarán a una mansión en Escocia. El Instituto Cairndale. Ahí le harán cosas, cosas terribles. Tenía la esperanza de salvarlo de ese destino.

Felix se rascaba el cuello y tiraba de su corbata. El desconocido había dado un paso hacia adelante para salir de la oscuridad, pero de algún modo esta parecía emanar de su cuerpo, como si las cenizas brotaran de su ropa, de su propia piel.

—Lo que me gustaría escuchar, señor Fox —siguió diciendo— es todo lo que sepa de este chico. Su edad, cómo luce, de dónde viene, quién lo ha estado cuidando. Todo. No omita ni un detalle. ¿Podría hacerme ese favor?

Felix empezaba a ver estrellas en el borde de su visión.

—Sí —apuntó con voz entrecortada.

—Excelente —respondió el extraño, acercándose. Se sentó en una silla frente al escritorio, cruzó una pierna sobre la otra y se alisó el pantalón. Con cada movimiento que hacía, un bucle de polvo negro, como humo, se elevaba y se disipaba en la oscuridad—. Entonces no perdamos más tiempo —murmuró.

Se quitó el sombrero y desenredó la larga bufanda negra. Fue entonces cuando Felix vio su rostro.

«Claro que el bastardo de Beecher no podía decirle nada», pensó Brynt. «Él no sabía nada que no cupiera en un libro de contabilidad».

Bajó el maquillaje y la brocha de pelo de caballo y se quedó contemplando su reflejo en el espejo que Marlowe había colgado en un clavo detrás de la puerta de su carreta meses atrás. Marlowe. El espejo era para él, por lo que ella tenía que encorvarse en el suelo para ver. Su rostro maquillado para el escenario le devolvió la mirada, blanco por el polvo, con los ojos ennegrecidos y feroces en la luz parpadeante. Aparte del maquillaje estaba desnuda. Sus tatuajes cubrían su piel, y cada uno de ellos representaba un recuerdo, una historia de algún lugar que había visitado, una persona que solía ser. Un dragón enroscado alrededor de una media luna hecho por un artista chino en San Francisco. Esa fue la semana en que se enteró de la muerte de su hermano. Un árbol roto se elevaba sobre su costilla izquierda, regalo de un artista gitano en España. Gitanos, así llamaba a su gente. Habían sido amantes durante dos semanas, y cierto día ella se había despertado sola en un campo y él se había ido, desaparecido en la oscuridad. Le había dejado su cadena de oro. Zorros, fénix, hadas, duendes. Entre sus pesados pechos había un ornamentado crucifijo, Jesucristo con su corona de espinas y apartando su rostro afligido. Ese lo había pagado con los pocos dólares que le quedaban poco antes de la muerte del reverendo. Antes de que Eliza Grey desapareciera, y Marlowe se convirtiera en el receptor de su afecto. Había un último espacio sin tinta, justo arriba de su corazón, que algún día llenaría con la silueta de un niño brillante. Su niño. Sobre la mesita ardía el cabo de la vela con luz parpadeante sobre un plato. Ella se incorporó a medias, se puso la ropa interior con dificultad, luego el vestido y se echó su chal más cálido sobre los hombros. Apagó la vela.

«Olvídate de Beecher», pensó. Si quería seguir a Marlowe, tendría que hablar directamente con Felix Fox.

Al llegar a la puerta dudó y echó un vistazo hacia atrás. La pequeña carreta era oscura y estrecha. No había nada ahí que ella amara. Ni siquiera podía pararse derecha, pero a dondequiera que dirigiera la mirada veía y escuchaba a Marlowe, con su vocecita seria. Había empacado un maletín con ropa y sus demás pertenencias. Metió la mano debajo de la mesa, sacó el libro de grabados que a Marlowe le gustaba mirar y lo metió también. Luego echó un vistazo alrededor. La mujer de los fantasmas podía quedarse con su carreta. Brynt se marcharía en la mañana.

O tal vez se marcharía, se corrigió a sí misma, mientras bajaba por las temblorosas tiras de madera y salía chapoteando en el barro. Ojalá pudiera marcharse. Era de noche y el circo estaba en plena función. El aire se sentía frío. Alcanzaba a ver los faroles de colores de la gran carpa brillando detrás de la fila de carretas. Primero escucharía lo que Felix Fox tuviera que decirle, sí. Luego decidiría. Aunque había recorrido gran parte del mundo, y aunque no temía mucho por su propia seguridad, necesitaba algo con que empezar, alguna información que le permitiera seguirle el rastro a Marlowe.

No había dado ni diez pasos cuando de pronto escuchó un zumbido detrás de ella, casi como una gran succión repentina de aire, luego un resplandor naranja iluminó el cielo. Sintió una onda de calor que se extendió más allá de las carretas y de las tiendas, y volteó hacia atrás. La carpa principal se estaba incendiando.

Por un momento Brynt no reaccionó. Solo se quedó parada frente al espeluznante resplandor y lo miró fijamente, tratando de encontrarle sentido a la realidad que conocía. Entonces empezó a correr.

Había otros corriendo a su lado, rebasándola. Hombres, mujeres. Algunos gritaban pidiendo cubetas y agua. La carpa era una cortina de llamas; el fuego azul y blanco se extendía por la lona y subía por las vigas como un ser vivo. El calor era inmenso. Brynt podía escuchar los relinchos de los caballos en el interior, espeluznantes y horribles. Caminó por el perímetro, contemplando los rostros horrorizados y manchados de hollín que gritaban para que les llevaran agua, para que hicieran una fila, para que quitaran todo del camino. La luz del fuego le daba a toda la escena un brillo estridente, alucinante y extraño; las sombras danzaban sobre la hierba como un peculiar tatuaje viviente. Había hombres y mujeres del pueblo, de Remington, algunos a medio vestir, corriendo por el campo para ayudar. Brynt vio al señor Beecher en mangas de camisa cargando una cubeta en cada mano y masticando un cigarro sin encender. Vio al arriero guiando un caballo que cojeaba, lejos del fulgor, y lo escuchó maldecir por encima del bullicio. Vio a un alto payaso con el maquillaje derretido, arrojando agua al fuego, una cubeta tras otra y otra.

No vio a Felix Fox por ningún lado.

Se detuvo y echó un vistazo a su alrededor, pero no estaba ahí.

—¿Quién sigue adentro? —le gritó a un operador, uno de los hombres que manejaban el volante de la carpa.

Estaba ennegrecido por el humo.

—¿El señor Fox sigue adentro?

Él la miró boquiabierto y sacudió la cabeza.

—No lo sé —dijo—. Nunca lo vi.

Entonces Brynt empezó a correr. Mientras huía del fuego podía sentir el terrible calor en la espalda. Corrió entre el frío de las carretas, buscando la tienda de Felix Fox. Cuando la encontró no había luz adentro. Irrumpió en ella, gritando su nombre.

—¿Señor Fox? ¡Señor Fox! —gritó.

La tienda estaba callada y oscura. Avanzó a tientas hasta el escritorio, y recordó lo que había visto antes ese día. Encontró el farol y la vela y se sorprendió al percatarse de que seguían calientes. Alguien había estado ahí hace poco. Buscó el pedernal, encendió la vela y cerró la puertita de vidrio. Entonces vio el cuerpo.

—Dios mío —susurró.

El señor Fox yacía tumbado en la silla detrás del escritorio, con sus largas piernas extendidas y sin un zapato. Su rostro tenía un tono rojo oscuro, sus ojos estaban moteados de sangre y sus pupilas, al igual que la piel debajo de sus ojos, estaban amoratadas. Sus dedos en forma de garra estaban vueltos hacia arriba en su regazo como si buscara una bendición, como si buscara la gracia.

Había muerto sufriendo.

Por encima de todo, como una fina capa de nieve oscura, yacía el mismo extraño hollín negro y sedoso que ella había encontrado antes ese mismo día.

Mareada, Brynt salió tambaleándose de la tienda. Le costaba respirar. El fuego seguía arrasando los terrenos del circo. Se quedó un largo rato parada en la quietud que reinaba en esa parte del campo, observando el brillo anaranjado sobre las tiendas y entonces, sin pensarlo, casi como si fuera otra persona, caminó lentamente hasta su carreta y tomó el pequeño maletín de la mesa, el mismo que había empacado esa noche, el que contenía su ropa y el libro de grabados para Marlowe. Se alejó del horror, del clamor y de la masacre, y se dirigió al pueblo.

Al llegar al borde de la luz del fuego se detuvo. Había algo por la cerca, una figura, perfectamente quieta en medio de la penumbra. Una figura que sostenía un sombrero y era casi indistinguible de la misma oscuridad. Brynt, cuya ropa estaba manchada de humo y sudor, lo reconoció de inmediato. Sabía quién era. Y lo que había hecho. Sobre todo, sabía a quién buscaba. Se le fue la sangre a la cabeza y los oídos le palpitaron. El monstruo estaba inmóvil, con las manos sueltas a los costados, viendo cómo la carpa se quemaba y se desplomaba sobre sí misma. Después de un rato se puso el sombrero, dio la vuelta y se adentró en silencio en la oscuridad de la noche.

Brynt lo siguió.

6

DESPERTANDO AL *LICHE*

Charlie Ovid no recordaba a su padre. Algunas noches, cuando era muy pequeño y su madre aún vivía, ella le contaba del hombre que le había dado la vida y al que había amado, y él la escuchaba murmurar a la luz de la luna en algún barrio lleno de gente. Era un buen hombre, solía decir ella, pero problemático. Ella nunca conoció a la familia de él. Él había dejado todo atrás y se había ido a Londres para abrirse paso en la vida. Fue ahí donde ella lo conoció y se enamoró.

—No se suponía que los de su clase y los de la mía estuvieran juntos en ningún lugar, Charlie —solía contarle—, pero a él no le importaba. Él creía que venía un mejor mundo en camino, uno del que todos podríamos formar parte. Simplemente teníamos que sobrevivir lo suficiente para verlo.

Charlie escuchaba con asombro entre las sombras, mientras su madre pasaba sus dedos callosos por su cabello. Ella era hija de un liberto jamaiquino. Sus padres aún eran jóvenes cuando los trajeron a Inglaterra desde una plantación al norte de Kingston. Su benefactor era un hombre blanco acaudalado y pudiente que también, solía mencionar ella a menudo, estaba tan indignado con el estado del mundo, como el padre de Charlie. Tal vez, en parte, ese fue el motivo por el que se había enamorado de él, murmuraba ella. Y a veces, cuando consideraba que era seguro, sacaba de su falda el pequeño anillo de boda de plata que le había dado el padre de Charlie, y lo presionaba contra la muñeca de él, para que pudiera mirar las extrañas marcas a la fría luz de la luna: los martillos gemelos cruzados y el sol ardiente, hasta que se desvanecían y desaparecían de su piel.

¿Quién era su padre? ¿Qué le había ocurrido? ¿Cómo había sido su vida antes? Todo esto estaba más allá de lo que Charlie podía imaginar. Era como un dolor que le calaba hasta los huesos, tanto por lo que recordaba como por lo que no recordaba. A veces se ponía a pensar en el hecho de que su piel podía sanar sin problema, pero que las verdaderas heridas, las que se encontraban en lo profundo de su ser, nunca sanaban. Cuando su madre murió, deambuló por un tiempo buscando trabajo. Tenía la vaga idea de encontrar la tumba de su padre por allá en el oeste, de pararse con la cabeza descubierta sobre la tierra seca y las piedras que contenían al hombre que su madre había amado, y que lo había amado a él, a Charlie, y presentar sus respetos, pero desde luego que esto no podría ser; un niño mitad negro, sin familia ni apellido, no podía vagar por los condados del sur en mangas de camisa sin meterse en problemas más temprano que tarde.

Entonces, ese tal señor Coulton había llegado a su vida, un hombre de Inglaterra que lo buscaba precisamente a él, a Charlie. Tenía el mismo emblema, los martillos y el sol ardiente, en un sobre que llevaba consigo. Charlie era precavido, cuidadoso y sentía una terrible ansiedad. Estaba seguro de que, de algún modo, en Cairndale descubriría más sobre su padre, sobre quién era y lo que le había ocurrido.

Solo tenía que encontrarlo.

Lo curioso era que el señor Coulton, con sus brillantes chalecos amarillos y su bigote castaño rojizo, no se parecía a ningún hombre blanco que Charlie hubiera conocido antes. Lo hacía pensar en aquel benefactor de las historias de su madre, el hombre blanco que, años atrás, había ayudado a sus abuelos a salir de Jamaica. Durante ese largo viaje a través del océano, en la lujosa cabina inferior de primera clase del *SS Servia*, un barco de vapor con deslumbrantes revestimientos de latón y luces eléctricas en la taberna y un casco que cortaba las olas grises como una cuchilla, cada vez que el señor Coulton veía a Charlie, en verdad lo *veía*, sin disgusto ni nada parecido, sin ira, sin dar la impresión de que veía en él una rata para triturar. Simplemente lo veía como a cualquier otra persona; por ejemplo, al viejo camarero que les llevaba toallas calientes cada tarde, o al chico de cara roja que les llevaba su ropa planchada y limpia. Charlie, que estaba acostumbrado a agachar la mirada en presencia de un hombre blanco y a temblar en espera del látigo, simplemente no sabía cómo reaccionar.

Desembarcaron en Liverpool una mañana lluviosa, y el señor Coulton cargó personalmente su maleta y caminaron uno al lado del otro por la colina bajo la lluvia hasta llegar a la estación de tren. El agua corría por sus cuellos y se filtraba en sus zapatos, increíblemente fría; nada que ver con la lluvia en la región del Delta o las lluvias torrenciales de río que siempre había conocido, y nadie se les quedaba viendo con recelo ni siquiera el agente de policía balanceando su cachiporra en medio de la llovizna. Después, el señor Coulton, con su bigote y sus grandes manos de aspecto maltratado y su bombín magullado, compró dos boletos hacia el sur, para la estación de St Pancras, en Londres.

Mientras el vagón de tren traqueteaba y cambiaba de vía y ganaba velocidad, y la lluvia salpicaba las ventanas, Coulton cerró la puerta del compartimento con un clic, se sentó frente a él, se quitó el sombrero y pasó una mano por su cabeza calva. Alisó los pocos pelos que tenía y suspiró.

Charlie siempre había vivido en chozas de tierra en Misisipi, en habitaciones comunales abarrotadas y hasta en el campo en pleno verano. Se bañaba en los ríos fríos los domingos, antes de caminar arduamente nueve kilómetros entre el polvo para llegar a la iglesia. Siempre había tenido un solo par de zapatos, que habían pasado de ser demasiado grandes a demasiado pequeños y, finalmente, a nada.

Para la gente blanca no solo era el hecho de que fuera rica o de que pudieran hablar como quisieran o ir a donde quisieran. No se trataba solo de sus caballos castrados o sus carruajes o sus sirvientes con librea. Era más que eso. La gente blanca iba por la vida como si el mundo fuera un lugar que tenía el potencial de ser distinto, de cambiar, así como una persona podía cambiar. Charlie siempre había pensado que esa era la diferencia principal. A veces tenía que recordarse a sí mismo que seguramente su padre solía ser así. Y este hombre, el señor Coulton, quien le había comprado a Charlie ropa nueva en Nueva Orleans, que pagó por su comida, que le hablaba con calma y en voz baja, sin pedirle nada, era igual en ese aspecto. Simplemente no entendía lo que era que te quitaran todo lo que tienes, de un momento a otro. Que tu vida no valiera ni un penique, una vez que la perdieras. Él también era inocente cuando se trataba de eso. Como cualquiera de ellos.

Habían pasado semanas en el mar, mientras que el viaje en tren hacia el sur solo había tomado unas horas. Sin embargo se sintió igual de largo. Dondequiera que mirara, Charlie veía cosas extrañas: campos de un verde profundo, grupos de árboles de aspecto extraño, cercas y ovejas en colinas distantes, como en una pintura que había visto una vez en el juzgado en Natchez, justo antes de su juicio. Aún más extraño era que todas las personas en la plataforma del tren, así como aquellas que avanzaban por los angostos corredores, eran blancas, pero no se estremecían al verlo, como ocurría en su hogar. Simplemente asentían, inclinaban sus sombreros y pasaban de largo.

Durante la primera hora del viaje, Coulton se quedó sentado con los ojos cerrados; sus hombros y su chaleco amarillo se balanceaban al ritmo del traqueteo del tren. No estaba durmiendo; Charlie se dio cuenta. Pasaban rugiendo a través de túneles de largas y resonantes tinieblas y luego salían hacia la luz gris del día.

—Disculpe, señor Coulton —intervino Charlie finalmente—. ¿Alguien se ha marchado de Cairndale antes? Quiero decir, ¿hay alguien que se haya marchado sin dejar rastro?

—Cairndale no es una prisión, chico. Puedes marcharte si quieres.

Charlie se humedeció los labios, cauteloso.

—No, quiero decir… ¿conoce a alguien que lo haya hecho?

Coulton levantó uno de sus pesados párpados y entrecerró los ojos ante la luz.

—Nunca he sabido de un Talento que quisiera irse después de llegar ahí —dijo él—, pero la gente es libre de ir y venir, si así lo desean. Verás, Inglaterra es un poco distinta a tu país, chico.

Charlie se le quedó viendo.

—Londres es un hervidero de gente. He visto toda clase de personas ahí y no me refiero solamente a la gente de Cathays o a los moros.

Me refiero a tahúres, asesinos y carteristas que podrían quitarte un pedazo de cuerpo sin que lo sintieras. Sí. Es el maldito corazón del mundo. Además, todos esos condenados son libres de ir y venir como les venga en gana.

Charlie no siempre entendía lo que decía el señor Coulton. No era solo por su acento, sino por lo que decía. A veces parecía que el inglés hablaba un idioma distinto.

—No pareces un chico que haya sido capaz de matar a dos hombres —añadió Coulton.

No, no siempre entendía lo que le decía el hombre, pero entendió eso.

Apartó la mirada. Apartó la mirada en parte porque no sabía qué decir, pero principalmente porque no era cierto. No era un chico que hubiera matado solo a dos hombres. Esa era la cosa, eso es lo que no estaba diciendo. Sí, se sentía atormentado por haber apuñalado al ayudante del *sheriff* en el cuello. Lo veía todo el tiempo en su mente, lo que había ocurrido, cómo se había sentido... todo había sido tan rápido. Le provocaba náuseas. Uno no podía crecer negro, solo y desprotegido en la región del Delta sin ensuciarse las manos en algún momento.

La primera vez que peleó con un hombre tenía nueve años; su mamá no llevaba ni dos semanas enterrada. Eso fue para conservar el pequeño saco de tela con monedas que su mamá le había puesto en las manos mientras agonizaba. El hombre lo había dejado ensangrentado y había salido del establo con las monedas en la camisa, y Charlie casi había muerto de hambre después de eso. Tenía diez años cuando dejó a un hombre atrapado debajo de la rueda de una carreta, bajo la lluvia, y tomó su abrigo y un saco de comida y huyó hacia la oscuridad. Si eso no era matar, no estaba lejos de serlo. También se había sentido hambriento en ese momento, pero tenía tantas náuseas por lo que había hecho que no pudo comerse la comida del hombre, y cuando volvió, dos días después, el hombre y la carreta ya no estaban.

Ante los ojos de Dios no podía disimular ni ocultar nada. Era verdad, había matado antes. Esa era la triste realidad. Un chico como él, de catorce años, que vivía con él en una bodega en ruinas le había enseñado a beber. El nombre del chico era Isaiah. Tenía dos prominentes dientes al frente y un ojo raro, pero tenía un sentido del humor ágil y solía hacer reír a Charlie. Se habían terminado una botella, y como lo harían unos niños bajo los efectos del alcohol, se habían puesto a discutir y luego a pelear, y Charlie lo había empujado contra una pared donde sobresalía una estaca, una especie de percha para los costales del viejo almacén. El chico estaba muerto antes de que Charlie pudiera reaccionar. Eso destrozó a Charlie. Jamás volvió a tocar una botella ni lo volvería a hacer.

Luego había sido el supervisor.

Ahora el ayudante del *sheriff*.

Sabía que el ayudante era un hombre malo y cruel; aunque ya no hubiera podido seguir atormentándolo a él, habría encontrado a alguien más. Sabía que, si no hubiera intervenido, el hombre podría haber lastimado a la mujer blanca que lo rescató. La señorita Quicke. Alice. A pesar de que estaba consciente de todo esto sentía náuseas por lo que había hecho. Quitarle la vida a alguien era lo más terrible que alguien podía hacer.

Sin embargo, no podía hablar de esto con el señor Coulton ni con nadie. Guardó sus sentimientos cerca de su pecho y trató de ignorarlos. Esa era la mejor forma de sobrevivir. Así, cuando llegaron a la estación de St Pancras, en medio de un rugido de vapor y humo, Charlie bajó del tren y contempló con asombro todo lo que lo rodeaba. Era lo suficientemente alto para ver por encima de los sombreros de la multitud. El aire estaba ennegrecido con hollín; el techo de acero y cristal se elevaba muy por encima de él. Siguió al señor Coulton de cerca entre la multitud de cuerpos, entrecerrando los ojos y ahogándose. Pasaron junto a maleteros con chambergo y baúles apilados en carritos, hombres con sombreros de copa negra, floristas con cajas atadas alrededor del cuello, obreros, barrenderos y mendigos; luego salieron a la turbia oscuridad parda de una tarde lluviosa. La lluvia caía a montones, y los adoquines se encharcaban y brillaban, pues las luces de gas ya estaban encendidas. Charlie miraba todo, el rugido y la multitud de humanidad, como si el mundo entero se reuniera en esa plaza adoquinada a las afueras de la estación de St Pancras. Tal vez así era.

El señor Coulton lo llevó directamente a una parada de taxis en la esquina y ambos subieron a un cabriolé de dos asientos; luego se asomó para llamar la atención del conductor, quien estaba del otro lado de la plaza, junto a un carrito de comida, aplaudiendo para calentarse las manos. Al ver la señal de Coulton se acercó corriendo.

—Veintitrés de la calle oeste Nickel, por favor —pidió Coulton, golpeando el techo con su bastón. Sus mejillas estaban enrojecidas y picadas por el frío—. Blackfriars. A toda prisa, si es tan amable. —Gruñó y se acomodó en el asiento; el cabriolé chirrió y se estremeció. Luego le sonrió a Charlie—. Bienvenido a Londres, chico. Bienvenido a la gran ciudad.

—La gran ciudad —murmuró Charlie sorprendido mientras se ponían en movimiento.

La oscura ciudad pasaba con rapidez. La lluvia corría por los cuartos traseros del caballo frente a ellos como cuerdas plateadas. El cabriolé se sacudía y crujía al pasar por las calles concurridas.

Lenta, muy lentamente, Misisipi y todos sus horrores, su clima caliente y pantanoso, el vasto cielo y toda la mezquindad del lugar empezaron a desvanecerse y deshacerse en su mente, como tinta de periódico bajo la lluvia.

Se detuvieron frente a una alta vivienda adosada en la esquina de una calle bien cuidada. Las ventanas estaban oscuras. Había bolardos que bloqueaban el paso de los peatones y adoquines que brillaban en la penumbra de tono marrón. Varias figuras amontonadas cruzaban la calle apresuradamente. Había una pequeña entrada que daba a la calle a la vista, pero Coulton lo llevó por una reja de hierro, hacia una cochera alta, oscura y desocupada, y pasaron por los adoquines para subir los escalones hasta un par de grandes puertas de roble. No tocó el timbre. Solo giró la perilla y entró, como si fuera su propia casa y estuviera en todo su derecho. Nervioso, Charlie lo siguió. Al entrar admiró el elegante revestimiento de madera del vestíbulo, el candelabro que colgaba en lo alto de la habitación, los densos helechos alrededor de un espejo empañado y el perchero vacío como un observador esquelético. Los zapatos de Coulton iban dejando marcas en forma de medialuna en la suave alfombra mientras dejaba su equipaje, se limpiaba la lluvia del rostro y se adentraba en la casa.

—Bien, aquí estamos —dijo con un gruñido.

Había un gran vestíbulo, con escaleras que serpenteaban hacia la penumbra, y un reloj alto que parecía hecho de hueso marcaba ruidosamente los segundos en medio del silencio que reinaba. Coulton se detuvo al borde de la sala, bloqueando el paso para que Charlie no pudiera ver más allá.

—Qué demonios —masculló.

Coulton caminó hasta una mesa frente a una gran ventana. La penumbra se llenaba con las pesadas formas de los muebles cubiertos. Había tomado algo con ambas manos y lo estaba examinando en la luz tenue. Charlie notó lo que era. Un frasco de muestras que contenía un feto humano deforme, flotando en un líquido verde. Casi parecía brillar en medio de la penumbra.

—Cuidado con eso —habló una suave voz—. No es fácil conseguir especímenes hidrocefálicos abortados. Y por alguna razón, parece que el desastre lo sigue a dondequiera que va, señor Coulton.

Había una mujer corpulenta vestida de negro parada frente a la ventana, completamente quieta, con sus pálidas manos entrelazadas frente a ella. Avanzó con suavidad hacia adelante. Sus hombros lucían redondos y suaves y su cuello se desbordaba de su apretada vestimenta. Tenía una marca de nacimiento que cubría la mitad de su rostro, como una quemadura, lo que hacía difícil distinguir su expresión. Charlie no la había escuchado entrar; parecía haberse deslizado por el aire como un fantasma.

—Sí, Margaret —respondió Coulton, y dejó el pesado frasco en su lugar. En el interior de este, la extraña figura no dejaba de retorcerse—. Siempre he admirado tu buen gusto.

—Seguro le interesaría escuchar cómo lo obtuve. Estaba en posesión de un coleccionista bastante… inusual. —Se dio la vuelta—. ¿Quién es él? ¿Podría ser el chico de Misisipi? ¿Dónde está el otro? El del circo.

Coulton se quitó el bombín, se sacudió la lluvia de su abrigo y gruñó.

—¿Qué tal si empezamos con «bienvenido, señor Coulton; ¿cómo estuvo el viaje, señor Coulton?; espero que todo haya sido de su agrado, señor Coulton»?

La mujer exhaló muy lentamente por las fosas nasales, como exasperada.

—Bienvenido, señor Coulton —dijo ella—. ¿Cómo estuvo el viaje, señor Coulton?

—Maravilloso —respondió él con una repentina sonrisa. Dejó su sombrero sobre el sofá.

—Hay un perchero en el recibidor. En el mismo lugar de siempre.

Coulton se detuvo con un brazo a medio sacar de la manga. Luego, con serena deliberación, terminó de quitarse el abrigo y lo dobló cuidadosamente y de manera teatral, antes de dejarlo en el sofá. Su traje a cuadros amarillo parecía brillar en la oscura habitación, como una polilla en una ventana iluminada.

La mujer suspiró.

—Charles Ovid —dijo, dirigiendo su oscura mirada hacia él—. Soy la señora Harrogate. Soy la empleadora del buen señor Coulton.

Charlie trató de no verla demasiado cerca.

—Señora Harrogate —dijo él, con una reverencia.

—Oh, no, nada de eso —respondió ella con brusquedad.

Atravesó la sala y levantó el mentón de Charlie con los dedos para que la mirara a los ojos. Era mucho más alto que todos ellos. Charlie se quedó viendo la marca de nacimiento.

—Así —dijo ella—. Esto no es América, Charles. Aquí no tienes que hacerte menos. Al menos no en mi presencia. ¿Entendido?

Él asintió, alarmado, confundido y sin atreverse a apartar la mirada.

—Sí, señora —susurró.

—Sí, señora Harrogate —lo corrigió ella.

—Sí, señora Harrogate.

—Bien. Ahora —Se dirigía a Coulton—. ¿Dónde está el chico del circo?

—En estos momentos, en algún punto del Atlántico. —Coulton se sentó en el sofá de terciopelo y subió los pies; los talones de sus botas dejaron manchas húmedas de color marrón como herraduras en el encaje—. Se lo encomendé a la señorita Quicke. Me imagino que se está encargando de todo.

La señora Harrogate inhaló profundamente.

—¿Sola?

—Sí, es muy competente. ¿Algún problema?

—Esas no fueron mis instrucciones. —No se veía contenta—. No he recibido ningún telegrama, nada de nada. Tendré que informar a Cairndale.

—Escucha, Alice Quicke es el doble de capaz que yo. Esa mujer es un hueso duro de roer. El Medio Oeste está en medio de la nada,

Margaret. Dale tiempo. Yo estaría más preocupado si *sí* hubieras tenido noticias suyas.

—¿Discutieron? ¿Es por eso por lo que fue sola?

Coulton sonrió con tranquila molestia.

—He conocido zapatos de cuero más agradables que ella, pero no fue por eso. —Bajó la voz—. Escuché rumores, Margaret. En Liverpool. Antes de marcharme.

—¿Cómo?

—Creo que nuestro viejo amigo está de vuelta. Creo que está interesado en el chico. En Charlie.

—Nuestro viejo amigo.

—Sí. *Marber.*

—Ya sé a quién se refiere, señor Coulton. Lleva siete años desaparecido. ¿Por qué volvería ahora?

Coulton se encogió de hombros airadamente y su rechoncho rostro se enrojeció.

—Bueno, ni que hubiera leído su maldito diario. Yo qué sé, a lo mejor se sentía solo.

Charlie observaba todo esto con suma atención, con la cabeza descubierta, aún de pie y con los pantalones oscurecidos por la lluvia. Estaba acostumbrado a quedarse quieto y hacerse invisible; era lo que estaba tratando de hacer en ese momento, pero cuando la señora Harrogate posó su mirada sobre él, tan fiera y penetrante como unos instantes atrás, se dio cuenta de que no se había olvidado de su presencia en absoluto.

—Señor Ovid —mencionó bruscamente—, dejé una palangana de agua tibia en la mesa de noche, y toallas limpias para usted. También me tomé la libertad de comprarle ropa más adecuada. Creí que sería un poco más bajo de estatura, pero le servirán. Su habitación es la primera subiendo el rellano en el segundo piso. Me imagino que estará cansado después del viaje. Le llevaré algo para comer en breve.

Charlie, inseguro, se dio la vuelta y subió las escaleras. En medio de la penumbra los vitrales del rellano estaban débilmente iluminados por las farolas del exterior, y le daban a sus manos y ropa un extraño brillo verde. Su habitación era grande, cubierta con papel tapiz y con muchos muebles; las cortinas estaban cerradas, salvo por un rayo de luz que se filtraba entre los pliegues de tela. La cama era amplia y estaba bien tendida. Había un cuenco de porcelana cubierto sobre la mesita de noche de caoba, con una toalla doblada junto a él. Cuando tomó la toalla, esta se sentía increíblemente suave. Y olía a lilas. Charlie levantó el paño que cubría el cuenco y observó cómo el vapor le subía por las manos y las muñecas como en un sueño.

Sabía que la señora Harrogate lo había enviado arriba para que pudieran continuar la conversación en privado y él se quedó en su habitación después de lavarse el cuello, la cara y las manos, quitado de la pena. Se sentía tan bien estar limpio. Después de un rato abrió la puerta y echó un vistazo a lo largo del corredor. Había otras habitaciones con las puertas abiertas. Tenía la impresión de que había algo oculto respecto a Cairndale y la señora Harrogate, pero no se imaginaba qué podría ser. Sentía como si hubiese sido transportado a un mundo extraño, un mundo de sombras y espeluznantes deformaciones flotando en frascos, secretos, jabón y toallas exquisitamente suaves. Toda esta locura lo tenía asombrado.

Salió al rellano y se inclinó sobre la balaustrada. Miró hacia abajo, hacia arriba y luego, por alguna razón que no pudo explicar, empezó a subir al siguiente piso. Otro pasillo y otra puerta. Charlie la empujó para abrirla con dedos vacilantes.

Lo que vio hizo que se le helara la sangre. Desplomada sobre una cama idéntica a la suya yacía una figura gris, calva, dormida con las sábanas retorcidas y con la piel desprovista de todo color. La figura dormía sin emitir sonido alguno. En la mesita de noche Charlie alcanzó a ver una pipa, una vela y un plato con un poco de una resina negra embarrada, como una huella dactilar. También notó que las muñecas y los tobillos del hombre estaban atados a los pilares de la cama con una cuerda.

—Esta no es tu habitación, chico —comentó una voz.

Charlie dio un brinco. Era el señor Coulton, parado bajo el umbral de la puerta, con el rostro oculto en las sombras. Se veía más grande y corpulento. Solo se alcanzaba a vislumbrar su silueta y su cabeza rechoncha y sus largos bigotes le daban una apariencia desgreñada, parecida a la de un gorila. Las tablas del piso crujieron cuando entró.

—Yo no dejaré que me aten así —le advirtió Charlie.

Coulton resopló.

—¿A ti? Por Dios, chico, claro que no.

—¿Quién es? ¿Qué fue lo que hizo?

—*Era*, querrás decir —lo corrigió Coulton—. Quién *era*. El amigo y confidente de un hombre que te quiere muerto, chico, si no me equivoco. Este es el maldito Walter Laster.

Charlie dudó. Cualquiera que quisiera verlo muerto estaría de vuelta en Natchez, enojado por el supervisor y por el ayudante que había asesinado en aquella celda, pero no creía que Coulton se refiriera a eso. Se quedó viendo la esquelética figura atada, amoratado como un púgil y sus labios lucían suaves y muy rojos. Sus dedos se veían afilados y huesudos, pero fuertes.

—¿Qué le pasa? ¿Está enfermo?

—No, no está enfermo, Charles —respondió la señora Harrogate. Entró discretamente en la habitación con su falda negra—. Está muerto.

Coulton volteó a verla.

—No me dijiste que lo habías encontrado.

—Bueno, señor Coulton, usted acaba de llegar.

Charlie estaba preocupado de que se enojaran porque había salido de su habitación, pero ninguno parecía estarlo. Eso lo sorprendió. La señora Harrogate se dirigió a la ventana, abrió ligeramente las cortinas con dos dedos y observó la lluvia que golpeaba contra el vidrio combado.

—Es un *liche*, Charles —informó ella—. Está muerto y vivo a la vez. —Volteó—. Oh, no me mires así. Me parece que tú también sabes un poco de lo que es y no es posible. Se nos hizo creer que el señor Laster había muerto de tuberculosis… ¿Hace cuánto, señor Coulton? ¿Unos siete años? Sin embargo, parece que alguien encontró la manera de preservarlo.

Charlie se le quedó viendo perplejo.

—¿Preservarlo…?

Nadie le explicó más.

—Es él, ¿verdad, Margaret? —preguntó Coulton—. Es Jacob. Tiene que ser.

La señora Harrogate asintió.

Entonces el señor Coulton dio un paso hacia adelante; apestaba a humo de pipa y ceniza. Se inclinó sobre el hombre enfermo que yacía en la cama, o lo que sea que fuera. El *liche*. Con cautela colocó una mano sobre su frente y la retiró con asombro.

—¿Sabías que Jacob podía hacer esto?

La señora Harrogate frunció el ceño.

—Se ha hecho más fuerte —murmuró ella.

Margaret Harrogate dejó a Coulton y al chico instalados en la sala, se echó un chal sobre la espalda, se puso sus guantes de cabritillo y subió al quinto piso, al ático. Hacía frío en la parte alta de la casa. No se colocó el velo. Abrió una pequeña rejilla de hierro en la parte superior de las escaleras y la arrastró para abrirla, luego entró en el desván maloliente y lleno de corrientes de aire. La lluvia seguía cayendo y golpeteaba en el techo, constante y miserablemente. Más allá del pequeño balcón, a través de las puertas de cristal, podía ver la fría neblina marrón de la ciudad. Una puerta estaba siempre abierta. La tela asfáltica estaba pegajosa y se acumulaba debajo.

A medida que se acercaba al gran desván de madera y alambre pudo ver, detrás de la tabla de aterrizaje, las formas oscuras de los pájaros de hueso, silenciosos, inmóviles, como pequeños puños de quietud en sus perchas escalonadas. Un recién llegado esperaba en la trampilla.

Con cuidado, abrió la puerta y entró. Se puso el grueso guante de cuero para halcones en la mano izquierda y miró a las criaturas. Eran construcciones pálidas y delicadas de hueso y pluma, con las cuencas de los ojos ahuecadas y oscuras; sus cráneos se inclinaban de lado a lado. Bastante horripilantes, en realidad, pero no dormían ni había que alimentarlas, y nunca se perdían. El doctor Berghast había construido una extraña pieza pectoral mecánica para mantener sus costillas y esternón en su lugar, y los curiosos engranajes y la armadura envolvían sus vértebras y la parte posterior blanda de sus cráneos.

Tomó el mensaje atado con hilo negro a la pata del pájaro de hueso y lo desenrolló. Este decía simplemente:

> No examine al chico M. Tráigalo al norte de inmediato.
> Proceda con C. Ovid como de costumbre. —B.

Sacó un pequeño papel del cajón del escritorio, lamió la punta de un lápiz y escribió una breve respuesta. Se detuvo un momento antes de añadir que el segundo chico, el tal *Marlowe*, seguía en camino. Luego enrolló bien el papel, lo ató con un hilo rojo y lo metió en la pequeña bolsa de cuero en la pata del pájaro de hueso más cercano.

Lentamente, para no molestar a la criatura, la sacó bajo la lluvia y la arrojó al aire. El ave se elevó sin hacer ruido, aleteando, dio dos vueltas al techo y desapareció.

Era raro que Henry Berghast mostrara tanto interés por un Talento que aún no encontraban, y mucho menos que se alterara por alguno en particular, pero era distinto con este otro chico. Marlowe, del circo en Illinois. El nombre no le resultaba familiar, aun así Margaret lo conocía. Recordaba el terror de aquella noche, siete años atrás, merodeando los terrenos oscuros de Cairndale con faroles, dragando el lago, rastrillando la maleza con palos mientras Jacob Marber gritaba en la oscuridad de la zona montañosa. La cuna en silencio en el cuarto del bebé y la cama de la niñera vacía. Era por eso por lo que Berghast escribía cada cierto tiempo, determinado, furioso; era el motivo por el que enviaba pájaros huesudos al sur a toda velocidad, para exigir que lo pusiera al tanto: ¿Ya habían llegado? ¿En qué condiciones? ¿Había notado algo peculiar? Oh, ella lo entendía.

Si su vida hubiese sido distinta, si su querido esposo no le hubiese sido arrebatado tan pronto, si hubiesen sido bendecidos con un hijo, ella tampoco se habría detenido ante nada para recuperarlo.

Después de enviar el pájaro de hueso, Margaret se puso el velo, descendió por las escaleras traseras de servicio y salió a la ciudad. En la calle Thorne un taxi pasó traqueteando muy cerca de ella; los cascos del caballo chapoteaban en los charcos, y el olor a crin mojada y hierro llenaba sus fosas nasales. Las calles estaban llenas a pesar del clima. Caminó dos cuadras al este y giró en dirección al norte, al lado contrario del río. Pasó frente a un salón de té y el banco Wyndleman. Compró tres empanadas de carne y cebolla en una carreta a la orilla del parque y luego caminó de regreso a través de los charcos, con los papeles grasientos y calientes doblados bajo su brazo.

Jacob Marber, pensaba. Por el amor de Dios. Buscando al hijo de Berghast.

Bueno, pues buena suerte con eso. El mundo era grande y la búsqueda complicada. ¿Acaso no le había tomado a Henry ocho años rastrear al niño? Y eso que él tenía un glífico para encontrarlo. ¿Qué le hacía pensar a Jacob que él podía hacerlo más rápido?

También había asuntos urgentes que atender ahí, se recordó a sí misma. Para empezar, la examinación. Había que evaluar el talento de Charles Ovid, ir con algún fotógrafo callejero para que tomara una placa de su imagen y formar un archivo. Ya tenía preparada la habitación que se encontraba debajo de la casa, desde antes de llevar a Walter. Todo estaba listo. Al menos eso.

Se detuvo frente a la reja de hierro del número 23 de la calle oeste Nickel. Abrió las empanadas con los pulgares, sacó un pequeño paquete que contenía un polvo y lo mezcló con la carne. Después, en la sala, le dio al chico las tres empanadas, tomó una vela sobre un plato y subió las escaleras. Sabía que el polvo tardaría unos minutos en hacer efecto. No había mucha prisa. Encontró a Coulton en la habitación de Walter Laster.

Había otra vela encendida al lado de la cama. Coulton estaba parado junto al *liche*, girando su sombrero en las manos; su bigote lucía despeinado y desaliñado. Sus ojos brillaban a la luz de la vela.

—Entonces ha vuelto —dijo en voz baja sin voltear a verla—. Eso es lo que esto significa. Jacob Marber ha vuelto.

—Sí —respondió Margaret.

—Mira lo que ha hecho con el pobre tonto de Walter. —Coulton dejó su sombrero al borde de la cama y se pasó los dedos por la escasa cabellera—. No puedes dejarlo aquí, Margaret. No es seguro. Ni para el chico ni para ninguno de nosotros. Por Dios, ni siquiera sabes si esas cuerdas resistirán.

—Resistirán.

—¿La puerta tiene cerrojo?

—No se moverá.

—Tal vez cuando esté dormido, pero ¿qué pasará cuando reaccione? ¿Qué piensas hacer con él?

—Llevarlo a Cairndale, desde luego.

Coulton rio.

—Claro. ¿Por qué no lo alimentamos con un par de niños mientras espera?

Ella sabía que parecía una locura. Miró a Coulton a los ojos y notó cómo su expresión se tornaba sombría.

—Hablas en serio. ¿Al instituto? ¿Para qué diablos quieres llevarlo allá? ¿Siquiera crees que pueda pasar por las protecciones?

Ella dejó la vela en su plato y se asomó al pasillo para asegurarse de que el chico no estuviera cerca. Entrelazó las manos frente a ella.

—Es nuestro único vínculo directo con Jacob. Sería una tontería no usarlo.

—¿Usarlo cómo? Es como un perro sin correa.

—Para ser un perro puede hablar bastante, señor Coulton. Ya me ha proporcionado bastante información interesante sobre Jacob Marber. Por ejemplo, parecer ser que Jacob lo dejó aquí en Londres con una misión. Ha estado buscando —Margaret bajó la voz— un *keywrasse*.

En el silencio que siguió, Coulton se rascó los bigotes.

—Bueno… eso no suena… bien —dijo lentamente.

Ella se le quedó viendo.

—No tiene idea de lo que es, ¿verdad?

—Ninguna.

—Un arma, señor Coulton. Un arma muy poderosa. Sería de gran utilidad para Jacob, si la consigue. Sobra decir que no lo logrará. Sobre todo si su leal secuaz está encerrado en Cairndale. Además —añadió—, me imagino que el doctor Berghast querrá examinar a Walter en persona.

Coulton empezó a masajearse la mano con el puño.

—Sí —respondió renuentemente—. ¿Qué es eso que le has estado dando de comer? No es alquitrán, ¿o sí? ¿Cómo te las ingeniaste para conseguir opio?

—Tengo mis recursos, señor Coulton. Al igual que usted.

—Deberíamos matar al maldito sinvergüenza de una vez. —Se inclinó junto a la figura inmóvil que solía ser Walter Laster—. Si es que es posible hacerlo. Creo que hay que abrir el pecho y sacar el corazón, ¿no?

—Usted es el que sabe de *liches*. Ya antes ha tenido un encuentro con uno, ¿no?

Coulton hizo una mueca.

—Sí. Hace años. En Japón.

—¿Cómo lo destruyó?

—No fui yo quien lo destruyó, fue la creadora del *liche*.

—Mmm. Podríamos preguntarle.

Coulton suspiró, y por un instante, a la luz de la vela, ella pudo ver un dejo de la compasión que existía dentro de él, que era parte de él y que se esforzaba por ocultar con su brusquedad.

—Lo que ocurrió ahí —dijo— fue algo terrible, Margaret. No quisiera preguntarle a esa pobre chica. No quiero forzarla a revivir todo eso. —Se acercó a la ventana, levantó la cortina diáfana y contempló la oscuridad insidiosa.

—En fin —dijo después de un rato, y se dio la vuelta—. ¿Y nuestro amigo te dio algo de información sobre el paradero actual del maldito de Jacob Marber? Si no estuvo en Natchez ni me lo topé de regreso, ¿por qué estaba preguntando por mi destino? ¿A dónde ha ido, Margaret?

Ella lo observó con detenimiento.

—¿Acaso no lo sabe? —dijo ella.

Entonces una chispa de entendimiento surgió dentro de Coulton.

—El chico del circo —dijo entre dientes—. Marlowe.

Margaret alisó su falda negra y entrelazó los dedos.

—Nunca estuvo buscando a Charlie —siguió diciendo él—. Siempre estuvo detrás de Marlowe.

—Y si aún no lo ha encontrado —dijo Margaret en voz baja—, lo hará pronto.

Cuando llegó el momento, Margaret llevó a Coulton y al chico al sótano. A través de una puerta gruesa sin marcas, por un segundo pasillo, húmedo y oscuro, y a través de otra puerta cerrada con llave que llevaba a una habitación antigua. Una de las paredes era de piedra, estaba combada y parecía tan vieja que podría haber estado en uso en la época de los romanos. El sótano era profundo y no tenía ventanas. En esta habitación Margaret examinaba a los niños nuevos desde hace años. Coulton no pensaba que fuera necesario en esa ocasión.

—El chico es un *haelan*, Margaret —le había dicho antes—. No hay mucho que examinar. Lo vi con mis propios ojos: se sacó una cuchilla del antebrazo y le cortó el cuello a un hombre.

Ella sabía que los *haelans* eran raros y su nivel de habilidad podía variar. Lo mejor era que ella misma lo determinara. Abrió la puerta y levantó el farol. La sala de examinación era a prueba de sonido. El techo, los muros y hasta los azulejos de porcelana del suelo estaban pintados de blanco; había un desagüe en el piso, como en un matadero. Llevaba días preparándose para el regreso de Coulton, y había colocado una mesita cerca de la puerta con varios instrumentos filosos cubiertos con una toalla blanca, y una pequeña caja roja cubierta por una sábana en un rincón. En medio de la habitación había una siniestra silla, colocada encima del desagüe, con grilletes de hierro atornillados en los reposabrazos y en las patas. El propósito de esta era infundir miedo, no dolor. El miedo podía usarse para desencadenar talentos latentes.

Charles se detuvo en la entrada.

—¿Señor Coulton?

Se escuchaba asustado.

—Vamos, chico, entra —dijo Coulton—. No estás en peligro. Te lo juro.

Margaret los hizo pasar, enérgica y severa, y frotándose los brazos a causa de la humedad. Ese era el único aspecto del lugar que no había podido cambiar. Una pequeña estufa encendida en la esquina sería suficiente. Incluso podría ser útil, para quemar cosas.

—Ahora, Charles —dijo ella resueltamente—. Dime, ¿qué te ha contado el señor Coulton? ¿Te ha hablado de Cairndale y su propósito?

Cuando el chico no respondió y solo volteó a ver a Coulton con nerviosismo, ella frunció el ceño con disgusto. Después de todo, a Coulton le correspondía preparar al chico, ¿no?

—El Instituto Cairndale es un refugio. Un lugar seguro para gente como tú. Un lugar donde aprenderás a aprovechar tu talento. Está a cargo de un hombre llamado doctor Berghast. Si esta prueba sale como yo espero que salga, lo conocerás pronto, aunque antes tengo que confirmar lo que puedes hacer. ¿Está claro?

Él parpadeó lentamente. El chico poseía cierta inteligencia cuidadosa; lo haría bien.

—No me encadenarán —dijo él.

—Sí, Charles —respondió ella—. Los grilletes son para nuestra seguridad, no la tuya. ¿Por qué te traeríamos hasta acá solo para hacerte sufrir? Me imagino que te darás cuenta de que eso no tiene sentido.

El chico volteó a ver la silla y luego a ella, vacilante. Luego se sentó.

Coulton se hincó junto a él y cerró los grilletes con una llavecita, dándole dos vueltas a cada cerradura. Dejó la llave metida en el segundo cerrojo, volteó a ver al chico y asintió. Luego retrocedió en silencio.

—El señor Coulton dice que eres un *haelan*. Así se llaman las personas que pueden hacer lo que tú haces. Es un talento raro, pero no eres el único. *Existen* otros. ¿A qué edad descubriste lo que podías hacer?

Charlie se humedeció los labios.

—Mi mamá me dijo que siempre pude hacerlo. Dijo que no debía mostrárselo a nadie. Me dijo que debía mantenerlo a salvo y en secreto.

—Tu madre era una mujer sabia. ¿Cuántas personas te han visto hacerlo?

—No lo sé, señora Harrogate.

—Me imagino que muchas, ¿cierto?

El chico asintió.

—Yo diría que por lo menos una docena en Natchez —intervino Coulton—. Todos los que estaban presentes para la ejecución.

—Ah, pero no creerán lo que vieron —murmuró ella—. Encontrarán alguna explicación; siempre lo hacen. No es un problema. Cuéntame, Charles, ¿a cuántas personas has matado?

Él alzó rápidamente la mirada.

—¿Disculpe?

—Matado. Charles. ¿A cuántas?

Cuando respondió, su voz se escuchaba débil.

—A dos, señora Harrogate.

Ella chasqueó la lengua. Sin duda le estaba mintiendo. Lo notaba claramente en su rostro. El polvo aún no había terminado de hacerle efecto. No importaba. Le complació la mentira; le complacía ver la vergüenza en su rostro cuando hablaba al respecto. Había visto muchos chicos en esa silla que habían sido lastimados una y otra vez por el mundo, hasta el punto en que ni su sufrimiento ni el de los demás, parecía ser motivo de pena. Esos eran los que le preocupaban.

Cruzó la habitación; su falda negra barría ligeramente el piso encalado. Tomó un bisturí largo de la mesa cerca de la puerta.

—¿Te duele, Charles? Cuando sanas, quiero decir.

—Sí. —El chico hizo una pausa—. Es como si mis entrañas ardieran en llamas.

—Entenderás que tengo que verlo en persona —dijo ella—. Tengo que cortarte, pero me gustaría tener tu permiso.

La mirada del chico era muy clara.

—Sí, señora. Puede hacerlo.

Ella caminó al otro lado de la habitación y cortó el brazo del chico. La sangre roja y brillante fluyó lentamente por su muñeca, sus nudillos y goteó sobre los azulejos blancos. El chico apretaba los dientes de dolor y respiraba agitadamente. Agachó la mirada y volteó a ver su herida. Ante los ojos de los tres la incisión empezó a cerrarse.

Margaret Harrogate volteó a ver a Coulton, quien se encogió de hombros, aburrido. Ella redirigió su atención al chico.

—Existen cinco familias de talentos, Charles. Tú perteneces a la segunda. Eres un *haelan*, lo que el doctor Berghast describe como un regenerador. Cuando tus células comienzan a morir, cualquier parte de ti, de hecho, tu cuerpo revive. Es un talento raro y extraordinario. Envejecerás de modo distinto al resto de nosotros. Entenderás el riesgo de otra manera, el peligro de otra manera, el amor de otra manera. Ahora, piensa bien, Charles. ¿Hay algo más que puedas hacer?

—¿Algo más?

—Inusual. Especial. ¿Puedes… manipular tu carne? Digamos, ¿alcanzar objetos que estén demasiado lejos? ¿Alguna vez has podido entrar a un espacio que parecía demasiado pequeño para ti, en el que parecería imposible que cupieras?

—No, no lo creo, señora Harrogate. No.

—Hay una caja en el rincón. ¿La ves? Quiero que trates de alcanzarla. Concéntrate.

Ovid cerró los ojos. Y los abrió.

—No entiendo —dijo.

—Cierra los ojos. Quiero que imagines un cielo blanco. Sin nada en él. Ahora imagina una nube negra en ese cielo, en forma de puerta. Se está acercando. Mírala. Tiene una cerradura, y tú tienes la llave. ¿Qué pasa cuando la abres?

El chico se veía confundido, infeliz.

Margaret se pasó la lengua sobre los dientes mientras pensaba. Tal vez el *mortaling* no era parte de su don. Tal vez simplemente tenía que aprender a controlarlo. No importaba.

—Cuéntame de tu madre —le dijo, en un esfuerzo por cambiar de método—. Cuéntame el recuerdo más feliz que tengas de ella.

—¿Mi mamá?

Miró sospechosamente a Margaret, con los ojos caídos. Ella aguardó.

—Mi mamá... —repitió con voz más baja.

Ella notó que el polvo empezaba a hacer efecto.

—Mi mamá es prácticamente lo único bueno que he tenido en la vida —dijo él—. Ya ni siquiera recuerdo su voz. Solía cantar en la iglesia; su voz era como la luz del sol iluminando a los ángeles. Como miel en la lengua. Así se sentía. Un día llegó a la casa oliendo a harina y azúcar, porque en ese entonces trabajaba en una vieja cocina, y esa semana prepararon tartas. Cuando se arremangó la ropa, aún tenía azúcar en los codos y brazos, y los dos lamimos el azúcar juntos.

Margaret sonrió.

—Ella... ¿podía hacer cosas? ¿Algo como lo que tú haces?

—No.

—¿Tu padre? ¿Él sí podía? Obviamente, él era blanco...

—No recuerdo a mi papá —dijo Charlie, de modo abrupto, enfadado. Agachó la mirada y se quedó viendo las manchas rojas de sangre sobre los azulejos blancos.

Ella notó que él no quería decir más y sintió una punzada de culpabilidad, pero era necesario. Tenía que asegurarse de la verdad. El chico luchaba contra sí mismo, pero el poder estaba dentro de él.

—Mi papá murió cuando nos llevó a California —dijo finalmente—. Siempre quise encontrar el lugar donde estaba enterrado para decirle que había crecido y que trataría de ser una buena persona, como mi mamá decía que era él. Era un buen hombre, nos amaba y también creía en un mundo mejor. Eso es lo que siempre decía mi mamá, pero también tenía miedo, todo el tiempo, por mí. Tal vez sabía lo que podía hacer, no lo sé. Yo solo era un bebé. —Charles alzó la mirada. Sus ojos estaban vidriosos—. Tal vez sabía que no había lugar en este mundo para alguien como yo. Que nunca podría pertenecer a ningún lado.

—Ah.

—Sé que él era de aquí.

—¿De Londres?

—No, señora. De *aquí*.

Margaret frunció el ceño, insegura de lo que quería decir el chico. Volteó a ver a Coulton, quien escuchaba con atención. Estaba a punto de preguntar más, pero algo la detuvo, un instinto que había desarrollado tiempo atrás, que le decía que debía confiar y escuchar. Así que simplemente se pasó las manos por la falda y se alejó.

—Con eso basta, Charles. Gracias. Ahora, quiero que te concentres. Sé que estás cansado, pero tengo una última pregunta para ti. ¿Qué es lo que *quieres,* Charles?

La cabeza del niño se inclinó repentinamente, luego se levantó de golpe.

—Ya no quiero que me lastimen —dijo. Sus palabras eran duras.

—¿Cuánto polvo le diste? —preguntó Coulton—. Creo que ya fue suficiente. ¿Tienes lo que necesitas?

Margaret asintió.

—Quiero saber cómo era… cómo era mi padre… —masculló el niño—. Quiero volver a escuchar la voz de mamá. Ya no recuerdo su voz…

Ella desabrochó los grilletes de la silla, y entre Coulton y ella lo ayudaron a levantarse, tambaleante. Era delgado y larguirucho, sus piernas se doblaban bajo su peso.

—Pobre criatura —dijo ella, retrocediendo—. Todos ellos. Se merecen algo mejor de nosotros.

Charlie Ovid despertó en la sala, recostado sobre el sofá de terciopelo, con los brazos cruzados detrás de la cabeza. La chimenea estaba encendida. Le dolía la cabeza. Se quedó acostado, tratando de recordar el examen y lo que había ocurrido.

El viento se colaba por la chimenea y emitía un lamento bajo. Un ebrio cantaba débilmente a unas calles de ahí. Los caballos galopaban sobre los adoquines afuera. El golpe lento y constante de la lluvia contra la ventana bajaba por un momento, y volvía a aumentar.

Se movió con incomodidad y luego se sentó en la penumbra. Se pasó una mano por el rostro. Parecía que, incluso de noche, Blackfriars estaba rebosante de vida. Alguien había abierto un poco la ventana, y el aire lluvioso le dejó un sabor a tiza en la boca. Cuando se tocó las fosas nasales, estaban cubiertas de una escarcha negra. Nunca había conocido un lugar como Londres, la magnitud de una ciudad así construida por manos humanas, antigua, sí, imposiblemente antigua, como si siempre hubiera estado allí, una ciudad que se extendía por kilómetros y kilómetros como el gran Misisipi color marrón que tanto amaba. Y ni hablar de la inmundicia, los profundos callejones que se desvanecían en la oscuridad, las calles angostas y torcidas y las escaleras sombrías que llevaban a sótanos donde emergían figuras como apariciones, todo ello apenas vislumbrado a través de la lluvia turbia que caía a gran velocidad, mientras los cabriolés se abrían paso chapoteando por las calles atestadas desde la estación de St Pancras…

¿Qué le pasaba? Se frotó las muñecas. La señora Harrogate había parecido satisfecha en aquella espeluznante habitación en el sótano. No confiaba en ella, desde luego. La forma en que se deslizaba con su vestido negro por el suelo, sin hacer ruido. Su mirada oscura, que casi no parpadeaba, y la perturbadora marca púrpura que cubría la mitad de su avejentado rostro. «No», pensó de repente. No era justo de su parte. Él sabía lo que se sentía lucir diferente, pero no podía quitarse la sensación de que, cada vez que lo veía, lo estaba evaluando, como si estuviera pesando una bolsa de alimentos secos para determinar su valor. Aunque era cierto que tampoco confiaba mucho en el señor Coulton. Al menos había tenido la oportunidad de observarlo de cerca y había llegado a la conclusión de que era un buen hombre, lo que fuera que eso significara. «Un hombre gobernado por la compasión», como lo hubiera dicho el joven párroco de su iglesia. Se imaginó que ambos se habían retirado a sus habitaciones en la planta alta, donde también dormía esa criatura, el *liche*, atado y drogado, con su piel azul grisácea y sus labios rojo sangre, como algo salido de una pesadilla. Charlie volvió a acostarse mientras pensaba en todo esto, y en el instituto. Se preguntaba cómo sería. Sentía mucho pavor por averiguarlo.

Fue entonces cuando lo escuchó.

Una puerta se abrió lentamente arriba, en algún lugar de la casa. No hubo pasos después, ni el crujir de la duela. Esperó, pero nadie llegó.

Entonces escuchó un suave sonido, como garras raspando madera. Se sentó y se quedó viendo fijamente la escaleras que conducían a la parte de arriba de la casa.

Nada. El reloj de pie hecho de hueso marcaba suavemente los segundos. No se escuchaba ningún otro sonido además de la lluvia sobre la ventana. Se levantó y caminó hasta la base de las escaleras. Colocó una mano sobre el barandal y escuchó.

—¿Señor Coulton? —llamó—. ¿Señora Harrogate?

No hubo respuesta.

En medio del silencio empezó a subir las escaleras. El rellano del segundo piso estaba oscuro y silencioso, así como el del tercer piso. En el cuarto piso, la puerta de la habitación del *liche* estaba abierta y adentro reinaba una oscuridad absoluta.

Charlie se detuvo, su corazón latía con fuerza.

—¿Señor? —dijo en voz baja—. ¿Está despierto?

Algo pálido e indistinto se movió entonces en la parte superior del marco de la puerta de la habitación, como si hubiera estado esperando... esperándolo a él, un manchón en medio de la oscuridad. Se deslizó hasta hacerse visible y se quedó allí, colgado boca abajo, mirándolo con sus enormes ojos negros. Sin comprender, Charlie le devolvió la mirada. Entonces, lentamente, muy lentamente, la cosa mostró sus largos dientes, y algo despertó dentro de Charlie un profundo terror. Abrió la boca para gritar y llamar al señor Coulton o a la señora Harrogate, pero no salió sonido alguno.

Tropezó hacia atrás. El *liche* cayó gateando al suelo y se enderezó, las cuerdas rotas colgaban de sus muñecas y tobillos.

Luego saltó.

Charlie se echó a correr. Bajó por las escaleras de cuatro en cuatro; resbaló, tropezó y luego rodó hasta el piso principal de la casa. Se enderezó y, trastabillando, corrió hacia la sala y cerró la puerta detrás de él. No oía nada. ¿Dónde estaban el señor Coulton y la señora Harrogate? ¿Estaban bien? Se había caído y caminaba hacia atrás como un cangrejo. Buscó a tientas el sofá y trató de ponerse de pie. Durante un largo momento no ocurrió nada; se dijo a sí mismo que estaba siendo tonto, que sus sentidos lo habían engañado.

Entonces se oyó un golpe en la puerta. Luego otro. En el repentino silencio la perilla giró y las bisagras se abrieron con un crujido. Charlie vio con horror cómo el *liche* gris trepaba como una araña humanoide por la pared hasta las molduras del techo y lo miraba desde ahí, inclinando la cabeza hacia un lado y chasqueando los dientes.

Antes de que pudiera reaccionar, pedir ayuda o buscar a tientas algún tipo de arma, la criatura ya se había lanzado a la velocidad del rayo, y chocó contra él con un estruendo, golpeando a su paso los helechos en macetas, las mesitas y los muebles astillados. Estaba arañando su cuello y sus manos mientras él trataba de defenderse, las cuerdas desgarradas se movían como manchones con cada golpe. El *liche* inclinó la cara hacia abajo y su mandíbula chasqueó. Charlie luchó en silencio, sin emitir una palabra. Movió su rodilla debajo de él, lo pateó con fuerza y la criatura salió volando —era inquietantemente ligero— y se estrelló contra la pared del fondo. Charlie se puso de pie de inmediato. Alcanzó a ver, por un momento, al extraño feto en su frasco. Parecía estar mirándolo fijamente, presionando sus manos deformes contra el cristal en señal de reconocimiento, pero cuando el *liche* volvió a abalanzarse sobre él, Charlie levantó el frasco y lo hizo añicos al estrellarlo con un gran estruendo en la cabeza de este.

El silencio que siguió fue terrible. El *liche*, aturdido, yacía en la materia asquerosa girando la cara de un lado a otro, resbalándose con los pedazos de cristal y levantando la cosa viscosa entre sus garras. Charlie no se quedó para ver más. Abrió la puerta, cruzó el vestíbulo y salió. Tropezó, se recuperó y corrió hacia la reja de hierro, abrió el pestillo y cerró la reja con un ruido metálico detrás de él. Luego retrocedió y se quedó parado en los oscuros adoquines de la calle, resbaladizos a causa de la lluvia, y miró fijamente la oscuridad.

La lluvia ya había empapado su camisa y esta se pegaba a su piel. No sabía si la cosa podría atravesar la reja, pero no lo creía. Entonces escuchó el estallido de un vidrio. Era el gran ventanal de la sala. A través de la lluvia negra vio una figura pálida aferrada al costado de la vivienda adosada.

Charlie corrió. Corrió deslizándose entre los bolardos y los adoquines y se metió en un callejón oscuro, tropezando con una pila de cajas rotas. Había figuras en los umbrales de las puertas que giraban y levantaban el rostro en la penumbra, pero él no se detuvo. Cruzó un jardincito y giró en un camino que cruzaba un pequeño parque con bancos y una estatua que se alzaba bajo las luces de gas, luego tropezó mientras bajaba por un tramo de escaleras torcidas y se detuvo. Se le había adelantado, de algún modo: el *liche* estaba encorvado en el escalón más bajo, mirándolo y emitiendo ese extraño chasquido con los dientes.

Bajo la lluvia, los antebrazos y el pecho de Charlie ardían donde el *liche* lo había arañado, tratando de llegar a su cuello. Estaba jadeando. El dolor se sentía extraño, distinto a un dolor normal. Se quedó de pie en la humedad con los hombros agitados, sintiendo que su fuerza menguaba y su terror aumentaba.

Luego la cosa se deslizó hacia un lado y vino hacia él, corriendo escaleras arriba a cuatro patas a toda velocidad; las cuerdas rotas en sus muñecas y tobillos golpeteaban contra los adoquines. Charlie se dio la vuelta y volvió a subir corriendo. Había un bote de basura de hierro en la parte superior; él agarró la tapa, giró y la blandió con todas sus fuerzas. Sintió que la tapa se estrellaba contra el *liche*, justo debajo de la mandíbula. La cosa chilló y se alejó dando vueltas de lado hacia las sombras. Entonces Charlie estaba corriendo de nuevo, saltando las escaleras adoquinadas, abriéndose paso hacia un camino que brillaba a la luz de las débiles luces de gas.

El río estaba justo delante de él, una oscuridad fundida con luces anaranjadas y formas extrañas, botes, esquifes, tal vez. Vio un puente a su izquierda y se dirigió hacia él. No había nadie más alrededor. Sus pasos resonaban en los adoquines en medio de la penumbra. Estaba a la mitad del puente cuando se detuvo y miró hacia atrás. No vio al *liche*. Se humedeció los labios, respiraba con dificultad y pensó por un momento, luego corrió hacia la barandilla de piedra, se asomó y lo vio.

El *liche* estaba corriendo debajo del puente de piedra, cabeza abajo, como una mancha gris en la oscuridad. Charlie echó a correr, pero no había avanzado más de tres metros, cuando la bestia se arrastró por encima de la barandilla frente a él y se agazapó en un charco nebulosamente iluminado por los faroles. Ladeando la cabeza, la criatura lo estudió.

—¿Qué quieres? —gritó Charlie bajo la lluvia—. ¿Qué?

El *liche* se arrastró hacia adelante con la boca abierta.

—¡Aléjate de mí! —gritó—. ¡Vamos, lárgate!

El *liche* se detuvo. Por un largo momento no ocurrió nada. Entonces saltó, enseñando las garras y chasqueando los dientes. Charlie, que estaba preparado para el ataque esta vez, cayó de lado, de modo que la criatura solo le dio un golpe de refilón en el costado, y él lo golpeó con los puños al pasar, levantándolo, de modo que golpeó la barandilla de piedra y cayó del otro lado. Podía verlo retorciéndose allí, colgando sobre el abismo, arañando el puente para sostenerse, sin conseguirlo. Charlie se sujetaba el costado, jadeando, sollozando. Observó cómo el *liche* se balanceaba horriblemente sobre el río y, finalmente, se sumergía en la oscuridad del Támesis.

Entonces Charlie se deslizó hacia abajo, con la espalda sobre las frías piedras, justo a la mitad del tramo, bajo el débil halo de una luz de gas bajo la lluvia, y empezó a temblar. No podía parar de temblar, y no sabía si el agua en sus ojos era la lluvia, lágrimas o algo más.

7

CADA DESCONOCIDO ES UN NUEVO COMIENZO

Alice Quicke salió de Remington en medio de la luz grisácea, con el chico que brillaba medio dormido bajo una manta en su carreta, y con las riendas enrolladas alrededor de sus gruesas muñecas. La lluvia empañaba aún más la penumbra, y un resplandor rojo se extendía sobre la línea de árboles. Las sombras eran largas cuando pasaron por Merville y Oaks Hollow. Durmieron esa noche en un granero abandonado al costado del camino, y por la mañana continuaron. Vieron pocos jinetes. La noche siguiente, Alice yacía completamente vestida en la cama de la carreta con el niño acurrucado contra ella para darle calor, y la noche después de cruzar Indiana durmió en el suelo con la espalda recargada contra una rueda de hierro, la barbilla agachada y las botas pateando las brasas del fuego mientras soñaba.

En Lafayette le tomó dos días vender el caballo y la carreta. Compró boletos de tercera clase hacia el sur, hasta Carmel, y desde Carmel compartieron un cubículo con una anciana y su perrito faldero hasta Columbus, Ohio. Nueve días después, Alice y el niño llegaron a Rochester, Nueva York. Firmó el registro forrado en cuero con el nombre de señora Coulton. Mientras la lluvia golpeaba oblicuamente contra el porche, el niño goteaba a su lado. Las putas se asomaban bajo un candelabro en forma de rueda con velas, su balcón estaba en penumbras, y ellas plegaban y desplegaban sus abanicos de seda como alas de pájaros en sus manos enguantadas.

A la mañana siguiente Alice leyó sobre el incendio.

La noticia era vieja. En la ruidosa sala del desayuno contó los días en su cabeza y se dio cuenta de que eso había sucedido seis días después de su partida. El incendio había iniciado en la gran carpa y se extendió de allí a la casa de las fieras, y en total habían muerto once personas y veintiséis animales. Había una mala reproducción en linograbado de la carpa en llamas. Miró al niño con su plato de filete y huevos y su pequeño rostro serio mientras masticaba. La lluvia trazaba sombras a través de las buhardillas de atrás y ensombrecía la mesa de enfrente. En ese momento ella decidió, devastada, que él nunca debía enterarse.

Pasaron el día en la ciudad comprando ropa para el niño y comieron en un salón de té con vistas a un parque, donde una pequeña feria iluminaba el atardecer. Más tarde esa misma noche ella se quedó despierta junto la ventana, mirando a través de las cortinas, con su revólver en la mesita a su lado. Volvió a leer el artículo sobre el incendio; lo dobló en cuatro y lo guardó en su manga, como un pañuelo. Apagó las velas. En los largos charcos en medio del camino, las luces anaranjadas de la estación de tren ondeaban y bailaban.

Marlowe no hablaba mucho. Apenas había dicho dos palabras en toda la primera semana de viaje. Alice se pasó los dedos por el pelo grasiento. Pensó en el fuego, en toda esa gente. El periódico lo había llamado un accidente. ¿Qué diría Coulton al respecto? Pensó en sus serios ojos claros, su boca cansada. La oscuridad en su voz mientras hablaba de ese hombre, Marber. Jacob Marber. El cazarrecompensas que no era un cazarrecompensas. Detrás de ella, el chico de cabello negro respiraba suavemente en la oscuridad, vivo.

Esas cosas pasaban. El mundo era un lugar cruel. Aun así, algo al respecto la dejó pensando. Pensó en el manicomio donde su madre había pasado sus días, la quietud de sus suelos fregados, la soledad de su cementerio. Su madre. Trató de pensar en algún acto de generosidad de la mujer, pero no pudo. ¿Qué generosidad había mostrado ella, Alice, a cambio? Se pasó un nudillo por debajo de los ojos. Ni siquiera tenía un daguerrotipo de ella, ningún recuerdo de cómo había sido en vida. Simplemente se había ido, como si nunca hubiera existido. ¿Qué deja alguien atrás al partir? Miró al niño, enterrado en su almohada. Lo llevaría a casa de la vieja señora Harrogate, en Londres. Al menos haría eso. La lluvia caía a cántaros y golpeteaba contra el vidrio. Dos figuras cruzaron la calle tambaleándose, con los sombreros agachados para protegerse de las ráfagas. Una sombra oscurecía su corazón, como un temor, como el presentimiento de algo malo. Levantó la mano sin pensar en el papel doblado en su manga.

—¿Qué pasa, Alice? —murmuró preocupada—. ¿Qué es lo que no estás viendo?

Mientras tanto, el reflejo de su rostro en el cristal ondulaba como un fantasma contra la oscuridad.

A la mañana siguiente el niño durmió hasta tarde. Alice no lo despertó. Se quedó sentada sobre las sábanas y se resistió a pasar una mano por el cabello despeinado del chico. Simplemente esperó a que él reaccionara.

—Buenos días —susurró cuando el niño se movió.

—Soñé con caballos —dijo somnoliento—. Como me dijiste.

Era tan pequeño. A pesar de que el viaje había sido incómodo, no se había quejado. Durante la primera semana no había dicho nada en absoluto, y solo en los últimos días había empezado a hablar un poco. Si acaso temía por su futuro, no lo expresaba. Alice había conocido pocos niños en su vida adulta, y estaba sorprendida por la agradable sensación que le provocaba cada vez que la tocaba, o cuando deslizaba su pequeña mano en la de ella, o cuando le sonreía mostrando sus diminutos dientes chuecos. Dormía con ambas manos levantadas sobre su cabeza, como si estuviera en un atraco. Comía con un tenedor en una mano y una cuchara en la otra, alternando entre levantar y pinchar la comida. Cada que se ponía sus zapatitos negros nuevos se confundía entre el derecho y el izquierdo.

—Arriba, arriba, arriba —dijo ella—. El tren sale al mediodía.

Él parpadeó con sus ojitos cansados y se sentó.

—Dijiste que podíamos quedarnos aquí y ver el lago.

—Verás bastante agua cuando zarpemos de Nueva York. Vamos.

Debajo de la manta su pequeño cuerpo yacía muy quieto. Pensó que diría algo más, pero no lo hizo. No se quejó ni nada. Se levantó y empezó a prepararse. Ella lo miró en el lavabo y sintió una punzada de remordimiento.

—¿Dormiste bien? —le preguntó, con culpa en su tono de voz. No sabía que tenía tantas ganas de ver el lago. Claro, era de esperarse. El pobre chico probablemente nunca había visto nada más que lo que se encontrara cerca de la carpa del circo.

Frotaba su carita rosada, sus orejas rosadas, su cuello rosado con gran concentración con la toalla seca, y procuraba no mirarla.

—Es solo que hay horarios —le explicó, mientras se acercaba detrás de él—. El trasatlántico sale en menos de una semana. No quiero que lo perdamos.

Él la miró en el reflejo del espejo y frunció el ceño.

—Hay gente que depende de nosotros, gente que quiere conocerte —añadió—. Llevan mucho tiempo esperando. Buenas personas.

Esta vez se giró y volteó a verla.

—¿Cómo son? —preguntó.

Ella tragó saliva.

—No lo sé. ¿Amables?

—No suenas muy segura.

Alice se humedeció los labios. No sabía qué decir.

—Marlowe, son tu familia —dijo al fin.

—Brynt es mi familia.

—No —respondió ella con firmeza—. No lo es.

Sintió un nudo en la garganta al decirlo. Era más de lo que el chico había dicho en esas dos semanas que habían pasado juntos. A la mierda con Coulton por haberla puesto en esa posición. A la mierda con ese trabajo. La lluvia golpeaba contra el cristal. Marlowe la miraba fijamente ahora y su rostro reflejaba cierta tristeza, y sabiduría, como si supiera demasiado bien cómo funciona el mundo y sintiera lástima por ella por lo que estaba haciendo.

Ella tomó sus botas con repulsión.

«Un último trabajo», pensó. Luego renunciaría.

Sin embargo, el sentimiento desagradable no desapareció.

De hecho, empeoró conforme se acercaban a la Terminal Grand Central. Tres días después llegaron a Nueva York. Bajaron del tren en medio de una nube de vapor blanco y el abrumador rugido de la estación, bajo un cielo curvo de vidrio ennegrecido por el humo y vigas de acero. Con el corazón en la garganta, Alice miraba con cautela todos los rostros pálidos que pasaban, sus sombreros oscuros, el destello de sus bastones con punta plateada. Tenía la mano derecha hundida en el bolsillo de su abrigo de hule, tocando el percutor de un revólver Colt Peacemaker cargado.

Mientras descendían, Marlowe le tomó la mano que tenía libre. Ella miró hacia abajo sorprendida. Tal vez fue solo porque tenía miedo de perderla entre la multitud, pero a ella le gustó. De hecho, se sorprendió de lo mucho que le gustó, así que le esbozó una rápida sonrisa tensa mientras se abría paso a empujones hacia los maleteros.

Había una mujer ciega merodeando en el borde de la plataforma, con el pelo alborotado y el rostro demacrado.

—Camino equivocado camino equivocado camino equivocado —les gritaba a los transeúntes. Nadie le hacía caso.

Alice notó la fascinación del chico.

—No mires —le dijo—. Está loca, Marlowe. Está hablando sola. Hay que dejarla tranquila.

Mientras apresuraban el paso, la mujer loca dirigió su mirada lechosa hacia ellos. Parecía seguirlos de algún modo a medida que avanzaban, girando su rostro maltrecho lentamente en su dirección, observándolos mientras se alejaban. Alice, quien seguía mirando hacia atrás con inquietud, se estremeció. La multitud seguía moviéndose a su alrededor.

Llevaban semanas durmiendo en habitaciones sucias, en hoteles mugrientos con sábanas a medio limpiar. Alice se estaba cansando. Aun así, llevó a Marlowe a las tortuosas calles cercanas al puerto, donde atracaban los enormes trasatlánticos de pasajeros, y allí encontró una pequeña pensión destartalada, tal vez destinada a los marineros, o a los pasajeros que pagaban boletos de tercera clase. Una antigua casa de madera de tres pisos, con ventanas de gablete y un techo de tejas casi intacto. Su salón era estrecho y de techo alto. Posiblemente llevaba más de un siglo en ese lugar; quizás solía ser una casa respetable en los años anteriores a la Revolución, antes de que la ciudad creciera a su alrededor. Alice entró en la oficina oscura; las lámparas de aceite sobre el revestimiento de madera le daban a toda la habitación un tenue resplandor anaranjado. Escuchó el piso crujir debajo de ella como un barco, y se maravilló pensando en las miles de personas que habrían caminado por esos mismos pisos.

Su molestia solo aumentó cuando trató de rentar una habitación. El hombre que dirigía el lugar era viejo y encorvado, y caminaba tambaleándose, con una lámpara de aceite en una mano y un pesado llavero en la otra. Su cabello viscoso colgaba sobre el cuello de su camisa y tenía parches en los codos.

—¿Dónde está su esposo? —le preguntó él con sospecha.

Alice lo miró a los ojos. Había pisado con sus botas un charco de barro verde del fabricante de velas de al lado y, con cuidado, las limpió en su alfombra.

—Está muerto —respondió ella.

El hombre solo gruñó y estudió a Marlowe.

—¿Es su hijo? Mire, este es un establecimiento decente. Así que no se permiten visitantes —dijo entre dientes.

Alice frunció el ceño, molesta por la insinuación. Podría romperle la nariz en seis puntos antes de que parpadeara, pero no podía hacer nada para evitar sus sucios pensamientos.

—¿Aceptará nuestro dinero o no? —dijo ella con calma—. Necesitamos tres noches.

—Hay que pagar todo por adelantado.

Cuando ella no discutió, él hizo un gesto para que lo siguieran.

Y Alice, todavía con un sentimiento de incomodidad, pensó: «Esto bastará».

Era una habitación individual en la parte superior de la casa, y una vez que el hombre abrió las cortinas, apartó las mantas carcomidas por la polilla y abrió la puerta del pequeño armario para que el largo espejo empañado reflejara la luz del día, los dejó solos. Las paredes y el piso eran tan delgados que pudo oírlo caminar torcido por el pasillo, luego bajar las escaleras, cruzar el largo pasillo de abajo y regresar al primer piso.

Volteó a ver a Marlowe y él le devolvió la mirada.

—Sería perfecto para un ratón —dijo ella.

Él sonrió.

Había mucho por hacer. Pasaron los días siguientes haciendo fila en los muelles, pisoteando para desentumir sus cansados pies, llenando el papeleo para las oficinas aduaneras y buscando un cochero que subiera a la pensión y recogiera el poco equipaje que tenían antes de zarpar. Los muelles estaban abarrotados, llenos de cuerdas, montacargas y grandes cajas de madera que transportaban en barcazas desde los almacenes, y de policías vagando sombríamente entre los trabajadores y las familias que acababan de llegar de Staten Island, amontonadas, miserables, cautelosas. Alice guiaba a Marlowe a través de todo aquello, y el mal presentimiento que tenía se iba haciendo más y más fuerte. «Es como si alguien nos estuviera siguiendo», pensó. Era esa clase de presentimiento, aunque cada vez que se agachaba en una puerta o se detenía en la ventana de alguna tienda para estudiar los reflejos de la calle, nunca había nadie.

En su última noche en Nueva York, Alice no durmió. Yacía junto a Marlowe en la cama, escuchando su respiración, mirando el techo en la oscuridad. En unas pocas horas estarían subiendo por la plancha del barco, buscando su camarote y zarpando del puerto. Lejos. Era más de medianoche; había oído el tañido de la capilla de los marineros a unas calles de ahí, marcando las doce campanadas. Había una mancha de agua que amarilleaba el yeso del techo debido a una fuga de muchos años atrás. Le hizo pensar en la señora Harrogate y en la marca de nacimiento en su rostro. Pronto. Pronto estarían fuera de ahí.

Fue entonces cuando volvió a tener esa sensación.

No fue precisamente un sonido. Se sentía más como una sombra sobre el sol, un descenso repentino de la temperatura; ella frunció el ceño, volvió la cara sobre la almohada y se quedó muy quieta.

Entonces sí que escuchó algo. Un leve crujido en el pasillo de abajo, como si alguien se esforzara por no hacer ruido. Se levantó de la cama, se puso los pantalones, la camisa y las botas. Luego se quedó escuchando. Unos pies se acercaban, arrastrándose con lentitud por las escaleras hasta el tercer piso, su piso.

Rápidamente y en silencio, comenzó a meter sus pocas posesiones en sus maletas, incluyendo el pequeño espejo de viaje que llevaba consigo, y a recoger la ropa de Marlowe. Cerró las hebillas de las maletas y miró a su alrededor. Fue a la ventana y la abrió, la noche estaba fría, y ella sentía una ira que iba creciendo en su interior. Por último sacó su revólver Colt Peacemaker, echó hacia atrás el percutor, giró con lentitud la recámara suave como el aceite y metió el arma en su bolsillo.

—Marlowe —susurró.

Lo sacudió y él abrió los ojos, alarmado. Ella se llevó un dedo a los labios y volteó a ver la puerta.

La pensión estaba en absoluto silencio. Imposiblemente silenciosa. No se oía ni el leve sonido de los demás residentes roncando, tosiendo o murmurando. Fue eso, el silencio extremo, lo que la había alertado. Marlowe ya se estaba poniendo los zapatitos, mal, y el abrigo con dificultad. Ella fue hacia la puerta y apoyó la oreja contra ella.

Entonces ambos lo escucharon. Pasos, claros, tranquilos, pausados, avanzando por el pasillo hacia su habitación. Alice presionó una mano contra la puerta, retrocedió la distancia de un brazo y apuntó su revólver a la altura del pecho. Los pasos se detuvieron.

Ningún movimiento. Ningún sonido.

Algo o alguien, un hombre, se aclaró la garganta en la oscuridad detrás de la puerta. Entonces se apoderó de ella un espantoso pánico, una sensación de ansiedad, de pavor. Parpadeó rápidamente para despejarse y vio un extraño humo negro que se filtraba por el espacio debajo de la puerta, que luego se disipaba, y después se filtró por los cuatro lados de la puerta, haciéndose más denso y oscuro. La puerta traqueteó suavemente, como si alguien tratara de abrirla. Alice sintió un repentino terror helado.

«Muévete», pensó.

«Ya».

«Carajo».

«¡Muévete!». Tomó a Marlowe del brazo y lo llevó hasta la ventana abierta.

—Por el amor de Dios —dijo entre dientes—. ¡Apúrate!

Se subió al alféizar, levantó sus dos pequeñas maletas de viaje hasta el techo, tomó a Marlowe entre sus brazos y lo sacó.

Quienquiera que estuviera afuera de su puerta debió de haber oído. Empezó a golpearla, a patearla. La habitación estaba llena de humo negro, olía a hollín y a polvo; Alice se llevó el pañuelo a la boca y se volvió para salir. Luego se dio la vuelta, corrió hacia la mesita de noche y sacó del cajón sus boletos y documentos para el trasatlántico. Ya no se preocupaba por ser silenciosa, corrió estrepitosamente a través de la habitación. La puerta se sacudía en su marco.

El techo estaba inclinado, y Marlowe estaba agachado sobre sus talones con las rodillas pegadas al pecho. Alice lo agarró con un brazo y sus dos maletas con el otro, y avanzó tambaleándose y tropezando hasta llegar a la cima de la casa. Se apresuró hacia la chimenea, se deslizó hasta el alero del otro lado y arrojó las maletas por el pequeño hueco hasta el edificio de junto. Luego recargó la cabeza de Marlowe contra su hombro.

—Cierra los ojos —murmuró.

Y saltó.

Aterrizó mal sobre su rodilla izquierda y se dobló hacia un lado, pero se levantó rápidamente y miró hacia atrás. No veía señal alguna de quien los perseguía. Era una locura. Ese techo era plano y había una escalera de incendios de hierro forjado; Alice apresuró al niño para que bajara, a la calle. Podía ver desde ahí la buhardilla de su habitación alquilada; miró fijamente la oscuridad. No había nadie ahí. Sin embargo, un humo tenue se filtró en medio de la noche, luego, con la oscuridad de la habitación de fondo, una oscuridad mayor se movió hacia adelante, una silueta negra en forma de hombre, y los vio alejarse.

Ella ya había tomado a Marlowe de la mano y caminaba cojeando por su rodilla mala, y a medio correr se adentraron en la oscuridad de la noche.

Por lo menos su rodilla no estaba rota, pero estaba inflamada, con la piel manchada, púrpura y extrañamente suave, como una horrenda berenjena. No soportaría mucho peso.

Se arrastró con Marlowe hasta Washington Avenue y cruzó cojeando entre los elegantes carruajes negros y el tráfico del teatro, pero mirando hacia atrás todo el tiempo. Se detuvo en un pequeño parque, detrás de la estatua de algún revolucionario estadounidense muerto, y se deslizó por la hierba mojada con su pierna palpitante extendida frente a ella.

Trataba de recuperar el aliento, mirando hacia la oscuridad e intentando pensar. Examinó detenidamente al niño.

—¿Habías visto algo así antes? ¿Alguna vez?

Él sacudió la cabeza, con sus ojos azules muy abiertos.

Sabía que los niños que se dedicaban a recoger eran diferentes. «Talentos», como los llamaba Coulton. Y sabía que esa persona, esa *cosa* que habían visto atrás, no era normal en absoluto.

—No me mientas, Marlowe —dijo ella con firmeza.

—No miento —respondió él. Su voz era apenas un susurro.

De repente, un fulgor de dolor estalló en su pierna. Ella gritó, sujetándose la rodilla. Su voz retumbó en las paredes y el eco se desvaneció en la oscuridad.

—¿Vendrá tras nosotros? —preguntó Marlowe.

Ella no respondió, solo echó un vistazo rápido a su alrededor.

El parque era pequeño, en realidad era solo un cuadrado de césped alrededor de la estatua y una sola farola encendida en la esquina. Había edificios en tres lados, con paredes traseras sin ventanas, a juzgar por las formas oscuras que alcanzaba a distinguir. Se escuchaba el ocasional traqueteo de un taxi que pasaba por la calle detrás de ellos. Si el hombre los encontraba, no habría a dónde huir.

Debió haberse desmayado. Cuando abrió los ojos, Marlowe había cambiado de posición: estaba sentado con las piernas cruzadas cerca de ella, había doblado su abrigo y lo había deslizado debajo de su cabeza como almohada. Solo alcanzaba a distinguir su rostro pálido en la oscuridad.

Trató de sentarse y cayó hacia atrás.

—¿Es por tu pierna? —murmuró él.

—Mi rodilla. ¿Cuánto tiempo estuve inconsciente?

—Solo te caíste de repente.

Quería hacer algún chiste sobre la criatura en el hotel, pero no se le ocurría qué decir, y después de un momento cerró los ojos.

—¿Alice? —dijo el chico.

—¿Sí?

—En realidad mi nombre no es Stephen Halliday, ¿verdad?

Ella abrió los ojos de golpe, adolorida.

—¿Por qué...? ¿Por qué me preguntas eso?

—Lo sé. Me doy cuenta.

—No —respondió con renuencia—. No lo es.

—Entonces, ¿quién soy?

—¿Tenemos que hablar de esto ahora? —Apretó los dientes y vio su rostro—. ¿Quién quieres ser?

—Marlowe.

—Muy bien. —Volvió a recostar la cabeza.

—¿Alice? ¿Por qué dijiste que soy Stephen Halliday si no lo soy?

Le dolía la rodilla otra vez. La humedad de la hierba se había filtrado por su ropa y sentía mucho frío. Sería todo un reto llegar al trasatlántico en la mañana. Hizo una mueca de dolor.

—Supongo que porque las personas para las que trabajo me lo pidieron. Y supongo que pensé que sería la mejor manera de que vinieras conmigo. Para no… lastimar demasiado a nadie.

—¿Te refieres a Brynt?

—Sí, a Brynt. Y a ti.

Marlowe se quedó callado en la oscuridad. Podía verlo mordisqueando el puño de su manga.

—Entonces, ¿a dónde me llevas?

—A Londres. Luego a un lugar en Escocia. El Instituto Cairndale. Estarás a salvo ahí. Ahí hay otros niños como tú. Niños que pueden hacer… cosas.

—¿Irás conmigo?

Ella hizo una mueca de dolor.

—Parte del camino. Normalmente yo solo… encuentro a los niños.

Él asintió.

—No debiste haberme mentido.

Entonces se levantó y caminó hacia la oscuridad. Ella empezó a preguntar qué estaba haciendo, pero él regreso de inmediato. Sus zapatos rechinaban en el pasto mojado. Después de caminar cuidadosamente alrededor del perímetro se arrodilló a su lado y dijo en voz baja:

—Sé por qué me quieren. La gente para la que trabajas.

Era extraño que un niño de ocho años dijera algo así. Sonaba tan inquietante y sereno. Alice sintió que se le erizaba el vello de la nuca.

—¿Qué quieres decir? —preguntó ella.

Él no respondió. En vez de eso hizo algo, algo que ella no esperaba. Estiró los dedos y tocó su muñeca.

—¿Qué te pasó?

—¿Esto? —Sacudió la cabeza sorprendida—. No es nada. Una torcedura.

Recordó el momento. Cómo había golpeado la mano del hombre para quitarla de su cintura en el bar de White Rapids y cómo los amigos de él se habían reído. Era un ganadero asalariado, le había dicho él, con una sonrisa, y no había convivido más que con hombres durante cuatro meses. Coulton estaba frunciendo el ceño desde su mesa como si fuera culpa de ella haber llamado la atención. Eso la había enfadado más que nada. Cuando el ganadero volvió a intentar agarrarla de la cadera, ella colocó los pies como Allan Pinkerton le había enseñado, inclinó sus musculosos hombros y golpeó al bastardo con fuerza en la cara; sintió cómo su cuerpo cedía ante el impacto, y entonces las piernas del ganadero colapsaron y este cayó al suelo. El bar se quedó en silencio. Los hombres miraron hacia otro lado y el ruido regresó al bar después de un momento. Coulton no hizo nada.

El chico se sentó con los nudillos entrelazados y las manos sobre el regazo. Luego levantó ambas palmas frente a ella, como si quisiera mostrarle algo.

—¿Qué estás haciendo? —preguntó ella.

Muy lentamente comenzó a desatarle la bota, a quitársela y a enrollarle la pernera del pantalón. Ella dejó que lo hiciera. Cuando su rodilla lesionada quedó visible, él la miró con una pregunta en los ojos, luego presionó ambas palmas contra ella. Lo hizo con delicadeza. Ella sintió un calor que emanaba de las manos de Marlowe y se sentía bien. El calor recorrió su muslo, y le dolió. Luego el calor aumentó. Su rodilla se puso más y más caliente y ella miró al niño. Sus ojos estaban cerrados y estaba brillando.

Era ese mismo brillo azul resplandeciente, su piel estaba marcada con venas de luz. Ella se le quedó viendo. Podía ver, a través de las venas, los huesos oscuros en su cráneo y sus manos. La hierba mojada y los contornos de la estatua lucían azules bajo el resplandor. Luego el calor en su rodilla se volvió muy intenso y el dolor se agudizó; ella no pudo evitar gritar y alejarse. El ardor se desvaneció y la luz del niño se apagó.

—Marlowe —dijo ella con voz entrecortada—. ¿Marlowe…?

Algo se sentía diferente. Lo notó de inmediato. El brillo aún se estaba desvaneciendo de los bordes de su visión. Se miró la pierna, movió la rodilla y la giró de lado a lado. Había sanado.

Ella se quedó mirando, fascinada. Su corazón latía a toda velocidad.

—No te enojes —murmuró él.

Se veía pálido y sostenía sus muñecas cuidadosamente contra su pequeño pecho; ella notó lo hinchadas que se veían.

—Estaré bien —dijo él. Su pequeño rostro estaba ensombrecido de dolor—. Te quité el dolor. Yo lo tengo ahora. Desaparece rápidamente cuando yo lo tengo.

Ella trataba de entender lo que el chico le había dicho, pero no podía. Pensó en Coulton, y en Charlie Ovid con la cuchilla escondida bajo su carne tersa.

—No es posible —dijo ella. Se puso de pie con cautela mientras hablaba. Probó su pierna y volteó a verlo.

—Ella dijo que no me creerías —murmuró el niño.

—¿Quién?

Él no respondió, no hacía falta. Claro que Alice lo creía. Su rodilla era prueba suficiente. De la nada, y sin quererlo, pensó en su madre, en el fuego verde en su mirada cuando la fe se apoderaba de ella, esa locura, y pensó en lo que su madre creería si presenciase semejante milagro. Sintió una aflicción repentina y cerró los ojos. Su mamá.

Al cabo de una hora él extendió los brazos, giró las muñecas y le mostró. La hinchazón había desaparecido. El día ya empezaba a clarear. La ciudad se sentía vacía aún.

—No tarda mucho —dijo él—. Cuando son heridas pequeñas como esta.

Sintió algo en ese momento, una especie de repulsión, que la sorprendió y avergonzó. No quería tocarlo. Él le había confiado algo importante y la había ayudado, y esa sensación de repulsión se sentía como una especie de traición. Con voz más baja, dijo:

—¿Has hecho esto muchas veces, Marlowe?

—Sí —respondió simplemente él.

—¿Cómo empezó?

Él se encogió de hombros con incomodidad.

—No siempre puedo controlarlo. Antes no podía.

—Te ayudarán con eso en Cairndale. —Se movió, se puso rígidamente de pie, se frotó las piernas para calentarlas y dijo—: ¿Tu amiga Brynt lo sabía?

Él se estaba poniendo el abrigo y no alzó la mirada.

—No hablábamos de eso.

Ella asintió. Miró a su alrededor, a la plaza vacía y las siluetas grises de los edificios contra el cielo. En algún lugar había un hombre, una criatura hecha de humo, una cosa que los seguía. Era una locura; sin embargo, sabía que era verdad. Lo había visto todo en persona.

—Deberíamos conseguirte algo de comer —dijo ella—. Iremos al muelle.

Ella levantó sus pequeñas maletas y resopló. Marlowe la estaba observando.

—¿Alice?

—¿Sí?

—¿Está bien si tengo miedo?

—Todo el mundo tiene miedo —dijo ella—. Yo también me asusto.

—¿Como en el hotel?

Ella asintió.

—También en otros momentos. El miedo es simplemente tu cabeza diciéndole a tu corazón que hay que tener cuidado. No es algo malo. Lo importante es lo que haces al respecto.

Él pareció quedarse pensando en eso.

—Esa cosa en el hotel me asustó.

Ella le dirigió una larga y cuidadosa mirada.

—Estaremos en el barco en una hora. No volveremos a verlo después de eso.

—Sí, sí lo veremos —respondió él.

El chico tenía un talento para eso, para hablar con certeza sobre cosas que aún no habían sucedido, y a Alice le resultaba desconcertante. Lo que veía cuando lo miraba era un niño pequeño e indefenso y su corazón, que nunca se había interesado mucho por los bebés, el amor ni las conexiones humanas, en ese momento sintió como un golpe que lo hizo cantar con dolor, pero al mismo tiempo se puso nerviosa y sintió una nueva clase de repulsión por lo que el chico podía hacer.

Ella no era una persona religiosa y no le atribuía causas espirituales a su don de curación, porque no podía concebir un dios que creara un mundo tan lleno de sufrimiento. Había naturalistas en Washington que creían que todas las criaturas eran parte de un patrón de desarrollo, que las personas alguna vez fueron como los simios y que sus características fueron cambiando gradualmente. Cuando miraba a Marlowe podía ver todo ese misterio en él. Alice recordó que su madre solía decir que había maravillas en el mundo, y que la mayoría de la gente tenía miedo de verlas. «Mira con tu corazón, no con tus ojos», solía murmurar, mientras acariciaba el cabello de Alice con sus dedos fríos. Decía que lo único que hacía falta para encontrar esas maravillas era un poco de fe. «¿Crees?». Y Alice respondía, con toda solemnidad: «Sí creo, mamá. Sí creo. Sí creo».

Esos recuerdos siempre vivirían en ella como una llama que se niega a apagarse. Era el conocimiento de un mundo más allá del suyo, de lo imposible hecho posible, si tan solo estaba dispuesta a verlo.

«Solo porque no puedes verlo, hija», solía susurrar su madre airadamente, «no significa que no exista».

Pues ahora ya lo había visto. Y creía.

Abordaron con la multitud a la luz de la madrugada. Los maleteros empujaban los baúles por la rampa, los sobrecargos con impecables uniformes blancos los saludaban con seriedad mientras pasaban. Las gaviotas revoloteaban en el cielo nublado, chillando y llenando el aire con sus graznidos. Era un trasatlántico nuevo y reluciente. Habían tomado un camarote de segunda clase y sus pequeñas maletas ya estaban a bordo. Los pasillos estaban repletos de hombres fumando cigarros y mujeres riéndose tras sus manos enguantadas. Marlowe se mantuvo cerca. Ella sentía las extrañas miradas de los pasajeros por su ropa de hombre. Aún se movía con cautela sobre su pierna, se sentía extraña. En el camarote se cambió y se puso un vestido color malva y un polisón. Se sentía incómoda y odiaba cómo le apretaba. Marlowe se quedó sentado en silencio, mirando a través del ojo de buey los barcos que pasaban en el puerto.

Cuando llegó el momento de zarpar subieron a cubierta con todos los demás, se pararon frente a la barandilla y observaron a la multitud reunida ahí. El cielo se llenó de nubes de gaviotas; el muelle estaba repleto. Ella podía sentir los motores zumbando a través del suelo. Hubo un estruendo y comenzaron a caer serpentinas, y en ese mismo momento la ensordecedora bocina del barco sonó y la multitud rugió.

El chico estaba mirando algo. Era un hombre, al fondo de la multitud, casi invisible. Estaba parado en la sombra de un almacén, y la oscuridad emanaba de él como humo. Era alto y sus rasgos estaban oscurecidos por una bufanda negra. Llevaba un sombrero de copa, un largo abrigo oscuro y guantes negros, y miraba directamente al niño con una expresión de odio puro.

Pero el barco ya había zarpado, sus grandes turbinas trasatlánticas crujían en reversa y las aguas aceitosas de la ciudad se agitaban bajo las enormes cuerdas donde estas habían sido levantadas, para luego gotear a bordo. Alice se giró y se inclinó sobre la barandilla para mantener al extraño en la mira. Ella sabía quién era él. Él había comenzado a avanzar hacia el barco y empujaba con fuerza para abrirse paso través de los espectadores que habían acudido a despedirse del navío, incluso mientras la brecha entre este y el puerto se ensanchaba y las serpentinas caían sin parar y la banda en el alcázar tocaba un vals. En medio del rugido, ella lo perdió de vista en la plataforma. Luego solo veía un mar de rostros, cientos de ellos, inocentes, ordinarios, agitando sus manos enguantadas para despedirse, y el horizonte de Nueva York a lo lejos, y el extraño oscuro se había desvanecido entre el humo de los motores del barco, flotando oscuramente sobre el muelle, enflaqueciendo hasta desaparecer.

8

MONSTRUOS EN LA NIEBLA

«Walter Walter Walter despierta Walter despierta…».

Walter Laster entrecerró sus adoloridos ojos. A través de sus párpados, el brillo era cegador.

«… el chico Walter el chico qué pasó con el chico no terminaste lo que empezaste Walter…».

Tanto.

Frío.

Tenía tanto frío.

Sacudió la cabeza, con la mejilla y la oreja izquierda llenas de lodo, y se levantó bajo la luz blanca del día como una criatura surgida de la tierra. Entrecerraba los ojos y miraba a su alrededor. El río. El Támesis. Estaba en medio de la suciedad, al borde del Támesis, en un lodo pegajoso, espeso y profundo que no se parecía en nada al lodo normal.

«… el chico el chico el chico el chico…».

El chico, sí.

Tenía que encontrar al chico.

Escuchó un silbido bajo y algunas risas y se dio la vuelta. Eran merodeadores del lodo. Niños. Tres de ellos, con los pantalones harapientos arremangados por encima de las rodillas, rostros sucios y enrojecidos por el frío y mocos brillando en sus labios superiores. Saltó, vadeó y se cayó; luego se apoyó en sus garras para volver a ponerse en pie. Los niños, riendo, se dispersaron. Uno de ellos le arrojó una piedra.

Había estado en un puente, bajo la lluvia. Se había estado ahogando, sí. Ahogándose mucho tiempo. ¿Días? Estaba descalzo y le dolían los pies por el frío y su ropa estaba tiesa y cubierta de un lodo amarillo maloliente. A lo lejos, en la orilla, vio una figura solitaria con un abrigo largo remendado y un sombrero, abriéndose paso entre las aguas poco profundas. Walter caminó con paso firme hacia él. Estaba tratando de recordar algo importante. ¿Qué era?

«Sabes qué es Walter sabes qué es…».

La figura miró con sospecha a Walter cuando este se le acercó. Era un anciano bigotudo, con las mejillas hundidas, rancio, de aspecto mezquino.

—Eh, tú… lárgate —gruñó el viejo, agitando un brazo andrajoso—. Busca tu propio espacio.

Walter agarró al anciano por el cuello de la camisa. El viejo se agitaba bajo la luz blanca del día, bajo ese cielo claro, con los grandes muros del terraplén elevándose a su alrededor. Walter solo quería que el hombre se detuviera; era demasiado, así que hundió la cara del anciano en el lodo, más y más profundo. Sus extremidades se agitaron y luego se quedaron quietas; le dio la vuelta y estudió el rostro cubierto de barro, los ojos fijos. Con los dedos sacó el fango de su boca desdentada. Por último desató el saco que llevaba al hombro y le quitó el abrigo al muerto. Dejó el cuerpo ahí tirado, mirando al cielo. Caminó con dificultad y recogió el sombrero blando, se puso el abrigo y el sombrero y se abrió camino hasta un túnel de alcantarillado, a unos veinte metros de distancia.

El túnel era lo suficientemente alto para estar de pie en él. La suciedad corría lentamente en un riachuelo en medio de este, y las paredes estaban incrustadas y resbaladizas. A sus ojos les gustaba la oscuridad.

«Oh ven con nosotros Walter ven con Jacob él viene Jacob viene por el chico…».

Jacob. Su amigo. Quería al chico para Jacob. Eso era. Sí. Llegó a una vuelta y el túnel se dividió en dos. Walter escuchó un leve crujido en dirección al este y subió una escalera corta. Entonces se encontró en una plataforma, sobre una profunda caverna llena de aguas residuales. Parecía que la pared del fondo se movía, luego notó que estaba llena de ratas.

Unos nueve metros más adelante llegó a un pasadizo. Había una luz parpadeante en el interior: una sola vela goteando en un plato que proyectaba un extraño relieve sobre todo el lugar. Era una cisterna vieja, con ranuras en las paredes; la mayoría estaban llenas de formas gimientes y que apenas se movían; eran los pobres que dormían ahí. Se quedó un momento en la entrada, cubierto de lodo. Vio a los tres niños de la orilla del río encorvados en un rincón, mirándolo con cautela, sin reír ahora. Tropezó hasta una ranura vacía, donde había una manta tirada, sucia, llena de piojos y enredada. Se acostó. Solo quería dormir. Eso era todo. Dormir.

Durmió.

Despertó con un sabor extraño en la boca, metálico, como a hierro. La vela se había consumido un poco y ardía con una luz peligrosamente parpadeante. Alguien le había clavado un cuchillo en las costillas mientras dormía. Este sobresalía de su cuerpo. Había sangre seca en sus brazos y en su camisa. Al respirar, el mango del cuchillo se movía de un lado a otro. Miró hacia abajo con sorpresa, luego miró alrededor, hacia la cisterna ensombrecida. Estaba vacía. ¿A dónde habían ido todos? Sujetó el mango con ambas manos, tiró, y el cuchillo salió lentamente. Se puso de pie, tambaleándose, y vio los cuerpos. Había tal vez diez o doce. Todos apilados, deshuesados y harapientos en un rincón de la cisterna. Parecía que les habían quitado los ojos. Había rastros de sangre en el suelo donde los cuerpos habían sido arrastrados. Walter miró a su alrededor, confundido.

Salió a la cloaca sin luz. Lentamente, con incertidumbre. Volvió sobre sus pasos. Su cabeza estaba nublada y no pensaba con claridad. Afuera era de noche y todo estaba cubierto por una espesa niebla. Se quedó parado en la oscuridad, mirando al otro lado del río, a las extrañas luces amarillas que formaban un halo en la oscuridad. Luego subió unas empinadas escaleras de piedra hasta el terraplén. Y después estaba parado de pie frente a un aparador iluminado, mirando el maniquí de un comerciante detrás del vidrio. Tenía tanto frío. ¿Por qué nunca podía calentarse?

Después llegó al patio donde debería haber estado su habitación alquilada. El lugar estaba en ruinas; el edificio se había derrumbado. Había vigas carbonizadas que sobresalían de los escombros. Se pasó una mano por el cuero cabelludo liso y lampiño como un catamita y se quedó mirando impotente la niebla y la oscuridad. Luego, con los pies descalzos y deslizándose sobre los afilados escombros, volvió a salir a la fría noche.

El chico. Casi podía oler al chico; era un fuerte olor metálico en el centro de la ciudad. Dio vueltas y vueltas, olfateando el aire.

Durante mucho tiempo después de que el *liche* se hundiera en el río, Charlie se quedó sentado, encorvado por el dolor, en medio del puente Blackfriars. La lluvia nocturna caía sobre él y golpeteaba en la barandilla de piedra, las baldosas oscuras y los charcos que brillaban extrañamente en la oscuridad. No podía dejar de temblar. Su pecho y sus brazos estaban como en llamas. También le pasaba algo en la cabeza, y no paraba de cerrar los ojos y despertar, sin saber dónde estaba. La lluvia se hizo más lenta, dejó de llover, y la tenue y grisácea luz diurna gris empezó a filtrarse ásperamente sobre la humedad. Luego empezaron a transitar cabriolés y carruajes, traqueteando por el puente, y algunos empleados con trajes oscuros y bombines pasaron caminando fatigados, casi por encima de él, sin prestarle atención. Poco después, un policía le golpeó la rodilla con una cachiporra.

—Muévete de aquí, negrito —le dijo el agente—. A menos que quieras pasar la noche enjaulado.

Atontado, el chico se puso de pie.

Con cara de aburrimiento, el agente se asomó sobre la barandilla.

—Los Docklands están por allá —dijo, y señaló río abajo con la cachiporra.

Charlie se alejó tambaleándose, febril y volviendo sobre sus pasos, o al menos tratando de hacerlo. El cielo estaba aclarando. Pronto sería de día. A su alrededor se extendía un laberinto de caminos torcidos, callejones oscuros, barrenderos vestidos con harapos, caballos cagando en el empedrado y un terrible hedor a aguas residuales que salía de las alcantarillas. La inmensidad de todo aquello lo dejó pasmado.

Durmió un rato en una puerta podrida y se despertó para encontrar una rata monstruosa arrastrándose sobre su pie. Robó una empanada de carne de una carreta en una esquina y se tambaleó entre el tráfico de caballos y taxis con ruedas de hierro que pasaban a toda velocidad, y evitó por poco chocar con ellos. Sus brazos y su pecho se veían mal, hinchados, y la piel era suave y dolía al tacto. Ya debería haber estado sanando a esas alturas. Había algo en las garras del *liche*, tal vez algún veneno que penetraba profundamente. Durmió empapado en el charco de un callejón, en algún lugar cerca del río, y se despertó de nuevo por la mañana. Había una chica en harapos agachada junto a él, descalza. Y otra niña más pequeña parada detrás de él.

—Oye, tú —dijo la primera en voz baja —. Tienes que levantarte, eh. Oye.

Ella lo arrastró del brazo palpitante. Él gritó, se estremeció, se puso de rodillas y luego de pie, tambaleándose.

—Listo. —La niña le sonrió. Era de raza mixta, igual que él, aunque muy pequeña. Debía de tener unos seis o siete años a lo mucho. Su cabello estaba muy sucio y su rostro pálido manchado de mugre. La otra niña era aún más pequeña, tenía el cabello castaño, largo y despeinado, como un ratón; ella se metió un dedo en una fosa nasal, hurgando alrededor, mientras lo evaluaba, pero no dijo nada.

—Mi nombre es Gilly —dijo finalmente la mayor y sonrió—. Ella es Jooj. Ya puedes cerrar la boca, que te ves mucho peor que nosotras, ¿eh?

Su cabeza se sentía pegajosa, caliente. Intentó decir algo, pero solo se tambaleó.

Lo tomaron de las manos para guiarlo, una mano cada una, como un chiquillo que no quiere ir a la escuela. Se adentraron en la penumbra y las sombras húmedas del barrio Wapping. La peste proveniente del río le indicaba que este no estaba muy lejos de ahí. Gilly y Jooj se detenían de vez en cuando para dejarlo descansar, mientras él se apoyaba jadeando en alguna pared viscosa, y ellas lo miraban con interés, las dos niñas pequeñas. O a veces se detenían para recoger un trozo de metal o un botón de las alcantarillas abiertas, los cuales limpiaban en la pechera de sus camisas y guardaban entre sus harapos.

Lo condujeron al interior de un almacén descascarado, cuyas paredes se inclinaban inestablemente y crujían en medio de la niebla, subieron una escalera desvencijada y, en el piso superior, debajo de una pared con ventanas rotas, vio un pequeño grupo de niños que voltearon para mirarlo en cuanto entró.

—Maldita sea, Gilly —dijo un chico alto. Se levantó y se acercó. Era más joven que Charlie, pero casi de la misma estatura—. ¿Quién es este?

¡No puedes seguir recogiendo a cada vago que encuentras en la calle! ¿Qué dirá señor Plumb?

Gilly sonrió.

—Tengo a Plumb comiendo de mi mano.

—Sí, seguro —respondió el chico.

—Pero, Millard —se quejó Jooj, la más pequeña, con una diminuta voz aguda—. Siempre dices que necesitamos un vigilante. Él es perfecto.

El chico alto se acercó a Charlie y lo examinó como a un pedazo de carne.

—¿Tiene nombre?

—Sí —dijo Gilly—. Rupert.

—No se llama Rupert. ¿Te llamas Rupert?

Agarrándose el pecho adolorido, Charlie se dejó caer al suelo e hizo una mueca de dolor.

—¿Qué le pasa? ¿Lo rajaron?

—Oh, Rupert está un poco débil, eso es todo. Necesita un poco de potaje.

—Por todos los cielos, ¡no se llama Rupert, Gilly! Míralo. Oigan, está sangrando.

Charlie apretaba los dientes y miraba con dolor a los niños que discutían.

—Charlie —susurró—. Me llamo… Charlie.

Millard les sonrió a las dos chicas. Le faltaban todos los dientes de enfrente.

—Se los dije —afirmó.

—Hola, Charlie —dijo Gilly, agachándose—. No le hagas caso a Millard, se preocupa demasiado. Cambiará de opinión.

Un instante después Jooj apareció a su lado, sosteniendo un tazón de hojalata abollado. Dentro había un poco de papilla y una cuchara.

—Anda, come —dijo Gilly, tomando el tazón de las manos de la pequeña—. No está envenenado.

Comió, volvió a dormir y despertó sintiéndose algo mejor. El dolor agudo en su pecho y brazos estaba disminuyendo. El almacén estaba más oscuro, los cristales agrietados brillaban como escarcha. Millard estaba sentado a su lado, sujetando sus rodillas contra su pecho.

—Pensé que estabas muerto. —Sonrió—. Anda, come esto. Te ayudará.

Le dio a Charlie un papel encerado y grasiento. Dentro había tres bolas de masa pálidas, todavía calientes. Tenían un sabor dulce. Charlie las masticó lentamente, girándolas dentro de su boca de una mejilla a la otra, tragando con dificultad. Poco a poco se fue sintiendo más lúcido, más avispado, despierto.

—Eso es —dijo el chico—. ¿Tienes sed?

Le entregó una taza de hojalata y Charlie bebió el contenido; se sorprendió al notar que era cerveza oscura. Amarga, densa, sustanciosa. Se pasó una mano por la boca.

—Tenemos un trabajo que hacer —dijo Millard—. Es tu oportunidad de ser útil. Ven conmigo.

Condujo a Charlie por los escalones en ruinas hasta el almacén de abajo. Los niños ladrones estaban reunidos ahí, con cuatro tenues faroles de ojo de buey oscilando entre ellos. Gilly se acercó, estudió su rostro y asintió por lo que fuera que vio en él.

—¿Listos? —preguntó Millard.

Gilly se encogió de hombros.

—Sí —respondió. Observaba a Charlie con interés—. ¿Mejor? Bueno, a trabajar. Necesitamos un mirón. ¿Sabes silbar?

—¿Silbar? —preguntó él.

De pronto Jooj apareció a su lado, sujetando un farol con ambas manos cerca de su pecho, y asintió. Luego emitió un pequeño sonido, como el arrullo de una paloma.

—Así —dijo amablemente con su vocecita.

—Sí, sé silbar —respondió él.

—Bien. Si ves que vienen esos malditos agentes —explicó Millard—, das tres silbiditos rápidos, como Jooj. ¿Sí?

—Esperen —dijo él—. ¿Por qué yo? ¿Por qué me necesitan a mí?

Gilly volteó a verlo como si fuese un simplón.

—Oh, Charlie, porque tú no eres un *pequeño*, como nosotros.

—¿Un pequeño?

Jooj asintió, con los ojos muy abiertos, como un par de platos.

—Sí —dijo Millard—. Si esos agentes nos ven por ahí sin hacer nada, sabrán que pasa algo. Tú pareces un tipo buscando trabajo.

—¿De noche? ¿En la oscuridad?

Gilly sonrió.

—No llevas mucho tiempo en Londres, ¿verdad, Charlie?

La noche estaba densa y fría. Los golfillos salieron a la oscuridad y se dispersaron como ratas. Charlie siguió a Gilly, quien iba siguiendo el estrecho brillo del farol de Jooj mientras se abría paso a través de la niebla húmeda de Wapping. No vieron a nadie. Se deslizaron por pasajes estrechos, a lo largo de tablas resbaladizas, sobre zanjas de aguas residuales abiertas, treparon por una escalera desvencijada y se arrastraron a lo largo de un muro de piedra entre patios sucios y sombríos. Luego se deslizaron hasta un edificio abandonado y giraron a la izquierda. Bajaron a toda prisa por unos escalones mojados y giraron de nuevo a la izquierda. Treparon por una barandilla de madera que se balanceó bajo el peso de Charlie. Salieron debajo de un embarcadero, entre el barro. Gilly se llevó un dedo a los labios y Jooj cerró el ojo de su farol, y en medio de la oscuridad los condujo lentamente hacia arriba. Algunos de los otros esperaban en el otro extremo, observando el río y las luces encendidas en las barcazas lejanas.

Gilly jaló a Charlie de una manga y este se agachó a su altura.

—Tú ve por allá —le susurró, señalando el camino—. Quédate parado en la esquina de esas bodegas, fuera de la luz. Si ves a los agentes, da un silbidito.

—¿Y Jooj y tú?

Impaciente, ella sacudió la cabeza.

—Solo ve —dijo entre dientes.

Empezó a alejarse, pero entonces oyó el sonido de una ola, se dio la vuelta y vio un esquife oscuro y cuatro pequeñas figuras andrajosas que lo empujaban para acercarlo al muelle. Cuando estuvieron más cerca, Gilly y otros dos saltaron, silenciosos como sombras. El esquife se balanceó una, dos veces, luego comenzó su lenta travesía sobre el río hacia la barcaza amarrada.

Charlie merodeaba en la apestosa oscuridad, como le habían dicho que hiciera. Pasaron los minutos. En cierto momento vio un farol balanceándose a lo lejos por los muelles, zigzagueando entre los edificios, pero la persona no se acercó a él. Cuando miró a través del agua pudo ver a las pequeñas figuras moviendo cajas de madera; siete, ocho golfillos a la vez con una sola caja. Trabajaban rápida y eficientemente, a plena vista. Era evidente que habían sobornado a alguien. En otro momento escuchó un grito, seguido de un chapoteo lejano. Se agachó, y al asomarse vio el esquife en medio del río, balanceándose de un lado a otro. Los golfillos se arremolinaron por todas partes, como hormigas. Pronto se pusieron de nuevo en marcha y amarraron las cajas junto al malecón, luego las subieron a una red suspendida de una gran polea que habían instalado los niños que quedaban en tierra. Luego todos empezaron a cargar las cajas, seis chicos a la vez, debajo del embarcadero hacia el áspero fango, donde las amontonaron. Les tomó casi dos horas y mucho esfuerzo llevar las nueve cajas de regreso al almacén entre todos, y tuvieron que hacer varios viajes para lograrlo. Charlie se preguntó al principio qué habrían robado que fuera tan pesado, pero pronto el cansancio y el aburrimiento erradicaron toda curiosidad de su mente.

Ya casi amanecía cuando todos volvieron de los muelles. Poco tiempo después Charlie escuchó el chirrido de las ruedas forjadas de hierro y el relincho de un caballo. Entonces llegaron dos hombres adultos, grandes, sombríos y con el pelo largo y grasiento que se asomaba por debajo de sus bombines.

—Hola, mis pequeñines —dijo el más alto y delgado de los dos.

Nadie se movió.

—Ese es el hombre toro —le dijo al oído en voz baja Millard a Charlie, mientras asentía en dirección al más alto y delgado, quien había avanzado hasta el centro del lugar. El otro se quedó en la entrada—. Tú mantén el pico cerrado —añadió—. No conviene que te vea.

El hombre toro se pasó una mano por el bigote.

—Traiga la carreta, señor Thwaite —le dijo a su compañero—. Parece ser que tenemos una entrega. Vaya, vaya.

Empezó a caminar muy lentamente alrededor de las cajas e hizo un recuento exagerado.

—Una, dos, tres, cuatro. Ah, muy bien. Cinco, seis, siete, ocho, nueve. Magnífico —dijo, sonriéndoles ampliamente a los golfillos asustados—. A ver, veamos. Nueve… nueve… nueve… —Alzó una ceja con expresión confundida, se dio la vuelta y se quitó el bombín—. ¿Qué es esto? ¿No eran diez? ¿Acaso me fallan los cálculos?

—Perdimos una, señor —dijo Gilly en voz baja.

Él se detuvo.

—¿Eh? Creo que no escuché bien.

—Dije que perdimos una, señor —dijo Gilly más fuerte—. Se nos cayó al agua.

De repente el hombre toro se acercó a la niña; sus piernas eran largas y delgadas como tijeras de podar y su impermeable crujía al caminar. Presionó sus manos contra las rodillas y se inclinó para poder mirar a Gilly directamente a los ojos.

—*Perdieron* una —repitió—. Se les cayó al *agua.*

—Sí, señor Plumb.

—El trabajo era robar *diez* cajas. ¿No eran *diez*, señor Thwaite?

—Sí, eran diez, señor Plumb —dijo el hombre corpulento parado en la entrada.

—Son casi diez —dijo Gilly en voz baja—. Casi todas.

—*Casi* todas —repitió el señor Plumb. Extendió la mano, agarró a la niña de la muñeca y levantó su brazo. Empezó a señalar sus dedos, uno por uno—: Vamos a contar. Uno, dos, tres, cuatro, cinco, ¿verdad? Y en la otra mano, seis, siete, ocho, nueve. —Tomó uno de sus dedos y lo dobló hacia atrás, muy atrás; la niña gritó y se inclinó bruscamente.

—Este no importa, ¿o sí? —dijo él—. Aún tienes *casi* todos.

Gilly se veía tan pequeña colgando frente al hombre toro. Nadie más se movió, nadie pronunció ni una palabra.

—No los mantenemos por caridad —dijo—. Tienen que cumplir con su trabajo.

Charlie no soportó ver más. Con el corazón en la garganta, dio un paso al frente.

—Déjela en paz —dijo—. Es solo una niña.

De inmediato el hombre corpulento que estaba junto a la puerta, el señor Thwaite, se lanzó como una sombra hacia adelante, sacó un garrote de entre los pliegues de su abrigo y golpeó a Charlie con fuerza en un lado de la cabeza, haciéndolo caer. Todo se fue de lado y luego se oscureció. Estaba jadeando, buscando a tientas en la tierra, desequilibrado; sus oídos zumbaban mientras intentaba levantarse.

—¿Quién es este? ¿Uno nuevo? —El señor Plumb había soltado a Gilly sobre la tierra y volteó en dirección a Charlie.

—No le haga caso, señor Plumb —suplicó Gilly, sujetando su propia mano—. Es un simplón. ¡Cierra el pico! —le ordenó bruscamente a Charlie.

Él cayó hacia atrás, confundido y herido. Le ardía la mejilla y la sangre escurría por su rostro.

—Si no aprende a cerrar el hocico, perderá la lengua —dijo el señor Plumb.

—La cortaré yo misma —dijo Gilly.

El señor Plumb rio.

—Lo harías, ¿verdad, maldita traidora? —dijo él—. No son más que un montón de salvajitos.

Cuando los hombres se marcharon, Gilly se acercó corriendo. El garrote había golpeado a Charlie en un lado de la cara y le había desgarrado la piel debajo de su ojo; le sangraba la nariz. Sacudió la cabeza, que se sentía pesada, como un costal lleno de agua.

—Tu dedo…

—Eso no importa. A ver, levanta la cabeza —dijo ella entre dientes. Ella levantó su barbilla con suavidad; él la escuchó inhalar rápidamente y comprendió de repente. Se apartó, cubriendo su mejilla con una mano, pero no fue tan rápido como hubiera querido. Ella lo miraba horrorizada.

—¿Qué hiciste? —susurró ella—. ¿Charlie?

Él volteó a verla con lágrimas en los ojos.

—Eso no es humano —murmuró ella, y retrocedió—. Eso no es normal.

—Gilly…

—¡Aléjate! —gritó ella de repente—. ¡Jooj! ¡Mira! ¡Mira la herida de Charlie!

Antes de que la niña esquelética se acercara, el muchacho alto, Millard, se abrió paso hacia Charlie, agarró su cabeza y empezó a girarla de lado a lado. Los otros niños se arremolinaron a su alrededor, con los rostros manchados de suciedad y los ojos muy abiertos.

—¡Mierda! —exclamó Millard—. Es un maldito fenómeno. Es un monstruo.

Charlie lo empujó.

—¿Charlie es un monstruo? —dijo una de las más pequeñas, una niña de unos tres años, y empezó a llorar.

—No… —murmuró Charlie.

—¡Es como Jack el Saltarín! —espetó otro niño.

Y se alejaron de él, chillando, todos excepto Millard y Gilly. El propio Charlie se tambaleó hacia atrás, mientras el dolor, la ira y la humillación crecían dentro de él. Miró con furia en la penumbra a los rostros que lo miraban ocultos tras barriles, cajas y vigas podridas por el agua. Era demasiado: el *liche*, ser perseguido en la oscuridad, ser golpeado por ese hombre toro como en su antigua vida en Misisipi, y ahora esto, ser llamado fenómeno, monstruo. Todo eso lo llenó de algo que no se había permitido sentir en mucho tiempo.

Ira.

—¡Váyanse al demonio! —les gritó a los rostros andrajosos que lo observaban fijamente—. ¡Váyanse todos al demonio!

Sus ojos estaban humedecidos. Salió corriendo de la bodega hacia la oscuridad, hacia la niebla que se asentaba, por las heladas calles empedradas, por caminos sombríos y callejones torcidos y a través de los puentes peatonales de madera podrida que cruzaban el agua. Había antorchas en soportes sobre las puertas de los bares, de lo contrario, la oscuridad en medio de la niebla habría sido absoluta. De pronto se sintió intranquilo, solo otra vez en esa ciudad, pensando en el *liche* que todavía podría estar ahí afuera, buscándolo, arrastrándose por los edificios como una araña pálida.

No supo cuánto tiempo estuvo deambulando, pero salió, en algún momento de la noche, a un camino ancho y empedrado, iluminado por lámparas de gas en la niebla. Escuchaba risas y varias figuras pasaban a su lado, hombres con sombreros de copa, damas con estolas de piel paseando con despreocupación por la ribera. Estaba de vuelta en el río. Había carruajes que brillaban en la niebla. Los rostros lo miraban con desaprobación mientras avanzaba con sigilo. Charlie cruzó los brazos sobre la camisa, consciente de lo andrajoso que debía de verse.

Llegó a un puente otra vez. Se detuvo en la barandilla en medio del tramo. Le resultaba familiar, pero no tenía ni idea si era el puente en el que había luchado contra el *liche* o si todos los puentes de Londres tenían el mismo aspecto. La ciudad era todo un mundo. Con desesperación volteó a su alrededor, nunca encontraría a Coulton ni a la señora Harrogate deambulando así. La niebla se hizo más densa a su alrededor, como si fuese un ser vivo, como si fuese a llevárselo, a secuestrarlo.

Entonces oyó una voz. Una voz que conocía. Había una figura corpulenta con patillas y bombín de pie junto a él. La persona cubrió los hombros de Charlie con un abrigo.

—¿Señor Coulton? —Charlie parpadeó sorprendido—. ¿En verdad es usted?

Coulton gruñó.

—Te he estado buscando por todas partes, chico.

—El *liche*...

—Sí, chico. Lo sé.

De pronto Charlie no pudo contenerse y empezó a llorar, su espalda temblaba con cada sollozo desgarrador. Coulton lo abrazó con fuerza. La niebla oscura se arremolinaba a su alrededor, avanzaba a la deriva, más allá del puente de Blackfriars, y se adentraba en la penumbra de la noche.

Y Charlie se dejó levantar. Charlie se dejó abrazar.

Precisamente a la misma hora, en la estación de Charing Cross, un extraño bajó lentamente de un tren expreso en el andén número tres. Sus botas iban dejando huellas de hollín en el suelo. No llevaba equipaje; su sombrero de copa lucía opaco, como si estuviera cubierto de mugre; su largo abrigo y sus guantes negros parecían absorber toda la luz que lo rodeaba, por lo que tanto los maleteros como los viajeros se hacían a un lado a su paso, tratando de no rozarlo.

No estaba solo. Varios vagones atrás, una mujer de cabello plateado con vestido azul y un chal estaba parada mirándolo. Era enorme, poderosa, de aspecto llamativo. Sus manos, muñecas y cuello estaban entintados con tatuajes. Por encima del estrépito resonante de la plataforma, ella pudo oír el silbido del vapor y el ruido metálico de los pistones de acero al ponerse en marcha. El hombre al que seguía era peligroso, cierto, pero ella también lo era. Y parte de ella deseaba, desde que llegó a Liverpool, desde que embarcó en la arenosa oscuridad matinal del puerto de Nueva York semanas atrás, vaya, desde aquella noche abrasadora en Remington hacía casi un mes, cuando la gran carpa se incendió, que él se diera vuelta y la viera. Porque lo que Brynt quería era una excusa, una oportunidad de hacerle lo que le había hecho al pobre de Felix Fox. Lo que quería era aplastarle la tráquea con sus propias manos.

Él no se dio la vuelta, no notó que ella lo seguía. Simplemente se alejó a grandes zancadas en medio del clamor, con el alto sombrero de copa que acentuaba su estatura, y se abrió paso entre la multitud en las taquillas y a lo largo del andén, y atravesó el gran túnel para salir a la turbia penumbra de Londres. Ella sabía que había ido por su pequeño, que estaba acechando a su pequeño Marlowe.

Se mordió el labio con tal fuerza que le salió sangre. Se detuvo en la entrada de Charing Cross, escudriñando la oscuridad. Varias figuras esqueléticas pasaron estrepitosamente. Después de un momento vio cómo se sumergía en la niebla.

Y Brynt, tronándose los nudillos uno por uno, lo siguió.

9

EL NÚMERO 23 DE LA CALLE OESTE NICKEL

Alice Quicke y el chico llegaron a Londres veintidós días después de salir de Nueva York.

Ella había estado enferma durante la travesía, respirando el aire hediondo. Recordaba haber sentido, más que visto, a Marlowe arrodillado junto a su cama, poniendo un paño húmedo en su rostro bajo la luz tenue de la portilla. Ahora, más delgada y con los ojos hundidos, empujó la reja de hierro chirriante de la calle oeste Nickel y tocó a la puerta. Sabía la dirección por los papeles que Coulton le había dado todas esas largas semanas atrás, en la embarcación fluvial que habían tomado en Natchez.

La señora Harrogate abrió la puerta, su mirada reflejaba un aire triunfante. Iba toda vestida de negro, con un velo oscuro sobre el rostro y un pequeño y brillante crucifijo de plata colgando de su cuello. De inmediato dirigió su mirada a Marlowe, quien estaba parado detrás de Alice.

Había unos trabajadores detrás de ella, entrando y saliendo de la sala, aserrando, martillando y reparando toda clase de destrozos.

—¿Redecorando? —dijo Alice con indiferencia.

La mujer se volvió, aplaudió y se dirigió a los trabajadores:

—Váyanse. Ya fue suficiente por hoy. Gracias, caballeros, gracias.

La casa no se parecía en nada a lo que Alice había imaginado. Era un ambiente alegre, cálido, con todas las luces encendidas, la sala decorada con helechos en macetas, sofás tapizados y un montón de mesitas. Incluso había un piano en una esquina, con adornos en las patas. Parecía que los trabajadores habían estado reemplazando un panel de vidrio en una ventana mirador del lado de la calle. El sellador aún estaba fresco. Había agujeros en las paredes y gubias en el suelo. Alice prácticamente podía ver el enfrentamiento tal como debía de haber sucedido, escrito en letras grandes en la ruina que la rodeaba.

El día estaba oscuro, como de costumbre en Londres. Alice no notó a Charlie Ovid ahí sentado, mirándola con su rostro tranquilo, sino hasta que Marlowe soltó su mano, se acercó a él y se sentó a su lado, balanceando una pierna y mirándolo tímidamente.

—Hola, Charlie —dijo ella, quitándose el sombrero—. Me alegra verte aquí.

Él apenas pudo asentir con debilidad.

—El señor Ovid está bastante cansado —dijo suavemente la señora Harrogate, interponiéndose entre ellos—. Me imagino que usted también, señorita Quicke. Esperaba que usted llegara aquí antes.

Ella se encogió de hombros.

—El viaje fue lento.

—Mmm. Así parece.

Cuando los trabajadores se fueron, la señora Harrogate se quitó el velo. Se agachó frente a Marlowe, lo tomó de la barbilla y giró su rostro de lado a lado.

—Marlowe —murmuró—. Tenemos mucho tiempo buscándote, niño. Soy la señora Harrogate. Mi trabajo es llevarte sano y salvo de vuelta a donde perteneces.

Alice notó que estaba nervioso. La señora Harrogate le indicó que se desabrochara los tirantes y se levantara la camisa para que pudiera examinar la marca de nacimiento, y ella se puso de pie, entrelazó los dedos frente a su vientre y lo miró fijamente. Alice frunció el ceño, insegura. Su tarea había sido solo localizar y escoltar al niño, pero se sintió incómoda con la actitud de la señora Harrogate, como si la mujer estuviera revisando un caballo que quisiera comprar.

Entonces la señora Harrogate se dio la vuelta, como si hubiese perdido de repente el interés, y preguntó con un tono frío y desapasionado si tenían hambre o si estaban cansados. Condujo a Alice a través de la sala hasta una mesa puesta para comer frente a una ventana. Todos sus gestos parecían ordinarios, o casi ordinarios, no siniestros ni calculados, entonces Alice comenzó a relajarse. Rechazó la taza de té. Se quitó el sombrero, se pasó los dedos por el cabello y movió el cuello y los hombros para aliviar la rigidez. Finalmente comenzó a hablar sobre el ataque que habían sufrido en Nueva York, el incendio del circo, el brillante talento del niño y su propia rodilla curada.

La señora Harrogate parpadeaba mucho mientras escuchaba; después empezó a seguir los movimientos del niño con una extraña voracidad, como un gato acechando a un pájaro, y Alice volvió a sentir la misma inquietud que antes.

—Su nombre es Jacob —dijo la señora Harrogate, girando una cucharita en su taza, sin apartar en ningún momento la mirada del chico—. Jacob Marber. No es… como nosotros.

—No me diga —respondió Alice con sarcasmo.

—El señor Coulton y yo nos lo temíamos, después de que él no fue tras el señor Ovid. —La señora Harrogate aspiró profundamente a través de sus pequeñas fosas nasales, para contener su ira—. Quiero que sepa que el propósito del señor Coulton es evitar justo lo que acaba de suceder. Es por eso por lo que lo tenemos contratado. Estoy muy apenada, señorita Quicke. No tendría que haber sido necesario que se enfrentara a Jacob Marber.

Y Alice, que había estado preparando su propia indignación por lo poco que le habían contado, y que la había estado avivando durante todo el Atlántico y por tierra hasta Londres, se sintió repentinamente confundida por la disculpa, se calmó y tomó la taza de té que ya había rechazado.

Como siempre ocurría después de entregar a un niño, Alice recibió su pago en efectivo: veinte crujientes billetes de papel en una billetera, esta vez, sobre la mesita. La señora Harrogate dejó en claro que aún se requerían sus servicios. Mientras se ponía el sombrero para irse, Marlowe tiró de su manga para poder susurrarle al oído:

—No me dejes. Por favor.

Ella volteó a ver su pequeño rostro y sus grandes ojos confiados.

—Volveré pronto —mintió ella.

Salió a la niebla, odiándose a sí misma, al trabajo, a la señora Harrogate y a Coulton, dondequiera que estuviera. Llamó a un cabriolé para que la llevara a su hostal en Deptford. Allí recorrió las habitaciones, buscando señales de que alguien hubiese entrado, pero todo estaba como lo había dejado, oscuro y destartalado, aunque ahora también cubierto por una fina capa de hollín a causa de las ventanas mal selladas. Bajó las escaleras y le pagó a la casera varios meses más por adelantado. Luego volvió a subir. Abrió su armario, se puso una de sus dos camisas limpias y un sombrero nuevo. Luego se lo quitó y volvió a ponerse su mugriento sombrero de viaje. En el espejo opaco estudió con ojo crítico su abrigo de hule, descolorido y agrietado en las costuras. Sacó una caja de municiones para su Colt Peacemaker y se llenó los bolsillos. Pensó en quedarse a pasar la noche; las habitaciones estaban tan tranquilas, y la cama era sencilla y suave. Entonces pensó en Marlowe.

—Mierda —murmuró.

Era de noche cuando regresó a la calle oeste Nickel. Todas las ventanas resplandecían desde el interior.

—Sabía que vendrías —le dijo Marlowe cuando la vio entrar a la cálida sala, pero había algo en su mirada que le indicó que no lo sabía, que no estaba seguro en absoluto. Ella sintió una punzada al notarlo. El chico ya había comido, se había lavado la cara y traía puesto un pijama de franela demasiado grande para él. Había estado sentado con Charlie Ovid sobre la gruesa alfombra persa junto a la ventana nueva, tal vez hablando, o tal vez simplemente sentado, no sabía con certeza, pero fuera lo que fuera, cuando ella entró Charlie se levantó, salió al luminoso vestíbulo y subió las escaleras sin decir una palabra.

Ella le esbozó a Marlowe una sonrisa cansada.

—Dije que volvería, ¿cierto? —dijo ella. Hizo un gesto en dirección al punto donde Charlie se había perdido de vista—. ¿Está bien?

Marlowe sonrió tímidamente.

—Me agrada. Es amable.

«Amable». No era la palabra que ella usaría. Recordó cómo le había cortado la garganta al guardia en Natchez, cómo había sacado de su propia carne la cuchilla para matarlo, y sintió que algo parpadeaba en su rostro. Estaba claro que algo le había pasado a Charlie, no solo por las marcas en su cuello, que apenas estaban desapareciendo. Su rostro tenía una nueva agudeza, cierta infelicidad. Se recordó a sí misma que debía preguntárselo directamente después. O a Coulton, si alguna vez aparecía. A todo eso, ¿dónde diablos estaba Coulton?

—Cumpliendo con un encargo —fue todo lo que dijo la señora Harrogate.

Y eso lo dijo solo de pasada, pues siempre estaba de prisa: o salía de la gran casa, ajustándose el sombrero y los guantes; o se dirigía al desván donde guardaba, según ella, sus palomas; o bien cuando regresó de las tiendas con un paquete bajo el brazo y desapareció en una de las habitaciones del tercer piso. Pasó un día, luego otro. A Alice le pareció que la viuda la estaba evitando, y eso le molestaba. Era como si supiera que Alice tenía preguntas, como si supiera que exigiría respuestas.

Si la señora Harrogate evitaba a Alice, con Marlowe era todo lo contrario. Alice estaba con el niño una tarde oscura, junto a la entrada de la cocina, cuando la mujer mayor los llamó desde adentro. Había una gran olla hirviendo en una estufa antigua. La señora Harrogate estaba de pie frente a una encimera larga, picando una hilera de zanahorias con un cuchillo muy afilado. Picaba, picaba, picaba, las vaciaba en la olla, y seguía picando.

—¿Qué clase de instituto no puede pagar una cocinera? —dijo Alice.

—No *poder* y no *querer* son dos cosas muy distintas —respondió la señora Harrogate—. Los sirvientes hablan.

Alice sonrió con indiferencia.

—También cocinan.

—¿Qué tal, Marlowe? —dijo la mujer mayor, ignorándola—. ¿Ya estás bien instalado? Veo que tú y Charles se han hecho amigos.

Marlowe asintió desde el umbral.

Ella dejó de picar.

—Párate derecho. Así está mejor. No debemos encorvarnos como haraganes, ¿cierto? Ahora dime niño, ¿qué te enseñaron en aquel circo? ¿Sabes leer y escribir?

Marlowe asintió.

—Sí, señora Harrogate.

—¿Matemáticas?

—Sí.

—¿Y la Biblia? ¿Te criaron como cristiano?

Marlowe se mordió el labio y su rostro enrojeció.

—Ya veo. —Volvió a picar, sin quitarle la mirada de encima al niño—. Muéstrame las manos. Están asquerosas. El aseo y la virtud van de la mano, niño. ¿La señorita Quicke no te enseñó a lavarte durante el viaje?

—Me cuidó bien, señora Harrogate.

—Y a pesar de eso llevas varios días aquí bajo su cuidado y tus manos se siguen viendo así. Está en Inglaterra ahora, señorita Quicke. Tiene que ayudarlo más a integrarse. —Se dirigió nuevamente al niño—. Supongo que querrás saber por qué estás aquí. Eres un chico muy especial, Marlowe.

Alice lo observó mientras él miraba audazmente a la mujer mayor, y vislumbró en su expresión algo duro, obstinado y característico de alguien mucho mayor.

—Por lo que sé hacer —le dijo—. Porque hay otros niños como yo. Me llevarán a conocerlos.

—Bueno, los otros niños no son exactamente como tú —dijo la señora Harrogate, eligiendo sus palabras con sumo cuidado. Cruzó la cocina hasta una pequeña despensa y volvió con un puñado de patatas—, pero son talentos, sí. Así llamamos a estas habilidades, como la tuya y las de los otros niños.

—Talentos —murmuró Marlowe, sopesando la palabra en su boca.

—Pronto nos iremos al norte. En el instituto conocerás al doctor Berghast. ¿Sabes quién es?

—No, señora Harrogate.

—Tú solías ser su pupilo. Es tu tutor. Tu familia.

Alice alzó la mirada de golpe. Eso era nuevo. Marlowe veía a la mujer madura sin temor.

—No es necesario que me mienta —dijo—. Sé que no hay ninguna familia buscándome.

—¿Quién te dijo eso niño?

—Está bien, señora Harrogate. A veces tu familia son las personas que eliges.

—¿Quién te dijo que no tienes familia?

Alice sintió que la mano de Marlowe alcanzaba la suya. Estaba claro que no quería delatarla, pero no sabía de qué otra manera responder.

—Fui yo —dijo Alice.

La señora Harrogate frunció el ceño. Una fría intensidad pareció emanar de ella, casi como una fragancia.

—La señorita Quicke se equivoca, niño —dijo ella con suavidad, peligrosamente. Hizo un gesto y el cuchillo bailó con fluidez en el aire—. Es cierto que fuiste adoptado; sin embargo, eso no cambia nada. Te aseguro que tu padre es por completo real y está bastante ansioso por verte. Tu niñera te arrebató de él cuando eras solo un bebé. Te raptó en medio de la noche, en el Instituto Cairndale.

—Mi… padre… —Sonaba como si estuviera saboreando la palabra en su lengua, probándola, viendo cómo se sentía.

—Sí, hasta que, como dije, fuiste raptado.

—¿Por qué alguien querría raptarme?

—Porque un hombre llamado Jacob Marber quería matarte —respondió con despreocupación la señora Harrogate—. Ya había tratado de hacerlo antes. Oh, cuando eras solo un bebé, niño, no te angusties. No es tu culpa. Jacob Marber fue criado en Cairndale, pero nunca pudo aprender a ser cuidadoso con su habilidad especial. Su hermano mayor había muerto años atrás, a manos de un patrón cruel, en una ciudad muy lejana, y esa pérdida lo consumió. El dolor y el odio son primos hermanos niño. Cuando él fue por ti aquella terrible noche, tu nana no creyó que pudieran protegerte en Cairndale. Estuvo muy mal de su parte llevarte, pero tuvo razón en temerle a Jacob Marber.

Marlowe escuchaba absorto.

—Algo… ocurrió. Ella murió antes de poder regresarte, luego una desconocida te encontró en un vagón y te raptó. Pudimos haberte perdido para siempre. No teníamos idea de qué había sido de ti; pero tampoco Jacob Marber. Ya que no pudo encontrarte, él también desapareció. Fue muy duro para tu padre. Tú estabas desaparecido. Su familia estaba destruida. A pesar de todo, él lo ha soportado. El doctor Berghast tiene un sentido del deber muy arraigado, una gran fuerza. En cuanto a Jacob, no habíamos sabido mucho de él en los últimos años. Ahora parece que ha regresado. Obviamente, tu padre teme por tu seguridad; es necesario llevarte a Cairndale.

—Jacob Marber es la persona que trató de atacarnos en el hotel, ¿verdad? —preguntó Marlowe en voz baja—. Es el monstruo hecho de humo.

El rostro de la señora Harrogate brillaba en la suave luz de la cocina.

—Monstruo es una palabra un tanto fuerte. ¿Entiendes que aún quiere lastimarte?

—Sí.

—Entonces entiendes por qué es importante que estés aquí con nosotros. Y por qué tenemos que llevarte al norte lo antes posible, al instituto. Ahí estarás a salvo; Jacob Marber no puede entrar.

—¿Por qué no?

—El instituto está... protegido.

El pequeño se estremeció visiblemente.

—Señora Harrogate —dijo—, ¿cómo es mi padre?

A la mujer le brillaron los ojos.

—Es tan astuto como el mismo diablo. Lo conocerás pronto y lo verás tú mismo. Ahora supongo que los dos querrán guisado, ¿verdad?

Después de eso, a Alice no le gustaba la idea de dejar solo a Marlowe. Había demasiado espacio para tan pocas personas en esa casa grande. El dormitorio que ocupaban Charlie y Marlowe, en el tercer piso, era grande e incómodo; estaba decorado con carpetas de encaje bajo las patas de las sillas e incluso en la manija de la puerta, y había un diván ornamentado a los pies de la cama, y un grueso papel tapiz de seda. Los chicos compartían la cama, acurrucándose juntos en el dosel como hermanos, como si siempre se hubieran tenido el uno al otro, y Alice comenzó a sentarse a observarlos por las noches. Le habían dado su propia habitación, una extraña habitación con montones de artilugios raros con ruedas apoyados contra una pared (los intentos de su difunto esposo de inventar una máquina de locución, le explicó la señora Harrogate), pero las formas eran espeluznantes en la oscuridad y Alice no lograba conciliar el sueño, se despertaba con frecuencia, sintiendo como si algo estuviera en la habitación con ella, algo vigilante y oculto, lleno de malicia. Así que se sentaba en el cuarto de los chicos, cautelosa. La propia Harrogate dormía al final del pasillo, con la puerta permanentemente entreabierta, como si tuviera miedo de que algo pasara en la noche. En el cuarto piso Alice había encontrado, durante su primera noche en la calle oeste Nickel, una cama vacía y un armario con un catre manchado dentro y cuerdas anudadas, pero ni rastro de para qué había sido utilizado.

Coulton, por otro lado, seguía desaparecido.

Las marcas de garras en los brazos de Charlie Ovid estaban en llamas. O al menos así lo sentía él, mientras yacía en la penumbra del dormitorio, mirando el techo con molduras, tratando de no pensar.

Ya deberían haber sanado a esas alturas.

Había regresado varios días atrás, pero todavía no estaba bien. Comenzó a temblar en el momento en que el señor Coulton lo llevó al número 23 de la calle oeste Nickel, y la señora Harrogate, al observarlo, lo acostó de inmediato. Esa primera noche ella se sentó a su lado y él le contó todo; estaba sorprendido por su amabilidad. Ninguna parte de él quería confiar en los demás, pero era difícil, muy difícil, después de la extrañeza de todo lo que había visto, seguir sin necesitar a nadie. Después de esa noche no había vuelto a hablar del *liche*.

El hecho de que no hubiera visto ninguna señal de la criatura desde entonces le ayudaba un poco. Ni en la casa ni en los labios de la señora Harrogate; Coulton había vuelto a salir casi de inmediato, con su abrigo abotonado para protegerse de la fría niebla y su arma en el bolsillo. Casi nunca estaba cerca, incluso después de que la otra mujer, la señorita Alice, llegó, por lo que Charlie pudo concluir que el hombre estaba buscando el *liche* en aquellos terribles callejones húmedos.

Acostado en las sábanas, podía sentir al chico nuevo respirando a su lado. Su nombre era Marlowe. Casi no hablaba cuando los adultos estaban cerca, pero cuando estaban solos le contaba de su vida en el circo, de su enorme tutora tatuada e incluso un poco de lo que había ocurrido en una pensión de Nueva York. Un ataque. Habló de lo solo que se sentía y del miedo que le tenía a la ciudad y, en la tercera noche, le contó a Charlie sobre su padre adoptivo, que estaba en Cairndale, esperando para verlo. Charlie escuchó todo esto con los ojos entrecerrados y no dijo nada sobre sus propias experiencias ni sobre su madre o su padre, a quien nunca conoció ni conocería jamás. El chico observaba a Charlie con atención, como si tuviera algún tipo de respuesta, como si supiera algo sobre el mundo en el que se estaban metiendo, como si Charlie pudiera mantenerlo a salvo. Todavía era pequeño, aunque actuaba como si no lo supiera. Usaba sus zapatos en los pies equivocados a veces. Y cierta mañana olvidó abotonarse la bragueta.

Tal vez fue el horror de lo que había sufrido, el *liche*, con sus garras bajo la lluvia. Tal vez fue la sensación de estar perdido en una ciudad tan grande como un mundo. Fuera lo que fuera, cuando trajeron a Charlie de vuelta y se quedó solo, hizo algo que nunca había hecho. Tomó un abrecartas del escritorio de la señora Harrogate y se cortó la pierna, ignorando el dolor. Luego hurgó en la carne de su muslo hasta que encontró el anillo de bodas de plata que había pertenecido a su madre. No era ni delicado ni femenino, y Charlie pensó por primera vez que, tal vez, era un anillo extraño para una novia. Y mientras su herida se cerraba frotó el anillo para limpiarlo, pasó las yemas de los dedos sobre las marcas y lo deslizó en su dedo. Estaba apretado, casi demasiado pequeño para sus dedos, a excepción del índice. Se lo quitó de nuevo y observó el extraño emblema: los martillos cruzados y el sol ardiente. Pensó en su madre y en el monstruo que lo había atacado, y trató de imaginar la fría fortaleza de Cairndale en el norte. Su próximo destino. Sabía que su padre había tenido algo que ver con ese lugar, y ese anillo era la prueba. Había una verdad enterrada allí sobre quién había sido y sobre lo que le había sucedido. Y Charlie se juró a sí mismo que lo descubriría.

Desde esa noche yacía despierto, con el anillo volteado hacia adentro en su dedo y cortando su palma como un talismán. Fue en una noche así que el chico nuevo, Marlowe, le susurró en la oscuridad, interrumpiendo sus pensamientos.

—¿Charlie? —murmuró.

Charlie se quedó quieto.

Pero no engañaba a Marlowe.

—Charlie, sé que estás despierto.

—No estoy despierto —susurró él—. Vuelve a dormir.

—Te veo parpadear.

Charlie se movió y giró la cara. Marlowe lo miraba fijamente.

—No estoy despierto —dijo entre dientes.

—¿Entonces cómo es que estás hablando?

—A veces lo hago mientras duermo —dijo él.

—Estás despierto —refutó Marlowe.

Charlie suspiró y cerró los ojos. Podía oír a la señorita Alice en el rellano, hablando con la señora Harrogate en voz baja. Sabía que ella había empezado a sentarse ahí en las noches, y que los observaba. Estaba agradecido por el sonido de su presencia, y lo odiaba al mismo tiempo. Aun así, él no dormía cuando ella no estaba allí.

El niño emitió un pequeño carraspeo.

—¿Charlie? —murmuró.

Él abrió los ojos de nuevo.

—¿Qué?

—¿Tú también irás a Escocia? ¿Al instituto?

—Sabes que sí.

—La señora Harrogate dice que mi padre está ahí. Que voy a conocerlo. Tal vez el tuyo esté ahí también.

—Mi padre está muerto, ya te lo dije. —Charlie hizo una mueca y se apoyó sobre un codo, sujetando con fuerza el anillo de su madre—. ¿Nunca conociste a tu padre?

—No.

—¿Cómo sabrás que es realmente él?

El chico se quedó callado mientras lo pensaba.

—Lo sabré. No es mi verdadero padre, de cualquier modo. Es mi... tutor. Tu familia son las personas que eliges. Brynt es mi familia, pero está lejos de aquí.

Charlie volteó a ver al chico.

—Bueno, yo no tengo familia, Mar. Y estoy bien.

—Creo que eso es triste.

—Es porque eres pequeño. No es triste. No es nada.

—No soy pequeño. ¿Cuántos años tienes?

—No lo sé. Dieciséis.

—¿No sabes cuántos años tienes?

—Dije que dieciséis.

—Yo tengo ocho.

—Bien por ti —respondió Charlie, y no dijo nada más. Durante un largo momento el chico también guardó silencio, y Charlie se preguntó si tal vez se había quedado dormido o si le había hablado con demasiada brusquedad, pero luego el chico se acercó más en la oscuridad y pasó su brazo alrededor del cuerpo de Charlie. Era cálido, suave e increíblemente ligero. Había pasado mucho tiempo desde que alguien había tocado a Charlie con tanta delicadeza, y no sabía cómo reaccionar. Su corazón latía con rapidez.

—Eres como yo —dijo Marlowe de manera soñolienta.

—No nos parecemos en nada —dijo Charlie.

—Quiero decir diferente —murmuró el chico—. Tú también eres diferente.

Luego el niño se quedó dormido, acurrucado cerca de Charlie. Su piel olía a leche, y algo en todo eso, algo cálido y dulce, hizo que Charlie, por primera vez desde que había regresado a la casa quizá por primera vez desde que podía recordar, simplemente cerrara los ojos con calma, y un momento después, él también estaba dormido.

Más tarde esa misma noche, Alice escuchó a Coulton entrar tambaleándose. La casa estaba oscura y tranquila, y los niños no se movían en su cama. El pequeño brazo de Marlowe estaba extendido sobre Charlie, que yacía acurrucado alrededor de una almohada.

Alice escuchó la puerta principal abrirse y cerrarse, luego escuchó los pasos lentos y pesados de Coulton en las escaleras. Sabía que era él, conocía el sonido de sus pasos. Se dispuso a levantarse, pero cuando el hombre llegó al rellano, Alice se detuvo y escuchó. Un golpe, seguido de un largo y suave sonido, como si alguien raspara algo. Coulton estaba arrastrando algo suavemente por el pasillo, hacia el dormitorio del fondo. Después de un momento escuchó la voz baja de la señora Harrogate.

Alice se levantó. La casa estaba oscura. Conocía el sonido de un cuerpo al ser arrastrado. Ya no estaba enojada, no exactamente; su enojo se había disipado en los últimos dos días y se había transformado en algo más, algo duro, agudo y sombrío. Estaba cansada de todos los secretos. Bajó al rellano del segundo piso, se sentó junto al vitral y esperó a Coulton; fue la señora Harrogate quien bajó en silencio con su vestido negro de viuda y una vela en un plato.

—Su nombre —dijo en voz baja al llegar al rellano— es Walter Laster.

Alice volteó a verla con calma.

—¿Es otro huérfano?

—No. Walter es… otra cosa.

Los duros ojos negros de la señora Harrogate brillaban a la luz de las velas. Estaba de pie con el plato suspendido frente a ella y su rostro desfigurado lucía sombrío y extraño.

—¿De dónde saca los nombres de los niños? —preguntó Alice de repente.

—Ah, el señor Coulton me dijo que tendría preguntas.

Alice ignoró su comentario.

—No dejo de darle vueltas, pero no puedo entenderlo. Charlie Ovid no existe en ninguna parte, en ningún maldito registro. No me diga que sí. Y a Marlowe lo encontraron en un vagón de tren. Sería imposible rastrear a un niño así.

—Bueno —respondió con despreocupación la señora Harrogate—. Claramente no es imposible.

—¿Esto le parece divertido?

—Para nada.

—Creo que ya es hora —dijo Alice lentamente— de que me cuente todo.

—Me halaga que me tenga tanta fe, pero no lo sé *todo*.

Alice también ignoró esto.

—Puede comenzar por explicarme qué demonios era esa *cosa* que nos estaba siguiendo en Nueva York. No me diga que Jacob Marber es como Marlowe o como Charlie, porque no lo es.

La señora Harrogate se quedó callada un momento, como si estuviese teniendo un debate interno.

—Es tarde —dijo finalmente.

Condujo a Alice a su estudio, frente a la sala, y cerró la puerta. Alice no había estado antes en el estudio, y la sorprendió el olor a humo de pipa, los muebles de cuero oscuro, el enorme escritorio, todo decorado para un hombre. La señora Harrogate transfirió la vela a una vieja lámpara y la habitación se suavizó con su resplandor. Detrás del escritorio había una chimenea fría. La señora Harrogate se acercó al cubo de carbón que había al otro lado, metió la mano detrás de la pared y sacó una botella. Luego fue a un armario y volvió con dos tazas de té; vertió un poco de whisky en cada una. Estudió a Alice a la luz de la lámpara.

—Bien, hablemos claramente.

Apareció un chelín entre sus dedos, revoloteando silenciosamente sobre sus nudillos. Ella lo levantó hacia la luz.

—Todo tiene dos lados —dijo en voz baja—. Uno visible y otro oculto, por así decirlo. Casi siempre es así, pero imagine que ambos lados fueran visibles y el lado oculto fuera una tercera cara, una que nunca se ve. *Dentro* de la moneda. Los vivos y los muertos son como los dos lados de esta moneda. Y existe un tercer lado, eso son estos niños. Estos… Talentos.

—¿No dijo que hablaríamos claramente?

La señora Harrogate sonrió.

—Jacob Marber, el que los atacó en Nueva York, solía ser un Talento, no muy distinto a Marlowe o Charles. Un manipulador de polvo, pero cayó bajo el dominio de una criatura de malicia y crueldad. Ha tenido muchos nombres, pero nosotros lo llamamos el *drughr*. Es, o fue… oh, ¿cómo puedo explicarlo? —frunció los labios—. Los Talentos, señorita Quicke, son como puentes entre la vida y la muerte. Existen entre ambos estados del ser. Entre dos mundos, por así decirlo. El *drughr* es la corrupción de todo eso. Un talento más oscuro. La parte de él que estaba viva… ha desaparecido.

—¿Y lo que nos atacó en Nueva York era un…?

—Jacob Marber fue quien los atacó en Nueva York, no el *drughr*.

—¿Lo hizo bajo sus órdenes?

—Sí, es su sirviente.

—¿Qué es lo que quiere este… *drughr*?

—A los niños —respondió simplemente la señora Harrogate—. Se los come.

Alice, a punto de tomar un sorbo, se congeló con la taza de té en los labios, y emitió un sonido de enfado con la garganta, algo entre una risa y un gruñido.

—Debe entender que el *drughr* no es una criatura de carne y hueso. Aun así, puede deteriorarse. Es por eso que necesita… sustento. Cuando sea lo suficientemente fuerte podrá andar por el mundo sin problema, y alimentarse de Talentos, jóvenes y viejos.

—Esto es una locura —murmuró Alice.

La mujer mayor frunció el ceño.

—Han pasado treinta años desde que sentí por primera vez lo que usted está sintiendo ahora. Se me olvida lo peculiar que parece todo al principio.

Alice apartó la mirada. Estaba recordando su primer encuentro con Harrogate, en la habitación del hotel, cuando la reclutaron. Estaba tratando de entender cómo encajaba algo de esto con lo que le habían dicho entonces. Entonces recordó algo.

—Mi madre —dijo, eligiendo sus palabras con cuidado—. Dijo que fue por lo que le pasó a ella, por lo que vio, que ustedes decidieron… buscarme. Dijo que… —Alice tragó saliva—. Dijo que usted *sabía* al respecto.

—Sí.

—Lo que mi madre vio ese día, cuando Adra Norn salió de las llamas sin estar herida. Su… *milagro*. ¿Adra era una de sus…? ¿Era como sus huérfanos? ¿Un… Talento?

La señora Harrogate alisó su falda.

—Ya he dicho demasiado —habló con renuencia—. El doctor Berghast puede contarle más.

—El doctor Berghast…

—En el instituto. Él sabe lo que ocurrió con la comunidad de Adra Norn. —Su cabello caía sobre su rostro y lo oscurecía. Cuando volvió a hablar su voz había cambiado, se había endurecido, era más fría y distante—. Partiremos hacia Cairndale en la mañana. Todos nosotros. El señor Coulton ha sugerido que es momento de que sepa más de lo que hacemos. Yo estoy de acuerdo. Venga al norte con nosotros. Así podrá preguntarle en persona al doctor Berghast todo lo que desee saber.

—No iré a Escocia.

La señora Harrogate se puso de pie. Estaba mirando algo detrás de Alice, y cuando ella se giró, vio que Coulton había entrado y estaba mirando desde la penumbra. Ella no sabía cuánto tiempo había estado allí.

—Descanse un poco, señorita Quicke —dijo la señora Harrogate, con las tazas de té tintineando en sus manos; la botella desapareció entre los pliegues de su falda—. Espero que lo reconsidere. El tren sale temprano en la mañana. No podemos retrasarnos.

Cuando ella se marchó, Coulton soltó un gemido largo y bajo y se acercó. Se sentó donde la mujer había estado antes. Se veía terrible, pensó ella, su rostro estaba gris y arrugado por el agotamiento.

—Siento que necesito dormir por una semana —habló él entre dientes. Logró esbozar una sonrisa—. Aunque me alegra verte.

Alice lo observó.

—¿Qué, Harrogate y tú ya no se hablan? ¿Es por eso?

—Estamos bien. —Coulton se frotó los párpados con fuerza a la luz de la vela—. O lo estaremos. A veces hay tanto que decir, que es difícil empezar. Tuvimos un pequeño desacuerdo sobre el viejo señor Laster. Veo que Marlowe está entero.

—Está mejor que Charlie.

—Sí. Pobre chico.

—Marlowe le ha tomado cariño.

—Y parece que tú también te has encariñado con Marlowe.

Ella se quedó callada ante eso. Hacía poco más de un mes que conocía al niño y ya sentía algo intenso, de modo que la mitad del tiempo ese sentimiento la llenaba de preocupación, miedo y ansiedad, y el resto del tiempo, de un amor abrumador. No era normal de su parte encariñarse. Nunca.

—Me da lástima —respondió finalmente.

—Mmm —respondió Coulton, sin quitarle los ojos de encima. Se preguntó qué estaría pensando; luego se inclinó hacia adelante, abrió la puertecita de vidrio de la lámpara y encendió un cigarro en la llama—. Margaret dice que viste a Jacob Marber en Nueva York.

Ella asintió.

—Así parece.

—Pensé que iría tras Charlie.

—¿Cómo podrías haberlo sabido?

Coulton la estudió en el brillo anaranjado de la lámpara; las sombras danzaban en su rostro.

—Bueno, fue mi culpa y lo siento. Lo conocí un poco hace unos años. Podría decirse que trabajamos juntos. Rastreando a esos pobres desafortunados. Ni siquiera lo habrías reconocido entonces. Era amable, incluso… tímido. En aquel entonces siempre decía yo que le hubiera ido mejor en el clero. Tenía los dedos más exquisitos, como los de un pianista. A las damas les encantaban. Cómo lo avergonzaba eso.

—Dijiste que apenas lo conociste.

Coulton la miró con ojos claros, sin vergüenza.

—Hay confidencias que simplemente no nos corresponde compartir —dijo—. Lo sabes mejor que nadie.

—¿Algo de lo que me contaste de él es cierto?

—Sí. Es *verdad* que Jacob se sintió traicionado. Nos culpó a todos. En especial a mí, quizá. La cosa es que, para entonces, ya se había transformado. No fue ninguna tragedia. Fue él, simplemente. Jacob.

—Transformado. Por el *drughr*, supongo.

Coulton se le quedó viendo un largo rato.

—Margaret no suele hablar tanto.

Alice esbozó una pequeña sonrisa sombría.

—Bueno, fui muy *cortés*.

Coulton le devolvió la sonrisa.

—Sí, Jacob fue transformado por el *drughr* —siguió diciendo—. Antes de eso era un Talento. Un manipulador de polvo, como lo llamamos. Esos niños que hemos estado reuniendo no son los únicos que pueden hacer cosas.

Había algo en la forma en que lo dijo que hizo que Alice se detuviera. Él se reclinó en la silla, de modo que las sombras se tragaron su rostro. Solo se podía ver la brasa de su puro, llameando y desvaneciéndose.

—En Natchez —dijo Coulton, con el rostro aún ensombrecido— llamaste a Charlie un monstruo. A todos ellos, pero si ellos lo son, entonces yo también.

Ella tragó saliva.

—¿Eres… como ellos?

—Sí.

Lo dijo con una gran tristeza en su voz, y ella se preguntó de repente lo que debió haber visto, lo que debió haber vivido. Ella no sabía nada de él. ¿Qué quiso decir? ¿Qué podía hacer? ¿Arrancarse cuchillos del brazo? Se miró las manos, luchando contra su curiosidad, tratando de no preguntar, aunque quería hacerlo. No era su asunto.

—Me prometí a mí misma que este sería el último —dijo ella finalmente—. Que renunciaría después de que Marlowe llegara aquí a salvo. No necesito este trabajo. En especial si no sé lo que está pasando.

—Tal vez es hora de que lo averigües.

Apartó la mirada; de pronto se sintió cansada. La casa a su alrededor estaba en silencio. Pensó en Marlowe, durmiendo arriba con Charlie.

—La señora Harrogate sacó una botella del mejor whisky de Escocia que está detrás de ese balde de carbón —informó ella—. ¿Crees que tenga otra ahí?

Coulton se inclinó hacia delante y su rostro rubicundo salió a la luz. Masticó su puro y sonrió.

—Conozco esa botella. Solo hay una. —La miró a los ojos y la sonrisa se desvaneció—. Escucha: si quieres respuestas, las encontrarás en Escocia. Ahí es a donde tienes que ir. ¿Margaret ya te invitó?

Ella asintió.

—Entonces ven. Ven con nosotros.

—A Cairndale —dijo ella en voz baja, como si hablara consigo misma.

—Sí —respondió él con un gruñido. Inhaló profundamente el humo de su cigarro y lo retuvo en sus pulmones; sus ojos brillaban a la luz del fuego—. Al maldito Instituto Cairndale.

10

LA CALMA QUE VIENE ANTES

Todavía estaba oscuro cuando Brynt siguió al monstruo hasta la estación de St Pancras y, en medio de la avalancha de funcionarios judiciales que se dirigían apresuradamente a la ciudad, lo vio comprar un boleto; luego se dirigió a la misma ventanilla y preguntó a dónde se dirigía el otro. El empleado que vendía los boletos le dirigió una mirada extraña, y se quitó las gafas para fruncir el ceño. Brynt usaba unos guantes de cabritillo amarillos, hechos especialmente por un fabricante de guantes en Toledo, para ocultar sus tatuajes en un país de campesinos católicos, y llevaba el único vestido adecuado que tenía, ya que su talla era difícil de encontrar, aunque ahora este lucía desgastado bajo los brazos y las enaguas estaban llenas de lodo seco. Además, como había adelgazado, le quedaba mal, pero ella miró al empleado a los ojos y dijo que quería un boleto en el mismo tren y, al cabo de un momento, el empleado se encogió de hombros y garabateó un billete para Horsechester.

—¿Dónde queda eso? ¿Está lejos?

—Está a unos cincuenta kilómetros al norte de Londres —dijo el empleado—. Es un pueblito bastante pintoresco.

El tren partía en la oscuridad; ella se apresuró a bajar al andén, sin ver al monstruo por ninguna parte. Entonces lo vio, estaba subiendo los escalones de la plataforma y desapareció en un vagón. Brynt se abrió paso a empujones entre la multitud y se subió al tren. Trató de encontrar un asiento en tercera clase que le permitiera mirar por la ventana y que estuviera cerca de una salida. El vagón estaba casi vacío, salvo por un hombre vestido de tweed que pelaba lentamente una cebolla con un cuchillito, y una institutriz con su pupilo sentado con las manos en el regazo, sin hablar. El niño la hizo pensar, con una punzada, en Marlowe.

En Horsechester el monstruo se apeó del tren, humeante de oscuridad, con la bufanda negra ocultando aún más su rostro e ignorando las miradas alarmadas de los otros viajeros. Salió de la pequeña estación a la luz del amanecer, a lo largo de las calles empedradas de la ciudad bucólica. Brynt, sombría, y hambrienta ya, se apresuró detrás de él.

Echó a andar por el campo, una figura oscura y solitaria con ropa de ciudad. El sol salía por el este. Brynt se movió con cautela, ansiosa. No alcanzaba a imaginar el propósito de aquella figura sombría. Estaban siguiendo las vías del tren a través del campo, y en una curva ciega alrededor de una colina cubierta de hierba, vio que el hombre se detenía de repente. Estaba de pie entre la hierba alta, con los brazos colgando a los costados. Brynt, que estaba a unos cincuenta metros de distancia, se hundió en la maleza.

Había insectos zumbando en la hierba. La brisa era fresca. El cielo de la mañana se tornó azul, sin nubes. Los trenes pasaban a intervalos. Llegó la tarde, y se oscureció hasta convertirse en crepúsculo. Y, aun así, el monstruo estaba ahí parado.

Brynt cambiaba de posición de vez en cuando; primero se le acalambraron las piernas, luego, la espalda. La noche se volvió fría. Ella durmió mal. Cuando la noche finalmente comenzó a desvanecerse, temía un poco la posibilidad de descubrir que el monstruo se hubiera ido, pero no. Seguía de pie en el montículo, la misma figura sombría mirando las vías, paciente, inmóvil.

Eso la inquietaba mucho. Luego, temprano por la mañana, bajo un cielo azul, vio el humo de un tren que se aproximaba más allá de la curva, por encima de los árboles. Ella sentía que había algo diferente, aunque no podía decir qué. Pronto pudo oírlo: el constante golpeteo mecánico de su prisa, luego oyó el chillido de su silbato, alarmantemente cerca. Se volvió de repente y vio que el monstruo había bajado de la pendiente y se había subido a las vías.

El tren apareció al doblar la curva; era un expreso de pasajeros que pasaba a una velocidad increíble; una gran furia de fuego, humo y relucientes letras verdes y doradas. Brynt sentía el corazón en la garganta.

Vio que la figura estaba de pie en medio de los durmientes, contemplando el estruendoso tren, con su largo abrigo negro ondeando a su alrededor. Con calma y deliberadamente, se quitó la bufanda de la cara.

El tren siguió acercándose; se escuchaba el chillido de su silbato cada vez más cerca.

El monstruo extendió los brazos por completo.

Brynt se puso de pie.

Él no se movió ni saltó. Luego, en medio de un tremendo estallido de humo negro y hollín, la locomotora lo atravesó, lo atravesó donde había estado parado. El humo se derramó a su alrededor como una gran ala oscura, luego se enroscó en su corriente de aire y envolvió al tren en su oscuridad, desde el vagón de carbón hasta los vagones de pasajeros de madera adornados, antes de disiparse gradualmente y volverse polvo. Brynt vio con sus propios ojos que el monstruo se había ido, había desaparecido, como si hubiera sido completamente borrado, y toda la longitud chirriante del tren pasara a través del espacio donde había estado, con chispas en las ruedas, la carcasa del motor temblando y los grandes frenos rechinando hasta detenerse unos cincuenta metros más adelante.

Brynt empezó a correr.

En el número 23 de la calle oeste Nickel todos se habían levantado somnolientos e irritables. Bajaron a trompicones después de sus abluciones, luego un escaso desayuno, y después se subieron a los carruajes que los esperaban. La señorita Quicke fue la primera en despertar. Margaret había sido cautelosa y alquiló un segundo carruaje en el que viajaría Walter, introducido de contrabando en el oscuro interior. Sin embargo Charlie lo vio, y ella se dio cuenta de esto; la expresión en el rostro del niño reflejaba el gran temor y la traición que sentía.

El tren partió a tiempo. Estaban tal vez a una hora de Londres cuando ocurrió el incidente. El vagón dio una sacudida, crujió y se detuvo con un estremecimiento. Hubo un estrépito de baúles y cajas que caían al suelo y un largo chirrido de frenos. Alarmada, Margaret se agarró del alféizar para no caer y miró fijamente a Walter, pero él seguía drogado, adormecido y amarrado en el asiento de enfrente, con su aspecto gris y enfermizo; ni siquiera se movió. Comprobó los nudos, por si acaso. Luego se acercó a la ventana y apartó las cortinas. Estaban en un compartimento para dormir cerca de la parte trasera del tren, justo frente al vagón de equipaje. Ella también había reservado un segundo compartimento, uno despejado en el otro extremo del tren, cerca de la parte delantera, para que viajaran los niños, Coulton y la señorita Quicke.

El tren se había detenido en una curva de la vía, y ella podía ver claramente la reluciente locomotora en la parte delantera, la figura distante del maquinista con su overol mientras este bajaba del tren, y la nube de humo negro que se alejaba de la chimenea. En verdad esperaba que no se tratara de un descarrilamiento. Había horarios que cumplir. Un minuto después escuchó un golpe en su compartimento.

Era Coulton, desde luego.

Él miró con furia a Walter, quien seguía amarrado detrás de ella.

—¿Todo bien? —preguntó.

—Debería estar con los niños —dijo ella—. Su misión es mantenerlos a salvo hasta que lleguemos a Cairndale.

—Sí. —Volvió a dirigir su mirada al *liche*—. Conozco la misión, pero tenemos que hablar.

—Aquí no. —Empujó al hombre hosco hacia el pasillo lateral y cerró el compartimento detrás de ella con llave; guardó la llavecita de latón en la palma de su mano y entrelazó los dedos frente a ella.

—¿Y bien? —preguntó ella—. Si esto es sobre Walter Laster, no quiero discutirlo. Ese asunto está cerrado, señor Coulton. ¿Por qué nos detuvimos?

Coulton parpadeó.

—No lo sé. Escucha…

—¿Golpeamos algo? ¿Había algo en la vía?

—No lo sé. Margaret…

—Si llegamos tarde a nuestra conexión, estaré muy disgustada.

—¡Con un demonio, Margaret! —exclamó él—. Déjame hablar.

Ella frunció el ceño con desaprobación, echó un vistazo a lo largo del corredor lateral, luego lo miró a los ojos.

—Me parece que ya le di la oportunidad de dar su opinión, señor Coulton. —Su tono de voz era deliberadamente bajo—. Esa clase de lenguaje no es muy apropiada que digamos.

—Pero no es así —refutó él.

—¿Qué cosa no es así?

—No me has dejado dar mi opinión. Walter me dijo que Jacob está en camino. Dice que Jacob sabe cómo encontrarlo.

Margaret levantó la barbilla y sus fosas nasales se ensancharon con disgusto.

—Lo dudo.

—¿No crees que sea ni remotamente posible? ¿O no quieres que lo sea?

—Walter había estado fumando opio, estaba bastante embriagado. Usted mismo lo dijo.

—Eso no quiere decir que no pueda ser verdad.

—Estamos en camino al instituto, señor Coulton. Jacob Marber no puede llegar a él, ni aunque supiera cómo hacerlo. No está en este tren.

Observó a Coulton fruncir el ceño.

—Sí —respondió él de mala gana.

Ella se dispuso a marcharse, luego se detuvo.

—¿Algo más?

Coulton se puso colorado.

—No es muy tarde para cambiar de rumbo. Si Jacob está buscando a ese bastardo, seguro tiene algún método para encontrarlo, si sabes a qué me refiero. Seguro lo seguirá hasta el norte. ¿Por qué no me dejas escoltarlo en otro tren?

—No lo creo.

—O tú escóltalo entonces. Si no es demasiado peligroso. No importa, solo hay que alejarlo de los niños. Ya viste lo que pasó con Charlie.

Margaret sintió una punzada de arrepentimiento por eso. Había pensado que el opio era más fuerte, las cuerdas más resistentes. Esta vez había tenido cuidado de aumentar tanto la dosis como las ataduras. Ella no se apartaría de su lado en todo el camino. Debería ser lo suficientemente seguro. Más concretamente, no sabía cuánto tiempo tenían hasta que Jacob Marber saliera a cazar, y quería que Walter fuera encerrado detrás de los muros de Cairndale antes de que él llegara.

A través de las ventanas vio a un cobrador con su uniforme azul y su gorra caminando con lentitud a través de la hierba alta, saludando a alguien en la vía. Algunos de los pasajeros se habían apeado, y estaban de pie en la ladera, fumando su pipa o charlando bajo la luz del sol. Ella sacudió su cabeza.

—¿Qué propone que hagamos, señor Coulton? —preguntó ella en voz baja—. ¿Bajar a Walter del tren aquí y arrastrarlo hasta la estación más cercana? ¿Quién lo haría, usted? ¿Abandonaría a los niños aquí? ¿O tal vez yo, con mi tremenda fuerza física? No. Me temo que es demasiado tarde para *cambiar de rumbo*, como usted sugiere. Vuelva a su vagón, señor.

Coulton se frotó el bigote. Había algo en la forma en que él la miraba que no le gustó, cierto aire de decepción.

—Si algo les pasa a esos niños —advirtió él con pesimismo—, quedará en tu conciencia.

En la parte delantera del tren, Charlie Ovid puso una mano en la ventana del compartimento, mientras observaba al maquinista y a los cobradores caminar fatigosamente por las vías, mirar debajo de las ruedas y patear la crecida maleza amarilla. El cielo tenía un color azul pálido, y las nubes lucían como volutas de algodón. Después de la niebla de Londres, casi había olvidado cómo era aquello. Coulton había dejado sus guantes de cabritillo cruzados sobre el suave asiento de caoba pulida, para recordarles su ausencia. Había un estante de cincha sobre su cabeza para sombreros y sombrillas. Era un compartimento moderno, con una puerta corrediza de roble que daba a un pasillo interior. Charlie recorrió con la mirada los paneles oscuros, impresos y detallados, estudió las cortinas de encaje que oscurecían el cristal de la puerta. Marlowe tenía la cara pegada al cristal, y miraba con interés a los hombres que estaban afuera.

—Golpearon algo, eso es todo —dijo Alice, frotándose los párpados. Inclinó el ala de su sombrero sobre su rostro—. Tal vez una oveja. Todo está bien, Marlowe.

—Están mirando bajo los vagones —mencionó el niño.

Charlie frunció el ceño. Algo estaba mal; lo sentía.

—¿A dónde fue el señor Coulton, señorita Alice? —preguntó en voz baja.

—Ya sabes a dónde fue —respondió ella sin moverse.

—Tenía que preguntarle algo a la señora Harrogate, Charlie —añadió Marlowe—. Nos lo dijo antes de irse.

Pero Charlie se humedeció los labios. Sabía a quién había traído la señora Harrogate, y por qué estaba encerrada en una parte diferente del tren. Cuando lo había esposado a él a la silla de la sala de examinación, dijo que era para la protección de ellos, no la de él. Él conocía ese tipo de miedo.

—Ya tiene mucho tiempo que se fue, ¿no?

—Han pasado doce minutos, Charlie. —Ella inclinó su sombrero y abrió un ojo—. Trata de dormir un poco.

En ese momento sintieron una sacudida repentina, y el tren crujió bajo sus pies. El silbato dio tres pitidos agudos. Lentamente, muy lentamente, el tren empezó a avanzar, al principio, ni siquiera al paso de una persona. Luego se escuchó el *clonk-shh, clonk-shh, clonk-shh*, más y más rápido, mientras el tren aumentaba la velocidad. Los campos verdes pasaban borrosos por la ventana.

—¿Lo ves? —dijo Alice—. Nada de qué preocuparse.

Pero el mal presentimiento que tenía Charlie solo empeoró. Estudió a Alice, sentada con su largo abrigo de hule, como un ganadero. Sabía que llevaba un revólver en el pequeño maletín de viaje que estaba encima de su cabeza. La había visto limpiarlo y envolverlo en hule, y había visto la forma en que su mano permanecía cerca de él. También sabía la clase de persona que era. Esto no lo hizo sentir más tranquilo.

De repente Marlowe se puso rígido. Alice debió sentirlo, porque se quitó el sombrero del rostro, descruzó las piernas y lo miró. El niño se agachó, se acercó a la puerta con paneles y presionó la mano contra ella.

—¿Qué? —preguntó Alice—. ¿Qué pasa?

El tren empezaba a aumentar su velocidad; sus hombros temblaban cuando se sentaron.

Marlowe se veía asustado.

—Es él —murmuró—. Nos encontró. Está *aquí*.

11

EL NIÑO BRILIANTE

El tren se movía otra vez.

Se tambaleó y se estremeció al principio, y luego empezó a rodar. En el estrecho pasillo lateral, Margaret Harrogate tropezó con Coulton. El campo afuera de las ventanas comenzó a deslizarse lentamente. Estaba cansada e irritada, sobre todo porque una parte de ella sabía que Coulton tenía razón.

Al menos el hombre había dejado de discutir, como si se hubiera dado por vencido de convencerla. A veces podía ser insoportablemente seguro de sí mismo, pero luego levantó su mano callosa, volvió la cabeza y se quedó escuchando. Las ventanas y las molduras vibraban suavemente ahora; el ruido sordo de los durmientes subía a través del piso. Ella extendió una mano para estabilizarse, estudiando su robusto rostro rojo y el suave parpadeo de sus pestañas.

—¿Qué pasa? —preguntó ella.

Él sacudió la cabeza.

—No lo sé. Creí escuchar algo.

Ella dirigió los ojos a lo que había detrás de él, al pasillo y el compartimento donde había dejado al *liche*. La puerta seguía cerrada con llave, las cortinas azules que cubrían la ventana seguían corridas. Hubo un rápido moteado de luz solar y sombras cuando el tren pasó frente a un grupo de robles, para emerger luego en campo abierto.

Fue entonces cuando escucharon el grito.

Provenía de uno de los compartimentos. Margaret se dio la vuelta de inmediato con el frufrú de su largo vestido negro y echó a correr. Luego giró la llavecita en la cerradura y abrió las puertas de par en par. Había manchas en la tapicería donde había estado el *liche*. Sus cuerdas habían sido masticadas y ahora estaban deshilachadas y enredadas. Las cortinas se agitaban salvajemente, y estaban hechas jirones. Margaret se acercó de inmediato a la ventanilla alta del vagón. La habían deslizado hacia abajo y la habían dejado abierta; el viento agitaba su cabello.

—Demonios —dijo entre dientes.

Coulton escupió.

—¿Cómo pudo caber por ahí?

Entonces se oyó un segundo grito en el compartimento de al lado; Coulton volvió a salir. Golpeó el dintel con el puño, pero una mujer joven con gafas, una blusa de maestra de escuela y el pelo suelto sobre los ojos ya había salido a trompicones y se dejó caer en sus brazos, gritando.

—¡Oh, por Dios, por Dios! —gritaba.

—Por todos los cielos, mujer —dijo Margaret abruptamente al verla—. Habla claramente.

Pero la joven balbuceaba demasiado y no se entendía nada de lo que decía.

—Mi ventana, en mi ventana, había un, un…

Margaret notó que su rostro estaba cenizo. Ya había dicho suficiente. La mujer temblaba y se apoyaba en los brazos de Coulton; él la hizo a un lado, como si fuera un saco de papas, sacó su Colt Peacemaker del bolsillo de su abrigo, movió sus fornidos hombros y entró. Margaret estaba justo detrás de él, pero ese compartimento también estaba vacío: un alfiletero, cosas de costura tiradas por el pánico bajo los asientos, una manzana verde a medio comer rodando debajo de la ventana. Coulton se quitó el bombín, asomó la cabeza por la ventana y entrecerró los ojos por el viento; luego se volvió para mirar hacia el otro lado.

—¿Y bien? —preguntó Margaret. Estaba furiosa con ella misma. Había hecho todo lo que se le había ocurrido para evitar que esto sucediera una segunda vez.

—El maldito desapareció —gritó Coulton, aún asomado, con el viento golpeando su rosto. Volvió a meter la cabeza—. Se salió del tren, parece. Puede ser que se haya caído. O que haya saltado.

—No saltó —informó ella—. Sigue a bordo.

Coulton revisó los compartimentos con su revólver y volvió a cerrarlos.

—Nada —fue todo lo que dijo. Se puso el bombín e hizo una pausa.

—Dígalo —dijo ella amargamente—. Adelante. Dígame que debí haberlo escuchado.

Él sacudió la cabeza.

—No es tu culpa, Margaret.

Pero ella solo frunció el ceño, le tendió una mano enguantada y le quitó el arma. La giró de lado, con pericia, y apuntó el cañón.

—Yo lo traje a bordo —dijo ella—. Así que sí, sí lo es.

Cuando abrió la puerta vio muchos rostros contrariados reunidos en el pasillo, en su mayoría caballeros con sombreros de copa, tendiéndole pañuelos a la mujer. Un cobrador se abría paso mientras exigía saber qué estaba pasando.

Ella se volvió en dirección a Coulton y colocó una mano enguantada sobre su muñeca.

—Solo asegúrese de que los niños estén bien. Si está detrás de alguien, es de ellos.

Coulton asintió.

—¿Tú?

Ella ajustó su pequeño crucifijo y lo miró a los ojos.

—Le pondré fin a esto —dijo con enfado.

En la parte delantera del tren, en el vagón de segunda clase, Alice corrió las cortinas de las ventanas, sumergiéndolos a todos en una oscuridad parcial. Estaba tratando de entender el significado de lo que había dicho Marlowe. «Nos encontró. Está aquí».

Charlie se puso de pie, balanceándose con el tren y abarrotando el compartimento innecesariamente.

—¿De quién habla? No se refiere a Walter Laster, ¿verdad? —preguntó él—. La señora Harrogate dijo que no despertaría.

Alice hizo una pausa.

—¿Walter… Laster?

—Walter. El *liche*.

Alice fue a la puerta y la cerró. Luego bajó su maleta, desenvolvió el revólver y abrió la pequeña bolsa de cuero donde llevaba los cartuchos. La cargó con cuidado, tratando de calmar sus pensamientos. Walter Laster, entonces esa era la persona con la que viajaba la señora Harrogate en el vagón trasero. El hombre que Coulton había arrastrado a la casa la noche anterior.

—La señora Harrogate dice que está muerto. Muerto y no muerto a la vez. —Charlie había comenzado a respirar pesada y rápidamente, casi jadeando por el miedo—. Tenemos que salir de aquí, tenemos que irnos. No podemos quedarnos. Yo lo he *visto*. Tiene unos dientes muy largos y puede trepar por las paredes como una araña y su piel es muy blanca...

Charlie comenzó a sacudir la puerta con fuerza, de modo que el vidrio traqueteó en su soporte.

—Está cerrada, Charlie —dijo ella, tratando de calmarlo—. Nadie va a entrar. Todo está bien. El señor Coulton volverá pronto.

—No, no está bien —dijo Charlie, y se dio por vencido con la puerta—. No sabe lo que es. No es una persona. —Su voz se escuchaba más aguda—. Nada había podido herirme, señorita Alice. Nada, pero *él* lo hizo. *Él* me lastimó. —Charlie se desabrochó los puños y se arremangó la camisa. En cada antebrazo había cuatro marcas de garras profundas que parecían infectadas—. La señora Harrogate dijo que ya estaba muerto. ¿Qué clase de muerto puede hacer esto?

—La clase de muerto que necesita un poco más de estímulo, supongo. Como una bala detrás del ojo. —Alice volteó a ver a Marlowe—. ¿Es de él de quien hablabas? ¿Walter Laster?

Marlowe tenía los ojos muy abiertos.

—No —susurró.

—¿Entonces de quién?

—Del otro. El hombre del hotel.

Alice se quedó muy quieta.

—¿Jacob Marber está en el tren?

El niño asintió. Su voz era apenas un susurro.

—Sabe que estamos aquí.

Esperaron. Los minutos pasaban. Charlie y Marlowe parecían cada vez más asustados; Coulton no vino. Había una especie de silencio denso y amortiguado en el pasillo lateral, como si el vagón del ferrocarril se hubiera vaciado, como si todos sus pasajeros hubieran caído en un sueño profundo.

De vez en cuando Alice levantaba una punta de la cortina de la puerta y miraba hacia el pasillo, pero no había movimiento. Nada. No pasó ningún cobrador. Ni Coulton.

Detrás de ella, Charlie Ovid había descorrido un poco las cortinas de la ventana, y Alice pudo ver que estaban pasando por las afueras de una ciudad industrial gris, con paredes de ladrillo manchadas de hollín y barandillas de hierro retorcidas en formas dolorosas. Alcanzó a ver docenas de chimeneas humeando para formar una mancha marrón en el cielo. Muchos tejados opacos y manchados de hollín. Luego el tren se elevó de nuevo, fuera de los límites de la ciudad, hacia el norte.

Ciertamente, Coulton ya debería haber regresado. Era espeluznante lo silencioso que había quedado todo el vagón. Por fin oyó el ruido de la puerta del pasillo al abrirse, el súbito ruido de las vías, luego el sonido amortiguado cuando la puerta volvió a cerrarse. Unos pasos pesados y lentos, pero estos provenían de la parte delantera del tren, del vagón del maletero y de la locomotora más allá. Ella frunció el ceño y se cambió al asiento de enfrente. Cautelosamente levantó la cortina para ver.

La soltó casi de inmediato, horrorizada.

Era él.

Una oscuridad ennegrecida se desprendía de su abrigo negro, su sombrero y sus manos enguantadas. Era alto, delgado, de hombros anchos y lucía una espesa barba negra, recortada a lo largo de la mandíbula como un barbero; su rostro estaba volteando hacia otro lado, así que ella no pudo ver sus ojos. Estaba inclinando la cabeza, mirando dentro de los compartimentos y, mientras avanzaba, el vagón mismo parecía irse sumiendo en la oscuridad. Charlie y Marlowe se habían quedado inmóviles, mirando a Alice, probablemente a la expresión en su rostro; ella los miró a los ojos sin tratar de ocultarlo. Su corazón estaba martillando en su pecho.

—Es él —susurró Marlowe.

Ella no respondió. Miró a su alrededor, escudriñando su pequeño compartimento, las correas de arriba, los paneles de caoba en la puerta. Tenía el arma en la mano, la miró y luego la deslizó en el bolsillo de su abrigo. Fue hasta la ventana y forcejeó con el bastidor y el panel hasta abrirla. De inmediato las cortinas fueron succionadas hacia afuera. Asomó la cara al rugido del viento, con el pelo aplastado detrás de ella, y entrecerró los ojos.

Había un barandal para el cobrador a lo largo del vagón y protuberancias pequeñas que podían usarse como puntos de apoyo. Tendría que bastar.

Volvió a meter la cabeza, que le daba vueltas, al vagón.

—Rápido —dijo ella—. Tenemos que ir más atrás. Vamos.

Charlie volteó a ver a Marlowe, preocupado.

—Él no puede trepar por afuera de un tren, señorita Alice. Es demasiado pequeño.

Pero ella ya estaba abotonando el abrigo de Marlowe rápidamente. Miró un largo momento el rostro del niño y luego asintió, satisfecha por lo que vio en su mirada.

—Sujétate fuerte de mí. No te sueltes, ¿entendido? Necesito que cierres los ojos y no los abras hasta que estemos en el siguiente vagón. Como hicimos en el hotel. ¿Puedes hacerlo?

Marlowe miró temeroso hacia la puerta cerrada. Un fino humo negro había comenzado a filtrarse alrededor de sus bordes.

—Marlowe —dijo ella entre dientes.

—Sí.

Dobló su sombrero, lo metió en su bolsillo libre y cerró su abrigo. Luego se ató el cabello para mantenerlo apartado de su rostro. Colocó ambas manos sobre los hombros de Charlie.

—Puedes hacerlo, Charlie.

Charlie Ovid asintió.

—De todos modos, si me caigo del tren no puedo lastimarme —susurró.

El compartimento traqueteaba a su alrededor. Oyó un golpe suave en la puerta. Mientras se acercaban a la ventana supo que no podían perder más tiempo. ¿Dónde diablos estaba Coulton?

Alice cargó a Marlowe y lo apretó contra su pecho, los bracitos del niño se entrelazaron alrededor de su cuello, y salió al vertiginoso rugido del aire. La fuerte ráfaga casi la tiró de lado. Se sujetó de la baranda del cobrador sobre las ventanas y fue avanzando hacia la parte de atrás, poco a poco, a lo largo del vagón. El viento soplaba en sus espaldas, empujándolos hacia adelante. La grava y los durmientes pasaban a toda velocidad por debajo, como un borrón. Charlie balanceó sus largas piernas detrás de ella, era rápido y ágil.

Podía sentir a Marlowe temblando, con su carita aplastada contra su pecho.

—Está bien, está bien, está bien —le murmuraba al oído una y otra vez.

Cuando pasaba por las ventanas se asomaba a los compartimentos. Por imposible que pareciera, de alguna manera, todos estaban vacíos.

Estaba casi en la parte trasera del vagón cuando algo duro y negro golpeó y rebotó a su lado para luego alejarse. Ella miró hacia atrás. Jacob Marber se aferraba a la pared exterior del vagón, en la parte delantera. Su sombrero de copa había volado. Mientras ella observaba, asombrada, él comenzó a deslizarse, lentamente, mano enguantada sobre mano enguantada, de costado hacia ellos y sus suaves zapatos resbalaban a medida que avanzaba. Su cabello caía sobre su rostro, oscureciéndolo en medio del viento, y de algún modo ella podía sentir su mirada malévola, y la forma en que sus ojos estaban fijos en Marlowe y Charlie.

—¡Charlie! —gritó ella. Él seguía a unos tres metros detrás de ella—. ¡Charlie, apúrate!

El largo abrigo de Jacob Marber se agitaba en el viento frente a él, como una cinta de oscuridad tratando de alcanzarlos.

El vagón de equipajes en la parte trasera del tren estaba silencioso y oscuro. Dos rejillas de ventilación elevadas en el techo dejaban entrar la única luz, una tenue y gris luz diurna. Margaret Harrogate se deslizaba lentamente entre los baúles, las oscuras pilas de maletas y los fardos sin forma de mercancía en sacos, todos amarrados con correas, escuchando todo el tiempo el leve repiqueteo de los durmientes debajo del tren, y en busca de algún sonido, cualquier otro sonido. Sostenía el arma de Coulton amartillada a su costado.

Al llegar a la mitad del vagón se quedó muy quieta y miró rápidamente detrás de ella. Nada.

—¿Walter? —dijo en voz baja—. ¿Walter, querido? Soy yo, la señora Harrogate.

Estaba cerca. Podía sentirlo. No estaba segura de cómo, pero sabía que estaba ahí. Caminó con calma hacia adelante; su ira se disipó y su miedo desapareció. Era como si estuviera vacía. Algunas formas acechaban en la penumbra, cajas, bolsas y cestas.

En la parte trasera del vagón, abrió el pestillo y deslizó la puerta para abrirla y salir a la plataforma trasera. El rugido de las vías resonó fuerte en sus oídos. Pasó ágilmente sobre la barandilla y cruzó, sobre los enganches, hasta la siguiente plataforma. Y en medio de la ráfaga de viento y con el crujir de su falda como sonido de fondo, abrió la puerta del último vagón. Era la diligencia de la Royal Mail. La cerradura había sido arrancada de su carcasa.

El viento que entraba por la puerta abierta hizo que millones de pedazos de papel roto salieran volando y luego flotaran en lento descenso como confeti en la penumbra. Las bolsas habían sido trituradas. Cerró la puerta con un ruido metálico, y los trozos de papel se arremolinaron.

Ahí, a través de esa extraña nieve de papel, lo vio. Walter. Encorvado en el rincón más alejado, con la cara vuelta hacia el otro lado. Tenía la camisa arrancada, de modo que los omóplatos de su espalda sobresalían y los nudillos de su columna casi brillaban en la penumbra. También estaba descalzo. Ella alcanzaba a escuchar un chasquido espeluznante, como cuchillos golpeando en un cajón. Ocultó el revólver detrás de su espalda.

—Walter —dijo calmadamente—. Hace frío aquí. ¿No tienes frío?

Él se quedó quieto al escuchar su voz, pero no volvió su cabeza tersa y sin pelo. Sus orejas sobresalían como sintonizadores. Los papeles seguían dando vueltas a su alrededor. Entonces pudo ver que el *liche* estaba inclinado sobre algo, y cuando se acercó vislumbró un par de zapatos marrones gastados, uno de ellos desatado, y un par de tobillos peludos que sobresalían de ellos. El empleado del correo.

Trató de ocultar la ira en su voz.

—Oh, Walter. Oh, esto es muy inapropiado —dijo ella.

Entonces él se movió. Se deslizó por encima del cuerpo y se adentró en las sombras. Levantó la cabeza, su boca estaba manchada de sangre, que escurría por su pecho pálido y sin pelo, formando una gran mancha roja. Sus largos dientes rechinaban. Sus ojos, vio ella, estaban completamente negros, como si todavía estuviera drogado con el opio.

—Jacob sabe lo del chico —dijo Walter en voz baja.

Margaret se detuvo.

Su voz se escuchaba como si alguien frotara una cuerda sobre una piedra.

—Ya viene, sí, ya está más cerca. —Enseñó los dientes como si quisiera esbozar una sonrisa, o tal vez solo era un reflejo—. Oh, la recuerdo, señora Harrogate. Jacob hablaba de usted. De usted y de su preciado señor Coulton.

Ella sentía el corazón en la garganta. Empezó a sacudir la cabeza. Parecía tan sereno, tan cuerdo. Era escalofriante. El revólver seguía detrás de su espalda baja; con el pulgar amartilló el percutor cuidadosamente.

—Jacob Marber no viene —dijo ella con firmeza—. Solo lo dices por el opio. Él te abandonó, Walter. Te dejó en esa horrible ciudad, solo. *Yo* te encontré, *yo* fui quien te encontró. No Jacob. Ahora, deja estas tonterías y ven conmigo. Déjame ayudarte.

Él inclinó la cabeza, como si pensara en ello; no había nada humano en el gesto. Sus manos, cuando las levantó del suelo, dejaron dos huellas oscuras de sangre.

—Mi Jacob… —dijo él lentamente.

—Te ha olvidado.

El *liche* se deslizó un poco más cerca, los músculos de sus piernas se tensaron.

—Oh, señora Harrogate —murmuró él, mientras se daba un golpecito en el costado de su cabeza—, pero puedo escucharlo. Ya está aquí.

Por un largo momento ninguno de los dos se movió. Margaret lo miraba a los ojos. El tren traqueteó y se sacudió.

Entonces se abalanzó sobre ella, con la boca ensangrentada muy abierta. Sus largos dientes relucían. Y en ese mismo instante Margaret Harrogate levantó el arma y disparó.

Brynt trataba de no vomitar.

Estaba acurrucada en la plataforma trasera del vagón donde viajaba la diligencia de la Royal Mail, con sus brazos tatuados entrelazados en la barandilla y el viento rugiendo a su alrededor. Había escalones a ambos lados, cerrados con una cuerda con borlas, y una puerta sólida a su espalda. «Marlowe», pensó. «Estás aquí por Marlowe. Muévete».

No paraba de repetirse eso, una y otra vez, como si pudiera ayudarle; no se movió. Estaba aferrada a la parte trasera del tren, mirando las vías que se desplazaban debajo de ella. Odiaba las cosas que se movían rápido. Caballos. Trasatlánticos. Aunque estar posada en la plataforma abierta en la parte trasera de un tren a toda velocidad era posiblemente lo peor de todo.

Se había recogido la voluminosa falda y había corrido con todas sus fuerzas hacia las vías cuando vio que los cobradores y el maquinista subían de nuevo al tren detenido, con el sol en su espalda y su sombra por delante. Apenas acababa de llegar al escalón del último vagón y estaba impulsando su corpulento cuerpo cuando los frenos chirriaron y el tren empezó a andar de nuevo, ganando velocidad poco a poco. Se aferró a la barandilla, jadeando. Estaba segura de que alguien debía de haberla visto, pero el tren no disminuyó la velocidad y ningún maletero volvió corriendo para gritarle. Así partieron.

La cuestión era que había visto a ese hombre, el hombre de las sombras, estallar en una nube de humo cuando la locomotora pasó rugiendo a través de él. El maquinista también lo había visto, había frenado con fuerza y se había puesto a buscar debajo de las ruedas los pedazos de aquel hombre. Ella lo vio caminar a lo largo del tren, quitarse la gorra de la cabeza, agacharse y mirar debajo de cada vagón. No habían encontrado nada, ni él ni los cobradores. Ni rastro de él. Ella había visto lo que había pasado y pensó en el humo que se enroscó a lo largo de la locomotora y el vagón de carbón antes de desaparecer. Fuera lo que fuera, no fue un suicidio. Ese hombre, monstruo, lo que sea que fuera, había subido al tren de alguna manera. Lo que significaba que Marlowe también debía de ir a bordo.

Eso había pensado, al menos, mientras yacía en la hierba alta y observaba. Ahora, mientras se aferraba al peldaño trasero del vagón postal, con su gruesa trenza agitándose en el viento y su rostro torcido en una mueca, le parecía casi una locura. Un hombre no podía explotar en una nube de humo. Aunque claro, las damas de circo tampoco saltaban a trenes en movimiento.

Fue entonces cuando escuchó un golpe sordo, como si algo pesado hubiera sido arrojado contra el interior del vagón postal. Ella se quedó muy quieta. Luego lo escuchó de nuevo, pero más violentamente. Era el sonido claro e inconfundible de una lucha en el interior. Brynt apretó la oreja contra la puerta cerrada. Nada.

Entonces algo se estampó contra el revestimiento de madera del vagón cerca de su cabeza; se escuchaba como una avispa enojada, y dejó un pequeño agujero negro. Una bala.

—Por el amor de Dios —murmuró. Se balanceó de un lado a otro y prácticamente arañó el vagón para sostenerse. Luego un solo pensamiento claro se formó en su cabeza:

«Ya».

Y Brynt se aseguró de estar bien agarrada, miró hacia el borde del techo y empezó a trepar.

Alice empujó la traqueteante puerta del vagón para abrirla de par en par, empujó a Marlowe para protegerlo del viento y luego extendió una mano hacia Charlie Ovid. Todavía no podía ver a Jacob Marber.

No se detuvieron. Era un vagón que tenía varios compartimentos privados más, y pasaron corriendo junto a todos ellos, tropezando de un lado a otro mientras el tren traqueteaba; los ocupantes de los compartimentos volteaban sorprendidos mientras pasaban. Alice no dejaba de mirar con miedo hacia atrás. Al llegar a la parte trasera del vagón abrió la puerta y entró en la misma plataforma familiar, escuchaba el rugido y el repiqueteo del viento y los durmientes. Levantó a Marlowe y saltó por encima de la barandilla al otro lado. El siguiente vagón era de tercera clase. Estaba lleno de gente, había mucho ruido y tenía asientos de madera dispuestos en filas. El aire estaba lleno de humo de pipa, el crujido de periódicos y de mujeres con chales que se gritaban a través del pasillo. Alice y los chicos se veían despeinados, con aspecto salvaje, con la cabeza descubierta. Ella sacó su arma sin importarle la presencia de los demás, escuchó una caída silenciosa y miró hacia arriba. Fila tras fila de rostros pálidos la miraban fijamente. Apresuró a los dos niños por el pasillo, hacia la parte de atrás, ignorando a los pasajeros que miraban hacia el frente. Sus antebrazos se sentían torpes y palpitantes después de haber trepado por el exterior del tren, y estaba sin aliento. Vio a algunas de las personas que había visto en el andén de Londres: las dos viudas de negro con expresión amargada y severa, el hombre con la jaula de pájaros, quien los miraba fijamente.

Estaban a tres filas de la parte trasera cuando la puerta frente a ellos se abrió y entró Coulton. Había perdido su bombín, su cara rojiza estaba más encendida que de costumbre y su mirada oscurecida.

—Nos dejaste abandonados, hijo de puta —dijo ella, y le dio un empujón en el pecho.

Él la ignoró y volteó a ver a los dos chicos.

—¿Están bien?

—No —respondió Charlie abruptamente.

Alice puso una mano en la manga del chico para calmarlo. Todos los pasajeros los veían.

—Marber está detrás de nosotros —dijo ella—. No podemos quedarnos aquí. Apúrense.

—¿Jacob está…? —Coulton la sujetó de los hombros y la vio directamente a la cara—. ¿Dijiste que…?

Pero luego se quedó en silencio, y dirigió su ceño fruncido a la parte delantera del vagón de tren. Alice se giró para seguir su mirada.

Jacob Marber estaba de pie al frente del pasillo, una figura de oscuridad, respirando con fuerza. Algunos de los pasajeros se habían puesto de pie. Hollín y humo emanaban de él, como una cosa chamuscada, como algo recién sacado del fuego. Sus guantes negros parecían demasiado largos para cualquier mano humana, había perdido su sombrero y su cabello negro y despeinado sobresalía de su cabeza. No hizo ningún movimiento ni se acercó. Su barba caía frente a su pecho, como la de un juez del Antiguo Testamento. Alice no alcanzaba a ver sus ojos.

—Pónganse detrás de mí —dijo Coulton entre dientes.

Se quitó el saco con dificultad y se arremangó la camisa como un púgil en una pelea callejera. Su chaleco amarillo le ceñía los hombros y la barriga. Su cuello, vio Alice, era muy corto y grueso. Entonces pareció empezar a ondular y condensarse de algún modo, como si su piel se estuviera endureciendo, y ella vio que la mitad de su chaleco se partía y sus hombros se volvían más gruesos. Algo estaba pasando.

—Debiste haberte quedado fuera, Jacob —le dijo él.

Alice nunca había sentido tanto miedo como cuando vio a Coulton engrosarse y a Jacob Marber acechar como una sombra monstruosa. Fue una sensación de terror absoluto que se apoderó de su estómago, que casi provocó que se agarrara el vientre de dolor. Sintió que el chico se aferraba a su brazo, entonces Coulton dio un paso adelante y Jacob Marber abrió la boca como si fuera a gritar; sus dientes estaban negros, y una oscuridad llenó su boca como sangre. Fue entonces cuando Alice vio la cosa que apareció en la pared detrás de él.

Parecía una huella dactilar cubierta de hollín, una gota de alquitrán. Entonces empezó a crecer dentro de la madera como una gota de tinta en el agua, y al ver eso ella empezó a temblar. La cosa estaba devorando la pared y se extendía rápidamente. Era una oscuridad absoluta. Entonces Jacob Marber levantó las manos extendidas como un predicador pidiendo una terrible señal y las empujó lentamente hacia adelante, como si estuviera luchando contra una gran corriente. De repente esa oscuridad se derramó sobre ellos y cubrió la pared, el techo y el piso, ennegreció las ventanas y apagó las luces; era una sombra que todo lo consumía, que estaba viva, que se apoderó de todos los que estaban sentados en el vagón.

El vagón temblaba. Los pasajeros gritaron y se doblaron de terror. Alice tenía su Colt Peacemaker, pero le temblaba la mano y tuvo que agarrarla también con la otra, para estabilizarla. Luego disparó. Disparó una y otra vez hacia la oscuridad donde había estado Jacob Marber hasta que todas las recámaras del arma quedaron vacías y solo se oyó un chasquido al presionar el gatillo. No hizo ninguna diferencia. La oscuridad siguió creciendo.

Aun así se quedó ahí parada, recorriendo las recámaras inútilmente, y no fue sino hasta que sintió la mano de Coulton en su brazo, pesada y fría como una bolsa de arena, que volvió a la realidad.

—¡Váyanse! —gritó él—. ¡Váyanse!

Su rostro estaba extrañamente denso, como si sus rasgos hubieran quedado ocultos por la carne, y desde lo más profundo de sus cuencas brillaban sus ojos, pequeños y duros como piedras de río.

Luego se volvió, cerró sus puños hinchados y se arrojó a la oscuridad.

La primera bala de Margaret Harrogate salió desviada y atravesó la pared de la diligencia de correo. Walter era demasiado rápido, imposiblemente rápido. Trepó por la pared y por el techo. Ella observó el delgado rayo de luz que se filtró por el agujero en la pared astillada donde había pasado la bala, como una flor de luz, y extrañamente pensó: «Qué hermoso».

Y de pronto Walter estaba sobre ella, arañando, rompiendo, desgarrando.

Podía sentir el corte húmedo de sus heridas. El revólver cayó, se deslizó por el piso del vagón y se detuvo al chocar con una bolsa de correo. Walter era inquietantemente ligero, tan ligero que Margaret podría haberlo levantado con un brazo, y eso que no era para nada una mujer fuerte. Y sin embargo Walter tenía una fuerza inmensa. Ella luchó, pateó y solo logró darle un codazo debajo de la barbilla, apartando de su cuello sus largos dientes como cuchillos. Con un giro brusco, lo derribó.

Él aterrizó de espaldas, se dio la vuelta y empezó a avanzar a cuatro patas hacia ella. Ella empezó a gatear hacia donde había caído el revólver para tomarlo cuando, de pronto, él la tomó del tobillo, y ella sintió que sus largas garras atravesaban el cuero de su bota y se clavaban en su pierna.

Lucharon casi en silencio, salvo por sus respiraciones agitadas y el golpe y el roce de huesos contra la madera. Margaret tenía sangre de un lado de la cabeza, al igual que en su cabello, y sentía como si sus brazos estuvieran en llamas, pero logró darle una patada en la cara, una, dos veces, sintiendo que su tacón golpeó algo que crujió; se liberó y tomó el revólver. Se dio la vuelta y disparó cinco tiros rápidos seguidos, directamente al pecho de Walter Laster.

La fuerza de los impactos lo arrojó hacia atrás, contra una bolsa de correo, en una maraña de correas.

Temblorosa, Margaret se puso de pie. Su brazo izquierdo estaba lastimado. Le estaba entrando sangre en los ojos que había salido de alguna parte de su cuerpo. Se limpió la cara con la muñeca, su manga estaba rota y ondeaba. Miró al *liche*, pálido, delgado, encorvado e inmóvil donde yacía.

Entonces la criatura se estremeció ligeramente, como si tuviera frío, como si acabara de sentir un escalofrío, levantó la cara y la miró directamente. Sus ojos eran negros, absolutamente negros, como la obsidiana, brillantes e inhumanos.

Ella no vaciló. Apretó el gatillo una y otra vez, pero las recámaras estaban vacías. Lo giró para usarlo como garrote, y lenta y sombríamente retrocedió hasta que tuvo los omóplatos contra la pared. Estaba buscando algo, cualquier cosa, para usar como arma.

Walter se puso de pie, sus largos dientes chasqueaban suavemente. Sonrió.

Helada, Alice observó a Coulton correr directamente hacia la oscuridad que era Jacob Marber.

De repente fue como si el miedo que la había aprisionado la liberara. Sujetó al pequeño Marlowe por debajo de un brazo, lo cargó con el rostro vuelto hacia otro lado, y abrió la puerta trasera para salir al viento rugiente. Una vez afuera trepó a través de la brecha a la siguiente plataforma. Charlie Ovid estaba justo detrás de ella, cerrando la puerta, tanteando en medio del rugido para encontrar algún tipo de cerradura. Ella sabía que no encontraría ninguna. Su cabeza estaba empezando a aclararse. Las vías pasaban a toda velocidad bajo sus pies. «Hijo de puta», pensó ella. Si Coulton no podía detenerlo, Jacob Marber los perseguiría vagón por vagón a lo largo de todo el tren.

Estabilizó sus pies, giró la recámara del arma, vació los cartuchos y la recargó tan rápido como pudo. No podía oír nada de lo que ocurría adentro del vagón de tercera clase. Empezó a pasar al siguiente vagón y luego se detuvo. Alzó la mirada. Había peldaños atornillados en la puerta corrediza, levantó a Marlowe y subió con él al techo del vagón.

Solo alcanzaba a ver el cielo y la deslumbrante luz del día. El viento le quitó el aliento de los pulmones. Su abrigo largo ondeaba detrás de ella y se enredaba entre sus piernas. Estaba sobre sus manos y rodillas, con el pequeño Marlowe protegido debajo de ella. Charlie estaba gateando a su lado, con la boca abierta en el viento.

—¡El motor! —gritó ella—. ¡Tenemos que llegar al motor! ¡Hay que detener el tren!

Charlie asintió.

El techo era de madera, estaba clavado y demasiado inclinado. Alice no había logrado avanzar más de unos pocos metros, cuando el niño se congeló.

En ese momento estaban cruzando un río. El agua brillaba como plata por debajo de ellos en ambos lados, y la forma en que la luz jugaba con la superficie hizo que le diera vueltas la cabeza. Podía ver la mancha marrón de una ciudad, al este. El niño tenía los ojos bien cerrados y yacía acurrucado alrededor del brazo de Alice, de modo que ella no lograba moverse.

—¡Marlowe! —le gritó ella al oído—. ¡Tenemos que seguir avanzando!

Creyó escuchar una puerta abrirse de golpe abajo. Miró hacia atrás con miedo, pero no vio nada. «Tal vez fue Coulton», pensó.

Charlie estaba a unos tres metros por delante de ellos para entonces, agarrado al techo, con la cabeza agachada como si estuviera bajo una lluvia torrencial. Muy lentamente y con gran esfuerzo, empujó a Marlowe hacia adelante unos centímetros, luego un poco más. Seguramente Coulton estaría buscándolos en los vagones de atrás. Coulton o Jacob Marber. Empujó a Marlowe hacia adelante un poco más. Cuando levantó el rostro y entrecerró los ojos calculó que tal vez estuvieran en el medio del vagón. Había otros dos vagones delante de ellos, luego el vagón de carbón y la locomotora.

—Vamos —murmuró.

Luego volvió a mirar hacia atrás. ¿Qué la hizo girar? No sabía, pero miró hacia atrás y lo que vio la hizo quedarse estática de repente, y envolver al niño con brazo protector.

Era Jacob Marber. Se había subido al vagón equivocado y trataba de equilibrarse sobre una rodilla con sus zapatos resbaladizos, justo al otro lado del espacio entre vagones. Su abrigo negro ondeaba a su alrededor, y su rostro y barba estaban agachados contra el viento. Estaba inclinado hacia delante, con los brazos extendidos para mantener el equilibrio. Emanaba humo de él. Alice lo miró horrorizada. No lograba distinguir emoción alguna en los ojos de aquel hombre, nada en absoluto: ni malevolencia ni furia, nada. Solo dos charcos gemelos de oscuridad que devoraban la luz sin reflejar ninguna clase de brillo.

Él se quedó ahí arrodillado, sin su sombrero, mirándola, sin prisa.

Ella lo supo: Coulton estaba muerto.

Nadie acudiría en su auxilio.

En el borde del techo del vagón de correo, Brynt resbaló bruscamente y casi se cae. Apenas pudo sostenerse de la barandilla con los dedos, y se impulsó hacia arriba otra vez. Había perdido su gorro y sus guantes de cabritillo tenían una rotura. Su voluminosa falda se agitaba con violencia en el viento. Hizo una pausa antes de dejarse caer en la plataforma de enganche de los vagones, y en ese momento vio que la puerta del vagón de correo se deslizaba y alguien, o *algo*, saltaba hacia afuera.

¿Qué era? Una figura sin camisa, pálida y cubierta de sangre. Sus dedos parecían demasiado largos para su cuerpo. No pudo ver su rostro con claridad hasta que la criatura giró para abrir la puerta del siguiente vagón, y entonces vislumbró los pómulos como hachas y los ojos oscuros. Tenía sangre en los labios, en la barbilla y en los pantalones.

Vio todo esto en un instante, en un abrir y cerrar de ojos, agazapada en el borde del techo, antes de que la criatura desapareciera al deslizarse dentro del vagón de equipaje.

«¡Marlowe!», pensó con desesperación.

Era demasiado tarde. Él lo había encontrado. Se dejó caer con pesadez, con el corazón desbocado, e irrumpió en el vagón de correo en busca del niño. El lugar era un revoltijo de papeles rotos, cajas esparcidas por el suelo y estantes tirados. Sus ojos examinaron todo rápidamente y luego, en la parte trasera del vagón, vislumbró una pequeña figura y recobró el aliento.

No era él.

Era una mujer, pero no la detective que había ido al circo, la que se había llevado a Marlowe y había prometido que lo mantendría a salvo. Esta mujer era mayor, con ropa de luto negra, la cual había sido rasgada. Sus brazos y su rostro también habían sido salvajemente arañados, y tenía cortadas en el vientre y el pecho. Su rostro suave estaba tan ensangrentado que nadie habría podido reconocerla. Brynt se arrodilló a su lado y, con ansiedad, colocó las manos cerca del cuerpo, temerosa de tocarla. La mujer aún respiraba, pero débilmente. Brynt miró alrededor del vagón. Había un segundo cuerpo, a varios metros de distancia, con los brazos abiertos. El cuerpo del empleado del correo, pero ni rastro de Marlowe.

Ella giró la cabeza con seriedad.

Miró con furia en la dirección en que se había ido la criatura.

Alice volteó detrás de ella. En el techo del tren el viento soplaba en sus oídos y golpeaba sus manos, amenazando con desestabilizarla.

Jacob Marber todavía no se había movido. No se había puesto de pie ni había avanzado, ni había intentado saltar la brecha. Nada. Simplemente estaba medio arrodillado en el mismo punto, con sus ojos muertos fijos en ella y la cabeza hacia abajo contra el viento. «Era como si», pensó ella de repente con pavor, «estuviera esperando algo. O a alguien».

—¡Señorita Alice! —gritó Charlie desde más adelante—. ¡Apúrese, señorita Alice!

Quién sabe cómo hizo lo que hizo a continuación, pero Alice tomó a Marlowe en sus brazos, se puso de pie y corrió contra el viento. Sus botas golpeaban el techo de madera mientras avanzaba con un hombro hacia adelante para acunar al niño pequeño y protegerlo del rugido del viento.

Corrió a lo largo de todo el vagón de tren y no se detuvo al llegar a la brecha, sino que saltó a gran velocidad entre los vagones y aterrizó deslizándose sobre el techo del siguiente. Charlie ya estaba allí, acercándose a ella para ayudarla a levantarse. Ella miró hacia atrás.

Jacob Marber ya estaba de pie, caminando lentamente hacia adelante. Era delgado como una sombra, completamente oscuro. Parecía que no saltaba entre los vagones, sino que simplemente se bajaba del borde de uno y avanzaba por el costado del otro. Y Alice vio algo más, algo peor.

Una larga mano blanca había aparecido sobre el borde del techo, al lado de Jacob Marber. Luego, otra mano. Era el *liche*. Se arrastró hasta el techo y ella vio a los dos juntos, casi idénticos, excepto que uno no tenía pelo y era gris como un gusano, pero ambos monstruosos y crueles.

No se miraron el uno al otro; no hicieron ninguna señal ni dijeron palabra alguna. Era como si solo *lo supieran*. Jacob Marber estaba de pie con los brazos a los costados, con ese espeluznante humo denso emanando detrás de él. Y agachado a su lado, en cuatro patas como una araña deforme, estaba Walter Laster mirándolos con furia, sin camisa y descalzo en el viento helado. Walter se veía increíblemente pálido, con la cara y el torso manchados de sangre. Abrió la boca y mostró sus dientes largos como espadas.

Alice volteó a ver a Charlie, quien se estaba cubriendo los oídos y observaba con un terror absoluto en la mirada.

—No no no no no —murmuraba. Ella veía que sus labios se movían, pero no escuchaba nada por encima del ruido del viento.

Fue entonces que el *liche* empezó a avanzar hacia ellos.

Se arrastró lentamente al principio, con ligereza, como si el viento no fuese obstáculo para él, como si arrastrarse por el techo de un tren que avanzaba a toda velocidad no significara nada. Alice pudo ver cómo se sujetaba con sus largas garras, y las chispas que salían cuando las clavaba en los rieles de hierro que sujetaban los aleros en su lugar, mientras avanzaba a tientas. Ella se colocó frente a Marlowe, sacó su Colt Peacemaker y se arrodilló para mantener el equilibrio.

Walter se acercó, cada vez más rápido, como un siniestro sabueso blanco.

Ella amartilló el percutor del arma.

Ya había descargado el arma en contra del amo de aquella criatura y no había tenido efecto alguno en él, así que tampoco creía que las balas funcionaran con Walter. Aunque estaría condenada si no lo intentaba. Sabía que tenía que esperar hasta que él estuviera muy cerca. Solo tendría una oportunidad. Sus latidos eran constantes. Apuntó.

La criatura se acercaba con rapidez, Alice ya podía oír el raspado y el chasquido de sus garras. Jacob Marber retrocedió, paralizado, y simplemente se quedó mirando. Alice relajó su respiración.

La criatura saltó de repente, atravesando con presteza el espacio entre los vagones. Antes de que pudiera aterrizar del otro lado, mientras todavía estaba, de algún modo, en el aire, algo le enganchó el pie; el *liche* se retorció sobre un costado y se balanceó violenta y fuertemente hacia atrás, para estrellarse contra el techo del vagón del que acababa de saltar.

Entonces Alice vio una figura enorme surgir de la brecha. Una mujer, con mirada asesina y una falda ondeando al viento. Una mujer enorme y de aspecto poderoso.

—¡Brynt! ¡Brynt! —exclamó Marlowe. La mujer enorme se dio la vuelta, buscando la voz. Alice vio una trenza plateada agitándose en el viento y la reconoció: era la mujer del circo, la dama tatuada, la protectora de Marlowe.

El *liche* se retorcía salvajemente en su agarre, dando vueltas y agitando las garras. Alice lo vio retorcerse y trepar alrededor del brazo de la mujer, rápido como el azogue y ágil como una comadreja. Se subió a la espalda de la mujer y comenzó a desgarrar su carne. Alice podía ver los pedazos de piel que salían de las garras de la criatura y cómo la gran mujer se retorcía, estirando los brazos para tratar de agarrarlo. Ella logró sujetarlo, lo arrastró por encima de su cabeza y lo estrelló contra el techo, pero cuando ella se inclinó hacia atrás, la criatura ya estaba aferrada a su brazo, y se le echó encima chasqueando los dientes. Saltó por encima de ella, como si tratara de alcanzar a Marlowe, y la enorme mujer, Brynt, se arrojó hacia delante y volvió a agarrarlo de un tobillo.

Alice estaba tratando de apuntarle a la criatura, pero no podía. Entonces, Brynt levantó la cabeza y miró a Alice. Se miraron a los ojos solo por un instante. No había nada en su rostro, ninguna expresión en absoluto. El *liche* mordía y se retorcía, tratando de liberarse. La mujer le agarró la pierna con la otra mano y, ya sin sostenerse de nada, con todo su peso se dejó caer de lado.

—¡No! —exclamó Alice.

Durante un momento imposiblemente largo el *liche* se sostuvo. La mujer, Brynt, estaba golpeando fuertemente contra el costado del vagón. La criatura gruñó y miró al niño con desesperación, pero el peso de Brynt era demasiado, y la criatura que solía ser Walter Laster fue arrancada del techo, y los dos, Brynt y el *liche*, cayeron por la brecha entre los vagones y desaparecieron.

—¡Brynt! —gritaba Marlowe—. ¡Brynt!

Alice sujetó al niño, quien forcejeaba en sus brazos.

A través de su cabello alborotado por el viento vio a Jacob Marber, que ahora avanzaba a grandes zancadas sobre el techo del vagón, decidido y a gran velocidad, directamente hacia ellos. Una gran oscuridad cubrió el sol.

Margaret Harrogate abrió los ojos en agonía.

Le dolía todo el cuerpo. Había papel rasgado pegado a la sangre en sus manos y su vientre, y algo andaba mal con sus piernas. Intentó ponerse de pie, se tambaleó y cayó hacia atrás. Intentó de nuevo. Gruñó y miró aturdida a su alrededor.

Walter se había ido.

El vagón estaba en silencio. En la penumbra podía sentir a través del suelo la parte trasera del vagón traqueteando a toda velocidad sobre las vías. Se puso de rodillas y se agarró el vientre, luego se puso de pie y avanzó a tropezones hacia la puerta. Tenía que encontrar a Walter. Tenía que advertirle a Coulton y a los niños.

De algún modo logró pasar por encima del enganche y entró al vagón de equipaje. También era un desastre. Encontró la manera de abrirse paso a través del desastre, lenta y angustiosamente, cruzó el siguiente enganche, encarando al viento rugiente, y entró al pasillo lateral del vagón, donde había drogado y atado a Walter cuando estaban en la estación iluminada por la niebla de Londres.

Sentía que había pasado una eternidad desde ese momento. El vagón en el que se encontraba ahora estaba en ruinas. Las puertas habían quedado astilladas y habían sido arrancadas de sus marcos, y los cristales de las ventanas destrozados. El viento silbaba por los huecos. Había cuerpos tirados en el pasillo, con el cuello desgarrado, y sangre grasienta y oscura en el suelo. A la mitad del vagón se resbaló en un charco de algo y apenas alcanzó a sujetarse, jadeando de dolor.

Algunos de los que yacían en el suelo no estaban del todo muertos y gemían o lloraban suavemente cuando ella pasaba a su lado; no se detuvo, no podía detenerse, no hasta que llegó al atestado vagón de tercera clase y vislumbró las filas de pasajeros aún en sus asientos, asfixiados, con los rostros pálidos y grises y los ojos salidos de sus cuencas. Algunos de ellos todavía sujetaban sus pertenencias contra el pecho.

Encontró a Coulton boca abajo en el pasillo, con la piel pálida y arrugada, como si hubiese estado demasiado tiempo en el agua, como si le hubiesen drenado toda la sangre.

—Oh no, no, no, no —murmuró ella, acomodando su cabeza en su regazo. La sangre de sus propias heridas manchó la piel y el rostro del hombre. Cerró sus párpados, dejando una huella digital ensangrentada en cada uno. En ese momento escuchó un sonido por encima de ella, como si alguien raspara; alzó la mirada sin comprender, algo se estrelló con fuerza y el vagón se estremeció y se balanceó de lado a lado. Entonces comprendió. Estaban en el techo.

Se incorporó dolorosamente y se dirigió hacia la plataforma. El viento la azotaba con fuerza. Avanzó a tientas hasta el siguiente vagón y se sujetó con fuerza de la barandilla, apretó los dientes y miró hacia arriba. Podía ver a Walter, atacando y arañando a alguien, una mujer enorme, con la falda hecha jirones y ondeando a su alrededor en el viento. Oyó los gritos de Alice Quicke desde arriba del vagón, más adelante, y trató de pensar.

Entonces su mirada se dirigió al enganche entre los vagones y a la cadena que repiqueteaba ahí.

Sabía que era su única oportunidad. Se asomó y trató de desenroscar el tensor, pero este no se movió ni siquiera un poco. Los vagones rechinaban y traqueteaban entre sí, y los durmientes pasaban rugiendo por debajo como una mancha borrosa. Oyó a Walter trepando, oyó gritar a la desconocida de gran tamaño y luego vio a ambos caer por un lado del techo. Margaret jadeó de dolor y cayó hacia atrás.

No tenía caso.

Podía sentir las cortadas en su vientre. Todo su cuerpo estaba ensangrentado. El viento zumbaba en sus oídos y hacía que le ardieran los ojos.

Entonces, como si viniera de muy lejos, Margaret Harrogate apretó lentamente los dientes, volvió a ponerse de pie, se inclinó y tiró del enganche con todas sus fuerzas.

Alice apretó el gatillo.

Vio cómo la bala entraba en el cuerpo de Jacob Marber, cómo lo golpeaba de lleno en el pecho, lo vio estremecerse y girar de lado en la misma dirección que el viento, luego enderezarse y seguir caminando, firme y rápidamente hacia ellos.

Disparó una y otra vez hasta que descargó su arma. Cada bala parecía golpearlo, ser absorbida por su oscuro centro y atravesarlo de alguna manera, aunque no tuviera sentido y desafiara todas las leyes de la naturaleza en las que Alice solía confiar. Marber no reaccionó en absoluto, simplemente seguía avanzando, y el aire a su alrededor se oscurecía con cada paso.

Charlie se había arrastrado hasta el otro extremo del techo, aferrándose a él, y le estaba gritando. Alice trató de empujar a Marlowe hacia él, pero el niño no reaccionaba. Solo la miraba con serenidad en su rostro. Era como si algo hubiera sucedido dentro de él al ver a Brynt.

—Vete, Marlowe —gritó—. ¡Ve con Charlie! ¡Ya!

Volvió a mirar a Jacob Marber. Fue entonces cuando lo vio: una guadaña de oscuridad larga y curvada, como un tentáculo de humo que salía del monstruo y se abalanzaba sobre ella. No pudo apartarse lo suficientemente rápido y sintió que algo le perforaba el costado y le atravesaba las costillas con un dolor punzante, luego la levantó imposiblemente alto y la dejó suspendida allí en el viento que soplaba, empalada por esa oscuridad.

Nunca había sentido un dolor así. Jadeando, se aferraba a esa oscuridad y trataba de arañarla para liberarse. Fue entonces cuando Marlowe se estiró y puso ambas manos sobre sus costillas, con los pulgares doblados hacia adentro, y empezó a brillar. Su piel era azul, transparente y más brillante de lo que jamás la había visto. Ella sintió cómo se retiraba la perversa punta de la guadaña, y de inmediato se desplomó sobre el techo. Ahora la oscuridad, fuera lo que fuera, estaba girando en espiral alrededor de Marlowe. Y aunque el viento la absorbía, se volvía a formar y giraba en espiral por todas partes. Marlowe se quedó parado en medio de ella, con las manos hacia arriba y mirando a Jacob Marber con su carita.

Marber estaba casi al borde del techo, casi en la brecha entre los vagones, a menos de cinco metros de ellos. De repente, Marlowe extendió sus dos manitas, pequeñas e indefensas, para advertirle al monstruo que retrocediera, para decirle que se detuviera.

Alice estaba viendo todo fijamente, atónita. Y la oscuridad que rodeaba al niño de repente se precipitó hacia Jacob Marber y lo rodeó a él. Y de alguna manera, debajo de toda esa oscuridad apareció el mismo brillo azul, hasta que el hombre se perdió por completo en medio de la luz y solo quedó un vago contorno de su figura, luchando, como si estuviese atrapado en un ámbar azul.

Entonces Marlowe se desplomó.

Se oyó un fuerte golpe y la luz azul se apagó y se alejó. De rodillas, Jacob Marber, levantó lentamente el rostro. Sus ojos parecían sangrar oscuridad. Su expresión estaba torcida en un rictus de dolor y furia. Se puso de pie. Alice se arrastró hacia adelante, con el costado ardiendo de dolor, y tomó al niño entre sus brazos.

Entonces, de la nada y con un chirrido lento y agudo, la brecha entre los vagones comenzó a ensancharse y la distancia entre ellos creció. Alice pudo ver las vías que pasaban a toda velocidad por debajo, y la mitad trasera del tren que estaba echando chispas, frenando y alejándose de ellos.

Alice se agachó en el techo y sostuvo al niño pequeño entre sus brazos, mientras su cabello se agitaba alrededor de su rostro. Ya lejos de ellos, en el techo del vagón, Jacob Marber estaba de pie, inmóvil, mientras la oscuridad se arremolinaba a su alrededor como un enjambre de abejas. Estaba observándolos. Simplemente observándolos, mientras ellos se alejaban a toda velocidad. Y durante todo el tiempo que Alice pudo vislumbrarlo le pareció que no se movía, hasta que, por fin, lo perdió de vista, y el tren siguió avanzando a toda velocidad hacia el norte, a Escocia.

LA DESAPARICIÓN DE JACOB MARBER

1873

12

KOMAKO Y TESHI

La noche antes de que Komako Onoe —una niña de nueve años, con el poder de crear remolinos de polvo, como una bruja, y hermana de una niña que estaba muriendo— conociera a Jacob Marber en persona y presenciara algo extraordinario, algo que cambiaría su vida para siempre, estaba recostada con su hermanita en su tatami, rezando.

Le rezaba a cualquier fuerza del bien que pudiera escucharla: «Salva a mi hermana, por favor».

Era el mes de *hazuki*. Todo Tokio estaba caliente y bochornoso. La muñeca de Komako y la sombra de esta se levantaron y se detuvieron frente a la lámpara, gemelas y extrañas, al resplandor del brasero y la oscuridad de la habitación de la niña enferma.

—Muéstrame, Ko —le susurró su hermanita, inquieta. Le brillaban los ojos—. Muéstrame otra vez. Muéstrame a la chica de polvo.

Las vigas de roble del teatro crujían a su alrededor. A través de las persianas, los bicitaxis traqueteaban por las calles de madera del antiguo barrio.

Komako no creyó que hubiera tiempo. Ya había pasado la mitad del tercer acto, y si los tramoyistas las encontraban bajo el escenario, las regañarían o las golpearían o algo peor. Conocía el kabuki y el temperamento de sus intérpretes del mismo modo en que otras chicas conocían la caligrafía y la etiqueta, pero deslizó el biombo hacia atrás con un suave clic y se arrastró en sus pantuflas hasta la trampilla detrás de las cuerdas y poleas. Delgada como el humo, su hermana pequeña se levantó de su tatami para seguirla.

Nadie las vio irse. La oscuridad debajo del escenario era sofocante y tranquila. Esperó hasta que su hermana llegara al fondo del espacio angosto. Luego volvió a subir y tiró de la cuerda trenzada de la trampilla para cerrarla. A través de las tablillas se escuchaba el canto del fantasma, el zapateo, el arrastre y las pisadas del kabuki en escena. La luz naranja del escenario caía en franjas sobre el rostro y las manos enguantadas de la niña.

Podía oír el crujido del *obi* de su hermana arrastrándose por el polvo. Se detuvo y volteó a verla.

—Teshi —susurró—. Teshi, ¿necesitas descansar?

Pero su hermana, de cinco años y muy testaruda, solo la miró con su rostro pálido y siguió gateando.

Encontraron la caja de papel entre montones de accesorios y máscaras viejas al fondo. Estaba llena de un polvo gris sedoso, recogido cuidadosamente por Komako. Ella desenvolvió sus manos. La piel estaba agrietada y enrojecida.

Había un viejo espejo, que destapó y colocó sobre la superficie lisa. Entonces se arrodilló y vació el polvo en una pila que humeaba lentamente, y cerró los ojos, esperando que llegara la quietud. Podía sentir el sudor resbalando por su caja torácica. El polvo estaba frío al tacto, luego se enfrió más. Un escalofrío recorrió las palmas de sus manos y ella se mordió el labio por la rapidez con la que ocurrió. Entonces se apoderó de ella. El dolor se deslizó hasta los huesos de sus muñecas y codos. Giró las manos lentamente y, poco a poco, el polvo también empezó a girar, onduló a través del espejo oscuro; su reflejo y el de su hermana se estremecieron y se disolvieron en medio de la arena arremolinada. Komako no podía sentir los brazos. El frío se estaba colando en su pecho. Abrió los ojos y moldeó el aire, suave y gentilmente, y, mientras lo hacía, el polvo adoptó la forma de una pequeña silueta, como una muñeca, e inclinó su cabecita hacia Teshi. Komako escuchó a su hermana reír suavemente.

—Hazla bailar, Ko —dijo su hermana, casi sin aliento.

Y moviendo sus dedos como una titiritera, Komako hizo bailar a la pequeña criatura de polvo a través del cristal del espejo, con las manos recatadamente juntas, y estirando y doblando las piernas, imitando a la perfección a una princesa kabuki.

En la penumbra oyó un cambio en la respiración de su hermana y miró al otro lado. Los ojos de Teshi se veían oscuros y grandes. Sus labios se veían muy rojos.

—¿Teshi? —murmuró Komako preocupada, con el cabello húmedo pegado a las sienes. Dejó que el polvo se arremolinara y se plegara hasta convertirse en una pila blanda e inerte. Le palpitaban las manos—. Hay que volver a subir. Necesitas descansar.

Su hermanita se tambaleaba con debilidad, como si fuera a caerse.

—Oh, hace frío, Ko —murmuró. Su piel blanca casi brillaba en la oscuridad—. ¿Por qué hace tanto frío?

Gekijo mausu, así llamaban a las dos hermanas. «Ratones de teatro». El teatro Ichimura-za llevaba casi veinte años en el concurrido distrito de Asakusa Saruwaka-cho, con sus ardientes linternas de fuego, y era famoso en todo Tokio por su kabuki. Las dos niñas vivían en el teatro y se encargaban de cuidar la utilería y de mantener las puertas cerradas, los braseros fríos y las velas apagadas. El teatro se había quemado hasta los cimientos en 1858, y el miedo al fuego seguía siendo un peligro muy real en una ciudad de madera y papel. Después de que el viejo maestro se retirara del escenario, su hijo Kikunosuke conservó a las chicas. No les pagaban, pero podían comer lo que les sobrara a los actores: bolas de arroz dulce, tazones de caldo a medias y hasta una bola de masa frita cuando tenían suerte. En las mañanas de invierno se encorvaban frente a un brasero de carbón mientras las cortinas de lluvia barrían los frentes de las tiendas de afuera, y el teatro vacío crujía a su alrededor, y ellas imaginaban que eran las únicas dos personas en todo el mundo. Sus ojos redondos y su piel pálida las distinguían. Eran *hafu* y no pertenecían a ninguna parte ni a nadie. Había varios callejones en los que evitaban andar a causa de los golfillos y traperos que les tiraban piedras y las perseguían. Sí, sabían lo que podía ser el mundo, su crueldad. La justicia solo existía en el escenario. Su padre había navegado hacia el oeste, hacia su propio país, mientras Teshi aún estaba en el vientre de su madre, y cuando el trabajo se acabó, su madre, desesperada, ató a Teshi a su espalda, tomó a Komako de la mano y se dirigió al norte de Tokio, sobreviviendo solo de limosnas. Ese era el primer recuerdo de Komako: cuando atravesó las puertas de la gran ciudad bajo la lluvia.

Su madre era la hija de un pobre calígrafo que llevaba mucho tiempo bajo tierra, y ella misma había muerto de fiebre en un hospicio tan solo dos años después de dar a luz a Teshi. Komako recordaba poco de ella: la suavidad de su pelo a la luz de las velas. La tristeza que arrugaba sus ojos. Las historias que contaba algunas noches, sobre *yokai*, el mundo de los espíritus y sobre el padre de las niñas, alto, barbudo y de pelo anaranjado como un dragón. Todo eso se había desvanecido con los años. Komako ya no sabía cuánto de lo que recordaba era real; solía contarle a Teshi que su madre la acunaba en las noches en un zapato de madera gigante y que le cantaba a su «pequeño grillo», y observaba el rostro de su hermana a la luz de la luna en busca del sueño que se deslizara por sus facciones. A veces le contaba cómo ella, Komako, con tan solo cinco años, solía cargarla por las calles lluviosas día tras día, y de la ocasión en que se había colado en un teatro en busca de calor. Le contó que se habían quedado agazapadas en la parte de atrás escuchando el kabuki, y que cuando todo terminó se habían escondido debajo de un banco, y ella la había mantenido callada poniéndole un dedo en la boca. Cuando fueron descubiertas, ella se aferró a Teshi, gritó y pateó al tramoyista que estaba barriendo, pero fueron arrastradas detrás del escenario de todos modos. El viejo maestro se quedó mirándolas muy quieto con su maquillaje blanco. No preguntó nada. Ya sin la peluca y con los grandes pliegues de su túnica derramándose a su alrededor, parecía un demonio viviente, y Komako había estado aterrorizada. Finalmente el maestro gruñó y se alisó el bigote.

—¿Este es tu hermano, ratoncita? —preguntó con su voz pausada y grave.

Komako abrazó a su hermana.

—Hermana, señor —susurró ella.

—Mmm —murmuró él. Miró al tramoyista arrodillado frente al biombo—. Ya tenemos ratones en las paredes. No creo que nos afecte tener dos más.

—Tienes que prometer que nunca le contarás a nadie —solía decirle a su hermanita—. Sobre lo que puedo hacer. Nunca.

—Pero podrías ayudar a la gente, ¿no crees? Si hubiera un incendio podrías salvar a alguien.

—¿Cómo podría hacer eso?

—Podrías apagar el fuego. Con el polvo.

Ella sacudió la cabeza con firmeza.

—No funciona así, Teshi. No lo entenderían. Estarían demasiado asustados.

Lo decía porque ella misma estaba asustada. Era una especie de perversidad, que siempre había sido parte de ella. Incluso cuando era una niña muy pequeña, le temía, le temía a la puerta en su mente, a la puerta que llevaba a la oscuridad. Así es como ella lo veía. Si ponía las palmas de las manos sobre el polvo, la puerta se abría dentro de ella y la empujaba hacia el interior, y ella se quedaba de pie temblando en una oscuridad absoluta y girando las muñecas a ciegas, con la sangre retumbando en sus oídos mientras un escalofrío clavaba sus ganchos en su piel. Lo que ella podía hacer no era brujería; el polvo era como un ser vivo. Durante años había creído que lo que vislumbraba era parte del mundo de los espíritus, pero no había belleza en él y, por lo tanto, no podía ser así. Su don funcionaba solo en el polvo; ni con la arena ni con la tierra, pero cuando se trataba de polvo podía retorcerlo, levantarlo, girarlo y darle vida, así como crear cintas plateadas en la oscuridad y flores de ceniza. Conforme ella iba creciendo podía controlarlo mejor. Los ojos de su hermanita siempre brillaban y agarraba los bordes de su raído kimono mientras la miraba, y Komako también miraba, casi como si no fuera ella quien lo hacía, como si el polvo tuviera sus propios deseos, y las dos chicas simplemente veían lo que fuera que el polvo quería que vieran.

—¿Qué se siente, Ko? —le susurró Teshi una noche—. ¿Te molesta mucho?

Komako pasó sus dedos agrietados por el cabello de su hermana. Sus dedos estaban rojos y adoloridos todo el tiempo, y los envolvía en tiras de lino para ocultar su apariencia.

—Imagina una oscuridad —murmuró—. Imagina que está dentro de ti, pero no forma parte de ti, aunque la sientes ahí, siempre aguardando.

Teshi se estremeció.

—¿No te asusta?

—A veces. No siempre.

Teshi no entendía sobre el miedo, no en realidad. Komako lo sabía. La primera vez que vio a Komako manipulando el polvo frente a ella, soltó una carcajada. Eso fue antes de que empezara a enfermarse. Tenía tres años y sostenía una manzana que cayó al piso pulido, pero Teshi se quedó de pie, atónita, atenta y observando con detenimiento las manos de Komako, y las formas intrincadas que formaban en el aire mientras el polvo danzaba. Luego esbozó una gran sonrisa, juntó las manos y gritó:

—¡Komako! ¡Ko! ¡Mira lo que puedes hacer! —Para ella, el don de Ko era un «juego». Todo era un juego. Asomaba la cara a través de la pared donde Komako estaba en cuclillas sobre el orinal y reía. O apilaba cajas en el cuarto de los actores y subía tambaleándose sobre ellas hasta la parte superior y estiraba los dedos a través de las grietas del techo para moverlos espeluznantemente junto al tatami de su hermana, hasta que Komako los veía y gritaba.

Cuando la enfermedad se apoderó de ella fue gradualmente, y al principio pensaron que solo estaba cansada. Luego, que se había resfriado en el aire otoñal y que se le pasaría. Su hermanita no tenía miedo en absoluto; Komako sí, a menudo tenía miedo, sobre todo por su hermana, que parecía tan pequeña, preciosa y frágil. Su hermana yacía despierta tosiendo, con los labios manchados de sangre y su piel se iba volviendo más y más blanca. Komako la llevó al médico portugués en la clínica gratuita, pero este no pudo ayudarla. Acudió a la bruja en el barrio antiguo, tres veces, la bruja que calmaba a los *yokai* enojados y que recordaba las viejas costumbres, pero esa bruja solo le dio a Teshi un paquete doblado de musgo seco y le dijo que lo bebiera cada noche cuando la luna estuviera alzándose en el cielo, y no sirvió de nada.

—Tienes que pagarme mejor —le dijo a Komako, tomándola de la muñeca— si quieres que los espíritus te escuchen. Tienes que mostrarme algo raro.

Era como si supiera lo que Komako podía hacer. Como si sospechara de ella.

Después de eso, Komako se había asegurado de mantener a Teshi alejada de la bruja, pero luego llegó esa terrible noche de verano, exactamente un año atrás, cuando la piel de Teshi se quemó y sus ojos se pusieron en blanco. Se desplomó en los brazos de Komako, jadeando, incapaz de respirar y se había quedado quieta. Komako se llevó los puños a los ojos, las lágrimas corrían por sus mejillas. *Oró*. Les oró a los muertos, al espíritu de su madre, a cualquier poder que la escuchara, para que su hermana no muriera. Esto fue en su pequeña habitación en la parte superior del teatro, tarde una noche, cuando estaban solas. Komako había sentido el frío punzante entrar en sus muñecas, subir por sus brazos y comenzar a doler y palpitar. No tenía nada que ver con el polvo ni con nada. Simplemente sostuvo a su hermana cerca del brasero, sintiendo cómo revoloteaba en sus brazos como un ala atrapada, y oró.

Teshi no murió. De alguna manera no murió, pero después de esa noche parte de su animado espíritu desapareció y su piel se volvió más pálida, casi translúcida y sus labios adoptaron un tono rojo sangre, muy oscuro. También habían aparecido tres finas líneas rojas en su cuello, como collares de sangre. Komako se despertaba y la encontraba de pie en la oscuridad, confundida, mirando su tatami como si tratara de recordar algo importante. Una silueta blanca de aspecto extraño, sobrenatural, a la luz de la luna. Más espíritu que carne.

Siempre le decía que tenía frío. Todo el tiempo. Mucho frío.

Fría como los muertos, pensaba Komako.

Ese fue el verano en que el cólera arrasó con el barrio antiguo. Llegó con furia y se desvaneció con las lluvias de otoño, pero volvió a aparecer al verano siguiente, de modo que los muertos se apilaban como madera cortada en las calles bochornosas, y las tiendas estaban vacías, mientras que los sobrevivientes con ojos hundidos quemaban incienso para apaciguar al espíritu enojado que estaba matando a sus seres queridos.

Fue un año de terror. Teshi empezó a caminar en la noche, sonámbula, al parecer; eso si es que lograba conciliar el sueño, y se paseaba descalza por los oscuros suelos pulidos del teatro. Komako descubrió a su hermana una noche de pie en la puerta oscura que daba a la calle, contemplando la noche sin ver nada, y bañada por el aire tibio. Semanas más tarde, Teshi salió por su cuenta a deambular por los callejones más allá de los garitos, y se paró sobre los muertos infectados que yacían en charcos iluminados por la luz de las antorchas. Estaba murmurando para sí misma sobre una puerta, una puerta que no podía abrir. Komako se había despertado y encontró la puerta del teatro abierta de par en par. Se apresuró a salir y la halló así. Le echó una manta sobre los hombros y la condujo a casa. Había trabajadores y figuras afligidas observando a la luz del fuego. Por la mañana alguien pintó unos caracteres que significaban «alimañas» en la puerta del teatro con pintura roja. Dos noches después le entregaron una nota doblada al maestro Kikunosuke, después de una actuación nocturna, advirtiéndole de la niña demonio, y después de eso Komako entendió lo que todos veían, incluso los tramoyistas, incluso los actores que conocían a Teshi desde que era una bebé.

—Está maldita —solían murmurar—. La enfermedad llega por las noches, sobre dos pies y llora como una niña.

Era verdad; Komako sabía que era verdad, que Teshi en realidad era diferente. Apenas dormía, no comía nada y, a veces, guardaba silencio durante días. No era cólera lo que tenía. Fuera lo que fuera, Komako finalmente cedió a sus propios miedos y le envió un mensaje a la bruja, ofreciéndole lo único que podía darle a cambio: el secreto del polvo.

Esperó tres días por su respuesta, y cuando llegó, fue un papel doblado, el cual le entregó un niño nervioso con pantalones andrajosos. No era más que una sola palabra.

«Ven».

Así lo hizo. Sacó a su hermana a las calles peligrosas, plagadas de enfermedad, por primera vez en meses. Caía una lluvia cálida. Condujo a Teshi a través del callejón y por un camino empedrado lleno de bicitaxis abandonados y estáticos; luego por otro callejón, hacia el barrio pobre. Había muertos atados en la parte trasera de las carretas, y un olor a enfermedad y miseria. Caminaba lentamente y sus *geta* de madera se hundían en el lodo. Su hermana, arropada y envuelta en una capa para ocultar su apariencia, tosía húmedamente.

Los callejones de los pobres eran angostos y húmedos, y estaban atestados de talleres. El agua goteaba de los aleros inclinados. En las sombras, las figuras interrumpían sus labores para ver pasar a las niñas.

La casa de la bruja estaba en ruinas desde hacía mucho tiempo, rodeada por una maraña de bambúes enanos en la parte trasera de un terreno baldío. Las ventanas superiores, largas y bajas al estilo antiguo, habían sido tapiadas. Al techo le faltaban tejas. Había persianas de bambú atadas y torcidas sobre el alero de una galería profunda, y cuando las chicas la cruzaron, la madera crujió y se partió por su peso.

Se detuvieron en la oscuridad sin puerta.

—¿Señora? —llamó Komako.

Su hermana tosió a su lado.

—¿Hola? ¿Señora? ¿Está aquí?

Hubo un movimiento lento en la oscuridad y se escuchó un crujido, como el batir de unas alas. Komako sintió cómo se le pegaba su hermana.

—No creí que volvieras —dijo una voz. Era suave, casi hermosa—. ¿Qué me trajiste, *on'nanoko?*

Komako se arrodilló y desató un bulto que traía en la espalda, y lo colocó frente a la oscuridad. Lo desenvolvió lentamente. Era la caja de papel con el polvo sedoso, que había sacado del teatro. Brillaba con tonos plateados y negros en el escalón de la puerta, y cuando Komako retrocedió, la luz reflejada se encendió, se bamboleó y se deslizó.

—Más cerca —dijo la voz—. Acércala más. Mis ojos no son lo que solían ser.

Komako se levantó y llevó la caja hacia a la cálida oscuridad. Sus ojos se ajustaron. Pasó por encima del borde del recibidor, se arrodilló, y con el rostro húmedo e inclinado, avanzó poco a poco sobre sus rodillas hasta colocar la caja de papel frente a la figura gris.

La bruja no la tocó.

—Sí —dijo en voz baja—. Muy bien. No sé qué se pueda hacer por tu hermana, pero lo intentaré. ¿Entiendes?

Komako asintió.

—Trae el polvo.

La bruja se levantó suavemente y las condujo al interior de la casa en ruinas. Mientras avanzaban por un pasillo caluroso y sin aire, Teshi agarró la mano de Komako. Sus pequeños dedos estaban fríos y sus uñas afiladas, Komako podía sentirlo incluso a través de sus vendas de lino. La mayoría de los biombos *shoji* se habían podrido hacía mucho tiempo, y el vacío y la oscuridad se extendían a ambos lados a medida que avanzaban.

Olía a verduras agrias, a roedores. Más adelante vieron la luz del día, luego bajaron a un patio con jardín. A pesar de la lluvia brumosa, el día lucía brillante en comparación con la oscuridad de la casa. El jardín había sido hermoso alguna vez, pero ahora estaba triste y lleno de maleza. Había un monumento de piedra descuidado sobre una roca en medio de un estanque verde, y los juncos crecían a su alrededor, y un poco más adelante, un puente de madera que se había derrumbado. Pasaron frente a todo esto en silencio, subieron a una veranda cubierta y de vuelta a la oscuridad.

La bruja no era vieja. Su cabello era muy hermoso; lo usaba recogido en un peinado alto y doblado con horquillas gemelas que brillaban, y el *kanzashi* que llevaba era tan afilado y blanco como su cuello. Se deslizaba rápida y silenciosamente en un *furisode* rígido decorado con flores estampadas, y no giró ni disminuyó la velocidad para que las niñas le siguieran el paso. Komako había oído que era viuda, por su propia mano, y que había sido desfigurada como castigo por su maldad y permanecido encerrada en esa casa desde los días del *shogunato*. Se preguntaba si algo de eso sería cierto.

La bruja vivía en dos habitaciones en la parte trasera de la casa. Se acercó a un brasero, lo encendió a pesar del calor, levantó una manta de la red, encendió una lámpara y la colocó al pie de un tatami. Había una tetera medio corroída hundida en sombras en el suelo y un cuenco de porcelana apenas visible en la oscuridad.

Ella se dio la vuelta y se quedó quieta. Sus manos se perdían en las mangas largas de su *furisode*.

—¿Llevaste a la niña con un médico?

—Somos pobres, señora.

—A la clínica portuguesa, entonces.

Komako asintió.

—No pudieron encontrar el problema —dijo ella—. Es una especie de escalofrío. Y debilidad. Siempre está cansada. Y está empeorando.

La bruja frunció el ceño. Sus ojos, Komako notó, eran extrañamente planos e inexpresivos, como si alguien los hubiera pintado en su rostro.

—Tú niña. Ven aquí. Acuéstate.

Teshi se acercó y se acostó en el tatami. La bruja se adentró en la oscuridad y se tardó mucho tiempo, y cuando regresó traía una bandeja de madera en sus manos temblorosas. Los cuencos, las varitas de incienso y cera y el antiguo cuchillo con mango de hueso tintineaban suavemente. Se había dibujado una línea de ceniza en la frente con su pulgar ennegrecido.

La bruja sacó una piedra blanca y la presionó contra la palma de Teshi y la envolvió con el puño de la niña.

—Sujeta esto. No lo sueltes. ¿Cómo te llamas niña?

—Teshi Onoe.

—¿Qué edad tienes?

—Cinco, señora.

—¿De dónde vienes?

—Del distrito Asakusa Saruwaka-cho. En Tokio.

La bruja chasqueó la lengua.

—¿De dónde *vienes?* —preguntó de nuevo.

Teshi dudó y volteó a ver a Komako.

—No sé…

—Del polvo, niña. De ahí es de donde vienes. Ahí es a donde volverás. —La bruja levantó el rostro en la oscuridad—. ¿Qué es lo que buscas? —murmuró.

Teshi no respondió.

La bruja le entregó una taza de té.

—Bebe esto.

Teshi bebió. Entonces la bruja, que estaba de rodillas, se levantó y extendió los brazos, de modo que sus voluminosas mangas cayeron hacia atrás. Sostenía dos bloques que golpeó bruscamente por encima de Teshi, y una nube de polvo pálido estalló en la oscuridad y se desvaneció. Caminó alrededor de la niña, golpeando los bloques. Luego empezó a cantar.

Era una canción distinta a cualquiera que Komako hubiera escuchado, inquietante y triste a la vez. Los ojos de su hermanita se pusieron pesados y luego se cerraron. Su piel era como un horno. La bruja se calló y encendió una varilla de incienso y el carbón trazó un arco rojo en la oscuridad. Luego, en medio del silencio, se oyó un suave clic.

Teshi había soltado la piedra blanca.

—Así debe ser —dijo la bruja en voz baja.

Komako sintió un temor repentino. No sabía qué podía querer decir la bruja con eso. Los párpados de Teshi revolotearon, su respiración se aceleró. Komako tomó la manga de su hermana.

Sin apartar su mirada de Teshi, la bruja dijo calladamente:

—El polvo es lo que le da vida a tu don, *on'nanoko*. Y ese mismo polvo está dentro de tu hermana, la está enfermando. Debe luchar contra la naturaleza del polvo.

Algo se movió en la oscuridad más allá de la segunda habitación. Komako volteó y se le erizaron los vellos del cuello.

—¿Hay alguien ahí?

La bruja solo señaló la caja de papel.

—Por alguna razón, el polvo se siente atraído hacia ella. Algo lo llama, atrapa su esencia. Algo… extraordinario. Había escuchado de esto, pero nunca lo había visto.

—El polvo —repitió ella asustada.

Atenta, la bruja alisó su *obi* en las sombras.

—Por favor, dígame —suplicó Komako—. ¿Soy *yo*? ¿*Yo* la estoy enfermando?

—Pero ¿por qué serías tú, pequeña? —dijo la bruja, con un tono de voz que daba a entender que sabía mucho más de lo que admitía—. Muéstrame lo que puedes hacer.

Komako se desenvolvió las manos lentamente. Sus palmas estaban en carne viva y le picaban. No pudo evitar temblar mientras destapaba la caja.

—No siempre funciona —murmuró.

La bruja se acercó. Komako podía percibir el olor a leche agria de su piel. Vaciló, sus manos se cernieron sobre el polvo dentro de la caja, con toda su oscuridad concentrada ahí.

—¿Ayudará a mi hermana? —preguntó valientemente—. Tiene que prometérmelo.

La bruja emitió un sonido de impaciencia.

—No es fácil, *on'nanoko*.

—Pero ¿puede hacer *algo?* Prométalo.

Una oscuridad atravesó las facciones de la bruja.

—Si hay algo que hacer por ella, sí —respondió la bruja, eligiendo sus palabras con cuidado—. Lo haré. Lo prometo.

Komako extendió los dedos sobre la caja abierta. Sintió cómo la familiar frialdad se filtraba por sus muñecas y se estremeció.

Luego el polvo formó una columna larga y delgada, se derramó suavemente hacia arriba y, suspendido en el aire, adoptó la forma de una bola en movimiento, plateada y hermosa en la penumbra. La bruja contuvo el aliento bruscamente. A Komako le dolían las muñecas; estaba cansada. Ella cerró las manos alrededor del polvo, como si le estuviera dando forma, sosteniéndolo suspendido como una pequeña luna; luego suspiró y dejó caer sus manos, y el planeta de polvo se derrumbó de repente dentro de la caja, sin vida otra vez. Inerte.

La bruja la contemplaba con atención.

—Es verdad —murmuró—. Eres… un Talento.

—No soy nada. Soy solo… yo. —Komako, temblando, cruzó sus manos rojas bajo sus axilas para calentarlas. Se sentía exhausta. Su rostro estaba húmedo—. ¿Ayudará a mi hermana, señora?

La bruja se había puesto de pie y se deslizó hasta el borde de la cálida oscuridad. Miró algo ahí que Komako no distinguía.

—Esta es la chica —dijo ella en voz baja—. Tenías razón.

Una voz respondió desde las sombras.

—Ko-ma-ko… —dijo despacio, como si saboreara su nombre, una sílaba a la vez—. Sí, Maki-chan. Esta es la chica.

Komako se puso rápidamente de pie y se tambaleó hacia atrás.

Dos figuras se acercaron a la luz. Eran dos hombres occidentales. El más alto tenía una espesa barba negra y vestía una larga levita negra a pesar del bochorno, y giraba un sombrero de copa entre sus dedos. Tenía los ojos hundidos, la frente arrugada y preocupada, y el pelo negro como tinta peinado hacia atrás. Su ropa olía levemente a hollín.

—No te asustes —murmuró—. Teníamos que ver lo que podías hacer. Yo tenía que verlo personalmente, para asegurarme.

Se veía muy alto. La niña volteó a ver a su compañero, un hombre más robusto, con el rostro enrojecido y que estaba secando su cara sudorosa. Luego redirigió su atención al primero.

—¿Quién es usted? —preguntó—. ¿Qué quiere?

Se acercó más y se quedó de pie junto a Teshi, quien yacía en el tatami, pequeña y mortalmente pálida.

—Tu pobre hermana —dijo él—. Me imagino que tiene mucho frío, ¿verdad?

—¿Qué es lo que *quiere?* —repitió Komako con más intensidad, mientras se interponía entre su hermana y el hombre. Apretó sus pequeños puños. No podía imaginar lo que un extranjero podría querer de ella. Entonces pensó en algo—. ¿Mi… mi padre lo envió?

—Oh niña —dijo la bruja.

El extraño no respondió. Estaba lleno de una inmensa y lenta concentración. Se agachó sobre la caja de polvo abierta y se quitó los guantes negros. Tenía unos dedos hermosos, largos, elegantes y suaves. Su piel era como la leche. Los movió en una serie de gestos extraños, como si estuviera escribiendo en el aire.

Entonces Komako dio un grito ahogado.

Porque el polvo en la caja se estaba moviendo. Observó cómo este fluía hacia arriba, y más arriba, hacia las manos pálidas del hombre, saltando juguetonamente de un dedo a otro, retorciéndose alrededor de sus muñecas, como una cinta plateada de polvo. Lo sostuvo allí un largo rato, como si lo consolara, como si fuera un ser vivo. Luego lo dejó caer suavemente en la caja abierta, cerró la tapa con sus largos dedos y la miró a los ojos.

—No vengo de parte de tu padre —murmuró. Se pasó una mano por la barba—. Lo que tú y yo podemos hacer, Komako… se llama manipulación de polvo, de donde yo vengo. Me imagino que te asusta a veces, ¿verdad? Y supongo que a veces te lastima usar tu don, ¿cierto? No puedes hacerlo por mucho tiempo sin perderte en él, ¿no?

Ella asintió con los dedos en los labios, temerosa de hablar.

—Me pasa lo mismo —dijo el hombre, con tristeza en su voz.

13

JACOB Y LA MUERTE, JACOB Y LA SANGRE

El hombre barbudo era, desde luego, Jacob Marber. En aquellos días aún era joven y su mundo estaba lleno de posibilidades.

La luz del verano empezaba a desvanecerse cuando salió del jardín de la bruja. Las calles de barro más allá de su casa estaban tranquilas, y había cuervos vigilantes sobre las tejas mojadas. Él y Coulton pararon un bicitaxi y regresaron por el camino lleno de baches, pasando por escaparates de tiendas oscuros y antorchas en los callejones, hasta llegar a la posada para extranjeros sobre el puerto. La ciudad enferma apestaba a decadencia. Jacob sostenía su sombrero de copa y no paraba de girarlo, preocupado, cavilando sobre la chica Komako y lo que la había visto hacer. Se sentía extrañamente feliz. Nunca había conocido a otro que pudiera manipular el polvo.

El bicitaxi golpeó un bloque de madera suelto en la calle y se tambaleó; Coulton extendió una mano rápidamente para no perder el equilibrio.

—Bueno —dijo él, rompiendo el silencio—. No será fácil que venga con nosotros.

Jacob volteó a verlo sorprendido.

—Yo sentí que salió bastante bien.

—Estás loco.

—Ya recapacitará. Dale un día.

Coulton le dirigió esa mirada de siempre. Jacob no conocía bien al hombre. Coulton era diez años mayor y le gustaba recordárselo a Jacob y usarlo para defender su cinismo, aunque Jacob sospechaba que este ni siquiera era del todo real.

—Escucha, chico —le dijo Coulton—: cuando uno llega a mi edad ve bastantes cosas locas en la vida. Te digo que ella no pescará el anzuelo tan fácilmente.

Jacob se puso el sombrero y ajustó el ala. Observó al hombre en harapos que conducía el bicitaxi; estaba descalzo y su piel sudorosa relucía. La alta rueda del vehículo zumbaba a la altura de su codo izquierdo.

—Siempre hay un modo. Ella escuchará razones —respondió él.

—No *siempre* hay un modo.

Jacob sonrió.

Observó a Coulton cepillarse sombríamente las mangas.

—Eres como un maldito cachorro, chico. Me preocupo por ti, en serio.

Sin embargo, la verdad era que no estaba ni la mitad de seguro de lo que decía. El bicitaxi siguió traqueteando hacia la oscuridad que se acercaba, mientras avanzaban por las calles relucientes. No era solo por su largo viaje por el mar ni por esa niña y su hermana. Últimamente era muy frecuente que se viera a sí mismo cuando era niño, sobreviviendo como un deshollinador en las mugrientas y estrechas chimeneas de Viena, medio muerto de hambre, con los ojos rojos y desesperado, durante esos años solitarios que siguieron a la muerte de su gemelo.

Eso fue antes de que Henry Berghast entrara en su vida, antes de que lo sacaran de ese horror, lo llevaran a Cairndale, lo vistieran, lo alimentaran y lo guiaran, pero él ya se había enfermado durante esa primera vida; su respiración nunca había estado bien, y había otra clase de enfermedad en su corazón. Siempre pensaba: ¿Por qué Berghast no pudo haber llegado antes? ¿Por qué no pudo haber llegado cuando su hermano Bertolt aún vivía?

Mientras lo pensaba se odiaba a sí mismo; a Berghast y al destino, e incluso a Dios.

Ahora, desde la mitad del camino escucharon cantos y vieron una procesión de monjes con túnicas amarillas golpeando bloques de madera y entonando sus extraños cánticos. El conductor esperó a que pasaran los monjes. Jacob frunció el ceño y apartó la mirada. No, no era solo la vieja preocupación de siempre, aquella con la que había vivido toda su vida, desde que podía recordar, lo que le pesaba. También eran los sueños.

O lo que él se decía a sí mismo que eran sueños. Todavía no se lo había contado a Coulton. No sabía por qué no. Tal vez era por la viveza peculiar de esos sueños, tal vez porque no creía poder explicar cuán reales se sentían, muy distintos a un sueño normal. Siempre tenían que ver con su hermano muerto, aunque su hermano no aparecía en ellos, ni siquiera como un recuerdo. En cambio, siempre había una figura, una dama, envuelta en oscuridad, ataviada con un vestido anticuado de cuello alto, una capa y un gorro de seda, hablando con Jacob calmada y razonablemente, en tonos suaves, interrogándolo, hablando con acertijos. Siempre ocurría en cualquier habitación en la que se quedara dormido, como en la cabina del barco durante su viaje, en la vieja y chirriante posada japonesa a tres calles del puerto de Tokio, donde fuera, y siempre era como si se estuviera despertando normalmente, y veía a la mujer sentada al otro lado de la habitación, una visitante que le traía noticias de un mundo inimaginable.

—Volviste —le decía Jacob en el sueño, asustado—. ¿Qué eres?

«¿Acaso no somos lo que podemos imaginar que somos, Jacob?», respondía ella con una voz baja, suave y reconfortante.

Él trataba de sentarse en la cama para ver el rostro de la mujer.

—¿Qué es lo que quieres? ¿Por qué vienes a mí? —Su propia voz se escuchaba quejumbrosa y asustada.

Así comenzaría el extraño interrogatorio del sueño, como un catecismo; todas esas preguntas que él parecía incapaz de ignorar, las respuestas que daba casi de mala gana, casi como si no pudiera evitarlo.

«¿Qué es lo que quieres, Jacob?».

—Saber que mis seres queridos están bien. Hacer que vuelvan a mí.

«¿Acaso tus seres queridos no están siempre contigo?».

—Tengo miedo. No lo sé.

«Me refiero a tu hermano. Tu hermano gemelo».

—No lo salvé. No lo salvé.

Entonces la suave voz de la mujer se llenaba de amor: «La muerte no es muerte, Jacob, y nada es para siempre. Yo aún puedo llegar a él, al igual que tú. Y si Berghast no te permite abrir el *orsine*, tienes que encontrar tu propia forma de llegar a mí…».

Luego el sueño se transformaba, se desvanecía y se volvía un sueño más ordinario, y cuando por fin despertaba, Jacob se sentía inquieto, y no estaba completamente seguro de haberlo soñado.

Cuando volvieron a la posada, él y Coulton se quitaron los zapatos, tomaron las pantuflas que les ofrecían y subieron en silencio las escaleras; los oscuros pisos de madera pulida brillaban y sus cuerpos estaban empapados en sudor. Había un olor a flores en el aire, flores cortadas en un cuenco en el pasillo. Al cabo de unos minutos escucharon un saludo ahogado y apareció la mujer del posadero, con una botella de sake caliente envuelta en una toalla. Se arrodilló, abrió la pantalla de papel, entró, se arrodilló otra vez y la cerró detrás de ella. Luego encendió las linternas, sin mirarlos ni una sola vez a la cara. Jacob se sentía maravillado por la pausada gracia de las personas de ese país. Tanta belleza en el más pequeño de los gestos.

Cuando volvieron a quedarse solos Jacob dijo, como si nunca hubiesen dejado de hablar del tema, como si simplemente estuviese retomando la idea:

—Tiene mi talento, Frank. El polvo.

Coulton hizo un pequeño movimiento con la cabeza, pero no dijo nada. Se estaba quitando su abrigo mojado.

—Viste lo mismo que yo.

—Sí —respondió Coulton con renuencia—. También vi a su hermana. *Ese* no es tu talento, chico.

—Tal vez. O tal vez el polvo lo hizo.

—Tú nunca has hecho algo así.

—Nunca lo he intentado.

—Sí. —Coulton sonrió y se sirvió un poco de sake—. ¿Acaso tienes envidia, chico?

Jacob frunció el ceño, irritado. El hombre estaba bromeando, pero, en verdad, una parte de él estaba fascinada por la posibilidad. Nunca había podido explorar los límites de la manipulación de polvo; quién sabe de lo que era capaz. No dijo nada de esto en voz alta. En cambio, dijo:

—La forma más fácil de acercarnos a ella es prometerle que ayudaremos a su hermana. Ese es su punto débil. Dile que podríamos curarla en Cairndale.

—No podemos curar lo que esa chica *es*.

Jacob levantó la cabeza y vio que Coulton lo miraba con ojos caídos. Entonces lo dijo en voz alta, aquello que habían estado evitando nombrar:

—Porque es un *liche*. A eso te refieres, ¿verdad? La hermana menor es un *liche*.

—Sí. Y la pobre niña piensa que su hermana solo está enferma.

—Ella sabe la verdad —dijo Jacob en voz baja—. Solo que no se permite a sí misma creerlo.

Coulton caminó hasta la ventana. Las persianas de madera estaban sostenidas por un palo.

—Simplemente no entiendo cómo ocurrió. Hacer un *liche* requiere cierto proceso, ¿no? No *ocurre* así de la nada.

—Según Berghast —puntualizó Jacob.

—Sí. Según Berghast.

—¿Pero él qué sabe? ¿Alguna vez en su vida ha creado un *liche*? Tal vez también funcione así. Tal vez la manipulación del polvo lo hace posible de alguna manera…

Vaciló y no terminó lo que iba a decir. Estaba pensando en la mujer de su sueño, aunque no se había dado cuenta de ello sino hasta que habló y, sonrojándose, se calló repentinamente. Coulton estaba ocupado mirando por la ventana las antorchas que se movían en las calles empedradas, con preocupación, y parecía no haberse dado cuenta. Se levantó la camisa y se secó la cara. Los lugareños estaban sacando de la ciudad los cuerpos de quienes habían muerto por cólera.

—Bien. Entonces esta niña —dijo—, esta Komako, ¿estás diciendo que *convirtió* a su hermana pequeña en un *liche*? ¿Y que no sabe cómo lo hizo?

—Sí, supongo que sí.

Coulton se dio la vuelta. La angustia en su rostro hizo que Jacob se estremeciera.

—Y eso quiere decir que la pequeñita… ¿Cómo se llama? Teshi…

—… ya está muerta. Sí.

Escuchó a Coulton suspirar en la oscuridad.

—Mierda —dijo en voz baja.

El primer recuerdo de Jacob era el polvo.

Tenía cuatro años. Era una noche de verano, en ese sombrío albergue de menores en Viena. Estaba agachado, sudando bajo una manta carcomida por las polillas, con su hermano a su lado, ambos esforzándose por escuchar los pasos nocturnos de la monja que se alejaba a través de los pasillos resonantes. Eran gemelos, pero no idénticos. Su hermano no tenía el don de Jacob, su talento; no podía hacer lo que él era capaz de hacer. La luz de una farola que entraba por la ventana abierta apenas era visible a través de la manta. Jacob estaba manipulando el polvo con sus pequeñas manos, el mismo que había recogido de las esquinas de la habitación, haciéndolo girar y moverse en espiral cuando, de pronto, uno de los niños mayores arrancó la manta de su catre. Jacob nunca supo lo que vio el niño, si vislumbró su talento en acción o incluso si creyó lo que había visto, pero su hermano Bertolt se puso de pie en un instante. Se lanzó contra el niño más grande, arañando su camisa de dormir y su rostro, y lo golpeó con los puños en el dormitorio oscuro. A pesar de que el otro niño era mayor y más grande, Bertolt lo atacó con tal furia que fue el niño quien gritó pidiendo ayuda, y Bertolt fue arrastrado por el cuello y golpeado de modo salvaje, ya que las monjas dijeron que tenía el diablo adentro.

Las monjas nunca olvidaron eso; tampoco los otros niños y, después de eso, Jacob y su hermano se quedaron casi completamente solos.

Pasaban sus días recogiendo estopa o cosiendo piezas de tela y, cuando crecieron un poco, las monjas los alquilaban a fábricas por su tamaño. Trepaban entre las máquinas y se deslizaban por los huecos donde los grandes engranajes golpeaban y traqueteaban para desenredar lazos de cuero o soltar pernos atascados. Bertolt nunca dejó que Jacob entrara en las máquinas, sino que lo hacía él mismo, incluso cuando ya se estaba haciendo demasiado grande para ello. Había niños sin dedos y niños sin manos. Unos años después, un domingo por la tarde, Bertolt tomó la mano de Jacob y salieron por la puerta delantera de la fábrica, hacia el mugriento barrio de Unterstrass, para vivir como deshollinadores con las cuadrillas de niños que trabajaban en las chimeneas de las grandes casas de las calles principales de Viena. Bertolt era así, dispuesto a caminar hacia su propio futuro y a llevarse a Jacob con él, y Jacob lo amaba, lo admiraba; quería ser como él.

Se volvieron deshollinadores. El hollín era diferente al polvo común, no era tan fácil de manipular o atraer hacia sus manos; era pegajoso, grumoso y manchaba todo, por lo que el trabajo era duro. Fregaba, trepaba y se deslizaba grasientamente por los huecos, jadeando y retorciéndose mientras trabajaba: un niño pequeño en ropa que le quedaba demasiado grande, en quien destacaba lo blanco de sus ojos. Nunca le importó mucho. Lo único que le importaba era Bertolt y al menos el trabajo de deshollinador parecía ser más seguro que meterse dentro de las máquinas. Siempre se habían apoyado mutuamente. Cuando estuvo enfermo de escarlatina en el orfanato, fue Bertolt, de cuatro años, quien le secó la frente y le cambió las sábanas, no las monjas. Era Bertolt quien le llevaba restos de comida cuando lo castigaban dejándolo sin cenar. Fue Bertolt quien le dio una razón para no darse por vencido. No recordaban a sus padres, no tenían nada con qué recordarlos; alguna vez tuvieron algún daguerrotipo, collar u otro recuerdo, pero las monjas no consideraron adecuado que lo conservaran. Eran solo ellos dos, solos en el mundo.

—Bertolt, ¿qué haremos? —le preguntó Jacob un invierno. Se estaban helando para entonces; habían crecido demasiado para seguir haciendo el trabajo de deshollinadores y sus rodillas y espaldas estaban magulladas y sangrantes.

—Encontraremos algo —le dijo su hermano—. Siempre hay un modo.

—¿Qué? ¿Qué encontraremos?

—No lo sé, pero lo encontraremos.

Dos semanas después su hermano se asfixió en una chimenea cuando se atascó en ella, y el jefe de los deshollinadores dejó su pequeño cuerpo sin reclamar en un callejón sucio. Entonces Jacob comprendió que lo único que los niños como ellos podían encontrar era sufrimiento, dolor y muerte. Y con una rabia que nunca había sentido, en la madrugada, Jacob siguió al jefe hasta una mesa de juego en un casino y lo estranguló con el polvo, lo estranguló hasta que los ojos casi se le salieron de sus cuencas. Tenía diez años.

Se quedó solo después de eso; siempre escondido, hambriento, asustado. Ese fue el invierno en que Henry Berghast lo encontró, como si lo hubiera estado buscando toda su vida, el mismo invierno en que hizo el largo viaje, en tren y en carruaje, a través de Europa, a través de un mar de color gris pizarra, hasta los fríos pasillos blancos de Cairndale.

Jacob estaba pensando en todo eso cuando dejó a Coulton y atravesó el biombo de papel que separaba la habitación contigua. El aire se sentía caliente y estático. El tatami para dormir ya había sido colocado en el suelo, con la extraña almohada japonesa redonda y dura en un extremo. Podía escuchar a Coulton sonarse la nariz, toser bruscamente, moverse. Se quitó la camisa, se desabrochó los pantalones y se apartó el pelo de la cara. No pensó que lograría dormir.

La mujer vino a él de nuevo esa noche, una sombra melancólica en lo profundo de sus sueños.

—Volviste —empezó a decir Jacob lentamente, como siempre empezaba—. ¿Qué… eres?

Entonces recibió la respuesta que ya conocía: «¿Acaso no somos lo que imaginamos, Jacob?».

Pero las palabras se escuchaban apresuradas esta vez, como si se sintiera impacientada por la pregunta. Ella acechaba, envuelta en su oscuridad habitual, pero irradiaba una tensión nueva e inquietante.

«Se nos acaba el tiempo», dijo de repente, y cruzó las manos frente a ella.

Lentamente, como si viniera de muy lejos, Jacob cerró los ojos, y los abrió. Intentó sacudir la cabeza.

—Esto… no es un sueño. No estoy soñando, ¿verdad?

«Desearía que hubiera más tiempo. Debo hablar con claridad».

—Sí…

«Eres especial, Jacob. No eres como los otros. Siempre lo has sabido. Algún día harás grandes cosas, y traerás un gran bien al mundo. Ayudarás a mucha gente. Y todo empezará con Bertolt».

—¿Bertolt…?

«Está sufriendo, incluso en este momento. Su espíritu está sufriendo».

Jacob se frotó el rostro con incredulidad.

«Pero existe una manera de ayudarlo. Solo tú puedes hacerlo. Solo tú eres lo suficientemente fuerte. Puedes traerlo de vuelta».

—¿Qué quieres decir?—murmuró él—. ¿Qué quieres decir con traerlo de vuelta…?

«La muerte no es más que una puerta. El *orsine* en Cairndale es la llave, Jacob. Henry Berghast lo mantiene resguardado, su glífico lo mantiene cerrado… pero tú debes encontrar una manera de abrirlo…». La mujer en la oscuridad pareció detenerse. «No soy lo que piensas, Jacob. Recuérdalo. Hay quienes te dirán que quiero hacerte daño, pero sabes que no es así. Puedes sentirlo».

—Espera. Si el *orsine* se abre, la muerte atravesará…

«Las mejores mentiras contienen verdades dentro de ellas, Jacob. No se puede confiar en Henry Berghast. Él te dirá que el *orsine* significa destrucción. No es así. Quiero ayudarte, quiero ayudar a Bertolt, pero debes dejarme hacerlo».

Sintió que lo invadía el pavor, incluso dentro del sueño, un presentimiento frío y terrible, como si las palabras fueran, de alguna manera, una amenaza, una promesa de malicia. Luego despertó.

Las vigas de la posada crujían a su alrededor. Yacía en el tatami, empapado de sudor, escuchando la oscuridad y el silencio absoluto de la ciudad afuera. Su corazón latía muy rápido. Se humedeció los labios, sintiendo cómo el sueño se desvanecía. Abrió los ojos.

Allí, en la esquina, se alzaba la mujer, irradiando malicia, increíblemente alta y encorvada, como una sombra que se extendía por el techo, con el rostro envuelto en oscuridad.

—¡Jacob! —le gritó, salvaje, feroz y horripilante.

Él gritó y buscó instintivamente un arma, cualquier cosa, pero no había nada, y cuando volvió a mirar, la mujer se había ido y la habitación estaba vacía.

Estaba solo.

Frank Coulton sabía lo que se sentía perder, también sabía lo que era ser el último hombre en la mesa. Tenía treinta y cuatro años y estaba físicamente destrozado: sus pulmones estaban mal por la mañana debido a una vida entera de fumar y su espalda estaba mal por la noche por todo lo demás. Estaba perdiendo el pelo, y se quedaría calvo en unos años. Tenía unas patillas rojizas que se habían convertido en una barba de carnicero, y unas manos tan gruesas y gordas de tanto golpear que a veces parecía que llevaba guantes. Era corpulento, alto, de cuello grueso como un toro, y le gustaba usar chalecos de colores brillantes. La mayor parte de su vida había estado solo y no siempre sabía cómo estar con otras personas. Había sido apostador, operador de un barco fluvial, soldado del ejército de la Unión, aprendiz de encuadernador y carpintero en las grandes bibliotecas de Londres y Boston. Había tenido mucho de lo malo, y poco de lo bueno; sin embargo, si uno le preguntaba, diría que era mejor algo que nada.

Nunca lo aceptaría, pero su corazón, como dirían las baladas, era puro. Creía en las virtudes firmes. La bondad no era una cuestión de perspectiva para él, y había visto demasiado sufrimiento en el mundo para querer ver más. Aunque el tipo equivocado de esperanza puede conducir a la amargura, y la amargura a la miseria. Coulton había visto esto en los hospitales de campaña de la Unión, muchos hombres se rendían. Su talento era la fuerza. Podía contraer su carne hasta convertirla en un sólido compacto tan denso que, con un solo puñetazo, era capaz de romper una pared de ladrillos sin siquiera rasparse los nudillos. Una bala en un campo de batalla solo se alojaba superficialmente en su carne y, aunque podía ser dolorosa, resultaba inofensiva para él. Sin embargo, cada vez que usaba su talento le parecía que las paredes y el techo, e incluso el cielo abierto se cerraban sobre él, como un tremendo peso, de modo que no podía respirar. El doctor Berghast le había dicho que esa era una condición común en el continente, conocida por la nueva generación de mentalistas como claustrofobia; un efecto secundario, al parecer, de lo que él podía hacer. Aprendería a vivir con ello, según le había dicho Berghast. Él había estado de acuerdo, pero ¿cómo? «Simplemente siguiendo adelante, señor Coulton», había respondido Berghast. «Simplemente siguiendo adelante».

Bueno, él sabía algo sobre eso, sobre seguir adelante.

Se despertó por la mañana, con la camisa de dormir humedecida, en la vieja y desvencijada posada frente al brumoso puerto de Tokio y se incorporó de inmediato. Miró alrededor de la habitación vacía.

Algo lo estaba observando.

Lo *sentía*.

De hecho, lo había estado sintiendo durante semanas, desde que desembarcaron en Tokio, incluso antes de eso, mientras se aproximaban a la costa selvática en esa vieja y chirriante barca que salió de Singapur, de pie junto a la barandilla del barco, mientras observaba a los marineros trepar por los aparejos en medio de la niebla. Como si alguna presencia los acechara. Captó destellos de algo de reojo; un movimiento, una figura borrosa, pero cuando se volvía para mirar, siempre desaparecía. Últimamente esto había empeorado, se había vuelto más intenso; los vellos de la nuca se le erizaban tanto que giraba de repente, en momentos inesperados, tratando de descubrir lo que lo estaba siguiendo, y Jacob lo miraba como si estuviera loco.

Se vistió inquieto, pensando en ello, dobló el tatami y lo dejó sobre el suelo oscuro y reluciente. Podía oír a la esposa del posadero pasando un cepillo por las escaleras. La habitación de Jacob estaba ordenada y vacía: el chico tenía la costumbre de seguir su propio camino.

A pesar de todo, debería haberse sentido complacido. Habían estado tratando de localizar a la niña Onoe durante semanas, con muy pocas pistas, en una ciudad húmeda, asolada por el cólera. Ahora lo habían conseguido; ya solo tenían que convencerla de que se fuera con ellos, y podrían marcharse, lejos de ese maldito país, y de vuelta al mundo que conocían.

Coulton tomó su sombrero y, de repente, se detuvo, con la mano en el aire. Alguien había dejado su sombrero de cabeza, de una manera en que él nunca lo dejaría. Se preguntó si la esposa del posadero habría entrado mientras él dormía, o si Jacob lo habría hecho, pero ninguna de las dos cosas parecía probable. ¿Lo habría dejado así porque estaba muy cansado? Quizás.

Desayunó arroz y pescado a la plancha en la cajita de madera que habían dejado en su puerta, usando los dedos, ignorando los peculiares palitos para comer, luego salió. Las calles estaban inquietantemente tranquilas.

Había anotado la dirección de un burdel en el distrito de Yoshiwara en su billetera, y se dirigió allí, pasando frente a los elaborados edificios de tres pisos y gabletes, con balcones de mimbre y techos de tejas con cuernos. Había algunos japoneses con pequeños trajes oscuros y sombreros de copa que lucían extraños a los ojos de Coulton, pero la mayoría de los hombres que vagaban por la calle a esa hora vestían kimonos oscuros o pantalones rugosos, y andaban en grupos de dos o tres.

El burdel que buscaba, la Casa de la Flor Amarilla, estaba oscuro, mohoso y desierto. Una mujer que barría la entrada se detuvo y lo miró de manera hosca por un largo momento, luego desapareció en la penumbra, y después, en su lugar, apareció una joven arreglándose el cabello que vestía una túnica roja brillante con una faja blanca. La joven le dijo algo rápido en japonés.

Coulton se quitó el sombrero y sacudió la cabeza.

—Estoy buscando a este hombre —dijo, y le entregó el papel que le habían dado.

Ella hizo una reverencia, tomó el papel y volvió a hacer otra reverencia. Entró a la casa; Coulton se puso de pie, caminó un poco y abrió la puerta para mirar hacia afuera, a la bochornosa y amplia calle en plena luz del día. Por fin apareció el hombre que buscaba, un hombre de mediana edad con una barba algo canosa y una expresión amarga en los ojos. Llevaba una túnica, y parpadeó ante el brillo del sol.

—¿Capitán Johannes? —preguntó Coulton.

El capitán hizo una mueca, metió la mano en los bolsillos y sacó una pipa.

—Me imagino que es el sujeto de Cairndale —dijo él.

—Sí.

—El que quiere embarcarse en la colonia de Singapur.

—Calcuta, en realidad.

—Yo no cruzo a Calcuta —dijo el capitán—. Solamente a puertos. Puedo llevarlo a Singapur, pero hay muchas barcas que salen de ahí. También barcos de vapor, si quiere reservar un pasaje hasta Inglaterra. ¿Quiere entrar y hablarlo?

Coulton miró detrás de él, hacia el interior.

—¿Es necesario?

El hombre sonrió de repente, mostrando que le faltaban dos dientes.

—Tus patrones ya me dieron todo lo que necesito. A menos que haya habido un cambio de planes. ¿Hay algún cambio de planes?

Coulton pensó en la chica, en lo que Jacob le había dicho la noche anterior. Miró al capitán de ojos grises.

—Deme una semana más —dijo—. Y esté al pendiente. Le avisaré si hay algún cambio.

—Estaré aquí, esperando. No me hará ningún daño. —Guiñó un ojo—. A menos que les pague a ellas para que me lo hagan. Tres pasajeros, ¿verdad?

—¿Eso importa?

El capitán se encogió de hombros.

—A mí no.

Antes de salir esa mañana, Coulton había enrollado una bola de arroz en un pañuelo de papel y la había metido en el bolsillo de su abrigo, y ahora, como un indigente, vagaba por la calle en el lado oscuro, desenvolviendo el arroz pegajoso y comiendo con los dedos. Captó las miradas inquietas de los transeúntes y sonrió enojado. No importaba en qué parte del mundo estuviera, a la gente simplemente le gustaba menospreciar a los demás.

Por la tarde cruzó de nuevo el barrio antiguo, atravesó las calles azotadas por el cólera y pasó frente a las fachadas sofocantes de las tiendas, ahora vacías. A su paso veía varias figuras oscuras amontonadas en la parte trasera, y los cuerpos envueltos en telas blancas y abandonados en los patios: escuchaba el susurro de cuervos que emprendían el vuelo, daban algunas vueltas y volvían a aterrizar, y percibía el hedor a enfermedad por todas partes. Se detuvo frente a la antigua casa cubierta de vegetación donde vivía Maki-chan, tocó al marco de la puerta con fuerza y esperó.

En verdad ella le parecía fascinante. El doctor Berghast había hecho las presentaciones. Era una bruja según las costumbres locales, pero Coulton conocía a una mujer educada cuando la veía, y Maki-chan poseía una cualidad formidable y atractiva. Hablaba un inglés casi impecable, y sabía cosas que no debería. Ella lo saludó en la cálida oscuridad, hizo una reverencia y le indicó que la siguiera. Luego, arrastrando los pies en sus diminutas pantuflas, lo condujo al pabellón en el jardín cubierto de maleza.

Tenía el té preparado, como si lo hubiera estado esperando. La tetera aún estaba caliente.

Coulton sacó del bolsillo de su chaleco un pequeño monedero de cuero con cordón; este tintineó en sus dedos, pesado y lleno de monedas. Él le tendió el monedero, pero ella no lo tomó, y después de un momento, indeciso, lo dejó en el suelo entre los dos.

—Fue lo que acordamos —dijo él—. Está completo, aunque tal vez prefiera contarlo.

Ella no se movió. Simplemente inclinó la cabeza y lo vio a los ojos con su mirada oscura y firme. Sus ojos, pensó él, eran hermosos.

Él se aclaró la garganta.

—Lo que pasó ayer… no es lo que parece —dijo él sin convicción.

La expresión de la mujer no cambió.

—La niña —trató de explicar—es algo extraña, sí. Aunque no tan extraña.

Ella se humedeció los labios y él guardó silencio. Entonces ella dijo, con un inglés claro y preciso:

—Me parece que usted también es un hombre inusual, Coulton-san.

Coulton sintió que se sonrojaban. No era un hombre que se avergonzara fácilmente, pero había algo en la mirada de esa mujer que lo inquietaba. Él no respondió. Sus rodillas estaban acalambradas por estar arrodillado y se movió incómodo, tratando de que la sangre fluyera.

—Komako-chan no fue la única que me sorprendió ayer —dijo ella—. No creí que Berghast me enviara Talentos.

Coulton la miró sorprendido.

—¿Usted sabe de los... Talentos?

—Hay todo un mundo invisible a nuestro alrededor, Coulton-san. Aunque pocas veces lo vemos. —Estaba arrodillada y muy quieta, con sus delicadas manos cruzadas una encima de la otra sobre su regazo—. Mi obaa-san solía decirme que todos somos una casa —murmuró ella—. Aquí. —Se tocó el pecho—. Y aquí. —Se tocó la frente—. Y cada casa tiene sus visitantes. Nosotros debemos ser buenos anfitriones.

Coulton sintió que empezaba a fruncir el ceño.

—Los talentos —dijo— no son como una persona que viene de visita. Es solo una parte de la persona, como una mano. O un pensamiento.

—¿Alguna vez ha observado una gota de agua integrarse con otra? —respondió ella—. Son dos, luego se vuelven una. Cuando un invitado entra en una casa, se convierte en la casa.

Coulton la estudió en silencio. No sabía muy bien qué decir. Tal vez no importaba. Se preguntó por un momento si ella misma era un Talento, si también tenía un don. Parecía ser que, en ese país, muchas cosas quedaban sin decirse. Después de un largo silencio, preguntó:

—¿Cómo conoció al doctor Berghast?

Maki-chan sonrió, y con cuidado se arremangó la ropa y sirvió el té, tomándose su tiempo con cada gesto.

—Oh, aquí también hay Talentos, Coulton-san —dijo finalmente, de nuevo, como si pudiera leer sus pensamientos—. No solo saben de ellos en su parte del mundo. Aunque aquí no nos reunimos frente a un *orsine* ni tenemos ningún glífico que nos ayude a encontrarlos. Ellos deben encontrarnos, pero si esta chica, Onoe, le fue revelada a Cairndale, entonces es a Cairndale a donde debe ir. El reclamo de un glífico debe ser respetado. —La bruja hizo una pausa—. No pensaba que su refugio es el único así en el mundo, ¿o sí?

La verdad era que nunca lo había pensado. Siempre iba a donde le decían, y recogía a los niños que le decían que recogiera. Sabía que había Talentos en París porque Berghast se escribía con ellos, pero ¿en otra parte del mundo? Sintió un repentino fulgor de ira al pensar que Berghast no había creído conveniente informarle. Lo hizo quedar como un tonto, eso fue lo que hizo. Frunció el ceño, giró la tacita entre sus dedos y sopló para enfriarla.

—Entonces, ¿para quién trabaja? —preguntó.

De nuevo, la misma sonrisa.

—Ah. He tenido el honor de trabajar para *usted*, Coulton-san —respondió ella.

No era una respuesta clara. El monedero de tela con las extrañas monedas japonesas aún estaba intacto, en el suelo entre ellos, pero Coulton sintió que algo cambiaba en ese momento, un delicado equilibrio, como si el pago por fin hubiera sido aceptado, y volvió a maravillarse con las costumbres tan precisas de esa tierra.

Estaba oscuro cuando Coulton regresó a la pensión. Todavía no había señal de Jacob. Coulton maldijo en voz baja y luego, de pie con el biombo abierto detrás de él, se detuvo y se volvió lentamente. Tenía la misma sensación escalofriante, la sensación de que alguien estaba allí.

—¿Hola? —dijo en voz baja.

El pasillo estaba oscuro, el suelo cálido en las sombras, y las escaleras y la barandilla pulida visibles en la penumbra.

—Puedo *sentirte* —gruñó él—. No creas que no.

Nada. Después de un momento, haciendo una mueca, cerró el biombo con un clic y se quitó el sombrero y el abrigo. Se estaba volviendo loco. Sabía que había alguien ahí, con un demonio.

El tatami había sido dispuesto nuevamente y él se quedó mirándolo, irritado. Nunca estuvo a gusto durmiendo en un tapete delgado en el suelo, pero la pensión estaba libre de alimañas, y la verdad era que le dolía menos la espalda por las mañanas que antes.

Estaba en mangas de camisa, sudando ligeramente y sentado con las piernas cruzadas en el pequeño escritorio, escribiendo su progreso en el diario del instituto, cuando Jacob regresó.

—Vaya —dijo Coulton alzando la mirada—. Miren nada más quién ha decidido honrarnos con su presencia. Cuéntame, ¿dónde has estado todo el día? —Pero cuando vio la expresión en el rostro de Jacob, se detuvo—. ¿Chico? ¿Estás bien?

Jacob se quedó un largo rato en las sombras. Luego se acercó y se agachó cerca de la lámpara de papel. El débil brillo anaranjado les daba a sus facciones un relieve extraño.

—Estaba en el puerto —dijo en voz baja—. Pensando.

—¿Pensando? —Coulton sonrió—. Con razón te ves tan cansado.

Pero el joven no le devolvió la sonrisa.

—He estado teniendo… sueños —dijo—. Unos sueños muy peculiares. Son tan realistas. Como si no estuviera soñando.

Coulton se quedó callado y observó el rostro de Jacob, se dio cuenta del conflicto en él.

—Aparece una… mujer. Nunca puedo ver su rostro. Siempre se oculta entre las sombras. Es como si estuviera conmigo en la habitación mientras duermo.

Coulton sintió un escalofrío. Pensó en su sombrero, que había encontrado al revés esa mañana, y dijo:

—Es por este lugar tan extraño, este país. Será mejor para los dos cuando estemos de regreso en Inglaterra, en el mundo correcto.

Pero Jacob sacudió la cabeza.

—No es el lugar, Frank. Hace tiempo que tengo estos sueños. Desde Cairndale.

—De acuerdo —dijo Coulton—. Dime, ¿qué quiere la mujer de tu sueño?

—Quiere que abra el *orsine*. En Cairndale.

Coulton empezaba a sonreír, se detuvo.

—Pero anoche dijo… dijo que se me acababa el tiempo. Que mi hermano… no se había ido. No en realidad. Que aún podía ayudarlo.

—Tu hermano. ¿Bertolt? ¿El que falleció hace años?

Jacob asintió.

Coulton se inclinó hacia adelante, muy concentrado de repente. La habitación parecía moverse a su alrededor, y hacerse más pequeña.

—Creo que no hace falta que diga lo loco que suena eso, así que no lo diré.

Jacob recorrió la lámpara con sus largos y hermosos dedos.

—¿Y te dijo cómo había que hacerlo? —preguntó Coulton.

La voz de Jacob era poco más que un susurro.

—No.

—Escucha, yo también he tenido sueños, chico, sueños que se sentían tan reales como una bala en la espalda.

Jacob sonrió débilmente.

—¿Crees que me estoy volviendo loco?

—Creo que la muerte es la muerte, sin importar lo mucho que deseemos que no sea así.

Jacob adoptó un tono precavido. Se levantó y se detuvo frente al biombo.

—Anoche me dijo: «No soy lo que crees». ¿Eso te dice algo?

Coulton se frotó el bigote y alzó una ceja.

—A la mierda con todo —dijo.

—Sí.

Pero después de que el joven se fue y cerró el biombo, Coulton permaneció inmóvil bajo el tenue resplandor de la lámpara y pensó en ello. Conocía a hombres que habían tenido mucho miedo durante la guerra y que solían soñar con figuras sombrías de pie junto a sus catres por las noches. Pensó en la sensación que había tenido durante semanas, la sensación de que lo estaban siguiendo, de que había pequeñas cosas que se movían en la noche. Recordó el parpadeo de algo en los bordes de su visión, a bordo del barco, en las calles del antiguo barrio y ahí, en la pensión misma. Mientras se acostaba para dormir, pensó en otra cosa, algo que uno de los viejos Talentos, una mujer, le había dicho una vez en Cairndale. Había dicho que toda luz crea una sombra, y que una no puede existir sin la otra, y que había historias, viejas historias, sobre un talento oscuro, un talento que permanecía en el lado de las sombras, en las habitaciones grises más allá del *orsine*, llamado el *drughr*. Y que este aparecía en sueños.

—Ah, seguramente solo es una historia —había añadido ella, mientras desenganchaba el atizador y rastrillaba las brasas en la oscuridad—. Lo más probable es que no exista.

«Contrólate, hombre», se dijo a sí mismo. «El *drughr* es solo una historia. Y una historia no puede dañar a nadie, ¿verdad?».

Cerró los ojos con disgusto.

14

LA ESPERANZA ES UN CORAZÓN MECÁNICO

Komako, furiosa, se llevó a su hermana.

Salieron del jardín de la bruja y volvieron al viejo teatro. Teshi iba envuelta y temblando y su rostro gris estaba escondido en los pliegues de la capa de uno de los actores, y Komako iba guiándola a través de las partes oscuras de las calles. Todo había sido mentira: la bruja no tenía cura. Ni para ella ni para Teshi.

Su rostro estaba contraído por la furia, pero se quedó callada, por el bien de su hermana; el único sonido que provenía de ella era el de sus *geta* de madera que retumbaban mientras caminaban a trompicones por los bochornosos vecindarios. No podía dejar de recordar lo que había visto: el polvo que se enroscaba como el humo sobre los hermosos dedos del hombre, bailando sobre sus nudillos; y el otro hombre, el silencioso con los espeluznantes bigotes castaños, que se había mantenido cerca de la puerta, escuchando y observando con esos ojos que lucían demasiado viejos para su rostro.

Una vez, cuando Teshi aún era muy pequeña, Komako escuchó un sonido en el vestidor del viejo maestro. Una dama, una geisha, había ido a visitarlo. Las hermanas no la habían visto antes. Era muy hermosa. Su rostro era blanco, su kimono azul y dorado y sus delicados dedos pálidos revoloteaban como aves. Estaba afinando un samisen con gran concentración. Sobre el *kotatsu* había un paquete de cancioneros abierto. Las cuerdas de su instrumento eran melancólicas y grises, pero cuando comenzó a cantar se abrió un vacío dentro de Komako, y el sonido del canto de la geisha fue como un eco de algo más oscuro y profundo dentro de ella. Sintió la mano de Teshi en su manga. Apenas se atrevían a respirar. Mientras miraba desde su escondite, pensó que era como si la geisha se sentara detrás de un cristal, alejada del mundo, conmovida por él, pero sin formar parte de él, y cuando Komako finalmente miró hacia otro lado, vio que el maestro estaba llorando.

Así se sentía ahora cuando miraba a su hermana menor, como si estuviera detrás de un cristal.

De vuelta en el teatro, metió a Teshi, temblorosa, en su pequeña habitación del tamaño de un armario y la cubrió con una manta. Revolvió el carbón del brasero. Toda esa noche trabajó distraída, meditabunda, insegura de sí misma. Apagó las linternas mientras los actores aún estaban en las habitaciones, derramó un balde de agua de fregar en el piso y dejó caer una caja de máscaras viejas durante la primera función, haciendo tal ruido que se escondió debajo de las escaleras para evitar que la golpearan. Durmió muy mal; en medio del calor, su mente estaba llena de sueños extraños, y a la tarde siguiente, todavía distraída, trató de enfocarse en sus tareas. Un tramoyista nuevo las encontró a ella y a Teshi de rodillas, con los kimonos doblados a la altura de los muslos, fregando el suelo del lúgubre vestuario con un cepillo; Komako resoplaba y Teshi se movía lentamente, como si no lo hiciera por su propia voluntad. El hombre le entregó a Komako una pequeña bolsa gris.

—Un *gaijin* dejó esto para ti —le dijo—. No dijo su nombre. —Él le dirigió una larga y fija mirada escrutadora, como si tratara de descifrar en qué podría estar involucrada, luego se fue.

Komako sintió una oleada de temor. Los vendajes de sus manos estaban húmedos, y se limpió las muñecas en el delantal. El suelo a su alrededor relucía. Podía oír el teatro llenándose de voces. En el otro extremo de la habitación, Teshi observaba de rodillas, con una cortina de cabello sobre su rostro.

—¿Es ese hombre? —susurró su hermana—. ¿Ko? ¿Qué es lo que quiere, Ko?

Komako no respondió, no dijo: «A mí, es a mí a quien quieren». En cambio aflojó el cordón y abrió la bolsa.

Estaba llena de un suave polvo plateado.

Jacob esperó dos noches más y luego regresó.

No sabía si la chica se había quedado con la bolsita de polvo que él le había dejado, no sabía si se enfadaría al verlo, o si sospecharía de sus motivos o qué. Había pensado que tal vez, con el cólera en su apogeo, encontraría el teatro medio vacío, o casi vacío, y que sería fácil pasar desapercibido por los pasillos traseros y encontrarla, pero no fue fácil, en absoluto.

Para empezar, no estaba solo.

Nadie más afuera del viejo teatro pareció notar a la mujer. Llevaba el mismo vestido anticuado del sueño, con el cuello de lino con volantes, la capa larga y oscura con el pequeño broche de plata y el mismo sombrero de seda con el borde de alambre curvo. Y aunque debería haberse sentido amenazado, o por lo menos ansioso, Jacob se dio cuenta de que sentía un extraño consuelo, como de ensueño, como si ella hubiera acudido a él con bondad y esperanza. Así que dio la vuelta y se unió al flujo de personas que entraban para ver el kabuki.

Se tambaleó en la entrada baja, en medio del humo de las antorchas, sorprendido de que no lo miraran más, y cuando sonó el primer gong se deslizó por la esquina y vio a la aparición que lo observaba desde un pasillo lateral; luego ella se escabulló también. Él la siguió, con una lentitud irreal, en cada uno de sus movimientos. La mujer oscura lo condujo a través de un laberinto de pasadizos sin aire, pantallas corredizas, tramos de escaleras torcidos, hasta que finalmente llegó a una pequeña habitación tranquila en la parte superior del teatro. Vio un brasero ardiendo en medio del piso, y ahí estaba ella, la niña, Komako.

Estaba arrodillada al lado de Teshi, y se puso de pie cuando él apareció. Él alcanzó a ver una cuerda atada al tobillo de la más pequeña, para sujetarla.

—¿Quién lo dejó entrar? —preguntó Komako.

No esperó su respuesta, sino que se dio la vuelta, abrió la pantalla y lo condujo hacia el vestíbulo chirriante, luego por una estrecha escalera que había estado oculta en la oscuridad, hasta una trampilla en el techo. De pronto se encontró afuera, en el alto tejado. La ciudad se extendía debajo de ellos como un vertiginoso mar de pequeñas hogueras y faroles de colores. El aire bochornoso olía a lluvia. La chica ya estaba tres metros por encima de él, trepando ágilmente por las tejas de arcilla con los pies descalzos. Ella no se detuvo ni miró hacia atrás para asegurarse de que él la estuviera siguiendo.

Cuando por fin la alcanzó, estaba en un balcón protegido con gablete, con una puerta baja y oscura detrás, la cual parecía estar cerrada con llave y llevar varios años en desuso. La barandilla parecía estar hecha de mimbre y, aunque era muy antigua y hermosa, Jacob no confiaba en que pudiera soportar su peso.

La chica se sentó, colgando los pies a través de la barandilla, como una niña, exactamente como una niña pequeña, y un dolor repentino le recordó de nuevo a Jacob lo joven que era en realidad. Se quitó el sombrero y se sentó junto a ella, con el pelo pegado a las sienes.

—¿Qué es este lugar? —preguntó él en voz baja.

—No debió haber venido —dijo ella—. No quiero verlo.

Él no le hizo notar que era *ella* quien lo había guiado hasta el techo ni que le pudo haber dicho eso estando abajo ni que simplemente se pudo haber rehusado a hablar o hasta gritar para que alguien lo sacara.

—Perdona —dijo él—. Te hice enojar.

—*No* estoy enojada.

Él quiso sonreír, pero se limitó a mirarla con seriedad, recordando cómo era él a su edad, cuando Berghast lo había encontrado entre la suciedad de Viena, y en lo viejo que se había sentido mientras veía la ropa fina y el rostro suave de aquel hombre mayor, o cómo había pensado que ese hombre no podría saber nada sobre el mundo, no realmente. Él también había sentido ese mismo miedo. Aún lo sentía. Trató de ver a la chica al rostro y de pensar en alguna forma de comenzar:

—Tu inglés es excelente.

Ella se encogió de hombros.

—Es el idioma de mi padre. Mi madre me hizo aprenderlo.

—Por suerte para mí. ¿Qué les pasó a tus manos?

Ella dudó por un momento. Luego empezó a desatar lentamente los vendajes de lino y levantó las manos. Sus pequeños dedos estaban descarapelados y rojos.

—Siempre han estado así. ¿Las suyas no?

—No.

—¿Cuándo… lo supo? —preguntó ella, eligiendo sus palabras con cuidado—. Me refiero a lo que puede… —Movió las manos como si estuviese dándole forma al polvo. De pronto él se percató de la gran falta que le hacía hablar con alguien, y de todas las preguntas que debía tener. En ese momento decidió ser tan honesto y directo con ella como fuera posible.

—Desde siempre —respondió él.

—¿Puede hacer algo más?

Él se detuvo un momento y la estudió en la oscuridad.

—¿Como qué?

—Cualquier cosa.

Él sacudió la cabeza.

—No. Solo manipular el polvo.

—¿Y le duele?

—Siento frío, especialmente en las muñecas. Eso duele.

Ella pareció pensar en eso por un momento.

—¿Cómo aprendió a controlarlo?

Él se abrazó a sí mismo y se recostó para contemplar el húmedo cielo nocturno. No había estrellas.

—Por mi cuenta, al principio —dijo en voz baja—. Como tú. Sin embargo, cuando llegué a Cairndale me enseñaron más sobre él, también cómo usarlo de manera segura.

—Cairndale. ¿De ahí es usted?

—Sí. Está en Escocia.

—¿Eso está en Europa?

—Sí.

—Ha recorrido medio mundo—dijo ella en voz baja.

Él asintió.

Pero ella no parecía contenta al respecto. Empezó a enrollar las vendas de lino alrededor de sus manos, con movimientos rápidos y hábiles.

—Ha recorrido medio mundo… ¿por mí? Porque puedo hacer lo mismo que usted. ¿Por qué? ¿Qué quieres de mí, Jacob Marber?

Era extraño escucharla decir su nombre así, posiblemente porque no hablaba como una niña. Él volteó a verla.

—Quiero que vengas con nosotros a Cairndale.

Ella soltó una risa aguda y molesta.

—¿Por qué no? —dijo él—. ¿Qué hay aquí para ti? ¿Quién puede hacer lo mismo que tú? Si alguien más lo viera, ¿crees que lo entendería?

Ella se mordió el labio y apartó la mirada.

—No sé nada de ustedes. Son unos desconocidos.

Pero él sabía que estaba pensando en su hermanita, y en lo que sería de ella. Él jugueteaba con el sombrero entre sus dedos.

—Ya sabes algo de mí. ¿No basta con eso?

La niña dirigió la mirada a las manos de Jacob, luego la apartó.

—No puedes quedarte aquí sin protección, Komako-chan. No para siempre. A las personas como nosotros no nos va bien solas. La gente nos teme.

—¿Acaso no hay gente en Escocia?

Él sonrió lentamente.

—Algunos, pero son escoceses. Son gente muy… práctica. —Él volteó a verla y le guiñó un ojo. Luego empezó a hablar, con gentileza, de su infancia. Le contó un poco cómo había sobrevivido de niño en los callejones de Viena, asustado y hambriento, hasta que un hombre vino a buscarlo también. Un doctor. El mismo hombre que les había escrito en Kioto sobre ella. Ya habían estado en Japón durante más de un mes, él y su compañero, y solo habían dado con ella por pura casualidad. Casualidad o destino; le correspondía a ella decidir. Le dijo que la manipulación de polvo no era el único Talento en el mundo, y que su compañero, el señor Coulton, podía hacerse muy fuerte. Era, dijo él, algo digno de ver. Ella escuchó en silencio y nunca apartó los ojos de su rostro mientras hablaba, y él no estaba seguro de qué tanto le estaba creyendo. Le dijo que había tenido un hermano, un gemelo, que murió cuando tenían quizás la edad de ella. Esa muerte lo había destrozado, nunca había podido superarlo y nunca lo haría. Por último le habló del glífico, un hombre tan viejo como el árbol más viejo, que vivía en las ruinas de un antiguo monasterio en Cairndale. Lo llamaban la Araña, por lo que hacía, por su talento. Le dijo que era un buscador.

—Él fue quien nos guio hasta ti —le explicó—. En sus sueños, él espera en el centro de una especie de telaraña, y cada vez que se usa un talento en alguna parte, siente sus vibraciones y trata de localizarlo. —La chica miraba sus labios, como fascinada por las palabras, y de repente él se quedó callado, súbitamente cohibido—. No soy como tú, Komako-chan, es verdad —le dijo—. No sé cómo es tu vida ni lo que has pasado, pero de alguna manera, tú y yo somos iguales. Eso debe significar algo.

Se pasó las manos por la barba. Posiblemente ella tenía la misma edad que él tenía cuando Henry lo encontró en Viena. Sus ojos eran oscuros y tristes. Sus manos estaban envueltas en lino, como si estuvieran quemadas.

—Tu hermano… —dijo ella—. ¿Estaba enfermo?

Jacob sacudió la cabeza.

—Fue un accidente.

—¿El doctor que te encontró no lo salvó?

—Fue antes de que me encontrara. Fue… demasiado tarde.

—Hubieras hecho cualquier cosa.

Jacob inhaló el aire nocturno en silencio.

—Aún lo haría —dijo en voz baja. De repente, al decirlo así, en voz alta, al oírse a sí mismo, supo que era verdad, y pensó en la mujer de las sombras, el *orsine* y lo que ella había dicho.

Komako respiró profunda y lentamente.

—Mi hermana está enferma —dijo—. Nadie sabe qué tiene.

Él asintió.

—No sé qué hacer.

Él trató de no verla. No sabía qué decirle.

—Tu hermana… —empezó a decir. Luego tragó saliva y lo intentó otra vez—. Tu hermana, Teshi… ¿estuvo muy enferma antes? ¿Hubo algún día, alguna noche… en la que temieras por su vida? —Él la estudió—. Me imagino que tiene mucho frío todo el tiempo. Y está muy pálida. ¿Duerme alguna vez?

—Nunca —susurró ella—. Nunca duerme.

—Sus dientes… ¿son filosos? ¿Tiene tres líneas rojas alrededor del cuello? Aquí. —Sus dedos se jugueteaban con su sombrero—. Teshi no está enferma, Komako-chan. Esto no es una enfermedad.

Lentamente la chica volvió el rostro, y lo miró con una pregunta terrible en los ojos.

—Tu talento… no es solo la manipulación de polvo. También es algo más. —Él estudió la expresión en su rostro, lo inmóvil que estaba, y sintió náuseas por lo que iba a decir—. Eres tú. Tú eres la que la mantiene aquí. El amor que le tienes no la deja partir. No le duele —añadió rápidamente—. Tienes que dejarla ir. Tienes que darle paz.

La niña sacudía la cabeza como si no lo creyera o no lo entendiera o tal vez ambas cosas. Él sabía que una parte de ella lo entendía, una parte de ella sabía que era así.

—Se ha ido —dijo él—. Lo siento.

Así era, en verdad lo sentía en el fondo de su corazón, un dolor profundo y violento en el pecho. No podía mirarla. Pensó que ella le gritaría, lo golpearía en el pecho con sus pequeños puños, o tal vez solo lo miraría con desdén, se levantaría y se alejaría enojada, pero no hizo nada de eso; solo se quedó sentada, observando la oscuridad, como si ni siquiera lo hubiera escuchado. Fue entonces cuando él volvió a sentir la presencia, y miró al otro lado del techo. La mujer de humo había vuelto, de pie sobre las tejas de barro, su silueta oscura resaltaba ligeramente contra la oscuridad de la noche. Jacob sintió que algo frío e infeliz lo atravesaba. Empezó a caer una lluvia suave, una cálida cortina de agua goteaba desde los gabletes del frente. Algo en la calle pareció llamar la atención de la sombra, algún movimiento rápido, y extendió un largo brazo y señaló. Jacob se puso de pie para ver.

Había una forma pequeña muy blanca en medio de la oscuridad. Lucía fantasmagórica y espeluznante, y corría por la calle, alejándose del teatro, hacia el calor y la oscuridad del antiguo barrio. Él escuchó a Komako respirar bruscamente a su lado.

Era su hermana, Teshi.

Se había soltado.

15

LA NIÑA QUE FUE DESCUBIERTA

Komako salió corriendo por la trampilla a toda velocidad, bajando los escalones de dos en dos. El miedo y la confusión iban creciendo dentro de ella como un dolor de garganta. Luego se precipitó a lo largo del pasillo oscuro, más allá de la habitación vacía que compartía con su hermana, maldiciendo los pliegues de su kimono mientras saltaba el siguiente tramo de escaleras hasta el rellano y saltaba de nuevo hasta el último. Podía escuchar a Jacob detrás de ella, más lento y pesado, sus botas golpeaban la madera dura; pero no esperó, no podía, no con Teshi saliendo a los distritos pobres en la oscuridad mientras el cólera estaba en su apogeo. Teshi, que era como una silueta de cinco años de la enfermedad misma. Komako conocía a los pobres supersticiosos, había convivido con ellos toda su vida, y sabía de lo que eran capaces. Los tramoyistas dejaron de barrer y voltearon a verla cuando pasó corriendo. A ella no le importaba. Sentía como si algo que siempre había tenido estuviera llegando a su fin. Abrió la puerta que daba al callejón y se sumergió en la cálida lluvia.

No pensaba en las palabras de Jacob ni en lo que había estado tratando de decirle. Ella entendió, o creyó entender, lo suficiente para sentir que una furia indignada crecía dentro de ella por lo que él se había atrevido a sugerir. «Que se vaya él también», pensó. «Si no ayuda a Teshi, entonces no me sirve».

La lluvia le azotaba la cara ahora, los ojos. Se limpió con la mano. Podía escuchar las persianas cerrarse de golpe en todo el distrito de

Asakusa, como si se avecinara un clima peor. Todavía había faroles encendidos bajo algunos de los aleros, y algunos más balanceándose en cuerdas sobre los cruces de las calles.

Más adelante lo vio: un pedazo de kimono blanco que se arrastraba por una esquina.

Jacob le gritaba que bajara la velocidad. Él estaba justo detrás de ella, una gran sombra oscura, con la cabeza descubierta y su sombrero balanceándose en un puño, pero ella estaba cerca, muy cerca de Teshi. Dobló una esquina y se agachó por un callejón estrecho y chorreante, pasó junto a los pobres amontonados, una mujer bajo una sombrilla rota, y entonces vio a su hermana.

Se veía tan pequeña, tan pálida. Estaba muy quieta, una diminuta criatura confundida con el pelo mojado, temblando y fría a pesar del calor pantanoso, mirando los cuerpos envueltos apilados como leña bajo el toldo del fabricante de ataúdes. Las linternas del interior estaban encendidas, y se escuchaba el sonido de un martilleo constante.

Komako sujetó a Teshi de los hombros y le dio la vuelta.

—¡No puedes hacer cosas así! —le gritó—. ¡No puedes salir corriendo así sin mí! No es seguro, Teshi. ¿Entendiste?

Su hermana volteó a verla sombríamente, sus ojos estaban muy oscuros.

—Tengo tanto frío… —murmuró.

Jacob se había detenido a unos metros de distancia y estaba de pie bajo la lluvia, con las manos en las rodillas y el rostro levantado para mirarla. Jadeaba, y su barba negra chorreaba.

—Tengo que sacarla de aquí —dijo Komako por encima del hombro—. No es seguro.

Pero entonces hubo un repentino derrame de luz, procedente de la puerta abierta del fabricante de ataúdes. Voces. Alguien en el estudio de mah-jong de arriba abrió de golpe la persiana de una ventana y se asomó. Vislumbró movimiento en el oscuro santuario de al lado y, sin pensarlo, se colocó de inmediato frente a su hermana. Eran viudas, padres e hijos que habían perdido a sus familiares por el cólera.

—Komako… —susurró Jacob.

Pero su advertencia fue en vano. Los pobres en duelo, los pobres en duelo enojados, vestidos con harapos y sombreros de paja andrajosos, ya estaban de pie, ya habían abandonado sus vigilias para salir a la lluvia. Algunos de ellos llevaban antorchas, otros palos, y un hombre levantaba un rastrillo.

En ese preciso momento, al otro lado de la vieja ciudad de madera, Frank Coulton estaba sentado con las piernas cruzadas, en mangas de camisa, en medio de su habitación en la posada, bajo una lámpara de papel que colgaba de los travesaños del techo, cuya sombra arrojaba un tenue resplandor naranja sobre su poco cabello, sus grandes muñecas y el maltrecho baúl de viaje de cuero abierto y vacío frente al biombo. Tenía un revólver cargado en una mano y un par de puños de latón en la otra, como si quisiera rezar por ellos. Por todo el suelo, y sobre cada superficie, había esparcido un fino polvo plateado.

«Vamos, maldito», estaba pensando. «Muéstrate ya, con un demonio».

Había dejado los biombos shoji en las tres paredes abiertos de par en par, a modo de invitación. Cerró los ojos, respiró y se esforzó por escuchar en la penumbra.

Había dejado que Jacob fuera solo al kabuki, dos horas antes, para confrontar a la chica, en parte porque parecía una tarea bastante fácil (así como algunos hombres llevan monedas sueltas en el bolsillo, ese chico llevaba una buena dosis de encanto). Sin embargo, el principal motivo fue que Coulton tenía una labor que necesitaba hacer: *esta*, y quería estar solo para hacerlo.

Después de todo, uno no se dispone a matar a un *drughr* todos los días.

Porque eso era, un *drughr*, finalmente se había convencido de que esa era la cosa invisible que los acechaba a Jacob y a él. No le importaba lo loco que pareciera. El *drughr* no había infectado sus propios sueños, como lo había hecho con Jacob, al menos no aún, pero había sentido su presencia en la columna vertebral, como un temor que se arrastraba con lentitud. Sabía poco sobre las viejas historias, historias de muertos que nunca habían muerto, que habían cruzado a las habitaciones grises, aún vivos; portadores de talentos oscuros, físicamente monstruosos, imposiblemente fuertes; criaturas que podían atravesar puertas y paredes, e incluso carne humana; criaturas oníricas y cosas así, como los sueños, que eran invisibles a la luz del día.

«Sí. Debería ser bastante fácil, entonces», pensó con frialdad. «¿Qué podría salir mal?».

Sujetó el revólver con más fuerza.

Habían ocurrido dos sucesos en los días posteriores al hallazgo de la niña que lo hicieron creer que lo que los seguía era real. El primero fue en la base de las escaleras de la pensión, cuando se dio la vuelta de repente porque había olvidado una lista de suministros que necesitaba, y mientras subía las escaleras a toda prisa había rozado *algo* con el hombro. Se detuvo y extendió una mano hacia el vacío mientras la dueña de la pensión lo miraba sin expresión. El segundo fue un murmullo en el corredor afuera de su habitación, en la oscuridad de la noche. Un murmullo bajo y urgente cuyas palabras no podía distinguir, como si estuviera escuchando parte de una conversación. Se levantó ágil y rápidamente, en su camisa de dormir, descorrió el biombo y salió al vestíbulo iluminado por la luna. Estaba vacío.

No le dijo a Jacob. Si algo invisible los estaba acechando, podría escuchar todo en cualquier momento, pero a partir de ese momento empezó a pensar en cómo enfrentarse al monstruo.

Su plan era simple. Tenía dos resultados convenientes. El primero sería matar a la cosa, pero incluso si solo lograba enfurecerlo y provocarlo para que se le revelara, eso también sería un éxito. Tenía que averiguar qué era.

Así que se quedó sentado bajo la débil luz anaranjada de la linterna, esperando. Tenía miedo, y este no era un sentimiento al que estuviera acostumbrado, por lo que no sabía cómo lidiar con él.

Pasó una hora.

Nada apareció.

Y de pronto, de algún modo, estaba en la habitación con él.

Se le erizaron los vellos de la nuca.

—Sé que estás aquí —le dijo sombríamente a la quietud de la habitación—. Escucho tu respiración.

Silencio.

Gruñó y cerró los ojos. Estaba forzando su talento, haciendo su carne más densa, más gruesa e increíblemente poderosa. Su corazón latía con rapidez, y la familiar sensación sofocante lo invadía, como si las paredes se estuvieran inclinando hacia adentro. No creía que su fuerza pudiera igualar a la de un *drughr*, no si las viejas historias tenían algo de verdad, pero también tenía su revólver, y nunca había escuchado alguna historia en la que le dispararan a un *drughr* en la cara con un Colt y este saliera ileso. Su respiración estaba acelerada. Pudo sentir sus tendones en el cuello mientras giraba la cabeza de lado para escuchar.

—Me he estado preguntando —dijo en voz baja— qué era eso que me acechaba desde hace semanas. Sí, sabía que estabas aquí, desde que íbamos en el barco, saliendo de Singapur.

Recorrió lentamente la habitación con la mirada.

—Luego tuvimos nuestro pequeño *encuentro* en las escaleras. Lo interesante es que, si mi hombro puede tocarte, entonces también mi puño. También una bala. ¿Me entiendes?

Fue entonces cuando lo vio. Una leve mancha de polvo en el suelo entró desde el pasillo oscuro, y se acercaba. Huellas. Pasó junto al baúl abierto y el pequeño escritorio con sus frascos de tinta. Coulton se sintió horrorizado, pero luchó contra el sentimiento; se preguntaba qué tan grande podría ser la cosa, a qué se estaba enfrentando exactamente. ¿Qué quería? Procuró no moverse.

—El hecho de ser invisible —dijo, manteniendo su voz firme— no quiere decir que no estés aquí. Y si estás aquí, no puedes estar en otra parte.

Alzó la mirada directamente al punto donde se encontraba el *drughr*.

Las pisadas se detuvieron. Notó que la cosa se movía con ligereza, como si se volviera para mirar detrás de ella, y comprendió en ese momento que el *drughr* sabía que lo había visto, que había caído en una trampa, y Coulton se lanzó con toda su fuerza y velocidad directamente hacia donde suponía que se encontraba. Al saltar, golpeó la lámpara de papel y esta se balanceó locamente de un lado a otro, proyectando una sombra que se movía salvajemente por toda la habitación. Luego lo golpeó y sintió cómo su puño hizo contacto con él, un solo golpe certero, y Coulton salió girando hacia un lado y se estrelló con una pantalla de papel, y la derribó mientras caía.

Se puso de pie de inmediato, tosiendo, dando vueltas, tratando de ver hacia dónde se había ido el *drughr*. Había perdido su revólver. Todo el polvo había salido volando y ahora caía con lentitud de vuelta al piso, pero no podía ver el contorno ni la forma de la figura en la neblina, y temió que se hubiera escapado.

Entonces sus ojos se detuvieron en el baúl de viaje, que estaba en un costado de la habitación, recargado en una viga. Un ruido lento salió de su interior, casi como un gemido. Dudó solo un momento. Luego, sin pensarlo, saltó hacia adelante y cerró la tapa de golpe; dio un paso atrás y miró a través del polvo que caía.

De repente todo quedó en silencio. Ahora podía oír a la dueña de la pensión corriendo abajo, empezando a subir las escaleras y deteniéndose a medio camino, pero su mirada estaba fija en el baúl silencioso, inmóvil. Podía sentir la sangre circulando con rapidez por sus venas.

«No era posible», pensó, «simplemente no era posible. Uno no podía atrapar a un jodido *drughr* en un baúl de viaje, ¿o sí?». Justo en ese momento, como en respuesta, algo golpeó fuertemente la tapa, dos veces, luego se escuchó un furioso tamborileo desde el interior. Coulton cerró los puños y, sin quererlo, dio un paso atrás.

«Mierda», pensó.

Antes de que el primer hombre de esa multitud levantara su garrote, incluso antes de que Komako pudiera arrastrar a su hermana de la muñeca para apartarla de su ira, el inglés ya estaba caminando suavemente bajo la lluvia, con su largo abrigo negro rozando sus rodillas; dejó caer su sombrero de copa en el callejón húmedo y levantó los puños en señal de desafío. Komako vio los ojos de Jacob. Eran negros, lo blanco había desaparecido, los iris llenos de oscuridad.

—Quédate detrás de mí —le indicó sombríamente.

Ella conocía las supersticiones de esa gente, sabía que creían en demonios y espíritus malignos, y sabía que temían que el cólera fuera una señal de que había brujería entre ellos. Ella sabía todo eso; también sabía que siempre habían mirado a Teshi con recelo, y tenía miedo.

Tenía un brazo protector alrededor de los hombros de Teshi. Su hermana parecía aturdida, medio dormida, completamente inconsciente del peligro en el que se encontraban; su rostro seguía dirigido a los cuerpos debajo del dosel. La multitud estaba creciendo. Ahora había *bakutos* entre ellos, sosteniendo cuchillos, con sus dados cargados en pequeñas bolsas que colgaban de sus cuellos. Tenían unas veinte o treinta miradas encima, y cuando ella giró la cabeza vio que el camino estaba bloqueado por otras personas que habían llegado. Estaban atrapados.

El primer hombre levantó su garrote y lo balanceó en un largo arco silbante a través de la lluvia y, de alguna manera, Jacob se retorció y recibió el golpe en las costillas con un terrible crujido. Komako hizo una mueca cuando lo escuchó gruñir de dolor, pero las manos de él agarraron el eje del arma e hizo que el hombre, que era más pequeño, diera vueltas de costado hacia el callejón. Jacob giró el garrote en sus puños, se levantó a toda su altura y luego, increíblemente, *rugió* (no había otra palabra para describirlo), rugió como un oso bajo la lluvia oscura. Fue un sonido de furia absoluta que hizo vacilar y retroceder a todos los presentes.

—¡Vete, Komako! ¡Vete! —gritó él.

Pero no podía, no había a dónde ir. Una anciana avanzó entre la multitud, una anciana con un yukata andrajoso, su túnica mojada colgaba de su cuerpo. La mujer apuntó un dedo torcido hacia Teshi, y la multitud quedó en silencio.

—Es ella —murmuró—. Es ella, es la niña demonio…

Una ola de murmullos recorrió a la multitud. Una de las voces de atrás gritó algo, luego una segunda voz. Un ladrillo aterrizó cerca de Teshi, y una roca golpeó a Komako en el pecho. La multitud estaba juntando coraje y su ira volvía a crecer.

—¡Jacob! —gritó ella—. No podemos…

Pero él ya estaba a su lado, cargando a Teshi sobre un hombro, y caminando bajo la lluvia hacia el frente de una tienda oscura. Derribó la puerta de una patada y jaló a Komako para que entrara con él, hacia la penumbra. Se detuvo en la entrada, una figura alta y barbuda llena de rabia, y miró a la multitud reunida.

Komako se apresuró a pasar. La tienda constaba de dos pequeñas habitaciones, la delantera y la trasera, y no había otra forma de entrar o salir. Pudo oler algo horrible en la oscuridad. La trastienda estaba llena de personas que habían muerto del cólera.

—¡Estamos atrapados! —gritó ella—. ¡Jacob, no podemos salir!

Él solo sacudió la cabeza.

—Solo tenemos que alejarnos de la lluvia, Ko. Solo tenemos que secarnos.

Ella vio que se quitaba los guantes. El polvo. Quería usar el polvo.

—No —susurró ella—. No puedes.

Él la miró, sus ojos eran completamente negros. Parecía estar esperando, pero ella no sabía qué más decir. Buscó a Teshi con la mirada y vio a su hermana pequeña arrodillada en la trastienda; una figura pálida en la penumbra, arrodillada entre los muertos tendidos. Las palabras que Jacob le había dicho en el techo del teatro destellaron de nuevo en su cabeza. Fuera lo que fuera lo que le pasaba a su hermana, no era una enfermedad.

Jacob se dio la vuelta y levantó las manos. De repente, el polvo de esa sucia tienda empezó a fluir hacia sus dedos, arremolinándose alrededor de sus brazos extendidos.

Uno de los hombres de la multitud había avanzado hacia la tienda, balanceando una antorcha, la llama chisporroteaba bajo la lluvia, pero no se apagaba, y Komako vio que tenía la intención de quemar la tienda, dejar que ellos se quemaran dentro, y sin pensarlo se arrancó los vendajes de lino y sintió el dolor helado en las muñecas, y reunió una madeja de polvo y la lanzó hacia la antorcha. El fuego se apagó en una rápida y ahogada bocanada de humo.

La multitud dio un grito ahogado colectivo. Miró a Jacob y vio que el polvo se arremolinaba a su alrededor; lo vio dar un paso adelante bajo el toldo que goteaba, alzar la mirada y mirar a la multitud enojada. Había miedo en sus rostros. Estaban presenciando la obra de los demonios, de los espíritus, una brujería maligna. Ya no podría haber vida para ella ni para Teshi ahora; no ahí, no después de esto. La habían *descubierto.*

Surgió un resplandor en la puerta de al lado, ella miró rápidamente y vio que alguien había encendido el techo de paja. A pesar de la lluvia, el fuego se extendía rápidamente hacia ellos.

—Jacob… —exclamó ella.

—Ve por tu hermana —dijo él, su voz se escuchaba cansada.

Pero no lo hizo, no de inmediato. En cambio vio cómo él se dejaba caer sobre una rodilla y arrastraba las manos hacia adelante como si estuviera atravesando un agua densa, las venas de su cuello estaban tensas, y el gran remolino conformado por miles de millones de partículas de polvo salió volando hacia los rostros y ojos de la multitud ahí reunida, y descendió sobre ellos como un enjambre de langostas. Ellos gritaron, se rascaron los ojos y, repentinamente cegados, empezaron a tropezarse entre sí.

—¡Apúrate! —gritó él.

Komako corrió hacia la oscuridad de la tienda, tomó a su hermana de la muñeca y la arrastró hacia fuera, Jacob cargó a la niña y los tres corrieron bajo la lluvia, lejos de las tiendas parpadeantes y los garitos, los dolientes frenéticos y todos los muertos silenciosos, a través de la oscuridad del distrito, hacia el viejo teatro kabuki y el único hogar que Komako había conocido.

Coulton se quedó mirando el baúl bajo la luz oscilante; la cosa seguía golpeando la tapa con furia desde adentro.

Sentía su corazón palpitando fuertemente contra su caja torácica. Podía oír a la alarmada casera llamando a Jacob desde abajo en japonés:

—¿Marubu-san? ¡Marubu-san!

Él vaciló solo un momento antes de actuar con firmeza y recoger su revólver entre el desorden, guardarlo en el bolsillo y arrodillarse junto al baúl.

—No sé si puedes entenderme —gruñó él suavemente—. Si no te callas en este maldito momento voy a descargar mi Colt en este baúl. ¿La invisibilidad puede desviar las balas?

Dejó de sonar la tapa y el baúl se quedó quieto.

—Bien —murmuró Coulton, echando un vistazo hacia atrás.

Salió al pasillo y se inclinó sobre la barandilla. Gritó con voz tranquila que todo estaba bien, que acababa de caerse y rompió una pantalla por accidente, pero que él estaba bien, que todo estaba bien y que no se preocupara. Por supuesto que pagaría por los daños, sí, sí.

Podía ver el rostro pálido de la mujer mirándolo desde el pie de las escaleras, en la penumbra. Sostenía una escoba como si fuera un arma, con dos manos temblorosas. Sus ojos eran inexpresivos. No sabía qué tanto había entendido ella, pero respondió algo en japonés rápido, se dio la vuelta y bajó en silencio.

De vuelta en la habitación en ruinas, Coulton se quedó mirando el baúl, inseguro. Podía oír cómo se movía el *drughr*, deslizando sus extremidades en el interior, pero ya no luchaba.

Trató de encontrarle sentido a la situación. No entendía cómo algo tan simple como un baúl podía detener a un *drughr*. ¿No se suponía que podían atravesar paredes? ¿No se suponía que eran enormes, poderosos y demasiado grandes para quedar atrapados dentro de un baúl? Vaya, su golpe semifallido ni siquiera debería haberlo aturdido.

Miró el baúl sin saber qué hacer. La posada parecía estar muy tranquila. Lentamente, sin darle la espalda a la cosa, comenzó a recoger el desorden, levantando los muebles y agachándose para barrer el polvo y los pedazos astillados del biombo. Cuando terminó se llevó ambas manos a la cadera y miró a su alrededor. La habitación todavía parecía un desastre.

Ya que no pudo pensar en nada más qué hacer, se sentó con las piernas cruzadas frente al baúl y solo lo miró. Estaba dispuesto a esperar a Jacob. Se levantó, se acercó a la ventana y miró la lluvia; luego volvió a donde estaba el baúl, se cruzó de brazos y lo miró un poco más. Era tarde. Fue entonces cuando escuchó su nombre.

—¿Señor Coulton? —dijo la voz amortiguada—. ¿Sigue ahí? ¡Coulton!

Sacó el arma de su bolsillo, sus venas palpitaban. Pasaron varios minutos. No sonaba mucho como un monstruo. Él hizo una mueca. «¿Qué tan estúpido puedes ser, Coulton?», pensó.

—¡Por favor! —gritó la voz.

«Así de estúpido», pensó. Dio un paso hacia adelante, desabrochó la cerradura rápidamente y abrió la tapa por completo.

Había una niña adentro.

Estaba extrañamente encorvada en la parte inferior del baúl. Una jodida niña. Escuálida, desnuda y sucia, con la nariz mocosa llena de pecas y el pelo rojizo muy corto, cubierto de paja y lleno de piojos, como si no lo hubieran lavado en toda su maldita vida. «Tenía un corte como de niño, y con ese cuello flaco y rostro largo y estrecho», pensó Coulton, «parecía un pollo particularmente huesudo y desplumado».

Ella lo miraba atontada, sorprendida, con la boca abierta, con un hueco entre los dientes frontales, como si no pudiera creer que la hubiera golpeado. El lado izquierdo de su rostro estrecho, donde había recibido el golpe, se estaba poniendo oscuro. Entonces, de repente, ella se sentó con una postura torcida, frunció el ceño y se frotó la cabeza adolorida.

—Por Dios —dijo ella—. ¿Por qué hiciste eso?

Sin dejar de apuntar el revólver a su corazón, él dijo:

—¿Qué cosa eres? Muéstrame tu verdadero yo. Muéstrame.

Ella se le quedó viendo como si estuviera loco.

—¡Muéstrame! —gritó.

—¡Uy! —gritó ella en respuesta—. ¡No estoy sorda! ¡Ya te *oí!* —Empezó a tocarse la mandíbula mientras lo fulminaba con la mirada—. ¿Por qué me pegaste? ¿Eh? Auch.

Él frunció el ceño, de repente inseguro. Él la miraba y le daba vueltas a todo en su cabeza. No tenía sentido. Extendió la mano con cuidado detrás de él, tomó su camisa de dormir y se la arrojó.

—Ponte esto, por el amor de Dios.

Ella se la puso. La ropa colgaba de su cuerpo como un gran charco de algodón que llegaba hasta sus pies. Sus manos se perdían en las mangas. Sacó una mano de la manga y saludó.

—Me llamo Ribs —dijo ella, presentándose. Luego se quedó viendo la expresión en el rostro del hombre—. Ay, ¿qué pasa? ¿Nunca habías visto a una niña invisible?

Él parpadeó.

—¿Es un chiste?

De pronto ella esbozó una sonrisa traviesa.

—¡Ja, estabas tan asustado! ¡Muchísimo!

—Claro que no —dijo él.

—Sí, casi mojas tus pantalones. Me duele la panza de tanto reír, pero no puedo evitarlo. Debiste ver tu cara.

—Deberías ver la tuya ahora —dijo él entre dientes. Dejó el revólver sobre su regazo, pero con el percutor amartillado—. ¿Por qué nos has estado siguiendo? Nunca había escuchado de un Talento que pudiera hacer invisibles a los niños.

—¡Por el amor de Dios! —dijo ella con falsa y burlona seriedad. Abrió mucho los ojos—. Supongo que solo porque *tú* no has escuchado de algo, quiere decir que no existe, ¿verdad?

—Eres muy simpática, ¿verdad?

—Gracias, señor Coulton, muy amable.

—¿Qué clase de nombre es Ribs?

—Pregúntaselo a mi mamá.

—¿Dónde está ella?

—Ay, no soy más que una pobre muerta de hambre, señor Coulton. Mi historia es muy trágica. —Hizo una reverencia en la larga camisa de dormir, lucía ridícula—. Nací en ninguna parte y me crié en todas partes. La pobreza es mi papá y la soledad mi mamá.

—Espera un momento —dijo él—. Tengo que ir a llorar.

Ella sonrió otra vez.

—No le diré a nadie.

Él estudió su rostro pecoso y sus traviesos ojos verdes. Entonces asintió.

—Bien, sería imposible que el *drughr* fuera así de irritante, pero tal vez te dispare de cualquier modo.

A ella pareció hacerle gracia.

—Está bien. Escucha —le dijo, recuperando la compostura—, nunca había visto a nadie que pudiera hacer lo mismo que yo. Ni nada parecido. El otro día vi a Jacob con el polvo. En los puertos de Singapur. Quería averiguar qué eran ustedes. Así que me subí al barco y los fui siguiendo. No tenía idea de que vendrían a Japón.

—¿Cómo es que una niña como tú terminó en los puertos de Singapur, para empezar?

Ella sonrió.

—Ah, esa sí que es una historia lamentable que seguro tocará su corazón, señor Coulton.

—Con un demonio, casi te mato niña. Creí que eras un *drughr*.

—¿Un qué?

—Un dru… —Coulton sacudió la cabeza—. Olvídalo.

—Pues te tengo una noticia: ¡Tampoco soy un unicornio!

Coulton resopló. Se preguntaba si un disparo atraería a la policía de Tokio y, si lo hiciera, ¿el cuerpo de esta niña sería invisible o no? Y aunque no lo fuera valdría la pena intentarlo, de cualquier modo.

Ribs se veía cada vez más y más relajada. Se frotó las manos, echó una mirada rápida alrededor y se rascó la cabeza pelirroja.

—Bueno, ¿y dónde está Jacob? ¿Está hablando con la tal Komako?

Coulton se quedó helado.

—¿Sabes sobre ella?

—Es difícil no saberlo, con todo lo que hablan ustedes.

—¿Qué tanto escuchaste? ¿Sabes lo que hacemos?

—Síp.

—¿Sabes de dónde venimos?

—Síp.

—Genial —dijo él entre dientes—. Berghast me va a despellejar. —Volteó a verla, sacudiendo la cabeza—. Entonces, ¿qué voy a hacer contigo? No puedo dejarte vagando por ahí.

Ribs lo miró parpadeando, su pelo corto y salvaje se veía erizado.

—¡Por Dios, contigo! No he estado dando vueltas por aquí por educación. Quiero ir contigo, por supuesto.

—¿Qué? ¿A dónde? ¿A Cairndale?

Ella le guiñó un ojo.

—Pero no en ese maldito baúl, claro.

La lluvia cálida caía a cántaros ahora, desdibujando los techos curvos.

Afuera del antiguo teatro, Komako dejó al inglés en la calle desierta. A la vuelta de la esquina, los bicitaxis se reunían a la luz de las antorchas para protegerse de la lluvia. Ella no le había ofrecido nada; ninguna garantía, ningún agradecimiento. Estaba confundida por lo que había en su corazón. Él la había salvado, pero también la había arruinado. Ella había expuesto su talento y ahora no habría forma de esconderlo. Condujo a Teshi al interior, a través de las habitaciones oscuras; afortunadamente no se cruzaron con nadie mientras avanzaban, y en el pequeño espacio que compartían en la parte superior del teatro, acostó a su hermana sobre un tatami. El brasero aún estaba encendido, palpitando con calor.

Por último, abrió de par en par la contraventana de madera y se asomó. Jacob seguía ahí, una figura oscura bajo la lluvia, sin sombrero, empapado, mirando la puerta por la que ella había pasado. Al verlo de noche lucía espeluznante de nuevo, incognoscible, aterrador. Ella sabía que él no la esperaría para siempre.

Sintió una presencia a su lado. Era Teshi, quien se había levantado de su lecho de enfermedad, sus ojos estaban hundidos. Puso una mano sobre el hombro de Komako para estabilizarse y el frío la atravesó.

—¿Qué es lo que quiere, Ko? —susurró Teshi—. ¿Por qué está ahí parado?

—Me quiere a mí —contestó simplemente ella.

Se sentó con las piernas cruzadas, de espaldas a la pared; Teshi se arrastró y apoyó su cabecita en su regazo, como solía hacer cuando era pequeña, en aquellos años antes de enfermarse. Komako acarició su cabello.

Estaba temblando, pero no por eso. Estaba pensando en lo que Jacob le había dicho; que era su propia voluntad la que evitaba que su hermana encontrara la paz, y que debía hacerlo, que debía dejarla ir. Recordó la pálida silueta de su hermana atraída por los muertos en el callejón y su somnolencia sobrenatural, incluso cuando la multitud gritaba, incluso mientras los atacaban. Su hermana tenía mucho frío todo el tiempo. Nunca dormía y sus dientes eran, como había supuesto Jacob, pequeños y afilados, como los de un pez. Entonces pensó en el médico de la clínica y en la forma en que había mirado a Teshi, como si estuviera horrorizado, y en el frío desagrado de la bruja, y de pronto se percató de que ya lo sabía, incluso antes de que Jacob se lo dijera. Se dio cuenta de que sabía lo que le pasaba a Teshi desde hacía mucho tiempo, que el problema de su hermana no era una enfermedad, y que lo que debía hacer sería, para su hermana, un acto bondadoso.

Teshi entrelazó sus deditos helados con los de Komako.

—Está bien, Ko —susurró.

Justo como si lo supiera.

Pero no podía saberlo, no había forma de que pudiera saberlo. Komako buscó su rostro y, mientras lo hacía, sintió como si estuviera siendo arrastrada hacia adelante, arrastrada hacia un brillo que debía lastimarlas, a ella y a su hermana, arrastrada hacia los dos hombres extraños y cualquier verdad que hubiesen traído con ellos, y aunque tragó saliva, cerró los ojos y trató de no pensar en ello; no pudo contenerse, simplemente no pudo, y entonces fue como si estuviera cayendo en una luz que era como morir.

«Oh, Teshi», pensó de repente, con fiereza, mientras caía. «Oh, Teshi, lo siento. Lo siento tanto...».

Entonces algo se aflojó dentro de ella, como un gran nudo de tensión que empezó a disolverse de repente, y Komako sintió unas terribles náuseas en el estómago. Contuvo un sollozo y abrió los ojos, mirando como loca a su alrededor bajo el resplandor del brasero. La cabeza de Teshi estaba sobre su regazo, con los ojos cerrados, como si estuviera durmiendo, exactamente como si estuviera durmiendo, pero no estaba durmiendo.

16

EL *DRUGHR*

Años más tarde, mucho después de que dejara de ser lo que era, después de haber estado en las habitaciones grises más allá del *orsine* con la piel hirviente, y de que las apariciones de ojos tristes se hubieran reunido para encontrarse con él; después de convertirse, sí, en lo que siempre había estado destinado a convertirse, una extensión del *drughr*, y de que el polvo se elevara dentro de él como una oscuridad humeante hasta que ya no recordaba ni siquiera su propio nombre; después de haber matado a esos dos niños en el cruce del río y haber cambiado para siempre y por completo a raíz de ello; después de que las muchas traiciones y mentiras del instituto salieran a la luz, y, sobre todo, después de haber ido a buscar al bebé, al niño en Cairndale, al niño brillante, incluso después de todo esto, Jacob siempre recordaría aquel día. Estaba guardado eternamente en una pequeña habitación cerrada con llave en su corazón: la partida y el viaje que estaba por venir. Porque ese fue su segundo comienzo.

Zarparon de la bahía de Tokio bajo la blanca luz de un cielo sin sol, cuatro pasajeros a bordo de la barca del contrabandista sueco: él y Coulton, Komako con su pena, y ese extraño polizón, la niña invisible, Ribs.

Mientras despejaban la barra, y las velas crepitaban y se llenaban de viento, Jacob observó a Komako en la barandilla. Sus ojos estaban fijos en los tejados de su ciudad que se alejaban poco a poco y su rostro estaba descubierto y triste. Apenas había hablado, no había dicho nada sobre su hermana pequeña, nada en absoluto, y él sabía, por su silencio, lo que había hecho y lo que debía haber dentro de ella. Pensó en Bertolt en aquel callejón, todos esos años atrás, con los brazos y las piernas extendidas y llenos de hollín, y se preguntó si él podría haber hecho lo mismo. En ese instante se dio cuenta de que no podría haberlo hecho, de que el amor por su hermano no era lo suficientemente grande, o lo suficientemente desinteresado, y bajó los ojos, avergonzado. Nunca supo quién era en el mundo, sin Bertolt allí para anclarlo.

Después de un rato se unió a Komako en la popa; ella estaba agarrada con fuerza de la barandilla, con ambas manos, como si quisiera estrangularla. Ambos miraron la extraña y hermosa ciudad mientras se alejaba.

—No volverás a verla en mucho tiempo —dijo él en voz baja.

—La odio —respondió ella.

Y se alejó.

Jacob la observó marcharse y luego levantó la mirada. La mujer sombra, esa criatura de humo y oscuridad acechaba silenciosa y meditabunda con su falda negra junto al liso trinquete del barco. Un marinero se agachó junto a ella para recoger una estopa de un rollo de cuerda, sin darse cuenta de su presencia. Jacob ni siquiera sabía su nombre. Era extraño no saber cómo llamarla. El *drughr*, desde luego. Se había dado cuenta de eso, pero tal vez… ¿no era malvada? ¿Sería posible? Ella estaba con él a menudo ahora, no solo en el sueño, sino también al despertar, como una espeluznante segunda sombra que presagiaba algo; se cernía detrás de Coulton en la mesa del capitán por las noches, mientras su brusco amigo rompía un panecillo con los pulgares. Se quedó inmóvil e ingrávida en la cubierta iluminada por el sol mientras el bauprés se agitaba y se hundía en la espuma; el viento no agitaba su falda. En la pequeña y oscura cabina que él compartía con Coulton, la mujer se quedaba a menudo en la puerta abierta, como si no tocara el suelo; el humo oscurecía su mirada. A veces se asustaba al verla. Sin embargo, lo principal era que lo hacía sentir inexplicablemente viejo y triste.

No habló mucho durante esos primeros días. Pasaba las tardes mirando el rostro rojizo de Coulton a la luz de la linterna, sus patillas rojizas y la forma en que chupaba profundamente su cigarro y retenía el humo en sus pulmones con los ojos cerrados, como un hombre profundamente satisfecho con su suerte. Su amigo conversaba a menudo con Ribs, la niña flacucha y holgazana con una mata de cabello rojo.

Siempre estaba comiendo y masticaba con la boca abierta, exponiendo el hueco entre sus dientes.

Coulton parecía más relajado, incluso más feliz. Ciertamente Jacob estaba feliz por él, y sabía que no se debía solo al hecho de que estuvieran navegando hacia casa. También era por esa niña descarada.

«O sea que Frank Coulton *sí* tiene corazón», pensó al verlo actuar así esos días. «Quién lo hubiera pensado».

Ribs, por su parte, entraba y salía corriendo como una salamandra de cualquier habitación por la que pasara Jacob. Era casi como si lo estuviera evitando, casi como si supiera algo que él no. Estaba en todas partes y en ninguna a la vez, diciendo como mil palabras por minuto, y su voz se escuchaba en cada rincón de la barca chirriante. Era escuálida y rápida, con ojos que no parecían los de una niña. Aquella primera mañana vestía un kimono amarillo que Coulton le había comprado con esmero en el distrito de la seda, pero para la segunda mañana llevaba unos pantalones marineros arremangados y una camisa desgarrada en las mangas que le quedaba demasiado larga, y eso fue lo que usó durante el resto del viaje. A Jacob le dolía el corazón de verla así, y se preguntaba qué habría tenido que soportar, qué crueldades habría tenido que enfrentar, y pensaba en la poca amabilidad que debían de haberle brindado, pero a ella no parecía afectarle. Los únicos momentos en los que llegó a verla en silencio eran cuando se sentaba con Komako en una caja amarrada en la cubierta de la popa, y ambas se ponían a mirar el reflejo del sol en el agua, sus destellos de luz; las dos niñas eran posiblemente de la misma edad, y tal vez una amistad podría estar floreciendo entre ellas.

Para entonces ya habían dejado atrás la bahía de Sagami, virando al oeste por la isla de Oshima, acompañados por el viento fuerte del sur. Se dirigían a Taipéi y al Mar de China Oriental.

Con poco que hacer además de vigilar a las dos niñas, adormecerse, protegerse los ojos del brillo y observar a los marineros columpiándose en los altos aparejos como macacos, los pensamientos de Jacob se dirigían a Escocia y Cairndale, y a los solitarios edificios de piedra ahí. Había pasado demasiado tiempo lejos.

Casi no se podía estar a solas en ese barco. Siempre aparecía algún marinero, gruñendo o trabajando; o Coulton salía de una escotilla, inquieto; o la chica, Ribs, pasaba corriendo hacia alguna parte. O al darse la vuelta de repente veía al *drughr*, como un fantasma, mirándolo desde el otro lado del barco. Cada vez dormía menos. Lo que Komako le había hecho a Teshi también estaba dentro de él, de alguna manera, y no podía dejarlo ir. Le daba vueltas en la cabeza, cavilando, hasta que se confundió con lo que el *drughr* le había dicho sobre el pequeño espíritu de Bertolt, sufriendo, solo, asustado, y sobre cómo podría traer de vuelta a su hermano.

Así fue como Jacob decidió invocar al *drughr*, en la tercera noche en el mar. Subió a cubierta bajo las estrellas para estar solo y se sentó de espaldas a la barandilla de la cubierta de proa, con el viento cálido en la barba. Cerró los ojos y deseó que acudiera a él, y lo hizo.

«Le contaste al señor Coulton de nosotros», dijo ella. Su voz no se escuchaba contenta.

Sosteniendo sus rodillas contra su pecho, Jacob miró hacia arriba. Estaba tan cerca que podría haber estirado la mano y pellizcar su falda entre sus dedos. Por encima del rígido cuello con volantes, el humo se arremolinaba y espesaba donde debería haber estado su rostro.

—No existe ningún «nosotros» —dijo él entre dientes—. Dijiste que la muerte es solo una puerta. Dijiste que puede ser abierta y cerrada por cualquiera que sepa cómo hacerlo.

«Sí».

—¿Y Bertolt sigue...? ¿Sigue siendo quien solía ser?

«Tienes que abrir el *orsine*. Tienes que abrirlo de modo que no vuelva a cerrarse».

—¿Podrías darle un mensaje de mi parte?

«Puedes dárselo tú mismo. Cuando abras el *orsine*».

—¿Por qué no puedes hacerlo tú? ¿Para qué me necesitas? —Se frotó el rostro con ira y fulminó la oscuridad con la mirada—. Ni siquiera sé cómo hacerlo. No puedes abrir algo que no entiendes.

«Es fácil, Jacob. Tienes que matar al glífico».

Jacob se le quedó viendo.

—¿Al señor Thorpe?

«Sí. Ha tenido muchos nombres, pero siempre es el mismo».

—Sé lo que eres —dijo él de repente.

«¿Qué soy?».

Él tragó saliva.

—Un *drughr*.

Ella se arrodilló recatadamente con sus manos enguantadas sobre el regazo.

«Ese es un nombre. Hay otros. Soy mayor que el buen doctor Berghast, incluso mayor que su precioso glífico».

—Coulton dice que eres malvada —susurró él.

Ella inclinó la cabeza y le dirigió una larga mirada inexpresiva, casi como si fuera humana.

«La maldad», dijo en voz baja, «es un asunto de perspectiva».

—No lo es.

«Ah, ¿no? ¿Acaso un árbol es malvado? ¿El polvo es malvado? Todos somos parte de una gran oscuridad, Jacob, eso es todo. El segundo lado de la moneda. ¿Tú qué eres? ¿Qué es el polvo, y qué significa tener poder sobre él? ¿Acaso eso no es malvado?».

—Los Talentos no son malvados.

«Pero el tuyo es un talento muy particular, ¿no?».

Vio la silueta de un marinero salir de los camarotes de proa y cruzar hasta la barandilla. El mar estaba en calma, brillando ahora con el espeluznante resplandor azul de las medusas bajo la luz de las estrellas. Después de un momento el marinero volvió a su guardia.

«Imagina si hubieras sabido entonces lo que Komako sabe ahora. Pudiste haber mantenido a Bertolt con vida, pudiste haberlo mantenido a tu lado. Eso es parte del don de un manipulador de polvo. ¿Berghast no te lo dijo? Claro que no. No quería que lo supieras, pero yo puedo darte ese poder».

—No lo hubiera querido. No lo quiero.

«No importa, es tuyo». El *drughr* se inclinó hacia adelante; su rostro era puro humo y oscuridad. «El polvo te da el poder de traer la oscuridad al mundo», dijo ella. «Sabes tan poco de lo que en realidad eres, Jacob. Aún eres tan joven. Yo he visto tormentas de arena al mediodía en el desierto de Rub al-Jali, las he visto bloquear la luz del sol. Uno pensaría que es medianoche. Su rugido bloquea todo sonido. Y la sensación de la arena soplando contra la piel borra cualquier otra sensación. No hay olor ni sabor ni sonido, excepto la arena. La tormenta de arena despoja a las personas de todos sus sentidos, hasta que dejan de ser personas. Hasta que quedan separados de sí mismos. Ese es el poder del polvo».

—No quiero lastimar a nadie…

«Claro que no».

Jacob sacudió la cabeza. Se sentía adormilado, casi drogado. De algún modo, el *drughr* tenía ese efecto en él.

—Dijiste… dijiste que conocías una manera de…

«De encontrar a tu hermano, en el otro mundo. De ayudarlo. Sí. El *orsine* es la puerta, es verdad, pero hay otras maneras de entrar. Pequeñas ventanas. Yo puedo ayudarte a entrar, Jacob. Puedo hacer lo que Henry Berghast se niega a hacer, pero si quieres que tu hermano vuelva para siempre, es necesario abrir el *orsine*».

—Dices que está sufriendo…

«No será fácil. Y hay un precio que pagar. La pregunta es, ¿estás dispuesto?».

—¿Qué precio?

«Ah». El *drughr* hizo una pausa, como si lo estuviese considerando. «Jacob, ¿por qué las criaturas más pequeñas, como los ratones, prefieren la oscuridad a la luz del día? El doctor Berghast desea conservar el mundo como está: los poderosos con sus intereses, y los débiles en su lugar, pero… yo no creo que deba ser así. ¿Sabes por qué les dicen oscuros a los talentos oscuros, Jacob? Oh, no tiene nada que ver con el bien y el mal ni con la rectitud y la perversión. Es porque les permiten a los débiles ocultarse, y vivir como los fuertes».

—Bertolt no era débil —murmuró él.

El *drughr* quedó en silencio; el humo se arremolinaba alrededor de su rostro.

—¿Por qué me ayudarías? —preguntó él—. ¿Por qué?

El aparejo crujió a la luz de las estrellas. El *drughr* se elevó suavemente, una sombra más oscura contra las sombras de los mástiles del barco.

«Porque yo también necesito algo, Jacob», dijo en voz baja. «Yo también necesito tu ayuda».

Por la mañana, Frank Coulton se sentó en un barril de la cubierta y escuchó el suave silbido de las cartas que se repartían; un viento cálido agitaba las mangas de su camisa y hacia crujir los metros de lona que tenía encima. Las sombras jugaban en su rostro. Estaba distraído, pensando en Jacob, preocupado por el chico. Sus ojos se veían enfermos, como si ya no estuviera durmiendo.

Había cuatro marineros con las piernas cruzadas y sonriendo, todos con la piel curtida y duros; el segundo oficial repartía las cartas. El vicio de los marineros era el zanmai, un juego en el que se utilizaban esos extraños naipes *karuta* de colores que eran tan comunes en las calles de Tokio. Las reglas eran básicas: tres cartas, y el objetivo era sumar diecinueve. El engaño, sin embargo, era exquisito.

Coulton, un conocedor de la habilidad sin importar su naturaleza, disfrutaba la forma en que los marineros despegaban sus monedas de la cubierta, una por una, con exclamaciones de sorpresa cada vez que sacaban diecinueve.

Más tarde, al anochecer, Ribs le dijo:

—Puedo decirte cómo lo hacen. He estado observando.

Él dejó lo que estaba haciendo y volteó a verla.

—Nada más que te descubran usando tu talento, aquí en este barquito, y tendremos que nadar hasta Singapur. Solo actúa como una niña normal. ¿Puedes hacerlo?

Ribs le dirigió una mirada fulminante.

—*No* soy —dijo resoplando y enunciando cada palabra lentamente— una *niña.*

Pero los días soleados eran largos, y el aire cálido era denso y turbio. Realmente no podía culpar a Ribs por su aburrimiento. Él también sentía que se estaba desvaneciendo. Estaba cada vez más harto del oleaje del mar, ansioso por tierra firme y un baño frío. Trató sin éxito de contener su irritación.

Habían pasado dos días desde que pasaron por Taipéi, y Coulton estaba en su pequeña cabina con la puerta cerrada y la hamaca guardada, escribiendo en el estrecho escritorio clavado al suelo, cuando se detuvo, dejó la pluma y se giró a medias en el taburete.

—Bueno —dijo en voz baja, volteando al techo—, si quieres ir hasta Escocia con nosotros tenemos que establecer reglas. La primera regla es: no fisgonear.

La cabina estaba vacía. Jacob estaba arriba. El barco se balanceaba de arriba abajo, una y otra vez.

Finalmente, en medio del vacío, se escuchó la voz de Ribs.

—¿Cómo supiste que estaba aquí?

—Puedo *olerte*, niña.

—Claro que no. —Ella se olfateó, insegura. Se detuvo—. No puedes, ¿o sí?

Coulton cerró su diario, no sin antes dejar marcada la página, y se frotó el rostro con exasperación.

—Dijiste que ya no usarías tu talento a bordo. Dijiste que te controlarías.

De pronto ella se materializó, una figura escuálida y desnuda frente a él.

—¿Mejor? —Sonrió.

Él retrocedió bruscamente, sus mejillas se sonrojaron y apartó la cara. Buscó a tientas una de las mantas apolilladas de la hamaca.

—Por el amor de Dios —dijo entre dientes—. ¿Qué van a pensar los demás si te ven deambulando por ahí así? Te dije que actuaras como una persona normal. Esto no es normal.

Ella seguía sonriéndole.

—Frank, Frank, Frank —dijo.

—¿Quieres pasar el resto del viaje en mi maldito baúl? Y soy el señor Coulton para ti.

Ella rio y, en menos de un parpadeó, desapareció. La vieja manta cayó al suelo.

Pero mientras Ribs se dedicaba a hacer bromas y tonterías, Jacob, malhumorado, se veía cada vez más perturbado. Coulton observó cómo los círculos oscuros debajo de sus ojos pasaban de amarillo a gris, cómo se pellizcaba el puente de la nariz y se apartaba de la luz del sol. Estaba preocupado por él. El chico siempre andaba con el cuello de la camisa desabrochado, sin la corbata ni el abrigo oscuro, de modo que caminaba a medio vestir, en mangas de camisa, y la mitad del tiempo sin su sombrero, el cual permanecía en su camarote. Era la apatía total, la larga uniformidad de los días, la forma en que devoraba las disciplinas habituales y hacía que una persona en un barco se sintiera enloquecer.

Algunas noches se despertaba y encontraba la hamaca del chico vacía. Subía a cubierta y lo veía contemplando el mar iluminado por las estrellas, con ojos angustiados y furiosos. Había noches en las que Jacob no aparecía en la mesa del capitán. Nunca quiso hablar al respecto.

Entonces, una noche, lo hizo. Entró y se paseó por su estrecha cabina, torciendo sus largos y hermosos dedos frente a él. Coulton estaba en el pequeño escritorio debajo del ojo de buey, giró en el taburete sosteniendo el lápiz entre sus dedos y esperó. Su cuello estaba quemado por el sol, su gran nariz estaba en carne viva y se estaba descarapelando, pero Jacob, de alguna manera, lucía casi pálido.

Cuando el chico habló, su voz se escuchaba vaga e infeliz.

—No pude ayudarla, Frank —dijo él—. No pude hacer nada para ayudarla.

Le tomó un momento darse cuenta de quién hablaba. La hermanita de Komako.

—Pero sí la ayudaste —le dijo.

Jacob sacudió la cabeza.

—No lo entiendes. No estuviste ahí. Ella me *suplicó* que salvara a Teshi.

—No hiciste nada malo, chico.

—Le dije que dejara ir a su hermana. Yo lo hice. Yo.

—Sí, ¿y qué opción tenías? ¿Iba a traer un *liche* a bordo con nosotros? ¿Y llevarlo a Cairndale? ¿O podríamos haberla dejado ahí, viviendo con un *liche* en ese lugar? ¿Cuánto tiempo crees que hubiera sobrevivido?

—Su hermana no tenía por qué haber muerto.

—Ya estaba muerta, chico.

Jacob fulminó con la mirada sus largos dedos, retorciéndose en su regazo.

Coulton se puso de pie y se forzó a mirar al muchacho, por mirar directamente su dolor, cuando dijo:

—Esa no es la clase de poder que quieres. Crees que sí, pero no.

A Jacob le brillaron los ojos.

—Tal vez sí. Tal vez *debería* ser más poderoso. ¿Qué caso tiene tener estos talentos si no podemos salvar a nadie?

—¿Salvar a quién? ¿De qué? ¿De *morir?*

—¡Sí!

Coulton se quedó mirando a Jacob, solo mirándolo, a él y toda la amargura que tenía. No sabía qué decir. Porque lo entendía.

—Pero Bertolt ya está muerto, chico —dijo en voz baja—. Está muerto, y no hay nada que pueda traerlo de vuelta.

Jacob le dio la espalda con ira.

—Nuestros talentos nunca han tenido ese propósito —siguió diciendo—. La muerte no es el enemigo. Tú lo sabes.

Pero el muchacho, impulsivo e infeliz, solo pateó la puerta de la cabina y se fue.

Aunque en realidad no fue a ningún lado. No había a dónde ir en ese barco.

Jacob subió por la escalera hasta la cubierta de proa, pero no podía estar solo allí, y entonces se paseó por la popa como un gato, merodeando por la barandilla, mirando furioso cómo el sol se hundía por el oeste.

No era culpa de Coulton. Él lo sabía. No era culpa de nadie.

Estaba mirando el día que se desvanecía cuando Komako se acercó con su kimono floral, le puso una mano en el brazo y él la miró. De repente sintió que su furia se desvanecía. Parecía tan insegura, tan tímida.

—¿Estás bien? —preguntó él.

Ella se encogió de hombros. Había nubes oscuras al norte, y el cielo estaba pintado de dorado.

—En el instituto —dijo Komako—, ¿habrá otros como yo? ¿Cómo Ribs?

Él no entendió al principio, pero luego comprendió.

—Oh, ¿niños? ¿Por qué te preocupa eso? —Tan pronto hizo la pregunta se sintió tonto. Claro que estaba preocupada. Recordó su propio pavor cuando subió al vagón de tren con Henry Berghast a medianoche, todos esos años atrás.

—Escucha— dijo, arrodillándose. A veces olvidaba que solo tenía nueve años—. Es un lugar donde estarás a salvo, Komako. Hay otros niños, sí. Harás amigos y los perderás, y tal vez incluso encuentres a alguna persona que te guste más que como un amigo, cuando seas mayor. Hay profesores y clases y libros, y aprenderás sobre el polvo, lo que es y lo que puede y no puede hacer. Es una casa grande y antigua, hay campos donde la tierra es roja como la sangre, y la hierba es más verde que el agua en el puerto de Tokio. Ya verás. Y hay un lago para nadar en el verano, y una isla con ruinas.

Su voz vaciló, mientras recordaba. El aire cálido olía a sal, y a madera quemada por el sol. Los marineros subían corriendo descalzos por los obenques y a lo largo de las botavaras, enrollando las velas y amarrándolas. Estaban sin camisa y ennegrecidos por el sol como higos. Sus sombras se inclinaban lejos sobre el agua.

—¿Qué hay de ti? —dijo Komako en voz baja.

Él parpadeó.

—¿Yo?

—¿También estarás ahí? —preguntó—. No me abandonarás, ¿verdad?

Jacob extendió lentamente un brazo y lo puso alrededor de sus hombros, y ella no se inmutó ni se tensó ni se apartó. Se quedaron así, a la luz del sol que se ocultaba.

—No iré a ninguna parte —mintió él.

Esa noche, en su hamaca colgada, en la estrecha cabina que compartía con Coulton, soñó con Bertolt. No parecía un sueño. Estaba en el pabellón largo de Cairndale. Todas las camas estaban vacías, sus colchones volcados y apoyados contra la pared, todos menos uno. La luz del día entraba con un resplandor blanco a través de las cortinas de muselina. Su hermano yacía en la cama, con el rostro sonrojado contra la almohada, las manos inmóviles y pálidas sobre la sábana. Tenía la misma edad que tenía cuando murió. Tan pequeño. Una enfermera a la que Jacob no conocía caminó rápidamente por la habitación, haciendo ruido con los tacones, y se detuvo junto a la cama de Bertolt. Le levantó una muñeca y después de un momento la dejó caer. Luego se inclinó para abrir los párpados de Bertolt. La habitación se hizo más brillante, luego más brillante aún. Entonces Jacob despertó.

Su camisa de dormir estaba empapada de sudor. Se volvió, adormilado, y vio la hamaca de Coulton colgando como un saco vacío; su amigo no estaba por ningún lado. Había dejado la linterna en su gancho en la viga con la flama baja. Jacob sacó los pies, se deslizó hasta el suelo y se frotó el rostro.

El *drughr* estaba de pie en el rincón.

—Por el amor de Dios —dijo entre dientes. Su corazón latía con fuerza.

«La chica invisible te estaba observando», dijo ella. «No la viste. Tienes que ser más cuidadoso. Es demasiado curiosa».

—No es la única —dijo él intencionadamente—. ¿Dónde está Coulton?

«El señor Coulton no volverá por un rato».

Pero Jacob apenas la escuchó. Algo en la forma en que ella estaba de pie le hizo pensar en algo, una vivencia de hace mucho tiempo, de su infancia en Viena. Entonces, recordó.

—Te conozco… —dijo de repente—. Ya te he visto antes. Cuando era pequeño…

«Sí, en Stephansplatz».

—Bajo los arcos de la catedral… Ese día Bertolt se cayó en la calle. Ese día lo pateó el caballo.

«También cuando entraron al orfanato. Los vi subir las escaleras. Vi a las monjas escoltarlos. Voltearon a verme. ¿Recuerdas?».

Él sacudió la cabeza lentamente; trataba de recordar, pero no podía.

«También en el vagón de tren, cuando Henry Berghast te sacó de Viena. Estaba sentada al otro lado del pasillo, en la ventana, observándote. No dejabas de mirarme».

—Recuerdo eso —susurró él.

«Siempre he estado contigo, Jacob. Siempre he velado por ti. Eres muy valioso, tienes un gran poder. Piensa en todo el bien que podrías hacer, en las personas a las que podrías ayudar. Si tan solo te permitieras convertirte en lo que estás destinado a ser».

—Bertolt siempre decía que el mañana era un nuevo comienzo. Que lo que íbamos a hacer aún no estaba hecho.

«Pero esto ya está decidido. Lo que harás, lo que llegarás a ser. A veces el destino decide por nosotros».

—No… no lo sé.

«Estás destinado a esto. Estás destinado a ayudarlo. A encontrarlo».

Él se sentía agotado, como si no hubiera dormido en semanas. No sabía qué le pasaba. La criatura se deslizó hacia adelante; su rostro era como una lenta humareda, toda profundidad, nubes disipadas y montones de sombras, fascinante, sin fondo, como contemplar un lago iluminado desde lo profundo por algún ser misterioso, apenas visible, de modo que tuvo que forzarse a sí mismo a apartar la mirada.

«Está sufriendo, Jacob. Sigue siendo un niño, como cuando murió. Está solo y sufriendo. A menos que…».

—¿A menos que qué?

El *drughr* se quitó los guantes.

«Extiende las manos», le dijo. «Con las palmas hacia arriba».

Las manos del *drughr* estaban ennegrecidas, retorcidas como las manos de los muertos. Luego, con las yemas de los dedos, muy despacio, le rozó las palmas a Jacob. Él se estremeció. Ella lo estaba *tocando*. Se sintió espeluznante, insustancial, como una exhalación o un suspiro, pero fue un toque de cualquier modo. La sorpresa se convirtió en miedo. De repente, el *drughr*, esa aparición, ese *producto* de su imaginación, le agarró las muñecas, y un dolor punzante le desgarró los antebrazos. Su agarre era fuerte. Él se tambaleó y tembló; fue como si una fuerte e incontrolable enfermedad se apoderara de él, pero ella no lo soltó, lo sostuvo con el brazo extendido como si se estuviera sellando un acuerdo, aunque él no había accedido a nada, y sus manos estaban en llamas, sus nudillos y muñecas crujían en agonía, no pudo contenerse y gritó.

Ella lo soltó.

Él tropezó hacia atrás, y puso sus muñecas contra su pecho, como garras. Sus manos y antebrazos estaban manchados de tinta oscura, como si los hubiera bañado en quinina. Parecía como si estuvieran tatuados con espirales y figuras, pero los tatuajes se movían lánguidamente dentro de su piel. Sus nudillos estaban deformados, sus pulgares alargados y monstruosos, sus dedos amarillos y agrietados.

—¿Qué has hecho? —susurró él, horrorizado.

«La moneda está en el aire, Jacob Marber».

Ella señaló la esquina de la estrecha cabina. La linterna y su haz de luz se balanceaban lentamente. El corazón de Jacob se sentía pesado y lastimaba su pecho. Sus dedos arruinados temblaban, como por voluntad propia. De pronto, un pequeño bucle de polvo se levantó del suelo y vino hacia él, y cuando giró las manos, lo sintió, una fuerza, un poder frío que no tenía antes. Con asombro, manipuló el polvo, y para su sorpresa, este se plegó sobre sí mismo y *creció*, se hizo más denso, más oscuro, como si se multiplicara frente a sus ojos; ya no era solo polvo, era otra cosa, algo que oscurecía la linterna que colgaba del gancho y las hamacas, algo que llenaba la pequeña cabina con una oscuridad que se arremolinaba como tinta.

«El polvo es parte de ti ahora, Jacob», dijo la voz del *drughr*. Ya no alcanzaba a distinguirla por el aire denso. «Puedo ver en ti un hambre hermosa. Siéntela. Siente de lo que eres capaz».

Así lo hizo; podía sentirlo. Se sentía eufórico, como si pudiera hacer cualquier cosa, como si solo gracias a su voluntad pudiera traer la oscuridad al mundo.

Cerró el puño, la tinta de su piel se nubló, se separó y se unió de nuevo, como el humo, luego el polvo fue absorbido bajo sus monstruosos dedos enroscados en un veloz remolino y se extinguió. El polvo estaba *dentro* de él, fluía por su cuerpo como una corriente eléctrica.

Jacob estudió sus manos deformadas. Se sentía distinto, más viejo.

—¿Esto puede… traer a mi hermano de vuelta?

«Esto es solo una probada», respondió ella. «Esto es solo el comienzo».

Se humedeció los labios. De pronto recordó a Coulton, sintió una punzada de culpa y miró hacia la puerta como si fuera a abrirse en cualquier momento. Su amigo nunca lo entendería. Bajó aún más la voz.

—Dime —le dijo—. Dime qué tengo que hacer.

La linterna crujía sobre ellos. Podía oír el agua chapoteando suavemente en los mamparos. Algo le estaba sucediendo al aire detrás de ella, como si se estuviera deshilachando, desgarrando.

«El viaje es largo y las noches cortas», murmuró el *drughr*. «Tienes que estar dispuesto a venir conmigo. Tienes que dejar todo esto y seguirme, ya que aún no eres lo suficientemente fuerte».

—Lo seré —dijo—. Me volveré fuerte.

La extraña abertura en el aire se ensanchó, lo suficientemente grande para que él pudiera pasar. Cuando el *drughr* respondió, su voz no era más que un susurro:

«Entonces, ven. Ven a cambiar el mundo».

EL INSTITUTO

1882

17

LAS BUENAS OBRAS DE LA MANSIÓN CAIRNDALE

Alice Quicke despertó en una cama desconocida, con los nudillos amoratados. No sabía si era de mañana o tarde. Su ropa y su sombrero estaban doblados y apilados en una mesita de noche a su lado. Afuera, podía escuchar los aleros goteando por la lluvia, y el sonido de las voces de unos niños.

Le dolía el costado izquierdo cuando respiraba, donde Jacob Marber la había empalado, pero cuando lo palpó con cuidado con la punta de los dedos no pudo encontrar herida alguna. Trató de no respirar. Solo entrecerró los ojos y miró las vigas, haciendo una mueca y esforzándose por ordenar sus borrosos recuerdos. Recordaba haber oído el rugido ventoso del tren, sí, mientras se alejaba de ese monstruo. El humo salía de los puños en alto de Jacob Marber. Ella cargaba a Marlowe en sus brazos. Más tarde, una espera irreal en una plataforma ferroviaria en algún lugar, mientras los cobradores frenéticos andaban de aquí para allá, y las enormes locomotoras relucientes resoplaban en las vías. Y recordó un segundo vagón de tren, de noche, luego un viejo carruaje escocés con los resortes colapsados y una peste a puro, con las ruedas rechinantes sobre caminos en mal estado. Luego… esto. Una habitación oscura, de techo alto, escasamente amueblada. Suelos de baldosa y paredes empapeladas con un patrón japonés verde desteñido. No sabía dónde estaba.

—Estás en Cairndale —dijo la enfermera que entró a cambiar sus sábanas—. Ya te ves bastante mejor. ¿Cómo te sientes?

—Cairndale —repitió atontada—. ¿Dónde está Marlowe? ¿Está…?

—¿El niño brillante? Seguro anda por ahí. Él y su amigo.

—¿Cuánto tiempo llevo dormida?

—Oh, no tanto. A ver, con cuidado. ¡Upa! Listo.

Pero Alice sentía que el tiempo se había alargado, que se había estirado y adoptado formas extrañas desde el ataque en el vagón de tren. Todo se sentía tan lejano. Observó a la enfermera enrollar las sábanas y meterlas en una cesta en un carrito de metal. Luego cerró la puerta y Alice escuchó el sonido de las ruedas y sus pasos que se alejaban. Se levantó de la cama. Sus costillas estallaron de dolor. Se quitó el camisón y se vistió lentamente. Su Colt Peacemaker no estaba ahí, en ninguna parte. Abrió las cortinas. Debido a la lluvia, la luz del día era tenue. Aun así, el brillo lastimó sus ojos e hizo que su piel hormigueara incómodamente. Su costado palpitaba. La habían golpeado, pateado y apaleado docenas de veces en el curso de su vida, pero lo que Marber le había hecho, el lugar en el que su polvo la había lastimado… se sentía diferente de alguna manera. *Ella* se sentía diferente.

Resultó que aquello no era una ventana, sino una puerta de vidrio alta, con un viejo tirador de latón y pintura blanca que se había puesto amarillenta por el paso del tiempo. Alguien la había dejado entreabierta para que entrara el aire y, a pesar del dolor que le provocaba el brillo, Alice salió al balcón cubierto. Estaba en el segundo piso de una antigua mansión de piedra, con ventanas oscuras y un patio lleno de sombras bajo la lluvia. Había un aro y un palo apoyados contra una pared, como un recuerdo de la infancia, y tres niños con capas grises estaban entretenidos en algún tipo de juego debajo del alero; bolos o canicas, al parecer. Mientras observaba, uno de ellos sacó una pipa de detrás de su espalda, le dio una chupada a escondidas y luego la pasó a los otros. Había una linterna de ojo de buey encendida sobre un banco de piedra cerca de la portería del celador. Más allá de la reja pudo distinguir un camino sinuoso de arcilla roja, hierba marrón muerta y la silueta de un grupo de edificios anexos lejanos en la penumbra. Estaban muy por encima de un lago, y alcanzaba a ver una isla con un enorme árbol que crecía de las ruinas, una sombrilla de hojas doradas apenas visible. Un antiguo muro serpenteaba alrededor de la propiedad. En general era un lugar frío y solitario.

«Escocia», pensó sombríamente. «Estás en la jodida Escocia, Alice Quicke».

No había señales de Coulton ni de Charlie o Marlowe. No había señal alguna de vida, solo en una ventana alta en el piso superior del ala este, vio a una mujer mayor, con las manos marchitas entrelazadas delante de ella, y el pelo blanco y fino alborotado en su cuero cabelludo. Después de un minuto, la anciana corrió las cortinas.

—Empezaba a temer —dijo una voz— que dormirías hasta el verano.

Alice se dio la vuelta. La señora Harrogate estaba parada en la entrada. No traía su velo. Su suave rostro parecía muy magullado. Su ojo izquierdo estaba cerrado y de color púrpura, de un tono más oscuro que su marca de nacimiento. Llevaba un vestido elegante: ribetes negros con volutas en el pecho, puños ceñidos y un cuello bordado que le ocultaba el pescuezo, pero fue el grueso vendaje envuelto alrededor de su cabeza, ocultando su oreja izquierda, y la fina telaraña de rasguños secos en toda su cara y manos lo que más llamó la atención de Alice.

La mujer mayor entró lentamente a la habitación. Había algo triste y agotado en su mirada.

—Ya *sé* que me veo terrible, señorita Quicke, pero no hace falta que se me quede viendo así. No debería estar fuera de la cama.

—Se llevaron mi arma.

—Seguramente por su propia protección. ¿Cómo se siente? Es una herida bastante inusual, pero me dicen que mejorará.

Alice se llevó una mano a la costilla, asimilando la información.

—Marlowe está a salvo —siguió diciendo la señora Harrogate, adivinando sus dudas—. Ya he mandado a alguien para que le avisen que despertó. Descubrirá que es bastante famoso aquí. El chico que escapó de Jacob Marber… Todos los otros niños, incluso los residentes más viejos, tienen mucha curiosidad. Nadie imaginó que regresaría, supongo.

Alicia hizo una mueca. La enfermera se había referido a él como el niño brillante. Recordó lo que había pasado en Nueva York, aquella noche en el parque, cuando Marlowe había curado su rodilla. Recordó cómo había absorbido el dolor en su propio cuerpo.

—¿Marlowe…?

—¿La curó? Sí. En el carruaje de camino aquí. Creo que no estaría aquí de no ser por él. —El rostro de la mujer se oscureció—. El doctor Berghast estaba muy satisfecho.

Alice se preguntó qué querría decir con eso, pero antes de que pudiera preguntarle, la señora Harrogate se sentó a su lado en la cama y rozó su brazo.

—Debo decirle algo, señorita Quicke, ahora que estamos solas. El señor Coulton está muerto.

—¿Coulton?

Las pequeñas fosas nasales de la señora Harrogate se ensancharon.

—Fue asesinado por Jacob en el tren.

—Oh —dijo Alice, impactada.

—Era muy fuerte. Creía que nada podía hacerle daño. Yo… yo pensaba lo mismo.

Alice recordó a Coulton empujándola a ella y a los niños detrás de él, y los gritos mientras el vagón se oscurecía.

—La última vez que lo vi, se veía… diferente. Creo que estaba usando su talento. Se le fue encima a Marber en el vagón. Directamente sobre él. Eso nos dio oportunidad de salir.

La señora Harrogate asintió.

—Sí, suena como algo que él haría. —Le dio la espalda a Alice para que no pudiera ver su rostro, y se ajustó la venda en su oreja, para mantener las manos ocupadas—. Bueno, tenemos que recomponernos —dijo con una voz más grave—. El señor Coulton no apreciaría estos sentimentalismos, ¿verdad? Ahora, veo que tiene puesta su ropa de viaje. ¿Eso piensa hacer?

Alice volteó a ver su ropa.

—Yo… yo no estaba…

—Yo volveré a Londres. Tengo asuntos que atender ahí, asuntos de gran urgencia. Hay espacio en el carruaje para alguien más. —Pareció quedarse pensando en algo—. Claro que aún no ha visto Cairndale. ¿Le gustaría?

Aún impresionada, Alice asintió sin decir nada.

El corredor de arriba era largo y ancho y ambas avanzaban lentamente, como enfermas. Si alguien las hubiera visto, Alice con su abrigo de hule, agarrándose las costillas con ambas manos, y la vieja señora

Harrogate con sus ropas de luto, el ojo hinchado y la oreja vendada, las habrían mirado con curiosidad o se habrían reído; pero no había nadie, nadie en absoluto a la vista, y las dos mujeres avanzaron arrastrando los pies por el pasillo mal iluminado, con uno que otro candelero encendido. Fueron más allá de las puertas cerradas, a lo largo del revestimiento de madera oscura, hasta que llegaron a una esquina y a una amplia escalera que descendía. Alice escuchó las voces distantes de los estudiantes, a lo largo de los pasillos, y el sonido de pasos que corrían, pero el interior de la mansión parecía, pensó, más grande de lo que debería ser. Había demasiadas puertas.

—Es porque está construida junto a un *orsine* —dijo la señora Harrogate mientras la observaba de reojo con su ojo bueno y evaluaba su reacción—. Estoy impresionada; la mayoría no lo nota tan rápido. Puede resultar bastante desorientador para muchos. Había una mujer aquí a la que le provocaba nauseas. —Alzó una ceja—. Sí, el edificio es más grande por dentro que por fuera. La mansión Cairndale es un espacio liminal, un conducto entre mundos. Aquí es donde se encuentran los mundos de los vivos y los muertos.

Alice le dirigió una mirada extraña e incómoda, pero no dijo nada.

Descendieron por la escalera de piedra. Había un vitral que empapaba sus rostros con una luz rojo sangre, y cuyos paneles mostraban la vida de los santos difuntos.

—El *orsine*, señorita Quicke, es el último pasaje entre esos mundos. Solía haber otros, pero Cairndale es el único *orsine* que permanece activo. Nuestro deber, y el del doctor Berghast, es contenerlo. Verá, es importante que el *orsine* permanezca cerrado.

—¿Por qué?

—De otro modo, los muertos podrían pasar —respondió en tono relajado la señora Harrogate—. Los muertos y cosas peores.

Alice alzó una ceja con escepticismo. Todo aquello le parecía una locura.

—Entonces, qué bueno que lo mantengan cerrado, supongo —dijo entre dientes.

—Cairndale siempre ha estado aquí —siguió diciendo la señora Harrogate—. Las estructuras originales son antiguas, mucho más antiguas de lo que pueda imaginar. Fue un monasterio en algún momento. Todavía se pueden ver las ruinas, en la isla de Loch Fae. ¿Ya la ha visto? ¿Desde su balcón? La tierra fue vendida por esa orden hace siglos al primero de los Talentos, un hombre que reclamó para sí mismo el título de lord y construyó la mansión como la ve ahora a su alrededor. Fue el primero de su tipo, pero cuando supo que había otros como él decidió establecer un refugio para ellos. Ah, aquí lo tiene. —Se detuvo frente a un retrato oscurecido por el humo, donde un par de ojos oscuros la miraban desde aquel rostro que llevaba mucho tiempo muerto—. Esta mansión se construyó después, por supuesto; primero fue un hospital para los pobres, luego un sanatorio y ahora una clínica. O, al menos, así hemos querido que parezca, pero, de hecho, siempre ha sido un santuario para los Talentos que residen aquí. La mayoría de ellos también son viejos ahora. Ya los verá, a algunos de ellos, cuando salgan de sus habitaciones. Los que deseen ser vistos, claro. En los últimos años también se ha convertido en una especie de… escuela.

—Para los niños.

—Sí. Tenemos veintiún chicos ahora. Claro, muchos se marchan al llegar a la mayoría de edad. Tienen que aprender a controlar sus talentos, a enfocarlos. —Se detuvo—. Me imagino que todo esto le resulta muy extraño.

Alice dejó que su mirada se desviara hacia arriba, hacia los antiguos candelabros en forma de rueda con velas suspendidos del techo artesonado.

—¿Más extraño que todo lo demás?

La mujer madura sonrió y siguió hablando.

—Ahora mismo hay menos de doce residentes mayores —dijo ella—. Sin contar al doctor Berghast y a su pequeño equipo. Los niños están divididos en grupos y hay unos pocos profesores que les enseñan. Se les pide no… entremezclarse. El doctor Berghast cree que es mejor limitar la intimidad entre ellos.

—¿Por qué?

La señora Harrogate se encogió de hombros.

—No explica sus motivos. Al menos no a mí.

Bajaron a un gran vestíbulo. Había butacas de cuero dispuestas alrededor de gruesas alfombras persas en cada rincón, inmaculadas y vacías, y una enorme chimenea de piedra, apagada, en la pared del fondo, y a ambos lados, puertas abiertas con sombras a lo lejos.

—Aquí se sirven las comidas, señorita Quicke. Esta es la sala de fumadores, solo para los caballeros.

Alice resopló.

—Exacto —dijo la señora Harrogate—. Me imagino que una visita que fuera escandalosa les daría mucho de qué hablar a los residentes mayores. A su izquierda hay un pasaje que conduce al pequeño salón de clases donde estudiarán Charlie y Marlowe. Está a cargo de la señorita Davenshaw. Es estricta, pero justa. Sin embargo, la mayor parte de sus clases las da en los edificios anexos. Son clases de naturaleza más… práctica. Puede caminar por los terrenos, pero no se acerque a esos edificios, señorita Quicke. Por su propia seguridad.

Alice le lanzó una mirada irritada.

Pero si la señora Harrogate se dio cuenta —y sí lo hizo, Alice sabía que se daba cuenta de todo— no dio ninguna indicación, solo entrelazó los dedos y asintió sombríamente.

—Me imagino que tendrá más preguntas. El doctor Berghast la mandará llamar cuando esté más recuperada.

En ese momento se escuchó el sonido de pasos que corrían; una antigua puerta de roble al otro lado del pasillo se abrió de par en par, y una chica con una larga trenza salió corriendo y desapareció como un borrón. Justo detrás de ella venía Charlie, con sus piernas largas como de camello. Cuando vio a Alice se detuvo y la miró fijamente. Por un instante pareció, pensó ella, casi feliz, casi como el joven que podría haber sido en una vida diferente, en un mundo distinto.

Luego, detrás de Charlie, rezagado y tratando de mantener el ritmo, una figura más pequeña irrumpió, con el cabello negro alborotado, la camisa desabrochada y agitando los bracitos en el aire. Marlowe.

—¡Alice! —exclamó—. ¡Estás despierta!

Corrió hacia ella, y Alice sintió que le fallaban las piernas.

—Oh, gracias a Dios —susurró, y lo tomó con fuerza entre sus brazos, sintiendo el pequeño y agradable calor de su cuerpecito.

Era tarde cuando Margaret Harrogate cruzó el patio húmedo de Cairndale y entró por una puerta sin ninguna característica distintiva en el ala este. Estaba pensando en Alice Quicke. Le dolían la cabeza y la oreja de nuevo, y apretó una mano contra el vendaje para contener el dolor. Caminó rápidamente por las habitaciones, rodeada de muebles envueltos en sábanas blancas y cortinas cerradas al mundo exterior. Tocó a una gruesa puerta de roble dos veces; una voz respondió; ella levantó la pesada aldaba de hierro, la giró hacia un lado y entró.

Adentro había un fuerte hedor a polvo, especias y tierra mohosa. Solo al doctor Berghast le gustaba ese lugar. Era el antiguo almacén del instituto; había largas estanterías de metal llenas de tarros, con etiquetas amarillentas y descoloridas, y pequeñas mesas de trabajo de madera apoyadas contra las paredes, con pesas e instrumentos de medición anticuados y cucharas de varios tamaños.

Lo encontró mirando la lluvia por la ventana. Cuando lo conoció por primera vez, su cabello era negro como el ala de un cuervo. Ahora su largo cabello blanco caía sobre su cuello. Sus manos, aún poderosas, estaban entrelazadas detrás de él. Los nudillos de sus dedos se veían hinchados y protuberantes, como nudos en el tronco de un árbol, pero aún era fuerte, de espalda ancha.

—He estado pensando en la criatura que iba a traerme —dijo, sin voltear a verla—. El *liche* que fue arrojado del tren. ¿Cree que esté muerto?

—No —respondió Margaret, sorprendida—. Haría falta más que eso para matarlo.

—¿Es posible localizarlo?

—No será fácil.

—Nada que valga la pena lo es, señora Harrogate. —Se dio la vuelta para verla. Su rostro no tenía arrugas; era el rostro de un hombre más joven—. ¿Cómo está la señorita Quicke?

—Es muy pronto para saber —respondió Margaret—. Le informé sobre lo que le ocurrió al señor Coulton. Tal vez debí haber esperado. Cuando la vea, ella le preguntará sobre Adra Norn. ¿Qué le dirá?

El doctor Berghast se frotó la barba con la palma de la mano.

—Le contaré la verdad —respondió lentamente—. O lo poco que sé. —Sus ojos relucían como dos piedras grises—. El papel de Alice Quicke en todo esto no ha terminado. ¿Cree que será de utilidad para nuestro propósito?

Margaret se quedó pie, pensando en su respuesta.

—Aún no está lista —dijo—, pero lo estará. ¿Ya vio a los chicos?

—Aún no. Pronto. —El doctor Berghast la estudió cuidadosamente—. ¿Sí sabe usted quién es el más pequeño?

Margaret asintió.

Berghast golpeteó sus pulgares entre sí, cavilando.

—El chico ha vuelto a mí —dijo, con silenciosa satisfacción—. Tal como usted dijo.

Había algo en su rostro, un hambre oscura, y al verlo, Margaret sintió que un escalofrío recorría todo su cuerpo.

18

LOS JÓVENES TALENTOS

A salvo. Charlie Ovid se sentía *a salvo*.

Era un sentimiento peculiar para él, después de haber sido llevado a una ciudad cubierta de niebla por un misterioso inglés armado, y allí, por el amor de Dios, haber sido acechado por un *monstruo*. A pesar de todo, *sí* se sentía a salvo; durmió esa larga primera noche en el instituto en una habitación estrecha con techo inclinado, con Marlowe en la cama contigua a la suya, y el horror de su huida de Londres se desvaneció como un sueño. Así como todos los mundos amenazadores que había conocido —la sofocante prisión de Natchez, los campos de algodón bañados por el sol en el Delta, incluso las calles turbias de Wapping por la noche— se sentían muy lejanos.

A salvo. Era una maravilla. Así, en esa primera mañana, cuando Charlie despertó con voces susurrantes, con voces de chicas, no tuvo miedo; no se puso en pie de un salto, doblando los puños; simplemente se quedó aturdido y quieto debajo de las mantas, y trató de escuchar. Eran dos, y hablaban de Marlowe.

—Entonces, ¿crees que sea cierto? —murmuró la primera—. ¿Lo del niño brillante? ¿En verdad es él?

—Supongo que sí.

—Mmm. No parece la gran cosa, ¿o sí?

—Mira quién habla.

—Shh. Te va a oír.

—La señorita Davenshaw dice que lo encontraron en América. Quien sabe cómo llegó ahí. Y al otro también. Dicen que Jacob Marber atacó el tren y lucharon contra él. Él luchó contra él. Otra vez.

—¿Ella te contó todo eso?

—Sí.

—A *mí* no me cuenta tanto. ¿Por qué?

—¿En serio? ¿En verdad tienes que preguntar?

Escuchó un resoplido ahogado, como una risa.

—Diablos. Bien podrían haberlos encontrado en el maldito Ártico y hubiera sido casi lo mismo. No creo que el viejo Jacob los deje en paz. —Se escuchó un crujido cuando la chica se acercó—. Ay, Ko, ya lo despertaste.

Charlie abrió un ojo. La habitación se llenó de luz natural. Su lengua se sentía pesada, y movió su mandíbula por un momento, tragando aire. Vio a Marlowe dormido en la cama de al lado, envuelto en sábanas blancas, con su carita confiada suavizada por el sueño. Luego levantó la cabeza y vio a la niña.

Estaba sentada sobre el estrecho escritorio, de modo que sus piernas colgaban. Era tal vez dos años mayor que él, y vestía un delantal gris liso. No era blanca; Charlie había visto trabajadores chinos en las plataformas ferroviarias de Natchez, y ella tenía cierto parecido… tal vez. Tenía un rostro esbelto y hombros anchos. Su largo cabello era negro y brillante, y estaba recogido en una trenza que le llegaba hasta la cintura. Llevaba guantes de cabritilla negros con los dedos recortados. Sus ojos eran tan negros como su cabello. Nunca había visto a nadie como ella. Al darse cuenta de que estaba viéndola fijamente sintió que sus mejillas se ruborizaban, y apartó la mirada.

—Sabía que no estabas durmiendo —dijo la chica—. Eres muy malo para fingir. ¿Siempre finges estar dormido para espiar a las chicas?

—Yo… Yo nunca… —balbuceó él—. Quiero decir, no estaba…

—Entonces tú eres Charles Ovid —siguió diciendo ella, poco impresionada. Lo observó de arriba abajo—. Creí que serías mayor. Soy Komako.

Inquieto, Charlie echó un vistazo alrededor. No podía ver a la otra niña.

—¿Con quién estabas hablando?

Komako adoptó una expresión inocente, y empezó a juguetear con su trenza.

—¿Eh?

—Hace rato. Te escuché. Había alguien más aquí.

—¿Aquí?

Él parpadeó, dudando de repente.

Pero justo en ese momento el aire se movió junto a su cama, como si la misma luz sombría que se derramaba a través de la ventana estuviera ondulando.

—¡Bu! —exclamó la segunda niña en su oreja.

Charlie casi se cae de la cama. Se arrastró hacia atrás hasta chocar contra la cabecera, mirando el vacío, con el corazón retumbando en su pecho. No había nadie ahí.

—Ay, aquí estoy, Charlie. No, *aquí.*

Volvió la cara de un lado a otro, con los ojos desorbitados, como si se estuviera volviendo loco. Como si se hubiera golpeado la cabeza en el tren y ahora estuviera escuchando voces.

Pero la voz era real.

—No estás loco —dijo—. Soy lo que podría llamarse invisible.

Él extendió una mano lentamente, acariciando el aire.

—¿Eres un… un fantasma?

Komako hizo una mueca.

—Es un *Talento*, Charlie. Como todos nosotros.

—Me llamo Ribs —dijo alegremente la voz, que estaba a unos pocos metros de distancia ahora—, pero tienes que bajar la voz. Se supone que no deberíamos estar aquí. No es *propio*. La señorita Davenshaw nos despellejaría vivas si supiera que estuvimos en su habitación. Entonces, ¿en verdad ese es el niño brillante? ¿El que peleó contra Jacob Marber y sobrevivió?

—Eh… —dijo Charlie—. ¿Sí…?

—Espera, ¿no sabes quién es? Ko ni siquiera sabe quién es.

—Tu pequeño amigo es famoso —dijo Komako—. Todos pensaban que había muerto.

—¿Famoso?

Komako se encogió de hombros.

—Claro. Es el niño brillante. Detuvo a Jacob Marber antes de que lograra matar a todos aquí en Cairndale, hace cinco años, cuando era solo un bebé, pero desapareció. Alguien se lo robó…

Charlie miró a Marlowe, que aún dormía. Todavía se sentía adormilado y trataba de encontrarle sentido a lo que le decían las dos chicas, pero era difícil, estaba confundido. Parecían estar esperando a que él dijera algo más, así que preguntó:

—¿Quién es la señorita Davenshed?

—Daven*shaw*. Nuestra institutriz. No es *tan* mala. —La chica invisible, Ribs, chasqueó la lengua—. La conocerás pronto. A ver, cuéntanos, ¿qué fue lo que pasó en el tren con Jacob?

—¿Cómo saben lo del tren?

—Ah, todos aquí lo saben. Es la comidilla del momento. Vaya, hasta Alfie, de la clase del señor Smythe, estaba haciendo apuestas al respecto. *Tú* ibas en el tren, ¿verdad? *¿Tú* peleaste contra Jacob?

Charlie se envolvió en la manta y se sentó.

—Fue Marlowe, principalmente. Marlowe y Alice. Yo no hice gran cosa.

—Bueno, no moriste. Eso es algo. —Komako se bajó del escritorio; su langa trenza se balanceaba detrás de ella. Caminó hasta la cama de Marlowe—. Es muy pequeño.

—Sí.

—¿Cuántos años tiene?

—Ocho.

—Tiene sentido. —Komako tenía una extraña expresión en el rostro, entre enojada y triste—. No tenemos niños tan jóvenes aquí.

El colchón crujió al lado de Charlie; Ribs se había sentado.

—Bueno, ya es uno de nosotros de nuevo. Tú también. —Bajó la voz a un susurro exagerado—: Entonces, ¿tú qué haces? ¿Cuál es tu talento? No tienes un gigante de carne debajo de la cama, ¿verdad?

—Eh… ¿qué?

—No sabe qué es eso —dijo Komako con paciencia—. Ya conocerás a Lymenion, Charlie *Uno-de-nosotros*. Aunque es un poco… asqueroso.

—Ay, es lindo, Ko.

—No es lindo. Ni siquiera a Oskar le parece lindo.

—Yo, eh… puedo sanar —dijo Charlie en voz baja—. Siempre he podido. No pueden lastimarme o matarme… nada.

Komako lo estudió con sus ojos oscuros. De pronto sintió un pellizco fuerte en el antebrazo y gritó.

—¡Auch! ¿Por qué hiciste eso?

—Dijiste que no pueden lastimarte —se quejó Ribs.

—*Sí* pueden *lastimarme*. Solo que sano rápido.

—Oh.

Komako estaba sonriendo.

—Ribs es un poco literal a veces —dijo—. Hace mucho tiempo que no teníamos un *haelan* aquí.

—De todos modos, ¿qué clase de nombre es Ribs? —dijo Charlie, echando chispas por los ojos.

—Un *gran* nombre —respondió la voz de Ribs—. Charlie suena a nombre de caballo, ¿así que qué más te da?

De pronto, Komako parecía estar divirtiéndose.

—De hecho, se llama Eleanor Ribbon, pero si la llamas así hará algo mucho peor que pellizcarte.

Charlie seguía frotándose el brazo cuando la cama de al lado crujió. Era Marlowe, sentado en pijama, frotándose los ojos con sus pequeños puños. Miró a todos alrededor y esbozó una sonrisa somnolienta.

—Hola —dijo tímidamente.

Más tarde, mientras los chicos se vestían, Komako Onoe merodeaba en el pasillo afuera de su habitación, pensativa. En realidad, no se suponía que estuvieran en el pasillo de los chicos, pero el señor Smythe y los otros niños estaban desayunando, o ya se habían ido a clases, y la señorita Davenshaw no tenía por qué saberlo.

El caso era que Komako no sabía qué pensar. *Parecían* bastante ordinarios, si es que existía tal cosa en Cairndale, pero ver al niño brillante en persona, Marlowe, le trajo una oleada de recuerdos. Esa noche, cuando Jacob había regresado, cambiado, violento y oscuro como el polvo que irradiaba de sus puños… Ella y Ribs lo habían visto, a la distancia, en la oscuridad, pero no habían podido acercarse, al menos no lo suficiente para hablar con él. Ella apenas había tenido oportunidad de ver al bebé que había venido a asesinar, o robar; solo lo escuchaba llorar a veces en la noche, cuando la ventana estaba entreabierta, pero había visto la cuna y la ventana destrozadas a la mañana siguiente. Se culpaba a sí misma desde entonces. Tal vez si hubiera logrado hablar con Jacob, tal vez podría haberlo detenido.

Todo esto daba vueltas en su cabeza mientras esperaba a los chicos. Podía sentir a Ribs observando su rostro, viendo lo rápido que se reflejaban en él sus pensamientos.

—Deberíamos llevarlos con la señorita Davenshaw —dijo en voz baja—. Ahora que ya despertaron. Seguro los estará esperando.

—O… —dijo furtivamente la voz incorpórea de Ribs—. Podríamos… *desviarnos* un poco. Para que echaran un vistazo al viejo refugio, por así decirlo. Para descubrir todos sus *secretos.*

Impaciente, Komako resopló.

—No vamos a llevarlos con la Araña, Ribs. No.

—El lago es adorable a esta hora del día. Podría ser *divertido…*

—No.

La Araña era la forma en que llamaban a lo que dormía en las ruinas del monasterio. El glífico. Decían que nunca despertaba, no del todo, al menos, y era tan anciano que se había convertido en las raíces del olmo escocés que se elevaban por encima de las viejas piedras. Se decía que uno podía ver la verdad con tan solo rozar su piel. La Araña localizaba a los niños perdidos, en sus sueños, pero lo que era incluso más importante es que mantenía el *orsine* firmemente sellado, conteniendo así a los muertos y cualquier tipo de maldad del otro lado. Si algo le sucediera a la Araña, el *orsine* se abriría, y los muertos cruzarían a este mundo. Nadie podía decir a ciencia cierta lo que eso significaría, pero habían aprendido lo suficiente para deducir que no sería agradable. La presencia de la Araña protegía las mismas paredes de Cairndale de criaturas como Jacob, como el *drughr*, por lo que molestarlo estaba estrictamente prohibido.

Lo que significaba, desde luego, que Ribs, siempre sigilosa y husmeando por todas partes, ya lo había hecho. Nadie más se había atrevido. Komako no sabía con qué frecuencia lo había hecho Ribs, pero esta juraba que nunca había tocado su piel, que nunca se había atrevido.

Se escuchó un ligero golpe cuando Ribs, todavía invisible, se apoyó en la pared y se tronó los nudillos, uno por uno.

—El tal Charlie es guapo. Digo, parece un conejito asustado, pero es lindo.

—No seas burda—dijo Komako, y colocó su larga trenza frente a su cuerpo.

—A ti también te lo parece. Me doy cuenta.

—No confío en él. Tú tampoco deberías.

—Tú no confías en nadie. He conocido gente mala toda mi vida, Ko. Te aseguro que él no lo es. —Ribs dio un resoplido y añadió pícaramente—: La confianza no es tan difícil, ¿sabes? Bastaría un solo un toque de la Araña, y saldrían toda clase de tonterías de tu boca…

Pero en ese momento los chicos salieron de su habitación, con el pelo revuelto, los ojos todavía adormecidos y ambos vestidos con las camisas con cuello y los chalecos grises que les daban a todos los chicos en Cairndale. Las mangas de Marlowe eran demasiado largas y ondeantes, mientras que Charlie lucía alto y delgado como un riel y sus huesudas muñecas sobresalían de las mangas mientras trataba de ajustar la cintura de sus pantalones. Komako levantó una ceja; Charlie la vio y, de repente, volteó a ver sus propios zapatos con gran interés.

Ella frunció el ceño para evitar sonreír. Qué fácil se avergonzaba ese chico. La piel cobriza de su rostro y cuello era tan suave e impecable que casi brillaba.

—Quiero ver a Alice —dijo el pequeño, Marlowe—. ¿Podemos ir a buscarla, por favor?

La voz de Ribs respondió:

—Ay, ni siquiera se ha despertado. Además, primero deberías ver a la vieja Davenshaw.

Komako vio que el chico miraba preocupado a Charlie. Ambos se quedaron en silencio. Entendía su cautela y su miedo. Ella llevaba nueve años en Escocia y todavía se sentía así a veces, aunque Tokio, el viejo teatro y su querida Teshi se hubieran desvanecido, como una imagen en tonos sepia en un viejo daguerrotipo. A pesar de eso, todavía había mañanas en las que se despertaba con la garganta adolorida, soñando con la pequeña mano de su hermana sobre la suya, y se sentía tan cálida, tan real, como el dolor que sentía cuando todo era absorbido por su subconsciente, como si le fuese arrebatado de nuevo; era casi insoportable. En esas mañanas sentía ganas de llorar. No era justo que una persona tan pequeña y buena fuera arrancada así del mundo. Sin embargo, a pesar de todo, Komako se había acostumbrado a Cairndale; había perfeccionado su inglés con facilidad y se había vuelto cercana a Ribs y a Oskar. Cierto, el clima era gris y frío; cierto, la comida era pesada y agria; cierto, la ropa era rígida y poco práctica. Sus manos aún estaban rojas y agrietadas, pero Cairndale no era el único mundo que conocía; ella había crecido en otro mundo, un mundo de crueldad y dolor, y ella se alegraba por el refugio que le brindaba este lugar.

Así como se alegrarían Charlie y Marlowe con el tiempo.

Pasaron por las habitaciones de los otros niños; las puertas estaban abiertas, las camas bien tendidas y ningún objeto fuera de lugar. Komako miró a Charlie y a Marlowe mientras recorrían el pasillo y bajaban por una estrecha escalera de servicio, camino al aula de la señorita Davenshaw. Era extraño pensar que se habían enfrentado a Jacob, que lo habían visto e incluso luchado contra él. Se veían tan… inocentes. Ella no había visto a Jacob en años. A veces pensaba en él, sobre todo como había sido en los primeros días en Tokio y en su viaje por mar fuera de Japón: la tranquila tristeza en sus ojos, su amabilidad, los calmados silencios mientras contemplaban el sol que se hundía en el mar junto a la barandilla. Él le había enseñado cómo controlar su talento, cómo usar el polvo de una manera que la lastimara menos, que aliviara el frío en sus muñecas. Ella sabía que había sido una distracción, lo sabía incluso en aquel entonces, cuando estaba muy afectada por la pérdida de su hermana. Había estado agradecida por eso, pero desde la primera etapa de su viaje a lo largo de la costa de China, antes de que él desapareciera, ella había notado lo retraído que se había vuelto, y lo poco que dormía. El señor Coulton también lo había notado, ella lo sabía. Luego, en Cairndale había comenzado su nueva vida: lecciones con la señorita Davenshaw: aritmética, literatura, caligrafía, geografía. Su amistad con Ribs. La historia del *orsine* y la naturaleza de los Talentos. Clases prácticas para aprender a usar y controlar el polvo.

Claro, hasta aquella noche terrible en la que Jacob había regresado… lo que les había hecho a esos pobres niños en el río, y cómo había atacado a ese bebé como un hombre poseído, el mismo bebé que estaba ahí ahora, contra todo pronóstico, vivo y crecido: el famoso niño brillante.

Se podía ver la lluvia a través de las ventanas. La luz del día en los pasillos era tenue. Se estaban acercando al salón de clases cuando Charlie la alcanzó y le preguntó sobre su talento.

—Nunca nos dijiste qué es lo que *tú* haces —dijo él—. Sobre tu talento.

Komako lo estudió. Su mano cubierta estaba en la manija de la puerta. Entonces, algo en ella, algo terco, eso mismo que siempre alejaba a los demás, y que Ribs siempre le aconsejaba evitar, esa parte infeliz de su ser miró a Charlie directamente a la cara y, la franqueza que había en él hizo que se apartara con brusquedad.

—¿Recuerdas esa cosa que los atacó en el tren? —dijo ella—. ¿Jacob Marber?

Charlie asintió.

—Yo soy como él —dijo ella sin expresividad.

No se detuvo para ver el efecto de sus palabras, no era necesario. Sabía que sería repugnancia o asco o algo parecido. Así que simplemente abrió la puerta, enfadada, y entró.

Excepto que no fue una expresión de repugnancia ni asco ni nada por el estilo. Charlie escuchó el dolor en su respuesta y supo lo que sentía: vergüenza. Porque él también lo había sentido, toda su vida, y se sintió mal por siquiera haber hecho la pregunta.

El salón de clases podría haber sido la antigua biblioteca alguna vez; estaba bien iluminado, con una pared de paneles de vidrio en un extremo y sofás de cuero debajo del alero. Mientras avanzaban, Charlie sintió que Marlowe tomaba su mano; luego siguieron caminando entre las filas de escritorios; había un entrepiso a su izquierda y paredes de libros a cada lado.

Al fondo se veía la silueta de una mujer parada frente a las ventanas y junto al escritorio, alta y severa como regla de cálculo. Llevaba una falda hasta el suelo y una blusa blanca que acentuaba su cuerpo huesudo. Era la señorita Davenshaw. Volteó la cara y Charlie vio que llevaba un paño negro atado sobre los ojos: era ciega.

—Señor Ovid y joven Marlowe. Estamos encantados de tenerlos aquí en Cairndale. Me imagino que la señorita Onoe ya les mostró la mansión, ¿verdad?

Charlie volteó a ver a Komako con nerviosismo.

—Eh… ¿un poco?

—Ya veo. —La mujer se detuvo un momento y volteó su rostro ciego hacia la pared, escuchando—. Señorita Ribbon —dijo con firmeza—. No es educado escuchar a escondidas.

—No estaba escuchando, señorita Davenshaw —protestó Ribs—. Lo juro.

—Tampoco es educado andar merodeando, señorita Ribbon. Mucho menos *en cueros.*—La mujer ciega caminó con soltura hasta el armario junto a la ventana y hurgó en uno de los cajones. Sacó un delantal doblado—. Por favor, vuelva cuando esté adecuadamente vestida, ¿sí?

—Sí, señorita Davenshaw —respondió Ribs con resignación.

Charlie observó con asombro cómo el delantal flotaba cerca de la pizarra y se alejaba. Un momento después, Ribs reapareció, ya visible, con el rostro sonrojado y el pelo rojo brillante recogido hacia atrás. Era más pequeña que Komako, y muy pecosa, con labios suaves. Charlie la miró fijamente. Sus ojos eran muy verdes. A su lado, Marlowe también la miraba.

—¿Qué? —dijo Ribs, entrecerrando los ojos—. ¿Me creció una segunda cabeza o qué?

Charlie tragó saliva y apartó la mirada.

—Es solo que… eres bonita —dijo Marlowe en voz baja.

Komako resopló.

La señorita Davenshaw retomó su posición de pie frente al escritorio.

—Señor Ovid —dijo ella—. Acérquese.

Charlie, inseguro, miró a Komako. A su lado, Ribs estaba sonriendo y asintiendo. Se acercó a la señorita Davenshaw y la mujer ciega extendió la mano y suavemente, muy suavemente, tocó los bordes de su rostro con las yemas de los dedos. Sus dedos rozaron el puente de su nariz, recorrieron las cuencas de sus ojos y danzaron a lo largo de sus labios. Su toque era fresco, suave, maravilloso.

—Ahora lo veo —murmuró con gentileza, como dándole una especie de bendición.

Mientras le hacía lo mismo a Marlowe, el pequeño habló:

—¿Señorita Davenshaw? —dijo—. ¿Alice está bien? Quiero verla.

Las yemas de sus dedos trazaron la línea de su mandíbula hasta llegar a sus orejas.

—La señorita Quicke está descansando, niño —respondió ella—. Puedes verla más tarde. Me han dicho que está sanando y que es gracias a ti. Ah, sí. Tú también eres un jovencito bien parecido. Me he preguntado todos estos años en qué te convertirías. Me complace ver que no eres un monstruo. Ya puedes sentarte.

—Eso fue un chiste —le susurró Ribs a Charlie—. Es muy graciosa, a veces.

Pero Charlie seguía dándole vueltas en la cabeza a lo que la mujer ciega había dicho sobre la señorita Alice y Marlowe. No entendía.

—¿Gracias a ti? —murmuró cuando el chico volvió a sentarse—. ¿De qué habla?

—Yo ayudé —dijo Marlowe—. En el carruaje, de camino aquí. Alice estaba enferma y la ayudé.

La señorita Davenshaw empezó a hablar otra vez.

—Me imagino que tendrán preguntas. Permítanme tranquilizarlos —dijo—. Señorita Ribbon, por favor dígame, ¿cuál es el propósito del Instituto Cairndale? ¿Podría explicarles a nuestros invitados?

—Eh… ¿es nuestro hogar?

—Un hogar no es un propósito, señorita Ribbon. ¿Señorita Onoe?

—Es un baluarte contra la muerte.

—Precisamente. Contra la muerte y contra el *drughr*. Resguardamos el pasaje entre los mundos y nos aseguramos de que permanezca cerrado. ¿Cuál es el propósito de Cairndale en *sus* vidas?

—Equiparnos —respondió Komako—. Darnos las habilidades que necesitamos para poder estar a salvo.

—Las habilidades y el conocimiento. Hay veintiún alumnos aquí. Sin duda, los irán conociendo a todos con el tiempo. Sin embargo, la mayor parte de sus interacciones serán entre ustedes. Con ese fin, sus días estarán divididos en clases matutinas, donde recibirán una buena educación, y prácticas vespertinas, donde aprenderán a controlar y fortalecer sus talentos particulares. No hemos tenido un *haelan* en mucho tiempo, señor Ovid. Nos complace tenerlo aquí.

—Sí, señorita.

—En cuanto a ti, Marlowe, te convendría recordar que ser famoso no es lo mismo que ser destacado, ¿de acuerdo?

El niño se le quedó viendo con sus grandes ojos.

—Sí, señorita Davenshaw —dijo él, claramente confundido.

El rostro de la señorita Davenshaw estaba impasible.

—Ahora, empecemos por las reglas. Es importante escuchar bien cuando les hablen; confío en que no será necesario repetir nada. Las lecciones comienzan a las ocho y media cada mañana; no deben llegar tarde. Está prohibido mover objetos o muebles en el salón de clases; no miraré con buenos ojos a nadie que ponga una silla en mi camino. La asistencia al comedor para cada comida es obligatoria. No pueden abandonar los terrenos de Cairndale bajo ninguna circunstancia ni por ningún motivo, a excepción, claro, de que estén acompañados por el personal. No sería conveniente que hubiera niños inusuales vagando por el campo, alarmando a los lugareños. Nuestra seguridad aquí depende de nuestra discreción. Ahora, queda prohibido el acceso a las habitaciones de los residentes mayores, al igual que a la parte superior del ala este, donde trabaja el doctor Berghast. No quiero enterarme de que los encontraron fisgoneando. No deben preocuparse por los otros niños ni por sus tutores. Esta es su clase. Lo más importante, está estrictamente prohibido ir a la isla del glífico. No deben molestarlo. ¿Está claro?

Marlowe levantó la mano.

—No puede verte —le susurró Charlie—. Tienes que decirlo, Mar.

—¿Señorita Davenshaw? —dijo Marlowe—. ¿Qué es el glífico? ¿Es el gran árbol amarillo?

Ella se aclaró la garganta; inclinó su rostro con los ojos vendados, como si así pudiera verlos a todos con mayor claridad.

—Imaginé que la señorita Onoe ya les habría contado todo sobre nuestro glífico residente, cuando fue a despertarlos a sus camas esta mañana. ¿No? ¿No mencionó a la Araña?

Charlie vio que Komako se jalaba la larga trenza mientras se sonrojaba.

—El glífico es aquel del que todos aquí dependemos. Vive debajo del árbol, en las ruinas del antiguo monasterio, en la isla del lago. Él es quien nos mantiene a salvo, quien aprovecha el poder del *orsine* y lo mantiene sellado. Si algo le pasara al glífico, el *orsine* se abriría. Es una membrana delgada, y del otro lado se encuentra otro mundo, un mundo de espíritus.

—Ay, pero tiene que contarles cómo se ve y todo eso —soltó Ribs sin pensar.

La señorita Davenshaw frunció el ceño.

—Tiene un interés poco saludable por nuestro glífico, señorita Ribbon. De hecho, por todas las cosas que están prohibidas.

—No es así.

La mujer mayor arqueó una ceja con desaprobación.

—Bueno, no *solo* por esa clase de cosas —dijo Ribs entre dientes.

—Estoy segura de que la señorita Ribbon los deleitará con cuentos fantásticos e imaginarios sobre la naturaleza y apariencia de nuestro glífico —dijo la señorita Davenshaw—. Escúchenlos bajo su propio riesgo. Espero que nada de eso les interese por ahora, pero hablaremos de ello más tarde, cuando estén instalados.

Pero la señorita Davenshaw se equivocaba al decir que los secretos más oscuros de Cairndale no le interesarían a Charlie ni la extraña criatura que los niños llamaban la Araña ni el misterioso *orsine*. De hecho, en las próximas semanas aprendería mucho sobre dichos asuntos y, con el tiempo, aprendería mucho más sobre el *orsine* y los terrores ocultos detrás de este, más que casi cualquier otro Talento en el mundo, pero, por ahora, todo eso permanecería envuelto en el misterio, ya que, mientras escuchaban a la señorita Davenshaw, un niño regordete llamó a la puerta, un niño tal vez de la misma edad que Charlie, o un poco más joven, con el cabello tan rubio que parecía blanco, labios blancos y ojos azul pálido. Parecía que lo habían revolcado en harina.

—¿Sí, Oskar? ¿Qué pasa? —dijo la señorita Davenshaw, volteando hacia donde estaba el chico.

El niño entró en el salón de clases, sin aliento. Tenía un hilo atado alrededor de su dedo y lo envolvía y desenvolvía nerviosamente.

Fue entonces cuando Charlie vio, apretándose para entrar detrás del chico, una segunda figura, una cosa descomunal sin forma. Podría haber sido la sombra del niño, excepto que era enorme y sólida, o casi. De hecho, parecía tener una consistencia gelatinosa, y se estremecía ligeramente mientras se movía, pero era jaspeada y resbaladiza como la carne cruda: una cosa sin rostro que giraba su cabeza de un lado a otro, como si tratara de ver lo que Oskar estaba viendo. Sin embargo no tenía ojos ni orejas ni labios ni boca ni nariz. Las moscas zumbaban a su alrededor; un olor a carne pasada entró en la habitación y se impregnó en el ambiente. Charlie y Marlowe contuvieron el aliento, pero Charlie no tuvo tiempo de preguntarse qué sería esa cosa, el… (¿cómo lo había llamado Ribs? El gigante de carne), porque Oskar había sido enviado con un mensaje.

Alice por fin había despertado.

19

LA CASA DE CRISTAL

Marlowe y Charlie, Charlie y Marlowe.

Ellos eran todo lo que Alice tenía ahora.

Estaba arrodillada en el gran vestíbulo de esa casa señorial, como si fuera a recibir algún sacramento, mientras los dos niños se acercaban a ella; los tomó en sus brazos y los estrechó contra su corazón.

Podría haberlos sostenido así para siempre, pero había mucho que platicar. y después de que la señora Harrogate se despidió, los niños acompañaron a Alice, con cuidado, preocupados, de regreso a su habitación. Vestían camisas blancas idénticas, chaleco y pantalones grises muy sencillos, que no les quedaban bien. Por lo general, los momentos tiernos como ese le provocaban ansiedad, pero también se sentía muy agradecida de verlos. No conocería a la chica que había llegado primero, sino hasta el día siguiente ni a ninguno de los otros Talentos jóvenes, como la chica que podía desaparecer o el chico del gigante de carne. En cambio, ella, Marlowe y Charlie recordaron a Coulton y lloraron su muerte. Marlowe se negó rotundamente a hablar de Brynt. Así, esa primera noche, después de que salió la luna, los tres salieron juntos al césped, se tomaron de la mano y rezaron una oración en memoria de sus muertos.

No todo fue tristeza. Los pasillos torcidos de Cairndale, su interior laberíntico, las voces a la deriva y las personas mayores que desaparecían en las esquinas, todo eso hizo que sus primeros días allí fueran espeluznantes y encantadores, de alguna manera, como si hubieran entrado en un cuento para niños. Pasaban tiempo en la playa pedregosa del lago y contemplaban la isla, el monasterio en ruinas y el árbol dorado que crecía entre las nervaduras de piedra. Alice durmió más y siguió sanando.

A la tercera mañana, mientras se levantaba después de tomar su desayuno, se le informó que el doctor Berghast deseaba verla.

Un sirviente la condujo a través de un corredor trasero y externo hacia un invernadero abovedado de hierro forjado, con miles de pequeños cristales empañados y opacos. Este se encontraba al lado de la cochera, en un patio de arenisca vacío al sur de la mansión. Parecía más un delicado barco varado que un invernadero de naranjos, pensó Alice. Al otro lado del césped podía ver los establos, y mucho más allá, el muro bajo de piedra que delimitaba la propiedad.

Lo primero que Alice notó fue a la señora Harrogate, esperándola en la entrada, sin vendas en la oreja. Su rostro aún se veía maltrecho y su párpado seguía algo morado, aunque ya no estaba hinchado.

Lo siguiente que notó fue el atuendo de la señora Harrogate: una capa a cuadros y un sombrero a juego, así como un pequeño maletín de viaje que sujetaba con ambas manos. Estaba lista para irse a Londres.

Lo último que notó fue la presencia de un hombre de aspecto poderoso en un pasillo, con barba blanca y un delantal de cuero con bolsillos, a quien al principio confundió con un jardinero. Había un pájaro gris y blanco encorvado sobre su hombro. El hombre estaba inclinado frente a un pequeño carrito de hierro, trasplantando una plántula de algún tipo, pero debajo del delantal vestía un traje negro y un cuello alto impecable, demasiado fino para tal trabajo.

—Naranjas, señorita Quicke —dijo, y señaló con un gesto los árboles a su lado, mientras sus manos seguían ocupadas con la tierra en la maceta—. También tenemos fresas, para consumirlas en enero. Lo difícil es la calefacción. He escuchado que ahora fabrican calderas que pueden funcionar toda la noche, y que son más eficientes que las de vapor. —Volteó a verla. Sus ojos eran de un sorprendente gris pálido, como si estuvieran iluminados desde dentro.

Insegura, Alice le lanzó una mirada inquisitiva a la señora Harrogate.

Pero el doctor Berghast, que era ese hombre, solo le hizo señas para que se acercara. Las articulaciones de su muñeca y su hombro tronaron suavemente cuando lo hizo.

—Una vez, un visitante acudió a Heráclito en busca de consejo y se avergonzó de encontrarlo calentándose en una cocina. Verá, las cocinas eran espacios poco dignos en la antigua Grecia, pero Heráclito solo dijo: «Entra, entra, no tengas miedo. Aquí también hay dioses».

Justo en ese momento, el pájaro sobre su ancho hombro hizo un extraño chasquido y Alice vio, algo alarmada, que estaba hecho de huesos. Un aparato de hierro, como una especie de armadura, mantenía sus delicadas vértebras en su lugar. Sus plumas lisas contrastaban con la armadura.

—Ah —dijo el doctor Berghast, observándolo—. Los llamo pájaros de hueso. Una creación bastante curiosa, ¿verdad?

Alice, sin dejar de mirar, asintió.

—Fueron hechos para nosotros por una bruja de huesos, hace muchos años. Los usamos como mensajeros. Son más eficientes y confiables que la Royal Mail. —Miró de reojo a la criatura que tenía sobre el hombro. Esta chasqueó y se movió un poco—. Por desgracia, falleció la mujer que los hizo, pero estas cosas maravillosas simplemente siguen con vida. Ya tienen noventa y seis años. Más antiguos que la revolución en Francia.

Sus cuencas sin ojos parecían mirar directamente a Alice. Ella reprimió un escalofrío.

—La señora Harrogate me informa —dijo el doctor Berghast— que desea saber más acerca de Adra Norn. Debo decirle que no he sabido nada de ella en mucho tiempo. Ni siquiera sé si todavía está viva. Somos casi de la misma edad, por lo que imagino que será bastante mayor ya, pero le diré lo que pueda.

—¿Cómo la conoció?

—Es una pequeña comunidad de eruditos, señorita Quicke, que comparten mis… intereses. Todos nos conocemos. Adra y yo nos escribimos durante años, compartiendo teorías e investigaciones. No hablábamos de asuntos personales. Han pasado muchos, muchos años desde la última vez que la vi. Eso fue en Marsella, en una reunión de académicos interesados en las intersecciones entre la ciencia y la religión. Yo, por supuesto, abordé el tema sesgado por la ciencia. Adra pensaba lo contrario. Sin embargo, había muchos puntos en común entre nosotros. Por ejemplo, los dos creíamos en el mundo invisible.

—¿Qué es eso?

—No es una *cosa*, señorita Quicke. Es simplemente el reconocimiento de que lo que vemos no es todo lo que existe. —El doctor Berghast hizo un hueco en la tierra negra de la maceta y presionó una semilla con el pulgar, como una pasa en una masa para pan—. Adra creía que la santidad implicaba separarse de las corrupciones del mundo. Creía que, si podía recibir la gracia verdadera, podría realizar milagros.

—Como salir caminando ilesa de un incendio.

Él asintió.

—Como comprenderá, no era una suposición muy razonable, desde el punto de vista científico.

Alice señaló el pájaro de hueso con un gesto.

—He visto muchas cosas no muy científicas recientemente.

—Pero no milagros, señorita Quicke. Nunca milagros. Los milagros son monstruosos por su propia naturaleza, van en contra de las leyes de este mundo. Los talentos son enteramente naturales. Marlowe y Charlie no son más evidencia de la mano de Dios en el mundo que usted o yo.

—Para algunos, eso es suficiente evidencia.

—Para algunos.

Alice estudió el rostro sin arrugas del hombre. Podría haber tenido cuarenta años, a pesar de su pelo blanco, pero sabía que era mucho mayor que eso.

—¿Me está diciendo que Adra Norn nunca salió caminando de ese incendio?

—Me parece poco probable. ¿A usted no?

—Yo estuve ahí. La vi.

—Usted era una niña. Sabe lo que cree haber visto. —Sus pestañas eran largas, oscuras y hermosas—. Adra no era como nuestros residentes. Ella nunca fue parte de nuestro mundo. ¿Sabe que Bent Knee Hollow no fue la única comunidad de este tipo que fundó? —Él la observó de cerca y Alice sintió, a pesar de la amabilidad que había en su voz, el poder concentrado y vertiginoso de su atención—. Adra se rodeó de personas a las que consideraba más… susceptibles. Como su madre. Ah, está sorprendida. Por supuesto que he oído hablar de usted. ¿No es por eso por lo que la señora Harrogate creyó que sería adecuada para el trabajo?

Pero Alice no estaba sorprendida. Suponía que el doctor Berghast sabía todo sobre ella; de hecho, se habría sorprendido más si no lo supiera.

—Es importante que comprenda que Adra siempre buscaba algo en *particular* en sus seguidores —siguió diciendo el doctor Berghast—. Un tipo *particular* de fe. Ella deseaba averiguar en dónde yacía la esencia de las cosas, en la causa o en el efecto. ¿Un milagro se considera un milagro porque ocurrió, o porque la gente *cree* que ocurrió?

—¿Quiere decir que el Hollow solo era una especie de... experimento?

—Señorita Quicke, incluso los más santos entre nosotros arden cuando son tocados por el fuego.

—*Murieron* personas.

Alice reprimió su ira. Ahora se daba cuenta de que esperaba que Adra Norn hubiera sido un Talento, que hubiera habido algo de verdad en lo que ella y su madre habían visto esa noche, cuando Adra caminó a través del fuego, algo *real* para explicar lo que había hecho su madre, pero no había nada.

—Mi madre lo creía —dijo en voz baja—. Lo creía tanto que la volvió loca. Creyó todo lo que Adra le dijo. Adra solía decir: «Una fe fuerte es capaz de hacer cambios por sí sola».

—No podemos cambiar lo que somos. Solo lo que hacemos.

—¿Cómo lo hizo? ¿Cómo aparentó que podía caminar entre el fuego?

El doctor Berghast extendió las palmas de las manos, llenas de suciedad. El pájaro de hueso sobre su hombro chasqueó y batió sus alas.

—Eso no lo sé —dijo—. Trucos de carnaval, supongo. Lamento lo que pasó. Siempre he creído que la fe y la locura están íntimamente ligadas. Le advertí a Adra, pero ella era obstinada y estaba decidida a incursionar en *corrientes* peligrosas.

—¿Alguna vez... mencionó a mi madre en sus cartas?

El doctor Berghast hizo una pausa, estudiándola. Su expresión era tranquila e ilegible. Podría haber estado buscando en su memoria, o podría haber estado considerando cómo responder.

—No —dijo finalmente—. Nunca.

Ella sintió que en su interior surgía una súbita y feroz decepción. Se volteó para irse.

—Gracias por su tiempo, doctor Berghast. Y por su sinceridad.

—Gracias a usted —dijo el doctor Berghast, levantando una mano para detenerla— por todo lo que ha hecho por el joven Marlowe y por Charlie. La señora Harrogate me contó que no hubieran sobrevivido el viaje hasta acá de no ser por usted.

—Fue gracias a Coulton —dijo Alice—. Él es quien merece sus agradecimientos. Y la tutora de Marlowe, quien luchó contra la criatura hasta con los dientes. Brynt.

—La mujer tatuada, sí. He escuchado de ella.

—Una situación terrible —dijo la señora Harrogate en voz baja—. Una terrible pérdida de vidas, pero habrá más. Un gran mal anda suelto por el mundo, señorita Quicke, un mal de extraordinario apetito.

Alice volteó. Casi se había olvidado de su presencia.

—Se refiere a Jacob Marber.

—Me refiero al *drughr*.

—Jacob es solo… su herramienta —dijo el doctor Berghast. Se llevó la mano al hombro y levantó al pájaro de hueso con dos dedos para llevarlo hasta una percha; este cambió su agarre hacia un lado y ladeó la cabeza, mientras sus frágiles huesos chasqueaban—. Me culpo a mí mismo. Fui yo quien lo encontró en Viena, ¿sabe? Vislumbré su talento. Ya era quien llegaría a ser, ya no era solo un niño. Simplemente no me di cuenta en ese momento. Yo mismo le enseñé, y cuando llegó a la mayoría de edad lo envié en busca de otros Talentos. Hubo una niña en particular, hace nueve años, una manipuladora de polvo como él, en las islas japonesas. En el viaje de regreso, desapareció. El señor Coulton estaba con él; dijo que había sido un viaje perturbador, que la hermana menor de la niña había muerto. —El doctor Berghast se sacudió lentamente la tierra de la maceta de las manos, con gran pesadez—. Claro, en aquel entonces no sabíamos que Jacob había sido seducido por el *drughr*. Al año siguiente, no muy lejos de aquí, un Talento fue asesinado. Una madre joven. Fue Jacob. Tomó a su hijo recién nacido, directamente de sus brazos moribundos, para dárselo de comer al *drughr*. Lo detuve, pero llegué demasiado tarde para salvar a la madre. Solo pude salvar al bebé. Al menos pude hacer eso.

—Marlowe —susurró Alice.

—El chico al que usted llama Marlowe, sí. Yo fui su tutor y su padre, pero Jacob no estaba satisfecho; localizó a dos niños que se dirigían a nuestro instituto, los llevó a orillas del Lye, les cortó el cuello y los usó para alimentar al *drughr*. Cuando el *drughr* fue lo suficientemente fuerte, ayudó a Jacob a entrar en Cairndale. Estaban tratando de recuperar a Marlowe.

—¿Por qué? ¿Por qué a él?

—Eso no puedo decírselo, señorita Quicke.

Alice tragó saliva.

—Eso es... horrible.

—Sí, así fue. Aún lo es. Me culpo a mí mismo. Debe entender que, en ese momento, yo sabía muy poco sobre los apetitos del *drughr*. Pensaba que esas terribles historias eran como cuentos de hadas. Claro, algunos de los ancianos de aquí sí creían, pero yo no. Solo sabía que algo había atravesado nuestro *orsine*, que algo había escapado.

—¿Qué es... un *orsine*?

—Un pasaje a la tierra de los muertos, señorita Quicke —dijo el doctor Berghast—. O eso parece, nadie está completamente seguro. Hay dos, de hecho. El *orsine* de París ha estado inactivo durante siglos, pero el nuestro todavía tiene la desagradable costumbre de... abrirse, pero los mundos deben mantenerse separados; como comprenderá, deben mantenerse en equilibrio. Por eso tenemos la tarea de mantenerlo cerrado. Los muertos son mortales, igual que nosotros. Deambulan por las habitaciones grises olvidando poco a poco, hasta que, gradualmente, a lo largo de los siglos, se disuelven en las mismas partículas del universo. Imagínese si regresaran.

—¿Cómo puede saber todo esto?

—¿Cómo sabe un pescador lo que hay en el mar? He vivido rodeado de esto toda mi vida.

—Está hablando de almas.

El doctor Berghast frunció el ceño.

—Prefiero no meter la religión en esto. No hay huestes de ángeles cantando desde lo alto. Es un mundo como este, solo que diferente, sin vuelta atrás.

Alice se frotó los nudillos, tratando de asimilar toda esa información.

—Sí, sin vuelta atrás —siguió diciendo él, con una voz más oscura—, excepto para el *drughr*. De algún modo, él *sí* logró regresar. Está aquí entre nosotros, en este mundo, volviéndose más fuerte.

—¿Qué es, exactamente?

—Un alma que teme a la muerte, más que a cualquier otra cosa. Un alma que teme la destrucción que trae la muerte. Según las antiguas historias, fue encerrado detrás de una puerta de hierro, hace siglos, después de una gran guerra. Se esperaba que el *drughr* finalmente se disolviera, como hacen los muertos, y que su maldad cesara, pero cuentan las historias que se desplazó hacia el otro lado, cazando almas perdidas; pero, de este lado, está sujeto a la descomposición, como todas las cosas. Así que, estando aquí, debe cometer actos innombrables para poder subsistir.

—Los niños —dijo Alice.

El doctor Berghast asintió.

—Porque sigue estando débil. Cuando se fortalezca, se alimentará de todos los talentos. La muerte lo sigue a dondequiera que va, y le tiene sin cuidado la vida de los humanos. Es un depredador, y todos somos sus presas. Jacob Marber es su… portador. Aún no es lo suficientemente poderoso para estar en nuestro mundo sin ayuda.

—¿Por qué me cuenta todo esto?

—Porque necesito su ayuda —dijo él—. Me gustaría pedirle que nos ayude a encontrar a Jacob Marber.

Alice soltó una risa sorprendida.

—¿Yo?

La señora Harrogate, que estaba de pie muy quieta en una esquina, habló:

—Mientras el *drugh* esté ahí fuera, señorita Quicke, ni su Marlowe ni Charlie estarán a salvo.

El doctor Berghast colocó la plántula que había estado trasplantando en su lugar debajo del vidrio.

—Por ahora, todavía debe actuar a través de Jacob; él es su debilidad. Sin él, será como nada otra vez. Sin embargo, cada vez que se alimenta, con cada niño que devora, su poder aumenta. No tardará en venir aquí. Usted ya ha visto de lo que es capaz Jacob; el *drughr* es mucho peor.

—Mis métodos son para personas —insistió Alice—. Jacob Marber podría estar en cualquier parte. ¿Cómo piensa una cosa como él? Tendría que pensar como él para encontrarlo. —Sacudió la cabeza—. Ninguno de ustedes pudo encontrarlo antes. ¿Qué les hace pensar que yo puedo encontrarlo ahora?

—Sabemos que está en Londres —dijo la señora Harrogate.

—Londres es enorme.

—Y —añadió el doctor Berghast, limpiando la tierra negra de su bata y mirando hacia arriba— tenemos algo que no teníamos antes.

—¿Qué?

—A usted.

Alice se burló.

—O, mejor dicho, su herida —se corrigió el doctor Berghast. Se inclinó sobre el pequeño escritorio de madera y vertió un frasco de limadura de hierro. Sacó un imán de su bolsillo y lo sostuvo entre el pulgar y el índice para que Alice lo viera, luego lo agitó sobre la limadura—. Mire cómo el hierro busca el imán. Eso es lo que hace el polvo de Jacob, con él. Forma parte de él. Y dejó algo de eso dentro de usted, cuando la atacó. —La voz de Berghast era tranquila, pero sus ojos brillaban, demasiado—. Duda de mí, por supuesto, pero cierre los ojos, señorita Quicke. Déjese llevar. Permítase *sentirlo.* ¿Puede sentirlo?

Con cautela, ella hizo lo que le pidió. Allí, de pie en esa casa de cristal, con los labios secos y los párpados revoloteando, pudo sentir *algo*… una picazón que no tenía antes. Se sentía como un anzuelo que tiraba de sus costillas. No le gustaba esa sensación.

Berghast la observaba.

—Ustedes dos están conectados.

Estaba sacudiendo la cabeza, cada vez más enfadada. Se sentía violada, asqueada. Dejó que su mirada se deslizara hacia la señora Harrogate, que aún esperaba en su ropa de viaje, sujetando el pequeño maletín frente a ella con ambas manos.

—Si hago esto, si los ayudo a encontrarlo… ¿Qué piensan hacer con él?

—Lo mataré —respondió la señora Harrogate.

—¿Cómo hará para matar algo así? —Alice volteó a ver al doctor—. Supongo que tienen un plan.

—Yo no —respondió el doctor Berghast.

La señora Harrogate esbozó una pequeña sonrisa.

—*Existe* una manera. Si es que está dispuesta a confiar en mí, señorita Quicke.

Alice miró las vasijas de barro, apiladas en filas. Miró al doctor Berghast, sus duros ojos grises, su boca oculta por la barba, el poder en su cuello y hombros. El sol salió de detrás de una nube e iluminó el cristal a su alrededor, de modo que, de repente, ya no alcanzaba a distinguir su rostro.

«A la mierda», pensó, y volteó a ver a la señora Harrogate.

—Necesitaré que me devuelvan mi arma —dijo.

20

LOS DESAPARECIDOS

Charlie llevaba casi dos semanas en el instituto, durmiendo mal, cuando se encontró por primera vez con el carruaje oscuro.

Sería su primer vistazo del otro Cairndale, su gemelo invisible, idéntico en todo, hasta en las acuarelas enmarcadas en los pasillos y el polvo acumulado en las esquinas, pero, de alguna manera, siniestro, como si estuviera lleno de intención. Después de eso, comenzó a preguntarse qué estaba pasando exactamente y qué tanto no le habían contado.

Alice había partido hacia Londres una semana atrás, en la penumbra de la mañana, bajo un arrecife de nubes rojas en el este. Abrazó a Marlowe y a Charlie, mientras la señora Harrogate observaba impaciente desde el escalón del carruaje, con el velo sobre la cara y los ojos duros como canicas. Después de eso solo quedaron él y Marlowe, solo ellos dos. Las cosas entre ellos se volvieron más tiernas, tiernas como un moretón, tiernas como si hubiera un dolor profundo dentro de todo y tocarlo se los recordara. Komako y Ribs les mostraban el lugar, a veces también el muchacho polaco regordete, Oskar, con su cabello rubio casi blanco, su profunda timidez y su gigante de carne aguado que copiaba cada uno de sus gestos, pero Marlowe se mantuvo cerca de Charlie todo el tiempo, más cerca de lo habitual; incluso acercaba mucho su silla cuando comían en el comedor, se subía a la cama de Charlie después de que se apagaban las luces, ese tipo de cosas, exactamente como lo haría un hermano pequeño, y Charlie se sentía agradecido por ello. Por primera vez en su vida, no tenía que estar solo.

Pero una noche, después de que Alice partió, Charlie se despertó y vio la silueta de Marlowe en un asiento junto a la ventana, con las rodillas dobladas contra el pecho y el rostro vuelto hacia la penumbra.

—¿Qué pasa? —susurró Charlie—. ¿Tuviste una pesadilla?

El chico volteó a verlo, con sus ojos oscuros y enternecedores.

—Escuché caballos.

A través de la ventana abierta, Charlie también lo oyó: el leve relincho de unos caballos. Se levantó de la cama. Su habitación daba al lago Fae, al muelle y a la isla oscura que había ahí, con la silueta retorcida del antiguo olmo escocés. Sin embargo no había nada que ver, el patio de Cairndale estaba del otro lado del edificio, debajo de las habitaciones de las chicas. Charlie, en su camisa de dormir, se estremeció y se cruzó de brazos.

Marlowe se mordió el labio.

—¿Qué crees que esté haciendo Alice en este momento?

—En cama. Si es que es sensata.

—¿Charlie?

—¿Qué?

—¿Alguna vez te has preguntado cómo sería todo si las cosas fueran distintas?

—Claro. —Se sentó a su lado y suspiró—, pero pensar esas cosas puede enloquecerte. No ayuda. ¿Quieres que te traiga un vaso de agua?

Pero el niño dobló un pie sobre el otro, inquieto, no se distraería fácilmente.

—Digo, ¿y si Brynt no me hubiera acogido? ¿O si hubiera huido de Alice cuando estábamos con el señor Fox? ¿O si Alice no me hubiera sacado de ese hotel antes de que Jacob Marber entrara? Si las cosas hubieran sido solo un poco distintas… —Su suave rostro estaba preocupado—. ¿Crees que se supone que debamos estar aquí? ¿Es por eso por lo que las cosas son como son?

—No todo en la vida pasa por algún motivo.

—Mi mamá solía decir que «siempre tenemos elección». También Brynt, pero no es verdad, ¿cierto? Nosotros nunca elegimos venir aquí, no en realidad.

—Yo sí.

El chico se quedó pensando.

—Por tu padre —susurró.

Charlie asintió.

—No solo por eso, pero sí.

—¿Le mostrarás el anillo a la señorita Davenshaw? Tal vez ella pueda decirte lo que es.

—Eso es un secreto, Mar. ¿De acuerdo? Necesito pedirte que no le digas a nadie. Aún no.

—¿Por qué?

Pero Charlie solo suspiró con pesadez.

—No lo sé —dijo entre dientes.

La noche lucía negra reflejada en los ojos azul oscuro de Marlowe; él parpadeó con sus largas pestañas y luego miró a Charlie. Lo miró con una profunda y pura confianza.

—¿Sabes qué, Charlie? Me alegra que todas esas cosas hayan ocurrido así —susurró—. Me alegra porque tú estás aquí conmigo ahora.

—No iré a ninguna parte —dijo Charlie. Le dio un apretó en el hombro—. Excepto a traerte un vaso de agua. Vuelve a la cama. No tardo.

Salió al corredor, silencioso como el humo. Las antorchas de la pared habían sido apagadas. Había una jarra de agua de cristal tallado en una mesita al fondo del corredor, para que todos los niños pudieran beber de ella, y una bandeja de vasos sobre un paño de cocina, pero la jarra estaba vacía. Charlie pensó por un instante, luego caminó por el frío pasillo y giró a la izquierda, hacia el pasillo donde dormían las niñas. Había una segunda mesa allí con una jarra medio llena, y mientras se servía un vaso en pijama y descalzo, se asomó y vio el carruaje.

La ventana daba al patio. Un carruaje se había detenido cerca de la entrada del ala este. Debía de haber una luz encendida abajo, porque un resplandor rojo se reflejaba débilmente en las ventanas, y Charlie pudo distinguir claramente las cortinas corridas, el pestillo de latón de la puerta y el escalón desplegado debajo de la puerta. El revestimiento de madera negra brillaba. Fuera de esa luz, todo lucía oscuro y lúgubre. Los faroles laterales del carruaje estaban cerrados, y los caballos relinchaban suavemente en su lugar.

Frunció el ceño y se acercó. Su cara estaba casi presionada contra el cristal. Estaba de pie así cuando vio a dos hombres salir del ala este, cargando una caja larga parecida a un ataúd entre los dos. Lo subieron al carruaje por el otro lado y luego se quedaron hablando cerca de los caballos. El conductor estaba envuelto en ropa de lana negra, con el rostro oscurecido por la penumbra y una capa impermeable sobre la cabeza; su aliento humeaba a causa el frío. Los hombres intercambiaron algo, una pequeña bolsa. El conductor trepó pesadamente al carruaje y desdobló su látigo. Se oyó el tintineo de los arneses y el chirrido de las ruedas de acero.

Sin embargo, fue el pasajero lo que llamó la atención de Charlie. Se había dado la vuelta para subir también y, por un momento, Charlie pudo ver claramente sus rasgos iluminados por la tenue luz roja: un rostro lleno de cicatrices, sin barba. Una mirada dura. El hombre echó un vistazo a su alrededor y luego alzó la mirada, directamente hacia donde se encontraba Charlie.

Charlie no podía saber si lo había visto o no, o si solo había distinguido su silueta en la ventana, pero sintió un miedo repentino y profundo. En ese momento, de manera brusca e inesperada, sintió una mano en su manga, tropezó y alguien lo jaló de la ventana hacia las sombras.

Estaba viendo el rostro de Komako de frente.

—¿Qué…? —empezó a decir, las orejas le palpitaban.

Charlie dejó caer el vaso cuando tropezó, pero de alguna manera, Komako se agachó y lo atrapó justo antes de que golpeara el suelo, de modo que solo se derramó un poco de agua, y el vaso no se rompió, nadie se despertó ni llegó corriendo.

Ella lo miró con seriedad y, sin hablar, le devolvió el vaso. No llevaba puestos los guantes, y el notó que la piel de sus manos se veía manchada y roja.

La expresión de su rostro era feroz, alerta, pero también había algo más en ella. Miedo.

Se llevó uno de sus dedos en carne viva a los labios.

—Shh —susurró.

Se dio la vuelta en su camisón blanco y se deslizó en silencio de vuelta por el pasillo, como un fantasma, con su larga trenza negra colgándole hasta la cintura mientras avanzaba, pasando por todas las habitaciones de las otras chicas, hasta llegar a la habitación que compartía con Ribs. Charlie la vio alejarse. Espontáneamente, las palabras de Marlowe volvieron a él: cómo no pudieron elegir sus vidas, y cómo todo lo sucedido había sido azar o destino, sin forma alguna de saber la diferencia entre ambos.

Había sido un encuentro extraño, casi como un sueño. Charlie no tenía idea de qué se habían llevado ese jinete y su pasajero en esa carreta oscura, pero Komako nunca habló de eso, y sabía que no debía preguntar. De cualquier modo, la vida cotidiana en Cairndale seguía, y todo ese extraño mundo de lecciones y aprendizaje.

Había unos quince chicos en Cairndale. Los dormitorios de los niños estaban todos alineados a lo largo de ese mismo corredor, incluyendo la habitación del maestro, el señor Smythe, en el otro extremo; su puerta siempre estaba entreabierta en las noches mientras los chicos se preparaban para dormir. La mayoría de esos niños eran mayores y de piel blanca, aunque había algunos chinos y dos hermanos silenciosos de Gold Coast que se mantenían apartados. Todos ellos le dirigían miradas curiosas a Marlowe, e incluso los residentes mayores y los maestros susurraban y miraban cada vez que pasaba frente a ellos. Todos habían oído las historias, y muchos de ellos habían estado presentes la noche cuando Jacob Marber irrumpió en Cairndale. Parecían pensar que Marlowe era mitad milagro y mitad monstruo, por haber sobrevivido al ataque de Marber. Al diablo con eso, Charlie y Marlowe se quedaban en la pequeña habitación que les habían dado esa primera noche, y aparte de Oskar, no interactuaban con los otros chicos.

Más bien pasaban sus días con Komako y Ribs. La señorita Davenshaw les daba lecciones a los cinco juntos, ya que, según había dicho, le gustaban las diferentes habilidades de cada uno. «Se enseñarán unos a otros», les había dicho. «Y aprenderán que cada uno de nosotros tiene sus propios dones para compartir». Si acaso había otras razones más oscuras detrás de su decisión, no lo dijo.

Despertaban cada mañana cuando el señor Smythe tocaba una campana en el pasillo para indicarles que se vistieran. Luego seguía el desayuno en el comedor, bullicioso, con los sonidos del roce de los platos, los gritos y las risas. Después los niños se dirigían a sus diversas lecciones. Por su parte, Marlowe, Charlie, Komako, Ribs y Oskar empezaban cada mañana en el aula llena de libros de la severa señorita Davenshaw, bajo su mirada ciega.

Tal vez sería lo más normal de todo lo que aprenderían allí, aunque

Charlie no podía saberlo en ese momento. La señorita Davenshaw se paraba rígidamente al frente del aula y le asignaba lecturas y tareas a cada uno de ellos por turno; se formaban frente a ella, tomaban sus tareas, volvían a sentarse y comenzaban a aprender. A Charlie no le importaba, incluso le gustaba repasar las letras y aprender a leer más rápido y con más fluidez. Luego seguían con geografía, donde aprendían sobre las adquisiciones del Imperio británico, los países del este y una interminable letanía de ciudades, naciones e idiomas. Después de eso, la historia de las Islas británicas, además de una larga lista de reyes y reinas y fechas de batallas. Y, por último, repasaban aritmética en la pizarra del rincón, mientras la señorita Davenshaw, aunque ciega, seguía su trabajo y chasqueaba la lengua con cada error. La pálida luz de la mañana llenaba lentamente las altas ventanas, caía sobre las estanterías y se deslizaba poco a poco hasta el suelo alfombrado.

Después del almuerzo salían en fila a los jardines ingleses muertos, sobre la arcilla roja como la sangre, hasta los edificios anexos del otro lado de la propiedad, para comenzar ahí con el estudio de su talento.

Eso era lo que tenía más ansioso a Charlie, lo que más temía. Las instalaciones eran dos edificios largos de madera gris, como graneros o cobertizos de almacenamiento, con techos que goteaban cuando llovía y pisos de tierra. No tenían calefacción y apenas se les podía llamar, murmuró Ribs con una sonrisa, edificios.

Había más personas en el edificio, adultos, algunos, muy viejos. La señorita Davenshaw separó a los niños y cada uno se fue con un instructor diferente, pero Charlie se quedó solo.

—Tengo algo de experiencia con *haelans* le explicó—. Le enseñaré lo que pueda. Ah… está sorprendido.

Charlie, que había estado mirando la venda negra atada con fuerza sobre sus ojos y frunciendo el ceño, sintió que se sonrojaba.

La señorita Davenshaw esbozó una aguda sonrisa, justo como si pudiera verlo.

—No, no me refiero a mí misma, señor Ovid. Obviamente, no soy como usted. Mi tatarabuelo era *haelan*. Él me crió, hace varios años. Él ya… se ha ido, pero sé un poco de lo que podía y no podía hacer.

Charlie, quien había usado su talento para sobrevivir toda su breve vida, cruzó los brazos.

—Sé cómo funciona —dijo—. Solo que actúa como por voluntad propia. Digamos que…

—¿Reacciona? Sí, pero es posible controlarlo, señor Ovid. Es un talento mucho más grande de lo que imagina. Aunque requerirá cierto esfuerzo de su parte. Y mucha paciencia. Si es que está dispuesto a aprender, claro. ¿Está dispuesto a aprender?

—Tal vez —respondió él con cautela.

Estaban de pie junto a las puertas abiertas y el aire frío los envolvía. Charlie levantó la mirada y miró hacia el desván del otro extremo. Cuando agachó el rostro vio que la señorita Davenshaw había comenzado a caminar, a través de las puertas, hacia afuera. Por un momento repentino y parpadeante, se preguntó si ella sabía a dónde iba.

—Tiene razón en ser cauteloso —dijo ella, como si el chico no se hubiera quedado atrás—, pero no debe temer.

—No tengo miedo.

—Mmm. Sí. Bien. —Lo condujo a través de la hierba marrón hasta el perímetro de los terrenos del instituto. El cielo amenazaba con llover. Fue el primer acercamiento de Charlie al muro y, al hacerlo, sintió un zumbido bajo en el cráneo, como si estuviera haciendo algo mal, como si no debiera estar allí. Trató de ignorarlo, pero su ansiedad solo aumentó.

El muro de piedra parecía antiguo, le llegaba a la cintura, estaba cubierto de musgo negro y se estaba desmoronando en algunas partes. Estaba medio ensamblado con extrañas piedras en forma de panqueque que podrían haber salido del fondo del mar. Se extendía en ambas direcciones por todo el terreno, y rodeaba el lago oscuro y sus acantilados de arcilla oscura hasta donde alcanzaba la vista de Charlie.

La señorita Davenshaw pasaba su mano larga y pálida sobre las piedras mientras caminaban. La arcilla roja se sentía resbaladiza bajo sus pies. Cairndale se cernía al otro lado del campo, detrás de los edificios anexos, imponente y extraño.

—¿Lo siente, señor Ovid? —preguntó en voz baja la señorita Davenshaw, con su rostro ciego apartado—. ¿Siente las protecciones? Bastante desagradable, ¿verdad?

Las sentía, eran la fuente de su ansiedad, de su pavor. Eran como una punzada de electricidad a su alrededor, un zumbido en el aire, una frecuencia justo por debajo del sonido.

—Eso, señor Ovid, es obra del glífico —dijo ella—. Nos mantiene a todos... a salvo. Talentos como el suyo no pueden cruzar de un lado al otro, a menos que el glífico lo permita. Se necesita un tremendo esfuerzo de su parte para mantener las protecciones fuertes, según me han dicho. Nunca está en reposo. Esa es una de las razones por las que las visitas a la isla están estrictamente prohibidas. No querríamos que Jacob Marber, o su *liche*, entraran aquí sin ser invitados, ¿verdad?

Charlie suprimió un estremecimiento. La cosa que lo había atacado en Londres aún le provocaba pesadillas.

—Pero —continuó diciendo— las protecciones también nos mantienen a salvo de las miradas indiscretas de la gente común. Estarían muy alarmados por lo que sucede aquí, ¿no cree? Si alguna persona intentara ingresar a los terrenos sin ser invitada, se sentiría abrumada por una fuerte sensación de inquietud, una... incomodidad que se iría volviendo cada vez más opresora. Darían la vuelta y se marcharían antes de avanzar tres metros, aunque no podrían explicar por qué. Cairndale tiene una... reputación debido a esto. Si usted saliera de las instalaciones, lo notaría. Los lugareños lo mirarían con recelo, con miedo.

Charlie, quien había pasado toda su vida soportando los ojos resentidos de la gente blanca, asintió.

—Me imagino que lo haría de todos modos —dijo él—. No luzco como...

—Sé cómo luce, señor Ovid. No es el único extranjero en Cairndale.

Él se detuvo y volteó a ver sus ojos vendados, enojado por su reprimenda, pero se tragó su respuesta. Podía ver, por encima de la pared desmoronada, el mundo exterior, avanzando lenta y constantemente.

—Lo que hace usted, señor Ovid, lo que hacen todos los Talentos, es una especie de... nigromancia. Es la manipulación del tejido muerto. Nadie puede manipular tejido vivo. Nadie puede usar su talento en la carne de otro. Venga. Camine conmigo, por favor. —Empezó a avanzar de nuevo y apartó el rostro, como si escuchara algo.

—Existen cinco tipos de talentos —continuó diciendo con sequedad—. *Clinks*, embrujadores, transformadores, manipuladores de polvo y glíficos. Preste atención, señor Ovid, esto es importante. En primer lugar, los *clinks*. Ellos pueden fortalecer sus propios cuerpos. Usted, como *haelan*, pertenece a este tipo. Así como los fuertes, como el pobre señor Coulton, que hacen que su carne sea tan compacta y densa que puede detener incluso una bala. En segundo lugar, están los embrujadores, que pueden reanimar restos mortales. Las brujas de huesos, que «hechizan», por así decirlo, esqueletos, son embrujadoras. El señor Czekowisz, su amigo Oskar, con Lymenion, su gigante de carne, también es un embrujador. En tercer lugar, están los transformadores, que pueden alterar la apariencia de su propio cuerpo: la señorita Ribbon, como sabe, puede volverse translúcida. Otros incluso pueden cambiar de forma. En cuarto lugar, están los manipuladores de polvo, como la señorita Onoe, que pueden controlar y manipular sus propias células muertas, que se convierten en polvo, y unirlas con otras partículas. Por último, están los glíficos, pero son una raza extraña e incognoscible; crecen en su talento como un árbol crece en una ladera. Son solitarios y poderosos, y es necesario ir hacia ellos para encontrarlos. Su don, o su maldición, es poder ver la red que nos conecta a todos y seguir los hilos. Son inmensamente poderosos.

Charlie caminaba a su lado, tratando de asimilar toda esa información.

—Cinco talentos —murmuró.

—Sin duda escuchará a algunos de sus compañeros hablar de un sexto talento, pero no existe. Le aconsejo que escuche solo los hechos y que se resista a los rumores, señor Ovid. Hay muchos rumores aquí en Cairndale.

Él le dirigió una mirada rápida, aguda y furtiva, pero no pudo entender lo que quería decir. No parecía posible que ella pudiera saber acerca de sus sospechas, sobre el anillo de bodas de su madre con el escudo de Cairndale ni sobre el carruaje oscuro y su jinete.

—Existe una sustancia dentro de usted —continuó diciendo— a la que en Cairndale conocemos como «polvo», aunque no es polvo, no en el sentido ordinario de la palabra. Es esto lo que anima su tejido muerto, sus células muertas. ¿Por qué está en usted y no en otros? Eso no lo sé. Hay mucho que aún no sabemos, pero es este «polvo» lo que hace que su yo corpóreo sea… excepcional. Está *en* usted, fluye *a través* de usted y deja huellas donde y cuando sea que use su talento. El cuerpo de un talento es un mapa de su polvo, señor Ovid, y un glífico puede leerlo como un libro.

—Al ser un *haelan* —dijo entonces—, su carne se cura a sí misma. Se cose a sí misma de nuevo. Repara las células muertas y, al hacerlo, parece restaurar la sangre perdida. No puede ahogarse, no puede quemarse, no puede ser estrangulado. —Hizo una pausa y sus largos dedos alcanzaron su rostro, tocándolo rápida y suavemente—. Nada viene de la nada. Los talentos se extraen de la vida de sus usuarios; cuanto más se usan, más cortas son esas vidas. ¿Siente un dolor terrible cuando su talento está en acción? Es lo mismo para todos nosotros. Ese es el precio que está pagando. Los talentos brillan intensamente, señor Ovid, pero se extinguen rápido. Todos menos usted. Cuando llegue a la mayoría de edad, alrededor de los veinte años, su cuerpo ralentizará su proceso de envejecimiento. Sobrevivirá más que todos nosotros.

—Está diciendo que… ¿no moriré?

—Todo perece, señor Ovid. Excepto Dios, los ángeles y los ideales de libertad en los corazones de aquellos que son puros.

Él frunció el ceño.

—Una broma. No. Vivirá mucho tiempo, pero nada es para siempre y su talento se debilitará, a la larga. Cuando lo haga, su cuerpo comenzará a envejecer. Lentamente al principio, luego, más rápido. De repente, será viejo, y de repente, estará muerto. Mi tatarabuelo era un hombre fuerte de treinta años dos días antes de su muerte. Cuando murió, era delgado y frágil como un papel.

Charlie tragó saliva.

—¿Cuánto tiempo toma?

—¿Morir?

—Vivir.

—Eso depende de qué tan poderoso sea su talento. No todos son iguales. Estimo que vivirá por lo menos ciento cincuenta años.

No estaba seguro de haberla escuchado bien. Trató de sacar cuentas en su cabeza.

—No quiero eso.

—Entonces es más sabio que la mayoría. Sin embargo, es lo que es, señor Ovid; no tiene nada que ver con lo que usted quiera. Ahora, sus habilidades tienen limitaciones. Sus extremidades volverán a crecer si se separan de su cuerpo, pero cortarle la cabeza terminaría con su vida bastante rápido. El mayor costo para usted será su corazón y su alma. Es muy agotador sobrevivir a las personas que uno ama, y ver el mundo cambiar a su alrededor, pero eso no es algo con lo que pueda ayudarle.

Charlie asintió. Sus pasos resonaban.

—El control es lo que intentaremos trabajar en nuestras sesiones juntos. El control lo es todo. Ahora mismo usted no tiene control alguno. Cuando está herido, su cuerpo se repara a sí mismo. Eso es todo, pero hay mucho más que puede hacer, señor Ovid, muchos usos extraños para el don de un *haelan*. Tengo entendido que ya sabe cómo ocultar objetos en su carne, pero ha habido *haelans* capaces de quitarse partes de sí mismos, incluso huesos, cuando ha sido necesario usarlos. Y otros *haelans* tenían un control tan grande que podían doblar el tejido muerto de sus cuerpos, en lugar de simplemente repararlo; podían *moldear* sus *cuerpos*.

—¿Moldear sus cuerpos?

—Se conoce como *mortaling*. Incluso podría decirse que ese es el verdadero talento, el propósito del arte de un *haelan*. Podían alargar sus brazos o piernas, apretar su carne para pasar a través de espacios imposiblemente pequeños. Podían forzar cerraduras metiendo los dedos en ellas. Esa clase de cosas. El dolor debe haber sido extraordinario. Aprender a soportarlo es una parte importante de nuestro entrenamiento aquí. —Sus fosas nasales se ensancharon mientras respiraba lentamente—. Como dije, es un talento fuera de lo común.

Charlie escuchaba todo esto con una creciente sensación de pavor, mientras observaba a la señorita Davenshaw con su espeluznante vigilancia, su mirada que podía detectar sin ver. Estaba recordando, como a través de una neblina, la examinación de la señora Harrogate, en Londres, durante esa primera semana en la calle oeste Nickel. Ella había querido que él hiciera algo como eso, ¿no? Miró hacia atrás, hacia los edificios anexos, que estaban bastante lejos de ellos ahora, luego dejó que sus ojos vagaran por el campo vacío. A pesar de todo, a pesar de querer evitarlo, estaba intrigado.

—¿Cómo hago eso? ¿El… *mortaling*?

—¿Usted? No, no.

—Pero acaba de decir que…

—No está lo suficientemente entrenado, jovencito. Yo le enseñaré. Acérquese. No se preocupe si siente las protecciones, el glífico no le hará daño. Sabe que estamos aquí, y cuáles son nuestras intenciones. Ahora, aquí, donde estas dos piedras se encuentran en la pared. —Ella tomó su mano y movió sus dedos con suavidad a lo largo de la grieta en las piedras—. Aquí hay un espacio por el que podría deslizarse. Parece imposible, ¿verdad? Sin embargo, el *mortaling* hace que un cuerpo sea capaz de moverse «sin moverse». Es algo que desbordará su imaginación.

Charlie sintió la brecha. Cerró los ojos. Todo su cuerpo vibraba con la energía de las protecciones del glífico. Había mucha quietud. De repente el silencio se convirtió en un sonido en sus oídos. Algo estaba pasando. Podía sentir las yemas de sus dedos donde se presionaban contra las piedras, buscando el espacio entre ellas, y trató de imaginar esa brecha abriéndose, una estrechez en la que pudiera meter los dedos. No pasó nada.

—No… puedo —dijo, respirando con pesadez—. Simplemente… no puedo. —Era extraño, pero sentía como si la hubiera decepcionado.

—Desde luego, señor Ovid —dijo ella—. Una cosa a la vez. ¿Está listo?

—Sí —respondió Charlie, tratando de ocultar la ira de su voz—. Estoy listo.

La señorita Davenshaw señaló con un gesto un anillo de piedras en medio de la arcilla roja.

—Entonces, empecemos —dijo ella.

Pasaron los días.

Charlie estaba en la biblioteca a la luz de las velas una tarde cuando Komako lo encontró. Se había acostumbrado a usar el anillo de su madre en un cordón alrededor del cuello, en parte porque no era ni fácil ni indoloro sacarlo de su propia carne. Estaba sentado en el ancho alféizar de la ventana, sujetándolo infelizmente y cavilando, cuando escuchó la pesada manija de latón de la puerta. Luego oyó el taconeo de los zapatos de Komako en el parqué con incrustaciones y metió el anillo dentro de su camisa.

—Ribs te está buscando —dijo ella, titubeante.

—¿Para qué?

—Oh, *para nada.* —Apareció una sonrisa pícara en las comisuras de sus labios—. Creo que no puede relajarse a menos que sepa dónde estás.

Charlie frunció el ceño. Sabía que lo estaba molestando. Ella se acercó un poco, tomó una silla y se sentó muy cerca de él, tanto que él podía oler el jabón de lejía en su piel.

Llevaba de nuevo los guantes de cabritilla sin dedos para proteger sus manos adoloridas.

—¿Cómo estuvo tu primera lección con la señorita D? Odio pensar en lo tiene que aprender un *haelan.* ¿Te hizo recitar los cinco talentos? —Bajó la voz a un susurro—. ¿Te contó sobre el sexto?

—No existe el sexto.

Komako tiró de su larga trenza.

—¿O será eso lo que quieren que pensemos? Pregúntale a Ribs. Ribs tiene toda clase de teorías sobre el sexto. El talento oscuro, como lo llama ella. Hay una historia que le gusta contar a los veteranos, sobre un talento oscuro que puede provocar el fin de los tiempos y destruir a todos los demás talentos… —Hizo una pausa y se movió para ver el rostro de él más claramente contra la ventana—. Oye, Charlie, solo estoy bromeando. ¿Estás bien?

—Sí, estoy bien.

—Cuando llegué aquí me ponía triste todo el tiempo. No era solo por el lugar. Bueno, era un poco por el lugar.

—No estoy triste.

—Bueno, yo sí lo estaba. —Su boca estaba un poco abierta, como con anticipación, como si supiera cuán de cerca él estaba observando sus labios—. Acababa de perder a mi hermana, ella llevaba mucho tiempo enferma. Entonces dejó de estarlo. El señor Coulton y Jacob me encontraron y me compraron el pasaje para venir aquí. Ribs también viajó con nosotros. Digamos que… se nos pegó.

Charlie alzó la mirada.

—¿Jacob…?

—Marber, sí. Era diferente en aquel entonces. No sé lo que es ahora. Desapareció mientras viajábamos al sur desde Tokio. Simplemente… se fue una noche. Todos los marineros creyeron que había saltado por la borda, pero durante años se le vio cerca de Cairndale, caminando por los valles, con la cabeza agachada, como si estuviera buscando algo.

Charlie suprimió un temblor. Imaginó a ese monstruo de humo y oscuridad, acechando las paredes de Cairndale, tratando de encontrar una forma de entrar.

De pronto, la expresión de Komako se tornó seria.

—Sé lo que parece este lugar. El doctor Berghast, la señorita Davenshaw y los demás actúan como si esto fuera un refugio para nosotros, para los de nuestra especie. Y quieren que así sea, en verdad, pero ningún lugar es seguro, no realmente. Ten cuidado, Charlie *Uno-de-nosotros*.

—No tienes idea de dónde he estado —dijo él—. Puedo cuidarme solo.

—No eres el único que ha tenido una vida difícil, Charlie.

Había algo en la forma en que lo dijo. Entonces él la miró, realmente la *miró*, preguntándose de repente, y por primera vez, lo que había vivido. Cómo había muerto su hermana, o sus padres, o cómo había tenido que dejar atrás toda su vida para ir ahí. Raspó el alféizar con una uña, sintiéndose avergonzado.

—Lo que viste la otra noche, ese carruaje en el patio —dijo ella—. No se suponía que lo vieras. Hace entregas de vez en cuando. Cajas. Y a veces se lleva cosas también.

—No tengo miedo.

—Solo porque no sabes. No sabes lo que está pasando aquí.

Él levantó la vela del plato donde goteaba cera y la enderezó.

—Entonces, cuéntame.

Pero pudo ver que ella estaba decidiendo algo, alguna discusión interna. Se levantó y escuchó junto a la puerta. Lo miraba sombríamente mientras lo hacía y sus ojos brillaban a la luz de las velas. Volvió y se sentó muy cerca de él.

—Han desaparecido niños —susurró.

Él parpadeó.

—¿En Cairndale?

Ella asintió con seriedad.

—Tal vez incluso hayan sido asesinados. No sabemos. El último semestre vi a Brendan O'Malley salir en ese mismo carruaje a la mitad de la noche. No volvimos a saber de él. Cuando pregunté, me dijeron que había llegado a la mayoría de edad y que había vuelto con su familia, pero él no tenía familia, al menos no una con la que valiera la pena regresar.

—Espera, ¿a qué te refieres? ¿Qué quieres decir?

—No lo sé aún, pero lo averiguaré. Todos nosotros. Ribs, Oskar y yo.

—¿Cómo?

Komako se acercó. Él podía sentir su aliento en su mejilla.

—Bueno, eso es de lo que quería hablar contigo —dijo ella en voz baja—. Necesitamos tu ayuda, Charlie.

Había sido idea de Ribs acercarse a Charlie para pedirle ayuda. Cierto, a Oskar y a Lymenion no les había gustado, pero Komako sabía que sería útil hacerlo. Esa forma cautelosa de mirar de soslayo, como lo hace un niño que ha tenido una vida dura, fue lo que hizo que Komako pensara que podría estar de acuerdo. Él era, después de todo, un *haelan*.

Fue eso, su talento, lo que finalmente la había convencido. Porque, si querían saber más, si querían acercarse a lo que fuera que estaba pasando, entonces necesitarían un *haelan*.

Las desapariciones habían comenzado dos años atrás. No muchas, no las suficientes para que nadie se alarmara demasiado, y siempre había una explicación: se habían ido a Londres, o habían regresado con sus familias, o se habían ido a un viaje a Rumania, a Pekín, a Australia, pero nadie se despedía. Y dejaban atrás todo lo que les importaba. Cuando Brendan fue llevado de contrabando en el carruaje, en la oscuridad de la noche, estaba construyendo una réplica de Cairndale con cerillas en su dormitorio, y la dejó sin terminar. Otra niña que desapareció seis meses antes que él, Wislawa, acababa de capturar un conejo y lo estaba criando en una jaula detrás del cobertizo de las herramientas, y lo dejó sin alimentar. Es cierto que Komako no conocía bien a ninguno de los desaparecidos, pues en Cairndale mantenían a los estudiantes alejados en la medida de lo posible; pero había oído los rumores, y sabía que no habían sido de los que se querían ir.

Esto quería decir que algo estaba pasando. Y, lo que era peor, que debía de haber alguien en Cairndale que supiera sobre el carruaje, y que estaba ayudando a que eso siguiera sucediendo. La cosa era que Cairndale en sí era un pozo de secretos; las desapariciones podían ser nada, o podían serlo todo. Komako había vivido en el instituto durante casi diez años y lo consideraba como su hogar; sin embargo, había partes de él que ni siquiera adivinaba.

Pero ella sabía muchas otras cosas. Por ejemplo, sabía que los viejos talentos de Cairndale estaban muriendo. Quedaban once de ellos, hombres y mujeres ancianos, canosos y encogidos como insectos bajo un cristal, que se movían con la lentitud de un muerto. A veces daban una vuelta por el patio, mientras sus enfermeras empujaban sus sillas de mimbre con ruedas, o caminaban ellos mismos arrastrando los pies lentamente en pantuflas y batas de baño. Y sabía que algunos de ellos habían cruzado hacia donde estaba el glífico de noche, en los viejos botes de remos, y que algunos nunca regresaron, o regresaron más débiles, más frágiles. No, no todo en Cairndale era lo que parecía, pero de los muchos secretos que lo acechaban ninguno era más triste que el propio doctor Henry Berghast.

Oh, era un buen hombre, no tenía duda de ello. Era el doctor Berghast, después de todo, quien los mantenía a todos a salvo. No sabía de dónde venía. Su edad, su pasado, su familia, todo era un misterio. Hablaba sin acento alguno, con un tono de voz curiosamente suavizado, como si viniera de la nada y de todas partes a la vez. Tenía hombros fuertes y aspecto feroz, y parecía un hombre en su plenitud, pero ella sabía que no podía serlo. Porque había tensión en sus ojos y su cabello se había vuelto todo blanco. Había oído hablar a los viejos talentos: él había estado resguardando el glífico durante al menos ochenta años, incluso más de lo que ellos podían recordar, para asegurarse de que el *orsine* permaneciera cerrado, pero su obsesión por el *drughr* era alarmante. Dormía poco, salía a menudo por la noche por negocios, sin duda en busca del *drughr* y de Jacob, o en lo que se había convertido Jacob. La señorita Davenshaw decía que se culpaba a sí mismo por ello. Lo único que Komako sabía con certeza era que ese hombre anciano, y sin edad a la vez, esa persona de ojos gris pálido y profundo sentido de rectitud, ese *doctor*, se estaba destruyendo lentamente a sí mismo, mientras acechaba a ese monstruo con inquietud. Y le rompía el corazón verlo.

Por eso no había acudido directamente a él, no le había contado sus sospechas sobre los desaparecidos, no le había advertido sobre el carruaje oscuro. No *sabían* nada, aún, pero a los tres les había dado por observar los cielos en busca de pájaros de hueso, y se escabullían hasta la galería de alambre donde se posaban cada vez que veían que uno llegaba. Komako y Oskar vigilaban mientras Ribs entraba a escondidas, desataba el mensaje, lo leía rápidamente y luego lo volvía a colocar, mientras los pájaros de hueso no paraban de chasquear, agitarse y girar sus cuencas sin ojos como si quisieran verla mejor. Hasta el momento habían descubierto poco; algunos mensajes extraños de la señora Harrogate en Londres, y un mensaje en código confuso de algún lugar en Francia.

Pero cierta mañana, Komako fue enviada como mensajera al antiguo almacén que el doctor usaba como laboratorio. Lo encontró de pie frente a sus matraces, alambiques y las extrañas pociones embotelladas, frotándose los ojos con cansancio. Él tomó la carta y la despachó. Cuando se dio la vuelta para irse, vio, apilados sobre su escritorio, varios sobres manila color marrón. Ella sabía de dónde provenían esos archivos, y le dieron una idea.

Si querían rastrear a los niños desaparecidos, necesitarían a alguien que pudiera trepar por el exterior de la mansión, en la oscuridad, alguien que pudiera entrar por la ventana del estudio de Berghast, que pudiera abrir la puerta desde el interior. Así Ribs podría entrar, abrir el armario grande y revisar los archivos de todos los Talentos que habían sido admitidos alguna vez en el instituto hasta encontrar lo que estaba buscando: los archivos de los niños desaparecidos.

En otras palabras, necesitaban a Charlie Ovid.

Komako se apresuró por los pasillos de Cairndale, silbando suavemente para sí misma.

Porque Charlie acababa de acceder a hacerlo.

21

LOS SECRETOS DE OTRAS PERSONAS

Mientras viajaba al sur de Londres, Alice Quicke se encontró pensando en los muertos.

En Coulton, por supuesto. Todavía podía escuchar su voz, su acento seco y atiplado, podía ver las ralas patillas de color castaño rojizo que él había cultivado, los cabellos cada vez más escasos que peinaba sobre su cuero cabelludo rosado, y la forma rojiza y picada de su rostro y sus cachetes caídos. Es verdad que a veces la enloquecía: reservado, insufrible, sarcástico la mitad del tiempo y engreído el resto, pero ella confiaba en él porque él se había ganado esa confianza, y porque nunca la había tratado como a una mujer detective, sino solo como a una detective y, sobre todo, porque era un buen hombre y un buen amigo.

Sin embargo, mientras recorría el andén del tren en Edimburgo, observando los pequeños grupos de mendigos que se dispersaban por las vías, o se sentaba sin hablar con la señora Harrogate en un vagón restaurante a la luz de las velas, con los platos inundados de salsa, cordero y estofado, no fue Coulton quien llegó a ocupar sus pensamientos, sino su madre.

No podía explicar por qué. El nombre de su madre era Rachel Coraline Quicke. Alice no la había visto en años, en parte por el dolor y en parte por el disgusto. No había tenido infancia, en absoluto. Su primer recuerdo era de Rachel en el barro de una calle de Chicago, gritando a las persianas de su casero, arrojando fango porque la puerta de su vivienda estaba cerrada con llave y ella había perdido la llave. Estaba tan llena de furia. Sus caderas eran anchas y su vientre suave al tacto. Se bebía botas enteras de cerveza en la taberna irlandesa de la calle Declamey y se tambaleaba hasta la casa, maldiciendo. Trabajaba en una panadería alemana en el distrito contiguo. Salía resoplando como un caballo en la madrugada y pasaba el día moldeando la masa con sus dedos hábiles en la panadería vacía, mientras afuera todavía estaba oscuro, preparaba pretzels, pasteles y tartas calientes rellenas de mermelada que tenían un dulce aroma. Era el único momento en que parecía estar en paz. Cuando era muy pequeña, Alice la acompañaba a veces, y fingía ayudar a encender los fogones y limpiar la harina de las mesas, sin importarle la hora. Luego, cuando ella tenía cuatro años, su padre se fue. Después de eso, las dos se quedaron solas. Durante un tiempo había tenido un pequeño setter irlandés llamado *Scratch*, pero un día él también se escapó, o lo mataron en una pelea o lo pateó un caballo… o tal vez él también decidió que ya había tenido suficiente y que debía de haber lugares más fáciles para vivir.

En ese entonces, la propia Alice ya era una rata de alcantarilla que frecuentaba el destartalado lado oeste del lugar donde vivían. Corría, junto a un grupo de niños inmigrantes mayores en los callejones, en su mayoría irlandeses, que se ponían a zigzaguear entre las ruedas de los carruajes y taxis, o a encender pequeñas fogatas en el mercado de productos agrícolas en la calle Randolph, o a arrojar piedras a las ventanas del patio de carga y a huir de los vigilantes. Todos sus amigos fueron apresados y golpeados, excepto ella; era demasiado rápida, incluso entonces. En esa década, Chicago era una expansión de lodo y suciedad, de inundaciones y aguas residuales. El río apestaba en los veranos, y las calles estaban cubiertas de una gruesa capa de fango en primavera y otoño. Incluso los caballos se tambaleaban en las intersecciones más profundas. Por todas partes había vías de tren, hoteles, tiendas de suministros, amplios patios de cobertizos y corrales de ganado y elevadores de granos, todo iluminado. Era una ciudad de fuego.

Alice tenía siete años cuando su madre encontró a Dios. Lo que siguió fueron tiempos extraños de oración, reuniones en la iglesia y picnics junto al río los domingos de verano. Tenía un solo vestido, que su madre lavaba exhaustivamente. El temperamento de su madre no se suavizó, pero su fe, si es que era eso, la llenó de una renovada intensidad, de modo que todas las noches, antes de dormir, se azotaba la espalda rosada con una rama de abedul y se dejaba unas marcas rojas y sangrantes. Se paraba en las esquinas de las calles sobre un cajón de madera por las tardes, cuando salía del trabajo, y se ponía a sermonear a los transeúntes para que se preocuparan por el estado de sus almas. Tal vez todo eso también envenenó su trabajo, quién sabe. Porque ese mismo año perdió su empleo en la panadería, el único trabajo que había tenido, hasta donde Alice sabía, la única estabilidad en sus vidas. Después de eso todo cambió.

Cierto día llegó a la Iglesia de New Canaan una mujer que venía del oeste, de una pequeña comunidad religiosa en los campos de trigo de Illinois. Su nombre era Adra Norn. Era alta, con el cabello largo color plomo, un rostro que se asemejaba a la fruta seca al sol, y unas manos enormes y toscas; manos masculinas, que podrían partir una Biblia en dos. Cuando ella hablaba, incluso los hombres escuchaban. Decía que su Dios era un dios enojado, un dios vengativo, y que su ira estaba dirigida a los hombres del mundo. Su comunidad era un lugar solo para mujeres, un refugio de las corrupciones del mundo. Si Alice le temía a su madre, lo que sentía por Adra Norn era diferente, más cercano al asombro o al terror. La mujer pasaba por los lugares con la fuerza de un huracán, con su falda gris agitándose detrás de ella y sus enormes manos en carne viva recogiendo lo que fuera necesario. Su discurso sonaba bíblico e inquietante, y aunque su acento no era del todo inteligible, su significado era claro: «Dios no te ama, Dios no te necesita. Arriésgate a disgustarlo y serás atormentado».

«Sin embargo, para aquellos tocados por Dios», solía decir también, «todo es posible».

La madre de Alice solía decir eso también, en voz baja, una y otra vez, cuando pensaba que estaba sola. Cierto domingo, Alice vio a su madre enfrascada en una conversación con Adra Norn, y pronto la mujer alta empezó a acudir a su apartamento casi todas las tardes. Dos meses más tarde, cuando Norn se preparó para partir, Rachel también empacó sus pocas pertenencias y partió con Alice hacia la comunidad sagrada de Bent Knee Hollow.

Ese viaje, el primero que Alice había hecho, lo recordaría toda su vida: los cuervos que surgían como uno solo de los campos de rastrojo, rápidos y crepitantes, exactamente como ella imaginaba que se veía un pensamiento; el bajo sol rojo que se hundía sobre la línea de árboles; los caminos polvorientos, desiertos que se llenaban de una luz antigua, y los frondosos robles y sauces que bordean los frescos ríos. Cabalgaron durante cinco días; la vieja carreta de Adra Norn crujía como un gran barco de tierra sobre los cruces llenos de baches. Rachel viajaba encorvada junto a Adra en el duro banco del frente, perdida en su conversación. Alice iba sola en la parte de atrás, entre cajas de semillas, grano, rollos de tela, hachas, palas y cosas por el estilo, y como era verano, dormían todas las noches al aire libre, junto al fuego humeante. Norn bendecía su comida primero y su destino y al mismo fuego antes de recostar su propia cabeza color acero.

Llegaron a Bent Knee Hollow al atardecer; a su alrededor había campos de oro que adoptaban un tono rojo bruñido a la luz sangrienta del sol. Alice bajó de la parte trasera de la carreta y se quedó con su madre, insegura, a la vista de un mar de mujeres que habían salido de los edificios a medida que se acercaban; algunas llevaban delantales, y otras todavía traían en la mano cuchillos de trinchar, hachas o fardos de lana. Sus rostros lucían curtidos, pero felices, y sus ojos claros. Adra pasó entre ellas, abrazándolas a todas. Las mujeres, repentinamente tímidas, se miraban los pies cuando ella pasaba.

Había calma y gentileza en ese lugar. Alice tardó semanas en reconocer el sentimiento que la invadía estando ahí: paz.

Pasaron las estaciones. Rachel empezó a cambiar, de modo imperceptible al principio, luego notablemente. Se cortó el pelo como el de Adra, usaba el mismo vestido de arpillera gris, y rara vez se apartaba del lado de la mujer mayor. Su ira, si es que todavía estaba ahí, quedó enterrada; Alice ya no veía la misma expresión tensa en su frente y su mandíbula, pero Alice también la veía mucho menos que antes. Por su parte, ella pasaba sus días ocupada con las tareas de la vida comunal: arrancando, cortando y pelando para los grandes contenedores de sopa, apilando leña, remendando ropa, golpeando mantas con palos, cosiendo botas. En la época de la cosecha, ellas vendían su trabajo a los granjeros locales a cambio de alimentos y provisiones.

Las mujeres trabajaban en un silencio monástico y no había ninguna otra niña. Los domingos la comunidad se reunía al anochecer con sus chaquetas para encender una gran fogata, cantar himnos y asar papas. El fuego era sagrado, según les había enseñado Adra Norn; el fuego limpiaría al mundo entero cuando por fin llegara el fin de los tiempos.

Solo los puros, les había advertido, podrían caminar entre el fuego y salvarse.

Desde luego, Margaret Harrogate sabía todo eso.

O la mayor parte, al menos. Había oído hablar de Bent Knee Hollow, y de la estupidez de Adra Norn, y había leído los informes escritos por los médicos de Rachel Quicke, sobre lo que la loca les había hecho a todas las pobres almas de esa comuna, también una larga carta que Coulton había escrito sobre la propia Alice y su salud mental. Sí, ella lo sabía. Si los secretos fuesen el tipo de cambio en Cairndale, entonces la cartera de Margaret siempre estaría llena.

Pero nada de eso le interesaba.

Lo que sí le interesaba, y le preocupaba, era el doctor Berghast, Henry, el Henry que había dejado en Cairndale.

No era el hombre que había conocido todos esos años atrás, eso estaba ominosamente claro; había cambiado, y ella podía verlo ahora. De seguro cualquiera podría notarlo. Estaba siendo consumido por su obsesión. No le importaba el dolor ni el miedo, la pena ni la esperanza. El *drughr* era todo para él. ¿Dormía? Ella tenía sus dudas. ¿Soñaba? Solo con el *drughr*, seguramente. Se culpaba a sí mismo por sus horribles actos; llevaba la culpa dentro de él, como un cáncer. Sí, sonaba razonable y tranquilo en el día a día, pero la vergüenza y la furia habían destrozado lentamente su corazón hasta deformarlo a tal grado en que ya no se parecía a nada bueno y estaba dispuesto a cualquier cosa, cualquier acto, si este conducía a la destrucción del *drughr*. Estaba asustada por él.

Mientras estaba sentada en el pequeño compartimento del tren, en dirección al sur; las ventanas salpicadas traqueteaban en sus marcos, y Margaret observaba dormir a su compañera de viaje. La señorita Quicke había demostrado ser valiente, sin lugar a dudas, y había demostrado ser leal, al menos a los niños. El señor Coulton siempre había jurado que ella era capaz, digna de confianza. Margaret suspiró. Bueno, lo sabría muy pronto.

En ese momento iban pasando por el norte de Inglaterra. Habían cambiado de tren dos veces, y en cada ocasión, Margaret había examinado los lúgubres andenes del tren en busca de cualquier señal de Marber de su *liche*. No había visto nada ni a nadie. Las taquillas, los puestos de lectura, los hombres solitarios con sus monótonos trajes negros y sombreros, sujetando sus maletas con fuerza, nada de eso la tranquilizaba.

Proyectó sus pensamientos hacia el futuro, hacia Londres. Lo primero que tendría que hacer sería dejar descansar a la señorita Quicke, dejarla recuperar fuerzas. Luego tendría que encontrar al señor Fang, su contacto en la comunidad de exiliados. Él sería el medio para encontrar lo que ella quería: el arma que podría matar a Jacob Marber.

Era la misma arma que Walter había estado buscando todas esas semanas atrás. No les habría servido de nada ni a él ni a Margaret. Ninguno de los dos podría haberla utilizado. El *keywrasse* solo respondería al toque de un manipulador de polvo, pero si Margaret tenía razón —y estaba casi segura de que la tenía—, la señorita Quicke, debido a la herida que Marber le había ocasionado, debido a los rastros de polvo que había ahora dentro de ella, ahora sería capaz de empuñar el arma, sería capaz de *controlarla*.

Margaret observó el rostro de la mujer joven, se veía más pálido y demacrado. Vio cómo sus hombros se estremecían al ritmo del vagón de tren. Las sombras y la luz del día parpadeaban sobre ella. La señorita Quicke siguió durmiendo.

«Solo espero que sea lo suficientemente fuerte», pensó Margaret.

Pero Alice no estaba durmiendo.

Sabía que la señora Harrogate la estaba observando. Lo sabía y no le importaba.

Le dolían las costillas; le dolía la cabeza; estaba cansada, adolorida y enojada por haber dejado a los niños solos en esa extraña mansión. El encuentro con el doctor Berghast no la había tranquilizado. Se había percatado de que había algo mal con el hombre, algo fuera de lugar; una especie de hambre enterrada, una furia que había tratado de ocultar. No sabía la fuente de esa furia ni lo que significaba. Si él era realmente el tutor de Marlowe, le molestaba que no hubiera mencionado al niño con afecto ni siquiera una vez. Pensó en el niño cuando aún estaba en el circo, con Brynt, en lo esperanzado y lo asustado que había estado, y pensó en la vida que había puesto delante de él, la promesa de una familia, y se odiaba a sí misma por ello.

Pero todo eso podía esperar, se recordó a sí misma. Mantuvo los ojos cerrados y la cabeza agachada, en parte porque no quería tener que hablar con la señora Harrogate, no en ese momento. No era solo porque estuviera cansada. Necesitaba pensar.

Lo primero sería vengar a Coulton. Era un buen hombre, un hombre amable en el fondo, y honorable. No merecía morir. Y lo que había dicho Harrogate era cierto: si realmente temía por la seguridad de Marlowe y Charlie, tendría que matar a Jacob Marber de una vez por todas.

Bueno, que así sea entonces. No era que no hubiera matado antes.

Alice tenía once años cuando Adra Norn se desvistió y caminó desnuda hacia el fuego en Bent Knee Hollow. Atónitas, todas las mujeres dejaron de cantar y gritaron; algunas corrieron por baldes de agua; otras se tomaron de la mano y lloraron; pero después de solo unos minutos, Adra volvió a salir, ilesa, con el cabello humeante y los ojos brillantes. Y se quedó desnuda a la luz del fuego con su triángulo de vello y sus pechos pesados, y extendió los brazos en señal de triunfo.

Viva. Entera. Sagrada.

Algo cambió en la madre de Alice después de eso. Tal vez en todas ellas, en todas esas mujeres, pero Rachel Quicke se obsesionó; Alice la encontraba algunas noches mirando fijamente la llama de una vela, sosteniendo una mano sobre el fuego, o mirando a Adra dormida del otro lado de la cabaña, con una expresión ilegible en sus ojos, una mezcla de miedo, asombro y rabia.

«Para aquellos tocados por Dios, para aquellos tocados por Dios», repetía una y otra vez.

Su antigua ira había vuelto, más fuerte, más feroz; cortaba leña durante horas seguidas, empapada en sudor, con su falda pesada; frotaba los vestidos contra la tabla de lavar con tanta fuerza que los agujereaba. Las otras mujeres se cubrían con sus sombreros cuando ella pasaba, y desviaban la mirada.

Fue durante una luna llena, unos seis meses después, que una mano áspera despertó a Alice de repente. Era su madre, completamente vestida.

Se llevó un dedo a los labios a la luz de la luna y la condujo fuera del dormitorio. Alice vio a Adra durmiendo en la cama grande en la parte delantera de la cabaña. Su madre la llevó al prado de flores, le dijo que esperara, luego desapareció de nuevo en la oscuridad. La hierba brillaba con un tono plateado bajo la luna. Alice se estremeció, con frío. Pasaron tal vez quince minutos, y entonces apareció una luz naranja. Era su madre, que llevaba una antorcha.

—¿Mamá? —dijo Alice.

Su madre no respondió. Le entregó la antorcha a Alice y la condujo a la cabaña donde dormían todas. Había montones de paja del granero debajo de las ventanas y su madre, con una mirada de fría ferocidad, agarró con fuerza la muñeca de Alice y la obligó a tocar con la llama cada montón de paja, caminando por el perímetro de la cabaña, mientras las llamas, con un suave silbido, crecían.

Alice, llorando en silencio, sacudió la cabeza mientras trabajaban, mirando confundida a su madre. Podía ver que la puerta de la cabaña había sido cerrada con unas barras por fuera.

El calor era intenso. Tropezó hacia atrás, una y otra vez, y su madre le quitó la antorcha. Las llamas se extendían rápidamente, danzando sobre el techo como hierba alta en el viento, consumiendo las paredes. Las ventanas se hicieron añicos por el calor, una tras otra, tras otra. Alice se tambaleó hacia atrás, cubriendo su rostro. Podía escuchar voces gritando en agonía desde adentro.

—¡Mamá! —gritó mientras corría hacia adelante.

—¡*Quédate ahí!* —le gritó su madre. Alice se congeló. Los ojos de Rachel brillaban de manera extraña frente a las llamas—. ¡*Quédate ahí* y *mira*, hija! ¡Ellas se alzarán! ¡Se alzarán y saldrán caminando de entre las llamas!

Alice se quedó ahí de pie, tal como le ordenaron, en camisón, en la oscuridad, con el calor soplando en su rostro como un viento. Nunca le había contado a nadie sobre eso, sobre lo que había hecho; y su madre nunca le dijo a nadie ni siquiera al abogado. A nadie. Alice se quedó de pie y miró, llorando, mientras la gran maquinaria de su vida giraba y su infancia se acercaba a su verdadero final: el juicio y el encarcelamiento de su madre, y los duros años de hambre que pasó Alice en las calles de Chicago. Se quedó de pie y miró.

La cabaña crujió y crujió, el techo se derrumbó, la conflagración siguió rugiendo y no salió ni un alma tambaleándose.

Mientras las estrellas en sus órbitas giraban y giraban, y el cielo se iluminaba en el este, el fuego seguía consumiéndolo todo sin apagarse.

22

EL ESTUDIO DE LO IMPOSIBLE

Era tarde cuando Charlie bajó al nicho designado en el borde del patio. Allí, en la oscuridad, encontró a Komako, pálida como una aparición, ya esperándolo. Ella había envuelto su larga trenza en un chongo alrededor de su cabeza.

El aire nocturno se sentía frío en su rostro y en sus manos, y él las metió bajo las axilas para calentarse. Debajo de su capa estaba en mangas de camisa para facilitar la escalada. Había linternas encendidas en algunas de las ventanas de los Talentos mayores, y el brillo naranja se reflejaba en los ojos de Komako como la luz del fuego. No vio señales de Ribs ni de Oskar ni de Lymenion.

—Ribs ya está esperando —dijo Komako en voz baja—. Está escondida afuera del estudio de Berghast desde que se apagaron las luces. No dejes que se distraiga. Necesitamos esos archivos. Cuando abras la puerta no la verás, pero ella estará allí. —Komako hizo una pausa—. Claro, a menos que se aburra. O se quede dormida.

Charlie sonrió. Vio el rostro de Komako y dejó de sonreír.

—No sería la primera vez —dijo ella, encogiéndose de hombros.

—¿Y si el doctor Berghast sigue ahí? —dijo Charlie—. ¿Qué hago si llego a su ventana y él…?

—No está ahí. Lo vi salir.

—¿Y si regresa?

—¿Por qué regresaría?

—No sé. ¿Qué tal si no puede dormir? ¿O si olvidó algo?

Komako se le quedó viendo en la oscuridad. Él le sacaba casi una cabeza de estatura.

—Si no quieres hacerlo, Charlie…

—Nunca dije eso.

—Si no quieres —siguió diciendo ella en voz baja—, no tienes que hacerlo. Nadie pensará mal de ti por estar asustado.

—No estoy asustado —respondió él entre dientes. Se asomó por el nicho, escuchando la noche, luego hizo un gesto hacia el ala este—. ¿Es esa ventana de ahí? ¿Bajo el techo extraño? No hay mucho de dónde agarrarse.

—Por eso te necesitamos.

Sabía lo que quería decir. Quería decir que era peligroso y que podía haber lesiones graves, y que lo que necesitaban era un cuerpo, cualquier *cuerpo*, que pudiera caer en picada diez metros sobre los adoquines si daba un paso en falso y, aun así, no quedar deshecho. Literalmente. Lo que necesitaban, en otras palabras, era alguien que pudiera romperse los huesos, una y otra vez, sin que lo atraparan.

Pero también había algo que él quería. No saldría del estudio de Berghast sino hasta conseguirlo.

«Sigues siendo un maldito tonto», pensaba para sí mismo mientras se agachaba y corría en silencio por el patio. «Simplemente no puedes mantener las manos lejos del fuego».

En ese mismo momento, Ribs se encontraba contando las flores en el empapelado del ala este. Había llegado a 612 y empezó a pensar que se estaban moviendo cuando levantó el rostro para escuchar, perdió la cuenta y tuvo que empezar de nuevo. Estaba pegada a la pared, con las rodillas contra el pecho, aburrida a más no poder. Era invisible, por supuesto, y el pinchazo de luz en su piel se sentía casi como una corriente eléctrica. Se sentía como rodar desnuda en una tina de clavos.

Las antorchas se habían apagado cuando el doctor Berghast y su criado se marcharon y cerraron las puertas con llave. El pasillo estaba oscuro, espeluznante. Cuando estuvo segura de que estaba sola, se levantó y probó la puerta del estudio de Berghast por si acaso, pero estaba cerrada con llave. Por supuesto. Se paró frente a la ventana. Todo estaba oscuro. No podía ver ni a Charlie ni a Komako, y se le ocurrió que tal vez no irían, tal vez todo era un montaje, una broma para tenerla atrapada ahí en el ala este toda la noche y sin poder justificarse en la mañana.

Sonrió para sí misma. Esa era la clase de cosas que *ella* haría, tal vez, pero nunca Ko.

En un rincón de la pared había una vieja vitrina llena de ferrotipos y grabados de Cairndale de décadas pasadas, bucólicos y apacibles. Miró de cerca, tratando de encontrar las ventanas de las habitaciones de las niñas, pero todas las ventanas estaban en lugares distintos.

Le sorprendió que Charlie hubiera aceptado ayudarlos. Ella les había dicho a Ko y a Oskar con absoluta confianza que él lo haría, que él era esa clase de persona, pero en realidad no lo había creído. Se preguntó qué le habría dicho Ko para convencerlo y sintió una aguda punzada de celos al pensar en ellos dos solos.

Al diablo con eso, pensó. Él llegaría pronto. Era tarde, así que ya era hora. Intentó escuchar los sonidos del exterior: alguien arañando las paredes, el tintineo del tejado de pizarras. En vez de eso oyó algo más: pasos que avanzaban por el pasillo sin prisa.

Alguien venía.

Charlie se desató los cordones de los zapatos, se enrolló el bajo del pantalón y dejó la capa doblada junto a un desagüe. Komako no lo había seguido por el patio, y cuando se giró para buscarla no pudo verla.

Dio un paso atrás y miró hacia la mansión oscura. El estudio de Berghast estaba en lo alto de un muro almenado con ventanales, tres pisos más arriba. Había un balcón a la izquierda y, a la izquierda de este, una entrada cubierta con tejas de pizarra en la planta baja. A lo largo de toda la fachada se asomaban alféizares de piedra, enladrillado antiguo y cañerías de hierro.

Era fácil caer.

Charlie resopló e hizo una mueca. Dio un ligero paso hacia adelante, se estiró y se balanceó hasta el estrecho techo de pizarra de la entrada. Podía sentir a Komako mirándolo desde la oscuridad y trató de moverse lentamente, con confianza, como si supiera lo que estaba haciendo.

Excepto que no sabía; no era muy bueno para escalar, nunca lo había sido, y tenía el mal presentimiento de que iba a quedar en ridículo escalando el exterior de un edificio en la oscuridad.

«Al menos no está lloviendo», pensó.

Debería haber tenido más miedo de que alguien, cualquiera, pasara frente a una ventana en el ala oeste, se asomara y lo viera trepando por las paredes como una araña. O de que alguien estuviera caminando por el patio por alguna razón infame y escuchara el tintineo y el chasquido de las tejas de pizarra bajo los pies de Charlie.

Presionó su cuerpo contra la pared y se inclinó hacia afuera lo más que pudo, buscando con la punta de los dedos un asidero en el alféizar de al lado. Podía alcanzarlo. Reforzó su agarre y se arrastró, pesadamente y con torpeza, por encima del hueco; al hacerlo se raspó el costado del cuerpo contra los ladrillos. Jadeó y se impulsó.

Había una especie de esquina a su lado, empujó su hombro hacia ella y se estiró y agarró las puntas de hierro del alféizar de la ventana de arriba, luego torció su cuerpo delgado, levantó los pies y deslizó —no había otra palabra para describirlo— una rodilla, luego la otra, hasta que pudo arrodillarse y levantarse tambaleándose.

Debía estar a unos diez metros del suelo ahora. No fue agradable, pero sí efectivo. Tendría que subir al tercer piso y abrirse camino por del edificio hasta las ventanas saledizas. Calculó al tanteo un salto a un balcón, como a un metro de distancia, y vio la barandilla con púas que había ahí. Trató de guardar silencio, ya que no sabía lo que había en las ventanas por las que pasaría.

Pero al intentar saltar, algo salió mal. Los dedos de sus pies resbalaron hacia los lados, y aunque se abalanzó con los dedos abiertos, de alguna manera, que era imposible, sintió que el borde del balcón se le escapaba, luego cayó, y sintió el aire frío de la noche golpeando su rostro.

«Charlie, eres un maldito…», pensó.

El pensamiento se interrumpió cuando los adoquines oscuros se apresuraron a encontrarse con su cuerpo.

Una figura alta, sin sombrero y con levita dobló la esquina en la oscuridad, y Ribs vio quién era: Bailey, el criado del doctor Berghast.

Aunque era invisible, se encogió contra la pared y pensó: «Charlie, estés donde estés, no subas todavía, no lo hagas».

Bailey los asustaba a todos. El hombre apenas hablaba y siempre tenía el ceño fruncido en su cabeza como de calavera, como si con gusto estrangularía a cualquiera niño o talento por igual. Era en parte sirviente, en parte secretario, en parte bestia. Ribs no estaba segura exactamente de lo que el hombre hacía para el doctor Berghast. Nada agradable, seguramente.

Bailey se detuvo frente a la puerta del estudio de Berghast y revisó lentamente el juego de llaves que llevaba consigo. Se detuvo y miró a su alrededor, con el ceño fruncido. Volteó hacia donde estaba Ribs, casi como si pudiera verla, y lentamente extendió su gran mano, sintiendo el aire vacío.

Ribs se presionó contra la pared, apenas fuera de su alcance. Sus dedos estaban a milímetros de su rostro; él pareció satisfecho de no encontrar nada, se dio la vuelta, encontró la llave y abrió la puerta del estudio.

Ribs apenas se permitió exhalar. Su corazón latía con fuerza en su pecho. Estaba acostumbrada a que la gente sintiera su presencia, incluso mirara alrededor con sospecha, pero rara vez eran tan precisos a la hora de encontrarla.

«De cualquier modo», pensó, «no estaba haciendo nada malo. Uno puede pararse en un pasillo si quiere. No es ilegal».

Mientras ella pensaba en esto, y le daba oportunidad a su ritmo cardiaco de disminuir, Bailey agachó la cabeza y entró a la pequeña antecámara. Ribs se deslizó en silencio hacia la entrada. Dentro estaba el pequeño escritorio donde Bailey trabajaba durante el día, y los dos sillones donde aguardaban los visitantes. Justo frente a ellos estaba la puerta: la puerta del estudio de Berghast.

Estaba abierta.

«Bendito sea su corazoncito frío, señor Bailey», pensó con una sonrisa astuta. Miró a su alrededor, al pasillo y luego a la antecámara. Entonces, pensó en Charlie. Si subía mientras Bailey estuviera en el estudio…

Apretó la mandíbula. Tenía que advertirle, de alguna manera.

Invisible, con pisadas silenciosas, Ribs se deslizó dentro.

Avergonzado, Charlie hizo una mueca. Komako estaba arrodillada junto a él, temerosa de tocarlo y susurrando su nombre. Él podía sentir que su tibia destrozada ya comenzaba a regenerarse. Algo andaba mal con su cadera. Había aterrizado sobre su costado y un hombro se había salido de su lugar. Se incorporó, adolorido, y trató de volver a colocarlo en su sitio; sintió que su cuerpo crujía, se retorcía y tomaba forma de nuevo.

Por Dios, cómo dolía.

Tenía sangre en el rostro, las manos y los ojos, y se la limpió con la camisa. Komako retrocedió, mirándolo desde las sombras. Vio miedo en su rostro, pero también algo más: fascinación, y se sorprendió de que eso le gustara.

—¿Charlie? —susurró ella—. ¿Estás bien?

—Sí. —Él se encogió de hombros y trató de sonreír—. Es solo que no le agrado mucho a ese balcón. ¿Nadie más escuchó?

—No.

Se puso de pie, haciendo una mueca. Al menos podía levantarse. Sus pies descalzos estaban húmedos y había arena pegada a sus plantas; se limpió los pies en el interior de sus pantalones antes de comenzar a escalar de nuevo. Esta vez iba más rápido, con menos temor, sentía que ya había pasado lo peor y que había menos que temer. Trepó de alféizar a balcón a alféizar, abriéndose camino a paso firme en la oscuridad. En una ventana había una vela encendida y cuando una sombra pasó frente a ella, se quedó quieto con la espalda pegada a la pared, esperando, pero cuando no hubo más movimiento se deslizó en silencio y continuó subiendo.

Más arriba, sus pies patearon un viejo tubo de desagüe de plomo, mientras pasaba por donde había caído antes. Escuchó el traqueteo y el repiqueteo mientras este rodaba en el patio de abajo, tan fuerte que estaba seguro de que alguien debió haberlo oído, pero nadie vino. No se abrió ninguna ventana.

Siguió trepando.

Ribs observaba al criado de Berghast en el escritorio mientras este revisaba lentamente los cajones. Encendió una vela y la luz naranja proyectó su parpadeo sobre el escritorio, la alfombra que lo rodeaba y las facciones del gran hombre. Sacaba libros de contabilidad y papeles con sus enormes manos, y los apilaba sin prisa.

Ribs se deslizó en silencio a un lado de la puerta. No hizo ningún otro movimiento, respirando con suavidad. La mínima agitación de aire podía hacer que alguien sintiera su presencia. Y Bailey, si bien no era brillante, parecía estar demasiado consciente de su entorno.

Solo había estado en ese estudio dos veces antes, ambas por instrucción de Berghast: la primera vez fue poco después de llegar a Cairndale, para la presentación, y la otra fue en medio del caos y el pánico, después del ataque de Jacob Marber, varios años atrás. Recordó los ojos gris pálido de Berghast, como si estuvieran iluminados desde adentro, y cómo la había estudiado cuidadosamente como si mirara dentro de su corazón. Se estremeció al pensar en ello.

Su estudio estaba poco iluminado, tenía muchos muebles y era muy frío. En un extremo había una chimenea tallada en piedra blanca, y cerca de ella estaban el escritorio y varios sillones dispuestos en media luna. Había puertas en tres de las paredes, demasiadas puertas, puertas que no coincidían, extrañas y diferentes a todas las que había visto en Cairndale. Se preguntó a dónde llevarían. Había un largo y extraño cuadro enmarcado colgado en una pared, en tinta, y conformado enteramente por líneas como cuchilladas y círculos superpuestos. De alguna manera se parecía al complicado funcionamiento interno de un gran árbol. En un rincón había una jaula de pájaros alta con dos pájaros de hueso que chasqueaban y se movían dentro. Por último, su mirada se posó en la ventana salediza, con las cortinas abiertas, y las barras de hierro con púas en la repisa exterior, claramente visibles a pesar del reflejo de la vela.

No había señal de Charlie.

Por fin Bailey encontró lo que estaba buscando —un fajo de papeles de algún tipo— y comenzó a guardar el resto. Se aclaró la garganta, se pasó una mano por los ojos y, en ese momento, parecía casi vulnerable, casi humano; las sombras se acumulaban bajo su mano y se derramaban como una oscuridad líquida. Ribs observaba fascinada. Le gustaban esos momentos, le gustaba vislumbrar a la gente en su estado de descuido, le gustaba la verdad que había en ello.

Fue en ese momento que Bailey se volvió y miró detrás de él, hacia la ventana, y Ribs sintió que su corazón daba un vuelco. Porque ella también lo había oído.

Un sonido que se asemejaba a alguien rascando, exactamente como una mano buscando un punto de apoyo en la pared.

Bailey se puso de pie.

Charlie estaba inclinado sobre la oscuridad, respirando. Solo respirando. Con una mano se agarraba de una barandilla de hierro, y con la otra palpaba con cautela el borde de un alféizar de piedra inclinado. Los dedos de sus pies estaban enganchados en el alféizar de una ventana, apretando con todas sus fuerzas. De pronto comprendió que si lo soltaba, se alejaría de la pared y caería. Entonces sus dedos encontraron un surco profundo en el que podría apoyar su peso. Y con una mueca se soltó y se giró hacia atrás, para luego usar el impulso para empujarse, gruñendo, hacia arriba.

Le dolían los brazos. Le dolía el estómago. Estaba parado en una cornisa, cerca del techo de la mansión, y todavía podía sentir el ardor en su carne de cuando se había caído la primera vez, pero ahora estaba cerca, tan cerca que podía ver alrededor del borde de la pared donde se asomaba la ventana salediza del estudio de Berghast. Los picos parecían filosos. Había pensado que tal vez tendría que trepar al techo y desde ahí abrirse paso, pero ahora veía una delgada y casi invisible cornisa de ladrillo entre donde estaba y el alféizar de la ventana salediza.

Claro, no había nada a qué aferrarse, pero no estaba lejos. Pensaba que tal vez, solo tal vez, si el impulso era el adecuado, podría atravesar la brecha usando el borde, tan delgado como un centavo, y engancharse a las púas, sin caerse.

Tal vez.

Podía ver a Komako ahora, de pie con las manos a los costados y el rostro fijo en él. Se preguntó por un momento cómo se vería desde allá abajo.

«Vamos», se dijo a sí mismo. «No se va a acercar más por seguir esperando».

Cerró los ojos un momento y respiró. Se humedeció los labios otra vez, se agachó y saltó. Corrió de lado con dos zancadas rápidas a través de la pequeña cornisa, sin fijarse tanto en mantener el equilibrio, sino en no caer; luego se estiró hacia la cornisa de la ventana y las púas de hierro se engancharon en sus brazos y perforaron su carne, con lo cual evitó caer, y quedó suspendido y sangrando en el aire.

Sus piernas pataleaban encima de la brecha.

Podía sentir cómo se desgarraba la carne en la parte superior de su bíceps, su mano y su antebrazo. El dolor era inmenso. La sangre le empapaba la camisa y, cuando forcejeaba, sentía que los picos atravesaban los huesos frágiles de su muñeca. Una sensación de náuseas lo invadió.

Pero de alguna manera se levantó, por pura fuerza de voluntad, trepó y se arrancó los brazos de los picos y los mantuvo cerca de su pecho. Estaba arrodillado y apoyado contra la ventana cuando escuchó que alguien giraba el pestillo; este se abrió y después la ventana, que casi lo derriba.

No había nadie ahí.

Pero luego se escuchó una voz, baja y apremiante:

—Vaya que te tomaste tu tiempo, eh. ¿No podrías hacer más ruido, por favor?

Algo lo agarró de la parte delantera de la camisa y lo arrastró adentro; él cayó ensangrentado sobre la alfombra mientras Ribs murmuraba alguna blasfemia impublicable.

El hecho era que Ribs había pensado que estaban acabados. O al menos Charlie. Cuando Bailey se levantó, como una lápida andante, y se acercó a la ventana, estaba segura, absolutamente segura, de que era a Charlie a quien había escuchado.

Pero no fue así, de algún modo no lo fue. ¿Había sido un pájaro o un murciélago? No sabía, pero no había sido Charlie. Era como si el chico tuviera el doble de suerte con la mitad de los dados, pensó. Siempre parecía librarse por poquito.

A decir verdad, esa era una de las cosas que le gustaban de él.

Bailey regresó al escritorio, recogió los papeles que había estado revisando, metió todos los demás en sus respectivos cajones y los cerró con llave. Apagó la vela con el pulgar y el índice y, en la repentina oscuridad, Ribs contuvo el aliento, silenciosa, invisible y atenta. La puerta se cerró con llave y sus pasos se alejaron a través de la antecámara y hacia el pasillo.

Suspiró.

Siempre tenía que pasar algo.

Fue entonces cuando escuchó a Charlie, al *verdadero* Charlie, gruñendo, golpeteando y arrastrándose torpemente hacia el alféizar de la ventana. Ella se apresuró, abrió la ventana y lo jaló hacia adentro.

Estaba hecho un desastre: andrajoso y ensangrentado, y con los brazos completamente desgarrados, pero incluso mientras lo observaba pudo darse cuenta de cómo los cortes y pinchazos empezaban a cerrarse y curarse por sí solos. Él los sostenía en ángulos extraños para no manchar de sangre la alfombra ni ningún otro lugar, pero había mucha, incluso en las manos de Ribs, y esta era visible, aunque el resto de ella no lo fuera.

—¿Cómo entraste? —murmuró Charlie, observando a los dos pájaros de hueso en su jaula. Ribs estaba parada a su lado; ella se aclaró la garganta y él volteó súbitamente en la dirección del sonido—. ¿Ribs? ¿Estás *ahí?*

—Cálmate, no te alteres. —Ella sonrió—. Tienes más vidas que un gato, Charlie. El criado de Berghast acaba de irse, estaba buscando unos papeles. Si hubieras llegado uno o dos minutos antes, seguro te habrías topado cara a cara con él.

Observó a Charlie asimilar esto mientras asentía en la misma forma insegura de siempre.

—Me caí —dijo—. Si no, hubiera llegado antes.

Ribs rio.

—Entonces qué suerte que no seas tan ágil como yo. Si no, hubiera tenido que picar al viejo Bailey con el atizador y correr al baño de niñas.

El estudio se sentía inquietante en medio de la oscuridad.

Charlie escuchó que Ribs caminaba hacia el gran gabinete de madera que había contra la pared, y que luego trataba de abrir los cajones. De repente, una larga y pesada hilera de carpetas se deslizó por el aire, se tambaleó y cayó en desorden al suelo. Él no podía verla a ella, por supuesto, solo veía los archivos volando por los aires. Uno de ellos se abrió. Estaba vacío. Volvió flotando a su lugar y se abrió otro. También vacío.

—Supongo que no somos los únicos interesados en los desaparecidos —susurró ella—. Qué extraño. ¿Por qué se llevarían todos los papeles y dejarían las carpetas?

Dejó que Charlie volviera a colocar el cajón en su lugar y lo deslizara por las ranuras. Ella ya estaba abriendo el siguiente cajón y hojeando los archivos. Todos los archivos de los niños desaparecidos habían sido vaciados. Había tal vez noventa o cien archivos en total. «Todos los Talentos que habían recolectado en Cairndale», pensó Charlie con asombro. Registrados alfabéticamente. Se inclinó sobre las «O» y encontró su propio archivo. Miró detrás de este, pero no vio más «Ovids».

Se estremeció al rozar el cuerpo de Ribs y miró hacia arriba. Un archivo flotaba abierto en el aire detrás de él, mientras las páginas se pasaban por sí solas. Ella había tenido la misma idea: era su propio archivo.

—Sabes, creí que sería un poco más grueso —se quejó ella—. Ni que hubiera llegado ayer. Veamos… Inteligente, sí, resiliente, sí. ¿Por qué la sección de habilidades está vacía? Tengo muchas habilidades… Parlanchina… ¿Parlanchina? —El archivo se cerró, se volteó de lado y al revés y volvió a abrirse—. ¿Es el archivo correcto? «Le falta disciplina… No se esfuerza lo suficiente… Se distrae con facilidad…». Mmm. —Se rio—. Supongo que sí. Mira, Charlie, mira. ¡Piensan que vengo de Cornwall! ¡Demonios, yo no soy de Cornwall!

Dejó el archivo sobre el escritorio y empezó a buscar una pluma.

—¿Qué estás haciendo? —murmuró él.

—Solo quiero hacerlo más preciso. ¿Cómo se escribe «encantadora»?

—¿Qué?

La pluma rayó el papel.

—«La señorita Davenshaw informa que Eleanor ha mostrado grandes aptitudes en todos sus estudios, incluso más que la señorita Onoe, cuyo desempeño académico ha sido bastante decepcionante últimamente…». —Su voz se apagó mientras escribía—. Mucho mejor. —La pluma se detuvo—. ¿Estás bien, Charlie? Ahí está tu archivo.

Los dedos de Charlie se posaron sobre la carpeta. Esperaba hallar a un Ovid más, un segundo archivo, una pista sobre su padre, pero nada; se sintió decepcionado. Abrió su expediente y lo leyó con cuidado; comenzó con el primer recorte, pero los detalles eran esporádicos e inútiles. Una lista de los cargos en su contra en Natchez. También había una carta interesante del señor Coulton que describía a Charlie y su talento: «Un joven íntegro, pese a la crueldad a la que ha sido sometido. Un digno candidato para Cairndale». No se mencionaba su origen ni su lugar de nacimiento.

Pero al final del archivo había un segundo fólder que había sido incorrectamente archivado y mal guardado. Este tenía registrados los detalles de un tal *Hywel Owydd.*

Su padre.

Charlie lo supo de inmediato, incluso antes de empezar a leer. Nunca había conocido el nombre de su padre; ni siquiera eso, pero no tenía ninguna duda. Su sangre palpitaba fuertemente en sus oídos. Se apartó de donde estaba Ribs, y lentamente, bajo la débil luz de la ventana, comenzó a leer.

Al parecer, su padre era galés. Había llegado a Cairndale a la edad de doce años, después de manifestarse como un *clink*, un fuerte, para ser más preciso. Era el más común de los talentos. Para ese entonces llevaba dos años trabajando en una cantera de roca, a pesar de su edad, y parecía ser que había sido necesario algún tipo de incentivo (esa era la palabra registrada en el archivo, *incentivo*) para liberarlo. Lo describían como «tranquilo, talentoso para las matemáticas y de baja estatura». Había sido reprendido en dos ocasiones por nadar desnudo en el lago. Había varias páginas de notas que registraban los resultados de sus estudios y una página más con fechas y abreviaturas que no tenían sentido. Al final del expediente había un documento con fecha de febrero de 1864 que detallaba su repentina ausencia de Cairndale.

«Visto en Londres por R. F.», decía la críptica nota. «Talento muy reducido. Ex-73».

Charlie se quedó viendo la nota, tratando de entender la clave, pero no pudo.

Al final de la página había una nota escrita a mano con tinta azul: «H. O. desapareció. No hay más detalles. R. F. informa que el Támesis está lleno. Se presume que el sujeto está muerto».

El estudio estaba tranquilo, y la tenue luz de la luna entraba por la ventana. A su alrededor, la mansión estaba en silencio.

«Hywel Owydd», pensó Charlie amargamente. «Papá».

Sin embargo no lo conocía ni lo conocería jamás. Su padre, que había caminado por esos mismos pasillos lúgubres cuando tenía la edad de Charlie, que había huido a Londres por alguna razón, que no tenía familia en todo el mundo que lo quisiera, excepto la familia que algún día formaría y perdería en el interminable oeste americano.

—Oye, ¿qué tienes ahí? —preguntó Ribs junto a su hombro. Trató de ocultarlo, pero era demasiado tarde—. ¿Owydd? —leyó ella—. ¿Qué, como… *Ovid?*

—Es mi padre —dijo él en voz baja.

Él sintió cómo le arrebataba el archivo de las manos; ella hojeó los papeles con firmeza y luego gruñó.

—No tiene sentido Charlie, que haya sido un talento y todo eso. Así no es como funciona. Los talentos no se transmiten por líneas de sangre, son arbitrarios. De hecho, muchas veces son nuestros propios padres los que nos echan a la calle cuando ven lo que podemos hacer.

Charlie se tragó el nudo en su garganta.

—Mmm. ¿Estuvo en Londres?

Resultaba desconcertante no poder ver a Ribs mientras hablaba. Se quedó viendo el archivo que flotaba en la penumbra.

—¿Crees que signifique algo? —susurró él—. ¿Alguna vez has escuchado de algún talento que haya dejado este lugar? ¿Crees que haya huido?

—¿Hasta Londres? Nah —respondió ella—, pero ahí es a donde mandan a los exiliados.

—¿Quiénes son ellos?

—Los que pierden sus talentos cuando llegan a la mayoría de edad. No le pasa a la mayoría, pero sí a algunos. Nadie sabe por qué. —Bajó un poco la voz—. Es algo muy triste. No es fácil para ellos volver con la gente común y no poder seguir haciendo lo que solían hacer. Me imagino que es como perder una parte de ti mismo. Pobre de tu papá.

Charlie se frotó la nariz con un nudillo mientras trataba de imaginárselo.

—Era solo un niño, como nosotros.

Ribs cerró el archivo y lo guardó en el cajón. Su voz se escuchaba muy cerca del oído de Charlie cuando volvió a hablar:

—Si quieres hablar de esto alguna vez, soy muy buena para escuchar —dijo ella en voz baja—. Ni siquiera hace falta que sepas que estoy ahí. Todos tenemos historias, Charlie. Todos sabemos lo que se siente.

Charlie sintió que se sonrojaba.

Luego, afortunadamente, Ribs empezó a tratar de abrir los cajones del escritorio. Todos estaban cerrados. Charlie se había dado la vuelta, confundido y pensando en su padre, cuando sus ojos vislumbraron algo en la alfombra. Debió de haberse caído de los papeles cuando Bailey estuvo ahí.

Ribs lo recogió. Era el cuaderno de Berghast. En lugar de encender la vela se acercaron de nuevo a la ventana y, en el débil resplandor del exterior, ella empezó a pasar las páginas, luchando por descifrar los garabatos de Berghast. Había listas de fechas, números y letras anotadas que quizás significaban algo para él, pero no para Ribs o Charlie. Había varios diagramas y dibujos que parecían mapas en cada página, pero no estaban seguros. La hemorragia en los brazos de Charlie se había detenido, y él vagaba por el estudio mirando los objetos extraños y probando las puertas en silencio; de pronto, cuando Ribs dio un grito ahogado de sorpresa, volvió y se paró cerca de ella.

—¿Qué? —susurró él—. ¿Qué encontraste?

El diario, que flotaba en el aire, se cerró.

—¿Ribs?

—Creo que ya descubrí con quién tenemos que hablar —dijo su voz entre dientes—. No es con el dichoso Berghast.

—*¿La Araña?* —preguntó incrédula Komako más tarde. Veía fijamente a Ribs. Era muy noche y estaban reunidos en el salón de clases, hablando en voz baja. Ella volteó a ver a Charlie—. ¿Habla en serio?

Iluminado por la luz de la vela, Charlie parpadeó.

—Eso creo.

Se veía desanimado, aunque tal vez solo estaba cansado. Su camisa estaba rota y ensangrentada. Tendría que deshacerse de ella. Verlo caer había sido horrible: el peso de su cuerpo sumergido en la oscuridad, el crujido hueco cuando golpeó el suelo.

—Hablo *en serio* —susurró Ribs. Ya era visible, traía su bata gris y su cabello rojizo estaba enmarañado—. Si no es cierto, que me parta un…

—Está bien, está bien, entiendo.

—Yo no —dijo Oskar con nerviosismo. A su lado, Lymenion emitió un gruñido sordo y desconcertado con la garganta, como si estuviera de acuerdo—. ¿Qué tiene que ver la Araña con, con los Talentos perdidos?

Ribs le guiñó un ojo.

—Tal vez se los come.

Komako la fulminó con la mirada.

—Bueno, el maldito diario no decía, ¿sí? —protestó Ribs—. Solo venían los nombres de los niños en una columna y el de la Araña en otra. Claro que la siguiente página tenía una lista para un pedido de velas, fechas y tiempos de entrega, así que quién sabe. Creo que lo único que podemos hacer es ir y preguntarle.

Oskar tragó saliva. Ataba y desataba el hilo alrededor de su dedo.

—¿Preguntarle… a la Araña?

Komako hizo una mueca. Obviamente, Ribs tenía razón, tendrían que ver qué podían averiguar del glífico. Podría ser algo tan inocente como que él se encargaba de rastrear a los Talentos, *sintiéndolos*, como decían. Tal vez eso era todo lo que quería decir el doctor Berghast, tal vez también estaba buscando a los niños desaparecidos. Ella alzó la mirada.

—¿Dónde está el diario?

—Pues lo dejé en su lugar, es obvio. Ni modo que me lo llevara.

—Entonces lo dejaste.

—Síp.

—De acuerdo. Bien. ¿No dejaron rastros?

—Nop.

Pero algo en su tono hizo que Komako sospechara.

—¿Charlie? ¿Qué está ocultando Ribs?

—¿Qué? —dijo Charlie—. Ah, eh, había un poco de sangre. En la alfombra.

Komako se humedeció los labios.

—¿*Tu* sangre?

Él asintió, distraído.

—El viejo Berghast no lo notará —dijo Ribs rápidamente—. Y aun si lo nota, no puede saber de quién es. Charlie no tiene ni un rasguño. ¿Qué estaríamos haciendo nosotros en su estudio? No hay problema, Ko. Fuimos como el viento entre las ramas de un árbol.

—Qué poético.

Ribs esbozó una sonrisa pecosa.

—Es un don.

Con timidez, Oskar se aclaró la garganta. No dejaba de ver su dedo y el hilo atado a su alrededor.

—No me gusta la… la… la Araña —tartamudeó—. Me da miedo, pero la señorita Davenshaw dice que es como una… red. Dice que todo está conectado. La Araña puede… puede sentir cuando algo en la red se mueve. Las… las vibraciones que produce. Así es como encuentra a los Talentos. Cuando está durmiendo. ¿Tal vez él pueda encontrar a Brendan y Wislawa y a todos los otros desaparecidos?

—Seguro. En su estómago.

—Ribs…

—Digo, eso es lo que… lo que hace, ¿no? —siguió diciendo Oskar—. Encontrar cosas. Niños, como nosotros. Él fue el que encontró a Charlie y a Marlowe…

—El señor Coulton me encontró —dijo Charlie.

—Sí, genio —dijo Ribs—. ¿Pero cómo crees que supo dónde buscar?

—Oskar tiene razón —dijo Komako firmemente, jalando de su trenza—. Incluso si la Araña no está involucrada, tal vez pueda ayudarnos. Si tuviéramos alguna idea de dónde empezar a buscar, podríamos encontrar más respuestas. Si lo que dice este diario es cierto, ninguno de nosotros está a salvo aquí. Quiere decir que todos los desaparecidos están conectados de algún modo. Estábamos en lo cierto. Y si ellos desaparecieron, nos puede pasar lo mismo. Tenemos que hablar con la Araña.

—¿No es eso lo que la señorita Davenshaw nos *prohibió* explícitamente? —dijo Charlie, reaccionando al fin.

—Síp —dijo Ribs y alzó una mano—. Entonces, ¿quién quiere ir?

Komako alzó la suya. Luego Oskar, y Lymenion un instante después.

—¿Charlie? —dijo Komako.

—Char-lie —murmuró Ribs—. Char-lie…

Charlie resopló, se veía afligido.

—¿Creen que la Araña quiera hablar con nosotros?

—Solo hay que preguntar amablemente. —Ribs guiñó un ojo—. Él sabe *muchas* cosas.

—¿Cuándo podríamos ir? —dijo él.

—Esta noche —dijo Ribs.

—Mañana —dijo Komako.

Cerca del fuego, Oskar miraba fijamente su regazo. En el sillón de enfrente, su gigante de carne también miraba fijamente el suyo, con sus hombros rezumantes desplomados en mimetismo.

—¿Mañana? —murmuró Oskar, abatido—. ¿No es un poco... pronto?

Fue entonces cuando una voz se elevó desde el otro lado de la habitación, en medio de la penumbra. La puerta artesonada estaba abierta, y el pequeño Marlowe estaba de pie, en pijama, observándolos, con el rostro espeluznantemente pálido y los ojos con ojeras profundas.

—Yo también quiero ir —dijo.

—Aw —murmuró Ribs—. ¿De dónde salió?

—¿Mar? —dijo Charlie—. ¿Cuánto tiempo llevas ahí? —Se levantó, fue hacia el niño, cerró la puerta y se arrodilló frente a él—. ¿Qué estás haciendo aquí? ¿Tuviste otra pesadilla?

El chico asintió. Miró detrás de Charlie, directamente a Komako, la miró a los ojos, y ella desvió la mirada, sin saber por qué.

La cosa era que Marlowe era tan pequeño que casi le rompía el corazón a Komako. Cuando lo miraba, sentía que estaba viendo era su propia hermanita, Teshi, sin importar que Teshi tendría para ahora el doble de edad, de no haber muerto. Aún podía sentir la mano de Teshi sobre la suya. Recordaba cómo extendía los brazos para que la levantara, y cómo ella la abrazaba de la cadera, y cómo se sentaba algunas mañanas detrás de Komako y pasaba sus pequeños dedos por su cabello, suavemente, como un viento cálido. La forma en que sonreía incluso antes de saber lo que Ko quería. La forma en que bostezaba, abriendo mucho la boca y mostrando sus diminutos dientes. Lo recordaba todo.

—Quiero ir con ustedes a ver a la Araña —volvió a decir Marlowe. Apretó la mandíbula con terquedad—. No me dejes, Charlie. Prometiste que no lo harías.

Nadie habló.

El gigante de carne levantó su cabeza sin rostro. El gesto lucía lastimero y dulce a la vez. Respiró ruidosamente y resopló.

—Rrrh—gruñó.

A la mañana siguiente Charlie estaba cansado. Todos lo estaban, pero si acaso la señorita Davenshaw se dio cuenta, no dijo nada. Sin embargo cerró su libro con un golpe de exasperación cuando nadie fue capaz de responder a sus preguntas, se levantó de su escritorio y les dijo que la siguieran. Tomó una vela en un plato —no para su beneficio, por supuesto— y los condujo a los sombríos sótanos debajo de Cairndale. El aire se sentía helado; la luz de la vela parpadeaba. Las piedras olían a descomposición y había telarañas rotas flotando a su paso. Charlie seguía dándole vueltas al asunto de la Araña, y a su propio expediente en el estudio de Berghast; todo eso le resultaba inquietante, y no dejaba de preguntarse qué podría revelar la criatura.

Estaban en un amplio pasillo de losas, las paredes se habían desplomado en algunos puntos por la presión del suelo a lo largo de los siglos. Sus pasos dejaban huellas en el polvo. Aunque era ciega, la señorita Davenshaw avanzaba con rapidez, casi con enfado, y Charlie se preguntó si su talento, fuera el que fuese, le otorgaba algún tipo de visión. Llevaba un largo vestido verde que barría la suciedad a su paso, el pelo recogido en un chongo color acero y su cuello largo y pálido adornado con un simple listón negro.

Los otros ya habían estado ahí antes. Charlie escuchó la voz de Ribs en su oído.

—Curiosamente, a Oskar no le molesta *esto* —susurró—, pero si me preguntas, los bebés en frascos son tan asquerosos como una babosa en un pastel.

—No se queden atrás —dijo impaciente la señorita Davenshaw, como si la hubiera escuchado; la oscuridad tomó su voz y la transportó como un susurro lejano.

Los condujo a un pequeño almacén lleno de estantes, y en esos estantes había frascos que contenían fetos con deformidades humanas. Dejó la vela en un soporte de pared, y la luz parpadeó y proyectó extrañas sombras sobre todo el lugar. Marlowe se acercó y tomó la mano de Charlie.

—¿Qué somos, exactamente? —preguntó con delicadeza la señorita Davenshaw—. ¿Cuál es la naturaleza de esta criatura, el hombre? ¿Estamos hechos a la imagen y semejanza de Dios? ¿Mmm? Vamos, miren los estantes, adelante. Piensen en lo que ven. Aquí hay que dejar los remilgos en la puerta.

Cuando vieron que los demás caminaban lentamente y empezaban a mirar los frascos grasientos, Charlie y Marlowe hicieron lo mismo. Había bebés de ojos singulares, apoyados como dormidos contra las paredes de sus frascos; había bebés con nudos de carne en lugar de cráneos, bebés con cabezas descomunales, bebés con dos cabezas, incluso uno con una sola cabeza y dos cuerpos. A la luz de las velas casi parecían moverse.

—¿Cuál es el término correcto para referirse a estos especímenes, señorita Ribbon?

—Teratologías, señorita Davenshaw —respondió Ribs sumisamente.

—Exacto. Aquí pueden ver especímenes craneofaciales terminales, así como gemelos unidos y síndromes de cíclope. Todos ellos son monstruos a los ojos de la medicina, pero si queremos entender lo que somos, haríamos bien en considerar cómo llegamos a ser. Lo que ven aquí sigue sus propias reglas lógicas. No se trata de malformaciones caóticas ni arbitrarias. Cada una de estas aberraciones se desvía del desarrollo normal en el útero de formas repetidas y predecibles. El útero nos hornea, como un horno hornea un pastel, y si la receta está defectuosa, o si los ingredientes están mal mezclados, el resultado no es el esperado. —La señorita Davenshaw juntó las manos frente a ella y volvió su rostro con los ojos vendados hacia sus pupilos—. Cada uno de ustedes es diferente, precisamente de la misma manera, pero no por un problema con la receta, sino por la adición de algún otro ingrediente, que dio como resultado su talento. Miren de cerca y sientan lástima. Las diferencias, niños, no son monstruosas. Es la naturaleza haciendo su labor.

Charlie miró y sintió mucha pena por esas criaturas.

—¿Qué es esto? —añadió ella. Señaló con un gesto una criatura arrugada, mitad mono, mitad pez. Parecía momificada y feroz, con la carne retirada de sus colmillos—. Dicen que es una sirena.

—Es un engaño —dijo Komako—. Alguien cosió un mono con una cola de pescado.

—Un híbrido, jóvenes, sería una verdadera aberración. Perros con alas. Grandes felinos con cabeza de águila. Y cosas así, pero esos no existen. Señorita Onoe, ¿cuáles son las causas de lo monstruoso, según lo relatado por el alquimista Paré?

Komako se humedeció los labios.

—La primera es la gloria de Dios —dijo—. La segunda es su ira. La tercera, una cantidad excesiva de semillas. La cuarta, muy poca cantidad. La quinta… —Frunció el ceño, enfadada consigo misma.

—¿Señor Czekowisz?

—La quinta es la imaginación —dijo Oskar con timidez.

—¿Y…?

—Y la sexta es el tamaño del vientre. La séptima es la postura de la madre durante el embarazo. La octava es por lesión, como cuando la madre se cae o es golpeada. La novena es a través de la enfermedad. La décima es a través de una semilla corrupta. La undécima…

—No hay undécima —intervino Komako rápidamente—, pero Paré enumera la influencia de los mendigos malvados y también la de los demonios.

La señorita Davenshaw asintió con severidad.

—Claro, Paré escribió esto en el siglo XVI —les dijo a Charlie y a Marlowe, para quienes todo esto era nuevo—. Todavía no había renunciado a la superstición ni a la influencia de Dios. Sin embargo ya había observado que el feto se desarrolla de manera material. La carne es física y crece con el tiempo.

—No entiendo —dijo Marlowe.

—La cuestión, querido —dijo la señorita Davenshaw, suavizando su tono de voz—, es, ¿de dónde vienen nuestros talentos? Y la respuesta es que crecimos en el vientre de nuestras madres, y todo lo que somos nos lo dieron entonces. Cualquier cosa fuera de lo normal *parece* monstruosa, pero no lo es. *No* lo es.

Charlie no podía estar seguro de qué tanto sentido tenía todo eso para Marlowe, pero sospechaba que no mucho. El niño le agarró la mano con fuerza y no la soltó. No era de extrañar que el niño tuviera pesadillas.

—Por favor, señor Czekowisz, háblenos de este nuevo concepto que tiene el señor Darwin sobre la producción de las especies.

Oskar miró a Charlie y luego desvió la mirada. Parecía avergonzado de que le preguntaran directamente.

—El señor Darwin sugiere que la evolución es el resultado de… de cambios constantes que ocurren en todos los animales con el paso del tiempo.

—Entonces, ¿descendemos de los monos?

—No, señorita. No exactamente.

—Continúe.

—Existe un ancestro común, pero nuestra especie se separó de los simios hace tanto tiempo que nos convertimos en humanos. Y ellos… en simios.

—Cuéntenos, señorita Ribbon, ¿cómo cambian las criaturas con el tiempo?

Ribs se aclaró la garganta para hacer tiempo.

—Eh, ¿no preferiría preguntarle a Oskar?

—*Eleanor.*

—Por su ambiente —susurró Oskar.

—Por su ambiente —dijo Ribs en voz alta.

—Gracias, señor Czekowisz. La señorita Ribbon le está muy agradecida. Señorita Onoe, siga por favor.

—El señor Darwin cree que hay minúsculas mutaciones que ocurren en las especies todo el tiempo, sin razón alguna, pero cada vez que una mutación le da a un animal una ventaja en su entorno, y lo ayuda a conseguir alimentos o a encontrar pareja de manera más eficiente, esa mutación se transmite a la siguiente generación. Y las versiones antiguas se extinguen.

—Entonces, ¿qué son los monstruos?

Komako frunció el ceño por un segundo.

—Los monstruos son mutaciones que no llevan a ninguna parte, demasiado extremas para ser replicadas.

La señorita Davenshaw empezó a caminar a lo largo de los estantes, pasando suavemente los dedos por los frascos de vidrio.

—Sí —dijo—. Muy bien. ¿Qué somos, entonces, los Talentos? ¿Somos monstruos? Nuestras diferencias no se transmiten de madre a hijo, pero son variaciones que han existido desde que tenemos una historia, variaciones que han seguido apareciendo en formas repetidas y predecibles. Siempre ha habido Talentos. Siempre habrá.

—Los científicos no lo saben todo —dijo Komako en voz baja.

La señorita Davenshaw levantó el rostro con los ojos vendados, como si pudiera ver más allá de ellos.

—Nadie lo sabe todo —dijo ella.

Charlie se volvió. Ahí, en la puerta, estaba un hombre poderoso de barba blanca, observándolos a todos en silencio. Era el doctor Berghast. Hizo una reverencia y retrocedió en la oscuridad.

23

LOS EXILIADOS Y LOS MUERTOS

Margaret Harrogate llegó a Londres en medio de una niebla densa, marrón y asfixiante. La señorita Quicke estaba con ella. El cabriolé se arrastró por las calles, casi a ciegas, ya que su linterna apenas alcanzaba a iluminar una corona de niebla a su alrededor. Y lo primero que notó, después de abrir las puertas de hierro, cruzar el patio lleno de carruajes y entrar por las grandes puertas del 23 de la calle oeste Nickel, junto con su acompañante, fue que alguien acababa de estar ahí.

Dejó suavemente su maleta en el suelo y se quedó escuchando. Luego cruzó el vestíbulo. En su estudio, el libro de contabilidad del instituto seguía escondido detrás del cubo de carbón. En su escritorio, sus papeles estaban intactos. En la cocina, los mostradores estaban vacíos y cubiertos. Cierto, la ventana de un dormitorio del tercer piso estaba abierta, y las cortinas ondeaban ligeramente, pero cuando miró hacia la niebla no pudo ver nada, ningún movimiento. Estaban a tres pisos de altura y la caída sería fatal. Estaba consciente de que la señorita Quicke la miraba con ojos serios parada en el umbral. Margaret caminó por las otras habitaciones sin tocar nada, con los vellos de la nuca erizados. Encontró su pequeña pistola en el cajón donde la guardaba, subió al ático y revisó a los pájaros de hueso en el desván. Todo estaba tal como lo había dejado aquella mañana cuando se apresuraron a tomar el tren, la última mañana de la vida de Frank Coulton.

Sin embargo, alguien acababa de estar ahí unos instantes atrás.

La señorita Quicke metió de inmediato una mano en el bolsillo profundo de su impermeable, buscando su revólver, sin duda. Bajó las escaleras y salió a la niebla. Estuvo afuera por un largo tiempo.

Volvió sacudiendo la cabeza.

—Si alguien estuvo aquí, ya se fue.

—Alguien estuvo aquí —respondió Margaret—. ¿No lo sintió?

—¿Sentirlo?

—En su… —Hizo un gesto en dirección a su costado herido.

—No —respondió la señorita Quicke.

Margaret echó un vistazo a su alrededor, inquieta. Los muebles seguían oscuros y quietos. Las cortinas lucían fantasmales. Afuera, la niebla se acumulaba y se volvía más densa.

No se quedaron en la casa.

Margaret pensó en Walter y en su propio pavor sin nombre, y trató de ser inteligente al respecto. Ciertamente, Jacob conocía la dirección. La señorita Quicke se quedó junto a la ventana, esperando mientras Margaret recogía lo que necesitaba, luego las dos salieron. Rentaron una habitación al otro lado de la intersección, en una respetable pensión para señoras, con vistas al número 23 de la calle oeste Nickel a través de la niebla. El toque de queda de la casera podría haber sido un problema: la pensión cerraba a las nueve, pero la ventana de la buhardilla de su habitación daba a un estrecho alféizar, y este alféizar conducía a un muro bajo de piedra, por lo que Margaret supuso que podrían ir y venir a la hora que les conviniera sin problema.

El hecho era que habían pasado catorce meses desde que contrataron a Alice Quicke; sin embargo, Margaret Harrogate nunca había estado muy cerca de ella, nunca había tenido la oportunidad de observarla de primera mano. Lo poco que sabía lo había extraído de telegramas, informes y de las historias irónicas, a veces sarcásticas, de Coulton. Quicke tenía manos de aspecto tosco y una sonrisa que no se reflejaba en sus ojos. Hombros musculosos. Cabello amarillento, grasiento y mal cortado. Siempre olía a la última comida que había ingerido, pero si acaso le dolían las costillas, no se quejaba. Y si la muerte de Coulton la había afligido, no lloró. Durante todo el largo viaje en tren desde Escocia al sur a través de Inglaterra, había dicho muy poco y no había preguntado nada, solo miraba por la ventana manchada de carbón el mundo que pasaba; era una criatura feroz y taciturna, con su sombrero de ala ancha y un largo abrigo manchado que encajaba mejor en el oeste americano que en la violencia civilizada de Gran Bretaña.

Sin embargo, también comenzó a entender por qué Coulton había llegado a confiar en ella, por qué había hablado en su defensa en tantas ocasiones, por qué había insistido en contratarla a pesar de que era una extraña que no sabía nada de su mundo. La rodeaba una gran fuerza inmóvil, como un poste clavado en la tierra. Si ella decía que iba a hacer algo, lo hacía. A Margaret le agradaba eso.

Todo ese primer día en Londres se quedaron encerradas, descansando, recuperándose y vigilando su casa al otro lado de la calle, pero Margaret también observaba de cerca a la detective, cuidando que no sufriera un colapso, preocupada por su lesión, y por lo que esta podría significar. Tenía miedo de que lo que fuera que conectara a la señorita Quicke con Jacob, también lo conectara a él con ella; miedo de que él también pudiera sentir su presencia; miedo de que incluso ahora, en su largo y turbio primer día de regreso a Blackfriars, estuviera merodeando por las calles, dando vueltas, *sintiendo* su presencia.

Mientras descansaban, Margaret le contó a la señorita Quicke sobre los exiliados. A veces, explicó, cuando un talento alcanza la mayoría de edad, al final de la adolescencia, su habilidad empieza a disminuir y se extingue. Nadie entendía muy bien por qué, pero cuando esto le sucedía a un niño en Cairndale, lo enviaban lejos, generalmente a Londres, y le tocaba a Margaret vigilar esa comunidad. A menudo se sentían apáticos y profundamente tristes, como si hubieran perdido una parte de sí mismos, y buscaban consuelo en la bebida o el opio. Entre ellos también estaban aquellos que habían dejado el instituto por elección, que se habían alejado de Cairndale por una razón u otra, para desaparecer en las fauces de los barrios bajos de Londres. Y escondida entre ellos, prosiguió, estaba la misma mujer que una vez había amamantado a su Marlowe cuando era bebé, y que se lo había robado de Cairndale aquella noche, hacía tantos años, cuando Jacob Marber fue a cazar al niño. Su nombre era Susan Crowley; no podía tener más de veintiséis años; y tenía en su posesión el arma que podría matar a Jacob Marber.

El problema era que estaba tan bien oculta, que Margaret no tenía idea de dónde encontrarla.

La señorita Quicke alzó las cejas al escuchar eso. Ya era tarde, y la agotada detective estaba desplomada sobre su impermeable manchado con las piernas abiertas, pasándose los nudillos por el pelo.

—Verá, yo no quise traicionarla —dijo Margaret—. Fui yo quien la encontró años atrás. La habían descubierto en un vagón de carga y la habían dado por muerta, por lo que los trabajadores ferroviarios la arrastraron a un pequeño lugar boscoso para que alguien más la encontrara. No querían cargar con el problema. —Sus fosas nasales se ensancharon con disgusto—. Pobre señorita Crowley, tenía todo el pecho quemado, los bolsillos vacíos y su abrigo había desaparecido. No era de extrañarse que pensaran que estaba muerta. Si la hubiera visto… En fin, sabía que el doctor Berghast estaba furioso, y que quería que la encontraran por el niño, pero yo tenía miedo por ella, no sabía qué le haría. El niño, su Marlowe, ya no estaba con ella, así que no dije nada. A nadie. Mejor llevé a la señorita Crowley al sur, a Londres, y me encargué de que la cuidaran, y traté de olvidar que la había encontrado.

—Hasta que la necesitó, claro.

—Exacto.

—Entonces, ¿por dónde empezamos?

—*Usted* tiene que dormir —respondió Margaret, junto a la ventana—. Esa es su primera tarea. Es importante que recupere su fuerza. Yo iré con los exiliados a hacer algunas preguntas.

—¿Sola?

Margaret esbozó una pequeña sonrisa.

—No requerí su protección antes de que nos conociéramos, señorita Quicke, y no la requiero ahora. Regresaré por la mañana con lo que necesitamos.

—Claro. El arma que dice que puede matar a Marber.

Margaret inclinó la cabeza.

Pero para obtenerla, primero tenía que encontrarla. Sabía que Jacob Marber tampoco la habría olvidado. Era tarde cuando dejó a la señorita Quicke durmiendo en la pensión. Se deslizó por la ventana abierta hacia la niebla fría, se dejó caer con cautela desde el muro bajo y se dirigió hacia el este, a Bluegate Fields, con el corazón latiendo con fuerza en su pecho. La niebla y la hora oscurecían mucho las calles. Tenía poca paciencia para su propio miedo, pero, de todos modos, no podía negar que lo sentía, que era real, y no siempre era fácil de dominar. Solo faltaba, pensó, que terminaran apuñalándola en la calle para quitarle los pocos chelines que traía en el bolso. En Wapping se deslizó a lo largo de las paredes tapizadas de indigentes dormidos con una linterna de ojo de buey extendida en el puño hasta que encontró a quien buscaba, un chico de aspecto mezquino harapiento y mugriento. Por su postura, casi se podría decir que la estaba esperando: agazapado, descalzo, con los ojos verdes vueltos hacia la luz. Él tomó la moneda que le ofreció y la condujo por un laberinto de callejones empapados hasta que llegaron a las habitaciones de Ratcliffe Fang.

No había visto a Fang en años: jorobado; cabeza larga y estrecha, bordeada de pelo largo y grasiento; ojos de pez saltones tras unas gafas de alambre; guantes de algodón con dos dedos recortados. Sus largas muñecas, peludas y huesudas como las de un mono, sobresalían de sus harapos, pero él sabía cosas que otros ignoraban, y podía rondar sin miedo por las calles más oscuras de Londres sin que lo molestaran.

—Margaret Harrogate —gruñó cuando abrió la puerta—. Pasa, bienvenida, pero será mejor que no te quedes mucho tiempo. Varias personas han estado preguntando por ti. —Sus habitaciones estaban sucias y apestaban a los ríos de estiércol que se encontraban justo afuera de su puerta; los pisos estaban pegajosos y crujían. Después de abrir, volvió tambaleándose a su fuego de carbón y sacó su manta rápidamente—. ¿Quieres que mande a alguien por una cerveza?

Margaret la rechazó. Se sentó con el bolso en ambas manos y le contó lo que había sucedido en el tren a Escocia, la matanza que había causado Jacob Marber, y del niño que lo había detenido.

Fue suficiente; no necesitaba decir más.

Fang parpadeaba y parpadeaba en la luz del fuego.

—¿Él sabe lo del niño? ¿Sabe quién es?

—Tal vez no. Aún, pero sabe que es importante. En cuanto al niño, temo *por* él y le temo *a* él. Mataré a Jacob Marber, señor Fang, pero el niño es quien me preocupa.

Ratcliffe Fang entrelazó los dedos frente a su largo rostro.

—Ah —dijo.

Y Margaret escuchó mientras él le contaba los rumores que corrían por el vertiginoso mundo de Limehouse.

—Dicen que hay criaturas por ahí acechando a los que no tienen cuidado. En los muelles, en los túneles, bajo los arcos. Dicen que se encuentran cuerpos, mutilados, despedazados. Y hay rumores más desafortunados sobre un hombre hecho de humo que se come los cuerpos y se bebe la sangre. Algo malvado. No hace falta que diga lo que eso significa. Los agentes no lo están investigando todavía, ya que no han matado a nadie importante; no para las autoridades, al menos. Solo cuchilleros y huérfanos y gente por el estilo, pero dales tiempo. Los lugareños ya andan siempre en grupos, aterrorizados. Incluso los faroleros y los herreros se aterrorizan cuando oscurece.

«Limehouse», pensó Margaret con interés. Eso estaba bastante cerca.

—¿Qué hay del instituto? ¿Qué dicen de él?

—No hay chismes de Cairndale ni de Berghast, al menos nada que yo haya escuchado. Tal vez haya algunos pocos que hayan oído hablar de él, pero no saben nada. La teoría que prevalece por ahí es que se trata de Jack el Saltarín y sus demonios. —Ratcliffe Fang se pasó la lengua por sus dientes manchados—. Son esos *liches*, por supuesto, los que están causando todo el alboroto.

—¿*Liches*? ¿Más de uno?

—Dicen que es toda una manada de criaturas. Cazan de noche, como lobos.

—Se equivocan. Dígame, ¿qué cree que planee hacer Jacob, señor Fang? ¿Por qué ha vuelto?

—Ni idea, pero tiene algún motivo. Jacob Marber tenía una mente ágil, pero no es eso lo que lo guiaba. Su corazón era simplemente diferente. Cada acto malo que cometió, lo hizo a causa de su corazón. Para ser sincero, no creo que haya superado la muerte de su hermano. ¿Qué pretende hacer? Nada, creo, de este lado del *orsine*. Aunque las habitaciones grises están cerradas para mí, Margaret, así que trato de preocuparme por las cosas de este mundo. Tú y Dios saben que son suficientemente infames; sin embargo, nunca habías venido hasta aquí para escucharme opinar sobre el carácter de Jake Marber.

Margaret le dirigió una mirada tranquila al anciano y dijo:

—Necesito saber el paradero de una joven que dejé a su cuidado hace varios años después de lo que pasó con el niño de Berghast. Me imagino que la recuerda. Susan Crowley.

La expresión de Ratcliffe Fang no cambió, pero ella sintió su sorpresa.

—Dijiste que nunca hablara de ella con nadie —dijo él—. Ni siquiera contigo. Me hiciste jurarlo.

Ella asintió.

—Ahora le pido que rompa esa promesa.

—Ah.

—¿Sigue viva?

Ratcliffe Fang volteó a ver el fuego.

—Sí, está viva —dijo con renuencia—. Trabaja como costurera en Whitechapel. No puedo decirte más.

—Tiene que. Ahí puede haber cientos de mujeres así.

Ratcliffe Fang entrecerró los ojos.

—Es raro que vengas a verme así, Margaret.

—Entonces sabrá lo importante que debe ser. Susan Crowley estaba en posesión de algo muy raro, algo sin lo cual no puedo continuar. Una herramienta, se podría decir, que dejé a su cuidado. Estoy segura de que Jacob Marber también la está buscando.

Los ojos saltones de Fang se iluminaron de repente, cuando entendió lo que estaba pasando.

—Por eso Jake Marber está en Limehouse —susurró—. Ella tiene lo que puede matarlo, y él lo sabe.

—Así es, señor Fang. Y es vital que yo la encuentre primero.

Diez minutos después salió satisfecha de las habitaciones de Ratcliffe Fang, con una dirección doblada en la muñeca de su guante. La niebla fría se filtraba a través de su chal. Su linterna de ojo de buey estaba bien cerrada, de modo que podía dirigir el haz de luz de un lado a otro, sobre los ladrillos lodosos de las viviendas. Se ajustó el velo. Le había sorprendido lo mucho que había envejecido Fang; pero claro, ella ya tampoco era joven. Se adentró más en el callejón, levantando sus enaguas con una mano para esquivar el fango y manteniéndose cerca de las paredes.

Sabía que Whitechapel no estaba lejos.

Pero no había dado ni veinte pasos cuando algo se materializó en la niebla oscura más adelante, en una esquina famosa por los asesinatos que ocurrían ahí. Una silueta al acecho en la niebla.

Abrió su linterna y la sostuvo en alto, pero no sirvió de nada; la neblina estaba demasiado densa, y solo podía ver los montones de niebla girando y moviéndose frente a ella.

—¿Quién eres? —dijo ella—. Déjame pasar. No lo pediré dos veces.

Escuchó las botas de la figura raspando los adoquines mientras se acercaba. Lenta y cuidadosamente, Margaret metió la mano en su bolso para sacar su pequeña pistola.

No estaba allí.

Maldijo, sujetó la linterna con fuerza y se preparó para blandirla con fuerza contra cualquier asesino que se acercara. Las piedras bajo sus pies brillaban en la débil luz.

—Supongo que está buscando esto —dijo la voz.

Margaret volteó.

Una figura emergió de la niebla con un impermeable y un sombrero que cubría parte de sus ojos asesinos, sosteniendo en su palma abierta la pequeña pistola plateada. Margaret sacudió la cabeza con ira. Era Alice Quicke.

—¿Qué? —dijo la detective—. ¿Creyó que no la seguiría?

—Pensaba —dijo Margaret mientras recuperaba su arma— que era un poco más sensata.

La señorita Quicke le esbozó una rápida y ladina sonrisa bajo el sombrero.

—Claro que no —dijo ella.

Whitechapel estaba más oscuro, más concurrido. Los cabriolés pasaban crujiendo como apariciones, los borrachos zigzagueaban y gritaban, había enjambres de niños pálidos y harapientos que se apiñaban bajo las débiles lámparas de gas mientras sus madres, exhaustas, permanecían en los portales mostrando sus enaguas. Margaret se movía con cuidado, siguiendo las instrucciones del señor Fang. No sabía si era la niebla o la mirada peligrosa de la señorita Quicke, pero deambularon sin que nadie las molestara ni las dañara, pero los caminos eran tortuosos y el lodo suave bajo sus pies; los charcos apestaban y tenían que esquivar constantemente jirones de trapos y ropa de cama que colgaba de los tendederos en los miserables patios y callejones. Margaret se sentía mejor con la compañía de la señorita Quicke, incluso agradecida, y cuando se dio cuenta de esto, se sorprendió y dejó de quejarse.

Al fin llegaron a una puerta sin número que goteaba, resbaladiza por el moho. Era la tercera puerta, en el segundo callejón desde la taberna Black Fox. Margaret llamó a la puerta y dio un paso hacia atrás.

La puerta se abrió un poco. Unos ojos sospechosos se asomaron.

—¿Señorita Crowley? —preguntó Margaret relajada.

—¿Qué quiere?

Margaret se quitó el velo.

—Tal vez no me recuerde, pero soy amiga del señor Fang. Esperaba que pudiéramos hablar. Tengo noticias del niño.

Ella pareció entender de inmediato a quién se refería.

—¿Dónde está?

—En Cairndale, pero me temo que está en peligro.

Después de un momento, la mujer abrió la puerta. Era alta, de huesos grandes, pero sus mejillas lucían hundidas, como si hubiera estado enferma y nunca se hubiera recuperado del todo. Tenía espeso cabello negro, que se perdía bajo un sombrero. Sus manos eran anchas y de aspecto fuerte y, en su clavícula, la piel tenía un aspecto áspero y manchado, como de viejas cicatrices, como si se hubiera quemado hacía mucho tiempo. Era incluso más joven que la señorita Quicke, pero la vida tan dura que había llevado la había envejecido mucho; caminaba algo encorvada y le temblaba la barbilla.

—Usted —dijo lentamente la mujer—. Usted fue la que me rescató, del vagón. La que me llevó con el señor Fang. Después de que atacaron al bebito. Después de que… lo perdí. —Se llevó una mano a su clavícula marcada, como si recordara. Miró la calle oscura detrás de ellas—. Será mejor que entren.

Una vez que las tres estaban amontonadas en el pequeño cuarto de costura, Margaret le habló de Marlowe, de cómo Henry Berghast lo había buscado y de cómo la señorita Quicke lo había llevado a Cairndale. También le contó del regreso de Jacob Marber.

—Entonces, Cairndale no es seguro —dijo Susan Crowley de inmediato. La tenue luz de la vela danzaba en sus facciones—. Jacob Marber encontrará la manera de entrar. Siempre ha podido. Él sabía que el niño era especial desde el principio, por eso hizo lo que hizo. Irá por él otra vez.

—Eso es lo que yo temo también.

Susan Crowley vaciló.

—¿Por qué vino aquí?

—Tengo algunas preguntas —dijo Margaret—. Y tengo que pedirle algo. Mi intención es detener a Jacob Marber antes de que pueda dañar al chico otra vez.

—Pero no dañó al chico esa vez, señora Harrogate.

—Gracias a usted. Solo gracias a usted.

—Sí, tal vez… —La mujer apartó la mirada, sus ojos verdes lucían inseguros—. ¿Qué sabe sobre la historia de Jacob Marber? ¿Sabe que desapareció durante un viaje de vuelta de Oriente?

—Algunos dijeron que se había ahogado —dijo Margaret, tratando de ocultar su impaciencia—, pero el señor Coulton dijo que había sido víctima de la influencia del *drughr* y que este lo había raptado.

—Sí. Se lo llevó al otro mundo.

Margaret parpadeó.

—Pero eso no es posible, ¿o sí? Su talento se distorsionaría. Moriría.

—Así debió haber pasado, pero no fue así.

—Un ser vivo en la tierra de los muertos —dijo Margaret, pensando—. Nunca había escuchado algo así. No sé qué quiere decir.

Nerviosa, la mujer recogió una pieza de costura.

—Pero no es el primer talento que camina entre los muertos, señora Harrogate. Ha habido otros.

—¿Qué otros?

—Los experimentos del doctor Berghast. —Susan Crowley hizo una pausa—. Creí que lo sabía.

Margaret sintió que sus mejillas se sonrojaban.

—No sé los detalles —siguió diciendo Susan Crowley. Se ciñó más el chal harapiento—. Empezaron mucho antes de que yo llegara a Cairndale. El doctor Berghast enviaba talentos a través del *orsine*. Hacia el otro mundo. Lo hizo durante años. Preparaba un mapa para sus propios fines. Así comenzó, usando a ese pobre glífico para abrir el *orsine* lo suficiente para que sus talentos pasaran. Había adquirido algo, un artefacto, que les permitía a los Talentos entrar y regresar, pero un día un Talento no salió; se perdió, y el artefacto también. Algo se había perturbado, algo despertó en ese otro mundo; lo persiguió y devoró antes de que pudiera…

—El *drughr* —susurró Margaret.

La joven niñera alzó sus ojos asustados a la luz de las velas. Asintió.

—Pero los experimentos siguieron —continuó diciendo—. Incluso se volvieron más peligrosos después de eso. El doctor Berghast tenía que recuperar el artefacto que se había perdido dentro del *orsine*. Si caía en manos del *drughr*... —Se estremeció—; pero, sin el artefacto, los Talentos que enviaba regresaban enfermos, envejecidos o... deformes. El *drughr* seguía haciéndose más fuerte. A la larga, después de que Jacob desapareció, el doctor Berghast dejó de buscar. Se dio por vencido.

Margaret había oído rumores de los experimentos, años atrás, pero se había negado a creerlos. Sintió una repentina y profunda vergüenza.

—¿Por Jacob?

—Por el bebé. —La señorita Crowley apretó los labios—. Es una parte terrible de la historia. Los últimos Talentos que el doctor Berghast envió fueron los jóvenes padres del bebé. Ella estaba embarazada, pero aún no lo sabía. Y dio a luz en el otro mundo.

—¿Disculpe? —dijo Margaret bruscamente—. ¿Cuántos meses de embarazo tenía?

—Ah, pero recuerde, señora Harrogate, que el tiempo avanza de manera distinta ahí. Hay valles y ríos donde se ralentiza por completo, y colinas donde se acelera. —La mirada de Susan Crowley se oscureció—. Jacob Marber los encontró poco después de que ella diera a luz, mató a los padres y se llevó al bebé. Lo trajo de vuelta, a través del *orsine*, a la abadía en ruinas de Cairndale. Verá, esa es la única salida, el único pasaje entre los mundos. El glífico lo abrió para él. Hasta donde sé, Jacob tenía la intención de robar al niño, pero el doctor Berghast lo detuvo.

Margaret no podía apartar la mirada del rostro de la niñera. Seguía estupefacta.

—¿Marlowe nació... dentro del *orsine*?

—Sí. En la tierra de los muertos.

Sacudió la cabeza en incredulidad, pero sabía que el extraño relato de Susan Crowley era verdad, que no mentía. No era de extrañar que Berghast estuviera tan interesado en el niño. No era de extrañar que los talentos del niño fueran tan raros, tan diferentes a los de los demás. No era de extrañar que Jacob y el *drughr* lo estuvieran persiguiendo.

El niño era algo totalmente nuevo.

Una quietud reinaba en la habitación. Susan Crowley bajó la voz.

—No sé si esto sigue siendo así —dijo ella—, pero durante todo el tiempo que lo conocí, Henry Berghast tenía una gran pena en su corazón. Cuando pienso en lo que hizo… usar al glífico, cerrar el *orsine*, me digo a mí misma: si hay alguien capaz de encontrar una manera de destruir al *drughr*, es él.

Margaret apretó su bolsa.

—Esa pena sigue ahí.

—Entonces, ¿no ha cambiado?

—Solo ha empeorado. Todavía está obsesionado con el *drughr*. Quizás más que nunca. Temo que sea capaz de traicionarse a sí mismo, a Cairndale y a todo lo que ha construido con tal de destruirlo.

—Eso no le importaría. No al Henry Berghast que conozco.

Hizo una pausa.

—Pero ha sido el trabajo de toda su vida.

—No, señora Harrogate. El trabajo de su vida lo espera en el otro mundo. Sería mejor para todos nosotros si el glífico fuera destruido, si el *orsine* fuera sellado para siempre.

—¿Eso es posible?

La mirada de la niñera, alumbrada por la luz de la vela, se endureció.

—No mientras el doctor Berghast esté con vida. Él nunca lo permitiría. Oh, él quiere ser bueno. Lo es, de hecho, mejor que todos nosotros. Él es el que se ha enfrentado al *drughr*, más tiempo de lo que cualquier otro podría haberlo hecho, pero incluso en ese entonces ya había olvidado lo que *significaba* la bondad. Para él siempre se trataba del resultado final, y el método no importaba. Recuerdo cómo se paraba junto a la cuna, mirando hacia abajo, como si el bebé fuera un trozo de carne. Como si tuviera un *uso* para él, pero yo… yo juré mantener a ese bebé a salvo…

Su voz se apagó.

—Es por eso por lo que acudo a usted ahora, señorita Crowley —dijo la señora Harrogate—. Para que pueda mantener esa promesa.

—¿Qué puedo hacer yo?

—Hace tiempo, un viejo talento en Cairndale le encomendó algo; lo llevaba colgado del cuello cuando la encontré, en aquel vagón de carga.

Susan Crowley se agarró los codos con sus grandes manos y se sentó con la cabeza agachada, como si lo estuviera pensando. Se levantó y fue a la trastienda. Regresó con un cordón de cuero enrollado alrededor de sus nudillos.

—¿Se refiere a esto? —dijo.

Abrió el puño y Margaret vio los weir-bents. De inmediato, una fría sensación de náuseas se apoderó de ella y comenzó a temblar. Parecían dos llaves, estaban ennegrecidas como si se hubieran quemado en un incendio, ambas de aspecto antiguo, pesado. La señorita Quicke también se estremeció al verlos y dio un paso atrás; de ellos emanaba maldad, como si fuese un olor, y esta la afectaba fuertemente, mucho más que a Margaret. «Era comprensible», pensó, pero Susan Crowley los manipulaba sin preocupación, como si fueran unas llaves ordinarias, como si no sintiera poder alguno en ellos.

Margaret rápidamente utilizó un pañuelo y levantó el cordón de cuero de la mesa, con cuidado de no tocar los weir-bents. Dobló el pañuelo en cuatro y lo metió todo en su bolso.

—No me imagino lo que podrían abrir —dijo Susan Crowley—. Se ven tan raras.

—Así es —dijo Margaret mientras se ponía de pie.

En la puerta, Susan Crowley cubrió tímidamente su clavícula cicatrizada con el chal y dijo:

—Señora Harrogate, por favor, cuénteme del niño. Debe tener ocho ahora, ¿verdad?

Estaban de pie en la puerta abierta, de espaldas al camino envuelto en niebla. La señora Harrogate podía sentir los pesados weir-bents en su bolso. Asintió.

—Sí, como ocho.

—No me lo imagino. ¿Qué tan alto es? ¿Su cabello sigue siendo negro? Sí, claro que lo es. Dígame, ¿es un buen chico?

Margaret miró a la señorita Quicke. Detrás y debajo de ellas flotaba la niebla nocturna de Whitechapel, los halos amarillos de las luces de gas y figuras fantasmales.

—Excelente —respondió firmemente.

En ese momento, a la joven le brillaron los ojos, recordando al bebé que él solía ser, y por un momento, en la oscuridad cercana, Margaret vio que sus rasgos duros se suavizaban y se llenaban de un amor antiguo e intacto.

24

LA ARAÑA

El tema con Oskar Czekowisz, lo que nadie parecía notar o entender, era que le aterrorizaba estar solo. Tal vez era por Lymenion, su gigante de carne, que nadie se lo podía imaginar, porque ¿cuándo estaba él solo?

Así que, a pesar del temor que sentía por la Araña, aquella noche en que los demás se escabulleron por el frío pasillo para ir a la isla —las velas de las antorchas de pared estaban apagadas, y la señorita Davenshaw ya había hecho su ronda y se había retirado a su dormitorio—, Oskar y su gigante de carne también estaban allí, esperando.

Era bajo de estatura para tener trece años, con hombros suaves y muñecas pálidas y regordetas. Todo en él parecía descolorido. Su cabello era rubio platinado, como el de un anciano, muy fino, y le caía directamente sobre las orejas, la frente y hasta los ojos, esos ojos grandes y confiados que irradiaban miedo.

Lymenion era su único compañero, su verdadero amigo. Al parecer, siempre había estado allí, desde que Oskar podía recordar; fuerte, tranquilo, vigilante y leal. Oskar podía modelarlo con cualquier cosa muerta que encontrara en las zanjas o en los corrales, o incluso con trozos de carne de una carnicería; podía crearlo y deshacerlo a voluntad, pero siempre que lo modelaba de nuevo, y la carne y los nervios tomaban forma, era Lymenion, el mismo de siempre, su amigo incondicional.

A Lymenion también le agradaban los chicos nuevos. «Pero han pasado por mucho», le advirtió su gigante; las palabras se formaban directamente en la mente de Oskar.

—Solo espero que también les agrademos —susurró Oskar.

Esperaba que sí, pero también sabía cómo se sentía la mayoría de la gente respecto a Lymenion: su olor repugnante, su extraña mansedumbre, la forma en que copiaba cada gesto de Oskar, como una sombra de carne; y eso que no sabían lo que podía pasar cuando el monstruo se volvía loco, en esos momentos cuando la furia del propio Oskar despertaba.

El hecho era que, hasta que llegaron a Cairndale, Oskar Czekowisz y su gigante Lymenion siempre habían estado total y absolutamente solos; no solo solos, sino solitarios: en Gdansk, recogiendo basura en las calles sinuosas mientras los perros acechaban y mantenían su distancia; en esos establos destartalados, detrás de la granja de piedra que pertenecía a una pareja de ancianos, en algún lugar al norte de Lebork; en aquella torre en ruinas sobre la oscuridad azotada por el viento del mar Báltico. Sabía que los lugareños le temían a dondequiera que fuera; conocía las historias que contaban, de un chico de pelo blanco y su monstruo. Así que se mantenía alejado. Hasta una noche en que un hombre corpulento, de cara roja, con patillas rojizas y una sonrisa sombría, llegó caminando fatigosamente por el largo camino de tierra hacia la torre, con un bastón de roble en una mano y un abrigo alborotado por el viento agitándose bruscamente detrás de él. Llevaba un traje y un chaleco a cuadros de color amarillo brillante, que se veía como una mancha de color en medio de ese paisaje. En aquel entonces Oskar solo hablaba polaco y tenía diez años; y el hombre, Coulton, que era su nombre, solo hablaba inglés. Así, Coulton se sentó pacientemente afuera de la entrada de la torre durante tres noches, esperando. Y en la tercera noche, cuando Oskar envió a Lymenion para asustarlo, Coulton simplemente movió sus poderosos hombros como si estuviera adolorido por estar sentado tanto tiempo, se estiró y sonrió.

Ahora, Oskar, Lymenion y los demás se escabullían rápida y silenciosamente a través de la mansión; salieron al patio, rodearon la reja de la entrada y cruzaron el césped húmedo. Todos vestían las mismas túnicas fantasmagóricas de Cairndale, de color gris pálido y lo suficientemente gruesas para protegerse del frío, y debajo de ellas, las camisas de dormir y camisones blancos de Cairndale, tejidos con algodón áspero.

Una niebla había descendido. Todos lucían espectrales y espeluznantes mientras corrían en la penumbra, silenciosos y rápidos. Cuando la mansión empezó a perderse entre la niebla y sus luces formaron un halo y se atenuaron, disminuyeron el paso y, respirando con dificultad, empezaron a caminar.

Oskar se sorprendió al ver a Charlie a su lado. Lymenion se esforzaba por mantener el ritmo, moviendo sus gruesas piernas y balanceando sus fuertes brazos. Siempre tenía tantos problemas para moverse. Komako iba hasta adelante, atravesando la hierba como una aparición en su túnica pálida, y a su lado, el camisón y la túnica sin cabeza de Ribs ondeaban vacías a través de la hierba. Las pocas veces que las chicas hablaban, era solo entre ellas.

—¿Has ido a ver a la Araña antes, Oskar? —preguntó Charlie.

Oskar se aclaró la garganta con timidez.

—Sí —masculló—. Es decir… no. ¿Más o menos? Quiero decir, todos sabemos lo que es, y todos hemos ido a la isla. No siempre puedes ver a la Araña cuando vas. Está en, eh, otra parte.

—¿Por qué van a la isla? —preguntó Marlowe.

El niño caminaba al lado de Lymenion, sin incomodidad, mirando sus rasgos con interés y, al notar esto, Oskar se sintió extrañamente aliviado.

—Ustedes también irán —dijo—. Los dos. La señorita Davenshaw los llevará. A ver el *orsine*, para mostrarles lo que es y cómo funciona.

—¿Qué hay del otro lado? —preguntó Marlowe. Su piel lucía pálida y fantasmal en la oscuridad—. ¿Es algo aterrador?

Avergonzado, Oskar se encogió de hombros.

—Es donde habitan los espíritus —dijo, casi sin convicción. La verdad era que no sabía mucho—. El mundo más allá del *orsine* es a donde van los muertos, cuando fallecen. Escuché al señor Nolan hablando de eso una vez. Es uno de los Talentos viejos. Dice que es… como si este mundo fuera una hoja de papel, y la doblaras, y la doblaras otra vez. Luego trataras de trazar una línea sobre la superficie doblada. Se siente… incorrecto. Se siente como si estuvieras en el lugar equivocado.

—Porque tienes que estar muerto antes —dijo Marlowe.

En medio de la niebla, Oskar sintió que Lymenion dirigía su atención al niño.

—Pero ¿cómo puede saber? —preguntó Charlie—. Si nunca ha estado ahí, ¿cómo puede saber?

Oskar se sonrojó y se sintió algo tonto de repente.

—Yo también me lo he preguntado.

—Tal vez sí ha ido.

Pero Oskar sabía que era imposible.

—Nadie puede entrar al *orsine*.

Descendieron por la pendiente oscura, sus pies siseaban entre la hierba mojada. La niebla se abrió; Oskar vio la superficie plana y negra del lago, y la niebla volvió a espesarse.

—Tienes que estar muerto antes —repitió Marlowe en voz baja para sí mismo.

Aunque Charlie podía oír el suave roce del agua en la orilla pedregosa, no lo veía a causa de la niebla, en absoluto, no hasta que sus zapatos se hundieron en el lago y sintió la mano de Oskar en su manga, tirando hacia atrás.

—Cuidado —dijo el chico con su tono tímido—. El muelle está por aquí.

—Vamos, vengan —dijo Ribs desde adelante. Charlie podía ver su túnica sin cuerpo moviéndose de un lado a otro en la niebla.

Cerca de él, la respiración del gigante de carne se escuchaba densa y dificultosa. Había algo extraño e irreal en aquella situación, tan ajena al mundo que había conocido toda su vida, la crueldad de Natchez. Seguía pensando en su padre, que no era mucho mayor que él mismo cuando perdió su talento y salió solo al mundo. ¿Su madre habría sabido algo sobre la otra vida de su padre y lo que era capaz de hacer antes? ¿Él le habría ocultado esa tristeza y esa sensación de pérdida? Charlie vio en su mente a un joven esbelto solo en un callejón húmedo, con la levita deshilachada, y se llenó de una tristeza propia. Todavía no sabía qué pensar de todo eso. Tomó la mano de Marlowe.

El muelle era un armatoste gris, desgastado, torcido y hundido de un lado que conducía al agua oscura, debía tener al menos unos cincuenta años. Al final de este había un bote de remos solitario amarrado, lo suficientemente grande para los cinco niños, y para Lymenion también, y una lámpara fría en un poste que se elevaba desde la proa. Charlie escuchó un ruido; luego Komako llegó traqueteando por el muelle, sosteniendo los remos.

Marlowe no le quitaba los ojos de encima al lago.

—Es muy grande. No sabía que era tan grande, Charlie.

—Dicen que no tiene fondo —murmuró Oskar.

—Rrrh—balbuceó el gigante de carne.

—Por el amor de Dios —dijo Komako, mientras se abría paso entre ellos y subía ágilmente al bote; su larga trenza se balanceaba detrás de ella—. Sí tiene fondo. Solo es profundo, eso es todo. —Estabilizó la linterna del barco en sus cadenas y abrió la puerta de vidrio. Se quitó los guantes, ahuecó los dedos en carne viva alrededor del pequeño pedazo de vela flotando en cera y, lentamente, cerró los puños.

La llama de la vela se encendió.

—¡Oh! —exclamó Charlie, sorprendido.

Komako se sonrojó.

—Ah, solo es fricción —gruñó Ribs a su lado—. No es magia, Charlie.

Sintió que Ribs tomaba su mano. Sus dedos estaban calientes. Ella casi lo arrastró por el muelle hacia la parte trasera del bote, que se balanceó y traqueteó cuando subieron. Ribs sostuvo su mano un momento más de lo necesario y luego la soltó.

El gigante de carne de Oskar tomó los remos. Un moco brillante goteaba de los mangos donde los había agarrado. Pronto empezaron a alejarse remando del muelle, girando y tirando con fuerza de los remos para atravesar el lago.

La niebla se diluyó conforme se alejaron de tierra firme. Todo estaba en silencio; el frío del aire sobre el agua se filtraba a través de la bata de Charlie; el suave chapoteo de los remos y la suave sensación de ingravidez mientras avanzaban sobre la superficie hicieron que le diera sueño. Estaban a medio camino cuando Komako se estiró hacia atrás y cerró la linterna. Charlie se despertó de golpe.

—Miren —dijo.

Por encima de la isla, en el aire y en las hojas del gran olmo escocés, Charlie podía ver miles de diminutas motas brillantes, como luciérnagas. No iban a la deriva, en realidad, sino que más bien se elevaban hacia el cielo negro como un ciclón de flores ardientes, parpadeando y chisporroteando a medida que avanzaban. Charlie nunca había visto algo tan hermoso.

—Es el *orsine* —dijo Komako—. La Araña está generando el *orsine.*

—¿Qué significa eso? —preguntó Marlowe.

—Significa que está despierto —dijo Ribs; su voz había adoptado un nuevo tono, más apagado y cauteloso.

Amarraron el bote en un antiguo muelle aún más inclinado y torcido que el primero, y siguieron un sendero empinado por la parte rocosa de la isla. Komako había desenganchado la linterna y su débil haz de luz iluminaba el camino cubierto de raíces. En lo alto del acantilado se alzaban las ruinas, y un vasto dosel oscuro de ramas se elevaba de entre las piedras rotas: el gran olmo escocés.

Había albergado varios edificios alguna vez, todos ellos ahora colapsados. La isla tenía un aire espeluznante y embrujado, como si algo los observara. Charlie siguió a Komako y Ribs al único edificio en pie, el más grande, cuyo techo se había podrido hacía mucho tiempo. Solía ser la capilla del monasterio; ahora le faltaban losas al suelo, los arbustos y las raíces habían brotado por todas partes y las hojas secas volaban en las sombras. En el sitio donde antes se encontraba el altar, ahora crecía entre el silencio y la oscuridad el enorme olmo escocés: una gran extensión de raíces que se desparramaban por todos lados.

Komako no los llevó tan lejos, sino que se detuvo en un pequeño ábside en el muro sur, dejó la linterna y sacudió una capa de tierra del suelo. Debajo había una puerta de madera. El gigante de carne levantó el anillo de la puerta sin problema, como si no pesara nada, y jaló hacia arriba. Salió una húmeda bocanada de aire. Dentro había una escalera de piedra que descendía a una oscuridad aún mayor.

—Eh… —dijo Charlie, mientras volteaba a ver a los demás—. Esperen, ¿tenemos que bajar *ahí?*

—No le temes a la oscuridad, ¿o sí, Charlie? —Komako sonrió—. ¿Qué podría hacerte daño allá abajo?

—Charlie no le teme a nada —dijo Marlowe.

Komako levantó el farol, que proyectó una sombra torcida en su rostro y oscureció las cuencas de sus ojos.

—¿En serio, Charlie? —dijo ella en voz baja—. ¿No le temes a nada?

Charlie tragó saliva.

—Hay otra forma de entrar, Charlie —dijo la voz de Ribs, desde la penumbra de la nave principal del monasterio—. Una puerta normal, como la que había en la entrada, pero está cerrada.

—El doctor Berghast tiene la llave —le explicó Oskar.

—Rrrh —balbuceó su gigante, que aún sostenía la trampilla, claramente no impresionado.

—Déjenme adivinar —murmuró Charlie—. ¿Este camino lleva a la cripta?

—La *atraviesa* —lo corrigió Komako.

Ribs le picó el brazo a Charlie.

—Oye, ¿qué le dijo el esqueleto a su vecino el vampiro? Eres un *sangrón*.

Oskar soltó una risita nerviosa y aguda que resonó en la cripta.

—Oh, por Dios —dijo Komako entre dientes—. Estoy rodeada de un montón de niños. —Volteó a ver a Marlowe y se sintió avergonzada—. Sin ofender.

Pero Charlie seguía contemplando la oscuridad.

—Recuérdenme de quién fue esta idea.

—De Ribs —respondió Komako.

—De Ko —dijo Ribs.

Marlowe estiró el brazo y tomó la mano de Charlie.

—Mía —dijo él; su voz era casi un susurro.

Dejaron al gigante de carne en el ábside del monasterio en ruinas, con jirones de niebla pasando a la deriva frente a él. Ribs sugirió, con su acostumbrada sutileza, que tal vez el olor desalentaría a la Araña y no querría hablar con ellos; cuando Oskar protestó, Ribs sugirió que lo sometieran a votación, y todos levantaron la mano.

Así descendieron los cinco a las catacumbas, fantasmagóricos y pálidos en sus túnicas, mientras las sombras de la tenue luz de la linterna jugueteaban en las paredes de piedra y el goteo de la penumbra llegaba a sus oídos. Charlie mantuvo a Marlowe cerca, con una mano en la nuca del niño y guiándolo cuidadosamente en la oscuridad. Las escaleras desembocaban en un pasadizo angosto, con pequeñas ventanas cortadas en la roca y huesos apilados en forma de cruz con cráneos colocados encima, pertenecientes a los monjes de una época pasada, con las cuencas de los ojos huecas y oscuras.

Mientras avanzaban, Charlie miraba a su alrededor: el techo se perdía entre las sombras y había más pasadizos que se abrían tanto a la izquierda como a la derecha. También notó, en las paredes, los restos momificados de monjes, encogidos al tamaño de niños y suspendidos de alguna manera en sus túnicas sobre las paredes de piedra, pero el suelo estaba seco y raspaba suavemente a medida que avanzaban; el aire era frío, y la oscuridad era más silenciosa que cualquier silencio que Charlie hubiera conocido jamás, tan silenciosa que casi parecía emitir un sonido, como el de una campana que resonaba en sus oídos.

Caminaron durante cinco o diez minutos, y pronto Charlie se dio cuenta de que el pasaje se iba haciendo más estrecho y el techo más bajo, de modo que tuvo que inclinar la cabeza a medida que avanzaban, pero los huesos de los muertos ya no estaban, solo la larga oscuridad del túnel. Una gruesa raíz de árbol emergía de una pared, cerca de su codo, serpenteando junto a ellos como una especie de señal que les indicaba el camino. A esta se unió una segunda; luego, bajo sus pies, una tercera, hasta que pronto el suelo y las paredes del túnel estaban cubiertas de raíces, que atravesaban las piedras, el mortero y los blandos ataúdes derrumbados de los antiguos monjes. Cuanto más se adentraban, más raíces tenían que trepar, además de agachar la cabeza para evitarlas, hasta que el túnel de piedra se convirtió en uno de raíces, como si estuvieran descendiendo al corazón de un árbol monstruoso. Charlie sintió que Marlowe lo buscaba a tientas y apretó su mano con fuerza.

—Todo está bien —murmuró.

Pero no importaba si se lo decía al niño o sí mismo; a ninguno convenció.

Unos metros más adelante, Komako se detuvo en seco. Charlie pudo ver piedras y rocas y una gran maraña de raíces de árboles bloqueando el camino. Había habido un derrumbe.

Komako se quedó de pie con la linterna en alto, como si estuviera perpleja. Charlie no entendía su vacilación; no parecía un trabajo tan complicado, él había hecho trabajos de carga más duros cuando era la mitad de grande, en Misisipi.

Avanzó a grandes zancadas y alcanzó la raíz más grande que bloqueaba el camino. Esta se sentía suave, casi peluda, en sus dedos. Tiró con fuerza de ella.

—¡Charlie, no! —exclamó Ribs.

Ya casi lograba zafarla. Se inclinó hacia adelante y tiró. De repente, las paredes y el techo temblaron, y el polvo se alzó alrededor de su rostro, metiéndose en el cuello de su túnica. Un profundo gemido inhumano recorrió el túnel, como si la oscuridad fuera algo vivo.

Charlie tropezó hacia atrás.

Komako lo tomó de los hombros y le dio la vuelta.

—¡No lastimes las raíces! —Su trenza se agitaba furiosamente de lado a lado—. ¿Qué te sucede? Vas a derrumbar todo el túnel encima de nosotros. Solo párate ahí. No, *ahí*. No toques *nada*. —Dijo algo para sí misma en japonés, con un tono agudo y molesto; no se escuchaba muy educado.

Charlie se tambaleó hacia los demás, y aunque no entendía lo que había dicho ella, podía adivinar la idea general.

—No le agrado mucho, ¿verdad?

La bata flotante de Ribs se detuvo a su lado.

—A *mí* me agradas —dijo ella.

Pero él solo la escuchaba a medias; en cambio, observaba a Komako mientras ella enganchaba la linterna en un zarcillo para encenderla, y empezaba a trabajar, en su camisón pálido, para mover las rocas sin dañar el árbol; y él no apartó los ojos de ella, hasta que el camino quedó despejado y pudieron pasar y continuar avanzando.

Por fin llegaron a una cámara muy oscura. Cuando Komako levantó la linterna, Charlie vio que el suelo, las paredes y el techo bajo estaban completamente cubiertos por los tentáculos en forma de raíces del olmo escocés, de modo que parecía que habían llegado al centro hueco del árbol mismo. Un aroma almizclado de tierra y madera llenó sus fosas nasales.

Después de entrar, Charlie se detuvo junto con los demás. Marlowe avanzó con cuidado hacia adelante, hasta el borde del charco de luz, trepando por encima de las raíces abultadas. En la penumbra de la linterna de Komako, Charlie pudo distinguir, suspendida del techo bajo, en un gran nudo de raíces enredadas, tierra y musgo colgando, una… *cosa*, una especie de *figura*; tenía un aspecto muy antiguo y parecía haber crecido hasta las mismas raíces del árbol.

Komako levantó la linterna más alto. Colgando en el centro de ese nudo enredado había un rostro, un rostro alargado, raro y con la boca extrañamente abierta, que parecía haber sido tallado en madera, excepto que sus brillantes e inteligentes ojos amarillos, que se encontraban bien abiertos.

Charlie contuvo el aliento. Marlowe estaba de pie justo a su lado; era lo suficientemente pequeño para poder mirar a la criatura a los ojos sin agacharse. Era el glífico, desde luego. La Araña.

—No... deberían... estar aquí —dijo, en una voz que se escuchaba como un retumbo lento, una voz tan fría como los sitios más oscuros de la Tierra.

Oskar dejó escapar un gemido; un momento después, Charlie también sintió algo, una opresión en el tobillo. Una de las raíces se había enroscado alrededor de su zapato y lo inmovilizó en su lugar. Los demás también estaban atrapados; todos, excepto Marlowe. Una segunda y una tercera raíz envolvieron las piernas de Charlie, su cintura y su pecho, sujetándolo rápidamente. Cuanto más luchaba, más apretaban las raíces imposiblemente poderosas que salían de las paredes y del techo.

—Eh, ¿Ribs? —dijo Komako, nerviosa.

Fue el pequeño Marlowe, de pie directamente frente al glífico, quien le habló a la criatura.

—No queríamos venir sin ser invitados —dijo—, pero necesitamos tu ayuda, por favor. Tenemos preguntas.

—Quieren... saber sobre los desaparecidos...

Charlie vio que Marlowe se acercaba aún más; su cabello negro contrastaba con su rostro pálido. Pero no fue por los niños desaparecidos por lo que preguntó; no primero.

—Estoy preocupado por alguien, por una persona. ¿Puedes verla y decirme si está bien? Su nombre es...

—Alice Quicke... no es... un talento.

Marlowe se volteó y miró a Charlie a través de la oscuridad. Charlie podía ver una luz tenue en sus ojos, como estrellas gemelas.

—No —dijo Marlowe—. Es nuestra amiga, mía y de Charlie. Ella nos trajo aquí, contigo. Se fue a Londres con la señora Harrogate para encontrar a Jacob Marber.

El glífico enfocó sus inquietantes ojos amarillos en Marlowe. Aunque su rostro parecía ser solo de madera, sus ojos lucían brillantes, húmedos y reptilianos.

—Te... conocemos. Te hemos... visto. En el Sueño.

Varias de las gruesas raíces se levantaron y se balancearon cerca de Marlowe, pero no lo atacaron.

—Alice Quicke... —gruñó el glífico, estirando el cuello— está tratando... de encontrar... a Jacob Marber.

—Sí.

—Pero a *él*... *no*... lo encontrarán. Él es... quien... encuentra.

—¿Qué quiere decir eso? —le susurró Charlie a Komako. Las raíces los apretaron más.

—Marlowe —lo llamó ella. Su voz se escuchaba suave e insistente, y Charlie percibió algo en ella, algo que no había escuchado antes: miedo—. Marlowe, pregúntale sobre los niños desaparecidos. ¿Cómo los encontramos? Pregúntale sobre el carruaje.

Pero Marlowe se había acercado más al glífico y tal vez no escuchaba.

—He... he estado teniendo unos sueños —murmuró—. Creo que Alice está en problemas. Creo que me necesita.

—Sueños... sí... sabemos... sobre los sueños. Tú... eres quien él... busca.

Charlie no alcanzaba a ver el rostro de Marlowe, solo su nuca; el niño estaba de pie con su túnica manchada de tierra, y se balanceaba sobre las puntas de sus pies.

—*Más cerca niño... más cerca... pon tus manos... sobre nuestro rostro... no tengas... miedo.*

—Eh, Mar... —dijo Charlie—. No sé si eso sea muy buena idea.

—Está bien, Charlie. No me hará daño.

Komako tenía una mano enguantada libre y alcanzó la muñeca de Charlie. Las yemas de sus dedos se sentían frías, ligeras.

—Así es como él se comunica más claramente, Charlie. No es peligroso. —Cerró los ojos, como si escuchara algún sonido dentro de su cráneo—. Él sabe por qué estamos aquí, sabe a qué hemos venido.

Luego Charlie vio que el niño pequeño se ponía de puntillas, se estiraba y colocaba las manos con suavidad a ambos lados del cráneo del glífico.

Lentamente, un tenue brillo azul creció y creció hasta que llenó la cámara entera, poniendo todo en un relieve espeluznante, como si estuvieran bajo el agua. Charlie conocía ese brillo; lo había visto en el tren.

Los ojos de Komako se llenaron de asombro. Oskar había dejado de lloriquear y miraba fijamente, con sus labios pálidos y delicados entreabiertos. Incluso las raíces de los árboles vacilaron.

Todo se quedó quieto.

Pero la luz se volvió más brillante, más y más, tanto que les lastimaba los ojos y tuvieron que apartar la mirada. Charlie entrecerró los ojos para protegerse del resplandor y entendió que algo estaba mal. Marlowe se había puesto rígido y, de repente, sin hacer ruido, todo su cuerpo se sacudió hacia atrás, como si estuviera en agonía.

—¿Marlowe? —gritó Charlie en medio del resplandor—. ¡Marlowe!

O lo intentó, al menos; era como si las palabras no salieran, o salieran lánguidamente, sin sentido, y todo se moviera con una increíble lentitud. Él volvió su lento rostro azul. Levantó una lenta mano azul. Y, poco a poco, las raíces azules se apretaron.

Entonces, de repente, el resplandor estalló y desapareció; todo quedó sumido en una oscuridad absoluta, con una imagen remanente grabada en sus párpados. Marlowe se había desplomado, como liberado del hechizo que lo había retenido. Charlie trató de soltarse, de correr hacia él, pero no podía moverse y, por alguna razón, le costaba trabajo respirar, pero su vista se estaba ajustando nuevamente; vio las raíces que rodeaban al glífico enrollarse y contraerse, una y otra vez. La criatura levantó la cara y los miró malévolamente con ojos amarillos.

—El niño… puede pasar… —gruñó—, pero… el resto de… ustedes… tienen… demasiadas… preguntas…

Charlie sintió que las raíces alrededor de su pecho lo apretaban con más fuerza. Sus pulmones ardían.

Y en ese momento hubo un movimiento, un movimiento fuerte y poderoso proveniente del túnel por donde habían entrado. Los ojos de Charlie estaban llorosos y le costaba ver, pero parecía que las raíces se agitaban, como buscando apoyo, mientras algo se movía pesadamente detrás de ellas, y de repente Charlie sintió que algo fuerte y resbaladizo apartaba las raíces que lo estaban sofocando.

Era el gigante de carne de Oskar.

Caminó tranquilamente entre ellos, soltándolos y levantándolos uno por uno para resguardarlos entre sus brazos. Las raíces serpentearon y se engancharon a sus brazos, por lo que tuvo que seguir arrancándolas lenta y metódicamente, como si estuviera quitando hilos de una manga. Había demasiadas raíces.

Cuando Charlie se liberó, vio que Marlowe se ponía de pie.

—Por favor, deja ir a mis amigos —dijo el niño con voz ronca—. Por favor. Lo prometiste.

Hubo una pausa. Por un instante Charlie temió que el glífico también atacara a Marlowe; pero luego, con un suave crujido, las raíces se retrajeron, una por una, deslizándose hacia las paredes y el suelo. El glífico pareció hundirse hacia arriba, en la masa retorcida de raíces, hasta que se perdió de vista. Charlie cayó al suelo jadeando, libre.

Apoyándose sobre sus manos y rodillas, alzó el rostro. Los otros ya estaban tambaleándose de vuelta al interior del túnel, trepando por las raíces, resollando. Komako se sujetaba la garganta. Ribs ya no era invisible. El brillo de la linterna formaba una corona de luz en las paredes a medida que retrocedían, pero Marlowe no se había movido; se quedó aturdido, con sus pequeñas manos a los costados.

Charlie caminó con dificultad hacia él.

—¿Qué ocurrió, Mar? ¿Qué te prometió?

El chico volteó a verlo, sus ojos brillaban en la oscuridad del túnel.

—Vi… vi a Alice —masculló—. La Araña me mostró…

—¿Qué? ¿Está en peligro?

—Oh, Charlie —susurró el chico—. Todos lo estamos.

Entonces Charlie lo levantó y lo cargó mientras huía de regreso por el túnel, a través de la estrecha abertura en las piedras derrumbadas y todo el largo camino hasta la cripta, donde estaban los cráneos de los monjes y la oscuridad natural de la noche profunda.

Henry Berghast cerró el diario en el que había estado escribiendo, secó la punta de su pluma y se recostó. A través de las ventanas de su estudio, la noche se hizo más profunda.

Así que…

Habían ido a la isla.

Tal vez no era del todo malo, reflexionó. Tendrían preguntas, preguntas que él podría responder. Se frotó los ojos y asintió. El fuego de la chimenea ardía bajo, y las antorchas de gas proyectaban extrañas coronas de luz en las paredes. En su jaula, un pájaro de hueso chasqueó mientras cambiaba de posición sobre su percha y agitó las alas.

Abrió un cajón de su escritorio, sacó un rollo de papel y lo alisó. Este estaba cubierto de círculos y líneas superpuestas, flechas y anotaciones en su propia caligrafía enmarañada. Era una copia del enorme lienzo en tinta de su pared, el trabajo de su vida: un mapa, un mapa que había estado elaborando durante treinta años. Un mapa del mundo más allá del *orsine*.

Se estaba acabando el tiempo. Había renunciado a sus experimentos, y había comenzado a temer que fracasaría por completo en su búsqueda del *drughr*, entonces el glífico había localizado al niño, después de tantos años de estar perdido, y había visto que el niño sería útil, más que útil: el niño podría incluso ayudarle a él, al lastimero y débil de Henry Berghast, a terminar lo que se había propuesto.

Enrolló la copia del mapa y lo guardó con llave.

—Bailey —llamó con un tono agudo.

Apareció el criado, con su alargado rostro impasible, con sus brillantes e inteligentes ojos grises.

—¿Sí, señor?

—Nuestros invitados más recientes, los chicos nuevos… ¿Los ubicas?

—Sí, señor, los ubico.

Berghast se volvió en su silla y miró su propio reflejo en la ventana. Sus ojos se perdieron en la oscuridad.

—Tráemelos —dijo el reflejo.

25

CRIATURAS NOCTURNAS Y OTRAS PENAS

La criatura era pálida y sin pelo, con dientes largos como cuchillos, y estaba de pie en la puerta abierta, absolutamente inmóvil, como una cosa hecha de arcilla. Solo sus ojos se movían, observando la niebla nocturna de Wapping.

Estaba descalzo, pero eso en sí mismo no tenía nada de especial en un rincón de la ciudad donde los cuerpos yacían en cualquier estado de desnudez, y los vivos a menudo se confundían con los muertos. Vestía unos pantalones andrajosos de un material grueso, una camisa sin cuello y un abrigo gris de caballero salpicado de barro; podría haber sido una persona cualquiera que atravesaba tiempos difíciles, pero su boca se perdía en la oscuridad, por completo, y había en él una sensación, un aura, de calma absoluta que no encajaba con los caídos o los indigentes. No necesitaba nada. La puerta detrás de él, astillada y rota, colgaba de una sola bisagra, y medio visibles detrás de una silla había un par de gafas de alambre rotas y el brazo extendido de Ratcliffe Fang, cuya sangre se coagulaba como cera negra en el suelo.

El *liche* se estaba marchando, pero se detuvo para recoger un viejo bombín maltratado que se le había caído al cuerpo, y con una delicadeza espeluznante lo giró y lo giró, como si estuviera perdido en un sueño, luego se lo puso distraídamente.

Salió a la noche turbia y se dirigió al norte. A pesar de la niebla, caminaba rápida y decididamente sobre el barro y las trincheras de inmundicia, pero se detenía de vez en cuando y se agachaba con soltura para olfatear el aire, antes de volver a ponerse de pie y avanzar. Mientras avanzaba trataba de recordar algo, algo importante, pero no podía hacerlo.

«Jacob», pensó. «Jacob Jacob Jacob Jacob…».

El aire cambió; el *liche* había llegado a la ruidosa oscuridad de la calle principal Whitechapel. Aquí los olores se entremezclaban entre sí: el hedor de cuerpos sin lavar, comida podrida, animales y excremento, de modo que tuvo que levantar la cara y volverse lentamente, olfateando; y volvió a encontrar ese olor, elevándose como una nota alta solitaria por encima de una orquesta, el olor de la persona a la que le habían enviado a buscar. Giró hacia el este y se deslizó entre los cabriolés, los caballos que pasaban y las figuras como espectros en la niebla.

La iluminación era escasa, solo algunos viejos faroles grasientos que colgaban de las puertas del pub iluminaban la niebla, y el *liche* se deslizaba como humo en la oscuridad. Al llegar al otro lado de la calle Commercial giró hacia el norte y se escabulló por un callejón profundo con arcos y paredes de ladrillo resbaladizas, para abrirse camino entre las formas acurrucadas que dormían en los portales.

Luego se dirigió nuevamente al este, y al norte, por pasadizos, callejuelas, callejones y patios, hasta que por fin se detuvo, absolutamente inmóvil, en la niebla que flotaba a la deriva. Cruzó hasta un portal en sombras, donde había un hombre dormido; este levantó los codos con irritación, y el *liche*, sin siquiera pensarlo, se agachó, agarró la frente del hombre con una mano y suavemente le pasó una uña afilada por el cuello. La camisa del tipo se manchó de rojo; él pateó, se estremeció, cayó hacia atrás, y se quedó quieto.

Al otro lado del camino, apenas visible a través de la niebla, se estaba abriendo una puerta.

Dos mujeres salieron y se quedaron hablando con otra mujer que estaba dentro. La mujer más baja estaba vestida de negro y llevaba un velo en la cara; la más alta llevaba un impermeable y escudriñaba la niebla con una mirada peligrosa.

El *liche* se desvaneció entre las sombras.

Quince minutos después, en medio de la niebla que las envolvía, Alice Quicke pudo oír, a través del denso silencio, el sonido de sus propias botas raspando los adoquines; era un sonido triste y sombrío, como el de la tiza marcando en un ataúd a un recién fallecido. Se esforzó por distinguir cualquier otro sonido. Algo la puso ansiosa, inquieta. La señora Harrogate caminaba a su lado con la cabeza agachada, una silueta perdida en sus pensamientos. La mujer mayor llevaba en su bolso esas dos llaves pesadas, pero no eran las llaves lo que le preocupaba. Cada que avanzaban algunos metros, Alice miraba por encima del hombro y los vellos de la nuca se le erizaban.

Algo las estaba siguiendo.

Estaba segura de ello, tan segura como de que su nombre era Alice. Un asesino, tal vez, o algo peor. Pensó en lo que Susan Crowley había dicho acerca de Henry Berghast y, discretamente, amartilló el percutor de su revólver en el bolsillo y lo sujetó con fuerza, pero nada emergió de la niebla, y ella no le dijo nada a la señora Harrogate. Siguieron caminando hasta que la mujer mayor hizo señas para detener un cabriolé; el taxi se detuvo rechinando en la densa oscuridad y ambas mujeres subieron. El cochero dio un latigazo, el caballo esquelético se sacudió y empezó a avanzar.

De vuelta en la pensión, con la ventana firmemente cerrada y bloqueada, Alice se quitó el largo abrigo con dificultad, arrojó su sombrero sobre la cama sin tender y frunció el ceño.

—No estábamos solas —dijo—. Cuando salimos de las habitaciones de Susan Crowley. Alguien nos estaba siguiendo.

La señora Harrogate se desprendió el velo y se quitó el chal; luego se quedó muy quieta. Miró a Alice como si estuviera sopesando una compra, considerando su valor. A ella no le agradó esto.

—¿Pudo sentir algo, en el costado? —preguntó la señora Harrogate con curiosidad.

—No. —Ella se llevó una mano a las costillas—. No he sentido nada desde que llegamos aquí. ¿Y si no funciona? ¿Y si no puedo encontrar a Marber?

—No hace falta. El *keywrasse* se encargará de eso.

Alice se sentó en el borde de la cama, a la luz amarilla de la lámpara de gas y se quitó las botas llenas de barro. No estaba segura de lo que quería decir la mujer, pero dejó el tema por la paz, ya que tenía preguntas más urgentes.

—¿Por qué Marber está tan interesado en Marlowe? —dijo ella—. ¿Por qué mataría a sus padres?

—Porque el niño es poderoso. Y porque el *drughr* está interesado. —Los ojos de la señora Harrogate se perdieron en la sombra donde se detuvo, mientras doblaba su chal y lo guardaba en el armario; Alice vio en el espejo que el reflejo de la mujer también se había detenido. Cuando volvió a hablar, su tono era más suave—. Disculpe. El relato de la señorita Crowley fue… perturbador. No sabía mucho de eso. No me gusta que me tomen por sorpresa.

—Entonces, ¿le creyó?

—¿Usted no?

Alice lo pensó por un instante.

—No nos contó todo, pero eso no quiere decir que haya mentido. Me pareció que Berghast es quien más la asusta. Ni Marber ni el *drughr*.

—Solo alguien que no conoce la naturaleza del *drughr* podría creer algo así.

Alice se quedó pensando.

—Recuerde —siguió diciendo la señora Harrogate—, no es Henry Berghast quien caza a los niños, quien seduce Talentos para llevárselos, ni quien traicionó y asesinó a Frank Coulton. Estamos aquí por un solo propósito. Y lo cumpliremos.

—Crowley dijo que el verdadero trabajo de Berghast estaba en el otro mundo. ¿Por qué?

La señora Harrogate se sentó remilgadamente en el sillón de terciopelo y se acomodó la falda. Su rostro lucía preocupado.

—Mierda, usted tampoco confía en él —dijo Alice, quien comenzaba a entender, en voz baja. Luego pensó en algo más y su expresión se oscureció—. ¿Para qué hemos estado recolectando niños, señora Harrogate? ¿Para qué los usan?

—Cálmese, señorita Quicke. Hará que la casera venga a escuchar por el ojo de la cerradura.

—Dejé a Marlowe y a Charlie al cuidado de Berghast.

—Y están a salvo tras los muros de Cairndale —dijo la señora Harrogate—. Henry puede estar equivocado, pero no está loco. No se puede decir lo mismo de Jacob Marber. Estoy segura de que si estuvieran cerca de *él*, el resultado sería bastante distinto.

—Insiste mucho en que Cairndale es seguro…

—Porque Jacob no puede entrar. El perímetro está protegido.

—Pero ya ha logrado pasar antes. ¿No fue eso lo que dijo Crowley?

—Han cambiado las protecciones —dijo con tacto la señora Harrogate—. Nadie, absolutamente nadie, quiere que se repita lo que le ocurrió a Marlowe cuando era bebé, pero la única forma de que los niños estén a salvo, en verdad a salvo, será matando a Jacob Marber.

Mientras la señora Harrogate hablaba, sacó el pañuelo doblado de su bolso. Alice sintió una vez más el repentino mareo, pero se forzó por mirar las dos llaves mientras la mujer mayor las desenvolvía. La señora Harrogate las colocó sobre la mesa.

—Le afectan mucho —dijo.

Alice tragó saliva.

—Me hacen sentir… mal.

—Excelente. Sí. Eso es porque es sensible a ellas, señorita Quicke. A causa de la herida que le hizo Jacob Marber. Esperaba que esto pasara. Estas cosas se llaman weir-bents.

Alice, quien tenía un conocimiento bastante extenso de llaves, examinó los weir-bents.

—Se ven antiguas. Nunca había visto llaves así. No son de una caja fuerte ni de una bóveda. ¿Qué es lo que abren? ¿Alguna habitación? ¿Dónde encontraremos la cosa?

—¿Qué cosa?

—El arma. Para matar a Jacob Marber.

Los ojos de la señora Harrogate destellaron.

—Ah —dijo ella, con una sonrisa condescendiente

—Se equivoca. Esta *es* el arma. —Levantó el cordón de cuero con cuidado y estudió los weir-bents que colgaban frente a ella—. Solía haber tres —dijo—. Ahora solo quedan dos. Y algún día habrá solo uno, y cuando se pierda la última llave no quedará forma de luchar contra el *drughr*.

—¿Qué son?

—Cosas malas, señorita Quicke. Cosas antinaturales. Estas no son llaves, sino recipientes, señorita Quicke. Guardan en su interior, como una mosca en ámbar, algo que no pertenece a nuestro mundo. Entiende que el *orsine* en Cairndale es una puerta, un pasaje a otro mundo. Lo que está atrapado en estos weir-bents es de *ese* mundo. —La señora Harrogate cerró el puño alrededor de las llaves e hizo una mueca. Bajó la voz—. Y están conscientes, señorita Quicke. Tienen deseos y miedos, al igual que nosotros. Debe resistirse a ellos.

A la débil luz de gas de esa extraña habitación, Alice vio a la mujer vestida de negro levantarse y caminar silenciosamente hacia la puerta cerrada con llave, como un fantasma. Todo se sentía espeluznante, misterioso e irreal, pero hacía tiempo que había renunciado a lo real. Ese mismo pavor espantoso resurgió dentro de ella.

—Muéstreme —dijo con voz plana—. Muéstreme lo que pueden hacer.

Pero la señora Harrogate le tendió el cordón de cuero, y los extraños weir-bents se balancearon como el amuleto de un hipnotizador.

—No, señorita Quicke —murmuró—. Es *usted* quien debe mostrarme a *mí*.

Así que para eso la necesitaban.

Alice giró los weir-bents en sus dedos, sintiendo un frío que la atravesaba como un cuchillo. La habitación daba vueltas. Se tambaleó y alcanzó el borde de la cama, mientras una náusea negra la invadía, menguaba y volvía a crecer; la incisión en su costado, donde Marber la había apuñalado, floreció de dolor. Los weir-bents en su puño estaban tan fríos que quemaban.

—Debe ceder —susurró la señora Harrogate desde algún lugar cercano—. No debe tratar de controlar el dolor. Acéptelo. Deje que se convierta en *usted*.

Así, gradualmente, aunque la horrible sensación no la abandonó, Alice cedió, y ya no se sintió abrumada. Abrió el puño, temblando.

No eran idénticos. Notó que uno estaba hecho de hierro negro, o algo parecido, su superficie era porosa, picada y áspera al tacto. El otro estaba tallado en una madera negra que parecía hierro; pero, por algún motivo, parecía mucho más duro. Eran pesados, con mangos casi tan largos como su mano. En lugar de arco, sobre el weir-bent de hierro había un nudo celta, sin costuras e intrincado como un copo de nieve; por otro lado, el de madera tenía un travesaño tallado, y dentro de él, un disco que giraba en su lugar; la madera estaba aceitada y bruñida, de modo que sus vetas relucían. Al final del mango, cada uno tenía un extraño collar gemelo, finamente moldeado, diferente a todo lo que Alice había visto, y una punta sin guarda, como si ninguno de los dos sirviera para encajar en una cerradura. Y, al mirar más de cerca, Alice vio entretejido en ambos un fino trabajo en metal plateado, casi con la forma de letras en una escritura que no conocía, aunque el patrón era diferente.

También los bordes eran diferentes, afilados como cuchillos, y circundados por la misma curiosa incrustación de plata. Fuera de eso, la oscuridad de los weir-bents parecía aumentar mientras más los miraba, casi como si estuvieran absorbiendo las sombras de la habitación, de modo que se sentía como si estuviera mirando a través de ellos, hacia la oscuridad de un vasto cielo nocturno.

—Señorita Quicke —murmuró la señora Harrogate, y, sobresaltada, Alice volvió a la realidad.

—Sí —respondió ella rápidamente—. ¿Qué… qué tengo que hacer?

La señora Harrogate señaló el weir-bent de hierro.

—Esta es el arma. Puede usarse en la cerradura de cualquier puerta cerrada. Cualquiera. Cuando abra esa puerta, el *keywrasse* saldrá. Su propósito es el mismo que el de usted, pero no obedece órdenes así de fácil. El *keywrasse* tratará de dominarla. No debe permitírselo.

—No entiendo.

—Ya entenderá. Una última cosa, el *keywrasse* no funciona a la luz del día. Solo puede usarse de noche. No entiendo cómo ni por qué, solo le cuento lo que me han dicho. Debe enviar el *keywrasse* por la puerta y sellarlo en el weir-bent antes de que salga el sol.

—¿Y si no?

—Los weir-bents son los que mantienen atados al *keywrasse*. Entre más tiempo pase fuera del ellos, más se debilita su control. Si se llegara a debilitar demasiado, el *keywrasse* quedaría libre para hacer lo que quisiera, aquí, en este mundo, obedeciendo solo a sus propios deseos y siguiendo solo sus propios apetitos. Ya no lo controlaría.

—¿Qué haría entonces?

—Será mejor no averiguarlo, ¿de acuerdo?

—Pero ¿por qué soy la única que puede hacer esto?

La señora Harrogate le dirigió una mirada enojada, casi amargada.

—Porque usted es la que lleva el polvo de Jacob Marber, pero no es la única.

Alice entendió que se refería a Marber. Jacob Marber también podía controlarlo; se estremeció al pensarlo. Entonces se dirigió a la puerta y empezó a meter el weir-bent de hierro en la cerradura, pero luego se detuvo.

—Espere —dijo—. La otra llave, ¿qué es lo que hace?

—Weir-bent, señorita Quicke. Se llama weir-bent. El de hierro abre, y el de madera cierra. Sirve para cerrar la puerta, cuando llegue la hora de que el *keywrasse* se marche.

—Antes del amanecer.

—Sí. Si no, tendrá que esperar hasta que anochezca otra vez.

Alice asintió y volteó hacia la puerta. Metió el weir-bent en la cerradura y lo giró.

No ocurrió nada. Hubo un largo silencio.

—Tiene que *abrir* la *puerta*—dijo la señora Harrogate, exasperada.

Nerviosa, Alice giró el picaporte. El pasillo exterior era angosto y tenuemente iluminado por una sola antorcha de gas cerca de la parte superior de las escaleras. Alice salió con cautela y miró en ambas direcciones. Estaba vacío. Luego sintió que algo se deslizaba junto a su tobillo y saltó hacia atrás, pero solo era un gato, un gato negro con una pata blanca, como si trajera un calcetín; con seguridad le pertenecía a la casera. Alice lo miró con furia y siguió entrando, sintiendo una extraña mezcla tanto de alivio como de decepción.

Sin embargo, la señora Harrogate estaba paralizada en medio de la habitación, mirando al gato.

De repente Alice entendió. Miró hacia abajo y luego hacia atrás, sintiéndose ridícula.

—No —dijo—. ¿El *gato?*

Había entrado silenciosamente a la habitación. Saltó sobre las sábanas y se acurrucó ahí; su larga cola se movía a su alrededor. Comenzó a lamer su pata blanca delantera con tranquilidad. Fue entonces cuando

Alice vio que tenía dos ojos extra, cuatro en total, brillando con luz propia en su suave pelaje negro.

—¿Qué es lo que hace? —susurró ella.

La señora Harrogate juntó tranquilamente las manos detrás de la espalda, y no se movió.

—Él la entiende, señorita Quicke. Puede preguntarle usted misma.

—Pero *sí* está aquí para ayudarnos, ¿verdad?

—Esperemos que sí. Sea amable, háblele directamente.

—Eh, hola, gatito —dijo, sintiéndose algo tonta. El *keywrasse*, si es que eso era, solo siguió acicalándose—. Mi nombre es Alice Quicke. Yo, eh, abrí la puerta… La cosa es que… necesito tu ayuda. Hay un hombre, un… un *drughr* que está matando a nuestros amigos. Necesitamos tu ayuda para detenerlo. Por favor.

El *keywrasse* levantó los bigotes y bostezó ampliamente, mostrando sus largos colmillos, y por un momento Alice pensó que la había escuchado y que podría responder de alguna manera extraña y poco felina, pero en lugar de eso simplemente bajó al suelo de un salto, sin hacer ruido, caminó hacia la ventana y saltó al alféizar. Y se quedó ahí sentado, con la cabeza erguida y las orejas inclinadas hacia adelante, mirando la oscuridad.

—Esto es ridículo —dijo Alice entre dientes. Tenía la creciente sensación de que le estaban jugando una broma.

Pero la señora Harrogate no parecía verle lo ridículo a la situación. Se había acercado a la ventana y estaba de pie con cautela, justo detrás de la criatura, tratando de ver lo que había percibido.

—¿Qué pasa? ¿Hay algo afuera?

El *keywrasse* no se movió.

—Sí, sí hay algo allá afuera —dijo Alice—. Un ratón.

La señora Harrogate no sonrió.

—Mi nombre es Margaret Harrogate —dijo cortésmente—. Lo hemos invocado porque deseamos presentarnos. Le pediremos su ayuda mañana por la noche; hoy saldremos a la ciudad a tratar de encontrar a aquel al que buscamos. Un sirviente del *drughr*.

La cola negra como la tinta del *keywrasse* se movió, se enroscó y se movió de nuevo. Fuera de eso, no dio indicios de haber oído a la señora Harrogate en absoluto.

—Señorita Quicke —dijo ella—. Por favor, inserte el weir-bent de madera en la cerradura para que nuestro huésped pueda marcharse.

Alice lo hizo así, y como si el *keywrasse*, el gato o lo que fuera, entendiera a la señora Harrogate a la perfección, olfateó y brincó perezosamente al suelo.

Pero entonces, como si quisiera demostrar que marcharse había sido su propia idea, se detuvo un largo momento en la puerta abierta antes de salir por el pasillo. Alice cerró la puerta rápidamente, sacó la llave de madera y se ató el cordón de cuero alrededor del cuello.

La habitación estaba en silencio; la señora Harrogate estaba de espaldas, viendo la niebla a través de la ventana.

—¿Qué habrá allá afuera? —murmuró.

Pero, por si acaso, Alice abrió un poco la puerta; el pasillo estaba desierto; el gato de muchos ojos había desaparecido.

No volvieron a salir durante varias noches. Harrogate coleccionaba periódicos de tamaño grande por docenas, leía con rapidez los titulares y luego arrojaba las páginas a la chimenea. Estaba esperando otro asesinato en Limehouse. Al fin, un barquero fue sacado del río hecho pedazos, y llegó el momento. Después del anochecer, Alice se puso su grueso abrigo de hule, se recogió el pelo y se bajó el sombrero hasta los ojos. Al otro lado de la habitación, la señora Harrogate colocó una pequeña caja de madera sobre la cama y sacó una linterna de ojo de buey y dos bultos largos envueltos en tela. Alice se acercó.

Eran dos cuchillos idénticos, con hojas terriblemente afiladas y pequeños anillos de hierro a lo largo de las empuñaduras para pasar los nudillos, y una estaca delgada en forma de tubo debajo. Cuchillos de asesino.

—Por Dios —susurró Alice mientras levantaba uno de ellos—. ¿De dónde los sacó?

—Crimea —respondió la señora Harrogate de modo informal—. Se los quitaron a un espía ruso. Tal vez nos sirvan si nos encontramos con Walter.

La señora Harrogate deslizó los cuchillos en su cinturón. Alice revisó su Colt Peacemaker y se embolsó un puñado de balas de repuesto como si fueran monedas sueltas. Vio que la señora Harrogate sacaba una pequeña pistola plateada de su bolso, comprobaba su funcionamiento y luego la guardaba de nuevo y cerraba el bolso con fuerza.

Alice sonrió.

—Cualquiera que nos viera, pensaría que vamos a la guerra.

—Así es —dijo la señora Harrogate mientras se colocaba el velo.

Por último, Alice se dirigió a la puerta, insertó el weir-bent y dejó que el *keywrasse* entrara ronroneando. Él se dirigió de inmediato a la ventana, como si supiera exactamente sus intenciones, y allí se paseó de un lado a otro, como patrullando con impaciencia.

—Ahora —dijo la señora Harrogate, levantando la ventana para que entrara el aire hediondo de las calles—, vayamos a las morgues, señorita Quicke, para que el *keywrasse* pueda seguir el rastro.

Las calles estaban mojadas y oscuras, y una densa niebla las rodeaba mientras avanzaban lentamente hacia Limehouse. El *keywrasse* se mantuvo cerca. Había multitudes en las calles; todos gritaban y vendían, y se escabullían a pesar de la hora, y había marineros ebrios acurrucados en las entradas, y niños abandonados en harapos barriendo los cruces. Una vez más, la ciudad enfureció y entristeció vagamente a Alice.

Pero sobre todo, había miedo en el aire, miedo al monstruo que acechaba en los muelles y callejones de Limehouse. Había habido siete asesinatos hasta el momento, y tal vez habría más, y a ningún agente parecía importarle. A Alice le resultó extraño ir a la deriva bajo la protección de un pequeño gato negro, pero ya no estaba en posición de no creer ni de dudar. Había visto demasiado. Existían sombras en el mundo que estaban vivas.

Encontraron el cuerpo en la cuarta morgue que probaron, y se quedaron de pie bajo la débil luz anaranjada de la lámpara de gas, en medio del hedor a formaldehído y vapores gaseosos, mientras el embalsamador nocturno se limpiaba las manos en el delantal y trataba de entender lo que querían.

—¿Cuál, el que sacaron del Támesis? —Frunció el ceño.

La habitación era pequeña y estaba en mal estado, con una puerta entreabierta en el fondo que, asumió Alice, llevaba a la parte trasera, donde tenían los cuerpos que nadie reclamaba.

—No queremos mirones aquí ni gente de la prensa. Este es un establecimiento respetable.

Alice le entregó los papeles.

—Soy una detective privada, con licencia de Scotland Yard. Me pidieron que le echara un vistazo al cuerpo. Por intereses personales y cosas así. No tardaremos.

El embalsamador había estado trabajando con un hombre de un largo bigote negro, muy parecido al suyo, y había tubos conectados a los brazos del cadáver. El hombre iba y venía, revisando el progreso. Había una raya de algo oscuro en un lado de la cara, y Alice prefirió no preguntarse lo que era.

—No es adecuado para una dama, podría herir su susceptibilidad —advirtió, volteando a ver a la señora Harrogate.

—Estará bien —respondió Alice fríamente—. Es la dama menos susceptible que he conocido.

La señora Harrogate se puso rígida con silenciosa dignidad.

Después de un momento, el embalsamador nocturno se encogió de hombros.

—Como quieran, pero solo un momento. Mi trabajo no se terminará solo.

Las condujo escaleras abajo hasta un sótano alargado con hileras de pequeñas puertas a lo largo de una pared, encendió una linterna y entró a una segunda habitación más pequeña. Ahí, en una mesa de acero, Alice vio lo que parecía ser un lavabo. Algo estaba nadando en un guiso dentro de él.

—Adelante, echen un vistazo —dijo él.

Y colgó la linterna en un anillo de hierro de una viga.

No era un cuerpo. Fuera lo que fuera, no era eso. Despedía un olor a amoniaco y alcohol, y debajo de estos, un olor dulce, enfermizo y desgarrador, como el de la vegetación podrida. Los pedazos estaban medio congelados y dispersos por la habitación, pero Alice pudo distinguir un codo, un antebrazo y una mano torcida, también lo que parecía ser un pie con el hueso sobresaliendo y una cara sin ojos.

—Esas marcas de mordidas… —dijo el embalsamador, mientras señalaba lentamente el área con un dedo—. Aquí y aquí. Lo que sea que las haya hecho, no era humano.

Justo en ese momento, de la nada, el *keywrasse* saltó a la mesa sin hacer ruido y puso las patas en la orilla del lavabo.

—Por todos los cielos, ¿qué hace esa cosa aquí? ¡Fuera, fuera! —El hombre tomó un trapo y lo agitó hacia el *keywrasse*.

Pero el gato ya se había ido, en un parpadeo de oscuridad. Salió por la puerta, atravesó el largo sótano, volvió a subir las escaleras y se fue. Alice miró a la señora Harrogate; la mujer mayor asintió.

Estaba hecho.

De vuelta en el exterior, en medio del hedor de Limehouse, el *keywrasse* estaba impaciente. Las condujo rápidamente a través de un laberinto de caminos resbaladizos y sombríos, sobre patios y bajo arcos, hasta que llegaron a un muelle hundido donde varias figuras estaban sentadas en la oscuridad, con sedales flojos. Alice sostuvo en alto la linterna de ojo de buey para ver dónde estaban. El *keywrasse* se movía de un lado a otro, con la cola alta y las orejas alerta.

—Este debe ser el lugar donde sacaron el cuerpo —murmuró la señora Harrogate—. Está siguiendo el rastro.

—O tal vez donde el bastardo entró —dijo Alice.

El *keywrasse* se desvió de nuevo, alejándose del río, serpenteando a través de la penumbra y de la niebla, y corriendo entre las piernas de la multitud, sin preocuparse por la suciedad ni por los caballos ni por el rugido de la calle principal. A Alice le resultaba difícil seguirle el paso. La niebla descendió, con un fuerte sabor amargo, como si los grandes hornos de cal envenenaran el aire.

La niebla amarillenta se hizo más densa; luego, como si fuera una cortina, se abrió solo por un momento, y Alice vislumbró una figura que pasaba junto a un bolardo y se deslizaba como una sombra alrededor de un edificio, una figura medio encorvada, que vestía un largo abrigo negro y un bombín. Incluso a esa distancia y en la oscuridad, alcanzó a ver la piel anormalmente blanca de su cuello, y los dedos largos y afilados que salían de los puños de su camisa y supo que era lo que estaban buscando.

El *keywrasse* ya se había deslizado en silencio al otro lado, hacia la entrada de la calle. Era un callejón de ladrones, conocido así por las salidas ocultas y los giros repentinos; era retorcido, estrecho y estaba repleto de las piernas despatarradas de los pobres indigentes. Alice cerró la linterna y se abrió paso con cautela entre los cuerpos. La mitad eran niños, y la mitad de estos estaban descalzos. El *keywrasse* se escabulló por la niebla, reapareció y se desvaneció otra vez. Alice podía ver los cristales grasientos de las ventanas superiores donde se reflejaba la niebla; todas estaban enrejadas. Tenía controlados sus nervios.

El camino se bifurcó; Alice giró a la izquierda, siguiendo al *keywrasse*, y oyó que Margaret la seguía suavemente. Había charcos de limo bajo sus pies, y un sonido de agua que goteaba.

Casi tropieza con el *keywrasse*. Podía oler el río cerca de ahí. El camino las había llevado a un callejón sin salida. La señora Harrogate apareció como un fantasma a su lado, con los ojos cubiertos por el velo.

Alice podía verlo más adelante: la pálida figura de la calle principal, el *liche*. Estaba de pie, desgarbado, con los brazos delgados a los costados, sin sombrero y con la cabeza sin pelo agachada, casi como si estuviera escuchando algo. Por un momento temió que las hubiera visto. Luego él giró, mirando a su alrededor para estar seguro de que nadie lo observaba, y la niebla se disipó justo en ese momento. Alice vio sus rasgos y se quedó helada. El bigote rojizo se había ido, al igual que el cabello ralo, pero, aun así, conocía ese rostro.

Era Frank Coulton.

A su lado, la señora Harrogate contuvo el aliento.

—Oh, por Dios —susurró.

Después, la criatura que solía ser Frank Coulton volvió a ponerse el bombín y trepó como una araña por la pared, saltó ligeramente al otro lado y desapareció.

El rostro de Alice estaba pálido por la impresión.

—Era *él.* —Ella estaba sorprendida—. Era *Coulton.* Creí que había muerto. —Volteó a ver a la señora Harrogate con furia—. ¡Usted dijo que había muerto!

La señora Harrogate, perturbada, no pudo decir nada.

Justo en ese momento, el *keywrasse* salió corriendo como humo de entre sus tobillos, y Alice lo vio trepar por la pared alta, increíblemente rápido, y detenerse en la parte superior con el lomo erizado y la cola en alto. Volteó a verlas con todos sus ojos, para comprobar que lo seguirían.

Alice giró en su lugar, buscando una forma de subir. Había una escalera desvencijada apoyada contra una carreta, y la pateó, la arrastró y la inclinó hacia arriba.

«Un *liche*».

La escalera no llegaba hasta arriba.

«Coulton es un *liche*».

Ella escupió, se frotó los nudillos y se concentró en lo que estaba haciendo para no pensar en ello; y luego, con su impermeable crujiendo detrás de ella, y la niebla como un ser viviente a su alrededor, puso el mango de la linterna entre sus dientes y comenzó a trepar.

26

LA CASA DE LAS PUERTAS

Una figura con una capa negra los esperaba en el muelle cuando regresaron remando de la isla. El resplandor de su linterna era como monedas de luz sobre el agua oscura. Nadie habló; solo se escuchaba por encima del silencio el suave chapoteo de los remos y el crujido de las cerraduras. Era el criado del doctor Berghast, con su expresión impasible y sombría; levantó la linterna y alumbró sus rostros, uno por uno.

Se detuvo en Charlie. Y en Marlowe.

—Ustedes dos —dijo con una voz tan profunda como un bombo—. El doctor Berghast quiere verlos. Ahora.

No los reprendió por estar afuera ni por su evidente transgresión. Sin embargo, su disgusto era evidente. Charlie sintió los labios de Ribs cerca de su oído.

—Mierda —susurró.

Komako se veía avergonzada. Él sabía que culparía a todos por haber ido allá, pero también había sido idea suya, también estuvo dispuesta. Recordó lo que ella le había dicho cuando estaban solos: «Sé lo que parece este lugar… Pero ningún lugar es seguro, no realmente». De repente se preguntó si sería vergüenza lo que veía en su rostro, o tal vez algo más. Miedo.

Estiró la mano para calmar a Marlowe, pero Ribs no había terminado:

—No creas todo lo que te diga —susurró—. El viejo Berghast, quiero decir. Es más hábil que un gato de ocho patas.

—Ribs, ni siquiera sé qué quiere decir eso —dijo Charlie entre dientes, sin voltear a verla.

—¡Vengan! —gritó el criado.

Él sintió unos dedos fríos rozando su muñeca.

—Ten cuidado, Charlie Ovid.

Bajó del bote, que quedó balanceándose en la orilla. Marlowe tomó su mano y juntos siguieron al hombre hacia la oscuridad.

Komako los vio desaparecer en la noche. Luego los tres regresaron lentamente, seguidos por el gigante de Oskar, Lymenion. Nadie habló. En la tranquila oscuridad, Komako se sentía preocupada. Ella había visto algo… no, le habían *mostrado* algo, mientras estaban capturados por el glífico.

Le resultaba difícil entenderlo. Caminaron con actitud sombría de vuelta a los pasillos tenuemente iluminados de Cairndale y se escabulleron a su escondite favorito, al final de un pasillo desierto, bajo una gran ventana que daba al ala este. Podían ver una luz encendida en el estudio de Berghast.

—Vi algo —dijo por fin. Alzó la mirada y volteó a ver a Oskar, Lymenion y a Ribs, quien acababa de materializarse en medio de la penumbra—. En la isla. El glífico me mostró algo. Traté de preguntarle sobre los niños desaparecidos y el carruaje, pero no creo que le haya causado ninguna impresión. Está muriendo. El glífico está muriendo, y me mostró una especie de, no sé… un recuerdo, tal vez. Del doctor Berghast. Le estaba dando alguna clase de… medicina. Creo que es lo que prepara en su laboratorio. Creo que está ayudando al glífico a seguir con vida, vi al *orsine* colapsando y a Cairndale en llamas. —Frunció el ceño y sacudió la cabeza—. Fue horrible. No sé si era el futuro o si ocurrió hace mucho tiempo, o si era solo lo que el glífico teme que ocurra. —Se pasó las manos por la trenza, confundida—. Si el glífico muere —dijo lentamente—, el *orsine* se abrirá y cualquier cosa podría cruzar desde el otro lado.

Oskar asentía, asentía como si comprendiera lo que quería decir.

—Los… los muertos podrán pasar.

—Tú también lo viste —dijo ella.

—No —murmuró él—. Es decir, vi algo de eso. Vi que el glífico estaba muriendo… —A Oskar se le humedecieron los ojos—. No… no sé cómo, pero, lo vi, ¿saben? Y… y vi que tiene mucho miedo. Eso fue lo que más noté, Ko. El miedo de la Araña; también algo más. Una fachada. Con un letrero que decía VELAS ALBANY. Y… y… yo lo conozco, Ko. Sé dónde es. Era el Grassmarket, en Edimburgo. El señor Coulton y yo nos quedamos ahí cuando él me encontró, antes de que me trajera a Cairndale.

—Velas Albany. ¿En Edimburgo?

Oskar asintió.

—¿Crees que… que los Talentos desaparecidos estén ahí?

—Tal vez.

—De otro modo, ¿por qué el glífico me lo mostraría? Es decir, ¿a menos que…?

Komako se humedeció los labios. Hizo una lista mental de lo que estaba en juego, marcando cada punto con el dedo.

—Sabemos que el glífico está muriendo. Que el doctor Berghast está tratando de mantenerlo con vida, pero no podrá seguir haciéndolo eternamente. El carruaje oscuro y los niños desaparecidos. Y parece ser que viene de parte de un candelero en Edimburgo. También sabemos que los archivos de los niños desaparecidos fueron sustraídos de la oficina del doctor Berghast. Alguien aquí en Cairndale tiene que estar trabajando con la gente del carruaje.

—¿Crees que todo esté conectado? —murmuró Ribs—. ¿Crees que Berghast sepa lo de los niños desaparecidos? Tenía sus nombres anotados en ese cuaderno…

—No —respondió Komako firmemente.

Los ojos llorosos de Oskar se iluminaron.

—Tal vez no… no… sea tan siniestro como parece —dijo—. Tal vez el doctor Berghast sí sabe al respecto, pero no les está haciendo daño a los niños. Tal vez lo hace para protegerlos.

Ribs resopló.

—¿Protegerlos?

—Tal vez estén en alguna clase de… de… de peligro. Por Jacob.

—¿Más que Marlowe?

Oskar se sonrojó y se quedó callado.

—Rrrh—gruñó el gigante de carne.

Komako se jalaba la trenza, preocupada.

—Ribs, ¿qué te mostró la Araña?

Pero Ribs tenía una expresión rara en el rostro, una combinación de ira y desagrado.

—¿Eh? —dijo, apartando su nariz pecosa.

—Tu visión. ¿Qué fue lo que viste?

—Oh, muchas cosas. Muchas, muchas cosas. —Ribs asintió—. Bastantes.

—¿Y? ¿Te importaría compartirlas con nosotros?

Ribs empezó a rascarse una costra que tenía en el codo, con el ceño fruncido.

—Eh, bueno… lo del candelero. Síp. En Edimburgo. Y un poco de Berghast cuidando a la Araña, también vi eso. Es que eran… muchas cosas. Síp, muchas.

Nadie habló.

—No viste nada, ¿verdad? —dijo Komako en voz baja.

Ribs frunció el ceño y su voz se quebró con incredulidad.

—¿Por qué soy la única a la que nunca le muestran nada? Te mostró un montón de cosas a *ti* y… a *Oskar*… ¿Y a *mí* nada? ¿Qué tengo de *malo?*

—Tal vez no pudo verte —dijo Oskar, tratando de ayudar—. Porque… ¿eras invisible?

Ella le lanzó una mirada venenosa.

—¡Fue una pregunta *retórica*!

—Rrh —balbuceó Lymenion.

Ribs fulminó al gigante de carne con la mirada.

—¿Qué? ¿La Araña habló contigo también?

Komako no pudo evitar sonreír.

—No importa —dijo—. No tenemos mucho tiempo. Tenemos que descubrir qué importancia tiene esa tienda de velas.

—¿Qué quieres decir?

—Tenemos que ir a Edimburgo.

Oskar parpadeó con nerviosismo.

—¿¡Edimburgo!? Pero no… no… no podemos pasar las protecciones… No sin permiso.

—De hecho… —Ribs frotó su cabello rojizo, con renuencia—. Ko y yo encontramos una abertura, hace tiempo. Me imagino que sigue ahí. Un hueco en las protecciones, Oskar. Lo suficientemente grande para que todos podamos salir. Incluso Lymenion.

Oskar se veía ofendido.

—Nunca me dijeron.

Komako puso una mano enguantada sobre el hombro del chico con gentileza.

—Tenemos que encontrar ese lugar, de donde viene el carruaje, Oskar. Velas Albany. Antes de que vengan por *nosotros*. Tú viste el lugar en tu visión, puedes llevarnos ahí.

Oskar tragó saliva.

—Pero nos meteremos en problemas. Si la señorita Davenshaw…

—Tiene que haber algún motivo por el que te mostraron esa visión —siguió diciendo Komako—. La Araña *quiere* que vayamos. *Quiere* que veamos lo que hay ahí. Tiene que estar relacionado con lo que le está pasando a él, y a los niños… Todo está conectado, Oskar.

Oskar se estremeció.

—De acuerdo —dijo, tratando de sonar valiente.

La única que parecía no estar prestando atención era Ribs. Estaba frunciendo el ceño y murmurando para sí misma otra vez.

—Ni siquiera me importa esa *tonta* Araña y sus *tontas* visiones…

Mientras lo murmuraba, rascaba miserablemente el alféizar de la ventana con la uña.

Después de dejar a los demás, a Charlie y a Marlowe los condujeron de regreso a través de la hierba hasta la mansión, a lo largo de un corredor y a través de una puerta, subieron una escalera, avanzaron por un segundo corredor, con puertas cada seis metros, hasta que llegaron al estudio del doctor Berghast.

—No toquen nada —dijo el criado—. El doctor Berghast estará con ustedes en un momento.

Charlie, por su parte, no consideró que hubiera cosas que valiera la pena tocar. Era la misma habitación en la que había estado unos días antes, pero de algún modo se sentía más acogedora, y menos aterradora.

Un gran trozo de carbón ardía en la chimenea; las antorchas a lo largo de las paredes estaban encendidas, tiñendo la habitación de un tono dorado, y los sillones de cuero estaban dispuestos frente al fuego. El aire era cálido, tranquilizante, y olía levemente a humo de cigarro. En un rincón estaba el archivero de madera, cerrado con llave. En el otro había una jaula para aves, con la silueta de un pájaro inmóvil en su percha. La extraña pintura a tinta de líneas y círculos entrecruzados colgaba en la penumbra. Marlowe caminó con cautela sobre la alfombra persa y se paró frente a ella, observándola. En el centro de la habitación se alzaba el escritorio del doctor Berghast: elegante, oscuro, vacío, excepto por una bandeja con un decantador de vino y una copa solitaria todavía medio llena. Charlie no vio ni rastro del diario.

Podría haber sido una habitación acogedora, es decir, si no fuera por una extrañeza particular: las puertas. Nueve en total, todas cerradas, todas talladas en el mismo roble antiguo de aspecto pesado, cubiertas de extrañas marcas de pergamino, como si unos gusanos de barco se hubieran abierto camino a lo largo de ellas. Todas esas puertas en el estudio daban la sensación de estar en una estación de ferrocarril desierta, o en una oficina de correos fuera de horario —en un lugar que, normalmente, debería haber estado lleno de bullicio, interrupciones y salidas apresuradas—. Charlie miró a su alrededor, inquieto. No se había percatado de que fueran tantas, la noche que se coló en el estudio. Le llamó la atención la jaula de aves y se acercó para ver. Las cosas que había dentro no eran pájaros, eran confecciones vivientes de huesos y accesorios de latón, que giraban sus cabezas cadavéricas de lado a lado, como si lo miraran desde sus cuencas sin ojos. Él se estremeció.

Marlowe se sentó en silencio en el gran sofá, balanceando sus pequeñas piernas y jugueteando con sus manos mientras esperaba. Charlie sabía que el niño estaría ansioso, que iba a conocer a su padre adoptivo; no podía ni imaginar lo que habría en el corazón del niño. Quiso decir algo, preguntar si estaba bien, tranquilizarlo un poco, pero de pronto ya era demasiado tarde, porque la puerta por la que habían entrado se abrió bruscamente y entró Henry Berghast.

Charlie se congeló. Marlowe levantó el rostro, con un brillo medio esperanzado en la mirada.

Pero el hombre pasó junto a él, justo delante de ambos, sin siquiera mirarlos. Se acercó a su escritorio, sacó un cuaderno y desenroscó la tapa de una pluma fuente. Se quedó sentado durante varios minutos, escribiendo en silencio. Sin embargo, durante todo ese tiempo Charlie sintió que el hombre estaba al tanto de su presencia, que los estaba observando, sopesando su silencio con frialdad y juzgándolos deficientes. Por fin levantó la vista, con el ceño fruncido.

—Bueno —dijo.

Eso fue todo.

Charlie lo conocía, desde luego. Lo había visto acechando en las ventanas oscuras mientras se dirigían a los edificios anexos, al final de los pasillos, moviéndose rápidamente o enfrascado en una conversación con los viejos Talentos en el patio algunas mañanas, pero nunca lo había visto de cerca; nunca tan cerca para poder sentir la electricidad del hombre, la intensidad que emanaba de él, como un zumbido bajo. Berghast era alto, incluso más alto que Charlie, de hombros anchos y manos grandes. Llevaba una costosa levita negra y un cuello blanco inmaculado, como si viniera de una cena elegante. Su barba era blanca, sus ojos del mismo tono gris de un río en invierno, brillantes, reflexivos y penetrantes, y su cabello espeso y largo le llegaba hasta el cuello. Tenía un aire aristocrático; parecía un hombre acostumbrado a rehacer el mundo a su imagen y semejanza. Charlie sintió miedo de inmediato.

El doctor Berghast entrelazó las manos sobre su escritorio. Estaba tan quieto como una víbora.

—Es tarde, chicos —dijo en voz baja—. Me imagino que tendrán hambre.

Tanto Charlie como Marlowe sacudieron la cabeza. Del otro lado de la habitación, los pájaros de hueso chasqueaban y traqueteaban.

Lenta y ferozmente, la mirada del doctor Berghast se deslizó hacia Charlie.

—Tú eres el nuevo *haelan* —dijo. No era una pregunta—. Soy el doctor Berghast. Dime, ¿qué te ha parecido Cairndale?

Charlie tragó saliva.

—Me gusta, señor.

—Y, aun así, parece que eres incapaz de obedecer las reglas. Sales sin autorización después del toque de queda, vienes a mis aposentos mal presentado. Tu camisa de dormir está asquerosa.

Charlie se revisó y sintió cómo el calor subía a su rostro. Era verdad, tenía barro y mugre de la isla por todas partes.

—Fueron a ver al señor Thorpe —siguió diciendo el doctor Berghast—. No está permitido.

Charlie parpadeó.

—¿Thorpe…?

—Nuestro glífico. No… no se ha sentido muy bien. Me imagino que sabían que estaba prohibido y por eso decidieron escabullirse después de medianoche. ¿Encontraron las respuestas que buscaban?

—No… no sé, señor —balbuceó él—. Nosotros…

—Fue mi idea —dijo Marlowe con audacia—. Quería saber si Alice estaba bien.

El doctor Berghast dirigió sus intensos ojos grises al pequeño.

—¿Y lo está?

Marlowe dudó. De repente fue como si toda su audacia se hubiera ido; se mordió el labio y se puso rojo.

—No lo sé.

—Pero eso no fue todo lo que le preguntaste, ¿verdad? No fue el único motivo por el que decidieron perturbar el descanso de un moribundo. ¿Sabes quién soy, niño?

Con la mirada en el piso, Marlowe asintió.

—Mírame. ¿Quién soy?

—Mi padre adoptivo —murmuró Marlowe.

—Sí. —Él se alisó la barba, evaluándolos a ambos con la mirada—. ¿Qué es lo que hacen, cuando no se están escabullendo por el instituto? ¿La señorita Davenshaw les ha enseñado a usar sus talentos?

—Sí, señor.

—¿Les explicó lo que hace el glífico?

—Sí.

—Cuéntenme.

Marlowe alzó la mirada rápidamente, con una pregunta en los ojos.

—La señorita Davenshaw dice que mantiene el *orsine* cerrado. Está equivocada, ¿no? A veces también lo abre. Usted lo obliga a hacer eso. Tiene que hacerlo con cuidado o, de lo contrario, cualquier cosa podría salir.

—¿Cómo sabes eso?

—La Araña… me lo dijo.

—Ya veo. ¿Qué clase de cosa podría salir?

Marlowe frunció el ceño.

—¿Jacob Marber?

El doctor Berghast cruzó sus grandes brazos, se reclinó en el escritorio y miró a los niños.

—Hay peores cosas en ese mundo que Jacob Marber —dijo en voz baja.

Entonces, el niño levantó la mirada, con un aire desafiante.

—Pero los envió ahí de todos modos, ¿no? Envió a los viejos Talentos hace años, a pesar de que era peligroso.

Charlie sintió un recelo repentino. Miró a Marlowe y se preguntó cuánto le había dicho el glífico sobre ese lugar, y lo que había sucedido aquí.

Obviamente, Berghast se preguntaba lo mismo.

—Parece que el señor Thorpe ha sido bastante comunicativo. A pesar de su condición.

A Charlie nunca se le había ocurrido que alguien pudiera ser enviado a través del *orsine*; entonces Charlie pensó en algo.

—Eso es lo que quiere que hagamos nosotros —dijo él—. Que entremos ahí.

Los ojos del doctor Berghast destellaron de un modo que atemorizó a Charlie.

—Sí —respondió.

—Porque es importante —dijo Marlowe.

—Porque es importante —repitió Berghast.

Charlie lo fulminó con la mirada.

—¿Importante para quién?

Pero si a Berghast le molestó el tono de Charlie, no se le notó. Su rostro estaba tan frío, plano y sin emociones, como siempre.

—En el otro mundo, en la tierra de los muertos… nada es como es aquí. Ahí la materia es polvo, y el espíritu, sustancia. Es un mundo tan diferente al nuestro como lo es el interior de nuestro cuerpo comparado con lo que somos por fuera. Sus peligros son variados y cambiantes. Es fácil perderse. Hubo un tiempo en que envié Talentos. Los viejos, como tú los llamas. —El doctor Berghast movió sus manos frente a él, masajeando los nudillos llenos de cicatrices, como si le dolieran. Miró hacia arriba—, pero entonces algo terrible salió del *orsine* y puso fin a todo eso. Una criatura. Esto es lo que le da a Jacob Marber su fuerza y su propósito. Esto es lo que estamos tratando de detener. El *drughr*.

Charlie se estremeció.

—Me imagino que la señorita Davenshaw les habrá hablado del *orsine*, pero no de su esencia. ¿De dónde venimos? ¿Qué somos realmente? Estamos conectados con el *orsine* de maneras que no pueden imaginar. El *orsine* fue construido a petición de un hombre llamado Alastair Cairndale. Fue el primero de nuestra especie, el Primer Talento. Supongo que habrán visto su retrato en el gran salón. Después de que su talento se manifestó, surgieron otros, otros Talentos que encontraron su camino hacia él. Todo esto fue hace muchos siglos, pero dondequiera que haya orden, el caos se impondrá. Con el tiempo llegaron desacuerdos, una lucha entre Talentos sobre cómo existir en el mundo. Si debíamos revelarnos por completo, si debíamos desempeñar un papel más importante en el destino de las naciones. El *drughr* emergió de ese caos, con la intención de destruirnos.

Charlie observaba a Marlowe. El pequeño escuchaba con mucha atención.

—Lord Cairndale y sus… aliados construyeron el *orsine* y desterraron al *drughr*. Era poderoso, mucho más poderoso de lo que somos hoy en día. Su talento no solo podía manipular, como los nuestros, sino también crear. En la lucha, fue arrastrado hacia el *orsine* junto con el monstruo. Nunca se supo cómo pereció, en qué circunstancias. Y de alguna manera se las arregló para contener al *drughr*; quedó atrapado dentro del *orsine*, pero ahora ha regresado —siguió diciendo con tranquilidad—. Y yo soy quien tiene que enfrentarlo.

Charlie podía sentir la tristeza seductora del hombre mayor, la intensidad en ella, y no le gustaba.

—Querrá decir que depende de nosotros —le dijo, con reproche.

—No soy Alastair Cairndale —respondió el doctor Berghast, como si Charlie no hubiera dicho nada—. Aun así, debo convertirme en él. Todos debemos cargar con lo que somos, Charles. Nos guste o no.

Charlie volteó a ver a Marlowe de reojo; su rostro no mostraba expresión alguna.

—Ya me estoy cansando de escuchar eso de cincuenta formas distintas. Siempre hay alguien más que dice qué es lo que debemos cargar y para quién hay que hacerlo.

Las fosas nasales de Berghast se dilataron ligeramente, revelando la impaciencia que trataba de ocultar.

—El señor Thorpe está muriendo —dijo—. El glífico de Cairndale está muriendo, señor Ovid. Y su indignación no cambiará nada. El *orsine* se abrirá por completo, y Cairndale quedará indefenso. Los muertos se derramarán a través de la brecha hacia este mundo, y quién sabe qué será de nosotros entonces.

Avergonzado, Charlie tragó saliva.

—Cuando eso ocurra, el *orsine* tendrá que ser sellado —siguió diciendo Berghast, con voz suave, pero molesta. Casi parecía que hablaba solo—. Sellado para siempre. Entonces, nuestro único recurso para destruir al *drughr* se perderá. Si voy a entrar al *orsine,* si voy a enfrentarme al *drughr*, debo hacerlo pronto. Sus poderes son distintos aquí. Aquí puedo detenerlo.

—No entiendo, doctor Berghast —murmuró Marlowe.

El hombre esbozó su fría sonrisa.

—Me he estado preparando para esto durante más tiempo del que puedes imaginar niño. No necesito que entiendas, solo necesito su confianza.

—Querrá decir nuestra obediencia —dijo Charlie entre dientes.

Berghast abrió el cajón de abajo de su escritorio y sacó una larga caja metálica. Colocó una mano sobre la tapa.

—Hubo un tiempo en el que solía enviar Talentos al otro lado, para que pudieran hacer un mapa del mundo más allá del *orsine*. Sí, para que estuviéramos preparados en caso de que el *drughr* regresara. Había encontrado un objeto, un artefacto inmensamente poderoso. Llevaba años buscándolo, por océanos de arena y montañas de hielo. Al fin lo hallé en una comunidad de Talentos al este del Mar Negro. —Mientras hablaba abrió la caja y sacó un extraño guante hecho de madera, hierro y tela. Se veía pesado y, al levantarlo, emitió un chasquido—. Solía haber tres artefactos, ahora solo queda uno. Esta es una réplica.

Se lo pasó a Charlie; él lo tomó y lo giró entre sus dedos. Estaba hecho de placas de hierro y madera, como un guantelete blindado. Había una banda de tachuelas afiladas cosida dentro de la muñeca del guante, como pequeños dientes.

—El artefacto real permite que el talento que lo porta atraviese el *orsine*, intacto, y sobreviva en el más allá. Le permite regresar con vida. Aunque no solo a los Talentos. El poder del artefacto es tal que protege cualquier cosa que desee cruzar entre los mundos. Desde cualquier lado.

Charlie parpadeó.

—Se refiere al…

—Al *drughr*, sí. Con algo así podría quedarse *aquí*, protegido. En este mundo.

Charlie pasaba el dedo por las suaves placas de madera. Vio que había unas delicadas líneas talladas, como las huellas que dejan los escarabajos en la corteza de un árbol. Cada placa era distinta, y estampado en la palma de hierro del guante estaba el mismo emblema que aparecía en el anillo de su madre, el mismo diseño que colgaba sobre las puertas de Cairndale. Martillos gemelos contra un sol naciente. La madera era suave y cálida, y el hierro, flexible. Incluso si se trataba de una réplica, se sentía inmensamente viejo. Charlie se lo pasó a Marlowe, quien se lo devolvió al doctor Berghast.

La expresión del anciano se oscureció mientras estudiaba la réplica.

—Hermoso, ¿verdad? Pero el verdadero guante se perdió hace años. Dentro del *orsine*.

—Y quiere que nosotros lo encontremos —dijo Marlowe.

Él asintió con cautela.

—Tenemos que hallarlo antes de que el glífico muera. Mientras aún podamos controlar el *orsine*.

Charlie frunció el ceño.

—¿Por qué nosotros?

—Porque los dos son… inusuales. Tú, Charles, eres un *haelan*. Tu cuerpo, tu mismo talento se sostiene y se regenera a sí mismo. Puedes permanecer en ese mundo por mucho, mucho más tiempo que cualquier otro talento. Tú, niño —dijo, mientras redirigía su inquietante mirada hacia Marlowe—, eres algo completamente distinto.

Marlowe le devolvió la mirada, con sus grandes ojos.

—Eres muy especial niño. Hay una chispa del *orsine* dentro de ti. Eres parte de él. Naciste en ese lugar, el otro mundo, tu madre dio a luz ahí, antes de ser asesinada por Jacob Marber. Puedes sobrevivir ahí tanto tiempo como quieras. El *orsine* no puede hacerte daño.

De pronto fue como si todo el aire hubiera sido succionado de la habitación.

El doctor Berghast lo había dicho de modo tan despreocupado, con tanta indiferencia. Fue impactante. Charlie agarró firmemente el hombro de Marlowe.

El niño, con la boca muy abierta, no le quitaba la mirada de encima al doctor Berghast.

—¿Mi madre fue…?

—Asesinada. Sí. ¿No lo sabías? —El doctor Berghast hizo una mueca fría y luego dijo, con una mirada de satisfacción asomándose en las comisuras de sus ojos—: Era una mujer bondadosa, una gran mujer. Te habría amado más que a su propia vida, niño. Marber te la arrebató, a todos nosotros. Luego trató de acabar contigo también. Si quieres vengar su muerte, si quieres que Marber sufra… entonces esta es la manera. Tráeme ese guante y yo destruiré a su amo.

Después de que los niños se marcharon, Henry Berghast guardó cuidadosamente la réplica del guante, abrió un segundo cajón en su escritorio y sacó un juego de llaves de hierro pesado. Fue a una de las puertas de su estudio, la abrió, encendió una linterna con una antorcha en la pared, y comenzó a descender. Sus pasos raspaban las escaleras de piedra. Los escalones se adentraron en la tierra y se detuvieron ante una gruesa puerta de roble.

Era un escondite, una habitación secreta construida hacía siglos, para mantener a salvo a los sacerdotes católicos cuando estaban siendo perseguidos por el rey. Tiempo atrás Berghast lo había convertido en algo que pudiera usar para sus propios fines. Solo él y su criado, Bailey, sabían de su existencia. El sitio estaba tan profundamente enterrado bajo tierra que se sentía mucha humedad y frío; las paredes habían sido talladas en la roca misma.

Abrió la puerta e iluminó la oscuridad con la linterna. Se oyó un suave tintineo de cadenas; un chasquido, casi como las alas de un insecto. Una figura estaba suspendida por los brazos en la pared del fondo, con la cabeza agachada sobre el pecho. El olor era terrible.

—Señor Laster —dijo Berghast con suavidad—. ¿Puedo llamarte Walter otra vez?

El *liche* alzó la mirada y parpadeó con sus ojos húmedos. Había una especie de inteligencia oscura en ellos, algo rápido y cruel que ya no parecía humano. La criatura lo observaba.

Berghast colgó la linterna de un gancho en el techo, metió los pulgares en su chaleco y miró a la criatura. Se dirigió a una pequeña mesa en la esquina y tomó un plato que contenía una sustancia negra parecida a una resina: opio.

Walter emitió un gemido silencioso mientras observaba.

Pero Berghast no quería que sufriera. No, tal sufrimiento era lo último que deseaba para el pobre Walter y, a los ojos de Berghast, cada uno de sus gestos irradiaba su dolor. No, lo que más deseaba Henry Berghast era que Walter pusiera fin a su propio sufrimiento. O, mejor, que dejara que Berghast lo hiciera por él. Todo lo que Walter tenía que hacer era responder las preguntas de Berghast, decirle lo que quería saber y su sufrimiento terminaría. Seguramente sería muy fácil…

La mirada rápida y repugnante de Walter captaba todo esto; Berghast la vio parpadear y desaparecer, como una lagartija debajo de una roca.

—Entonces, Jacob *quería* que la señora Harrogate te capturara —dijo, para empezar con la sesión de esa noche.

—No.

—Pero eso fue lo que me dijiste la última vez, ¿no?

Walter se relamió los labios, y dijo, con voz temblorosa:

—Jacob sabía que ella… nos traería. Con usted.

—Entonces, ¿no fue por el niño? ¿No te envió a matar al niño?

Walter susurraba algo entre dientes, algo que Berghast no alcanzaba a escuchar.

—¿Walter?

—Walter Walter pequeño Walter… —repitió susurrando la criatura.

Berghast lo estudió con impaciencia.

—¿No te envió a matar a Marlowe, Walter?

Walter sacudió su cabeza pálida y sin pelo. Berghast alcanzó a ver las delgadas líneas rojas de sangre donde las esposas de hierro le habían rozado las muñecas.

—Jacob… sabe. Sabe que estamos aquí… Por eso estamos aquí, sí. Él quiere esto.

—Oh, Walter —murmuró Berghast con tristeza—. ¿Crees que él querría *esto* para ti? —Su mirada recorrió la celda sombría, las cadenas y el opio sin fumar en el pequeño plato con profunda decepción—. No. Estás aquí porque Jacob te ha abandonado. Ese es el único motivo. Jacob te ha dejado aquí para morir porque ya no eres de utilidad para él. Podrías ser de utilidad para mí. Fui yo quien te rescató y te trajo aquí. Me duele decirlo, desde luego, pero tu Jacob no te ama. Ya no. Le has fallado y te desprecia por eso.

Walter tosió, sus dientes como agujas brillaron a la luz de la linterna. Todo su cuerpo se estremeció por el esfuerzo.

—Pero él vendrá… él vendrá aquí…

—No puede. Sabes que no puede.

—Las voces… —murmuró Walter—. Nos hablan, nos dicen…

Berghast dio un paso hacia adelante. Podía ver los dedos como garras, los profundos cortes en el torso lampiño del *liche* y los terribles labios rojos y húmedos. Y claro, los dientes. Aquella era una criatura que lo haría pedazos en la primera oportunidad que tuviera.

—¿Qué te dicen las voces, Walter?

—Él sabe que van por él. Las mujeres. Jacob sabe.

—¿Qué quieres decir?

—La señora Harrogate. Y la otra.

Berghast frunció el ceño. Eso era inesperado. Cada vez, justo cuando estaba preparado para considerar que todo lo que salía de la boca del *liche* era pura locura y delirio, surgía algún extraño y rápido detalle de verdad y lo dejaba maravillado.

Decidió cambiar su estrategia.

—Debe de ser muy angustiante para ti —dijo con compasión—. Jacob no sabe cuánto te necesita. Si tan solo pudieras darle algo, algo que desee, algo que se lo demostrara. Entonces vendría por ti, entonces no te abandonaría. ¿Qué le darías, Walter, si pudieras? ¿Qué es lo que más desea Jacob?

Walter alzó la cabeza. Sus ojos se veían calmados e inteligentes, y reflejaban el brillo de la linterna.

—Cairndale —susurró—. Le entregaríamos Cairndale, sí. Luego lo entregaríamos a usted.

Charlie no dijo ni una palabra mientras caminaban de regreso a través de la mansión oscura. Era demasiado. Todo el extraño relato de la historia del *orsine* y el *drughr*, y las terribles noticias de la madre de Marlowe y lo que le había sucedido, y todo lo que había pasado en la isla antes de eso, con la Araña, y ese guante pesado con dientes que tenía Berghast. Él y el niño atravesaron el patio en el aire fresco, luego volvieron a entrar, subieron las grandes escaleras frente a los vitrales y pasaron junto a la puerta del señor Smythe. Durante todo el camino no dijeron ni una palabra. Podían escuchar los ronquidos del señor Smythe a través de la pared. Charlie le dirigía rápidas miradas de preocupación a Marlowe, pero el niño estaba perdido en sus pensamientos, preocupado, triste o simplemente decepcionado. Charlie no lo culpaba. Berghast era una decepción, como padre adoptivo y como mentor. Recordó lo que Ribs le había advertido cuando se apeó del bote de remos, pero no se lo dijo a Marlowe. No hacía falta. No hablaron mientras se desvestían, no hablaron mientras se lavaban el cuello y la cara, no hablaron mientras se metían a la cama, cruzaban los brazos detrás la cabeza y miraban el techo oscuro al mismo tiempo. Las cortinas se agitaban, como si hubiera algo detrás de ellas.

—¿Mar? —dijo Charlie finalmente, susurrando—. ¿Estás bien?

Era una pregunta tonta, y se arrepintió de haberla hecho tan pronto como la dijo. Se volteó en sus sábanas y miró al otro lado. Todavía tenía el anillo de plata en el cordón atado a su cuello, el anillo que su madre le había puesto a la fuerza en la mano mientras agonizaba, y ahora lo frotaba, cavilando.

—Tu padre, él…

—No es mi padre, Charlie.

Charlie asintió en la oscuridad.

—Sé lo que vas a decir —añadió Marlowe—. Yo tampoco confío en él.

—De acuerdo.

—Pero no significa que lo que dijo no sea verdad.

—No. Así es.

—Tampoco significa que no debiéramos hacer lo que quiere que hagamos.

Charlie tragó saliva.

—Sí, pero tampoco significa que debamos hacerlo.

Vio el rostro pálido del niño en la oscuridad. Sus ojos estaban abiertos. No podía imaginar lo que el chico debía de estar sintiendo. Durante sus desafortunados ocho años de vida había pasado de un adulto a otro, como una deuda incobrable, y ese hombre, ese hombre cruel, desapegado y frío, fue quien comenzó todo. Charlie sintió una furia intensa que crecía dentro él, por la injusticia de toda esa situación.

—Oye —susurró—. Si quieres entrar en su dichoso *orsine*, estoy contigo, Mar. No estoy diciendo que no, ¿de acuerdo? Pero no tenemos que hacerlo. Siempre hay otras opciones.

—¿Cómo qué?

—No lo sé. Podríamos marcharnos. Tú y yo. Lejos de aquí.

El niño se veía miserable.

—Creo que el señor Thorpe quiere que entre —dijo en voz baja—. Creo que... *necesita* que lo haga. Está muriendo, Charlie. Lo que el doctor Berghast dijo es verdad. Yo lo *vi.*

Charlie parpadeó.

—A todo esto, ¿qué te dijo la Araña?

Marlowe volvió la cara y se apoyó sobre un codo. Parecía estar pensando en su respuesta.

—No fueron exactamente palabras —murmuró—. Fueron más como... imágenes, que se movían. En una niebla. Creo que... creo que era lo que *va* a ocurrir, Charlie. O lo que *podría* ocurrir. No lo sé.

—¿Qué *viste?*

La voz del pequeño era apenas un susurro.

—Nada de lo que fuimos a averiguar. Me refiero a los niños desaparecidos. Traté de preguntarle al respecto, pero... —Hizo una pausa—. Vi a Alice, Charlie. Estaba muerta. Jacob Marber la había matado. Te vi a ti también, pero tenías ese símbolo, el que aparece en tu anillo, y brillaba en la palma de tu mano, como el guante que vimos, pero no traías puesto el guante, y parecía que estaba en llamas. Y vi al señor Coulton, pero se veía como ese otro hombre, Walter. El que estaba en casa de la señora Harrogate. El que te atacó. Todo blanco, sin pelo, con dientes filosos...

Charlie tragó saliva. Vino a su mente un destello de garras escarbando, de esa criatura surgiendo de la oscuridad. Sacudió la cabeza.

—El señor Coulton está muerto, Mar —dijo.

Pero el niño lo miraba con ojos angustiados en la penumbra.

—Es lo que estoy diciendo. No estoy seguro de que así sea, Charlie.

A veces Charlie simplemente no sabía qué pensar del niño, no podía saberlo. Como en el techo del tren. O en la guarida del glífico. Aquella era una de esas veces. Asintió como si entendiera, pero su corazón estaba lleno de lástima, más que nada, y pensaba que el niño había pasado por muchas locuras y ya no podía saber qué era verdad, no realmente, sin importar lo que hubiera visto.

Se humedeció los labios.

—Entonces, ¿qué quieres hacer? ¿Qué quieres *tú?*

El niño respiraba en silencio en la oscuridad.

—¿Mar?

—Quiero a Brynt de vuelta —dijo, sus labios temblaban—. Quiero a Alice de vuelta. Quiero que todo vuelva a ser como antes.

Charlie, que no habría vuelto a su vida de antes por nada en el mundo, no supo qué responder.

Cerró los ojos.

Pero si se hubiera levantado y se hubiera acercado a la ventana, habría visto, a la luz de la luna, tres figuras, tres siluetas que casi lucían familiares, corriendo en silencio por la hierba con abrigos largos y sombreros que no les quedaban bien, y una cuarta figura voluminosa y extraña arrastrando los pies detrás de ellos, todos corriendo sobre los campos de arcilla hacia el muro, hacia las protecciones y hacia el camino que llevaba al sur, a Edimburgo.

27

CAZANDO A MARBER

Alice Quicke aterrizó chapoteando en algo suave. Lodo. Solo lodo. Estaban en un depósito oscuro junto al río. El *keywrasse* estaba agachado sobre un rollo de cuerda, escuchando la noche.

Coulton se había ido.

Levantó la linterna con cautela, iluminando con un rayo delgado la pared, las cajas, las cuerdas y las grúas en la niebla. Podía ver las huellas de los pies de Coulton en el lodo, y la suciedad embarrada en las tablas donde se había subido para entrar al almacén.

A lo lejos se escuchaban los gritos de los trabajadores en los muelles. La niebla estaba densa e inmóvil, y a ella no le preocupaba mucho que la vieran, pero, aun así, se escabulló con cautela hasta la puerta abierta del edificio; su abrigo de hule rozaba sus rodillas. Sostenía la linterna de ojo de buey en una mano y su pesado Colt Peacemaker en la otra. El *keywrasse* ronroneaba contra su tobillo.

—Vamos —dijo entre dientes la señora Harrogate—. Apúrese o lo perderemos de vista.

Alice miró con furia a la mujer mayor. Cuando abrió la puerta de una patada con su bota, solo encontraron oscuridad, y un denso olor a metal aceitado, madera y cuerdas mojadas.

El aire dentro del edificio se sentía frío y vasto, como si se extendiera por kilómetros. La luz del farol iluminaba apenas diez pasos adelante. Coulton podría estar al acecho en cualquier lugar.

—A ver, vaya usted —mascullÓ Alice.

Pero no lo decía en serio, y cuando el *keywrasse* se abalanzó hacia la quietud que había frente a ellas, Alice lo siguió rápidamente, con todos sus sentidos alerta, esperando que una mancha blanca saltara sobre ella en cualquier momento, recordando con horror destellos del otro *liche*. Tampoco sabía si Walter había muerto en el tren, o si estaría esperándola con Coulton más adelante.

El *keywrasse* se deslizó con rapidez a lo largo de las filas de cajas y barriles; el suelo estaba resbaladizo en donde se había derramado la salmuera; las tablas crujían bajo sus pies. A Alice comenzó a dolerle el costado, pero no hizo ningún ruido mientras caminaba.

Si Coulton había sentido su presencia, sin duda estaría al acecho en alguna parte, pero si no, había muchas posibilidades de que los guiara directamente a Jacob Marber.

Por fin, el *keywrasse* se detuvo con la espalda arqueada frente a una puerta cerrada; esta tenía el número veintiuno escrito en pintura blanca. Dentro había un almacén. La linterna iluminó varias cajas de madera abiertas con clavos, tornillos y sujetadores. El *keywrasse* se dirigió de inmediato a una trampilla en la esquina.

—A la mierda —susurró Alice—. ¿Tenemos que bajar por ahí?

El *keywrasse* agitó la cola.

La señorita Harrogate se acercó con su falda negra, levantó la argolla de hierro y tiró. Salió una ráfaga de aire viciado.

—Él no sabe que lo estamos persiguiendo —dijo en voz baja—. Ellos son los que deberían tener miedo, señorita Quicke. Páseme la linterna.

Su voz tenía una cualidad dura como acero que no estaba presente antes. Alice sabía que era por haber visto a Coulton.

Harrogate sacó sus dos largos cuchillos negros y deslizó sus nudillos a través de los anillos. Debería haberse visto ridícula, una mujer de mediana edad con enaguas y armas de asesino. En cambio, Alice pensó que se veía feroz, mortal. Colgó los pies sobre el borde y luego se deslizó hacia la oscuridad.

—Sí —mascullÓ Alice—. Perfecto.

Y después de dar un vistazo rápido al oscuro almacén, se balanceó hacia abajo y entró.

Aterrizó en un viejo túnel del sistema de alcantarillado, una vía secundaria; las piedras se sentían resbaladizas bajo sus pies. La señora Harrogate le indicó con un siseo que guardara silencio, y Alice se quedó agachada, con la sangre retumbando en sus oídos, esforzándose por ver algo, cualquier cosa.

La señora Harrogate abrió un poco el obturador de la linterna de ojo de buey. Sostenía sus cuchillos contra los costados y los mantenía bajos.

—Está adelante —dijo—. Coulton, quiero decir. El *keywrasse* ya lo está siguiendo. Vamos.

Entonces cerró el obturador con un chasquido, y Alice oyó el frufrú de la falda de la mujer mayor. Todo volvió a quedar sumido en la oscuridad.

O casi sumido, pues poco a poco los ojos de Alice se ajustaron y pudo distinguir la curva del túnel y el limo oscuro y acuoso que corría por en medio. Había más túneles oscuros que se abrían a ambos lados; el *keywrasse* las esperaba en cada vuelta y desaparecía de nuevo más adelante. Alice pensó en las historias que había escuchado, de ratas que devoraban personas en las alcantarillas, y se estremeció. Siguieron avanzando sigilosa y cautelosamente a través del apestoso laberinto. Poco a poco empezaron a discernir un débil resplandor, alrededor de una curva más adelante.

Llegaron a una cámara antigua envuelta en sombras, parte de lo que parecía haber sido unas termas romanas, con columnas y azulejos. Se percibía una profunda sensación de inquietud y maldad en ese lugar. Podría haber sido un lugar frecuentado por alguna pandilla de niños abandonados o de pillos; el suelo estaba cubierto de muebles rotos, cajas y cajones extraños, y chatarra arrastrada desde las callejuelas secundarias de Limehouse, pero había velas nuevas y en buen estado ardiendo en soportes en las paredes; su luz bailaba sobre los frescos grotescos de toros y niños semidesnudos y mujeres con túnicas dobladas.

En el centro de la cámara, en el hueco de piedra donde antes se acumulaba el agua de los baños, había un hombre. Yacía ahí cubierto con mantas, sobre un diván verde desteñido, junto a una mesita y una colección de frascos, matraces y cosas por el estilo. Se veía enfermo; lentamente y con gran esfuerzo, volteó la cabeza al ver que se acercaban.

Era Jacob Marber.

De inmediato Alice sintió miedo. La herida en su costado estalló de dolor.

—Margaret Harrogate —dijo en voz baja. Su voz era como miel oscura y, cuando habló, un susurro pareció resonar alrededor de la cavernosa oscuridad que lo rodeaba. Miró a Alice y mostró sus fuertes dientes con un gesto extraño.

—Ah. ¿Esta es Alice? —dijo, como si se conocieran.

Ella se estremeció, y se llevó involuntariamente una mano al costado. No estaba acostumbrada a asustarse y eso la enfurecía; y precisamente a causa de su miedo, se obligó a observarlo con atención.

A las sombras parecían gustarles sus ojos. Eso fue lo primero que notó. Estaba confiado, demasiado, complacido por su propia astucia. Esa fue la segunda cosa que notó. Llevaba un traje negro manchado, una corbata arrugada y el cuello de la camisa suelto, como un caballero que regresa de una noche en los barrios bajos. También había un sombrero de copa boca arriba sobre el cojín a su lado, unos guantes doblados y la bufanda negra que usualmente ocultaba su rostro.

Alice reconoció su silueta de aquella vez que la vio junto al muelle en Nueva York. Su barba era negra, arreglada y espesa como la de un boxeador, sus hermosos ojos tenían largas pestañas. Sin embargo, su piel era gris y vieja, demasiado para su edad, tenía el cuello y las mejillas delgadas, como si no hubiera comido en mucho tiempo. Alice miró a su alrededor, hacia los pilares ensombrecidos y las velas en sus soportes, pero no vio a Coulton ni a Walter ni a nadie más. Si acaso el *keywrasse* estaba en alguna parte, también se había deslizado hacia la oscuridad y había desaparecido. Ella sacó el revólver de su bolsillo con decisión, lo amartilló y lo apuntó a la cara del hombre enfermo.

—Ah —dijo.

Eso fue todo. Si acaso estaba asustado, no mostró señal alguna.

—Vimos a Coulton —dijo ella—. Vimos lo que le hiciste.

Los ojos de Marber brillaron.

—¿Qué le hice? Estaba muriendo. Lo salvé.

—Tú lo *mataste*.

—Sin embargo, aquí está, aún caminando por este mundo. No me parece muy muerto, Alice. —Las muñecas y las manos de Marber estaban cubiertas de tatuajes que parecían moverse a la luz de las velas—. Me temo que has malentendido muchas cosas. Yo no soy tu enemigo. No quiero que haya violencia entre nosotros.

La señora Harrogate se acercó y, suavemente y con firmeza, bajó el revólver de Alice. También había guardado sus propios cuchillos.

—Tampoco nosotras —dijo ella.

—Yo sí —dijo Alice.

Pero la señora Harrogate solo se recogió la falda, se sentó en una de las sillas y sostuvo su bolso sobre su regazo. Después de un largo momento incómodo Alice también se sentó, pero mantuvo su Colt Peacemaker junto al muslo, con el cañón apuntando directamente al corazón de Jacob Marber.

Jacob Marber había entrecerrado los ojos, y la oscuridad se filtraba por sus comisuras.

—Te sorprende verme tan mal, Margaret. Te imaginas que es por el niño. Por lo que ocurrió en el tren, pero te equivocas.

—Tal vez —dijo la señora Harrogate—. Tal vez.

—Mi cuerpo se debilita conforme me vuelvo más fuerte.

La señora Harrogate no dijo nada por un largo rato. Luego respondió:

—Tu cuerpo se debilita a causa del *drughr*. También tu espíritu. Al final terminará por consumirte, como lo consume todo. Esa es su naturaleza, solo que no quieres verlo.

Una emoción pasó rápidamente por el rostro de Jacob y desapareció con la misma rapidez.

—No hago esto por mí —dijo con calma.

—Claro que no. Lo haces por el *drughr* —respondió la señora Harrogate—. Única y exclusivamente por el *drughr*. Solo que no te das cuenta. Le has sido útil por un tiempo, pero eso llegará a su fin. Me pregunto qué sucederá contigo cuando tu amo tenga por fin al niño.

—Ella no es mi ama.

—Oh, Jacob. —La voz de la señora Harrogate emanaba tanta lástima que Alice volteó a verla.

Entonces Alice lo vio, materializándose lentamente entre las sombras, pálido como el humo, la forma blanca de Frank Coulton. Estaba de pie en la entrada del túnel, con sus dedos largos como garras a los costados.

La voz de Jacob Marber se escuchaba suave cuando preguntó:

—¿Dónde están los weir-bents, Margaret?

Sorprendida, Alice redirigió su atención a él.

—Los weir-bents —repitió lentamente la señora Harrogate.

Parecía estar considerando qué decir a continuación, y Alice pensó que fingiría no saber de qué le hablaba, pero no lo hizo.

—Los weir-bents no te servirían para nada, Jacob. Incluso si los tuviera. Que no es el caso. El niño está protegido por un glífico.

—Ah, pero no será así por siempre. —Marber se pasó una mano lentamente por el rostro, cansado. Un fino hollín negro se desprendió de él cuando lo hizo—. El glífico está débil. Berghast lo ha estado usando demasiado tiempo, lo ha agotado. ¿Sabes qué es lo que quiere? ¿Sabes por qué está haciendo… todo esto? —Marber señaló a su alrededor con un gesto de la mano, como si el hecho de que estuvieran todos en esa cámara fuera obra de Berghast. Bajó la voz—. El buen señor Coulton ya le hizo una visita al señor Fang. Por lo que sé que los weir-bents estaban en posesión de esa niñera. Sé que tú fuiste quien la escoltó hasta Londres y la escondió, incluso de Berghast. Sé muchas cosas, Margaret, pero lo más importante es que *te conozco.* ¿Qué otro objeto podrías haber adquirido para creer que serías capaz de enfrentarme? —Él le esbozó una sonrisa infeliz—. Y, aun así… ¿por qué te arriesgarías? Eso es lo que no entiendo.

La señora Harrogate se cruzó de brazos; los largos cuchillos negros brillaban incongruentemente bajo sus codos.

—Te das demasiado crédito —dijo ella—. No estamos en Londres por ti.

Pero Marber siguió hablando con su voz suave y plana, su mente daba vueltas como el agua.

—No entiendo por qué Berghast te permitiría precipitarte a hacer esto. A menos que hubiera mucha urgencia…

—Vengo buscando venganza, Jacob —dijo la señora Harrogate, como si quisiera dar por terminada la discusión.

Pero él no parecía estar impresionado.

—No lo creo. Creo que les conviene más deshacerse de mí ahora que más adelante. ¿Por qué?

Volvió su intensa mirada negra hacia la señorita Harrogate. Alice podía sentir la amenaza como un zumbido en su piel. Lentamente, los ojos de él se iluminaron.

—Oh —murmuró—. Seguramente no, ¿verdad? Seguramente no es… por eso, ¿o sí?

—¿Por qué? —dijo la señora Harrogate, a pesar de que intentaba contenerse.

Marber le dirigió a Alice una mirada de superioridad, como si estuvieran jugando y él acabara de resolver un acertijo. Luego se volvió hacia la señora Harrogate.

—Es porque el glífico al fin está muriendo, ¿verdad? Pronto Cairndale quedará indefenso. El *orsine* se abrirá por completo. No habrá forma de volver a cerrarlo.

—Estás loco —murmuró la señora Harrogate.

Marber se inclinó hacia adelante.

—Completamente —murmuró en respuesta.

Pero Alice también podía verlo, escrito con claridad en el rostro de la mujer mayor, lo mismo que había visto Marber: no estaba equivocado. Alice no sabía lo que significaba el asunto del glífico moribundo, no realmente, pero la intensidad era clara. Era como si la señorita Harrogate también se estuviera dando cuenta, como si apenas estuviera armando en su mente lo que Berghast le había ocultado. Parecía devastada.

Alice examinó la cámara. Solo había una entrada; estaban en las profundidades del subsuelo; Coulton estaba bloqueando su salida. El dolor en sus costillas estalló como en respuesta a su miedo. De pronto todo tuvo sentido.

—Es una trampa —dijo entre dientes. Se puso de pie, y el ruido de su silla resonó en la penumbra—. Sabía que veníamos. Nos *atrajo* hasta aquí. *Quería* que lo encontráramos.

—Así es —dijo con calma la señora Harrogate.

En ese mismo instante, Alice alzó su arma.

Quería dispararle en el ojo. Les había disparado a muchos hombres en su vida; era rápida, precisa y letal, pero cuando dio un paso hacia atrás para recuperar el equilibrio, vio que la expresión de Marber cambiaba en un parpadeo, de malicia a perplejidad y a una comprensión siniestra.

Entonces sucedió algo extraordinario. Él movió su muñeca, despreocupado, como si estuviera espantando una avispa, y la propia muñeca de Alice se movió en respuesta. Sintió que se tambaleaba por la conmoción, por la fuerza del impulso, por lo *profanada* que se sintió. Su revólver salió volando y se deslizó en la oscuridad.

Marber la miraba con seriedad. Su mano aún estaba suspendida. Giró su muñeca y la muñeca de Alice giró también. Ella lo sintió con horror, lo vio suceder, pero era como si fuera la muñeca de otra persona, como si fuera parte de una actuación sobre un escenario. Una repentina y feroz repugnancia la invadió.

Marber parecía paralizado, hipnotizado.

—¿Cómo puede ser? —susurró. Se levantó lenta y adoloridamente. Se veía tan pálido, tan enfermo.

Coulton seguía parado entre los pilares sin moverse, blanco y lampiño.

—Claro. El tren. Mi polvo.

—Déjame. En. ¡Paz! —Con un gran esfuerzo y apretando la mandíbula, Alice forzó su puño a cerrarse, y a su mano a bajar a un costado. Sentía como si estuviera empujando una tremenda pared de aire. Temblaba por el esfuerzo.

El puño del propio Marber bajó lentamente en respuesta, como en contra de su voluntad. Su expresión se oscureció; de pronto la soltó, y la conexión entre ellos se rompió.

Ella se tambaleó hacia atrás, jadeando, la cabeza le daba vueltas.

—Interesante —susurró Marber. La estudió—. ¿Qué tienes alrededor del cuello?

Alice, repentinamente asustada, se llevó una mano al cordón de cuero, a los weir-bents. La señora Harrogate comenzó a hablar, pero Marber solo levantó una mano hacia ella y se quedó en silencio. Tenía los brazos rígidos a los costados y arqueaba el cuello, girando la cabeza en un círculo vacilante, tragando con incomodidad, mientras un polvo negro se arremolinaba a su alrededor.

—Alice —murmuró él—. ¿Qué me has traído?

Alice vio a la señora Harrogate luchando por respirar. Una gruesa cuerda de polvo comenzó a retorcerse alrededor de su cuello, sujetando su cuerpo con fuerza, levantándola a medias sobre los dedos de los pies. Sus dedos arañaban los cuchillos, sin lograr alcanzarlos.

—¡Suéltala! —gritó Alice—. ¡Déjala en paz!

Pero Marber se limitó a caminar tranquilamente hacia Alice, y con sus largos dedos retorcidos levantó el cordón de cuero y tiró de él con un chasquido. Estaba muy cerca de ella. Alice podía oler el polvo en su ropa. Sus ojos eran completamente negros, de modo que parecía estar mirando a todas partes y a ninguna a la vez, pero luego se dio la vuelta para estudiar los weir-bents en la palma de su mano.

Margaret emitió un gorgoteo; la sangre que se le había ido al rostro lo oscurecía.

—Déjala ir, por favor —suplicó Alice.

Marber volteó a verla con una mirada casual y se encogió de hombros.

—Como quieras.

De repente, los círculos de polvo levantaron a la señora Harrogate en el aire y arrojaron su cuerpo al otro lado de la cámara. Golpeó un pilar y cayó desplomada contra el suelo de piedra. Uno de sus cuchillos se deslizó por el suelo con un sonido metálico. Su cuerpo se veía extraño, retorcido. El *liche*, Coulton, aún no se había movido; Alice podía escuchar sus dientes chasqueando repetidamente.

—Estos son —dijo Marber, deslizándolos por el cordón— bastante… inusuales, ¿verdad? ¿Qué sabes de ellos, Alice?

Podía sentir cómo se cerraban los músculos de su garganta. Su respiración era acelerada y superficial. Parecía que no podía inhalar suficiente aire.

Él la miraba con la misma indiferencia cruel, y ahora era ella quien se agarraba el cuello, tratando de respirar, consciente de que, si seguía así, moriría. Quería gritarle, lastimarlo de alguna manera, pero todo lo que pudo hacer fue caer de rodillas, jadeando con pesadez.

El *keywrasse*, pensó ella. ¿Dónde estaba el *keywrasse*? Trató de convocarlo, en silencio, pero no pudo hacer más, pues en ese mismo momento la señora Harrogate levantó débilmente la cabeza del suelo, sacó la pequeña pistola plateada de su bolso, apuntó al corazón de Jacob Marber y apretó el gatillo.

Todo estalló. El agudo rugido del disparo rebotó en las antiguas paredes. Marber retrocedió y giró a causa el impacto, y cayó hacia atrás en una repentina explosión de polvo negro. Los weir-bents que sostenía salieron volando. El aire volvió de inmediato a los pulmones de Alice; ella resollaba, sacudía la cabeza y jadeaba por el esfuerzo, y veía estrellas en las comisuras de los ojos.

—¡Señorita Quicke! —gritó la señora Harrogate, y deslizó el otro cuchillo por el suelo hacia ella.

Alice había volteado justo a tiempo para ver el cuchillo girando hacia ella, y a Coulton moverse; él se abalanzó hacia adelante, sus largos dientes rechinaban y sus garras arañaban el suelo de piedra. Ella se agachó, tomó el cuchillo y se levantó para enfrentarlo.

«¡Coulton!», pensaba ella, mientras la cabeza le daba vueltas. «¡Frank!».

Esa masa de humo, que era el mismo Jacob Marber… No sería posible luchar contra ambos. Las dos morirían.

Pero entonces, como un borrón, el *keywrasse* apareció. Alice no podía imaginar dónde se había estado escondiendo. Salió disparado de entre los pilares con sus rápidas patas felinas; su única pata blanca brillaba, y parecía crecer a medida que entraba y salía de las sombras, tan grande como un perro, luego como un león, y de alguna manera, también parecía tener demasiadas patas. Se impactó contra Coulton y lo derribó ingrávidamente contra los frescos lejanos; después se impulsó de costado sobre su espalda, gruñendo y clavando sus tremendos colmillos en su hombro, desgarrándolo bajo su peso. Luego, sin detenerse, saltó de nuevo hacia Marber, creciendo aún más; ahora tenía seis patas, luego ocho, una criatura hecha de oscuridad, pesadillas y furia.

Todo ocurrió tan rápido que Alice apenas tuvo tiempo de meter los nudillos en los anillos del cuchillo y levantarlo frente a ella.

Para entonces el *keywrasse* ya se había sumergido en la nube de polvo arremolinada donde se encontraba Marber; Alice giró hacia atrás justo a tiempo para ver a Coulton, o la cosa que solía ser Coulton, levantarse en la penumbra, manchado con su propia sangre, agazaparse sobre las piernas y saltar hacia ella.

Alice cayó hacia atrás, con pesadez, cortando rápido y duro con la cuchilla. Necesitaba mantener a Coulton a distancia. El fuego de las velas se reflejaba en las extrañas órbitas opacas de sus ojos y en sus largos dientes amarillos. Él bufaba y gruñía; no quedaba nada del hombre que ella había conocido, nada del hombre al que había llegado a admirar.

Entonces ella se inclinó demasiado mientras trataba de cortarle el vientre, y las garras del *liche* arañaron su hombro y el lado de su cuello.

En un instante él estaba sobre ella. Una parte de ella estaba consciente de la señora Harrogate, que se encontraba al otro lado de la cámara, arrastrándose ensangrentada contra una columna. Y otra parte alcanzaba a distinguir la nube oscura donde el *keywrasse* y Marber luchaban; el aire se espesaba y se abría, y ella vio cómo el *keywrasse* clavaba una garra en la boca de Marber y tiraba, cortándole la mejilla con un gran desgarro irregular, de modo que su rostro se manchó de sangre oscura; a través de la herida pudo ver los dientes dentro de su boca, como en un cráneo. Él gritó de dolor.

Pero lo que le parecía más extraño a Alice era la sensación de que el tiempo pasaba en cámara lenta; cuando Coulton inclinó la cabeza, tratando de morderle el cuello y el rostro, ella lo agarró del pescuezo con una mano y hundió el largo cuchillo una y otra vez en su costado, su brazo, sus costillas, su garganta, mientras la sangre resbaladiza la salpicaba.

Pero no estaba sola; volvió a sentir un peso enorme y poderoso cuando algo, una criatura, se estrelló contra Coulton y lo arrojó al suelo. Era el *keywrasse*, jadeante, sus largos colmillos chasqueaban y sus muchas patas estaban agazapadas y listas para saltar.

Vio a Marber, tirado en el suelo. Vio a la señora Harrogate, arrastrándose hacia él sobre sus antebrazos, sujetando un cuchillo. Lentamente, a través de una niebla de dolor, comenzó a pensar que podrían sobrevivir, que incluso podrían destruir a Marber y a Coulton. El *keywrasse* podría tener éxito.

Pero entonces ocurrió algo más. Algo… horripilante.

Las velas en sus soportes chisporrotearon, una tras otra, como si una presencia invisible estuviera recorriendo las paredes de la cámara. Y una por una se fueron apagando.

Una franja de luz gris apareció lentamente, como una incisión en el aire. La franja se ensanchó, como una herida. Y una cosa salió deslizándose de ese hueco irregular, un monstruo, una criatura de pura y absoluta oscuridad. La única luz que quedaba era la luz de la linterna de ojo de buey, volcada en el suelo, y en su haz de luz, Alice pudo ver el horror que se erguía frente a ella. Medía tres metros y medio de altura, sus hombros chocaban con el techo y sus brazos eran una mancha de humo, por lo que Alice no podía estar segura de si eran cuatro o seis.

Era el *drughr*.

Entonces la criatura gritó y su grito fue un sonido de muerte, de dolor y de terror absoluto. El *keywrasse* rugió desafiándolo y saltó hacia adelante. Luego Alice no pudo ver nada más, solo la oscuridad, pero pudo escuchar el choque, el zumbido y los chillidos de las dos criaturas enfrascadas en una lucha, y un sonido de metal golpeando metal. Buscó débilmente su cuchillo y se arrastró hacia la linterna de ojo de buey. Abrió el obturador por completo y la giró hacia la cámara.

El aire estaba cargado de un asfixiante polvo negro. No podía ver a la señora Harrogate, pero vio a Marber de pie, agarrándose el rostro, la sangre negra escurría entre sus dedos. Tenía algo en un puño, algo que apretaba con fuerza. Después lo vio entrar en el agujero plateado que se había abierto en el aire. Y Coulton, ensangrentado y tambaleándose, lo siguió.

El *drughr* tenía al *keywrasse* agarrado del cuello, y este se retorcía de un lado a otro, se sacudía y gritaba. Alice buscó a tientas su arma, tratando de encontrarla entre el humo, pero el *drughr* se elevó a un tamaño espantoso y arrojó el *keywrasse* contra una columna lejana, con tal fuerza que las paredes se estremecieron, el polvo del techo empezó a caer a su alrededor y la oscuridad lo cubrió todo.

Luego el *drughr* también huyó a través del desgarro que había hecho en el tejido del mundo, y el agujero de plata se cerró como una boca.

Después de eso hubo un largo y profundo silencio, en el que Alice volvió a caer al suelo, exhausta.

Luego, se hizo una gran oscuridad.

Una oscuridad mayor.

Luego, movimiento.

Un gran dolor floreció en su pecho. Alice tosió y alcanzó la linterna. Por alguna razón la vela del interior no se había apagado; ella dirigió la luz hacia la señora Harrogate. El vestido de la mujer mayor estaba blanco por el polvo y su cabello, manos y costillas estaban manchadas de sangre de un color rojo vibrante. Alice se arrastró hacia ella y tomó su cabeza entre las manos.

La señora Harrogate le hizo una mueca.

—Se… ve… terrible.

Alice sollozó; un sollozo ensangrentado.

—Sí —dijo, entre lágrimas y mocos—. Y usted se ve lista para ir a la maldita ópera.

—Mis piernas… —dijo casi sin aliento, y se humedeció los labios. Buscaba sus rodillas a tientas—. No siento las piernas.

Alice miró sus piernas, torcidas extrañamente en medio del polvo. Parpadeó y sintió la sangre en sus propios ojos.

Estará bien —dijo ella—. Solo tenemos que sacarla de aquí y llevarla a un médico.

Pero ella sabía que no tenía remedio. La señora Harrogate negaba con la cabeza.

—No se suponía que eso estuviera aquí, no debería haber podido… No entiendo…

—Supongo que ese era el *drughr*.

Entonces Alice escuchó un suave maullido y vio al *keywrasse* sentado cerca. Había vuelto a ser solo un gato negro. Volvió sus cuatro ojos brillantes hacia ella, entrecerrándolos, luego desvió la mirada, aburrido. Entonces, con el mayor dramatismo imaginable, como si todo el mundo estuviera mirando, levantó una pata con calma y comenzó a limpiarla con su pequeña lengua rosada.

De pronto la señora Harrogate alzó la mirada, sus ojos brillaban.

—Los weir-bents. ¿Están…?

Alice apartó la mirada, recordando de repente. Se puso de pie con dolor y los escombros a su alrededor tintinearon. Revisó las sombras con la linterna. Tropezó hasta el punto donde había aparecido la puerta plateada en el aire y comenzó a hurgar entre los despojos. Recordó los largos dientes de Coulton mordiendo su cuello y la cosa en el puño de Marber mientras huía. Los había perdido. Había fallado.

Pero entonces levantó un trozo de pared rota y allí yacía uno de ellos, el de hierro, abandonado entre el polvo como un compás roto, pero el de madera ya no estaba.

—Entonces ya hemos perdido, señorita Quicke. —La señora Harrogate asentía con su rostro ensangrentado—. Sin el otro weir-bent no podrá enviar al *keywrasse* de vuelta, y perderá el control sobre él. No hay nada más que pueda detener a Jacob. Ahora solo le queda esperar a que el señor Thorpe muera. Estará muy pendiente del glífico. Tiene que recuperar el weir-bent.

Alice escupió.

—Primero tenemos que salir de aquí —dijo. No sabía adónde habían ido Marber ni ese *drughr*, o si volverían. No dudaba que fuera capaz—. Eso es lo que tenemos que hacer, mientras aún tengamos algo de luz. Después pensaremos qué hacer respecto al *keywrasse*.

Pero la señora Harrogate solo sacudió la cabeza.

—No, señorita Quicke —susurró—. Alice…

Era la primera vez que la mujer mayor llamaba a Alice por su nombre, y le sorprendió que, al parpadear, sintió lágrimas en los ojos.

—¿Qué pasa? —dijo Alice con voz ronca.

—No puedo. Mis piernas…

Alice trató de pensar.

Miró el cuerpo de la mujer mayor, retorcido como un clavo defectuoso, y apretó la mandíbula. La linterna parpadeaba, y se iba apagando poco a poco.

Una profunda oscuridad las inundó.

28

PASADO MAÑANA

Por la mañana, Charlie y Marlowe volvieron con el doctor Berghast. Todavía era temprano; mientras se vestían podían ver, a través de su ventana, una niebla pálida que se cernía sobre la oscuridad del lago. No alcanzaban a ver la isla. Adentro, los pasillos de Cairndale estaban oscuros, fríos y desiertos. No vieron a nadie. Los otros niños todavía estaban dormidos. Mientras avanzaban, Charlie sujetó el anillo de bodas de su madre en una mano para tener suerte o consuelo, o tal vez solo por costumbre; cuando llegó al corredor superior donde el doctor Berghast los estaría esperando, deslizó el cordón alrededor de su cuello y ocultó el anillo debajo de su camisa.

Cuando tocaron con suavidad la puerta del estudio del doctor Berghast, el anciano abrió de inmediato, como si los hubiera estado esperando, como si hubiera sabido que volverían, justo a esa hora, con esa determinación. Se veía demacrado y ojeroso; se quedó ahí parado respirando, pero sus ojos brillaban.

—Entonces irán —dijo.

No era una pregunta.

Los dejó entrar. La jaula que contenía a los pájaros de hueso estaba cubierta por una sábana. Sobre el escritorio de Berghast había una bandeja con platos repletos de tocino, salchichas, huevos duros y pasteles de mantequilla, todavía humeantes. Comieron vorazmente; el doctor Berghast los observaba sin hablar, y cuando terminaron se levantó y tomó una linterna encendida. Con una llave extraña, abrió la última puerta de la pared del lado este.

—El señor Thorpe se debilita más a cada minuto —dijo con seriedad—. No debemos tardar.

Detrás de la puerta había un tramo de escaleras que descendía hacia la oscuridad. La escalera recorría el interior de las paredes de Cairndale, descendía y pasaba por debajo de la mansión hasta salir a un oscuro túnel. El aire tenía un sabor agrio, y era difícil respirar. El suelo estaba resbaladizo por el fango y una especie de escorrentía acuosa. El doctor Berghast levantó la linterna y, sin pronunciar ni una palabra, empezó a caminar. El túnel, hasta donde llegaba la luz, parecía continuar en línea recta eternamente.

—¿A dónde vamos? —preguntó Charlie. Su voz resonó más adelante, una y otra vez.

—Este túnel lleva al lago, Charles. Vamos a la isla.

—Pero el lago es profundo —dijo Marlowe.

—Sí, así es niño. —Berghast no volteó mientras respondía, solo siguió guiándolos con determinación hacia adelante—. Excepto donde una singular cresta de roca conecta la isla con la costa. Estamos caminando dentro de ella ahora. Por encima de ti hay litros y litros de agua.

Charlie tragó saliva. Pensó en el peso de esa agua presionando el techo del túnel, pensó en la roca rajándose y derrumbándose, y en el rugido de esta…

—¿Quién construyó este túnel? —preguntó Marlowe.

—Los muertos niño, así como han construido todo lo demás.

Se quedaron callados y siguieron caminando. El único sonido era el chapoteo y el roce de sus zapatos, y el silbido bajo de la vela que se mecía en su propia cera.

Por fin el túnel pareció ascender un poco y el aire se dulcificó; entonces llegaron a un segundo tramo de escaleras. El doctor Berghast los condujo hasta una puerta vieja, la abrió, y al otro lado Charlie vio nuevamente las ruinas del monasterio. La luz del día gris se sentía intensa y dolorosa después de la oscuridad subterránea. Charlie entrecerró los ojos, haciendo una mueca. Estaban de pie en un ábside, en un pequeño refugio, donde una puerta estaba ingeniosamente escondida.

—Vengan —dijo el doctor Berghast.

Los condujo a través de las piedras caídas y la hierba alta, y salieron al frente del edificio devastado por el tiempo. Y de nuevo, el doctor abrió una pesada puerta con trabajo, levantó la linterna y los condujo adentro, dejando la niebla atrás.

El lugar parecía haber sido una especie de alojamiento para los monjes que habían construido la isla: una habitación larga, sin ventanas, con pequeñas cámaras ensombrecidas en cada extremo. El doctor Berghast los condujo rápidamente a una pared rota en la parte de atrás, agachó la cabeza y se deslizó a través de ella. Era una escalera estrecha, excavada en la misma roca, que bajaba en forma de curva hasta una especie de caverna natural.

La tenue luz del interior tenía un tono azulado. Lo primero que Charlie percibió fue una especie de zumbido, como una corriente eléctrica. Había raíces que brotaban del suelo rocoso y trepaban enredadas por las paredes. Había arcos de piedra que sostenían el techo y, en el centro de la cámara, había una profunda cisterna de piedra, cubierta de maleza y enredaderas. Los escalones de un lado conducían a ella. Su superficie parecía oscura, sin reflejo, y entonces Charlie notó que no era agua en absoluto, sino una especie de savia coagulada y espesa. Desde las profundidades de la superficie de la cisterna brillaba una luz azul espeluznante y sorprendente. Las raíces habían crecido dentro de ella, de la misma manera que las raíces de un árbol crecerían en un estanque de agua. Charlie contuvo el aliento.

—El *orsine* —dijo con calma el doctor Berghast, señalando la cisterna. Sacó un pequeño cuchillo antiguo—. Deben atravesarlo con esto, hasta las aguas de abajo.

Charlie tomó el cuchillo con cautela.

—¿Dónde está el glífico?

El doctor Berghast alzó un brazo.

—Ah, el señor Thorpe está aquí, a nuestro alrededor. Todo esto es parte de él. Esa sustancia que sella el *orsine* es la resina de sus raíces. Se está alimentando del *orsine*.

—¿Y tenemos que atravesarlo con un cuchillo?

—Sí.

—¿No le haremos daño?

—Me imagino que sí.

Marlowe dio un paso hacia el *orsine* y luego se detuvo. Algo ocurría con sus pequeñas manos extendidas: brillaban, con el mismo tono azul resplandeciente de las aguas.

El doctor Berghast pareció complacido. Dejó la linterna a sus pies, metió la mano en su chaqueta y sacó un rollo de pergamino.

—Esta es una copia del mapa —dijo, arrodillándose en el polvo para abrirlo—. Tal vez lo hayan visto en la pared de mi estudio. Acércate, Charles. Será difícil de leer, al principio, pero tendrá sentido cuando hayan pasado el *orsine*. Aquí están las habitaciones grises, donde entrarán. Aquí están las escaleras muertas, y aquí se ve el comienzo de la ciudad.

—¿La ciudad…?

—Sí, la ciudad de los muertos. En el tercer círculo. —El doctor Berghast puso una rodilla en una esquina del mapa para mantenerlo plano sobre el suelo y así tener una mano libre. Luego pasó su largo dedo por el mapa, hacia el blanco de sus bordes exteriores—. Aquí —dijo— es donde creo que está la Habitación. Estaba demasiado lejos para que los demás no pudieran llegar a ella, pero no para ustedes.

—Espere, ¿cómo se supone que la reconozcamos?

—Los espíritus no se acercan a ese lugar. Verán un árbol blanco que sangra. Deben entrar en la Habitación y traerme lo que encuentren allí. Tienen que traerme el guante. Y esto —dijo mientras sacaba un pequeño cuaderno forrado en cuero y la punta de un lápiz— es para que registren lo que encuentren, los lugares por los que pasen, todo. Hay algo que no les he dicho todavía. Los Talentos que solían volver del *orsine*… tenían pocos recuerdos de lo había ocurrido. Lo que habían visto estaba todo confuso, todo mezclado. Empezamos a usar estos cuadernos para llevar un registro de lo que veían.

Guardó el pergamino, el cuaderno y el lápiz en un pequeño bolso de tela y se lo entregó a Charlie.

—Tengan cuidado, los dos —continuó—. Ese mundo les jugará malas pasadas. Pueden creer que ven a sus seres queridos, o a aquellos que han perdido, y tal vez deseen seguirlos. Muchos se han extraviado en el intento. Son solo sombras, no son aquellas personas que amaron o perdieron, sino solo los recuerdos de ellas. Ellos no los reconocerán.

—Si son solo recuerdos, no pueden hacernos daño —dijo Charlie.

—Los espíritus son muy peligrosos —dijo Berghast con brusquedad—. Cuando se juntan, toman la forma de una niebla. No se dejen atrapar en ella. Se sienten atraídos por el movimiento, el calor, la rapidez, cualquier cosa que les recuerde, aunque sea brevemente, la sensación de estar vivos. Es una necesidad pura y absoluta: una necesidad que devoran. Tratarán de absorberles la vida. Manténganse alejados de ellos. Y en ese mundo no solo están los espíritus de los muertos. Recuerden que nuestro mundo, y ese otro —alzó los ojos para mirar el *orsine* con un curioso anhelo— son una casa de puertas. Todo está de paso siempre.

Se inclinó hacia atrás y apagó la linterna para que la luz azul bañara la cámara. Las sombras cubrieron sus ojos.

—No sé cuánto tiempo puedan quedarse ahí. El tiempo se mueve diferente en ese mundo. Para los demás, con el artefacto, fueron unas pocas horas de nuestro tiempo como máximo, pero para ustedes… ¿Un día? ¿Dos días? —Se veía más grande en la oscuridad—. Es importante que recuerden esto: observen sus dedos y manos. Si la niebla les empieza a afectar, sus manos comenzarán a temblar y perderán su color. Cuando eso suceda tienen que emprender el regreso de inmediato.

—¿Y si no lo hacemos?

—Se perderán.

La superficie, que era como la piel de la cisterna, zumbaba y brillaba con su espeluznante tono azul eléctrico, y las pequeñas manos de Marlowe brillaban de la misma manera. Marlowe, que todavía no había dicho nada, de pronto tomó el cuchillo de manos de Charlie, cruzó el suelo de la gruta y se agazapó al borde de los escalones. Atravesó la superficie con el cuchillo. Una mancha oscura salió del corte y Marlowe serruchó una larga cruz en la superficie. Todo su cuerpo brillaba ahora, resplandeciente y translúcido.

—Sí —murmuró el doctor Berghast—. Bien.

El niño no le prestó atención. Cuando terminó, dejó caer el cuchillo al suelo, se agarró a las raíces como si fueran una especie de cuerda y bajó los escalones hasta la brillante incisión; sus pantalones se oscurecieron, luego su camisa, y pronto estaba empapado hasta los hombros. Luego, después de una rápida mirada a Charlie, las aguas se cerraron sobre su cabeza y se perdió de vista.

—Por Dios… —susurró Charlie sorprendido. El niño había entrado tan rápidamente.

Se apresuró hacia el borde, escudriñando la superficie oscura y la extraña luz que emanaba, pero no pudo ver nada. Marlowe se había ido.

—Tienes que apresurarte, Charles —le dijo el doctor Berghast desde la oscuridad—. O lo perderás. No olvides el cuchillo. Lo necesitarán para cruzar cuando regresen.

Algo sobre el *orsine* lo hizo dudar. No era miedo exactamente, pero cuando entró, jadeó con fuerza. El agua, si es que era agua, enfrió sus tobillos. Se sentía casi como si se estuviera apoderando de él. Las ondas en la superficie se doblaron bajo su peso. Arrugó el rostro y respiró hondo. No podía ver a Berghast debido al brillo azul.

—Espera, Mar —dijo entre dientes—. Allá voy.

Su ropa ondeaba a su alrededor mientras Charlie descendía al agua que no era agua. Después de un rato ya no podía sentir sus pies ni sus piernas ni sus manos ni sus brazos, y los escalones seguían bajando, y pronto ya no pudo sentir nada en absoluto.

Inhaló profundamente y metió el rostro por completo.

Descendió hacia la oscuridad.

LOS CRÍMENES DE JACOB MARBER

1874

29

HOMBRE, NIÑO, MONSTRUO

El crepúsculo, bajo un cielo cada vez más profundo.

Jacob Marber estaba parado en mangas de camisa y chaleco en un río lento en los confines de Escocia, observando cómo la luz se desvanecía en el agua oscura y plateada, sabiendo que no pertenecía al mundo de los vivos, ya no. El extraño humo que le otorgaba el *drughr* se estaba fusionando en su piel, era parte de él y, a la vez, no lo era, como el aliento de los muertos.

Había vagado por el mundo de los muertos durante tanto tiempo, mes tras mes, que ahora el mundo de la humanidad le resultaba extraño. Pequeño, demasiado breve. Ya no era inocente, pero tampoco había hecho lo peor, aún. El agua se sentía fría en sus muslos, la sensación lo impactaba después de todo ese tiempo. Y la oscuridad hormigueaba en su piel. Se estremeció. Este mundo es de ellos, pensó. Y se alejó.

Porque él había encontrado a su hermano. En ese otro mundo. Tal como lo había prometido el *drughr*. Ahora no podía olvidarse de ello, no había vuelta atrás, tenía que vivir con lo que había visto. No había solucionado ni cambiado nada. Como una onda de aire, como una tristeza que se repliega sobre sí misma, Bertolt se había acercado a él al borde de la oscuridad tres veces, durante tres noches, convocado por el propio dolor de Jacob. Aún lucía como un niño, de la misma edad que tenía cuando murió, con sus suaves mejillas pálidas y su cabello oscuro y opaco. Jacob no había podido contener el llano al contemplar ese rostro que amaba y no esperaba volver a ver. Suplicó, imploró, le contó historias de su infancia en Viena, de las monjas en el orfanato, de la fábrica, de sus días en las calles. Y en la tercera noche había contado en voz baja a Bertolt la historia de su propia muerte, y había vislumbrado, por un momento, un destello de reconocimiento en él, pero luego este desapareció, tan rápido como apareció y su hermano solo tembló, con los ojos vacíos.

El *drughr* le había dicho en ese momento: «Es demasiado tarde, te ha olvidado. No es posible salvarlo ya».

Jacob respiró suavemente, recordando. Desde donde estaba en el río podía ver el camino y el puente en la oscuridad. Estaba atento a cualquier señal de persecución, pero no hubo nada, nadie. Nadie había encontrado el carruaje entre los árboles, los caballos muertos, el conductor muerto. No venía nadie.

Salió del río con los pantalones fríos pegados al cuerpo. Su levita estaba colgada sobre un arbusto. Levantó el rostro cuando escuchó una voz familiar en su cabeza.

«Ya casi es hora, Jacob. ¿Estás listo?».

El *drughr* estaba agazapado en el banco de lodo, como un animal salvaje, ya no con la forma con la que él la había conocido, la de una mujer pálida y hermosa; ahora era corpulenta y peluda, con colmillos ensombrecidos. Estaba mirando su propio reflejo en el agua, fascinada.

Detrás de ella, acurrucados entre los helechos bajos, estaban los dos niños que le había pedido. Los dos niños que él le había llevado. Jacob podía sentir su entusiasmo.

—¿No hay otra forma? —le preguntó él en voz baja.

Ella no respondió.

Los niños tenían unos trece o catorce años, un niño y una niña, tal vez hermanos. —Los había interceptado cuando iban camino a Cairndale—. Eran Talentos, por supuesto. Los habían ubicado y luego los habían enviado al norte, desde casa de la señora Harrogate, en Londres, tal como solía hacerlo siempre, como él lo había hecho cuando encontró a la chica japonesa, la manipuladora de polvo de nombre Komako, y a esa pequeña pilluela invisible. Al recordar eso sintió una leve punzada de arrepentimiento, de tristeza, pero el sentimiento desapareció. No había preguntado los nombres de los niños ni nada sobre ellos, a propósito. No quería saber. Sabía que debería sentir náuseas al verlos, sabiendo lo que les haría el *drughr*, pero no fue así. Le parecían curiosamente insustanciales, como si pudiera ver pasar el tiempo a través de ellos, como la luz, como si pudieran disolverse en cualquier momento. En verdad había estado en ese otro mundo demasiado tiempo.

Ahora estaba unido al *drughr*. Ella era parte de él, como él lo era de ella. Así lo veía Jacob. Podía *sentir* sus deseos y sus miedos como si fueran los suyos, o casi, como si fueran los lados sombríos de sus propios anhelos. Sentía, por ejemplo, su hambre por los dos niños, por el poder de sus talentos. Ella no era fuerte en ese mundo. Aún no. Absorbería a los dos niños para alimentarse, los drenaría. Luego haría lo que tenía que hacer: debilitar las protecciones del glífico en Cairndale para que Jacob pudiera sacar al bebé de contrabando.

«¿Estás seguro de que podrás entrar?».

—Ya está todo arreglado —respondió él.

«El niño lo es todo, Jacob. Debes traerlo ante mí. No puedes fallar».

Jacob la vio a los ojos y asintió.

Se refería a ese bebé, al niño sin nombre. El niño brillante. El niño que Henry Berghast había robado y que ahora resguardaba en Cairndale, bajo llave, para usarlo, como temía Jacob, para sus propios fines siniestros. No sabía todo lo que ese niño podía hacer, pero sabía lo suficiente para temer que su vida sería horrible y, aunque le quedaban pocos sentimientos humanos y compasivos, sentía pena por el bebé… por él, sí. Él mismo lo había cargado, había acariciado su suave mejilla y, al hacerlo, había sentido… un parentesco, algo muy cercano al amor, y había pensado: «Eres como yo. Somos iguales». Y en ese momento le había prometido al bebé que no sufriría una infancia como la suya.

El *drughr* no sabía nada de eso. Entonces Jacob sintió miedo, miedo de que el *drughr* descubriera lo que realmente pretendía, su traición, también tenía miedo de fracasar, y lo que eso significaría para el bebé y para él mismo.

Porque no planeaba entregarle el bebé, en absoluto. Se llevaría al niño brillante lejos, muy lejos, a algún lugar donde nadie pudiera hacerle daño; ni Berghast ni el *drughr* ni nadie.

El cielo se oscureció. Se acercaba la hora. En la oscuridad, el *drughr* se volvió hacia los niños. Estaban acurrucados juntos, mirándola con terror. Ya habían gritado hasta quedarse roncos.

«Vete ya», le dijo a Jacob para despacharlo. «Interrumpiré las protecciones lo más que pueda».

Él se fue.

No hubo gritos ni llantos de los dos niños, pero mientras se alejaba del río y se dirigía a Cairndale a buscar al bebé, Jacob escuchó los sonidos húmedos y desgarradores del *drughr* mientras se alimentaba.

En una habitación grande y bien amueblada, con vista al lago profundo, en el ala este superior de la Mansión Cairndale, llamaron a la puerta. La niñera se levantó de su asiento junto a la ventana, donde estaba meciendo la cuna. Ella todavía era una niña, en casi todos los sentidos. Se abotonó la blusa. Le dolían los pechos y los sentía pesados por la leche. Vaciló cansada y se recogió el pelo negro bajo la capota; había sido la envidia de las chicas del pueblo hacía poco. Sabía que el bebé dormiría hasta que ella se durmiera, luego se despertaría y lloraría, y solo se tranquilizaría cuando ella lo cargara y caminara por toda la habitación, canturreándole. Sin embargo, para ella era un pequeño querido y dulce de cualquier modo. Corrió las cortinas alrededor de la cuna, alrededor del bebé que dormía calientito dentro de ella. Su nombre era Susan Crowley, y había trabajado en las cocinas de Cairndale hasta un año atrás, cuando ella misma estaba embarazada. Eso había sido obra de un aprendiz de lechero en el valle, que estaba casado; y aunque había hecho todo lo posible para librarse del embarazo a la francesa, nada había funcionado y lo había llevado a término. Entonces había dado a luz, y se enamoró de inmediato de su pequeña hija. Y, como era de esperarse, fue justo entonces cuando le fue arrebatada, cuando el buen Dios se la llevó como una especie de castigo. Porque esa pequeña dormía ahora en el cementerio de una iglesia en Aberdeen; había muerto de fiebre hacía nueve meses, y Susan había llorado dolorosamente todas las noches después de eso, y todavía lo hacía a veces, a pesar de que la habían vuelto a contratar en la mansión y, por suerte, durante siete meses como nodriza de un niño expósito.

Un niño como ningún otro.

Oh, claro que ella lo había visto brillar con ese extraño y hermoso resplandor azul. Ella no sabía su significado ni su causa. No había ocasionado ningún daño ni tampoco había visto que fuera peligroso. Solo belleza. Ella había visto la forma en que el doctor Berghast miraba al bebé, el miedo y la fascinación reflejados en sus ojos, y entonces lo supo: el niño era especial.

Volvieron a tocar a la puerta suavemente.

Era el doctor Berghast. Estaba de pie en el vestíbulo; los candelabros proyectaban sombras en su rostro arrugado. Por un largo momento él solo la miró. A ella no le agradaba ese hombre, nunca le había agradado. No eran solo sus ojos grises ni el fuego dentro de ellos ni la forma espeluznante en que la seguían por la habitación. Era algo más, algo indistinguible, como un aroma, un aroma de oscura sospecha.

Ella se hizo a un lado cuando él entró, y tomó su sombrero de su mano extendida.

—Está durmiendo —dijo Berghast, mientras se pasaba una mano por la barba blanca y se alisaba el bigote.

—Sí, señor —respondió Susan con una reverencia.

Él pasó de largo. Henry Berghast era alto, de complexión fuerte y de vestimenta impecable. Tenía patillas largas y blancas como la nieve, y el pelo largo sobre el cuello en un estilo anticuado que Susan había visto algunas veces cuando era niña en su abuelo y sus colegas. Sabía que era viejo, mucho mayor de lo que parecía, aunque no sabía su edad exacta. Era un hombre de ciencia, era cierto; un doctor ni más ni menos; pero también era un hombre de inclinaciones oscuras con una afinidad por lo imposible, como todos en Cairndale. Uno no podía vivir en el instituto sin ver lo que no había que ver y comprender la naturaleza de lo que ahí sucedía.

Berghast nunca le dijo exactamente de dónde había salido el bebé, pero ella había oído rumores, pedazos de historias, y sabía que tenía algo que ver con el manipulador de polvo del que nadie hablaba, ese que llamaban Marber, que asustaba a los viejos Talentos. No había otros bebés en Cairndale, nunca los había habido; el siguiente talento más joven tenía nueve años, y cortaba su propia carne y cambiaba sus propias sábanas.

El doctor Berghast descorrió lentamente la cortina y se acercó a la cuna. Miró al bebé que estaba durmiendo allí. Le había dado al niño su propio nombre, Henry, pero nunca lo llamaba por ese nombre; ella tampoco, aunque solo fuera porque pensaba que no le sentaba bien, ya que lo asociaba con aquel hombre egocéntrico y severo; parecía más un sello de propiedad que el nombre de una persona.

—¿Le gustaría cargarlo, señor? —preguntó ella.

Pero ella sabía que hacía mal en preguntar, porque ya sabía la respuesta. El doctor Berghast nunca había cargado al bebé; ni siquiera lo había tocado, y hubo un rápido destello de alarma en su rostro cuando registró sus palabras. Luego se dio la vuelta.

—El niño se ve saludable, señorita Crowley —murmuró—. Está haciendo un buen trabajo. Se lo agradezco.

—Gracias, señor.

—Me imagino que no debe ser fácil estar aquí a solas.

—Creo que no le molesta, señor.

—Me refería a usted, señorita Crowley.

Si alguien más le hubiera dicho algo así, ella lo habría considerado un gesto amable en el mejor de los casos, y demasiado atrevido en el peor; pero con el doctor Berghast sabía que no era ninguna de las dos cosas, sino simplemente la declaración de un hecho.

—Oh, no me molesta, señor. Me agrada la compañía del bebé.

—Mmm. —Se quedó ahí parado, contemplando a la criatura un momento más. Ella no podía ver su rostro—. Mi niño —susurró él.

Luego se retiró a la antecámara.

Ella lo siguió.

—La señorita Davenshaw me informa que necesita más carbón y velas, ¿correcto? —dijo él, después de volver a cerrar la cortina y alejarse del bebé—. Me encargaré de que las traigan. Es importante mantener al niño caliente. También me dijo que usted no ha estado comiendo bien.

Susan se sonrojó.

—Estoy bien, señor. Solo un poco cansada. Es normal.

Él hizo una mueca.

—Tengo que decirle algo, señorita Crowley. Acabamos de tomar la decisión, pero creo que es mejor que lo sepa de inmediato.

Los ojos grises de Berghast se clavaron en los suyos, y ella desvió la mirada.

—El niño no puede quedarse aquí en Cairndale. Habrá que enviarlo a otra parte. Me gustaría que usted fuera con él, si está dispuesta.

Ella alzó la mirada.

—¿Enviarlo a otra parte? Pero aún es demasiado pequeño, doctor Berghast…

—No hay otra opción. Ya he escrito varias cartas al respecto, solo estoy esperando una respuesta. Tengo dos destinos posibles. Son algo… remotos.

—Pero… ¿por qué, señor?

Observó al doctor Berghast caminar hasta la ventana, separar las cortinas de muselina con una mano y observar la creciente oscuridad. Ella no había encendido ninguna vela, y se movió para hacerlo.

Fue entonces que él habló, en voz muy baja:

—Porque el niño no está a salvo aquí, señorita Crowley. No está a salvo en ninguna parte. Tenemos que ocultarlo, antes de que vengan por él.

Ella volteó a verlo con intensidad.

—¿Quién viene por él, señor?

Pero esa pregunta no la respondió.

En ese mismo momento, en el vestíbulo de Cairndale, Abigail Davenshaw estaba sentada erguida y rígida en un sillón con las manos cruzadas sobre el regazo, escuchando las campanadas del reloj en un rincón. Llevaba casi una hora esperando el carruaje de Edimburgo, el carruaje que transportaba a sus dos nuevos pupilos.

Sus nombres eran Gully y Radha; eran gemelos, y habían recorrido una gran distancia para llegar al instituto. Solo sabía lo que la señora Harrogate le había dicho al llegar: venían desde Calcuta, el señor Coulton se los había comprado a un comerciante de especias, y no entendían casi nada de sus talentos.

La señora Harrogate los había visto en Londres la mañana en que llegaron; su equipaje se había retrasado en la aduana de Gravesend, y el señor Coulton había accedido a acompañarlos hasta el tren cuando por fin les entregaran sus cosas.

Como regla general, a Abigail Davenshaw no le gustaba que los niños viajaran solos —uno no debe invitar problemas a la casa, como habría dicho su abuelo—, pero siempre se había hecho así, desde antes de que ella llegara a Cairndale, y nunca había habido ningún niño que se perdiera o se retrasara. Así que ¿quién era ella para exigir que estuviera presente un acompañante?

Levantó el rostro al escuchar el sonido de unos tacones que se acercaban en silencio hacia ella.

—Señora Harrogate —dijo.

—Señorita Davenshaw —respondió la mujer mayor—. Estoy buscando al doctor Berghast. ¿No ha pasado por aquí? —Hizo una pausa—. ¿Qué pasa? ¿No han llegado los nuevos?

Abigail Davenshaw inclinó la cabeza.

—Como puede ver.

—Bueno, estoy segura de que el carruaje llegará pronto. Vienen con el señor Bogget, después de todo. Ha estado conduciendo a los nuevos alumnos desde Edimburgo desde, bueno, desde la época de mi difunto esposo. Nunca nos ha fallado. Quizás haya tenido algún contratiempo en el camino, o algún problema con los caballos. Ya llegará. Estoy segura.

—Mmm —respondió ella, ya que la señora Harrogate no sonaba tan segura, en absoluto. Mucho menos para el oído extrasensible de Abigail Davenshaw.

Hubo un largo e incómodo silencio. Entonces se oyó el leve rumor de unos niños corriendo por el pasillo de arriba. La mujer mayor emitió un sonido como si olfateara, luego Abigail Davenshaw sintió una mano en su manga.

—¿De cuánto es el retraso?

—Cincuenta y seis minutos.

—Ah. —La señora Harrogate se aclaró la garganta—. ¿Dónde está el señor Laster? No está en la portería, acabo de estar ahí. Si hemos recibido noticias, él debe saber.

—No hemos recibido noticias, señora Harrogate. El carruaje simplemente está… retrasado.

Abigail escuchó una dureza en la voz de la mujer mayor cuando esta respondió:

—Bueno, si quiere puede quedarse aquí a esperar, señorita Davenshaw —dijo ella—, pero yo no puedo quedarme sentada sin hacer nada. Buscaré al señor Laster y le informaré cuando tenga noticias.

Abigail Davenshaw inclinó la cabeza. Hubo otro largo silencio.

—Buenas noches —dijo finalmente la señora Harrogate.

—Igualmente.

Abigail volvió el rostro cuando los pasos de la mujer mayor cruzaron el vestíbulo y se dirigieron hacia el patio, hacia la portería de Walter Laster. Ella respiró tranquila. Solo hasta que la puerta de entrada se cerró con un estruendo y se aseguró de que estaba sola, se permitió una rápida mueca de preocupación.

El carruaje *nunca* llegaba tarde.

Walter Laster cerró con llave la puerta de la puerta de la portería con impaciencia detrás de él. Luego se apresuró a cruzar el patio hacia la entrada donde recibían las entregas, lanzando miradas cautelosas a su alrededor. Estaba oscureciendo.

Nadie lo vio marcharse. Estaba atento por si se encontraba con esa mujer de Londres, la viuda de Harrogate, la que vestía de negro y se cubría el rostro con un velo, y que parecía estar siempre observándolo. Era como si ella *supiera*. Se detuvo al llegar a la entrada, y se llevó rápidamente un pañuelo a la boca para contener la tos. Sintió que su cuerpo se estremecía de dolor. Cuando retiró el pañuelo, incluso a la tenue luz de la mansión, pudo ver la sangre salpicada. Tenía un sabor a hierro en la boca y en los labios.

El carruaje de Edimburgo no había llegado. Esa era la señal. Su corazón latía con fuerza, sacudió la cabeza débilmente mientras revisaba en el anillo de llaves para encontrar la correcta. Tenía que darse prisa. Si todo salía como le habían dicho, entonces Jacob llegaría en una hora.

Por fin encontró la llave que estaba buscando, se escabulló cerca de la entrada de entregas y se quedó escuchando. No había nadie cerca. Se apresuró a través de los pasillos traseros y bajó los escalones hasta el sótano frío, donde encontró la vieja lámpara que había escondido detrás de un estante. Con un fósforo de seguridad encendió el aceite de espaldas al sótano.

Jacob, Jacob. Su muy querido y único amigo.

Walter siempre había sido pequeño y de figura torcida debido a una herida de la infancia, un solitario que sufría por estar solo. Tenía el pelo largo y grasiento, cortado por su propia mano con un par de tijeras que tomaba prestadas una vez al mes del cobertizo del jardinero, tenía manos pequeñas y dos de sus dientes estaban torcidos hacia atrás. Siempre observaba a los niños en Cairndale con cautela, manteniéndose alejado de ellos. No le agradaba la forma en que se reían a su alrededor ni las cosas antinaturales que podían hacer, pero la mayoría de los habitantes de Cairndale no le prestaban atención; él era simplemente el extraño señor Laster, que vivía en la portería y se ocupaba de las llegadas y salidas.

Pero Jacob no era así, no. Cuando estaba en Cairndale, Jacob se había sentido inmediatamente atraído por Walter, o Walter por él —era difícil saber con exactitud—, y no solo porque ambos fueran diferentes al resto, o porque no tuvieran amigos. No, era un vínculo más profundo, no solo como una amistad, sino algo parecido a una hermandad. O al menos Walter siempre lo había sentido así.

Cuando Jacob desapareció y no regresó, Walter supo que algo malo había sucedido. Había visto partir al señor Coulton en un carruaje a Edimburgo, casi sin poder ocultar su desagrado. Tal vez el hombre había abandonado a Jacob, o peor, lo había matado, y había abandonado su cuerpo en algún callejón. Ciertamente, Coulton era un tipo capaz de hacerlo.

Fue entonces cuando empezó a sentir la enfermedad. A sentir que su cuerpo se consumía. Cierto invierno había tosido fuertemente en su mano, y esta había quedado manchada de sangre; en cuanto la vio, supo lo que significaba. Un año, o hasta cinco, no importaba. A la larga lo mataría, sin duda.

Pero entonces llegaron los sueños.

En ellos, Jacob le susurraba. Lo visitaba. Se sentaba con él, con calma y gentileza. Su viejo amigo, su único amigo. Y le prometía que podría ayudarlo, que podría hacer que mejorara, que recuperara la salud y que no volvería a estar solo. Le decía que regresaría a Cairndale. Y que esta vez se llevaría a Walter con él.

Una puerta se abrió en algún lugar de la despensa de arriba. Walter permaneció en silencio con la linterna en alto, escuchando; luego siguió avanzando hasta la pared del sótano. Esta estaba excavada en la roca, y cubierta de estantes. Buscó a tientas un pestillo en el tercer estante, lo encontró y el estante se deslizó con suavidad hacia adelante, como si estuviera sobre rieles, luego se hizo a un lado. Se filtraba un aire húmedo y viciado por la abertura.

Walter contemplaba la oscuridad total de un túnel. Era perfectamente redondo, como si hubiera sido perforado en la roca por un enorme taladro industrial. Se humedeció los labios, nervioso. Jacob lo estaba esperando, contaba con él.

Levantó la linterna y se apresuró a entrar.

Había noches en las que Henry Berghast caminaba por los pasillos sin luz de Cairndale, contemplando la oscuridad, sintiendo el movimiento del aire sobre su piel y la forma en que el tiempo se movía a su alrededor y a través de él, como la arena filtrándose por un puño, y podía sentir que su cuerpo se descomponía.

Envejecimiento. Eso era. Aún era algo extraño para él, incluso después de décadas.

Caminaba a la deriva en chaleco y mangas de camisa con el cuello almidonado frente a las puertas cerradas, las vitrinas, las acuarelas enmarcadas y los grabados en las paredes; todo lucía extraño en la oscuridad de la noche. Y se perdía en su propia memoria, recordando cómo se ponía el sol sobre la desembocadura del Nilo en aquellos primeros años, cuando los barcos de guerra británicos aún eran desconocidos para los egipcios, y cómo el aire en las selvas de la Nueva España olía a fruta podrida. Recordaba a los muchos muertos que había conocido, a sus colegas, a sus amigos, algunos de ellos ahora famosos en los anales de la ciencia. Poco a poco, a lo largo de los siglos, sus amistades y sus seres queridos fueron desapareciendo. Llevaba mucho tiempo solo, había visto envejecer y morir a aquellos a quienes amaba; lo habían abandonado, dejándolo sin nada, sin nadie, solo con un dolor donde solía estar su amor por ellos. Primero sus padres, que habían muerto siglos atrás; y un hermano; e incluso, tiempo atrás, una esposa, un hijo y una pequeña (¿cómo se llamaba?), a la que le gustaban las flores blancas y le había dado alegría. Sin embargo, sus rostros habían desaparecido de su mente hacía mucho tiempo, y recordarlos ahora era como leerlos en las páginas de un libro, un libro escrito por otra persona. Le habían dicho hacía muchos años que todos los Talentos, incluso los *haelans* más poderosos, envejecían y morían. Él estaba preparado para ello, pero no había envejecido.

En lugar de eso, pensó con tranquila indiferencia, se había corrompido lentamente de adentro hacia afuera, como un pedazo de fruta vieja, ennegreciéndose, muriendo y pudriéndose poco a poco, hasta que lo que era y lo que parecía ser no tenían nada que ver entre sí. Si vives lo suficiente, dejas de ser humano, dejas de comprender todo lo que llena el corazón humano. Porque el corazón está hecho de tiempo, y es consumido por el tiempo, por el conocimiento de su propia muerte final, y Berghast no podía morir.

Excepto que… *ahora sí podía.*

Esa era la parte más cruel, pensó, mientras bajaba las escaleras y recorría los pasillos inferiores. *Él* era el mayor talento, *él* era aquel cuya existencia debería continuar, solo *él* y nadie más había visto y conocido el verdadero poder. Solamente había vislumbrado un poder equiparable al suyo una vez, en esa antigua criatura conocida como el *drughr*. Era hermosa y aterradora, una criatura embriagadora. Algo absoluto la llenaba, una profunda pureza inhumana, y Berghast la había visto, la odiaba y la deseaba. Sabía que el *drughr* estaba acechando al bebé, al igual que Jacob. Y sabía también que había habido una profecía mucho tiempo atrás, de un glífico en una cueva en Bulgaria: un niño nacería en el otro mundo, en la tierra de los muertos, un niño vivo que cortaría el tejido de los mundos y reharía a los Talentos a su propia imagen. El Talento Oscuro.

Berghast había buscado a ese niño durante años, desgastando su propio talento en el proceso. Ahora, gracias a Jacob, el niño había sido encontrado.

Lo habían encontrado y estaba a salvo, pero Berghast estaba demasiado débil para hacer algo con él, demasiado débil para usarlo como necesitaba, como quería. Era un conocimiento amargo. Su talento se había esfumado, de modo que ya no sanaba, y ahora no le quedaba nada más que el largo y lento dolor de su muerte.

Y esto lo llenaba de una furia inimaginable.

30

EL TÚNEL

Jacob Marber encontró la entrada de la cueva medio oculta por la maleza enredada y húmeda, en una pequeña elevación de roca que dominaba el valle. La entrada era estrecha, y la roca resbaladiza y fría, pero adentro el techo se elevaba, las paredes se ensanchaban y el túnel se abría.

Había dejado una vela en un plato justo al lado de la entrada. Se quitó los guantes, los dobló dos veces y los metió en el bolsillo de su levita. Luego frotó el polvo entre sus dedos y surgió una pequeña llama azul, con la cual encendió la vela y comenzó a avanzar, descendiendo por la caverna inclinada, trepando y deslizándose hacia la pared trasera, donde una grieta más oscura se abría en la tierra.

Estaba pensando en los dos niños en el río, y en los sonidos que había escuchado mientras el *drughr* se alimentaba. Sintió un pequeño escalofrío. «No hay nada que pudieras haber hecho», se dijo a sí mismo.

Siguió adentrándose.

Había muchos pasadizos en la tierra, que pasaban por debajo y alrededor de Cairndale. Pocos sabían de ellos. Nadie los había mapeado. Eran túneles antiguos, formados por el agua derretida de los últimos glaciares, cuando la gran presión del hielo arrastró los lagos de Escocia y convirtió la Tierra en lo que era.

Siguió caminando en silencio, resbalando sobre las rocas mojadas; la pequeña luz de su fuego parpadeaba sobre la piedra. El aire era frío, agrio y desagradable. Miraba sus alrededores con cautela a medida que avanzaba. Tenía cierta idea de cómo llegar: a la izquierda aquí, a la derecha más adelante, etc., pero el camino era incierto y tenía miedo de perderse.

Algo en la estrecha oscuridad de los túneles le hizo pensar, por primera vez en años, en aquellos primeros días felices en los que él y su hermano gemelo, Bertolt, trabajaban como deshollinadores en las chimeneas de Viena. Se sentían libres. Le habían dicho adiós al orfanato. El grupo de niños de la calle que habían encontrado era rápido, eficiente y estaba bien alimentado.

Todavía era otoño, el clima aún no era muy frío, y habían dormido juntos, agotados, en un sótano en desuso entre toneles viejos, sin necesidad de mantas ni de fuego. Los otros niños, a los que se habían unido, yacían tirados a su alrededor cada noche, y cada mañana el jefe deshollinador se reunía con ellos en el callejón y les daba las escobas y las direcciones para el trabajo del día.

Tenían nueve años. Era la primera vez que Jacob notaba lo hermosa que era la ciudad, los tranvías, las damas con sus mejores galas y los olores de las carretas de comida en los parques. Bertolt le mostró todo, como si de alguna manera conociera la ciudad, conociera el mundo de formas que Jacob no conocía. Por supuesto, él siempre había sido el audaz, el inteligente, el que hacía que las cosas sucedieran. «Porque eres especial, Jake», solía decirle Bertolt. «Porque necesitas alguien que te cuide. Por eso. Yo no puedo hacer lo que tú haces. No soy especial». Siempre decía cosas así, las susurraba por la noche, con la cara en la almohada del orfanato, mientras las monjas patrullaban los pasillos en la sombría oscuridad. Siempre hizo que Jacob sintiera que vivir valía la pena, que no había que rendirse, sin importar lo difíciles que fueran las cosas, pero Jacob sabía que lo que decía Bertolt no era verdad: su hermano *sí* era especial, poseía una bondad y una inteligencia que nadie más tenía, y mucho menos el propio Jacob. Durante toda su infancia, Jacob lo admiraba y deseaba ser más como él, y lo amaba más que a la vida misma.

De pronto se oyó un sonido en el túnel, detrás de él. Jacob hizo una pausa para escuchar. Un goteo de agua sobre piedra. Él no era la única criatura ahí abajo, moviéndose a través de la oscuridad, con un propósito.

Espero, pero no volvió a escuchar el sonido. El túnel estaba imposiblemente oscuro, en todas direcciones. Permaneció en el halo sucio de la luz de la vela, mirando de un lado a otro, se sentía pequeño y solo.

Tal vez Henry Berghast sabía que iría. El pensamiento le llegó como un relámpago, pero lo desechó, era imposible. De todos modos, ya no había vuelta atrás.

Siguió avanzando, la sangre le resonaba en los oídos. La oscuridad se abrió para dejarlo pasar y, después, esa misma oscuridad, absoluta, se cerró detrás de él.

Cuando el doctor Berghast se marchó, Susan Crowley se levantó rápidamente, se puso un chal, encendió una vela y se dirigió a la puerta. Escuchó. Se había ido.

Así que… quería enviar al bebé lejos.

Lo incorrecto de la situación la sobresaltó, la enfureció. No estaba acostumbrada a sentirse enfadada; no era una emoción fácil para ella. Durante toda su vida siempre le habían dicho qué hacer y a dónde ir y cómo llegar allí, y no sabía mucho del derecho a enfadarse, pero esto la llenó de un rápido y sorprendente calor. ¿Qué sabía el doctor Berghast sobre los bebés y sus necesidades? ¿Sobre su seguridad? Se negaba incluso a cargar al niño. Ella parpadeaba con fuerza, mientras trataba de meditarlo.

No es que a veces no lo hubiera pensado: huir con el bebé en la noche, lejos de Cairndale, lejos del doctor Berghast, pero en su mente el bebé siempre era mayor, menos delicado, más resistente. También sabía que sus fantasías eran solo eso: fantasías.

Se acercó rápidamente a la cuna, comprobó que el bebé estuviera durmiendo bien y luego salió al pasillo. Estaba buscando a la señorita Davenshaw, sin estar segura de lo que diría, pero segura de que la mujer mayor tendría algo que decir al respecto. Sabía que la señorita Davenshaw tenía sus propias dudas sobre el doctor Berghast y la forma en que dirigía Cairndale. Claro, la mujer ciega nunca lo había dicho en voz alta (era demasiado discreta para eso), pero lo había notado en sus silencios y en su ceño fruncido de desaprobación.

Pero la señorita Davenshaw no estaba en sus aposentos. Susan pasó junto a dos chicas, Talentos que no conocía por su nombre, que corrían por el pasillo, ambas en camisón y con aspecto culpable. Ella les esbozó una débil sonrisa. Ellas se sonrojaron y se apresuraron a marcharse.

Ella conocía ese sentimiento, ese miedo a ser descubiertas, por lo que sea que hubieran hecho. Era extraño pensar que ella era solo unos años mayor que ellas.

En el descansillo vislumbró a una mujer vestida de negro, con el rostro cubierto por un velo. Era esa mujer seria de Londres. Susan asintió con cortesía y pasó rápidamente a su lado. Esa mujer la asustaba. Era una confidente del doctor Berghast y cumplía sus órdenes en la capital; no era confiable.

En el vestíbulo encontró a la señorita Davenshaw sentada en el largo sofá, frente al fuego, con las manos cruzadas sobre el regazo. Por lo tranquila y paciente que se veía, bien podría haberla estado esperando.

—¿Qué pasa, señorita Crowley? —dijo la mujer ciega, incluso antes de que Susan pudiera hablar.

Ella se aclaró la garganta, no sabía por dónde empezar.

—En mi opinión —dijo la mujer—, la forma más fácil de empezar una oración es abriendo la boca y hablando.

—Sí, señorita Davenshaw. Lo siento. Es solo que… acabo de recibir una visita del doctor Berghast. Me dijo que tiene pensado enviar al bebé lejos.

La mujer ciega volteó su rostro hacia ella.

—¿Lejos?

—Sí. No me dijo a dónde.

—¿Quiere que usted acompañe al niño?

—Sí.

—Bueno, por lo menos. ¿Cuándo se van?

Susan negó con la cabeza. No era lo que ella quería decir en absoluto, todo estaba saliendo mal.

—No quiero ir, señorita Davenshaw, eso es lo que quiero decir. No creo que sea correcto enviar al bebé a ninguna parte. Es tan pequeño.

La señorita Davenshaw bajó el mentón.

—No sería la primera vez que un bebé tenga que viajar, señorita Crowley. —La mujer se alisó el vestido—. ¿Le dio alguna explicación? ¿Algún motivo en particular? ¿Algo? —Cuando Susan no respondió, la mujer mayor bajó la voz, de modo que Susan tuvo que acercarse para escucharla.

Pero cuando se estaba dando la vuelta para marcharse sintió algo, una leve brisa fría que venía del sótano. Al principio pensó que se había abierto o roto una puerta o una ventana, pero el aire olía extraño, húmedo y agrio, como una tumba vacía.

Bajó las escaleras hasta el sótano. No conocía bien el almacén, así que avanzó con cuidado, tanteando los estantes y siguiendo la brisa. Llegó a un estante que claramente había sido desplazado hacia un lado, sintió los fríos bordes de la entrada del túnel y comprendió.

Llevaba en Cairndale el tiempo suficiente para haber oído las historias de los túneles que había debajo de la mansión. Sabía que el doctor Berghast tenía un pasadizo subterráneo que conducía desde su estudio hasta la isla, y al *orsine* que había allí, pero no había oído hablar de un túnel en ese lugar.

Retrocedió lentamente, pensando en ello, y regresó a la cocina. Una sirvienta, Mary, exclamó sorprendida al ver que Abigail salía del sótano, pero Abigail tenía poca paciencia para ello.

—Vayan por el señor Smythe —dijo ella bruscamente—. Y por la señora Harrogate, si la encuentran. Díganle que traiga faroles. Hay algo en el sótano que tienen que ver. Rápido.

—Sí, señora —dijo la chica al percibir el tono en su voz.

Abigail Davenshaw escuchó el ruido de los zapatos de la chica en el suelo. Lo que estaba pensando era que algunos de los niños, los Talentos jóvenes, debían haber descendido a los túneles por diversión, pero sabía que podía ser peligroso, y si se perdían…

No se le ocurrió, al menos en ese momento, que la entrada del túnel se había abierto por la razón opuesta: porque algo había entrado.

Más aprisa.

Jacob subió corriendo las escaleras, atravesó las cocinas, recorrió los pasillos traseros hasta las escaleras de los sirvientes y subió dos tramos más hasta las habitaciones en la parte superior del ala este. Se sentía extraño estar de vuelta. Conocía esos pasillos, esas habitaciones, la forma misma de la mansión como si siempre hubiera vivido en ella y nunca hubiera estado fuera; incluso ahora, incluso con sus diferencias, como un estante extraño, un nuevo empapelado o una acuarela enmarcada sobre una cómoda que no solía estar ahí.

Le sorprendió lo enojado que eso lo hacía sentir, pero también estaba sorprendido por el anhelo que se apoderó de él mientras se escabullía por los oscuros pasillos. No vio a nadie, pero podía sentir, a través de las paredes, a los Talentos durmientes, los jóvenes soñando con sus vidas por vivir, y a los viejos, casi muertos ahora, secos y delgados como papel. No significaban nada para él. No habían hecho nada para ayudarlo, para traerlo de vuelta de ese otro mundo, para ofrecerle refugio cuando vislumbró la verdadera naturaleza del *drughr* y retrocedió con miedo. En algún punto más adelante podía oír a Walter, moviéndose con un sigilo sorprendente; su linterna estaba apagada ahora y se veía obligado a sofocar la tos de vez en cuando. Quizás el hombre no era tan inútil como parecía. Jacob caminaba con calma, con pasos largos y lentos, como si las habitaciones y la mansión fueran suyas.

Pero no estaba tranquilo, no en realidad. Escuchaba con todas sus fuerzas en busca de unas pisadas en particular. Sabía que, en algún lugar entre todo eso, acechaba Henry Berghast, inquieto, feroz y suspicaz.

Había conocido a hombres como él, incluso de niño, en las calles de Viena. Hombres que sabían lo que querían y que no permitirían que nada se interpusiera: ni la piedad ni el desdén ni la fragilidad humana. Su hermano, Bertolt, había caído presa de un hombre así. Herr Gould, el jefe de los deshollinadores, tenía una enorme barriga redonda como un tambor, la cara roja y manos del tamaño de palas. Cuando se enteró de que Bertolt había quedado atascado en una chimenea al otro lado de la ciudad, fue y ató cuerdas alrededor del niño y lo arrastró, a pesar de sus gritos de dolor. Jacob había tratado de detenerlo, pero no pudo, era demasiado pequeño, y había hombres en la multitud ahí reunida que lo detuvieron, además estaba lloviendo ese día y su talento simplemente no era tan fuerte para hacer algo al respecto. Bertolt había salido muerto, con la cabeza hacia atrás. Herr Gould se había llevado a su hermano gemelo y lo había tirado en un callejón entre la basura cuando nadie estaba mirando; nadie a quien le importara, claro, porque Jacob y los otros deshollinadores estaban allí para verlo. Jacob se había sentado con el cuerpo de su hermano entre la inmundicia durante horas, mientras la noche caía a su alrededor. Cuando por fin se levantó, ya no era el mismo niño.

Así era como pensaba en ello, como lo recordaba en ese momento. Nadie podía decir con certeza si era verdad o no, pero en su mente, la muerte de su hermano había sido el factor decisivo en su cambio, aquello que lo abrió, con el tiempo, al *drughr*.

Había acostado a su hermano en el suelo con sus manitas cruzadas sobre el pecho y le limpió el hollín y la mugre de la cara y del cuello; luego se puso de pie, con solo nueve años, y fue en busca de Herr Gould, cegado por la furia. No le permitieron entrar en las tabernas ni en los burdeles, pero finalmente encontró al hombre en un garito en Unterstrass. El hombre de la entrada lo tomó por un mensajero y lo dejó pasar. Jacob se quedó parado en medio del rugido y la oscuridad con los puños apretados, y vio a Herr Gould reír y beber mientras jugaba cartas, y aquello que existía dentro él, maldad o furia, brotó en ese momento, y ese talento que tenía para manipular el polvo simplemente explotó. Sintió que el polvo acudía a él, se arremolinaba alrededor de sus puños, y un dolor y un frío le atravesaban los brazos, la cabeza le daba vueltas. Levantó las manos. Sus mejillas estaban húmedas.

Luego el polvo salió disparado de sus dedos extendidos, envolviéndose como cuerdas de oscuridad alrededor del hombre grande, alrededor de su pecho y su cuello. Empezó a apretar.

Las linternas parpadearon por toda la habitación. Para entonces los clientes huían despavoridos, empujándose entre sí, volcando las mesas, luchando para salir, las prostitutas gritaban de miedo. La cara de Herr Gould se enrojeció, luego se puso morada y los ojos casi se salieron de sus cuencas. La fuerza del polvo lo había levantado completamente de sus pies, de modo que sus manos de nudillos grandes arañaban el aire con horror.

Cuando Jacob lo soltó, cayó al suelo hecho pedazos. Jacob quedó aún más vacío que antes, y salió a la ciudad, verdaderamente solo.

De algún modo Berghast había oído hablar de él. De alguna manera había ido a buscarlo. En un principio Jacob pensó que el hombre había llegado a salvarlo, pero no era así. Ahora lo sabía. Había venido a usarlo, como usaba a todos. El pequeño Jacob Marber, el manipulador de polvo, el asesino de hombres, iba a ser su arma.

Walter lo estaba esperando en un pequeño nicho a la sombra del candelabro de pared más cercano; se humedeció los labios y señaló la puerta de la niñera.

—Es aquí, Jacob —murmuró el hombre—, pero la niñera está con él. Siempre está con él. Esa cosa nunca está sola.

—Es un *bebé*, Walter, no una *cosa*. ¿Por qué lo dejaría solo?

El hombre asintió servilmente.

—Sí, sí, claro, por qué lo dejaría solo, ¿verdad?

Pero Jacob estaba desconcertado de todos modos. Berghast había puesto al bebé en la antigua habitación de Jacob. Le murmuró una serie de instrucciones a Walter, indicándole cómo debía distraer a la niñera. Vio a Walter tocar a la puerta suavemente y meter las manos en los bolsillos; luego las sacó y se alisó el grasiento cabello.

Jacob se escabulló hacia adelante sin hacer ruido.

La niñera que abrió la puerta era joven; todavía una niña, de huesos grandes y cabello negro. Ella observaba a Walter con cautelosa cortesía mientras él hablaba, le preguntaba por ella y señalaba algo en la habitación, algo que necesitaba reparación; luego entró rápidamente a pesar de sus protestas.

—Disculpe, señor Laster, ¿qué cree que está haciendo? No lo invité a pasar, señor, el bebé está durmiendo.

Mientras ella estaba volteada reclamando, Jacob atrajo una fina nube de polvo a su alrededor, como un velo de oscuridad, y entró en silencio detrás de ella. Luego se escabulló a lo largo del perímetro de su antigua habitación. La niñera había encendido solo dos velas, por lo que a él le resultaba fácil mantenerse en las sombras.

Walter estaba haciendo una broma nerviosa sobre un reloj en la repisa de la chimenea, riendo extrañamente.

Jacob se acercó a la cortina y la movió un poco. Se arrastró como una pesadilla hacia la cuna. Contuvo la respiración. Ahí lo vio, entre la maraña de mantas.

Ahí estaba el niño indefenso.

31
EL COMIENZO

El fuego crepitaba en la chimenea. Henry Berghast se reclinó en su escritorio, inquieto, insatisfecho, incapaz de trabajar en absoluto. Volvió a enroscar la tapa del tintero y tamborileó los dedos sobre el diario cerrado. Luego se puso el sombrero, tomó una linterna y bajó por el pasadizo subterráneo que conducía al *orsine*. Si el *drughr* llegaba, necesariamente tendría que pasar por allí.

Caminó rápidamente. No le había avisado a Bailey que saldría. No importaba.

De hecho, lo que le preocupaba no era el *drughr*. No. No había motivo alguno para creer que el alcance del *drughr* podría extenderse más allá de las protecciones del glífico. No. Se dio cuenta de que lo que le preocupaba era Crowley, la niñera. No le gustó la forma en que ella reaccionó cuando le dijo que el niño debía ser enviado lejos, por su propia protección. ¿Acaso sería ella un impedimento? No estaba seguro.

Sin embargo, sí estaba seguro del peligro. Sería solo cuestión de tiempo antes de que Jacob Marber viniera a buscar al bebé, antes de que llegara el *drughr*. Lo sabía con certeza. El glífico lo había insinuado algunos días atrás. No se trataba del bienestar del niño, por supuesto, sino de todo lo que el niño representaba —la posibilidad de poder, de redención— lo que atraía tanto al *drughr* como al propio Henry, así como el lucio del lago se siente atraído por el olor de la sangre en el agua. Era un viejo e interminable juego de estrategia entre él y el *drughr*. El niño aún podría resultar decisivo.

Sujetaba la linterna en alto. Subió por los escalones en el otro extremo del túnel, de dos en dos, con sus largas piernas, y se detuvo en el aire de la noche. Las piedras desmoronadas y los muros rotos del antiguo monasterio se elevaban a su alrededor en la oscuridad. Miró hacia atrás, al otro lado del lago, a Cairndale, iluminado contra el cielo como un barco anclado. Algo no estaba bien.

Frunció el ceño, apartó la preocupación de su mente. Uno podía prepararse y luego esperar, pero la preocupación no servía de nada.

Agachó la cabeza y, con la linterna en alto, atravesó el monasterio en ruinas y bajó hasta la cisterna que había debajo. Incluso antes de salir de las escaleras curvas de piedra pudo sentir que algo andaba mal. La cámara, por lo general iluminada con un tenue color azul, el brillo reflejado del *orsine*, estaba intensamente brillante. El *orsine* resplandecía con todas sus fuerzas.

Se llevó una mano a los ojos y los entrecerró, inseguro. Nunca había sido tan brillante.

Durante un momento imposiblemente largo se quedó de pie, pensando. Si el *orsine* estaba encendido, significaba que se había abierto. Si se había abierto, significaba que los poderes del glífico…

Entonces, con un miedo creciente, comprendió. Giró rápidamente sobre sus talones y se echó a correr. Corrió hacia el túnel y subió los escalones de tres en tres, corrió por debajo del lago dando largas zancadas, como si sus piernas fuesen tijeras; la linterna se balanceaba peligrosamente en su puño; cuando regresó a su estudio se precipitó a través de la antecámara y pasó junto al asombrado señor Bailey. No se detuvo, no disminuyó la velocidad, aunque su sombrero voló de su cabeza y varios viejos Talentos y algunos de los niños pequeños se detuvieron en los pasillos para verlo pasar, desconcertados, alarmados. No se detuvo ni disminuyó la velocidad sino hasta que llegó a la habitación de la señorita Crowley, hasta que llegó a donde estaba el bebé.

El ala este estaba tranquila, silenciosa. Trató de calmar su respiración, se ajustó el chaleco, se peinó el cabello con los dedos y tocó la puerta con fuerza.

Escuchó la voz irritada de la señorita Crowley incluso antes de que ella abriera.

—Señor Laster, en verdad debo pedirle que… —Entonces se quedó callada, contemplando a Berghast con sorpresa —. Oh, disculpe, señor, creí que era...

—Laster, sí. —Pasó de largo junto a ella. Una parte de su cerebro reaccionó ante eso, preguntándose por qué el portero estaría molestando a la niñera, pero luego lo dejó pasar—. ¿Dónde está el niño, señorita Crowley? —dijo en voz baja—. ¿No ha habido ningún... disturbio?

—¿Disturbio, señor?

—¿Ha estado usted aquí todo el tiempo?

—Sí, señor.

Miró a su alrededor. La habitación parecía tranquila, cálida, tal como la había dejado. Dirigió su rostro lentamente hacia la cortina, y hacia la cuna que estaba detrás de esta, tratando de que su corazón se calmara. ¿Se había equivocado?

—El bebé está durmiendo, señor. No ha hecho ni un ruido. —La señorita Crowley se llevó la mano al cuello y arrugó la nariz—, pero ¿qué ocurre, doctor Berghast? ¿Hay algún problema?

Él no respondió. Un temor estaba creciendo dentro de él. Fue hasta la cortina, la descorrió lentamente y se quedó mirando la cuna.

Estaba vacía.

Jacob lo sostenía envuelto cerca de su pecho mientras corría por los pasillos. Podía sentir su peso suave y cálido. Su pequeñez. Casi temía que pudiera asfixiarlo, por lo que disminuía la velocidad de vez en cuando, agachaba la cara para mirarlo en su manta, luego miraba hacia arriba, a su alrededor, y seguía corriendo.

Había dejado a Walter. Solo había tomado al bebé, se había dado la vuelta y había salido de la habitación de la niñera con el polvo cubriendo su presencia como antes; apenas se había atrevido a mirar al niño, para maravillarse con su dulzura y por el hecho de poder abrazarlo de nuevo, pero una vez que salió al pasillo abandonó todos los engaños y simplemente corrió.

Era tarde. Necesitaba volver a los sótanos, al túnel. Claro que temía ser visto; pero más aún, temía que el poder del *drughr* fallara, y que las protecciones del glífico volvieran a fortalecerse y él quedara atrapado dentro de las paredes de Cairndale.

Redujo la velocidad al llegar al corredor de los sirvientes. Se oían voces más adelante, en las cocinas, y él se detuvo en la puerta, acechando entre las sombras y escuchando. Pensó que debían ser los cocineros o el personal de servicio, pero se equivocaba, eran dos hombres hablando de niños desaparecidos y de un túnel en los sótanos. Escuchó una tercera voz gritar algo desde abajo, luego se retiró. Habían encontrado el túnel.

Alarmado, se fundió de nuevo con la oscuridad.

El corredor era largo, con baldosas en el suelo y paredes descarapeladas con pintura gris antigua. Había antorchas vacías a lo largo de las paredes. Varias puertas, todas cerradas; luego, unas escaleras al fondo. Estaba tratando de pensar cómo podría salir. Cubrió al bebé con su abrigo para amortiguar cualquier llanto que pudiera emitir y, entonces, se giró al oír un sonido. Pasos. Alguien venía.

Tragó saliva y liberó las manos para manipular el polvo. Confiaba en que podría estrangular a cualquiera que se acercara, a menos que demostraran tener un talento de cierta fuerza.

Pero entonces alguien susurró su nombre.

—¡Jacob, por aquí! ¡Ven!

Era Walter, asomándose por una puerta entreabierta al final del camino. Jacob no dudó. En un santiamén cruzó el corredor, entró y cerró la puerta. Estaban en una especie de armario de escobas estrecho. La única luz se colaba por una rendija de la puerta. Jacob podía oler el hedor agrio a enfermedad que emanaba de la ropa de Walter. El hombrecillo lo miró y se llevó un dedo a los labios.

Alguien pasó corriendo sin detenerse.

Entonces Jacob sintió que tiraban de su manga. Era Walter, quien lo guio para adentrarse más en el armario. En la pared del fondo, el pequeño hombre presionó un panel oculto y apareció una puerta.

Jacob lo siguió. Estaba muy asombrado. Había seducido a Walter porque el hombre era débil, vulnerable, un blanco fácil. Nunca se hubiera imaginado que pudiera resultar genuinamente ingenioso.

El pasaje oculto de Walter conducía a una pequeña sala de estar, cuyos muebles estaban cubiertos con sábanas blancas. Jacob vislumbró a los tres, a él mismo, a Walter, y al bebé, en un espejo alto empañado que estaba cerca de una ventana. Tres apariciones. Luego se escabulleron silenciosamente hacia el gran vestíbulo de la mansión Cairndale.

El lugar estaba vacío y oscuro. El gran fuego de la chimenea se había reducido a brasas. Jacob se movió con rapidez hacia las puertas delanteras, pero no había llegado ni a la mitad cuando Walter se detuvo, alarmado.

Había una figura de pie frente a las puertas. Una mujer, delgada, de aspecto severo, con un pañuelo atado sobre los ojos. Jacob se dio cuenta de que estaba ciega.

—¿A dónde creen que van ustedes? —dijo.

Walter estaba mirando a Jacob con miedo y confusión en su rostro. Agitó las manos de forma furtiva para comunicarle algo, pero Jacob sintió que una aguda impaciencia brotaba en su interior y dio un paso adelante.

—Nos confunde con alguien más —dijo fríamente.

Entonces el bebé empezó a llorar.

Jacob vio que el rostro de la mujer se volvía hacia él en la oscuridad. Ella pareció registrar sus palabras.

—Creo —dijo ella lentamente— que así es.

Eso fue todo. Sin embargo, fue como si hubiera dicho: «Sé por qué estás aquí, Jacob Marber. Sé lo que eres». De alguna manera, tal vez por su expresión, o por el silencio que siguió, interrumpido solo por el leve llanto del niño, Jacob tuvo la clara sensación de que ella sabía exactamente lo que estaba sucediendo. Ciega o no, ella lo *sabía*.

Fue entonces cuando sintió un cambio en la penumbra que los rodeaba, miró hacia abajo, sorprendido, y vio que el bebé, el niño, parpadeaba con un débil brillo azul.

—Señorita Davenshaw… —comenzó a decir Walter.

—¿Señor Laster? —dijo ella sorprendida—. ¿Usted?

Jacob actuó rápido. Sacó el polvo y el humo de dentro de su carne, lo aplastó con fuerza en el puño y luego lo lanzó en un arco largo y lento hacia la mujer ciega, como un látigo; la golpeó brutalmente en la parte posterior de la cabeza y la empujó hacia adelante. La mujer cayó al suelo y su cuerpo golpeó la base de las escaleras, se deslizó de costado hacia Jacob y Walter, y se detuvo.

Entonces, Jacob Marber, oscurecido por la furia, ardiendo, pasó por encima de la figura derribada, abrió las grandes puertas de una patada y salió a la noche, con el bebé brillando cada vez más en sus brazos.

Henry Berghast miraba furioso la cuna vacía. Justo en ese momento, una voz aguda interrumpió sus pensamientos.

—¡Doctor Berghast! Lo he estado buscando, señor.

Se dio la vuelta. La señora Harrogate estaba de pie en la puerta abierta, asomada con una expresión extraña. Dirigió su mirada a la señorita Crowley, luego a Berghast y luego de vuelta a ella.

—Encontraron algo en los sótanos —siguió diciendo secamente—. Un túnel. La señorita Davenshaw teme que algunos de los niños hayan podido salir. —Su voz se apagó—. Qué... ¿Qué pasa aquí?

Henry sintió que la sangre le recorría el cráneo. Puso una mano en la pared, como si quisiera mantenerse erguido. La señorita Crowley agitaba sus manos torpes.

—Nadie ha salido, señora Harrogate —murmuró él—. Más bien, alguien ha entrado.

—¿Disculpe?

Henry se acercó rápidamente a la ventana, descorrió las cortinas y abrió la ventana de par en par. La noche era fría, vasta y profunda.

—Jacob. El señor Laster lo está ayudando. Se llevaron al bebé, señora Harrogate. Se han robado al niño.

La señorita Crowley soltó un pequeño gemido y se hundió en el sofá.

—Por Dios... —dijo la señora Harrogate. Se escuchaba enojada.

Pero Henry ya estaba pensando.

—Sigue aquí. Aún hay tiempo. Usted ha descubierto su vía de escape, por lo que tendrá que irse por otro camino. ¿Al otro lado de los campos, tal vez? No. No. Bajará por el lago y usará los acantilados para cubrirse. De alguna manera, las protecciones del glífico se han reducido. —Mientras hablaba, se movía de ventana en ventana. Luego abandonó la habitación por completo y se apresuró a lo largo del pasillo, deteniéndose en cada ventana para ver mejor. Entonces lo vio, vio lo que estaba buscando.

Al otro lado de los campos, en la pendiente que bajaba hacia el lago, tal como había supuesto, vio un leve destello azul en la oscuridad. El bebé. El niño brillante.

—Ahí estás —susurró.

El tren traqueteaba y repiqueteaba al avanzar.

El bebé, brillando entre la paja, empezó a llorar.

En ese momento, afuera, al otro lado de los campos por los que pasaban, una chica de cabello castaño salió de entre los árboles. Se abrió paso por el terraplén bajo la lluvia y se lanzó hacia la puerta del vagón de carga, arrastrándose y jadeando. Detrás de ella salieron unos perros de entre los árboles.

Y un hombre con un sombrero de copa detuvo su caballo en la oscuridad, levantó un rifle a la altura del hombro y apuntó.

COMO EL HUMO

1882

32

EL HOMBRE EN LAS ESCALERAS MUERTAS

Charlie Ovid descendió sujetando el cuchillo.

Un agua que no era agua lo rodeaba y su camisa estaba suspendida en ella. Contuvo la respiración hasta que sus pulmones casi estallaron y no pudo contenerla más. Luego estaba jadeando y respirando de alguna manera; una luz azul fantasmal jugueteaba sobre su piel y sobre las paredes. Pudo distinguir unas escaleras, una barandilla tallada en madera, y papel tapiz. Las escaleras giraban y giraban mientras descendía.

No veía a Marlowe por ninguna parte.

Pero Charlie podía oír un sonido, como agua en una tubería, por todas partes. Cuando tenía trece años y vivía a la orilla del río Sutchee en Misisipi, bajaba los sábados por la noche, después de una semana en los campos cálidos, y se acostaba en el agua tranquila; hundía tanto la cabeza que sus oídos quedaban bajo el agua. Pasar por el *orsine* fue así, justo así, como si de repente sus oídos se llenaran con el sonido de la presión en su propio cráneo, y fuera su propia sangre lo que estaba escuchando, terriblemente fuerte, pero amortiguada también, de alguna manera. Excepto que no estaba solo en sus oídos ahora, sino a su alrededor, en todo su cuerpo.

Un silencio vibrando dentro de él. Un silencio tan terrible que le dejó un zumbido agudo y fino en los oídos.

Había agua, no la había. Como si el agua se hubiera disuelto en el aire, en las sombras. Las escaleras conducían a un gran vestíbulo, tenuemente iluminado. Había una puerta con ventanas laterales revestidas de madera pulida, un banco pulido, una mesita con una flor marchita en un jarrón. Las paredes estaban cubiertas de un extraño limo verde, una especie de moho tal vez, y la alfombra bajo sus pies rezumaba agua a cada paso. La luz era extraña, como si estuviera compuesta de partículas granulosas y grises. Levantó la cabeza, despacio, muy despacio, como si estuviera bajo el agua, y vio que Marlowe lo observaba desde la puerta. El chico le dijo algo, pero sus palabras parecían amortiguadas y confusas, y Charlie no pudo entender.

—Mar-lowe —trató de decir, pero se escuchaba como si estuviera muy lejos.

Había algo familiar en ese vestíbulo. Marlowe se volvió, como en un sueño, abrió la puerta y salió. Atravesó una cochera, se deslizó más allá de una puerta de hierro oxidada que colgaba de una sola bisagra, y salió a la calle. Los adoquines estaban cubiertos de exuberante maleza verde. Había charcos oscuros en el balasto y agua goteando de los aleros. Charlie salió y giró en su lugar, asombrado.

Era una ciudad, pero parecía abandonada, entregada a la naturaleza, de modo que en la calle pantanosa crecían arbustos y árboles. A su alrededor había una espesa niebla, y los edificios se perdían en ella. Había cabriolés viejos y abandonados en el lodo, algunos cubiertos de musgo. En un charco cerca de su zapato, Charlie vio monedas esparcidas, y una bota de cuero podrida.

—Charlie —dijo Marlowe suavemente.

Se volvió, sorprendido. Marlowe respiraba con dificultad, como si hubiera estado corriendo. Su voz sonaba normal, solo un poco apagada. Charlie puso una mano en el hombro del niño, extrañamente conmovido. Parecía que había pasado toda una vida desde que había escuchado la voz de alguien.

—¿Qué es este lugar? —murmuró.

Pero incluso antes de que Marlowe pudiera responder, Charlie miró hacia la sombría fachada del edificio del que habían salido y lo supo. Lo supo con un escalofrío: era la calle oeste Nickel, en Londres. Estaban parados frente al edificio donde vivía la señora Harrogate, el mismo del cual él había huido esa noche cuando el *liche* lo persiguió.

—Es Londres, Charlie —susurró Marlowe—. Estamos en Londres.

Y era cierto, ahí estaban, pero al mismo tiempo, no. Charlie estaba seguro de ello. A su alrededor había maleza larga y verde, agua goteando, charcos negros tóxicos no más profundos que sus tobillos. Un muro de niebla blanca flotaba a su alrededor. Recordó lo que Berghast había dicho sobre la niebla y los espíritus de los muertos, y condujo a Marlowe de vuelta al interior de la reja. La quietud, la ausencia de personas, caballos y ratas, todo lo hacía sentir espeluznante e incorrecto. Charlie tragó saliva. Miró los ladrillos marrones arenosos, el moho verde del marco de una ventana de terciopelo en lo alto, el amarillo y el negro resbaladizo de las vigas de madera podrida. La ciudad no tenía olor: eso era lo más extraño de todo. Solo un leve sabor carbonizado, que se asentó en sus fosas nasales como mugre.

La niebla pasó y se alejó. Él sacó el mapa de la bolsa y lo giró, tratando de encontrar un punto de referencia.

—Creo… creo que es por aquí, Mar —dijo él.

Cuando levantó la vista se percató de unas formas que se movían en la niebla: columnas de aire estrechas y brillantes. No, no se movían *en* la niebla. *Eran* la niebla.

Marlowe dio un paso suave hacia la calle mientras observaba. Él también podía verlos.

—Son espíritus, Charlie —murmuró—. Mira. Son bonitos.

Y lo eran: lazos de aliento que se retorcían y cambiaban de forma, y siempre en movimiento; sus rostros borrosos se movían y estremecían: primero era el rostro de una niña, luego ese rostro se desdibujaba y se convertía en el de una anciana, luego cambiaba otra vez. Y de alguna forma, Charlie entendió. Los espíritus, había dicho el doctor Berghast, eran recuerdos, recuerdos y olvidos; aquellos eran los rostros de una vida vivida, recuerdos de hechos reales, pero al mismo tiempo, recuerdos que nunca se quedan, que nunca se detienen, sin ningún presente al que aferrarse. Había cientos de ellos, tal vez miles, todos flotando muy quietos en la calle. La ciudad de los muertos, la había llamado Berghast.

Estaban frente al edificio, frente la entrada del *orsine*, una gran muchedumbre de muertos. Era como si pudieran sentir el mundo de los vivos más allá, como si se sintieran atraídos por él. Charlie se estremeció.

—¿Pueden vernos? —preguntó Marlowe—. ¿Crees que sepan que estamos aquí?

—No lo sé. Será mejor que tengamos cuidado.

—Son tantos, Charlie.

—Sí. —De pronto se sintió abrumado por la tristeza de todo aquello, y tuvo que apartar la mirada—. Oye, Mar, ¿cómo te sientes?

El pequeño frunció el ceño.

—Siento… como si hubiera estado aquí antes. Como si conociera este lugar.

—¿No te tiemblan las manos?

—Estoy bien, Charlie.

—De cualquier modo, tenemos que apurarnos. —Charlie miró calle arriba, a los espectros que pasaban arremolinándose. Eran tan hermosos, pero algo no se sentía bien; no le gustaba lo fácil que era perderse en ellos—. Vamos —dijo, y empezó a avanzar en la dirección opuesta, escabulléndose con cuidado alrededor de los muertos.

Pero a lo largo y ancho de la calle cubierta de maleza había espíritus a la deriva, un muro de niebla que se elevaba como el calor y brillaba sobre los adoquines, y no era fácil encontrar la manera de rodearlos.

Cuando llegaron al final de la calle, Charlie volteó y miró hacia atrás. La niebla de los muertos estaba densamente concentrada alrededor del *orsine*, como si estuvieran esperando.

Se apresuraron. Bordearon los charcos oscuros lo mejor que pudieron. En las aguas poco profundas había varios objetos extraños, como recuerdos: un viejo ferrotipo que se desvanecía, un zapato de niño. Charlie tenía miedo de perderse, pero no sabía qué más hacer. La ciudad era como el Londres en el que habían estado, y distinta a la vez, con varios callejones y patios que estaba seguro de que no existían en la verdadera calle Nickel. Algunos edificios brillaban y parecían nuevos, otros se estaban desmoronando y otros habían desaparecido por completo, y en su lugar había otros edificios de madera antigua. Era como si la ciudad misma también fuera un sueño de su propio pasado.

Charlie condujo a Marlowe hasta el gran río. La orilla opuesta se perdía en la niebla. Donde debería haber estado el puente Blackfriars solo había un terraplén y una escalera de madera resbaladiza y torcida que conducía a un embarcadero. El agua se veía extraña, negra, espesa como tinta. Charlie se giró en el lugar, confundido, y miró a lo largo del río. No había ni un puente.

En cambio vio, arrastrándose por la superficie, pequeñas embarcaciones que se movían lentamente, impulsadas por figuras solitarias encapuchadas en sus popas. Si había pasajeros a bordo, eran espíritus, invisibles a esa distancia, pero los barqueros eran sólidos, con capuchas negras, de aspecto frío y cruel. Charlie tomó a Marlowe del hombro y lo apartó rápidamente del borde del río. Recordó la advertencia de Berghast: «Hay cosas peores en ese mundo que Jacob Marber».

Consultó el mapa para orientarse y miró más allá de la catedral, con su oscura cúpula cubierta de musgo, luego condujo a Marlowe con paso vacilante hacia el este por una calle cubierta de berros. Salpicaban suavemente con sus pasos a medida que avanzaban. Las lámparas de gas en las esquinas de las calles estaban encendidas y brillaban con un halo de luz débil, y Charlie sintió de nuevo la extraña sensación casi familiar.

Doblaron por un callejón cubierto, pasaron rozando las plantas colgantes y cruzaron un patio lleno de agua; el agua fría les llegaba más allá de las rodillas. Luego siguieron por un camino empedrado que se elevaba fuera del agua; se detuvieron, exprimieron su ropa y trataron de secarse.

Mientras tanto, la niebla de los muertos flotaba más allá de la entrada del callejón.

—¿Cuánto tiempo llevamos caminando? —preguntó Marlowe en un susurro.

Pero Charlie no lo sabía. La luz nunca cambió. Parecía que no había ni día ni noche en ese mundo. Raspó el suave musgo de un escalón con su zapato y luego se sentó y se pasó una mano por la cara. Estaba cansado. En el callejón donde se habían detenido había una rueda de hierro oxidada y apoyada contra una pared, y una ventana rota con fragmentos filosos como dientes. Era la tienda de un tonelero; un letrero colgaba sobre la puerta, borroso por el hierbajo y la mugre. Mientras se sentaba sacó el anillo que había pertenecido a su madre, lo sostuvo en la palma de su mano y lo miró fijamente.

Fue entonces cuando el mal presentimiento se apoderó de él.

No entendía. Era una sensación de miedo puro, de pánico. Su corazón estaba acelerado. Agarró el anillo en su puño y miró a Marlowe, y vio el mismo terror reflejado en las facciones del niño; luego miró hacia la niebla y escuchó. Se puso de pie y Marlowe hizo lo mismo, y, rápidamente, pero en silencio, intentó abrir la puerta de la tonelería. Se abrió fácilmente. Marlowe y él entraron chapoteando suavemente, cerraron la puerta y contuvieron la respiración. No se alcanzaba a ver nada en medio de la oscuridad.

¿Qué era esa sensación? Charlie podía sentir su sangre moviéndose ruidosamente en su cráneo. Con una mano sujetaba la manija de la puerta para mantenerla cerrada y su mirada estaba fija en la ventana rota a su derecha. Marlowe estaba en el agua estancada, agarrándose los codos y temblando.

Fue entonces cuando lo oyeron: un sonido en el callejón, como si alguien arrastrara una barra de metal y se estuviera acercando. Algo grande y oscuro pasó junto a la ventana. Hubo un sonido bajo, como un resoplido, como si una bestia de algún tipo estuviera hurgando donde habían estado solo unos momentos atrás. Luego, un ruido metálico y un chapoteo. El sonido se desvaneció gradualmente hasta que solo hubo silencio y el lento goteo del agua en algún lugar en la oscuridad.

Marlowe respiraba con agitación. Se quedaron así mucho tiempo, simplemente esperando, en caso de que llegara algo más, pero no escucharon nada. Al cabo de un rato volvieron a salir al callejón.

—¿Qué fue eso, Charlie? —susurró Marlowe.

—No lo sé.

—Deberías escribirlo en el cuaderno, como dijo el doctor Berghast. ¿Crees que nos haya escuchado?

«Probablemente», pensó, pero solo volteó a ver a Marlowe y dijo:

—No nos escuchó.

—No quiero estar aquí cuando regrese.

Charlie estuvo de acuerdo.

—Déjame ver tus manos.

El niño se subió las mangas y giró las muñecas. Charlie las revisó. Todavía no había signos de temblor ni de decoloración. Sabía que Berghast había dicho que Marlowe era inmune, pero no estaba dispuesto a confiar el bienestar del niño al mismo hombre que los había enviado ahí. Hizo una mueca, sacó el mapa, lo revisó y miró alrededor. La niebla se veía más cercana; parecía como si las extrañas figuras retorcidas que se deslizaban en ella estuvieran buscándolos. Había que ponerse en marcha.

Había un letrero clavado en la pared en la entrada del callejón: CALLE FANNIN. Metió la mano en la bolsa para sacar el mapa. No veía ninguna calle llamada así.

—Supongo que es por aquí —dijo mientras lo volvía a guardar—. Tiene que ser. Vamos.

Los edificios oscuros de la ciudad se cernían sobre ellos. No vieron señales de la criatura del callejón. Solo había muertos sin rostro, y el agua y el frío.

La luz nunca cambiaba. Cuando se cansaron, se durmieron, en el segundo piso podrido de una vivienda, en algún lugar al norte del río. Estaban fríos y húmedos y sus pies estaban completamente empapados. Se quitaron los zapatos y secaron su suave piel lo mejor que pudieron. Era una habitación con un armazón de cama viejo y sin colchón, pero las paredes estaban casi libres de hongos y el cristal de la ventana intacto. No tenían forma de encender fuego en la chimenea ni nada que comer, así que solo se acostaron temblando en la penumbra. Pasó el tiempo.

—Será mejor que lo guardes, Charlie —dijo Marlowe somnoliento—. Vas a perderlo.

Charlie abrió los ojos. Estaba girando el anillo de su madre entre sus dedos de nuevo, siguiendo el contorno de los martillos gemelos grabados en él. Parpadeó. No se había dado cuenta de que lo hacía.

Volteó a ver a Marlowe, quien lo observaba con su carita inocente.

—No te había contado —dijo lentamente. Apartó la mirada. Quería dejar de hablar, pero de pronto fue como si no pudiera detenerse—. Lo encontré, Mar. Encontré a mi padre. Había un archivo en el estudio de Berghast. Su nombre era Hywel. Estuvo en Cairndale de joven, igual que nosotros. Era un fuerte, igual que el señor Coulton. Ribs dice que hay un grupo de exiliados que vive en Londres, Talentos que han perdido sus poderes. Dice que es muy triste. Eso fue lo que le pasó a mi padre. Fue a parar allá, solo.

—No estaba solo —dijo Marlowe en voz baja, pero con convicción.

Temblando, Charlie se dio la vuelta.

—Sí, sí estaba solo; pero está bien, eso fue hace mucho tiempo.

—No estaba solo, Charlie. Te tenía a ti.

Charlie tragó un nudo en su garganta. Se sentía infeliz y cansado.

—No sé de dónde sacó este tonto anillo —añadió—. Se lo dio a mi mamá cuando se casaron. Era muy valioso para ella. Obviamente, provino de Cairndale. No sé, tal vez te los dan cuando pierdes tu talento.

—No creo que hagan nada amable por ti si pierdes tu talento —dijo Marlowe en voz baja.

—Tal vez lo ganó en un juego de cartas. O lo robó.

Marlowe asintió, le pesaban los párpados.

—Nunca lo sabré, ¿verdad? Es decir, nunca sabré la verdad. —El anillo se sentía frío en su puño, mucho más pesado. Entonces hizo algo extraño: lo liberó del cordón de cuero y lo deslizó en su dedo. Brillaba como una tira de luz plateada en la penumbra. No recordaba que le quedara tan bien antes.

—La cosa es —murmuró— que pierdes tanto tiempo soñando de dónde vienes, porque sabes que nadie viene de la nada. Te dices a ti mismo: «si tan solo lo supiera, tal vez podría entender la razón por la que llegué a ser como soy». Por qué tu vida es como es, pero no hay ninguna razón, no realmente. —Se pasó el anillo por el nudillo, sintiendo las figuras en relieve.

—Mi padre murió hace mucho tiempo —dijo sin lástima—. Nunca pude conocerlo. Ni siquiera sé qué aspecto tenía. Murió, luego murió mi mamá, y me quedé solo a pesar de que era solo un niño pequeño. Así es como es. No hay forma de cambiarlo, y no significa nada.

—Pero me tienes a mí —dijo Marlowe somnoliento.

Posiblemente fue el frío lo que lo despertó.

Todavía llevaba puesto el anillo. Se sentó. Marlowe estaba de pie a medio metro de distancia, mirando la pared del fondo. La espesa niebla había entrado en la habitación. Charlie se puso de pie.

—¡Mar! —dijo entre dientes, sintiéndose alerta de pronto. Retrocedió y chocó con la pared húmeda, mirando de un lado a otro.

Pero el niño no se movió.

—¿Tú también la ves, Charlie? —susurró.

No estaba seguro de lo que veía. Estaba tratando de distinguir las formas en la penumbra, congelado, mirando fijamente, reuniendo su miedo alrededor como una manta.

Marlowe no parecía asustado en absoluto, sino lleno de tristeza.

—Es Brynt, Charlie —murmuró. Había un tono de asombro en su voz—. Mira, es ella.

Entonces recordó a la enorme mujer del tren, con los brazos y la garganta entintados y el cabello plateado recogido en una trenza como un *berserker* de leyenda, la misma que había luchado contra el *liche* hasta que logró ponerlo de rodillas, para luego agarrarlo rápidamente y arrojarse del techo del tren en marcha para salvarlos a todos. También recordó las palabras de Marlowe aquella primera noche en la casa de la señora Harrogate, en Londres: «Brynt es mi familia». Miró al niño con pena en su corazón.

—¿Ha dicho algo? —susurró él—. ¿Te dijo qué quiere?

Porque estaba pensando de nuevo en las advertencias del doctor Berghast, que los muertos no eran como lo habían sido en vida, como si el hombre hubiese sabido lo que encontrarían.

Marlowe se veía temeroso de hablar.

—Creo… creo que solo quiere verme.

Ahora Charlie también podía verla, entre la niebla oscura que se movía y retorcía como antes: una figura enorme, sus brazos tatuados con símbolos misteriosos, su rostro triste, sus ojos como estrellas gemelas que brillaban intensamente en esa niebla. Ya no era humana, eso estaba claro. Sus rasgos cambiaban constantemente, como si el agua se moviera rápidamente sobre ella, y Charlie se percató de que se sentía mareado al mirarla. Ella parecía estar mirando a Marlowe, mirándolo con una intensidad fija. No había amor ni dulzura en esa mirada. Charlie sintió un dolor en la garganta que iba en aumento; fuera lo que fuese ella ahora, esa no era la Brynt que el chico había amado.

Tenía más frío ahora, mucho más frío, y vio cómo su aliento salía en forma de humo en la habitación en ruinas. Extendió la mano hacia Marlowe, pero el esfuerzo le resultó extrañamente difícil. Miró a su alrededor. La niebla los había rodeado y se estaba volviendo más densa; vio rostros que parpadeaban en la niebla, ojos sin luz, bocas que parecían abiertas en un grito silencioso. Podía escuchar un silbido bajo, como el susurro de cientos de voces, indistinto pero lleno de deseo. Intentó gritar, pero no pudo… La habitación se estaba oscureciendo… Tenía frío, mucho frío…

—¡Charlie! —gritaba Marlowe, desde un lugar que parecía que estaba muy lejos—. ¡Charlie! ¡Charlie!

Luego surgió una luz azul a través de la niebla, quemándola; los bucles de niebla se disipaban y retrocedían ante ella, y vio a Marlowe con las palmas de las manos extendidas, brillando y tratando de ponerlo de pie, y los dos avanzaron tropezando hacia la puerta, bajaron las escaleras, salieron a la calle y se echaron a correr.

No recordaba mucho de lo que sucedió después. Hubo destellos de imágenes: un patio en ruinas, un callejón bajo arcos de ladrillo, una calle sumergida. Seguía viendo los rostros de los muertos, sus ojos, el anhelo que estos reflejaban.

Volvió en sí poco tiempo después, en el pórtico de un edificio de viviendas en una calle torcida. Podía oír a Marlowe caminando en la habitación húmeda detrás de él, como si buscara algo. La luz extraña de ese otro mundo no se había movido, no había cambiado en absoluto. Se incorporó, sentía un hambre intensa. Le dolía la cabeza. Observó la niebla de los muertos que se deslizaba por la calle y se preguntó qué pasaría si se metía en ella, si se dejaba llevar. ¿Acaso su cuerpo se quedaría en ese mundo para siempre? ¿Se transformaría en una figura translúcida? ¿En un recuerdo que se desvanecía poco a poco? Entonces se preguntó si la existencia de ese mundo significaba que Dios y todo lo que le habían dicho sobre el cielo y el verdadero orden del mundo era incorrecto o simplemente estaba oculto por un velo más grande. Resopló y se frotó los pantalones con las manos para asegurarse de que seguía vivo. Fue entonces cuando vio su mano derecha.

Estaba temblando. Recordó la advertencia de Berghast, se llevó la mano a la axila y frunció el ceño con preocupación. Sabía lo que significaba: Marlowe tendría que continuar solo.

Al cabo de un rato escuchó a Marlowe detrás de él. Tenía lágrimas secas en sus mejillas y sus profundos ojos azules se veían rojos.

—¡Charlie! ¿Estás bien?

—Sí. ¿Tú?

El niño frunció el ceño con valentía.

—Brynt se ha ido.

—Sí.

—Pero me reconoció, Charlie. Sabía quién era. Me di cuenta.

Charlie miró al niño y cambió su peso de una pierna a otra. No le gustaba ver la esperanza en su rostro. Deslizó su mano temblorosa en su bolsillo y se puso de pie.

—Sí —dijo—. Bueno, hay que encontrar esa habitación.

Empezó a caminar, cansado y con los pies adoloridos, pero Marlowe no lo siguió. El niño se mordía el labio con una expresión angustiada, y había algo diferente en él, algo había cambiado. Charlie miró una vez en la dirección en que la que había empezado a caminar, luego se dio la vuelta y regresó con dificultad hacia el niño.

—¿Mar?

Marlowe miró indeciso detrás de él.

—Es por aquí, Charlie. Tenemos que ir por aquí. Puedo… puedo sentirlo.

Charlie volteó en esa dirección y, por un momento, creyó vislumbrar en la niebla el enorme espíritu translúcido de Brynt, en donde brillaban sus ojos, pero luego, fuera lo que fuera, desapareció, y todo lo que quedó fue esa gran cortina de humo que se movía.

—¿Estás seguro? —dijo él.

El niño sacudió la cabeza.

—No.

Pero siguió a Marlowe de todos modos, a lo largo de la calle sinuosa y por un callejón que goteaba, haciendo su mayor esfuerzo por avanzar por los charcos poco profundos, bajo la maleza chorreante y el musgo que colgaba de los dinteles y los arcos. Ya no estaba seguro de dónde estaban.

Era una ciudad muerta, un Londres de quietud y pérdida; las calles eran laberínticas y estaban llenas de los residuos de vidas pasadas. Marlowe lo condujo por unos escalones torcidos y resbaladizos debido a un musgo tan negro que casi tenía un tono azul bajo la extraña luz, luego se detuvo bajo una especie de acueducto y señaló. Ahí estaba.

Un árbol blanco, sin hojas, que crecía desde el fango en medio de una fuente. En los puntos donde su corteza se había desprendido en tiras delgadas como papel, la nueva corteza que había debajo era de un rojo sangre brillante. A la sombra del árbol se alzaba una bomba manual anticuada, hecha de madera, y al otro lado de la plaza, una casa siniestra, alta, estrecha y almenada con balcones torcidos que se asomaban al aire vacío. No tenía puerta, solo una abertura rota en una pared.

—Claro —dijo Charlie entre dientes, mientras se pasaba una mano por el cabello, disgustado—. ¿Tenemos que entrar ahí? Claro.

Marlowe lo miraba de manera extraña.

—Tu mano, Charlie —dijo—. Está temblando. Mira.

Pero Charlie simplemente la metió de vuelta en su bolsillo.

—No te preocupes, Mar. Estoy bien.

—¿Te duele?

Charlie no respondió. Había espíritus reuniéndose y densificándose a la izquierda de la plaza. Comprobó para asegurarse de que el camino por delante fuera seguro y se apresuró a cruzar, con Marlowe medio corriendo a su lado. En el pórtico de la vieja casa, el niño lo alcanzó y tiró de su manga.

—Sé lo que quieres decir —le dijo Charlie—. Y tienes razón, pero solo tenemos que conseguir este guante que Berghast quiere. Estamos tan cerca, Mar. De otro modo, tendríamos que volver y hacer todo esto otra vez.

Charlie observó a Marlowe pensarlo bien, luego el niño le dirigió una rápida mirada de reproche. Entonces entraron, con cuidado de no rozar el resbaladizo dintel de piedra.

La casa habría estado a oscuras de no ser por las ventanas rotas por donde se filtraba esa misma luz gris espeluznante. Se detuvieron para dejar que sus ojos se acostumbraran, y fue entonces cuando Charlie vio que no estaban solos. En la base de las escaleras había una vaga columna de aire. Un espíritu. Puso una mano sobre el hombro de Marlowe para advertírselo. El espíritu parpadeó y adoptó la figura translúcida de una mujer, luego se retorció de nuevo y se desvaneció en el aire. Luego se transformó en una mujer otra vez, una mujer con vestido y polisón, de espaldas a ellos. No emitió ningún sonido, pero su agitación era clara. Lentamente se deslizó por la habitación, como si estuviera bajo el agua, y a Charlie le pareció que todo se detenía, como si estuviera parado en una calle fría mirando por una ventana. Entonces el espíritu giró su rostro y Charlie pudo verla con claridad.

Era su madre.

O, más bien, su madre como debió haber sido, alguna vez, en esos años antes de que comenzaran sus pérdidas y sus penurias. Su rostro cambiaba de una edad a otra fugazmente. Charlie buscó la pared a tientas, y sintió el frío que se filtraba del papel tapiz bajo su mano. Estaba temblando. Conocía cada línea de ese rostro, conocía cada expresión. La piel como berenjena oscura y el pelo recogido en un chongo apretado. Sus pómulos altos. Sus tristes ojos castaños.

Parecía estar hablando con alguien en las escaleras, una segunda figura, aunque ella no emitía sonido alguno, luego una segunda columna de aire se retorció y tomó forma, y apareció un hombre pálido, de pelo negro, esbelto como una sombra y con una levita antigua. Él descendió, tomó las manos de la mujer y le habló con urgencia, aunque Charlie no podía oír nada. Y comprendió, de inmediato, que allí estaba su padre.

El rostro del hombre no dejaba de temblar, desvanecerse y materializarse mientras hablaba. Charlie lo veía fijamente, los labios delgados, los dientes pequeños, las arrugas en las comisuras de los ojos por sonreír mucho. Tenía un rostro suave y mejillas caídas, lo cual resultaba extraño en un cuerpo tan delgado, como si debiera ser más corpulento. Su cabello era largo y sus orejas rosadas resaltaban como dos conchas.

Charlie no podía pensar, no podía respirar. Los vio a los dos estremecerse, flotar y pasar por una puerta baja hacia la parte trasera de la casa, y los siguió. La casa estaba en un estado de deterioro avanzado, el agua corría en riachuelos por las paredes y las tablas del piso se sentían blandas bajo el peso de Charlie. Había una cuna en la habitación de atrás, una cuna con un bebé envuelto adentro. No entendía. Sabía que se estaba viendo a sí mismo, sin embargo, ¿cómo podía estar allí también su espíritu, si él estaba vivo, presente y observando en carne y hueso? Lentamente, su padre sacó un anillo de uno de los dedos de la mano extendida de su madre: su anillo, el de Charlie, el mismo que ahora usaba en su propio dedo. Entonces vio cómo su padre se inclinaba sobre la cuna y presionaba el anillo en el diminuto puño del bebé; Charlie sintió que su visión se nublaba.

En seguida su padre levantó la mirada y vio a Charlie directamente, con una mirada oscurecida por la confusión; su madre se volvió y lo miró también, horrorizada, luego Charlie sintió la mano de Marlowe en su brazo, y ambos espíritus se estremecieron, se volvieron translúcidos y se desvanecieron como si se los hubiera llevado el viento, y no quedó nada ni nadie frente a él; se habían ido como si nunca hubieran existido.

El corazón de Charlie latía fuertemente. Sus mejillas estaban húmedas.

Fue entonces que notó que, detrás de la cuna fantasmal, había una puerta.

—Es aquí, Charlie —susurró Marlowe—. Este es el camino.

Marlowe estaba de pie junto a la puerta abierta, mirándolo con grandes ojos solemnes. Había escaleras detrás de la puerta. Charlie giró y giró en el mismo lugar, mirando la casa podrida a su alrededor. Algo faltaba. Le costaba organizar sus pensamientos.

—Charlie, *vamos*.

Era una estrecha escalera trasera, un pasaje para la servidumbre oculto en la casa. Subieron las escaleras hasta el segundo nivel y rodearon con cuidado un agujero en el suelo, bajaron por un pasillo y subieron más escaleras hasta el tercer nivel. Se mantuvieron pegados a la pared mientras subían por las escaleras, pasaron el tercer piso y siguieron subiendo hasta llegar a la parte superior de la casa, donde encontraron la puerta del ático. Charlie tenía una fuerte sensación de algo estaba mal. Habían encontrado la Habitación.

Marlowe también se estremeció un poco, pero no lo dudó, y entró al ático de la misma manera que una persona aguanta la respiración y salta al agua fría.

El ático no parecía gran cosa. Una habitación estrecha bajo un tejado de dos aguas. Las vigas se habían derrumbado en un rincón, y una parte de la pared exterior había desaparecido, por lo que la niebla gris y las siluetas de los techos de la ciudad eran visibles a través del agujero. Los pasos de Charlie tintinearon mientras agachaba la cabeza y entraba lentamente. La puerta del balcón colgaba torcida de una bisagra. La habitación estaba cubierta de escombros, mampostería derrumbada y pedazos astillados de algunos muebles destrozados tiempo atrás. Entonces Charlie se congeló. Desplomado contra la pared del fondo estaba el cuerpo de un hombre.

Había estado allí durante mucho tiempo. Estaba vestido a la moda de décadas pasadas, como algunos de los retratos en los pasillos superiores de Cairndale. La piel del muerto se había secado como papel, los ojos debajo de los párpados se habían hundido en el cráneo, y el cuello momificado lucía viscoso y delgado. Y en una de sus manos, brillando oscuramente, como si fuera a absorber toda la luz que pudiera encontrar, estaba el guante de madera y hierro que Berghast los había enviado a buscar.

Charlie se acercó al cuerpo y zafó el guante. Los pequeños dientes del interior rompieron la mano del cuerpo a la altura de la muñeca. Charlie sacudió el guante y la mano cayó hecha pedazos entre un tamiz de polvo. Él miró todo esto, fascinado. Los pedazos de madera cosidos brillaban como vidrio negro. El guante era pesado y hermoso, mucho más hermoso que la réplica que Berghast le había mostrado. Y Charlie notó que su propia mano había dejado de temblar.

—¿Cuánto tiempo crees que lleve aquí? —dijo Marlowe—. ¿Qué le habrá pasado?

Charlie frunció el ceño.

—No lo sé. Y creo que no quiero averiguarlo.

—¿Puedo verlo, Charlie?

Pero Charlie todavía lo sostenía, admirando fijamente las placas negras profundas que no reflejaban la luz, de madera y hierro, y le costó mucho apartar la mirada.

—Sí —dijo, esforzándose por sonar despreocupado—. Sí, claro. Toma.

Se lo dio al chico, encogiéndose de hombros, y se dio la vuelta, pero en su corazón tenía la sensación de que no debía soltarlo, que debía mantenerlo cerca y usarlo por seguridad, porque solo él podía entender lo precioso que era, solo él podía mantenerlo a salvo.

Pero ese sentimiento desapareció después de un momento, y entonces fue como si nunca hubiera existido. Se acercó a la puerta rota y salió al balcón. El aire estaba frío. Ambas manos le temblaban ahora. En la plaza de abajo, los espíritus se veían más densos y su velo de niebla se abría y se cerraba. Los tejados oscuros y húmedos de la ciudad parecían no tener fin. Se preguntó si habría otros mundos además de ese, si habría mundos más allá de los mundos. Todo parecía posible.

Tenían que regresar. Se giró para entrar cuando, de pronto, algo lo detuvo, una sensación; y miró hacia abajo y vislumbró movimiento en la plaza. Una figura pálida y sin pelo acechaba bajo el extraño árbol blanco de la fuente.

Fue entonces cuando escuchó el roce de unos zapatos sobre la madera, en algún lugar de la casa. Alguien estaba subiendo las escaleras. En el interior, Marlowe se había quedado inmóvil. Charlie comenzó a acercarse él, pero luego se congeló y se encogió contra la pared, con el corazón latiendo fuertemente en el pecho, porque una sombra había aparecido en la entrada.

Era un hombre poderoso, todo vestido de negro y vagamente familiar. Se quitó el sombrero con los dedos enguantados. Debajo de su barba negra, estaba claro que le habían abierto la boca y la mejilla. Había sangre por toda su ropa. De repente Charlie lo reconoció y retrocedió.

—Hola, Marlowe —dijo Jacob Marber, con su voz suave como terciopelo.

33

GRASSMARKET

Era de noche y había comenzado a llover, una lluvia oscura. La carreta que se detuvo en el campo para llevarlos la conducía un granjero que estaba sentado como una figura tallada en granito, con una pipa apretada entre los dientes; la lluvia le escurría por el sombrero, la barba y el impermeable. El conductor les gruñó, y los tres, Komako, Ribs y Oskar, sacudieron el agua de sus capas y treparon al montón de paja. Lymenion, maloliente y suave como cera derretida en la humedad, se quedó parado junto al arrayán, con el agua hasta los tobillos, mirándolos alejarse, con su rostro triste y deforme inmóvil. Komako volteó a ver a Oskar. La cara del chico estaba vuelta hacia el otro lado.

El granjero no pronunció ni una palabra durante todo el lento viaje hacia el sur, hasta Edimburgo, y ellos también estaban demasiado cansados para hablar. Casi amanecía cuando la carreta se detuvo en la calle Princes. Estaban frente al Monumento a Scott. Los tres niños bajaron. Por encima de ellos, el castillo se alzaba como un fantasma bajo el aguacero, como una ciudad en el cielo.

—Buen día, viajeros —dijo el hombre con marcado acento escocés.

Komako, con la capucha oscureciendo su rostro, levantó la mano en señal de agradecimiento. El hombre chasqueó las riendas y la carreta se alejó dando tumbos en la oscuridad de la madrugada.

Ya había carretas de carbón haciendo sus entregas, y pobres que temblaban bajo los arcos y en las entradas, pero, en general, la ciudad se sentía gris, solitaria y tranquila. Komako examinó los edificios, buscando algún pub abierto a esa hora. Cuanto antes consiguieran indicaciones, mejor. Tenían un nombre: Velas Albany. Y Oskar parecía seguro de que estaba en Grassmarket, dondequiera que estuviera eso.

Por supuesto, todavía era demasiado temprano para que la tienda estuviera abierta, pero podían encontrarla y esperar, ¿no?

Oskar avanzaba por la calle cojeando. Komako se detuvo y colocó una mano sobre su hombro.

—Lymenion estará bien. Sabes que sí.

El labio inferior de Oskar sobresalía mientras él parpadeaba para limpiar la lluvia de sus ojos.

—Es por mi zapato, Ko. Me lastima.

Allí mismo, en medio de la calle, Ribs se arrodilló, levantó el zapato del chico y lo miró.

—Tienes un clavo —dijo ella—. Ven aquí.

Cruzaron hasta un banco del parque, bajo un olmo que goteaba, y allí Ribs tomó el zapato de Oskar, metió los dedos y palpó. Todavía con el zapato en la mano, se levantó y pateó entre las ramitas y helechos hasta que encontró una piedra grande. Regresó con la piedra en una mano y el zapato en la otra, y empezó a sacar el clavo.

Komako observó todo esto, luego se puso de pie y miró a lo largo de la calle.

—¿Qué crees que le hayan dicho a Berghast? —dijo en voz baja.

Ribs hizo una mueca; su cabello rojizo estaba pegado a su rostro.

—¿Charlie y Marlowe? Nada. No son soplones.

Pero Komako no estaba tan segura.

—Berghast es hábil para averiguar lo que quiere saber —dijo—. ¿Recuerdas esa vez que te colaste en la despensa para robar chocolate?

Ribs dejó de martillar y se secó el agua de los ojos. Parecía estar recordando.

—Sí, pero valió la pena. —Sonrió.

—¿Qué chocolate? —dijo Oskar—. A mí nunca me dieron chocolate.

Las yemas de los dedos de Komako estaban rojas por el frío; metió las manos bajo sus axilas.

—Se ve tan cansado últimamente. Como si estuviera abrumado. No quiero dificultarle la vida ni que se preocupe.

Ribs sonrió.

—Creo que el viejo Berghast puede cuidarse solo, Ko. No eres su mamá.

—Ya lo sé —respondió Komako en voz baja.

—Creo que no confío mucho en él, al menos no tanto como tú, pero tampoco creo que sea capaz de lastimar a Charlie ni a Mar ni a nadie. Quiere lo mismo que nosotros. No estamos actuando en *su contra,* ¿verdad?

Komako se mordió el labio mientras pensaba.

—En fin —agregó Ribs, girando la cabeza hacia un lado para escupir en los adoquines—. Supongo que ya sabe que estuvimos en su oficina, husmeando. Y sabe que estuvimos con la Araña. Dale cinco minutos y juntará todas las piezas y nos dirá qué estamos haciendo y qué hemos estado pensando y qué almorzamos, e incluso si nos gustó y si lo volveríamos a comer.

Se quedaron callados por un momento, sonriendo en la lluvia que no dejaba de caer.

—No podría adivinar lo que almorzamos —dijo Oskar.

Una vez que Oskar volvió a ponerse el zapato, se paró con cautela y miró aliviado a Ribs. Entonces cruzaron la calle, que ya estaba más concurrida, y se escabulleron entre los ejes chirriantes y el chapoteo de los cascos, y se dispusieron a conseguir indicaciones para llegar a Grassmarket. Había empleados jóvenes bajo sus paraguas y tenderos mayores con abrigos y sombreros grasientos por la lluvia, pero no había mujeres a esa hora. Caminaban lentamente, tres pequeñas figuras con capas idénticas. Acordaron que, por el acento polaco y la juventud de Oskar, y por las facciones de Komako, Ribs sería quien hablara, y ella parecía estar complacida con la idea. Trató de acomodar su cabello rojo rebelde, se lamió un dedo y alisó sus cejas, como si eso hiciera alguna diferencia. Adoptó un acento refinado, o lo que ella supuso que podría pasar como uno.

—Disculpe, ¿sería tan amable de compartir conmigo la dirección general del fino establecimiento de un candelero en Grassmarket? —probó decir ella, mientras volteaba a ver a Komako en busca de aprobación.

—Terrible —dijo Komako.

—Sí —coincidió Oskar.

Pero Ribs solo sonrió y guiñó un ojo.

—Sería adecuado que se expresaran con más propiedad, queridos.

—Nadie dice «queridos». Suena raro.

—Sí, nadie —repitió Oskar.

Para ese momento se encontraban parados bajo el alero goteante de una taberna en una esquina llena de gente. Sería imposible disuadir a Ribs.

—Ah, no reconocerían los modales ni aunque los mordieran en las narices. —Sonrió—. Sueno como una maldita reina.

Y entró al pub lleno de humo por la puerta batiente. Komako se frotó las manos heladas. Por encima de la cabeza de Oskar vislumbró a un agente, con un impermeable oscuro y reluciente, que pasaba lentamente por ahí. Se les quedó viendo un instante con esos ojos bajo unas cejas muy pobladas, luego siguió su camino. Komako se sorprendió de lo rápido que latía su corazón.

Pero Oskar tenía otras preocupaciones.

—¿No crees que debimos haberle dejado… una nota o algo así a la señorita Davenshaw? Para que no se preocupara —preguntó él.

—No puede leer, Oskar —dijo ella.

Oskar asintió con tristeza.

—Lo sé. Quise decir… algún tipo de… mensaje o algo… Es que no me gusta preocuparla, es todo.

A Komako tampoco le agradaba hacerlo. La señorita Davenshaw era estricta pero justa, y siempre había sido buena con ellos. Komako colocó una mano sobre el hombro del chico.

—Charlie y Marlowe lo resolverán —dijo ella—. Le dirán que estamos en alguna parte. Además, todas nuestras cosas siguen ahí. Será evidente que pensamos regresar.

—Pero ¿y si Charlie y Marlowe tampoco están en clase?

—¿Dónde más podrían estar?

Él se encogió de hombros con infelicidad bajo la lluvia.

Escuchó un resoplido detrás de ella.

—Él cree que siguen con el viejo Berghast. Desayunando o algo así.

Komako se dio la vuelta. Ribs había salido mientras ellos hablaban y estaba cubriendo su cabello rojizo con la capucha.

—No pienso eso —dijo Oskar.

Komako señaló el pub con un gesto.

—¿Entonces? ¿Qué te dijeron?

—Bueno, para empezar —dijo Ribs melodramáticamente—, te complacerá saber que quedaron impresionados con mi acento. ¡Oh, fue encantador! «Hola, jovencita», dijeron. «¿Qué haces por aquí en un día así, y sin compañía además?». Y yo les dije: «Oh, mi institutriz está afuera, tomando el aire y cosas por el estilo», y ellos dijeron…

—Ribs —dijo Komako—. ¿Qué te dijeron sobre el *candelero*?

Ella se encogió de hombros.

—No lo conocen.

—¿Y Grassmarket? Deben saber cómo llegar ahí, ¿no?

—Buenooo… —empezó a decir—. No tuve oportunidad de…

Pero en ese momento, Komako vio que el agente de policía regresaba a donde estaban. Era una figura corpulenta con impermeable negro y unas gruesas patillas de color rubio oscuro que le daban un aspecto felino y feroz en la penumbra. Parecía tener el ojo puesto en Ribs y Oskar; Komako tomó rápidamente a ambos por los codos y se los llevó de ahí.

—Creo que es hora de irnos —dijo entre dientes.

Y se abrieron paso a empujones a través de la creciente multitud de empleados, avanzando entre las balizas y por charcos que les llegaban hasta los tobillos, tratando de alejarse. La vagancia era pretexto suficiente para que un policía hiciera contigo lo que quisiera, y ella sabía que lo último que necesitaban era tener problemas con la ley. No corrían, pero casi; iban tan rápido que atraían miradas de reproche de los transeúntes.

—¡Oigan, ustedes tres! —gritó el agente.

Los alcanzó a menos de diez pasos de la esquina de la calle Hanover. Komako, Ribs y Oskar se encogieron contra una barandilla de hierro que seguía mojada. Los ojos del hombre eran difíciles de distinguir. Se cernía sobre ellos con el ceño fruncido y, de repente, Komako sintió miedo. Aquí había menos peatones, pero había mucha humedad para manipular el polvo, y Ribs estaba completamente vestida y no podía hacerse invisible, y Lymenion, el gigante de carne de Oskar estaba a kilómetros de distancia. Eran tan impotentes como tres niños comunes y corrientes en cualquier lugar.

«¡Tonta!», se dijo a sí misma.

El agente agitaba su cachiporra, *pam, pam*, en la palma de su mano. Un cabriolé pasó traqueteando. Él miró calle arriba y luego volvió a mirarlos.

—No estábamos haciendo nada —dijo Ribs—. No es ilegal mojarse bajo la lluvia.

—Es verdad —dijo el agente.

—Entonces… nos marcharemos, ¿sí? —dijo Komako.

Pero él les estaba bloqueando el camino con su gran tamaño; ella podía ver el silbato alrededor de su cuello y sabía que no irían a ninguna parte sin que él lo dijera. Sus patillas eran largas y se veían húmedas, como el pelaje de un perro, y cada que hacía una mueca, el agua escurría por ellas.

—Yo los conozco —dijo en voz baja—. Son de ese lugar, Cairndale o algo así… El que está al norte, ¿no?

Komako se congeló. Volteó a ver a Ribs y luego al agente.

—No —dijo Ribs.

Pero el agente ignoró su respuesta.

—La hermana de mi esposa solía entregar alimentos ahí. Nos contaba de los niños que había. Siempre decía que parecía una vida solitaria, crecer en la orilla de ese lago. Solo unos cuantos de ustedes. —Inclinó el borde de su casco con la cachiporra y le escurrió agua—. No sé por qué se sorprenden niños. Traen las mismas capas que usan ahí. —Señaló la insignia que tenían en el pecho—. Puede que la mayoría aquí en la gran ciudad no la reconozca, pero los que vienen del norte conocen bien el escudo de Cairndale.

—Sí, señor —dijo Komako educadamente. Estaba demasiado sorprendida y confundida para decir algo más.

Pero Ribs no. Dio un paso adelante, para intimidar al hombre, y dijo audazmente:

—Estábamos buscando una tienda en particular, señor. La de un candelero, un tal señor Albany. Está en Grassmarket. Queríamos comprar algo especial para nuestra institutriz.

—¿Un abastecedor de velas? —preguntó el alguacil—. Puedo sugerirles un rollo de tela fina, sería un mejor regalo. ¿O tal vez algo de la tienda de té de la esquina?

—El señor Albany es amigo suyo, señor —dijo Komako rápidamente—. Por eso creemos que apreciaría el regalo, por motivos sentimentales.

—Ah, ya veo. Bien, veamos… —Arrugó la cara, se volvió bajo la lluvia y miró hacia la calle sombría—. No conozco a ningún señor Albany, pero si lo que buscan es Grassmarket, está algo lejos, detrás de la roca del castillo. Pasan por los jardines hasta el casco antiguo y giran a la derecha en la calle Victoria, luego siguen hasta el Puerto Oeste. Por ahí verán muchos comerciantes de brea y alquitrán, tintoreros y gente por el estilo. E incluso, si no está el hombre que buscan, seguro encuentran a alguien que les señale la dirección correcta.

Komako memorizó los nombres. Calle Victoria. Puerto Oeste.

—¿Traen dinero? ¿Ya comieron algo?

A Ribs se le iluminaron los ojos.

—No… —empezó a decir.

Pero Komako la interrumpió.

—Estamos bien, gracias, señor. Comimos en la mañana antes de salir. Y trajimos todo lo necesario.

—Muy bien —dijo él.

Inclinó su casco y se despidió, caminando de vuelta bajo la lluvia y blandiendo alegremente su cachiporra.

Pero *sí* tenían hambre para entonces. Compraron un periódico lleno de pasteles calientes a un centavo cada uno, en un carrito al borde de la plaza, luego cruzaron en medio de la humedad sin hablar. Los caminos de grava relucían y los árboles quietos lucían oscuros. La silueta de los muros del castillo se cernía sobre ellos, con su aspecto medieval, y los cañones en las almenas apenas eran visibles en medio de la neblina. El casco antiguo era más sombrío y las calles más estrechas, y cuando por fin llegaron al aire libre de Grassmarket, todos estaban cansados y llenos de dudas. En los viejos corrales de ganado había grandes cuervos posados en las cercas, observando. Komako podía sentir el agua filtrándose alrededor de los dedos de sus pies con cada paso.

—La señorita Davenshaw estará molesta cuando la veamos —dijo Oskar.

Komako puso una mano en su brazo para tranquilizarlo. Estaban de pie en el sitio de la vieja horca. Komako se volvió bajo la lluvia para echar un vistazo del tramo. Un callejón estrecho, escaparates torcidos. Un caballo negro arrastrando una carreta en la penumbra. Y allí estaba, pintado en el vidrio de un escaparate en la esquina, en grandes letras cursivas.

Velas Albany

Proveedor de velas finas, mechas faroles

Conservación de grasas y aceites de todo tipo.

Edward Albany, propietario. Establecido en 1838.

Un toldo rojo desteñido con agujeros goteaba sobre el porche. Había un barril sin tapa que contenía Dios sabe qué tipo de efluente. Había una rata muerta tirada justo en medio de los escalones, que seguro había dejado ahí algún gato con iniciativa. Eso, o la habían envenenado. La tienda se veía oscura, desierta, poco acogedora, pero mientras miraban, el letrero en la ventana cambió a ABIERTO, y un rostro pálido se materializó en el cristal, miró hacia la calle, luego se desvaneció.

Ribs sonrió. Se cubrió el cabello con la capucha y adoptó su acento de clase alta.

—Bueno, queridos, hagámosle una visita al buen señor Edward, ¿de acuerdo?

Oskar hizo una mueca.

—No va a hacerlo así otra vez, ¿verdad? —murmuró.

—Ribs —dijo Komako—, solo… ten cuidado. No sabes qué pueda haber allá adentro.

—Siempre tengo cuidado. —Sonrió.

—Si ves alguna señal de Brendan o cualquiera de los niños desaparecidos, regresa de inmediato, ¿de acuerdo?

Ribs guiñó un ojo. Luego se dio la vuelta con un ademán ostentoso, de modo que su capa ondeó a su alrededor, y se dirigió a la tienda.

Esa misma mañana, exactamente a las nueve y cinco minutos, Abigail Davenshaw se levantó con suavidad de detrás de su escritorio y, pasándose las manos por la falda, cruzó el silencioso salón de clases hasta el vestíbulo. La mansión estaba fresca, llena de un olor a hierba mojada que entraba por las ventanas abiertas. El carbón encendido ardía detrás de ella en la chimenea.

No había visto señales de los jóvenes Talentos en toda la mañana; ni de Komako ni de Charlie Ovid ni de nadie. No los había visto en el desayuno ni en los pasillos ni en el patio. «Visto» era quizás una palabra extraña para usar. Porque Abigail Davenshaw era, por supuesto, ciega; había nacido así, sin vista; pero como nunca había sabido lo que se sentía ver, no era algo que extrañara, y había aprendido maneras de navegar en la oscuridad de su mundo con una rapidez y claridad que rivalizaban con la vista de los demás. Era meticulosa con su apariencia; llevaba el pelo recogido a la altura del cuello y ni un mechón suelto. Había aprendido la importancia de esto pronto en la vida. Era la hija ilegítima del ama de llaves de una finca en las Tierras Medias, y el lord solitario dueño de esa propiedad se había encargado de cultivar su inteligencia. ¿Por qué? Nunca lo sabría. Bondad o caridad, un experimento, o algún motivo completamente distinto. Cuando era pequeña, él le leía los clásicos, Shakespeare, Dante y Homero, y después le enseñó ciencias modernas, y después de eso estudiaron a los filósofos y poetas modernos. Había aprendido las teorías de la luz y de la materia, y las nuevas leyes de la termodinámica. Había aprendido idiomas, música, danza e incluso, curiosamente, las artes de la esgrima y el boxeo.

«No se trata de ver con los ojos niña», solía decirle él. «Sino de escuchar, tanto con los oídos como con la piel, y usar todo lo que el buen Señor ha considerado conveniente darte».

Ella tenía una memoria excepcional y podía citar largos pasajes palabra por palabra; esto también lo animó a él a seguir educándola y, de esta manera se convirtió, poco a poco, en una joven formidable. Nunca sabría cómo había dado con ella el doctor Berghast. Le había escrito sin ninguna presentación seis semanas después de la muerte de su benefactor, y su madre, ya anciana para entonces, le había leído la carta entrecortadamente, sorprendida. Parecía que el Instituto Cairndale había oído hablar de su notable educación y deseaba emplearla en la educación y orientación de sus propios niños bastante inusuales.

Ahora estaba recorriendo con rapidez el pasillo, pasando los dedos suavemente por la pared, cuyos baches y surcos familiares le indicaban dónde girar. Podía sentir los cambios en la presión del aire y en la temperatura, que le advertían cuándo se abría una puerta o cuándo se acercaba una persona. En su habitación tenía una vara larga de abedul, muy suave, que muchas personas con la misma discapacidad usaban para revisar rápidamente su entorno en busca de obstáculos, pero ella rara vez la usaba, solo cuando se adentraba en un territorio desconocido.

En ese momento fue a buscarla.

El primer lugar al que se dirigió fue el dormitorio de las niñas. Allí se quedó de pie en la puerta de la habitación vacía, con la barbilla levantada, escuchando. El lugar estaba vacío; podía sentirlo por el tipo particular de silencio y por la forma en que el aire se movía a su alrededor. Al mover la vara de un lado a otro en el aire empezó a tantear el camino para entrar; palpó alrededor de la cama de Komako Onoe, luego la cama arrugada y mal tendida de Eleanor Ribbon. Casi podía jurar que ninguna de las dos había dormido allí esa noche. Se sentó en el borde de la cama de Komako y palpó debajo de la almohada. Nada.

Entonces, las niñas se habían ido desde la noche anterior.

Podría apostar a que Oskar, Charlie y Marlowe también estarían con ellas. Los dos últimos la sorprendieron un poco; no había pensado que Komako estuviera lista para confiar en ellos. Oh, claro que había notado cómo rondaba Ribs al chico nuevo, Charlie Ovid, y sabía que lo que más deseaba Oskar era tener un amigo; pero Komako era terca, independiente y cautelosa. La señorita Davenshaw no estaba preocupada por su seguridad; sin importar en qué clase de travesura estuvieran metidos, eran más que capaces de salir de ella.

Bueno.

Se puso de pie y se frotó la muñeca izquierda con la mano derecha mientras pensaba. Existía, consideró, otra posibilidad: el doctor Berghast. Todavía no había entrevistado a los chicos nuevos, y era posible que los hubiera mandado llamar a todos para una de sus charlas en su estudio.

Bajó rápidamente las escaleras y salió al patio, abriéndose camino a través de la lluvia. No pasó junto a nadie. Conocía el camino, aunque no iba a menudo al ala que albergaba las habitaciones de Berghast y las habitaciones de la mayoría de los Talentos mayores.

El corredor superior que conducía al estudio de Berghast estaba salpicado de puertas cortafuegos, cada cinco metros más o menos, y todas estaban cerradas, por lo que tuvo que abrirse paso despacio mientras iba encontrando los pomos de las puertas en el camino.

Tocó la puerta del estudio del doctor Berghast. Nadie respondió.

Probó con la perilla; estaba abierta. Percibía el olor del humo de pipa, carbón y el olor especiado de un brandy que alguien había dejado afuera. Y, debajo de esto, un olor a cuero agrietado, tinta, lodo y piedras. Era una habitación que la hizo estremecerse.

—Buen día —dijo con audacia—. ¿Está aquí, doctor Berghast?

Pero solo escuchó el eco de su voz en la cálida oscuridad inmóvil. Dio un paso adelante, tragando saliva. Podía oler algo más, estaba segura: los chicos, Marlowe y Charlie. Eran sus olores particulares. Ellos habían estado ahí.

—¿Chicos? —dijo ella. Luego, para asegurarse—: ¿Doctor Berghast? Soy la señorita Davenshaw, señor.

Pero el estudio estaba desierto. Entró y se paró sobre la alfombra, sintiendo el aire tibio en su rostro y cuello, y escuchando los sonidos de la mansión a través de las paredes y el piso, los movimientos distantes de sus habitantes. Fue entonces cuando sintió que algo frío se deslizaba a su lado, un silbido de aire; se dio la vuelta y se dirigió con cautela hacia él, y encontró una puerta en la pared, una puerta que estaba entreabierta. La abrió, llamó y su voz volvió a ella distorsionada. Podía notar, por el sonido, que estaba parada en la parte superior de una escalera circular que descendía un largo trecho. Frunció el ceño. Sabía que lo más sensato sería dar la vuelta y marcharse. Eso es lo que ella esperaría que hicieran sus pupilos. En cambio, como una estudiante tonta, comenzó a bajar.

Avanzó en silencio, escuchando todo el tiempo. Al pie de las escaleras se encontró en una pequeña antecámara, frente a una puerta de hierro cerrada con llave. Tocó suavemente, sintiendo una creciente sensación de inquietud. Nunca había oído hablar de un lugar así. Cairndale era viejo y estaba lleno de secretos. «Al igual que Henry Berghast», pensó agudamente.

Alzó la voz.

—¿Charles? ¿Marlowe? ¿Están aquí, chicos?

Como respuesta escuchó la rápida respiración de alguien del otro lado. El pesado sonido metálico de unas cadenas moviéndose. Luego, más respiración.

—¿Quién está ahí? —dijo, asustada de repente—. Contésteme. ¿Necesita ayuda?

Pero lo que fuera que había dentro se había quedado callado y muy quieto. La respiración, pensó, no sonaba del todo bien. No sonaba del todo… humana.

Lentamente, en su mundo de oscuridad, la señorita Davenshaw pegó una oreja al frío metal de la puerta, y se inclinó para escuchar.

34

UN MUNDO LLENO DE LLANTO

La ciudad de los muertos estaba tranquila. La niebla barría los tejados y rodaba pesadamente sobre sí misma.

Charlie, agachado en el balcón, escuchaba cómo Jacob Marber se movía lenta y felinamente por la habitación, rodeando a Marlowe. Charlie quería saltar, lanzarse sobre el monstruo. Tenía el cuchillo que el doctor Berghast les había dado para cortar el *orsine*. Y era un *haelan* y no se lastimaba con facilidad, y aunque no conocía el alcance total del poder de Jacob Marber, tenía una idea bastante clara de que su propio cuerpo se recuperaría, pasara lo que pasara.

Pero no se movió, no respiró, solo se quedó escuchando las pisadas lentas y pesadas sobre las tablas. No sabía si era el miedo o algo más lo que lo detenía.

«Solo espera», se dijo a sí mismo. «Espera».

Solo podía ver a Marlowe, mirando al monstruo y sujetando el guante frente a él. Sus pequeños hombros estaban rígidos para una pelea y, a pesar de todo lo que Charlie sabía sobre sus poderes, el niño parecía indefenso frente al monstruo.

—Qué curioso encontrarte *aquí* —murmuró el hombre—. De todos los lugares posibles. Disculpa, no nos hemos presentado adecuadamente. Jacob Marber, a tu servicio. —Desde ese ángulo Charlie no podía ver su rostro, solo podía ver la parte posterior de su cabello negro y parte de su espesa barba. Se llevaba constantemente una mano al rostro, para mantener su mejilla cerrada. Había algo mal con su piel; las sombras se arrastraban a través de sus nudillos.

—Nunca te hubiera encontrado si no hubieras usado anoche tu… don. Deja un rastro en este mundo. Como sangre en el agua. ¿Fueron los espíritus quienes te atacaron?

El chico no había apartado sus ojos asustados de Jacob Marber. Las manos de Charlie temblaban tanto que apenas podía cerrar los puños. Sabía que, si no se iba pronto, si no regresaba pronto a través del *orsine*, algo malo le iba a pasar.

—Esta habitación es un lugar bastante curioso, ¿verdad? ¿Lo sientes? —siguió diciendo Jacob Marber—. Está… protegida. Oculta. Tú y yo podemos encontrarla y entrar, pero el *drughr* no puede pasar. Ni los espíritus. Y claro, tampoco el buen doctor Berghast. —Hizo una pausa y se alisó el cabello. Estaba parado junto al cuerpo momificado y emitió un pequeño sonido, como si sus heridas le dolieran—. Este pobre hombre debe haber entrado aquí buscando refugio —murmuró—. Me preguntó qué le pasó a su mano.

Marlowe ocultó el artefacto detrás de su espalda, pero ya era demasiado tarde. Jacob Marber levantó la mano y un fino bucle de polvo negro se enroscó alrededor de los brazos del niño, forzándolo a alzarlos. Jacob Marber tomó el guante de hierro y madera y lo examinó; luego, para sorpresa de Charlie, se lo devolvió.

—Me imagino que el doctor Berghast te envió a buscar esto, ¿verdad?

Cuando Marlowe no respondió, el hombre siguió caminando por la habitación. Charlie notó entonces que su frente estaba cubierta de rasguños, y el hombro de su abrigo estaba rasgado. También tenía barro en los pantalones.

—¿Sabes lo que es? —preguntó—. ¿Lo que es capaz de hacer? ¿Lo que podría hacer el doctor Berghast con él? No, claro que no. Si lo supieras, no lo sacarías de esta habitación. No solo por Berghast. *Ella* también quisiera que se lo llevara.

El suelo crujió suavemente bajo su peso. Charlie estaba desesperado y pensaba en que debía hacer algo. Tenía el elemento sorpresa a su favor. Podía saltar sobre Jacob Marber y empujarlo por la pared rota. Quizás, pero ¿le haría daño una caída a semejante monstruo?

Jacob Marber empezó a hablar otra vez.

—Estás enojado conmigo. Me aventuro a decir que incluso me odias. ¿Me deseas la muerte? —Charlie se dio cuenta de que le había dado la vuelta a la habitación y ahora estaba mirando en dirección a donde él se encontraba, y no se atrevió a mirar por la puerta para que no lo viera—. Crees que entiendes por qué peleas, lo que defiendes. Crees que entiendes tu sitio en todo esto, pero te equivocas niño. El doctor Berghast no es tu padre, tu padre verdadero.

—Lo sé —susurró Marlowe—. Me lo dijo.

—Ah. —Jacob Marber sonaba como si fuera a decir algo más, pero mejor decidió no hacerlo; suspiró y raspó sus botas en la mampostería rota. Cuando volvió a hablar, su voz había cambiado, se había suavizado—. Ya te había conocido antes, hace mucho tiempo. Antes de que te llamaras Marlowe. ¿Te contó eso?

Charlie se arriesgó a echar un vistazo. Marlowe asentía con rabia.

—¿Qué más te dijo? ¿Te dijo que maté a tu madre? ¿Y que quise matarte a ti?

—Sí.

—¿Y le creíste?

—Mataste al señor Coulton. Has matado a muchas personas.

—Ah, a veces es necesario, si uno desea salvar a muchas más. —Estaba sombrío, callado. Sacó algo de su bolsillo y lo giró entre sus dedos. Era una llave, tallada en la misma madera negra que el guante—. Yo no maté a tu madre, niño. No traté de matarte. Henry Berghast me ha pintado como un monstruo, y ha tratado de destruirme, pero no soy lo que él dice.

—No te creo nada—dijo el niño.

El rostro de Jacob Marber se retorció.

—No importa. La verdad es la verdad. Aunque se sepa o no.

Marlowe levantó la barbilla.

—¿Vas a matarme?

—¿Qué tontería es esa? ¿Matarte…?

Marlowe lo fulminó con la mirada.

—Lo único que siempre he querido es mantenerte a salvo. —Jacob Marber alzó una ceja con arrepentimiento—. Oh niño, ¿qué es lo que te han dicho? ¿Qué debes pensar de mí?

—¿Qué me dices de lo que pasó en Nueva York, cuando nos perseguiste a mí y a Alice?

—Alice… —Se quedó callado un momento, cavilando. Cuando volvió a hablar, su voz era más suave—. Sabía que Henry te había encontrado, usando a ese glífico, me imagino. Sabía que te llevarían ante él. No tenía intención de lastimar a Alice Quicke, pero no podía dejar que te llevara.

El hombre casi parecía gentil. Casi.

Charlie sabía lo que tenía que hacer. Había visto con qué cuidado Marber había puesto esa extraña llave de vuelta en su levita. Si pudiera hacer el *mortaling*, como la señorita Davenshaw había tratado de enseñarle, tal vez podría extender su brazo lo suficiente para sacarla del bolsillo del bastardo.

Cerró los ojos y estabilizó su respiración, como le habían dicho, pero había algo, un miedo, una soledad, que seguía invadiéndolo, distrayéndolo, y cuando abrió los ojos, nada había cambiado.

No podía hacerlo.

Muy cerca de él, Jacob Marber se pasó una mano por la barba, alisándola, con cuidado, por el largo corte que tenía en la mejilla. Luego juntó las manos detrás de la espalda, se dio la vuelta y miró, a través de la pared en ruinas, la ciudad y la niebla gris a la distancia. Charlie retrocedió, su corazón latía con fuerza.

—Estuve atrapado en este mundo por años —dijo Marber en voz baja—. Aprendí a vivir aquí. Lo conozco mejor que cualquier otra criatura viva y, aun así, apenas lo conozco. No te imaginas lo que fue. Sabía que había una puerta, el *orsine*, pero no podía usarla. Henry Berghast me mantuvo encerrado.

—Tú lo traicionaste. Fue tu culpa.

—Mmm. —Pateó los escombros—. Cuando el *drughr* vino a mí, yo aún era joven. Se ofreció a ayudarme a cruzar a este mundo, para buscar a… alguien. Para ayudarlo. Verás, ella también necesitaba mi ayuda.

En ese momento Charlie vio, al borde del balcón, una barra de hierro. Lenta y muy silenciosamente se asomó y la levantó. Era larga y delgada, pero afilada en un extremo. La agarró con fuerza en una mano, y el cuchillo en la otra.

—Mi hermano murió cuando éramos niños. Éramos gemelos. El *drughr* me dijo que podría verlo otra vez, que podría ayudarlo, aquí, en este mundo. Que si obtenía el poder suficiente, hasta podría traerlo de vuelta, pero me engañó. Vagamos por esta ciudad durante años buscando a mi hermano, buscando cualquier rastro de él entre los espíritus. ¿Qué es lo que tú ves? ¿Londres? Para mí, es Viena. —Frunció el ceño—. Me sentía tan solo, y me volví extraño sin tener a nadie con quien hablar. Solo al *drughr*. Casi siempre estaba conmigo, y nos volvimos… cercanos. Y parecía que confiaba en mí. Fue entonces cuando descubrí lo mucho que ella odiaba el mundo de los vivos, y lo mucho que deseaba devorar a los Talentos. Era un hambre que la consumía.

—¿Lo encontraste? ¿Encontraste a tu hermano?

—Sí, pero no era Bertolt. Ya no.

Marlowe se quedó callado.

Jacob siguió hablando:

—Mi hermano vino a mí en tres ocasiones en este mundo. Yo estaba sentado a orillas del *orsine*, suplicando que se abriera. Lo único que Berghast tenía que hacer era dejarnos pasar. Eso lo hubiera cambiado todo, pero no lo hizo, y el recuerdo de mi hermano empezó a desvanecerse. Luego fue demasiado tarde.

—¿Por eso lo odias?

—Las personas se vuelven peculiares en este mundo —dijo él—. No es el hecho de estar solo, sino la gran soledad. Un día, el *drughr* también se marchó. Entonces me quedé verdaderamente solo. Devastado. Asustado. Me dispuse a encontrarla. Verás, no tenía a nadie más. Y después de mucho tiempo la encontré, oculta en un túnel a la orilla del río. Había un bebé con ella, parecía humano, pero no lo era. Era suyo. Su propio bebé. Y ella, el *drughr*, se veía magnífica. Yo pude sentir el poder y la furia dentro de ella. De algún modo, el bebé le daba fuerzas, la hacía aún más poderosa. Y en ese momento de horror absoluto, me di cuenta de lo que sería capaz. Me di cuenta de que el bebé no podía seguir con vida. —Respiraba con pesadez, y Charlie vio que se sujetaba el costado con una mano—. No podía…

Charlie podía sentir la sangre bombeando en su cabeza. Sabía lo que iba a decir, incluso antes de que el hombre siguiera hablando.

—Me robé al bebé. Tenía la intención de matarlo, pero no pude, no pude hacerlo. Estaba consciente de los horrores que le aguardaban en su vida, lo terrible que sería su destino, y tampoco podía soportar eso. Así que hui con el niño al único lugar donde el *drughr* no podría seguirme:

el *orsine*. Berghast lo había cerrado, y le supliqué al glífico que nos dejara pasar. Tú eras ese bebé, Marlowe. Tú eres ese niño.

—No —susurró el chico.

—Por eso eres diferente. Por eso te busca el *drughr*. Es tu madre.

—¡Eres un mentiroso! —gritó el niño de repente—. ¡Es mentira!

Jacob Marber siguió hablando con su voz baja y dolorida.

—Pero eso no quiere decir que tengas que ser como ella. Puedes elegir lo que eres y lo que quieres ser.

Horrorizado, Charlie se arriesgó a echar un vistazo otra vez. Marlowe estaba temblando. Charlie podía ver cuán desesperadamente deseaba huir, pero no lo hizo. De repente entendió por qué: *él* tampoco dejaría a Charlie.

—Cuando Berghast te arrebató de mis brazos —dijo Jacob—, yo estaba demasiado débil para detenerlo, después de haber pasado años en este mundo. Volví por ti, una vez que recuperé algo de fuerza. Quería llevarte conmigo, ocultarte en algún lugar donde ni Berghast ni el *drughr* pudieran encontrarte jamás. Algún lugar donde pudieras ser feliz y tener una buena vida, pero te fallé. No volveré a fallarte ahora.

Había un arrepentimiento genuino en su voz, como si no deseara que sucediera lo que estaba a punto de ocurrir. De repente sus ojos se volvieron negros por completo, como si una tinta negra se hubiera esparcido turbiamente a través de sus iris y el blanco de sus ojos hasta que solo hubo tinieblas, que se filtraban se escurrían alrededor de sus párpados. Lentamente se arremangó la camisa. Había una oscuridad retorciéndose bajo su piel.

—Somos como dioses aquí, Marlowe —dijo y sus dientes se asomaron por el hueco ensangrentado de su mejilla—. Aquí nuestros talentos son mucho, mucho más poderosos. ¿Puedes sentirlo? A este mundo no le agrada, puede sentir que no pertenecemos aquí. Es por eso por lo que los de nuestro tipo no pueden quedarse aquí el tiempo suficiente para aprender a aprovechar nuestro poder, lo que somos y lo que podemos hacer, pero tú sí puedes quedarte aquí niño. Por lo que eres.

—No soy… *No* soy…

Jacob Marber no se molestó en discutir. Se detuvo, alzó el rostro como si escuchara y luego, dijo:

—Está cerca. Tengo que irme.

—¿Quién está cerca?

Pero Jacob Marber ya estaba extendiendo los dedos, casi suavemente, y moviéndolos en extraños gestos arcanos. Una cuerda larga y delgada de polvo, tensa, y de algún modo sólida, serpenteó por el aire, envolvió a Marlowe y lo apretó con fuerza.

Charlie sujetó el cuchillo y la barra de hierro con sus manos temblorosas. Se sentía mareado, débil, como si no pudiera recuperar el aliento, pero solo necesitaba que Jacob Marber se acercara unos metros.

Entonces, el monstruo habló otra vez y Charlie se congeló.

—Aquí estarás a salvo niño. No podrá encontrarte aquí.

—¡Espera! ¿Qué estás haciendo? ¡Alto! —Marlowe forcejeaba y luchaba contra las cuerdas de polvo—. ¿A dónde vas?

—A alejarla de ti. Luego, a encontrar a Henry Berghast.

—¿Por qué? ¿Vas a matarlo?

Jacob Marber inclinó la cabeza en respuesta.

—Deberías de matar al *drughr* —gritó Marlowe furioso—. Si en verdad no eres malo, eso deberías hacer.

Jacob Marber se detuvo, sus ojos brillaban. Se veía abrumado por el arrepentimiento.

—El *drughr* y yo estamos unidos. Ella me sustenta a mí y yo a ella. No sería tan fácil… matarla. —Bajó la voz—, pero debes tener cuidado niño. No estás solo aquí. Este es el mundo donde desapareció el Primer Talento y su poder sigue aquí. Puedo sentirlo. Y Henry Berghast también puede sentirlo.

Marlowe dejó de forcejear y se le quedó viendo.

—¿Y?

—¿Por qué crees que Berghast quiere ese guante?

—Para detener al *drughr*.

Jacob Marber agachó la cabeza y suspiró. Luego alzó la mirada.

—Cuídate, pequeño. Volveré por ti.

Entonces Charlie escuchó el ruido de sus pasos mientras descendían por la extraña casa. Un momento después, su forma oscura apareció en la niebla de abajo, cruzando la plaza a grandes zancadas. Del extraño árbol blanco se desprendió una segunda figura y corrió a su lado, como un perro. Charlie conocía esa cosa, la forma en que se movía. Se estremeció.

Marlowe estaba apoyado contra una pared, frente al Talento momificado, con los brazos inmovilizados y las piernas atadas. Las pequeñas muñecas del niño ya estaban rojas donde las cuerdas lo apretaban. Charlie se arrodilló de inmediato y comenzó a manipular las ataduras.

Marlowe no se atrevía a mirarlo.

—Charlie, ¿escuchaste lo que dijo?

—Nos preocuparemos por eso después, Mar. Primero hay que liberarte de esto.

—Va a matar al doctor Berghast.

—Va a tratar. Quédate quieto. —Pero a Charlie le temblaban tanto las manos que apenas podía pasar los dedos por las cuerdas de polvo para tratar de tirar de ellas. Se sentían suaves, casi resbaladizas, pero también elásticas y fuertes, y se doblaban alrededor de los brazos, las muñecas y las piernas del niño como tentáculos vivientes.

Afuera, la niebla se deslizaba, entreverándose con los muertos.

Cuando Marlowe volvió a hablar, su voz se escuchaba tranquila, y fue esa tranquilidad lo que hizo que Charlie lo mirara.

—No soy un monstruo, Charlie —dijo.

El niño empezó a llorar. Charlie le secó las lágrimas con una manga, y le dijo:

—No lo escuches, no dejes que se meta a tu cabeza.

—No quiero ser… lo que él dice que soy.

—No lo eres.

El niño empezó a llorar otra vez.

—Oye —dijo Charlie—. Oye, mírame. ¿Qué me dices de Brynt?

Marlowe alzó la mirada.

—¿Brynt?

—Alguna vez te dijo que podemos elegir a nuestra familia. Así que, hazlo, Mar. Elige.

Él agachó la mirada, sintiéndose miserable.

—Brynt se equivocó.

—Sabes que no es así —dijo Charlie con convicción—. No se equivocó en absoluto. Ahora deja que te quite estas malditas cosas. No entiendo por qué siguen aquí. ¿No se supone que deberían… desaparecer? Si tan solo… pudiera… quitarlas…

Estaba gruñendo y sudando por el esfuerzo, pero no había forma de romperlas ni aflojarlas ni nada. No eran cuerdas. No podía desatar algo que no tenía ni fin ni principio ni nudo en ninguna parte, y cuando miró a Marlowe y vio que el niño también lo sabía, notó que una duda se deslizaba por su rostro; Charlie se estremeció y apartó la mirada. El chico tenía razón en tener miedo.

—No tiene caso, Charlie —murmuró—. Mira tus manos.

Las manos le temblaban terriblemente. Charlie las levantó bajo la luz espeluznante. La piel estaba manchada y perdiendo pigmento.

—Tienes que irte, no puedes quedarte aquí más tiempo. Tienes que salir. *Tienes* que hacerlo ya.

—¿Y si regresa? ¿Tú estás aquí solo y atado así?

Pero el chico lo miraba con claridad, asintiendo con su cabecita de pelo negro y esa forma triste y no muy infantil que tenía. Y Charlie sabía que tenía razón, que él tenía que volver a pasar por el *orsine*, que no le sería de ninguna utilidad a Marlowe si se enfermaba más ahí. El chico no sería lastimado, no podía lastimarse, no ahí, no así. Charlie agachó la cabeza.

—Volveré —susurró.

Recogió el extraño guante del suelo blando, y era casi como si saliera un sonido de él, una música tenue que no podía escuchar del todo. El dedo donde llevaba el anillo de su madre le empezó a doler. Metió el guante en la bolsa.

—¿Recuerdas cómo regresar? —preguntó Marlowe.

Sí lo recordaba. Ni siquiera necesitaba el mapa. Encontraría el río y luego la cúpula de la catedral y el edificio de la calle Nickel y las escaleras muertas que conducían de vuelta al *orsine*. Sería rápido y no se detendría por nada, y volvería a buscar a Marlowe antes de que sucediera algo malo. Eso es lo que haría. Caminó tambaleándose hasta la puerta. Volvió a mirar al niño con sus ataduras oscuras, se pasó una mano por los ojos, luego bajó los escalones de dos en dos con la bolsa golpeando su costado, y echó a correr.

35

VAPOR Y HIERRO

Ensangrentada y exhausta, Alice logró sacar a la señora Harrogate.

El *drughr* había desaparecido hacía mucho tiempo, y Jacob Marber y Coulton se habían ido con él. La extraña herida brillante en el aire se había cerrado. Con mucha dificultad, Alice ayudó a la señora Harrogate a avanzar, iluminadas por el resplandor agonizante de la linterna. Sus sombras se retorcían en el humo. El polvo negro en la oscuridad era asfixiante, y los pies de la señora Harrogate iban dejando largas rayas oscuras, como un rastro en la suciedad. Alice volvía por la linterna y se adelantaba, dejaba la linterna con cuidado, volvía y arrastraba a la señora Harrogate un poco más. Así, poco a poco, emprendieron su lento regreso a través de la humedad y el lodo del túnel, hacia la trampilla, el almacén y el mundo de los vivos.

Estaban a unos seis metros de la salida cuando la lámpara se apagó por completo, y Alice, sudando, resollando y con sus propias heridas sangrando abundantemente, la dejó donde estaba y tiró de la señora Harrogate. El *keywrasse* caminaba lentamente en la oscuridad y su única pata blanca parecía ir brillando enfrente de ellas.

Podía escuchar a los trabajadores que se movían en el almacén, más adelante. Miró a su alrededor en busca de algo, tal vez una cuerda, algo que la ayudara a sacar a Harrogate. Entonces la vio: una escalera.

Lo que estaba pensando, mientras hacía una mueca y arrastraba a la mujer mayor fuera de ese túnel, de vuelta al mundo, era cuán imposible parecía todo en ese momento. Jacob Marber había escapado, con la ayuda del *drughr*, y si Marber era un monstruo con una fuerza descomunal, el *drughr* era infinitamente peor. Alice no había conocido el miedo, pero todo cambió cuando el *drughr* gritó. Coulton, el pobre de Frank Coulton, se había convertido en un *liche* y parecía que no la reconocía, mucho menos a sí mismo. Y peor aún, Marber se había desvanecido en el aire, a través de algún tipo de portal, y si podía moverse de esa manera, ¿cómo podría encontrarlo, arrinconarlo y destruirlo?

Se quedó sentada un largo rato, solo respirando, ahí en el almacén. En algún momento la señora Harrogate perdió el conocimiento. Tal vez era lo mejor, pensó Alice. Por fin se levantó, y de algún modo se echó a la mujer mayor sobre su hombro y, con el *keywrasse* en los tobillos, salió tambaleándose hacia el estruendo y el susurro del almacén, una figura manchada de sangre y harapienta cargando un cuerpo, con la cara embarrada de lodo.

Los hombres se detuvieron en sus aparejos para mirarlas boquiabiertos, hasta los que estaban ayudando a sostener los barriles suspendidos en el aire. Al diablo con eso. Alice simplemente apretó la mandíbula y avanzó a trompicones, hacia los muelles, y de allí hasta donde pasaban los carruajes matutinos.

El primer cabriolé se negó a llevarlas debido a su apariencia, y el segundo se negó a llevar al gato. El tercero estaba gastado y manchado, y les cobró el doble, pero las llevó directamente al 23 de la calle oeste Nickel. Alice se apeó, ignorando la mirada de desaprobación del conductor, la forma en que se echó la gorra hacia atrás y resolló, como si ella y la señora Harrogate hubieran estado bebiendo o algo peor. El conductor no les ofreció ninguna ayuda. Alice arrastró a la señora Harrogate a través de la reja de hierro y la llevó hasta adentro.

La casa estaba oscura y tranquila. El *keywrasse* olfateó la pata de una mesa y luego desapareció entre las sombras del pasillo que se extendía más allá. Había una puerta abierta. Una cabeza de jabalí disecada colgada intacta en una pared sobre la cortina. Alice esperó un momento, escuchó. Luego subió a Harrogate en brazos y la acostó en su cama; se lavó la cara y el cabello grasiento en una palangana, volvió a bajar y salió a la calle. Encontró un barrendero frente al puente de Blackfriars, le dio dos chelines al muchacho tembloroso y le dijo que fuera a buscar un médico lo más rápido que pudiera. Sostuvo otra moneda entre los dedos y le dijo que sería suya cuando llegara el médico.

Regresó a su habitación alquilada, recogió sus cosas, le pagó a la dueña y arrastró todas sus pertenencias bruscamente a través de la intersección hasta el número 23.

Le dolía la cabeza y le dolían los nudillos, pero el dolor en las costillas era peor. Se sentó abajo y esperó al médico. Era un anciano irlandés, que ya no tenía aliento incluso antes de subir las escaleras. Se sentó con la señora Harrogate, sacó un reloj de bolsillo y le tomó el pulso. Luego le levantó los párpados y frunció el ceño. Revisó sus rodillas; le giró las piernas con cuidado a la altura de las caderas. El barrendero esperaba en la puerta, atento y cubierto de mugre, con la moneda de Alice en el mano.

—Se cayó de un caballo —dijo Alice, de pie al lado—. No puede sentir las piernas.

—Vaya caída —gruñó el doctor. Se pasó una mano por el bigote—. ¿Y todos estos rasguños?

—Ramas. Se cayó en el parque.

Él se sacó algo de la lengua. Tabaco. Luego se quitó las gafas, cansado.

—No volverá a caminar —dijo bruscamente—. Lo siento.— Sacó un pequeño frasco de medicina de su maletín—. Para el dolor —dijo.

Alice había dejado de llorar. Solo se sentía muy cansada, y no sabía qué hacer; era una sensación a la que no estaba acostumbrada, y no le gustaba. Cuando Harrogate despertó gimiendo, Alice le administró la medicina y la mujer mayor volvió a quedarse dormida. Alice le lavó la sangre y la suciedad de la cara y el cuello y la dejó reposando. La última noche que había pasado en esa casa, Coulton todavía estaba vivo, y la había pasado sentada en la pequeña habitación al final del pasillo mirando las caras de Marlowe y Charlie mientras dormían. Esa imagen también estaba dentro de ella, y no sabía qué hacer con ella.

El *keywrasse* se la pasó cerca de ella todo el día, frotando su cuerpo contra sus tobillos, saltando sobre su regazo y ronroneando. Ella acariciaba su pelaje, lo rascaba detrás de las orejas y lo miraba: era una criatura larga y enjuta, con cuatro ojos dorados entrecerrados. Alice reprimió un escalofrío al recordar lo que había visto en esa cámara subterránea, al gigante en frenesí de muchas patas.

—¿Qué eres? —murmuraba mientras lo acariciaba—. ¿Sabes que Margaret te tiene miedo? Sí, así es. Tal vez yo también debería, ¿verdad? ¿Qué vamos a hacer, pequeño? ¿Cómo podremos detener a Marber ahora? Ya ni siquiera tengo tus dos weir-bents. —Se asomó por la ventana y vio la niebla amarillenta y tóxica—. Margaret dice que te pondrás raro si no podemos volver a encerrarte.

Solo estaba hablando, murmurando para sí misma, pero entonces algo entró en su mente, casi como un sonido, excepto que estaba ahí dentro. Un destello de dolor, una imagen de color rojo, un chispazo rápido y repentino de comprensión. «Soy yo, soy yo, soy yo». La voz estaba en su cabeza, suave, sin fuerza pero insistente. Luego desapareció y hubo algo más, una especie de percepción: de alguna manera Alice sabía que el *keywrasse* estaba atrapado por los weir-bents, cautivo, como le había explicado Margaret, como un pez en una pecera, pero comprendió que no debería regresar al encierro, que eso estaría mal, muy mal, y que la pobre criatura no debería estar aprisionada. Debería ser *libre*.

Su mano se quedó quieta. Volteó a ver al *keywrasse* con asombro.

—Espera… ¿Ese fuiste… fuiste tú? —susurró—. ¿Me estás hablando?

El *keywrasse* movió una oreja y ronroneó.

Ella se puso de pie bruscamente y la criatura saltó hacia abajo, caminó hasta la esquina del sofá y se detuvo, con la cola levantada.

«No puede ser», pensó Alice, observándolo con miedo. «No, claro que no».

Al día siguiente dejó al *keywrasse* encerrado en la sala y salió sola a la niebla. Aunque todavía era temprano, la niebla era densa, y las calles estaban más oscuras excepto por el halo de los faroles; las figuras pasaban a toda prisa como manchas. Regresó con dos pequeñas ruedas de carretilla, de hierro, en forma de aro y con fuertes radios de roble, y una pequeña caja negra de herramientas para trabajar la madera. Volcó uno de los artilugios apilados en el dormitorio de atrás y se puso a aserrar, medir y martillar. Era un trabajo limpio y la mantendría ocupada. Sus fuertes muñecas estaban adoloridas y con costras donde Coulton la había atacado, pero el dolor no le molestaba. Estaba recordando algo de su infancia en Bent Knee Hollow. A una mujer anciana que ya no podía caminar, a la que habían metido en una vieja carretilla de madera, la habían rodeado de cojines y mantas y cosas así, y la llevaban todos los domingos a las fogatas para que estuviera con los demás. Estaba recordando eso, y pensando en la pobre señora Harrogate, ahora inválida, y se sentía bien estar haciendo un trabajo sencillo otra vez, un trabajo que tenía un fin.

Una vez que construyó el eje reforzó el asiento inferior y fijó las ruedas a la altura correcta, puso la silla de mimbre en posición vertical y construyó una barra de empuje extendida para que la pudiera manejar ella misma. Luego acolchó el asiento y el respaldo con cojines, retrocedió y admiró su trabajo.

Una silla de ruedas.

Por su parte, a la señora Harrogate no le interesaba la lástima. Se despertó enojada con las sábanas sucias, y Alice tuvo que cambiarla y lavarla, y todo el tiempo la mujer mayor tuvo el ceño fruncido y luchó contra el disgusto en su rostro. Quería saber qué había pasado con el *keywrasse* (nada), y qué había pasado con Jacob y el *drughr* (nada), y si Alice se había encargado de notificar a Cairndale lo que habían pasado (no lo había hecho). No le interesaba lo que le había diagnosticado el médico irlandés. Ella ya lo sabía.

—Tenemos que actuar de inmediato, antes de que Jacob y esa criatura lo hagan —dijo ella, mientras Alice la rodaba para cambiar las sábanas—. Recordé algo, en mis sueños. El glífico. La deducción de Jacob. Me temo que no se equivoca: el glífico sí está muriendo, y cuando eso ocurra, el *orsine* también se romperá. El *drughr* podrá salir.

Alice se encogió de hombros.

—No se quede ahí con la boca abierta. Tráigame un lápiz y papel —le ordenó bruscamente la señorita Harrogate. Sujetándose del poste de la cama, se arrastró para sentarse—. Escribiré el mensaje y usted lo llevará al ático. Ahí encontrará un nido con mis… aves mensajeras. Pájaros de hueso, señorita Quicke. Como el que vio en Cairndale. Dele el mensaje a uno de ellos para que advierta al doctor Berghast.

Cuando Alice seguía sin moverse, la mujer mayor se detuvo y volteó a verla. Más bien, a observarla. Se llevó una mano a las marcas en su rostro.

—Ah —murmuró—. ¿Qué pasa? ¿Ha perdido la esperanza?

Avergonzada, Alice no respondió. Cada vez que cerraba los ojos veía esa cosa, ese *drughr*, enorme, oscuro y gritando.

—Señorita Quicke —dijo la señora Harrogate—, aclaremos algo: nada que valga la pena es fácil. Prevaleceremos, mas no si nos damos por vencidas ahora. No tiene intención de rendirse, ¿verdad?

—¿Qué si sí? —respondió Alice de repente, con amargura. La verdad, no lo decía en serio, pero toda la ira, decepción y culpa que sentía por haber fallado salieron burbujeando a la superficie en ese momento, y hasta ella se sorprendió por su tono—. Míranos, Margaret. ¿Qué podemos hacer para detener a Marber ahora? Seguro ya casi llega a Cairndale. Tú misma dijiste que el glífico está muriendo, lo que significa que el *drughr*... —De pronto, su voz se apagó—. Mientras tanto, tú no puedes usar ni una maldita bacinica.

Los ojos de Harrogate destellaron.

—¿Y Cairndale ya ha sido invadido, entonces?

—Tal vez sí. Tal vez Marber se arrastró por ese maldito agujero en el aire y apareció justo en el retrete de Berghast.

—No, no lo ha hecho.

—Según tú.

—Estaba herido, señorita Quicke. Necesitará tiempo para recuperarse, para recobrar fuerzas. Al igual que el *drughr*. Seguramente abrir ese portal lo agotó mucho.

—Hablas como si tuvieras una maldita idea de lo que pasa, y no es así.

—Ah —dijo Harrogate—. Ahí está.

Y era verdad, Alice no podía detenerse.

—No tienes ni idea de lo que es *esa cosa* —exclamó—. Mucho menos de lo que puede *hacer*.

La señora Harrogate observó a Alice por un largo rato.

—Tenía la impresión de que estaba hecha de algo más fuerte —dijo en voz baja—. Al menos el señor Coulton lo creía.

Alice se sonrojó. La furia estaba saliendo de su cuerpo, dejándola avergonzada, irritable y cansada.

—¿Sí? Pues mira cómo acabó él —dijo Alice entre dientes.

—Siéntese —dijo la señora Harrogate.

Alice se sentó renuentemente.

—Esto *no* ha terminado, señorita Quicke. A pesar de lo que Jacob crea, el señor Thorpe no ha muerto aún. Y es bastante más resistente que la mayoría. Parece que el doctor Berghast sabía de su condición, así que espero que él tenga algún tipo de plan en marcha, en caso de que suceda lo peor. —Fijó su mirada de acero en Alice—. Todavía podemos salvar a su Marlowe, y al joven Charles Ovid. A menos que decidamos *no* actuar. Entonces sí que todo habrá terminado; entonces sí que habremos fallado.

—Pero son demasiado poderosos. ¿Qué podemos hacer?

—Pensaremos en algo —dijo Harrogate—. Eso es lo que haremos. —Sus ojos se posaron en la silla de mimbre con ruedas que Alice había construido y que estaba colocada en un rincón junto a la ventana—. Comenzaremos por ponerme en ese *artilugio*. Luego empacará una maleta para las dos. Iremos al norte juntas, en el expreso.

Alice miró las sombras en el papel tapiz, luego miró hacia atrás. Todo parecía inútil. Incluso si pudieran llegar a tiempo... Justo en ese momento el *keywrasse* se deslizó por la puerta abierta, se acercó a la cama y saltó, con ligereza, sobre las sábanas. Se acurrucó y comenzó a asearse.

—Llevaremos a la criatura —dijo la señora Harrogate.

Alice hizo una mueca.

—Me... me habló. Anoche. Me hizo ver que está... atrapado por las llaves, que le hacen daño. Merece ser liberado, Margaret. Está sufriendo.

—¿Le habló? —La señora Harrogate frunció los labios—. Los weirbents son las únicas cosas que lo mantienen bajo control, señorita Quicke, y que nos mantienen a salvo, no se equivoque. Es verdad, son los barrotes de su jaula. ¿Pero tendría a una bestia salvaje libre por ahí? Cuanto más tiempo permanece entre nosotros, sin estar encerrado, menos dominio tenemos sobre él.

El *keywrasse* levantó la cabeza y movió una oreja. Luego bostezó.

—Desde luego, está escuchando. ¿Usted también? —Entonces la señora Harrogate miró a Alice a los ojos con una mirada oscura y preocupada—. Ya vio lo que es capaz de hacer. Tenemos que recuperar esa llave.

—¿Y si no?

Pero la señora Harrogate dejó en el aire la pregunta de Alice y no respondió. No necesitaba hacerlo, Alice entendía demasiado bien lo que quería decir. Si no, *debería ser destruido.* Sin embargo, ella sentía que estaba mal. Cuando veía al *keywrasse* no veía salvajismo, sino dignidad. ¿No merecía acaso encontrarse con su propia naturaleza y volver al lugar que le correspondía?

Pero la mujer mayor no había terminado.

—Tenemos otro problema. Si Jacob tiene el otro weir-bent, entonces el *keywrasse* no podrá atacarlo. Está a salvo.

Alice asimiló eso. Parecía que las cosas no podían empeorar.

Por último, la señora Harrogate añadió en voz baja:

—Jacob no va a esperar a que muera el señor Thorpe. Pretende acelerar su muerte, señorita Quicke. Quiere matar el glífico.

—Pero no pueden entrar en Cairndale, no mientras el glífico esté…

—Usará a Walter.

Alice parpadeó.

—¿Al *liche*? ¿Cómo?

—Él ya está dentro de Cairndale.

Alice se frotó el rostro, tratando de entender.

—Walter está muerto, Margaret. Murió en el tren…

—Por desgracia, no. El doctor Berghast lo tiene en Cairndale. Lo encontraron inconsciente en las vías después del ataque y el criado del doctor Berghast se lo llevó. Para… interrogarlo. —Los ojos de la señora Harrogate se oscurecieron por la repulsión que sintió—. Pensamos que estábamos siendo inteligentes, pero no lo fuimos. Walter está allí a propósito. Jacob lo quiere allí. Y si Walter se libera y mata el glífico…

Alice se humedeció los labios.

—Entonces ese monstruo podrá entrar.

Margaret asintió.

—Cualquier cosa podrá entrar.

Ronroneando, el *keywrasse* levantó sus cuatro ojos dorados.

En ese mismo momento, en las profundidades de Cairndale, Walter Laster retrocedía en la húmeda oscuridad, con el tintineo de sus cadenas, hasta quedar recargado contra el muro de piedra. Tenía frío. Tanto frío. En algún lugar en la oscuridad, al otro lado, estaba la mesita y el plato azul con su opio. Siempre había hecho lo correcto por su Jacob, ¿no? Él lo amaba, ¿no?

Oh, pero Jacob no lo había abandonado, no su propio amigo…

El tiempo pasaba lentamente. Horas sin luz, días sin luz. A veces la puerta hacía ruido, los cerrojos se movían, luego una rendija de luz gemía y se ensanchaba, y entraba el hombre alto y silencioso, el sirviente… ¿Cómo se llamaba? Bailey… Y contemplaba a Walter con una mirada aterradora en los ojos y Walter gemía, oh, Walter suplicaba. «Por favor, por favor, no me golpees otra vez, por favor». Luego la oscuridad de nuevo, y la puerta. El chasquido, los cerrojos retrocediendo, el mismo rayo de luz de la linterna que se ensanchaba, y el criado, Bailey, de vuelta, llevándole agua tal vez, llevándole carne.

Pero el otro, el doctor, el de la barba blanca y los ojos terribles que fingía ser amable, Henry Berghast, sí… él no fue a verlo. Y Walter esperó, mientras a su alrededor el aire zumbaba con violencia, las piedras temblaban débilmente, y sentía al *orsine* como a un ser vivo, ansioso.

«Walter Walter…».

—Somos Walter —susurraba él, con el corazón lleno de tristeza, y se pasaba la lengua por sus dientes filosos como agujas.

«Jacob viene, Walter. Ya casi es hora…»

Y gemía para sí mismo, y sacudía las cadenas en sus muñecas, como si las voces pudieran ver y escuchar, y sacudía la cabeza con frustración.

—Pero no podemos hacerlo, cómo vamos a hacerlo, mira, míranos…

El zumbido en el aire se seguía escuchando, y las voces no paraban.

«Encuentra al glífico. Encuentra al glífico encuentra al glífico encuentra al…».

36

LA VERDAD DE LA ALQUIMISTA

Komako observó a Ribs con su pesada capa cruzar entre los bolardos al otro lado de la calle y entrar en la tienda de velas. La puerta se cerró detrás de ella. La tienda estaba a oscuras y el escaparate reflejaba las distorsiones acuosas de la calle. A su lado, Oskar resoplaba, con los ojos arrugados por la preocupación.

Pasaron cinco minutos

Diez.

—Muy bien —dijo Komako—. Vamos por ella.

—¿No se supone que debemos esperar hasta que salga? —dijo Oskar—. ¿No fue lo que dijiste?

Ella se limpió la lluvia del rostro.

—¿De quién es este plan?

—¿Tuyo?

—Mío. Ahora, si quieres esperar aquí afuera solo…

—No —dijo Oskar rápidamente.

El interior de la tienda de Velas Albany estaba muy silencioso y también muy oscuro. Las ventanas delanteras estaban grasientas con hollín en el interior y apenas si entraba la luz del día lluvioso. La puerta se cerró con el sonido de una campana detrás de ella, y Komako se quedó parada un largo momento, dejando que sus ojos se acostumbraran.

El aire se sentía encerrado, insalubre. Había un hedor a grasa de sebo y aceites y a algo más fuerte y desagradable, como cloro, que le quemaba las fosas nasales. También había pilas de velas junto a la puerta, cajas de madera selladas y estampadas. Komako dio un paso hacia adelante con cautela, mientras se quitaba los guantes.

Era una tienda estrecha en una esquina, con el escritorio del empleado muy al fondo. Sus ojos recorrieron el techo bajo, manchado de marrón donde el agua se había filtrado a lo largo de los años. Había antorchas de gas en las paredes que emitían una luz tenue. Cuando pudo ver mejor, empezó a avanzar por un largo pasillo repleto de latas, tarros y montones de cuerdas de todo tipo, y oyó que Oskar la seguía, con los zapatos mojados chirriando suavemente. Se escuchaba una discusión al fondo de la tienda. Dos voces.

Pero ninguna le pertenecía a Ribs. Eran un hombre y una mujer, viejos, casados tal vez. La mujer se escuchaba molesta por algo, ofendida. Komako agachó la cabeza mientras se acercaba, pero luego, antes de llegar a donde estaban, sus ojos se fijaron en algo debajo de un estante y se congeló. Era una capa mojada, cuidadosamente doblada. También un vestido gris liso, una camisa y unos zapatos muy mojados.

Oskar se agachó a su lado y sacudió la cabeza.

—Se desvistió, Ko —susurró él—. Se hizo invisible.

—Genial. —El verdadero talento de Oskar, pensó irritada, debería ser afirmar lo obvio, pero si Ribs se había desnudado significaba que podría estar en cualquier parte. También significaba que debía haber visto algo, escuchado algo que la hizo tomar esa precaución. Ella y Oskar tenían que ser cuidadosos.

—¡Oye! ¡Tú!

Komako alzó la mirada. Una anciana con un delantal de cuero y con un pañuelo atado en el cabello la miraba fijamente. Sonaba inglesa, no escocesa. Sujetaba una cuchara de madera en su puño arrugado y le faltaba la otra mano.

—¿Qué hacen escabulléndose aquí? ¿Eh?

—No estamos escabulléndonos —dijo Komako, con calma y enunciando cada palabra. Se quitó la capucha y Oskar hizo lo mismo.

—Vaya, es una pequeña niña lascar, Edward —exclamó la mujer. Estaba mirando detrás de ellos; Komako se volvió y vio, al otro extremo del pasillo, a un anciano corpulento en mangas de camisa que estaba bloqueando la salida. Su barba estaba despeinada y manchada de tabaco alrededor de la boca. Sus muñecas peludas estaban rodeadas de suciedad—. ¡Y si no habla el inglés de la reina!

—Eh —gruñó el hombre.

Komako levantó la barbilla al escuchar el nombre del hombre, ignorando el comentario de la anciana.

—¿Señor Edward Albany? —dijo—. ¿Es usted, señor?

—Eh —gruñó el hombre otra vez, y arqueó las cejas con una mirada sospechosa.

—Hemos estado buscándolo, señor. Somos del Instituto Cairndale. ¿Lo conoce? —Observó su rostro para ver su reacción, pero no hubo nada ni un destello de reconocimiento. Se volvió hacia la anciana, pero ella también parecía estar esperando que Komako dijera algo más.

—Sigue —dijo la mujer—. ¿Qué pasa con ese instituto?

—¿No hacen entregas al instituto? —preguntó Komako, sintiéndose insegura de repente.

Edward Albany frunció el ceño y miró con impotencia a la mujer. Komako vio entonces que había algo infantil en él, a pesar de su edad. Sostenía en su otra mano varios lazos de alambre, los cuales colgó de un gancho en un estante, para reemplazarlos; luego se encogió de hombros y se fue a otra parte de la tienda. Podía escuchar su respiración agitada incluso después de que se había marchado.

Oskar la miraba por debajo de sus pestañas bajas, con una pregunta en los ojos. Ribs no estaba por ninguna parte.

—Entonces, ¿qué es lo que necesitan, niña? —preguntó la mujer, haciéndose cargo—. ¿Entregas, dices? Hacemos entregas, pero solo dentro de los límites de la ciudad. Verás, aquí solo estamos nosotros dos. No somos ni la mitad de lo que solíamos ser. ¿Dónde dijiste que está ese instituto?

Cuando se acercó, Komako pudo percibir el olor a cloro y grasa que emanaba de ella. Su mano estaba raspada hasta la muñeca, y descolorida, y el otro muñón parecía carne cruda. Tenía los ojos amarillentos por la edad o la desnutrición, o quizá por alguna otra enfermedad más seria, y los ojos le lagrimeaban un poco en las comisuras. Komako vio que se había equivocado, que la brusquedad de la mujer no era falta de amabilidad. Simplemente era pobre y había tenido una vida dura.

—Están empapados hasta los huesos —murmuró la mujer—. Están goteando por todo mi piso.

Komako asintió.

—Sí, señora.

—Vengan, vengan. Soy la señora Ficke. Pasen a calentarse un poco. Hay una pequeña estufa en la parte de atrás que emite tanto calor como un caballo. ¿Tú cómo te llamas, chico?

—Oskar, señora.

De pronto, Komako se sintió más tranquila.

—Señora Ficke —dijo—. ¿El nombre de Henry Berghast significa algo para usted? Estamos aquí por él.

La anciana, ahora más cerca, golpeteó pensativamente la cuchara de madera contra su barbilla.

—Berghast, Berghast… —murmuró ella. Sus ojos se iluminaron—. Pues… creo que sí.

Komako se estaba secando las manos en su delantal.

—Entonces, ¿lo conoce?

Algo cambió en el rostro de la señora Ficke, como una sombra rápida, justo debajo de su piel. Luego dijo:

—¿Barba blanca? ¿Guapo como el mismísimo diablo? —Asintió—. Aunque tiene un temperamento difícil. Oh, sí, creo que lo conozco.

Komako no había pensado lo que diría después de eso. Había estado imaginando que tendrían que colarse, tal vez escuchar a escondidas, no encontrarse de frente con la propietaria o la directora o lo que fuera, y que fuera tan… servicial.

—Señora Ficke —comenzó—, estamos aquí debido a algunas entregas que recibe Cairndale, cada dos semanas. Y los… eh, pasajeros que se lleva el carruaje. Nos dirigieron hacia aquí. Tenemos algunas preguntas…

—¿Aquí? ¿A mi tienda? ¿Quién, querida?

—Es complicado.

—La mayoría de las cosas lo son, sin duda. —Una mirada astuta apareció en su rostro—, pero dime la verdad, ¿Henry sabe que sus pupilos han escapado y que están hurgando en sus asuntos?

Los ojos amarillos de la anciana se movieron, por solo un segundo, a la izquierda de Komako, pero fue suficiente advertencia. Komako giró rápidamente sobre sus talones, atrayendo el polvo hasta la punta de sus dedos.

Ahí estaba Edward Albany, asomado por encima del estante y sujetando un pesado garrote. Todo sucedió muy rápido. Albany derribó unos frascos cuando su pesado brazo se balanceó con fuerza, y Komako escuchó a Oskar gritar. Ella estaba invocando el polvo, pero era demasiado tarde: el brazo del hombre estaba cayendo de nuevo, luego ella sintió un dolor punzante que llenó su cabeza y sus ojos se pusieron en blanco y, de repente, todo era paz, tranquilidad, silencio, oscuridad.

Invisible detrás del mostrador, Ribs observó en silencio cómo sus amigos quedaban inconscientes. Ella no hizo ningún movimiento para ayudarlos ni se movió ni trató de acercarse, mientras el viejo candelero cerraba la puerta de entrada con llave y giraba el letrero para cerrar la tienda. Manipular su talento después de una larga noche sin dormir le estaba poniendo la piel de gallina, sentía que su interior estaba en llamas. Hizo una mueca, pero mantuvo el dolor bajo control. Lo que necesitaba ahora, más que nada, era quedarse quieta.

La verdad era que se sentía molesta. Molesta por la impaciencia de Komako, molesta por las preguntas astutas de la anciana. Claro, tal vez había sido una idea estúpida ir a escondidas a Edimburgo para averiguar qué estaba haciendo Berghast. Ella podría habérselo dicho a Ko, sin duda, pero ¿alguien la escuchaba alguna vez?

Primero muertos que escucharla, ¿verdad?

Se había metido en la tienda en silencio, levantando la mano para amortiguar la campana cuando la puerta se cerró detrás de ella, luego comenzó a avanzar lentamente por el pasillo. Fue entonces cuando oyó hablar a los viejos, y de inmediato se agachó y se quedó escuchando. Casi la primera palabra que distinguió fue *Cairndale*. Se desnudó en silencio, se secó el cabello con la camisa; luego dejó su ropa escondida. Dejó que la picazón le cubriera la piel hasta que solo hubo luz y polvo donde debería estar su carne. Siempre era un momento de vértigo, mirar hacia abajo, a sus manos y pies, y no ver nada, y siempre estaba ese breve instante en el que sentía que se iba a caer, pero pasó, como siempre pasaba; su cabeza se aclaró, y ella se deslizó hacia adelante para escuchar mejor.

La anciana a la que le faltaba la mano estaba hablando de las entregas. Esa misma noche llegaría una, al parecer, y ella estaba instruyendo al hombre canoso sobre el cuidado particular de las cajas. Fuera lo que fuera lo que hubiera en estas, al parecer, era frágil y de mayor valor que de costumbre. El hombre se limitó a asentir conforme iba escuchando sus instrucciones, mudo y sombrío. Fue entonces cuando la anciana lo dijo:

—Será pronto —murmuró—. Ese pobre glífico no vivirá mucho más, y no hay solución para eso. No se puede tapar un agujero en un bote con cera de abejas, solía decir mi viejo señor Ficke. Y ellos, los que están arriba, son cera de abejas o algo peor. No, Henry no lo aplazará mucho más.

La anciana se interrumpió y alzó sus ojos amarillos. Ribs contuvo la respiración. La mujer miraba en su dirección, casi como si pudiera verla.

Fue entonces que la puerta del frente de la tienda resonó; Ribs miró hacia atrás: eran Komako y Oskar, que habían entrado goteando.

Ahora los habían derribado, a los muy bobos. Ella rechinó los dientes, pero al observar la forma cuidadosa en que la anciana y su acompañante los manejaron, el cuidado que pusieron para no golpearles la cabeza con los estantes mientras los llevaban hacia las escaleras del sótano, hizo que Ribs se detuviera. Independientemente de lo demás, la anciana no parecía querer hacerles daño.

Al menos no todavía.

Había una escalera vieja y desvencijada en la parte trasera de la tienda que llevaba al segundo piso, y Ribs se apresuró hacia ella. Arriba, había dicho la anciana. Claro, había que rescatar a Ko y Oskar, pero una vez que lo hiciera no habría más oportunidad de echar un vistazo alrededor; lo mejor era revisar primero.

En silencio, y pegada al borde exterior de los escalones para evitar crujidos, subió.

Komako abrió los ojos en la oscuridad. Su cabeza palpitaba. Se movió y vio que sus manos manchadas estaban atadas frente a ella y sus bolsillos vaciados. Oskar yacía a su lado, también atado. Estaban en el suelo de un sótano mal iluminado, y la tierra debajo de ella estaba fría y húmeda.

—Ah, ya despertó. Excelente. —La anciana se movía en la oscuridad, acomodando cosas y pateando basura y su voz se escuchaba chirriante y apagada a los oídos de Komako.

Gimió a su pesar, sacudiendo la cabeza para despejarse.

—Sí, ese fue Edward—dijo la mujer—. Lamento lo de tu cabeza. No conoce su propia fuerza, pero no podemos ser demasiado cuidadosos. Dame un momento mientras termino con esto…

La mujer debió encontrar lo que estaba buscando, porque se detuvo, y un momento después una luz floreció en el sótano y Komako vio dónde estaban.

Era un laboratorio. Había tubos de vidrio a lo largo de las paredes con algún tipo de líquido que se movía lentamente adentro, y estufas en dos de las esquinas con algo burbujeando en ellas. Había una estantería vencida bajo el peso de varios tomos gruesos. Cerca de Komako, en un largo canal de madera, vio cientos de escarabajos blancos reptando sobre ellos mismos. Había cajas y barriles cubiertos de polvo que se asomaban en la oscuridad, y frascos con cosas muertas a lo largo de la pared del fondo. Y en una mesa larga en el centro del sótano la señora Ficke estaba trabajando, quitando frascos y libros del camino, y preparando un brebaje. Se había atado un aparato extraño al muñón de su brazo dañado, una especie de gancho de hierro con garras móviles, accionado por engranajes y palancas. Estaba sujeto a su cuerpo con correas de cuero y hebillas que cruzaban su pecho y corrían detrás de sus hombros. Lo usaba hábilmente para mover y destapar frascos y levantar cajas. Komako se quedó mirando.

Oskar había empezado a moverse, levantó su rostro regordete y miró a su alrededor, con miedo repentino cuando cayó en cuenta de su situación.

—¿Ko?

—Está bien —susurró ella—. Estamos bien.

—Hola, Oskar —dijo la señora Ficke amablemente—. Una disculpa por las cuerdas.

—¿Qué nos vas a hacer? —preguntó Komako.

—¿Hacer?

—¿No nos harás daño?

La anciana hizo una mueca.

—Ay niña, claro que no.

—No te creo.

—Como quieras. —Ella siguió trabajando en su mesa larga, vertiendo un polvo fino en una balanza y midiendo con cuidado.

—Entonces demuéstralo —dijo Komako—. Desátanos.

La señora Ficke se detuvo solo lo suficiente para sonreír condescendientemente, pero no hizo movimiento alguno para desatarlos. Por encima de ellos, las tablas del piso de la tienda crujían cada vez que alguien, tal vez Edward Albany, pasaba caminando pesadamente. El polvo se tamizaba a la luz de la linterna.

—Tú debes ser Komako —dijo la señora Ficke—. La manipuladora de polvo, ¿verdad?

Komako parpadeó.

—¿Sabes… quiénes somos?

—Más de lo que imaginas. Y tú, Oskar, ¿dónde está tu compañero? Tu… gigante de carne, ¿verdad? ¿Cómo lo llamas?

Oskar la fulminó con la mirada.

—Él vendrá por mí. No querrás estar aquí cuando lo haga.

—Estoy segura de que estás en lo correcto. Es una criatura bastante formidable. Esperaba que Eleanor estuviera con ustedes.

—Ella fue a conseguir ayuda.

—Oh, no lo creo. —La anciana miró a su alrededor en la oscuridad—. No, yo creo que ella está aquí, con nosotros, ahora. Estás aquí, ¿verdad, Eleanor? Confío en que no intentes hacer alguna tontería.

No hubo ningún sonido en la oscuridad, ninguna respuesta. A Komako no le parecía que Ribs estuviera cerca, aunque a veces era difícil saberlo. Tenía miedo por su amiga. Por otra parte, supuso que, dondequiera que estuviera Ribs, tal vez estaba mejor que ellos ahí.

—No importa —dijo la señora Ficke—. ¿Son respuestas lo que buscan? A Henry nunca le agradé mucho, pero no creo que enviara a sus pupilos como… advertencia. Así que supongo que están aquí por su propia voluntad. ¿Qué hicieron, huir del instituto? ¿O han venido en busca de algo más… específico?

Komako se humedeció los labios. Sintió el frío en sus muñecas, el dolor helado, y respiró hondo cuando el polvo comenzó a arremolinarse alrededor de sus dedos. Si esa mujer supiera tanto como decía, entonces habría sabido que las cuerdas serían de poca utilidad contra el talento de Komako.

Pero la señora Ficke emitió un suave chasquido con la lengua, como de desaprobación.

—Eso no es necesario, Komako, ni útil. No si lo que buscan son respuestas.

La anciana sacó uno de sus alambiques con la mano buena, le dio la vuelta a la mesa y derramó un polvo oscuro en un círculo alrededor de donde yacían Komako y Oskar. De repente, el dolor desapareció de los dedos de Komako y el polvo se asentó: su talento había desaparecido.

—¿Qué…?

—Es un polvo silenciador, niña. Yo misma lo inventé. Obtuve la idea después de estudiar a una bruja de huesos, oh, hace muchos años. No funciona por mucho tiempo, pero nos permitirá ser civilizados entre nosotros, al menos por ahora. —La señora Ficke volvió a su larga mesa de trabajo, movió algunas botellas y frascos y hurgó en el líquido humeante. La linterna brillaba desde una pila de libros antiguos a su lado—. Tienes miedo de que mi intención sea hacerles daño, pero tú y yo no estamos en desacuerdo. No debería ser así entre los de nuestra clase. No está bien. Además, Henry tendrá sus propios castigos para ti cuando regreses a Cairndale.

—¿Nuestra clase?

—Yo soy como tú. O bueno, solía serlo. Te ves sorprendida.

Si el rostro de Komako traicionó su incredulidad, no pudo haberlo evitado. Bajó la barbilla para que su cabello cayera sobre sus ojos.

—Soy parte de los exiliados. Ah, ¿has oído hablar de nosotros? Aunque no mucho, me imagino. En mis tiempos rara vez se hablaba de eso. —La anciana frunció el ceño—. Hay algunos que pierden sus talentos cuando alcanzan la mayoría de edad. Nadie ha podido explicar el motivo. Simplemente se desvanecen un día. Y si ese día llega, lo que hacen en Cairndale, lo que Henry hace, es pedirles cortésmente que se vayan.

—La corrieron —susurró Oskar al comprender.

—El doctor Berghast nunca haría eso —dijo de inmediato Komako, muy segura.

Pero la señora Ficke se limitó a levantar el rostro a la luz de la linterna. Su voz era suave.

—Ah, entonces conoces muy bien a Henry, ¿verdad?

—Ha estado sola desde entonces —le susurró Oskar a Ko—. Imagina…

—Ah, no, nada de eso, chico —dijo, mirando a Oskar con enojo—. No quiero su lástima. He tenido una vida más interesante que la mayoría. Hay muchos experimentos por hacer y conocimiento por adquirir. —Hizo un gesto hacia el sótano que los rodeaba—. No parece gran cosa, no es una universidad elegante, pero es mío. De todos modos nunca ha habido mucho lugar para las mujeres en la Real Sociedad. Y a los de su clase no les importarían mucho mis intereses; esos solo piensan lo que se supone que deben pensar. Mientras que yo he dedicado mi vida a estudiar lo contrario. He estudiado lo que no debería existir.

Komako frunció el ceño.

—Sí. Velas.

—Alquimia, querida. Una rama del conocimiento más antigua que la ciencia, y más sabia. Oh, los científicos tienen miedo de lo que nosotros, los alquimistas, alguna vez supimos. Cuando Henry me envió lejos yo tenía diecinueve años, y era de poca utilidad para él en aquel entonces.

—¿Y crees que te necesita ahora?

A la mujer le brillaron los ojos.

—Oh, he sido de gran utilidad.

—Por el glífico.

—Por mis tinturas, sí —murmuró la señora Ficke—. Lo he mantenido con vida todo este tiempo. Eres una pajarilla inteligente, ¿eh? Pero he hecho más que eso, querida.

Los nudos en las muñecas de Komako se enterraban en su carne. Miró a Oskar a la luz de la linterna; él miraba con los ojos muy abiertos a la anciana, asustado.

—¿Qué estás diciendo? —susurró Komako lentamente, temiendo la respuesta—. ¿Qué cosas has hecho?

Ribs se detuvo en lo alto de las escaleras. Debajo de ella, la tienda estaba en silencio. Podía oír el sonido de la lluvia golpeando débilmente contra el techo, en alguna parte. Ella dio un paso cauteloso hacia adelante.

El piso superior de la tienda estaba muy oscuro. Ribs se encontró en un largo pasillo que corría a lo largo del edificio y terminaba en una ventana que daba a la calle, pero la ventana había sido cubierta con ladrillos tiempo atrás. Había varias pequeñas ventanas altas en la pared derecha, que arrojaban la poca luz que había; a la izquierda había muchas puertas, como en una pensión, todas cerradas.

Fue entonces cuando escuchó el sonido. Una especie de gemido procedente de la puerta más cercana. Podría haber sido un gatito, llorando. Intentó tirar de la puerta, pero esta no se abrió. Entonces presionó una oreja contra ella. El gimoteó cesó, luego empezó de nuevo.

Había siete puertas en total, todas cerradas. No podía oír ningún sonido en las demás, a excepción de la penúltima: sonaba como si alguien estuviera escarbando desde adentro, como el sonido de un pequeño animal cavando.

Ella se volvió, insegura. Unas fuertes pisadas se acercaban por las escaleras. Era el hombre corpulento, Edward Albany. Llevaba una caja de madera en sus dedos desgastados, y algo tintineaba en el interior de la caja. Ribs lo vio arrodillarse, dejarla en el suelo con una suavidad inesperada y luego sacar un cuenco con una especie de bazofia y una taza grasienta. Luego abrió la primera puerta y entró.

Rápidamente, con el corazón en la garganta, caminó de regreso por el pasillo en la penumbra. Le llegó un fuerte olor a carne sucia. Al llegar a la puerta se detuvo, tratando de entender lo que estaba mirando.

Una habitación pequeña. El interior estaba oscuro, la ventana del fondo estaba tapiada. Se filtraban algunas franjas de luz entre las tablas y se extendían por el suelo. Ribs vio una cama pequeña. Un baúl de ropa. Y una figura harapienta en un rincón, encorvada, de espaldas, temblando y llorando suavemente. Vio cómo Edward Albany colocaba el plato y la taza junto a la puerta, entraba y se cernía sobre el niño.

Excepto que no era un niño. Ahora podía verlo mejor. Era blando y deforme, y levantó un brazo torcido cuando Edward Albany se agachó junto a él. Lo que parecían ser raíces o ramas brotaban a lo largo de su espalda y su túnica había sido cortada para hacerles espacio. Albany lo tomó entre sus brazos, lo sostuvo, lo meció y le canturreó; y poco a poco la cosa dejó de llorar.

Las extrañas protuberancias parecidas a raíces se entrelazaron en las muñecas y los brazos de Edward Albany, pero con suavidad. Parecía que la criatura no podía caminar sino arrastrarse y, después de un rato, Albany la levantó sin esfuerzo, la llevó a la cama y la acostó. Ribs vio que había un estante con libros; el hombre abrió uno y comenzó a leer. Fue entonces cuando la criatura levantó la cara y movió la lengua como si tratara de hablar, y Ribs vio con horror quién era.

Sus rasgos habían cambiado, casi se habían derretido. Tenía la nariz torcida y los ojos extrañamente hundidos en las cuencas; pero era él, conocía su rostro, lo había visto durante los últimos seis años en los pasillos, en el comedor, en los campos.

Era el chico desaparecido, al que llamaban Brendan. El que había estado construyendo la maqueta de Cairndale con cerillas.

Edward Albany le estaba leyendo gentilmente a Brendan, mientras acariciaba el cabello del niño con su gran mano llena de cicatrices. Su cabello era blanco y crecía extrañamente a un lado de su cuero cabelludo. Ribs bajó la mirada hacia la caja y vio seis tazones y seis tazas más; luego miró hacia atrás, a las otras seis puertas distribuidas a lo largo del pasillo, y entendió.

Abajo, en el sótano, Komako se frotaba las muñecas y trataba de acercarse a Oskar, mientras observaba, a través de la penumbra, cómo la señora Ficke continuaba con su trabajo en la mesa larga. La anciana se había vuelto impredecible, astuta. Parecía que quería decir más, pero se había detenido.

El aire tenía un extraño olor a quemado.

—Continúa —dijo Komako, frustrada—. ¿Por qué ayudar a Cairndale, si te enviaron lejos? ¿Por qué trabajar para el doctor Berghast si no te agrada?

—¿Agradarme? —El destello de una sonrisa cruzó el rostro de la anciana—. ¿Qué tiene que ver eso?

—Podrías irte. A Londres, Estados Unidos, a cualquier lugar. No tienes por qué quedarte aquí, haciendo… tinturas.

La señora Ficke resopló.

—Todo parece tan simple a tu edad. Lo recuerdo, pero nada lo es, no realmente, no cuando consideras factores como el tiempo, la traición y el perdón. La verdad es que tengo con Henry una… deuda. Una deuda que no nunca podré pagar en su totalidad, sin importar cuánto lo intente. —Inclinó la cabeza un momento y luego miró hacia arriba. Los engranajes de su gancho de hierro rechinaron—. Mi hermano, Edward. Henry fue tan amable con él que le salvó la vida. Lo correcto es honrar tus deudas, incluso si deben pagarse con sangre.

—¿Con… con… con sangre? —tartamudeó Oskar.

Komako sintió cómo se calentaban sus mejillas.

—Lo siento —dijo en voz baja—. ¿Qué ocurrió?

La señora Ficke se encogió de hombros.

—Tienen razón en sospechar, queridos. —La pálida lengua de la señora Ficke se asomó de su boca, como si probara el aire—. Yo habría pensado lo mismo a su edad. Ahora, seamos francos entre nosotros. Están aquí por los niños desaparecidos. No me mientan.

Oskar abrió la boca para hablar, pero mejor la cerró.

Komako se sacudió la trenza del rostro.

—¿Dónde están?

—Hay más en juego de lo que pueden imaginar —murmuró la señora Ficke—. Creen que están cazando a un león, pero en realidad es la jungla la que los está cazando a ustedes.

Hizo una pausa y miró las sombras que había en el sótano, como si estuviera decidiendo algo. Luego se acercó y desató las cuerdas. Oskar se enderezó y se frotó las muñecas. Por su parte, las muñecas de Komako se sentían como si estuvieran en llamas; estiró y frotó la piel en carne viva con cuidado.

—Eleanor —dijo la anciana—. Sal, por favor. Si buscas tu ropa, la bajé y la dejé detrás de ese barril, en el rincón. ¿Podrías vestirte y acompañarnos…?

Komako sonrió complacida para sí misma. Esperaba que Ribs estuviera lejos de allí, tal vez buscando alguna manera de ayudar, pero después de un momento, para su sorpresa, escuchó la voz de Ribs.

—Ya los vi —susurró una voz enfurecida.

—¿Qué viste?

De detrás de una caja apareció Ribs, con la cara manchada de tierra y el pelo revuelto sobre los hombros. Ya estaba vestida. Caminó lentamente y se paró al lado de Komako y Oskar; su rostro irradiaba odio.

Apenas le dedicó una mirada a Komako; toda su ira estaba dirigida a la señora Ficke.

—Vi a Brendan. Y a los demás.

La señora Ficke se quedó muy quieta. Su garra en forma de gancho estaba suspendida sobre el fuego; la retiró, parpadeó y frunció el ceño.

—No se suponía que subieras —dijo.

—¿Qué le hiciste? ¿Eh? —preguntó Ribs, alzando la voz—. ¿Qué les has hecho a todos ellos? Cuando el doctor Berghast se entere…

—Cuando se *entere*.

—Cuando le cuente lo que has hecho…

—Cuando le *cuentes*.

—Entonces te arrepentirás. —Ribs tenía los puños apretados y dio un paso amenazador hacia la anciana.

Pero la señora Ficke ni siquiera se inmutó.

—Ay, querida, realmente no has entendido nada —dijo con pesar—. Lo que viste arriba de las escaleras es obra de Henry, no mía.

—¡No mientas! —gritó Ribs.

Komako hizo retroceder a su amiga.

—¿Qué está sucediendo? ¿Ribs?

Ribs se dio la vuelta. Su mirada lucía salvaje.

—Son monstruos, Ko —dijo apresuradamente—. Todos están encerrados en pequeñas habitaciones y se han convertido en… —Se estremeció.

La boca de Oskar estaba abierta.

—¿Quiénes? ¿Los niños desaparecidos?

Komako se alejó bruscamente del polvo silenciador y convocó un gran puñado de polvo. Sentía una gran furia creciendo dentro de ella. Sintió la sacudida y el intenso dolor que le subía por las muñecas y los antebrazos cuando el polvo se apoderaba de ella. Miró hacia las escaleras, pero no había ni rastro de Edward Albany.

—Adelante —dijo la señora Ficke, impávida por la demostración de Komako—, pero si lo haces no quedará nadie que los alimente, los bañe o los cambie. ¿Crees que a Henry le importa mantenerlos con vida? Hemos sido Edward y yo quienes nos hemos encargado de eso.

Un polvo profundamente negro giraba alrededor de los puños de Komako.

—Muéstrame —dijo—. Muéstrame lo que ustedes han hecho.

Komako nunca había sentido tanta ira, tanto poder. La asustaba. Se encontraron con Edward Albany en las escaleras y, a pesar de su tamaño, ella sintió que sería muy fácil romperle el cuello con una cuerda de polvo. El hombre sostenía una caja con tazones y tazas sucias a la altura del vientre, y se quedó parpadeando, mirando hacia abajo, a la oscuridad que giraba en espiral alrededor de los puños de Komako, como si estuviera confundido, hasta que su hermana lo apartó con impaciencia y los guio.

La señora Ficke se detuvo en la cuarta puerta del pasillo vacío.

—Esta de aquí es Deirdre —dijo, mientras sacaba un llavero—. Ella llegó con nosotros, oh, hace unos dos años. No se reconoce ni a sí misma, así que retrocedan. No tiene sentido asustar a la pobre más de lo que ya está.

Los puños de Komako estaban ardiendo. El dolor frío se había extendido hasta sus hombros y se irradiaba a través de sus huesos. Sabía que debería dejarlo ir, soltarlo, pero en medio del dolor había algo nuevo, algo que le gustaba.

—Ko, tus ojos —dijo Ribs.

—Están completamente negros —susurró Oskar. Se veía preocupado.

A ella no le importó. Se sentía bien, pero cuando vio a la niña encogida en la habitación, y la forma en que la señora Ficke se arrodilló junto a ella y le acarició la espalda, su ira murió de repente. Soltó el polvo, simplemente lo dejó ir, y este se derrumbó al instante, depositándose como ceniza sobre su ropa, sus zapatos y el suelo.

Y es que la anciana demostró de pronto una gran ternura.

La niña, Deirdre, estaba de pie en medio de la habitación. La ventana había sido cubierta con cal, pero aun así, llenaba la pequeña habitación con una luz suave. El cabello de la niña se había vuelto blanco, estaba largo y cubría su rostro, como si fuera tímida o tuviera vergüenza. Su cuerpo era chico, como el cuerpo de un niño pequeño, y algo le pasaba a su mitad inferior. Sus tobillos, sus rodillas, sus muslos, todo se había endurecido, entrelazado y adoptado la forma de un árbol nudoso; sus pies eran como raíces y sus piernas, el tronco. Sus dedos eran largos y descascarillados, y les brotaban pequeñas hojas verdes. Por mucho que trató de evitarlo, Komako sintió una repugnancia creciente en su interior. Oskar dio un grito ahogado. Los ojos de Ribs estaban húmedos.

—¿Qué… tiene? —susurró Komako.

—Ha sido glificada —dijo la señora Ficke—. Eso es lo que tiene. Y es algo horrible. —Había una pequeña muñeca cosida en un rincón; la anciana fue por ella y la deslizó en el hueco inmóvil del brazo de Deirdre—. Esto es todo lo que queda de ella, pobre criatura. No parecía correcto dejar que Henry se deshiciera de ella. De ninguno de ellos. Así que hicimos lo que pudimos, los trajimos aquí para cuidarlos. Simplemente están tristes y confundidos, en su mayoría. No sé qué queda de ellos por dentro, pero por fuera no hay ninguna parte de ellos que sea dañina en absoluto.

—¿Ustedes… los cuidan? —dijo Ribs lentamente.

La señora Ficke acomodó suavemente el cabello de la niña detrás de una oreja, revelando un rostro pálido en forma de corazón, con los ojos cerrados.

—Nadie más lo hizo —dijo.

—¿Qué es glificado? —preguntó Komako.

El rostro de la anciana se endureció.

—Oh, son solo exiliados, como yo. Excepto que, cuando perdieron sus talentos, Henry les dio una opción a estos pequeños. Les contó sobre el señor Thorpe, su enfermedad, y lo que sucedería en el instituto cuando el glífico muriera y el *orsine* se abriera. Y les dijo que tal vez ellos podrían ayudar. Que podrían mantener a salvo a sus amigos. Y, a cambio, les devolvería su talento. Estos de aquí son los que aceptaron intentarlo.

—¿Intentar qué? —susurró Komako, pero ya sabía la respuesta.

—Volverse un nuevo glífico. A su imagen y semejanza. Y reemplazar al señor Thorpe cuando muriera, controlar el *orsine* y las protecciones y todo eso. Oh, nunca funcionó, desde luego. Un glífico no se crea así, pero Henry tenía la idea de que la clave de todo éramos los exiliados. Excepto que ahora —la anciana pasó la palma de su mano tiernamente por la mejilla de la niña; su voz se escuchaba cansada— se le está acabando el tiempo.

—¿Qué quiere decir? —dijo Oskar.

—El glífico está muriendo. Ya viene el *drughr*. Entonces los muertos saldrán. El *orsine* necesita quedar cerrado para siempre, completamente sellado, y solo hay una forma de hacerlo.

—¿Cómo?

—Sacarle el corazón al glífico y hundirlo en el *orsine.*

—No —dijo Ribs rápidamente—. Yo estoy fuera.

Komako la fulminó con la mirada.

—Eso es repugnante.

La señora Ficke se permitió esbozar una sonrisa sombría.

—El mundo es un lugar feo, queridos. Desafortunadamente no me consultaron cuando estaba siendo creado, pero esta es la verdad: Henry Berghast no puede permitir que se cierre el *orsine.* ¿De qué otro modo traerá al *drughr* ante él, si no es a través del *orsine*?

—*¿A través* del *orsine*? —murmuró Ribs, dándose la vuelta—. ¿Escuché mal o dijo a través del *orsine?*

Komako tampoco estaba segura de haber oído bien.

—¿Quiere llevar al *drughr* a Cairndale? ¿Por qué haría algo así?

La voz de la señora Ficke se suavizó.

—El *drughr* es la diferencia entre el horror y el miedo, queridos. Es el tipo de miedo que te llena de repugnancia, que te hace preferir… la erradicación. Eso es preferible —murmuró, acariciando el cabello de la niña— a la mordida del *drughr.* Sin embargo, aun así, es a Henry Berghast a quien deben temer más.

Ribs, por su parte, solo frunció el ceño.

—Tal vez atraer al *drughr* a Cairndale es la mejor manera de destruirlo.

—No están escuchando —dijo la anciana, sacudiendo la cabeza—. Henry Berghast ha estado cazando al *drughr* desde antes que ustedes nacieran. Nadie ha podido medir el poder del *drughr.* Si pudiera ser aprovechado, absorbido…

Komako alzó la cabeza, impactada.

—¿Absorbido…?

La señora Ficke hizo un gesto con su garra de gancho. La luz del día llenó sus ojos, tristes y brillantes.

—Eso es lo que estoy tratando de decirles. Henry no tiene intención de destruir al *drughr,* queridos —susurró—. Quiere *convertirse* en él.

37

LA EXTRAÑA MAQUINARIA DEL DESTINO

Algo se acercaba, algo terrible.

En un vagón de segunda clase al norte de Doncaster, Alice Quicke estaba sentada con el rostro vuelto hacia la ventanilla, contemplando la luz de la mañana. Podía sentirlo acercándose, una especie de pavor, corriendo hacia ella sobre la columna vertebral del mundo. En una canasta a sus pies yacía el *keywrasse*, ronroneando; y en el bolsillo de su abrigo yacía el viejo revólver, con la recámara cargada. Ella lo agarró rápidamente. No llegarían a la estación de la calle Princes en Edimburgo, hasta la noche.

Margaret Harrogate estaba en el asiento frente a ella, sin permitirse darle demasiadas vueltas al asunto: ni a su columna vertebral destrozada ni al hecho de que nunca volvería a caminar ni al mal presentimiento que tenía. La silla de ruedas que había construido la señorita Quicke estaba en un rincón, y golpeteaba suavemente contra la puerta con paneles de vidrio. Al otro lado de los campos el cielo blanco se fue llenando de luz, luego se oscureció de nuevo.

En Cairndale, muy al norte, Henry Berghast también podía sentirlo. Estaba de pie en la celda húmeda donde estaba encadenado Walter, con una linterna en la mano. El *liche* no había comido ni bebido nada durante dos días; incluso había rechazado un plato de opio, y ahora yacía en posición fetal e inmóvil sobre el costado, bajo el débil resplandor de la linterna. ¿Estaba enfermo? ¿Estaba muriendo? No lo sabía. Pensó en los dos chicos que habían pasado por el *orsine* y que no habían regresado, y le dio al *liche* que yacía inmóvil un empujón con la bota, como si fuera una cosa muerta. Tuvo la súbita sensación, la extraña y desagradable sensación, de que las cosas se le estaban saliendo de control.

Cuando la puerta de la celda por fin se cerró rechinando, y las cerraduras giraron dos veces en la oscuridad, Walter Laster levantó la cabeza y escuchó. Estaba muy débil. Jacob estaba cerca ahora, tan cerca. Las esposas giraron sueltas sobre sus muñecas huesudas, pero aunque Walter se esforzó, no pudo sacar las manos. En la oscuridad absoluta se colocó un pulgar entre los dientes y lo mantuvo ahí un momento, como un bebé. Luego, ignorando el dolor, mordió con fuerza, se sacudió, se retorció y comenzó a masticar.

No había nadie en la guarida del glífico para ver cómo temblaba y se agitaba para despertar. Podía sentirlo, la criatura blanca que no pertenecía a ningún mundo, devorándose a sí misma, pero también había otra presencia, un niño vivo, solo y adolorido en el otro mundo. ¿Quién era? Trató de llegar con sus pensamientos, pero en su mente solo estaba la criatura, hecha de hambre y maldad. No eran lo suficientemente fuertes.

Los espíritus se estaban reuniendo afuera de la Habitación. Marlowe yacía con frío y hambre, todavía atado a las cuerdas de polvo de Jacob. Podía ver la niebla de los muertos flotando en lo alto de las escaleras, en silencio. Aguardando. Observando. Brynt estaba con ellos, su Brynt. Ella nunca apartó los ojos de él, y aunque su rostro era cambiante como la luz, y tenía la forma de una columna de aire, su mirada era negra y sin vida, y no cambió. El chico apartó el rostro.

Algo iba a pasar. Abigail Davenshaw, sentada en su tocador, pasándose un cepillo por el cabello largo y liso, estaba tratando de encontrarle sentido. Era después del mediodía. Los niños seguían desaparecidos. El doctor Berghast tampoco estaba por ninguna parte. Había una habitación cerrada con llave escondida debajo de su estudio. Había sentido un miedo helado mientras estaba parada allí, escuchando respirar lo que fuera que había dentro. Bajó el cepillo y abrió un bote de crema, pensando.

El cielo blanco era cegador cuando Komako salió de Edimburgo en la carreta de Edward Albany, con Ribs y Oskar, quien iba dormido y dando tumbos a su lado en el banco. Los caminos estaban abarrotados esa mañana. Era mala para conducir caballos, pero la yegua parecía conocer el camino y el barro no era muy profundo. Sentía un gran temor en su corazón, y algo más también: furia. A su lado, Oskar empezó a roncar.

Mientras tanto, a kilómetros de distancia, a través de las ásperas colinas escocesas, una criatura de carne y nervios se tambaleaba y avanzaba con paso vacilante; su piel era húmeda y brillante. Lymenion era lo suficientemente fuerte para arrancar un árbol con sus propias manos, pero sus pensamientos estaban llenos de preocupación. «Oskar», pensaba. «Oskar... Oskar... Oskar...».

Había muchas nubes blancas amontonadas bajo la luz plana. Las sombras se encogían y se alargaban.

«Tictac, tictac», hacían todos los engranajes de todos los relojes en todo el mundo.

Con lo último de sus fuerzas, Charlie Ovid empujó un hombro contra la piel viscosa del *orsine*, sintiendo que se estiraba y tomaba forma a su alrededor, y desesperadamente, sujetando el cuchillo en sus dos manos temblorosas, apuñaló y apuñaló a su paso, aserrando una abertura irregular. Salió por ella jadeando, empapado y temblando en la tenue luz de su mundo.

Había pasado. Lo había logrado.

Fue el primer sentimiento que se le vino a la mente: alivio. En ese momento sus pensamientos se sentían lentos, como si hubiera estado dormido mucho tiempo. ¿Cuánto tiempo se había ido? Habían dejado un farol encendido en una pared, pero la cámara estaba vacía. Intentó ponerse de pie, pero no pudo. Se acurrucó en el suelo, entre las raíces, temblando; el frío humeaba de él como vapor. Sus manos estaban retorcidas en un rictus de garras, y la piel de sus nudillos tenía un tono oscuro y espantoso. El anillo, el anillo de su madre le había quemado el dedo.

Lo que había sucedido en ese otro mundo era borroso. Marlowe había estado allí, todavía estaba allí. Sí. Había un hombre, un hombre con barba negra y guantes oscuros. Charlie jadeó, recordando algo. Levantó su rostro adormilado. El *guante*.

Revisó en su bolso. El guante estaba allí, a salvo, entero, con los dedos vacíos doblados hacia adentro, un extraño artefacto de hierro y madera reluciente. A su alrededor, el *orsine* resplandecía con su misterioso tono azul, proyectando una luz espeluznante encima de todo. Charlie se puso de pie, tropezando.

Se tambaleó hasta las escaleras y se abrió paso hacia el túnel, a lo largo de la oscuridad húmeda; sus pisadas resonaban delante de él, y la bolsa se balanceaba pesadamente. Subió las escaleras de piedra curvas y abrió la puerta del estudio del doctor Berghast.

Un fuego ardía en la chimenea. Berghast estaba en mangas de camisa, en su escritorio, escribiendo en un diario. Levantó la vista y se quitó las gafas en el momento en que Charlie entró.

—Señor Ovid —dijo en voz baja—. Está vivo.

Charlie se quedó en la puerta, balanceándose.

Los ojos de Berghast se dirigieron a la pesada bolsa que traía Charlie.

—Entonces, lo ha encontrado. Extraordinario. —Se levantó suavemente y dio la vuelta a su escritorio, estudiando a Charlie con una mirada cautelosa—. Han pasado dos días y sin embargo aquí está usted. ¿Cómo es que no está muerto? —Luego miró bruscamente hacia arriba—. No usó el guante, ¿verdad?

—El… ¿guante? —tartamudeó Charlie—. No, no… no lo creo.

El hombre tomó el bolso de manos de Charlie, sacó el guante, lo sostuvo a la luz y le dio la vuelta. Sus ojos brillaron.

—Mmm. ¿Dónde está el cuaderno?

—No… ¿no está en la…?

Berghast se volteó. Volcó la bolsa sobre su escritorio y su contenido se derramó. Cuaderno. Cuchillo. Lápiz. Pergamino. Hojeó el cuaderno con el ceño fruncido y lo hizo a un lado.

—¿Qué es esto? ¿No escribió nada? Necesito direcciones, distancias, detalles de la Habitación y su condición… —Pero debió haber visto algo en la expresión de Charlie, porque hizo una pausa y dijo lentamente—: Viene solo.

Charlie tembló.

—Entonces, ¿está muerto? ¿El chico?

Charlie sacudió la cabeza, esforzándose por recordar.

—No… No lo creo. Estaba en la Habitación. Yo… tuve que irme. No quería dejarlo, pero él no podía irse…

Los fríos ojos grises de Berghast lo taladraban, con una mirada que combinaba fascinación y furia. Sus dedos se arrastraban como arañas sobre el guante.

—¿Lo recuerda? —susurró él.

Charlie sentía náuseas y mucha vergüenza. Había dejado atrás a Marlowe, había dejado a su amigo y ni siquiera recordaba haberlo hecho. Trató de concentrarse: las sombras se materializaban en la niebla, y se esfumaban después.

Pero Berghast seguía mirándolo, imperturbable.

—No debería poder recordar nada, señor Ovid —dijo en voz baja—. ¿Cómo es esto posible? Dígame, ¿qué más… recuerda?

El anciano le dio un énfasis peculiar a la palabra. De repente se sentía peligroso.

Charlie empezó a hablar, pero las palabras salieron hechas un revoltijo, y Berghast levantó una mano para calmarlo. Lo sentó frente al fuego. Tocó una campana. Unos minutos más tarde su criado, Bailey, alto, imponente y sombrío como siempre, apareció con una bandeja de té caliente y galletas.

—Primero debe beber algo. Coma. Le ayudará. —No había amabilidad en la voz de Berghast, solo eficiencia. Una vez que Charlie comió algo, el hombre mayor volvió a preguntarle—. Cuénteme. Todo.

Y Charlie lo hizo, le contó todo lo que pudo. Vacilante al principio, confundido, pero mientras hablaba empezó a recordar otras cosas. Su último recuerdo antes de descender al *orsine* era nítido y claro, pero ahora también podía reconstruir parte de su viaje a la Habitación. Describió la ciudad de los muertos, la criatura en el callejón y la forma en que Marlowe había luchado contra los espíritus. Recordó el árbol blanco que sangraba, y cuando entraron en la casa torcida, pero después de eso… todo se volvía confuso, sin importar cuánto lo intentara. Había un hombre de negro, sí. Y dolor. ¿O era miedo? La sensación del agua en su rostro. Estaba corriendo. Luego cortando y cortando para abrirse camino de regreso a través del *orsine*. Mientras sorbía el té tibio, Charlie sintió que los temblores comenzaban a disminuir, pero todavía se sentía mareado. Puso su cabeza entre sus manos.

—Debería estar muerto —murmuró Berghast—. Incluso un *haelan* no debería poder sobrevivir tanto tiempo. No sin ayuda. Observó a Charlie, quien seguía sentado con la cabeza entre las manos, luego preguntó vacilante—. ¿Qué es eso en su dedo?

Charlie giró la muñeca. Era el anillo de su madre.

—¿De dónde lo sacó? —preguntó Berghast. Agarró a Charlie de la muñeca con fuerza y giró su brazo hacia la luz del fuego, pero parecía tener miedo de tocar el anillo. Tomó un abrecartas de su escritorio y, por un terrorífico momento, Charlie pensó que tenía la intención de cortarle el dedo para tomar el anillo, pero en cambio, solo raspó la plata, que se descarapeló; debajo, el anillo estaba hecho de bandas alternas de hierro negro y de madera de un tono negro metálico.

Igual que el guante.

—Por Dios —dijo Berghast—. Por eso no pereció dentro del *orsine*.

—Suélteme —protestó Charlie, incapaz de liberarse—. ¡Es mío!

—No lo es—dijo Berghast—. No le pertenece a nadie. El metal ha sido refundido, pero reconocería su rastro en cualquier lugar. Esto, señor Ovid, es uno de los dos artefactos faltantes. Es inmensamente poderoso e incluso más antiguo que Cairndale. —Lo sujetó con más fuerza—. No me mienta: *¿De dónde lo sacó?*

—Era de mi... madre —dijo Charlie, jadeando y con renuencia—. Mi padre se lo dio.

—Su padre. —Berghast lo soltó.

Charlie retiró la mano bruscamente, como si se la hubieran quemado, y la metió bajo su axila.

—Él era un... un Talento, aquí, pero su don desapareció y lo enviaron lejos.

—Imposible. Los Talentos no provienen de otros Talentos.

Pero Charlie solo le devolvió la mirada con obstinación, negándose a apartarla. Sabía de dónde venía. No solo por el archivo que había leído. De algún modo lo sabía con una nueva certeza, una nueva claridad. No le correspondía a Berghast ni a nadie más decirle lo contrario.

Sin embargo, el doctor Berghast no parecía impresionado. Se puso de pie, todavía sosteniendo el guante, fue hacia la puerta y apoyó una mano en el picaporte.

—Tengo que pensar en esto —dijo—. Este ha sido un encuentro muy esclarecedor, señor Ovid. Puede quedarse con el anillo por ahora. Váyase. Descanse un poco.

Charlie se levantó aturdido, sin entender.

—¿Pero no vamos a volver a entrar? —dijo él—. Es decir, para ir por Marlowe, ¿no? Está completamente solo ahí.

Berghast frunció el ceño.

—¿Qué quiere que haga al respecto?

—Tenemos el guante. Y, y ahora este anillo. Pensé que…

—No, no pensó —espetó Berghast—. No hay nada que hacer. El chico era su amigo; sin embargo, usted lo dejó. Usted lo abandonó. Ahora es demasiado tarde. Puede que Marlowe sea capaz de sobrevivir en el *orsine*, pero sin duda, los espíritus ya habrán ido por él.

—¿Los espíritus? —Charlie estaba temblando. No había tenido opción, él tenía que entenderlo.

—Déjeme solo, señor Ovid —agregó el doctor Berghast—. Usted es muy bueno para eso, ¿no es así?

El disgusto en el tono del hombre era definitivo, aplastante. La silueta de Berghast, sosteniendo el antiguo guante con ambas manos, resaltaba contra la luz del fuego; miraba el artefacto como si fuese algo de un pasado olvidado, algo que alguna vez le había mostrado su verdadero yo y que podía volver a mostrárselo.

Devastado, Charlie se fue.

Había sido un día largo y frío en el camino cuando la carreta los llevó de vuelta de la tienda de velas, a lo largo de caminos verdes y torcidos, hasta la reja de Cairndale y del otro lado.

Era tarde; el sol estaba bajo en el oeste. Ya habían logrado pasar sin obstáculos, librando las protecciones, y ya iban por el camino de grava hacia la mansión. Lymenion los estaba esperando en el frío; sus hombros corpulentos relucían a la luz de la luna. Al verlo, Oskar se paró frente a él con una mirada de profundo alivio, luego todos entraron, preocupados.

Pero no se habían dirigido a sus habitaciones, no se molestaron en hacerlo, sino que entraron directamente al aula, cerraron la puerta con cuidado y corrieron las cortinas para que no los vieran. La campana de la cena sonaría pronto, pero, de cualquier modo, estaban demasiado perturbados por lo que habían presenciado en Edimburgo para descansar, por todo lo que la señora Ficke les había dicho. Komako cruzó las manos sobre la mecha de una vela y una llama se encendió; luego los cuatro se sentaron en el suelo detrás del escritorio de la señorita Davenshaw.

Sin esperanza.

Así les parecía todo. Cuando se permitió pensar en ello, Komako sintió que una ira silenciosa se acumulaba dentro ella. De cualquier modo, ya había llegado a una determinación.

—Tenemos que sellar el *orsine* —les dijo a los demás—. La señora Ficke también lo sabía. Por eso nos dijo cómo hacerlo. La Araña teme que no se termine, eso es lo que intentaba mostrarnos. Lo ha resguardado durante siglos, y no habrá significado nada si se abre ahora.

Ribs frunció el ceño.

—Oh… podríamos tomar a cualquiera que esté dispuesto a escucharnos e *irnos*.

—¿Ir a dónde? —dijo Oskar, frotándose la nariz enrojecida—. Huir no servirá de nada, Ribs. Si los muertos se liberan, ¿dónde estaríamos a salvo?

—Rrhrruh —coincidió Lymenion.

Ribs se tronó los nudillos, uno por uno, y contempló con tristeza la flama de la vela con sus ojos verdes.

—¿Qué tan buena eres para usar cuchillos, Ko? Porque yo no pienso cortarle el corazón del cuerpo. Ni. Loca.

Komako frunció el ceño.

—Lo decidiremos al azar. Así será más justo.

—Entonces piensa en otro plan. Yo no lo haré.

—Yo… yo… yo lo haré —dijo Oskar en voz baja.

Se quedaron calladas y voltearon a verlo. Ribs abrió la boca, luego la cerró.

El chico se sonrojó bajo su escrutinio.

—Los cuerpos no me molestan —dijo—. Es lo que hago. Así es como hago a Lymenion. Solo que… podría necesitar algo de ayuda.

Llegó un sonido proveniente de la oscuridad. Todos se volvieron como uno solo cuando la perilla de la puerta emitió un clic y esta se abrió silenciosamente en la penumbra más allá. Charlie se quedó allí parado; lucía sucio y cansado, como si hubiera estado caminando por los pasillos durante horas, llorando. Su ropa estaba hecha jirones y sus manos estaban extendidas frente a él, los dedos como garras y adoloridos. Se detuvo cuando los vio.

—Por Dios, Charlie —dijo Ribs casi sin aliento—. ¿Qué te…?

Komako fue hacia él. Sintió una oleada de algo dentro de ella, no alivio, no preocupación, sino algo más, algo así como una especie de felicidad enojada, y eso la confundió. Tocó su manga sucia y luego dijo:

—¿Dónde has estado? ¿Qué pasó, Charlie?

—Lo dejé —susurró él—. Dejé a Mar. Lo dejé, Ko. Yo.

Ella puso sus manos sobre el rostro de Charlie y lo inclinó hacia abajo, para que la mirara.

—Oye —murmuró ella—. Está bien. ¿Dónde está él? ¿Dónde está Marlowe, Charlie?

—No… no puedo recordar —dijo, apretando los nudillos contra su frente—. Pasamos por el *orsine*, Ko. Yo y Mar. Estuvimos dentro.

Luego, a la luz de la vela, y perturbado como estaba, les contó todo lo que recordaba. Cómo Berghast los había persuadido de ofrecerse, y del asesinato de la madre de Marlowe, y el frío fuego del *orsine*, y la ciudad de los muertos y el guante, y lo que Berghast había revelado sobre el anillo de la madre de Charlie. Escucharon en silencio. A Komako le dolía el corazón cuando él hablaba de Marlowe, al ver la mirada afligida en su rostro. No podía recordar si lo había abandonado. Eso era casi lo peor de todo, al parecer. No podía recordarlo en absoluto, solo sabía que era así, solo sabía que su amigo todavía estaba allí, solo, pequeño, asustado.

Cuando terminó, Ribs le contó de Edimburgo. No omitió nada, ni lo de la señora Ficke ni lo que había dicho sobre Berghast ni lo de los niños glificados ni lo de la niña llamada Deirdre.

—Fue el doctor Berghast quien lo hizo —dijo—. Fue algo terriblemente triste de ver, Charlie. —Por último le contó sobre el desgarro del *orsine*, y el terrible método para sellarlo de modo permanente. El corazón del glífico debía ser cortado de la gruesa armadura de su corteza, era necesario. Y después le dirigió una tranquila mirada a Oskar, y le dijo que este ya se había ofrecido para hacerlo.

Charlie se aclaró la garganta.

—¿Qué hay de Marlowe? —dijo él en voz baja. Sus ojos recorrieron los rostros de los demás—. Si sellan el *orsine*, él… no podrá salir.

—Todos queremos que Marlowe vuelva, Charlie —dijo Ribs con solemnidad—, pero ¿a qué regresará si el *orsine* se abre? No quedará nadie aquí.

—No puedo creer lo que voy a decir —dijo Komako—, pero Ribs tiene razón.

—No voy a dejarlo ahí.

—¿Charlie? —dijo Oskar, nervioso—. Marlowe puede sobrevivir en el *orsine*, ¿verdad? Así que tenemos tiempo para pensar en algo—. Miró a su gigante de carne, como si lo estuviera escuchando—. Lymenion dice que podríamos preguntarle a uno de los viejos Talentos. Ellos pueden tener algunas ideas. Dice que tal vez haya una manera de sacar a Marlowe y sellar el *orsine*.

Charlie levantó el rostro y sus ojos se veían angustiados.

—Es peor que eso —dijo en voz baja—. Creo… Creo que Jacob Marber viene en camino para acá.

Komako alzó la mirada bruscamente.

—¿Jacob…? ¿Aquí?

—Es solo un… presentimiento. No puedo explicarlo.

—Demonios —gruñó Ribs—. Deberíamos ir a la isla y sellar el *orsine* ahora, mientras aún podamos. Así no tendremos que preocuparnos de que salga el *drughr* ni los muertos.

—Pero cuando el glífico esté muerto las protecciones también fallarán —dijo Komako—. Jacob Marber podría entrar tranquilamente. No hay un lado bueno en esto, no hay una manera correcta. O cerramos el *orsine* y corremos el riesgo de atrapar a Marlowe dentro de él, y que Jacob pueda entrar en Cairndale cuando le plazca…

—O no lo cerramos —terminó de decir Ribs, con un tono de disgusto—. Y los muertos podrán pasar, y el *drughr*, y todo el maldito mundo se destruirá.

Oskar exhaló lentamente.

—Al doctor Berghast solo le importa atrapar al *drughr* —susurró—. Él no nos ayudará.

Komako se puso de pie, pasando sus manos por su cabello enredado. Estaba exhausta. No había dormido bien desde antes de que fueran a ver a la Araña, no había comido, no se había lavado. Se frotó el cuello. Los demás la miraron, expectantes, como si tal vez ella tuviera una respuesta. Charlie era el único que no la miraba. Se veía diferente de como solía ser; mayor, de alguna manera. Más decidido.

Las sombras en la habitación se hicieron más densas.

—Bueno —dijo ella con cansancio—. Necesitamos encontrar una manera de poner a Marlowe a salvo. Obviamente, pero pase lo que pase, ese *orsine* tiene que ser sellado.

Después de que los demás subieron para lavarse y cambiarse, y tal vez para intentar descansar, Charlie se subió al alféizar de la ventana y contempló el césped oscuro. Podía distinguir la niebla moviéndose a través de él. Como los espíritus de los muertos, pensó vagamente, aunque no era nada como los espíritus de los muertos, no realmente. La vela se apagó. Su corazón estaba vacío. Se sentó y se miró las manos, y no sintió nada en absoluto.

Fue Komako quien regresó, veinte minutos después, y lo encontró así. Ella no le explicó por qué. Estaba solo, y de repente ya no lo estaba; levantó la cara y la vio.

—No sé qué hacer —susurró, como si ella hubiera estado allí todo el tiempo—. No sé cómo arreglarlo. Es mi culpa, Ko. Es mi culpa que Mar siga ahí.

Komako apoyó su mano sobre la de él, atenta y tranquila. Luego, cuando él no dijo nada más, ella se inclinó y lo besó en la mejilla. Sus labios eran tan suaves como flores. Él la miró, sorprendido.

Los ojos de Komako se veían serios.

—Encontraremos una manera, Charlie —dijo—. Lo haremos, de alguna forma.

Él tragó saliva. El calor se le había ido al rostro y estaba nervioso. Tragó saliva de nuevo.

—Sí —dijo.

—Solo no pierdas la esperanza.

Pero no estaba dispuesto a hacerlo. La esperanza no era algo a lo que pudiera darse el lujo de renunciar.

—Marlowe todavía está vivo, Ko —dijo de repente, con fiereza—. Puedo sentirlo. Está, está tratando…

Pero luego se interrumpió, mirando la niebla.

—¿Qué pasa, Charlie? —susurró.

—Está tratando de volver —dijo él en voz baja.

38

LA TIERRA DE LOS MUERTOS ESTÁ A NUESTRO ALREDEDOR

El pensamiento se abrió en la mente del glífico como una flor.

«Jacob Marber viene».

El tiempo era una niebla a la deriva a su alrededor, sin futuro ni pasado, y soñaba como siempre con el principio y el fin de las cosas. Estaba muriendo. Lo sabía con la misma certeza con la que conocía la suave elasticidad de la tierra en sus dedos, la sensación de la luz del sol sobre las piedras del monasterio encima de él. Había vivido más tiempo que varias naciones y observaba el funcionamiento de los vivos con desapego. Había visto generaciones enteras convertirse en polvo, y el mayor dolor en una vida tan larga era el recuerdo. Se movió y sintió los lentos zarcillos de la raíz moverse y temblar a lo largo del túnel y a través de las piedras hasta donde yacía el *orsine*.

«Pronto, Jacob Marber pasará».

También estaba el *haelan* anciano, Berghast, que había perdido su talento, que temía la muerte del glífico y traía elíxires para mantenerlo con vida; había un hambre terrible en lo profundo de ese hombre, como un fuego que no se apagaría. Estaban todos esos otros, los Talentos de la casa grande al otro lado del lago, que acudían a él a veces para pedirle permiso para entrar en el *orsine*. Estaban los oscuros en el otro mundo, moviéndose, siempre moviéndose como el agua en un río, pero sin ningún lugar a dónde ir, y el mal que acechaba justo al otro lado de eso, desesperado, furioso, completamente inhumano, incognoscible y oscuro. Ella era el motivo por el que él mantenía cerrado el *orsine*; solo a ella le temía. Y mucho más allá de ella, a un poder más oscuro, desterrado hace tanto tiempo que era como si nunca hubiera existido.

El glífico hizo girar sus lentos zarcillos a través de la fría tierra, sintiendo cómo se movía esta. Allí, casi escondido, silencioso, estaba el hombre de humo. Marber. Una grieta se había abierto en los campos más allá de las protecciones y él estaba presionando en ese mismo momento. Las protecciones de Cairndale no resistirían. El glífico vio en un instante todo lo que perdería, todo lo que ganaría, pues lo que estaba por venir y lo que ya había sido eran una misma cosa.

Ahora podía sentir las uñas, raspando la piel del *orsine*, buscando a tientas las suaves cicatrices donde el cuchillo del otro había aserrado. No podía distinguir si era un sueño o si era real, pero el dolor se sentía denso, real, extendiéndose a través de sus miembros como un calor, y comenzó a estremecerse, y en medio del estremecimiento envió sueños, como polen en el viento, sueños para que pudieran encontrar a sus soñadores.

«Pronto».

—Oh —susurró a la oscuridad debajo de la tierra.

«Hazles saber, déjalos ver, que vengan antes de que sea demasiado tarde».

Henry Berghast despertó del sueño lleno de un miedo desconocido y miró a su alrededor, confundido al principio, y poco a poco fue volviendo a la realidad. Un sueño. Había sido un sueño.

Estaba en su estudio, con el cuello de la camisa aflojado y las mangas arremangadas. Era tarde, casi de noche, a juzgar por el azul profundo de las cortinas. El fuego de la chimenea estaba casi apagado. Los pájaros de hueso chasquearon y traquetearon en su jaula. Se frotó el rostro y se puso de pie, con la espalda rígida, y llamó a su criado, Bailey.

Sí, había estado esperando. Desde que el niño Ovid había regresado de la tierra de los muertos, con el guante en su poder. Todo lo que le hacía falta ahora era un señuelo para atraer al *drughr*.

Pero eso también llegaría. Lo había soñado.

Fue al estrecho baño, vertió una palangana con agua fría, se salpicó el rostro y se lo secó en el faldón de la camisa; luego se quedó mirándose en el espejo *trumeau*. Sus ojos lucían viejos y cansados, con bolsas debajo de ellos. Se llevó las palmas de las manos a la barba blanca y se miró fijamente, como si fuera un extraño; se apartó el pelo de la cara y lo aplanó con ambas manos. Luego abrió el pequeño gabinete y sacó unas tijeras y una navaja. Se afeitó la barba lentamente, deteniéndose a menudo para contemplar su reflejo. Era un rostro que no conocía. Le asombraba pensar en los verdaderos rostros de las cosas, en lo que yacía bajo las superficies, en el hecho de que todo lo que él y todos los demás pensaban que sabían era apariencia e ilusión. Sus dedos trabajaron para que desapareciera su barba. Luego comenzó a cortar y rasurar el cabello sobre sus ojos y su frente. Por último pasó la navaja en largos movimientos de barrido a través de su cuero cabelludo, sacudiéndola ocasionalmente en la palangana fría, hasta que quedó de pie con pequeños cortes sangrando y su cuero cabelludo huesudo y extraño frente al espejo.

Llamaron a la puerta. Su criado, Bailey, no se mostró alarmado por su cambio de apariencia. El hombre, alto, huesudo y sombrío, se limitó a asentir con la cabeza y le tendió una toalla como si lo hubieran llamado justo con ese propósito; Berghast la tomó y se dio la vuelta.

«Te estás volviendo loco». Le sonrió a su reflejo.

Su reflejo, sin pelo y salpicado de sangre donde la navaja había cortado demasiado profundo, le devolvió la sonrisa.

Vio el rostro de Bailey en el espejo, observándolo.

—Debemos ser como el agua, Bailey —murmuró—. Debemos estar limpios y vacíos.

Regresó a su estudio. Su sirviente seguía callado. Fue entonces cuando Berghast vio que la puerta de los túneles estaba abierta, y expectante en ella había una figura pequeña, andrajosa, con las uñas ensangrentadas y el pelo negro alborotado. Un brillo azul emanaba de su piel. Podría llevar un largo rato parado ahí o podría haber llegado un instante atrás. Todo era exactamente como Henry Berghast había soñado que sería.

El niño brillante.

Marlowe.

Marlowe había regresado.

Abigail Davenshaw, dormida en su habitación, se despertó de repente. Se acercó a la ventana abierta con el corazón en la garganta y sintió la luz de la tarde sobre su rostro.

El niño estaba de vuelta. Marlowe.

Había regresado.

Ella sabía que era verdad. Estaba temblando. Afuera, los terrenos de Cairndale estaban en silencio, y el aire teñido con un humo distante como hojas quemadas. Podía oler el lago debajo de la mansión, pero no había voces ni estudiantes llamándose unos a otros ni señales de vida. Había soñado con el pequeño Marlowe tan claramente, y sabía, de algún modo, que no era un sueño, no en realidad, también había soñado otras cosas. Rara vez soñaba con imágenes, pero ese día, lo había hecho. No sabría decir si así era tener vista, pero había soñado con un hombre de sombrero y capa que cruzaba un campo a grandes zancadas y supo que era Jacob Marber, con una gran claridad, y había soñado con llamas, y oyó un llanto, su propio llanto.

Sabía que debía acudir al doctor Berghast y contarle, pero no podía imaginarse haciéndolo, parecía tan tonto. «Disculpe, doctor, he estado teniendo pesadillas…». Sin embargo, tenía una feroz convicción que la llenaba de certeza. Tenía que ir. Se puso el chal y se pasó las manos con cuidado por el vestido y el pelo, alisando los mechones sueltos. Se ató la venda a los ojos, tomó la vara de abedul para poder ir más rápido y abrió la puerta.

Había personas en el pasillo, pasando a toda prisa. Supo de inmediato, por el sonido de sus pasos y por los olores, como a algodón seco y el hedor acre de la orina, que eran algunos de los antiguos residentes, a los que ella consideraba fantasmas.

—Señorita Davenshaw —dijo una voz temblorosa. Era el señor Bloomington, un antiguo Talento que vivía al final del pasillo—. Sería mejor, querida, que se quedara en su habitación. No es buen momento para salir. Le hemos dicho lo mismo al señor Smythe.

Ella se tragó su orgullo y volvió el rostro en su dirección.

—¿Y por qué no habría de salir? —dijo ella—. Parece que usted necesita ayuda, señor. —Podía oír su respiración dificultosa. Sonaba asustado.

—Ha vuelto, señorita Davenshaw. Ha vuelto. Ha atravesado las protecciones del este, solo Dios sabe cómo, y se dirige hacia aquí. Los niños… hay que mantenerlos a salvo. Saldremos todos a su encuentro.

Por un breve momento de confusión pensó que estaba hablando de Marlowe, pero el señor Bloomington debió haber visto algo en su rostro, porque agregó, con su voz ronca:

—Es el joven Jacob, señorita Davenshaw. Jacob Marber viene por los campos.

Ella sintió el impacto de sus palabras.

—¿Qué van a hacer? —susurró ella.

—Lo que debimos haber hecho hace mucho tiempo —dijo el anciano—. Pelear.

39

LA OSCURIDAD NACIENTE

Fue la quietud durante el largo y tortuoso camino a Cairndale lo que realmente asustó a Margaret Harrogate.

Demasiada tranquilidad.

El camino serpenteaba entre grupos de árboles y franjas de campos arados; sin embargo, en la luz que se desvanecía no vio cuervos ni criaturas ni nada parecido. Incluso los arbustos y los robles retorcidos parecían apartarse del camino para buscar la oscuridad que se avecinaba. Su carruaje alquilado traqueteaba por el camino.

Los ojos de la señorita Quicke estaban cerrados. En su regazo estaba el *keywrasse*, y acariciaba su pelaje distraídamente, como si fuera un ser inocente, como si fuera una mascota. Margaret había visto gatos con los ojos plácidamente cerrados y, a primera vista, podría parecer que eso era, en vez de una cosa monstruosa de otro mundo, con cuatro ojos en vez de dos. En vez de un *arma*, pero eso es lo que era: una herramienta para matar. Al ver la delicadeza en los dedos de la señorita Quicke, Margaret frunció el ceño y miró por la ventana polvorienta. Sujetó sus rodillas con ambas manos, para mantener las piernas rectas. Le desagradaba inmensamente la sensación de impotencia que había en ella, pero se dijo a sí misma que no importaba. «Orgullosa», pensó. «Eso es lo que eres, Margaret. ¿Qué diría el buen señor Harrogate si te viera ahora?».

Pero había algo diferente respecto a la detective. No solo había surgido una nueva conexión entre ellos dos. Era algo más. Tenía que ver con el *keywrasse* y la forma en que la señorita Quicke lo cargaba, la forma en que él rozaba sus tobillos ronroneando, las largas y silenciosas miradas fijas que ambos, mujer y criatura, mantenían. Margaret sabía lo que había visto ahí, en el túnel de Wapping: el *keywrasse*, tan grande y rápido como un león, con ocho patas y un pelaje que ondeaba como agua oscura, también volvió a ver en su mente al *drughr* rugiendo y cerniéndose por encima de todo, físico, de alguna manera, corpóreo. Se frotó los ojos con las palmas de las manos.

Eso no era bueno. ¿Cómo podrían enfrentarse a tal terror? Y con uno de los weir-bent incautado y sustraído por Jacob Marber, de modo que la criatura que la señorita Quicke ahora trataba como su compañero se volvería cada vez menos tímida, se volvería más y más salvaje, hasta que finalmente fuera imposible controlarla. El carruaje traqueteó repentinamente, se desvió a la izquierda y luego recuperó el equilibrio; Margaret extendió una mano para estabilizarse. La señorita Quicke había abierto los ojos y la estaba observando. Margaret no dijo nada. Pensó en el pobre de Frank Coulton, en lo horrorizado que se habría sentido si hubiera sabido que terminaría siendo un *liche*, un esclavo de su antiguo compañero Jacob Marber, y pensó en el propio Jacob, que se veía mucho más tranquilo y mucho más triste de lo que esperaba. Se pasó una mano por los ojos y, por último, dejó que sus pensamientos se dirigieran al doctor Berghast. No sabía si él habría recibido su pájaro de hueso, advirtiéndole sobre el *liche* y el señor Thorpe. El relato de la niñera sobre sus experimentos la había perturbado; ahora se daba cuenta, pero seguía siendo, se dijo a sí misma, el mismo hombre que había luchado para destruir al *drughr* durante todos esos años. Seguía siendo su mayor esperanza.

Había que advertirle.

—Tendremos que llevarnos a los niños —dijo la señorita Quicke en voz baja, abriendo los ojos—. No pueden quedarse en Cairndale.

Margaret la miró con calma.

—Así es —dijo ella—. Usted se encargará de eso. Yo encontraré el glífico y lo mantendré a salvo de Walter.

Como si leyera sus pensamientos, la señorita Quicke dijo:

—¿Y Berghast?

—Estoy molesta por lo que ha hecho—dijo Margaret—, pero eso tendrá que esperar. Sin duda él nos diría que un veredicto correcto justifica un juicio equivocado. ¿Quién puede decir que, de haber estado en su posición, habríamos actuado de manera diferente? Él conoce la naturaleza del *drughr* mucho mejor que nosotras, y sabe lo que nos haría a todos.

—Suena a que lo estás excusando.

—Nunca —dijo ella firmemente—, pero primero debemos asegurarnos de que el glífico esté a salvo y de que el *orsine* no esté en peligro. De lo contrario, tendremos que enfrentarnos a cosas peores que Henry Berghast.

—Entonces, ¿crees que el *drughr* irá a Cairndale? —preguntó la señorita Quicke.

—Jacob Marber irá. Y lo único que él hace es acatar los deseos del *drughr*.

—Coulton estará con él.

Margaret sintió una punzada de culpabilidad.

—Sí.

—No le fallaré otra vez. Lo mataré, Margaret. Lo liberaré de su sufrimiento.

La señora Harrogate volteó y vio los ojos inexpresivos de una asesina, y presintió, no por primera vez, lo peligrosa que podía ser la señorita Quicke.

Se estaban acercando al muro de piedra desmoronado que bordeaba los terrenos de Cairndale. Ella abrió la ventana, extendió una mano y golpeó el techo para que el conductor se detuviera.

—Hay algo más —dijo—. Las protecciones en los muros perimetrales no permitirán que su invitado entre con nosotros. No a menos que hayan… caído. —Dirigió una mirada cautelosa al *keywrasse*—. Si nos disculpa, tendremos que dejarlo aquí hasta el momento en que podamos pedir su ayuda o regresar.

El *keywrasse* extendió sus garras muy lentamente, arqueó la espalda y bostezó. Sus cuatro ojos se cerraron.

—¿Qué pasaría —dijo la detective— si intentáramos llevarlo de cualquier modo?

Margaret resopló.

—Nadie lo ha intentado. ¿Quiere averiguarlo?

La señorita Quicke no respondió, sino que abrió la puerta y bajó del carruaje y el *keywrasse* salió disparado hacia la oscuridad. El conductor le dijo algo, la detective respondió y volvió a subirse; el carruaje se balanceó bajo su peso, pero justo antes de que la puerta se cerrara, a Margaret le pareció ver, a lo lejos, a lo largo del serpenteante muro de piedra, una figura alta con sombrero, que se alejaba a grandes zancadas.

Siguieron avanzando, pasaron por la vieja reja, por el largo camino de grava y la puerta de entrada hasta que llegaron al patio de Cairndale. La mansión se sentía diferente, más fría, aislada, abandonada. Nadie salió a recibirlas. No había estudiantes jugando en el patio. Margaret levantó la vista cuando se detuvieron.

Había una luz en el estudio del doctor Berghast.

Henry Berghast se pasó una mano por el suave cuero cabelludo hasta la nuca, la piel le picaba.

—Marlowe —dijo en voz baja—. Has regresado.

El niño estaba de pie en la puerta, vacilante, y su rostro lucía muy pálido. Berghast alcanzó a ver abrasiones en sus muñecas. Miraba con los ojos hundidos a su alrededor, como si no conociera el lugar, como si hubiera algo que estuviera tratando de recordar.

—Tranquilo, niño —murmuró Berghast, acercándose a él con las manos extendidas, como se acercaría a un caballo asustadizo—. Ven a sentarte. Debes estar muy cansado.

El niño avanzó, obediente, y se sentó en el gran sillón junto al fuego. Cuando habló, su voz se escuchaba quebrada, delgada, como si no la hubiera usado en mucho tiempo.

—Quiero… quiero ver a Charlie. ¿Está… aquí? —dijo.

Berghast le dio la vuelta al escritorio, localizó el guante y fue a recoger carbón para el fuego de la chimenea. Su sirviente, Bailey, se había desvanecido entre las sombras de la pared del fondo y acechaba desde ahí, silencioso y vigilante.

—Charlie está a salvo, niño —dijo Berghast—. Le dará gusto verte.

El niño asintió para sí mismo.

Por un momento Berghast sintió una rápida punzada de culpabilidad al ver lo pequeño que era y lo exhausto que se veía. Temía que el niño no pudiera regresar a tiempo, pero su miedo no era por el bienestar del niño, sino por su utilidad y supo, en ese momento, que algo dentro de él se había perdido, para siempre, pero había estado vivo demasiado tiempo, había visto pasar demasiadas décadas, demasiadas vidas desvanecerse, para pensar en ello. La muerte era parte de la vida y no distinguía entre los jóvenes y los viejos. Su muerte llegaría a su debido tiempo también. No lloraría.

Vio al chico mirando el guante en sus manos.

—Tu señor Ovid me lo trajo —dijo suavemente—. Esperábamos que pudiera ayudarnos a volver contigo y liberarte. Justo nos estábamos preparando para ir por ti.

—Fue Jacob Marber —susurró el chico—. Nos encontró.

Berghast miró a Bailey a través del estudio e intercambiaron algún mensaje tácito.

—¿Viste a Jacob? ¿Estás seguro?

El chico asintió, sus ojos azules lucían atentos.

—¿Qué más recuerdas?

—Lo recuerdo todo.

Berghast sintió que una lenta y profunda satisfacción brotaba en su interior.

—Por supuesto que sí. Es porque eres parte del *orsine*. Quiero saberlo todo, niño. ¿Supongo que Jacob trató de robar el artefacto?

El niño asintió otra vez.

—Pero luego lo devolvió.

Al escuchar eso, Berghast frunció el ceño. Conocía la naturaleza del *drughr* y cuánto deseaba el guante, y no entendía por qué Jacob Marber se lo había devuelto al chico.

—Viene en camino para acá —añadió el niño en voz baja—. Viene a matarlo.

Berghast se acercó al lienzo de la pared y cruzó las manos detrás de la espalda. En la penumbra, las líneas parecían moverse.

—Entonces me han fallado —dijo—. La señorita Quicke y la señora Harrogate me han fallado.

—¿Alice está bien? —La voz del niño vaciló.

—Bueno, es habilidosa.

El chico se frotaba el rostro con las palmas de las manos, claramente exhausto.

—Este mapa —dijo el doctor Berghast, señalando el lienzo— es bastante inusual. Si miras de cerca, verás que no está hecho de tinta en absoluto. Eso es polvo, Marlowe. Es un mapa escrito en polvo, y el lienzo es piel humana. Ah, ¿te perturba? No debería ser así, es la piel estirada de un manipulador de polvo, uno de los mayores y más antiguos de su especie, y fue su deseo que se usara así. Mira cómo se mueve el polvo, incluso ahora. Se mueve porque ese mundo del que acabas de venir también se mueve, está en constante cambio. —Berghast se inclinó hacia delante, lleno por un momento de un remordimiento profundo. Respiraba suavemente—. Este fue un regalo de alguien que no he visto en muchos años. Oh, todos hemos perdido a los que amamos, es una condición de este mundo. Esa persona tenía un mapa idéntico colgado en su pared, y cuando este cambiaba, también lo hacía el de ella. Verás, estaban conectados.

Por un largo momento ninguno de los dos habló. Los pájaros de hueso chasqueaban en su jaula.

—Jacob no mató a mi madre, ¿verdad? —dijo el niño, en una voz tan baja que Berghast apenas lo escuchó; y cuando se dio cuenta y alzó el rostro sorprendido, su expresión lo traicionó.

—No —respondió con renuencia—. No lo hizo. ¿Él te lo dijo? ¿También te dijo quién es tu madre?

El niño volteó su mirada a su regazo y asintió.

—Entonces comprenderás por qué te mentí —continuó Berghast—. Jacob Marber es un alma corrompida y en conflicto. Tristemente, tu madre es algo mucho peor, pero no tienes que ser como ella. Yo no quería que te sintieras… confundido por la verdad.

—Charlie dijo lo mismo. Dijo que no tengo por qué ser como ella. Que puedo elegir.

—Entonces es sabio —dijo Berghast con seriedad, en una voz que parecía suya y ajena a la vez. Volvió al fuego y se sentó cerca del niño. Hizo girar el extraño guante entre sus dedos, contemplando sus placas de madera sin luz. Cada parte de su ser se sentía electrificada por la cautela. Estaba cerca, muy cerca, de completar aquello por lo que llevaba tanto tiempo trabajando, de hacerlo posible. No debía dar pasos en falso ahora.

—¿Sabes qué es esto? —preguntó en voz baja—. Un guante, sí, pero no es solo eso. Es un depósito de conocimiento, un… libro. Un libro escrito antes de que los hombres tuvieran lenguaje. Sabes leer, ¿verdad?

Entonces lo sabes. Sabes lo que es entrar en la mente de otro. He estado planteando una pregunta durante muchos, muchos años, y nadie ha sido capaz de responderla, pero esto —y colocó el guante blindado en sus dos manos mientras hablaba, la elegante superficie negra no reflejaba luz, estaba completamente oscura y quieta—, esto me dirá lo que deseo saber.

—¿Cómo? —preguntó el niño, dudoso.

Berghast sonrió.

—Te mostraré.

Colocó el guante con cuidado en el sofá y avivó el fuego hasta que estuvo muy caliente; entonces tiró el guante al fuego. Este no se quemó, por supuesto, pero se calentó hasta que su superficie blindada quedó transparente como el cristal, y Berghast pudo ver un humo gris que se retorcía y flotaba dentro del cristal. Luego, con un par de tenazas, sacó el guante y fue hacia donde estaba sentado el niño.

—Tienes que ponértelo —dijo—. No tengas miedo. Es bastante genial, te lo aseguro.

A pesar de que tenía miedo, el niño hizo lo que le pidió, y después de ponerse el guante, miró hacia arriba con asombro. Su piel no se había quemado. El guante translúcido lucía enorme en su pequeño brazo, de modo que la mano del niño parecía una piedra en un río. Berghast se arrodilló frente al él, giró la muñeca de Marlowe hacia arriba y miró fijamente la palma de cristal.

—Si deseas que el *drughr* sea destruido, si deseas mantener a tus amigos a salvo, debes mantener la mano firme.

—¿Cómo funciona?

Fue como si el chico ya supiera la respuesta, como si la supiera y la temiera.

—Esto no fue hecho en nuestro mundo —dijo Berghast, sin apartar la mirada—. Requiere una chispa del *orsine* para funcionar. Verás, no fue hecho por nosotros para viajar allá. Fue hecho por ellos, para venir aquí.

—¿Ellos? —susurró el chico.

Pero Berghast no respondió. Podía ver su propio reflejo ahora, un vago rostro distorsionado, curvado y enloquecido en la palma de cristal. Debajo de eso, los hermosos patrones de humo.

—Muéstrame —le susurró al guante—. Muéstrame lo que busco.

En ese momento le pareció que las paredes de su estudio empezaron a disolverse a su alrededor, hasta que solo quedó él mismo, mirando intensamente en las profundidades del guante, y de repente estaba viendo todo: cómo atraer al *drughr* al *orsine* y contenerlo ahí y cómo tomar su poder en su propia carne. Había colores que no podía describir, y una luz deslumbrante brillando en su rostro, y no podía sentir su cuerpo ni sus músculos ni nada; pero sentía una voluntad inmensa que emanaba de su mente, casi como un sonido, una nota musical. No entendió todo lo que vio, era como si se mostrara en un idioma que no comprendía del todo, como si las imágenes pudieran ser un idioma; y súbitamente las placas del guante se oscurecieron y él cayó hacia atrás, parpadeando, y sintió como si una mano ajena rozara sus labios.

Pero ahora lo sabía. Sabía lo que había que hacer.

La única manera de destruir al *drughr* sería infectándolo. Lo sabía desde hacía mucho tiempo, pero no había visto que debía ser la sangre de un exiliado, de un Talento caído, la que infectara al *drughr*. Si los Talentos habían sido su sustento, los exiliados serían su toxina.

Temblando ligeramente, se puso de pie. Su estómago se sacudió. Le quitó el guante al niño y luego le dirigió una mirada de disgusto a Marlowe. El guante había sacado una parte del niño que había estado escondida.

—Yo solía ser un Talento —murmuró—. ¿Lo sabías? Un *haelan*, como tu amigo, el señor Ovid. Cuando perdí mi poder pensé que mi utilidad había llegado a su fin, pero ahora veo que solo estaba comenzando. Mi camino siempre estuvo fluyendo, todo era parte del mismo río.

La mano del chico se veía roja y en carne viva después de quitarle el guante.

—Absorberé el poder del *drughr*, Marlowe, *gracias* al vacío que hay en mí. Y la parte de mí que entrará en ella, la destruirá. Porque ella no puede sobrevivir en este mundo. —Pasó una mano lentamente por su cuero cabelludo afeitado y vio en la ventana que su reflejo acuoso hacía lo mismo—. Aquellos de nosotros que hemos perdido nuestros talentos, somos como recipientes vacíos. La forma sigue ahí, pero ya no está llena. Volvemos a un estado potencial. Volveré a *estar* completo; el poder del *drughr* me llenará.

El niño se le quedó viendo, asustado.

—Pero el señor Thorpe se debilita más cada hora. Si muere, el *orsine* se desgarrará, y no habrá manera de contener al *drughr*. ¿Tienes idea de a cuántos de mis amigos ha devorado? Es por ella que mi talento se desvaneció. No fallaré. Tú —dijo, levantándose— debes ser el señuelo, Marlowe, debes atraerla hacia mí. Ella vendrá si tú la llamas.

—¿Cómo sabré qué hacer?

Él apretó el puño.

—Será tan fácil como cerrar la mano. Está en tu naturaleza. Vamos a ver. —Tomó un candelabro de su escritorio y condujo al niño a un espejo sobre la mesa junto a la puerta—. ¿Qué ves?

El niño, débil y asustado, miró su reflejo. Un *drughr* le devolvió la mirada. Lentamente, mientras observaban, los cuernos y el cráneo engrosado se encogieron de nuevo para adoptar la forma original del niño.

—Sabrás qué hacer —dijo Berghast, casi con ternura, apoyando su gran mano en el hombro del chico—, porque dentro de ti vive una abominación. Es una parte de ti. No puedes *elegir* lo contrario.

Estaba ahí. Su Jacob había ido.

Walter estaba agazapado en su celda, sintiendo cómo brotaba la sangre de la palma de su mano, donde solía estar su pulgar. Su rostro y barbilla sabían a hierro amargo, había humedad por todas partes y dolor, el intenso dolor lo inundaba en oleadas.

Pero Jacob estaba cerca, Jacob había ido... Nada más importaba.

Excepto que aún no había hecho lo que Jacob le había pedido. Todavía no había acechado al glífico, aún no le había arrancado la garganta al glífico para su amado Jacob, no. Se puso de pie dolorosamente, sintiendo que le crujían las rodillas, y caminó con cautela a lo largo de la habitación sin luz. Había deslizado los grilletes sueltos sobre sus manos ensangrentadas una vez que terminó de morderse los pulgares, y ahora nada lo detendría.

Chasqueó sus dientes como agujas. Cerró los ojos y vio.

Jacob, su querido y hermoso amigo Jacob. Caminando lentamente en el crepúsculo a lo largo del perímetro de Cairndale, pasando una mano sobre las piedras del muro desmoronado. El hollín y el polvo ardían lentamente a su alrededor, como un humo vivo. Las protecciones eran débiles, sí, incluso con el glífico aún vivo, y Walter observó con el ojo de su mente cómo Jacob se estiraba y empujaba sus dos manos contra la barrera invisible, y se comprimía con suavidad, como madera podrida, y se estremecía bajo la presión. No fue un sueño. Vio a Jacob reunir algo de fuerza, luego una pequeña grieta apareció en el aire delante de él, y la grieta se ensanchó y se partió; hubo un tremendo rugido y el muro de piedra estalló hacia adentro. Jacob Marber, hermoso, brillante y poderoso, entró sombríamente a los terrenos de Cairndale.

Oh, pero había otro con Jacob, una segunda figura, un compañero, deslizándose como un cangrejo a través de la brecha. ¿Quién era ese? Walter sintió una punzada de envidia y decidió que sí, que ayudaría a su querido Jacob, pero que ese otro *liche* no era lo suficientemente bueno para Jacob. No, habría que deshacerse de él. Eliminarlo. Destriparlo. Sí. Por el bien de Jacob. Solo para ayudar a su querido Jacob, sí.

Pero primero: el glífico. Tenía que hacer lo que le había dicho. Podía sentir lo que se avecinaba; el momento estaba cerca. Sabía que habría fuego y derramamiento de sangre y horrores, y sus labios hormiguearon con la idea. Pegó una oreja a la puerta fría para escuchar. El gran subsuelo profundo de Cairndale era inmenso y absolutamente silencioso. Casi era hora. Le ardía la sangre.

Alguien iría. Sí, alguien bajaría las escaleras pronto.

Entonces Walter quedaría libre.

En la profundidad de la cálida maraña de raíces de la tierra, el glífico sintió que su vida se debilitaba, que se desplegaba poco a poco como los dedos de una mano, abriéndose. Sintió la rotura de las protecciones en su propio cráneo, un dolor agudo y devastador y supo, en ese instante, que Jacob Marber había regresado. Lo había previsto y soñado, y ahora ahí estaba, pero simplemente estaba demasiado débil ahora, demasiado frágil, para mantener cerrado el *orsine* y tener activadas con fuerza las protecciones a lo largo de las paredes. Jacob Marber lo había sabido.

La cálida oscuridad estaba por todas partes. Era su propia muerte lo que estaba viendo ahora. Hubo un tiempo, en el pasado lejano, en el que imaginó que sentiría tristeza, y un tiempo posterior en el que pensó que sentiría alivio. No sintió ninguna de las dos. Un cambio se movía dentro de él, como su propia sangre. Había vivido tanto tiempo en esa tierra que las vidas de hombres y mujeres eran para él como días, y pensaba en ellos como un niño pensaría en unos insectos. Pensó en el amanecer sobre los grandes barcos de la Armada Invencible y en el bosque de mástiles que había visto cruzar el canal, y en cómo la luz del sol era como un aparejo y las trompetas en Valladolid estaban llenas de añoranza. Pensó en los monasterios en llamas de Essex en la época de los invasores, en las falúas de remos que se deslizaban por los ríos, con escudos recubriendo sus paredes, y las proas con cabezas de dragón cortando el aire. Pensó en el temor de los pueblos en aquel entonces. Recordó los bailes tardíos en los jardines formales de Edimburgo en la época del rey James, el primer globo aerostático que voló sobre Glasgow y el Clyde, también el último mayo en el parque del pueblo en aquellos días en que todavía caminaba por la superficie. Y la luz del sol que se reflejaba en los fragmentos de hielo que colgaban de la horca en Greenmarket y la nube de vapor que se elevaba de la boca de los que acababan de morir cuando fueron cortados en los albores del siglo XVIII. En el rubor en las mejillas de un recién nacido que había sostenido una vez en Sicilia, como el color rosado en un melocotón de finales de verano, y la maravilla que vio en eso mientras la madre exhausta dormía en la paja detrás de él. También la forma en que un niño lo miró en el puerto de Alejandría mientras bajaba por la pasarela y se adentraba en la neblina. Todo esto, todo esto y más se desvanecería del mundo con su partida, toda la belleza imborrable que ahora vivía solo dentro de él se perdería, momentos tan frágiles como monedas de luz sobre el agua, y esto, más que cualquier otra parte de él, lo hizo sentir solo, triste y frágil. Porque en todo ese sentimiento estaban, pensó con su lento estilo de árbol, los últimos restos de lo que lo había hecho humano alguna vez, de modo que él era, todavía, uno de ellos.

Algo tembló en la tierra. A lo lejos, en el túnel, lo sintió: una cosa que rozaba las paredes y los nudos de las raíces. Algo estaba llegando. Su muerte se acercaba.

40

TODO Y NADA

Los vasos tintineaban y bailaban suavemente sobre el escritorio de Henry Berghast. Él se giró en donde estaba parado, frente al espejo, para mirarlos, luego se encontró con la mirada de Bailey. A través de las cortinas apareció un rápido estallido de luz. El niño, Marlowe, se soltó de su agarre, cruzó la habitación y se asomó. Algo iluminaba la oscuridad; algo estaba en llamas.

—Es él —susurró el chico—. Es Jacob.

Berghast lo siguió. Corrió el pestillo de la ventana y la abrió. En el patio había un extraño carruaje que acababa de llegar. Vio a la mujer detective, la señorita Quicke, detenerse en la puerta abierta y observar el reflejo de la luz del fuego. «¿Qué estaba haciendo ella ahí?».

Pero entonces se oyó un grito lejano, el golpe sordo y bajo de algo que había sido detonado, y sus pensamientos se dirigieron a otra parte. Los edificios anexos estaban en llamas. Esas voces eran, debían ser, los Talentos más viejos, reunidos a la luz del fuego. Si Jacob Marber estaba ahí, si las protecciones habían caído… entonces ellos no serían lo suficientemente fuertes.

Miró a Bailey, silencioso y amenazador en las sombras.

—Ocúpate del señor Laster —le ordenó—. Luego deshazte de los papeles que hay aquí. Me llevaré al chico. Ven —le dijo a Marlowe—. Tenemos que darnos prisa.

Pero el chico lo miró con furia, repentinamente testarudo y obstinado.

—*Ven* —volvió a espetar Henry.

—No iré —dijo el niño—. Quiero ver a Charlie primero. Dijo que podría ver a Charlie.

Berghast se obligó a hablar con calma.

—Hay cosas en este mundo más importantes que lo que *queremos*, niño. Si nos demoramos ahora no podremos encontrar a tu amigo. Jacob Marber y el *drughr* se encargarán de eso.

Podía ver que el chico no le creía, pero no tenía tiempo para discutir, no ahora. Se dio la vuelta y le dio al niño un poderoso golpe con la mano abierta; las piernas del niño se doblaron y él se desplomó, inconsciente, en el suelo.

Henry se permitió sentir su ira; había pensado que tendría más tiempo, que las protecciones del glífico aguantarían más. Quizás Jacob era incluso más fuerte de lo que había temido. Había derrotado a Jacob años atrás, antes de que su propio talento se desvaneciera, pero no podía hacerlo ahora.

«O, al menos, no aún», pensó con satisfacción.

Sacó el antiguo cuchillo *orsine* del cajón más bajo de su escritorio, el mismo que le había dado a Ovid y que este había guardado en la bolsa. Lo deslizó dentro de su chaleco. Luego se puso el guante de hierro y madera. Sus diminutos dientes arañaron su muñeca. En el último momento recordó el diario: su libro de secretos, y solo para estar seguro lo sacó de su escritorio, se acercó al fuego y lo arrojó.

Luego cargó al niño inconsciente sobre un hombro, desenganchó una linterna del interior de la puerta y bajó corriendo las escaleras hacia la oscuridad.

Habían llegado demasiado tarde.

Marber ya estaba dentro del perímetro; Marber y su *liche*, Coulton. Alice Quicke empujó a la señora Harrogate casi corriendo sobre los adoquines, la silla de ruedas chirriaba y saltaba. La mujer mayor no se quejó; sujetaba sus cuchillos de aspecto perverso con ambas manos sobre la manta en su regazo. Algo estaba ardiendo detrás de la mansión y ellas corrieron por un lado, atravesaron el pórtico y se detuvieron al borde del campo.

Por un largo y confuso momento, Alice no supo lo que estaba viendo.

Unas figuras contra la luz del fuego, en una larga fila. Estaban en camisones y batas, y de espaldas a la oscuridad. Pudo contar ocho. Eran los ancianos, los Talentos que habían vivido en Cairndale durante décadas, viejos, temblorosos y frágiles.

—¿Qué están haciendo? —susurró—. ¿Margaret? ¿Qué están…?

—Lo que siempre han hecho —respondió la señora Harrogate—. Preparándose para pelear.

—No pueden *pelear* —respondió Alice rápidamente—. Míralos. Ni siquiera pueden ingerir comida sólida.

Buscó a tientas con enojo el cordón alrededor de su garganta, de donde colgaba el weir-bent. No veía al *keywrasse* por ninguna parte, pero si las protecciones habían caído, entonces seguramente él también podría pasar, ¿no? Cada vez más felino, y cada vez menos obediente, pensó ella. Un pequeño grupo de niños se paró a un lado, mirando. Había otros rostros pegados a las ventanas de atrás.

—Recuerde por qué estamos aquí —dijo la señora Harrogate—. Debemos advertir al doctor Berghast. Debemos proteger al glífico.

Alice sacó su Colt del bolsillo.

—Si ese bastardo ya está aquí, diría que es demasiado tarde —gruñó ella. Entonces escuchó una voz familiar.

—¿Alice? —gritó la voz con apremio—. ¡Alice!

Charlie.

Se dio la vuelta y allí, en el pórtico de las cocinas de la mansión, lo vio salir, con sus brazos y piernas largas y torpes, como el adolescente que era, y detrás de él estaban los demás, sus amigos, la chica japonesa de la boca triste, ese pequeño chico regordete y rubio que apenas hablaba y… la cosa esa, lo que sea que fuera, la figura de carne y nervios que avanzaba pesadamente detrás de ellos. Dio un rápido e involuntario paso hacia atrás, y se llevó una manga a la boca por el olor. Detrás de todos llegó la mujer ciega, la maestra del instituto, que volteaba de un lado a otro bajo el débil resplandor de los edificios en llamas al otro lado del campo, como si lo estuviera viendo todo.

Alice no vio a Marlowe. Entonces Charlie la abrazó y ella parpadeó aliviada. Parecía exhausto. Los otros se amontonaron alrededor de la señora Harrogate, preocupados por su herida, preguntando ruidosamente qué estaba pasando en el campo en llamas. Vinieron corriendo por la mansión al mismo tiempo que Alice y Margaret llegaron.

Fue la señorita Davenshaw quien habló.

—Los viejos no podrán detener a Jacob Marber. Se ha vuelto demasiado poderoso. Incluso el doctor Berghast piensa huir.

La cabeza de la señora Harrogate giró bruscamente.

—¿Qué quiere decir?

—Se ha ido —respondió ella nada más—. No lo hemos visto en ninguna parte en todo el día.

Alice se desabrochó su abrigo de hule y se ajustó el ala del sombrero. Algo estaba pasando en el campo. Los viejos Talentos se habían quedado quietos.

—Tenemos que salir de aquí —dijo lentamente—. Todos nosotros. Tenemos que irnos ahora.

Pero Charlie estaba mirando detrás ella, hacia el fuego y los viejos Talentos de pie en la hierba.

—No podemos irnos, Alice. Hay algo que tenemos que hacer primero. —Su voz se escuchaba tranquila—. Antes de que Jacob Marber llegue, quiero decir.

La señora Harrogate empujó su silla bruscamente hacia Alice.

—No tenemos tiempo para esto. Debemos encontrar a Henry. De inmediato.

—Pensé que querías proteger al glífico —dijo Alice.

—No pueden —interrumpió la chica japonesa. Se estaba quitando los guantes mientras hablaba—. No importa lo que hagan, no hay manera de detener lo que le está pasando, pero aún podemos sellar el *orsine*.

La señora Harrogate la estudió con ojos brillantes.

—Han enviado un *liche* para abrirlo.

—¿Un *liche*? —Charlie se tambaleó hacia atrás, y el miedo retorció su boca—. ¿Quiere decir, como lo que me atacó en Londres?

—Exacto.

—Charlie —dijo Alice, con un temor creciente dentro de ella—. ¿Dónde está Marlowe?

Charlie miró impotente a la chica japonesa.

—Lo siento, lo siento mucho. Está dentro, Alice. Dentro del *orsine*. Ambos entramos, solo que él no pudo salir. Traté de ir por él, de verdad, pero el doctor Berghast no me dejó. —Hizo un gesto hacia el campo en llamas—. Ahora, si Jacob Marber está aquí, significa que ya comenzó.

—¿Qué comenzó?

—El glífico. Está muriendo.

La señora Harrogate estaba mirando hacia otra parte, al otro lado del campo, analizándolo.

—Tal vez el niño esté más seguro ahí, ¿no? Por ahora. Dime niña, ¿cómo se sella un *orsine*?

La niña alisó su larga trenza.

—Tenemos que llegar a la isla y necesitaremos el cuerpo del glífico.

—Henry debe estar en la isla. Con el *drughr*.

—Por Dios. —Alice sacudió la cabeza—. Entonces es demasiado peligroso. Hemos visto al *drughr*, sabemos lo que es. No hay forma de luchar contra eso. —Se estiró, tomó los hombros de Charlie y lo giró directamente hacia ella—. Escucha, si el *orsine* se abre, entonces Marlowe podrá volver, ¿verdad?

—Sí…

—Bueno, por lo menos.

—¿Pero volver a *qué?* —exclamó Charlie—. Los muertos empezarán a salir. Los hemos visto, Alice. Hemos visto lo que les hacen a los vivos. Son… terribles. Marlowe no querría eso.

—Señorita Quicke —dijo la señora Harrogate desde su silla de ruedas—. Recuperaremos al niño. Incluso nos enfrentaremos al *drughr*, si es necesario. La bestia llegó a través de una abertura en Londres, ¿no es así? Hizo… una puerta. Encontraremos alguna manera de hacer eso también, pero el *orsine* debe ser sellado.

Charlie tenía los ojos humedecidos.

—Alice, tenemos que intentarlo —suplicó.

Ella no sabía qué decir. Sabía que él tenía razón, todos ellos la tenían, pero en ese momento se escuchó un sonido, un chillido, desde el otro lado del campo, y Alice se dio la vuelta a tiempo para ver la silueta de Jacob Marber —no había forma de confundirlo—, avanzando lentamente con su sombrero de copa y su largo abrigo crujiendo alrededor de él. Ella ya se estaba moviendo de lado, a través del camino de adoquines, buscando un mejor ángulo para verlo, cuando él alzó las manos y una oscuridad pareció emanar desde sus palmas levantadas.

A los viejos también les estaba pasando algo. Estaban cambiando, sus talentos se estaban manifestando. Tres de ellos corrieron hacia adelante a una velocidad imposible para su edad; ya no eran frágiles, ahora eran rápidos. Alice miró fascinada cómo dos de ellos parecían engrosarse, hacerse más grandes mientras corrían, con la cabeza agachada como arietes. El tercero, un anciano en camisa de dormir, estaba aumentando de estatura, sus piernas y brazos se alargaban, de modo que pronto había dejado atrás a los otros dos y bajaba una mano gigantesca para aplastar a Jacob Marber. Una anciana, que estaba atrás, parecía levitar del suelo, casi flotando, y una extraña luz blanca, como la luz de las estrellas, emanaba de ella. Los demás también se estaban transformando, aunque Alice no podía distinguir exactamente cómo.

Sin embargo, algo andaba mal con Marber, eso estaba claro. La gran oscuridad a su alrededor, su polvo, retorciéndose en un ciclón que salía de sus puños, pareció arrojarse contra el gigante que se precipitaba hacia él y los dos corredores musculosos; luego fue succionado, rodeándolo de nuevo, y ella pudo ver que él estaba teniendo problemas. Luego, el gigante también estaba presionando con sus grandes palmas contra el polvo, inclinándose hacia él, obligándolo lentamente a retroceder, y Alice comenzó a pensar, a esperar, que tal vez Harrogate estaba equivocada, tal vez todos lo estaban, tal vez los viejos Talentos eran más fuertes de lo que todos pensaban.

Fue entonces que notó dos cosas: a uno de los ocho, el más frágil de todos, apoyado en un bastón y parado a cierta distancia, con la cabeza agachada; y a una cosa que se arrastraba rápidamente, pálida y casi invisible, bajo la espeluznante luz del fuego, que se deslizaba como un cangrejo sobre la hierba hacia él. Ella reconoció a Coulton de inmediato, levantó su revólver en un suave movimiento reflejo y apuntó, pero fue casi como si él hubiera sentido su atención, su enfoque, porque en ese instante se desvió hacia un lado y dejó al viejo Talento entre ellos, pero un momento después Coulton se levantó de un salto, con sus garras y colmillos, y arrojó ferozmente a la tierra a la frágil figura del anciano.

Alice disparó de todos modos, apretando el gatillo con calma, y el tiro salió desviado; ella esperaba asustar al anciano para que reaccionara, pero no sirvió de nada. Cuando Coulton volvió a levantar la cara, ella vio un babero oscuro de sangre que le cubría la barbilla y manchaba el cuello y la parte delantera de su camisa harapienta.

Lo que sea que el anciano hubiera estado haciendo, ahora estaba deshecho. Jacob Marber, con una repentina fuerza explosiva, arrojó al Talento gigantesco hacia atrás, luego una nube de polvo cubrió a los demás, de modo que Alice ya no pudo verlos.

Lo que más la asombró fue la velocidad con la que sucedió todo. Parecía que solo habían pasado unos cuantos minutos desde que Marber había aparecido. Miró desesperadamente a los niños y vio que ellos tampoco habían tenido tiempo de moverse, de hacer nada, y solo miraban con horror cómo esa tormenta negra de polvo arrasaba todo a su paso.

—¿Qué está pasando? —gritó la señorita Davenshaw.

—¿Dónde están? —exclamó la niña japonesa—. ¿Pueden verlos?

Pero nadie los veía. Solo había una gran tormenta de polvo rugiente, girando como un ciclón sobre el campo. Durante un largo momento no pasó nada. Luego Jacob Marber salió del torbellino, con los ojos fijos en ellos, con el *liche* como un sabueso pisándole los talones. Los viejos Talentos estaban muertos.

—Tenemos que irnos —dijo Alice bruscamente. Se dio la vuelta.

Fue hasta ese momento que se dio cuenta de que la señora Harrogate se había ido.

Charlie había visto a la señora Harrogate girar su silla en silencio hacia atrás y alejarse, en la oscuridad, dirigiéndose hacia el lago, con los largos cuchillos como medias lunas de oscuridad sobre su regazo. Cuando Alice se volvió, sorprendida, él no dijo nada, no habló, no le dijo lo que había visto ni a dónde había ido. No era necesario. Todos lo sabían.

Pero en lo que Charlie estaba pensando, en lo que no podía dejar de pensar, era en los espíritus de los muertos en ese otro mundo, apáticos, relucientes, reunidos fila tras fila en una gran niebla espesa al otro lado del *orsine*. Esperando. Como atraídos por el calor de los vivos. Su recuerdo era borroso, pero tenía la sensación de estar rodeado de un frío terrible que se filtraba en su pecho, de un hambre insaciable. No sabía en qué se convertiría su mundo si ellos llegaban.

No era un pensamiento claro, y se fue tan rápido como llegó, porque Alice lo estaba empujando, empujándolos a todos, de regreso a la mansión.

—¡Vamos, vamos! —gritaba ella—. ¡Apúrense!— También les indicaba a los otros estudiantes que retrocedieran con un gesto. Luego todos se apresuraron por la cocina, pasando frente a los grandes contenedores de cobre con estofado y sopa, ahora fríos; eran unos quince niños en total, desparramándose hacia el comedor, rompiendo la vajilla a su paso mientras corrían a toda velocidad hacia el vestíbulo y subían las escaleras. Charlie vislumbró al señor Smythe y a sus custodias, corriendo en la otra dirección, pero estaban demasiado lejos para llamarlos y, de todos modos, no había tiempo.

Arriba, la Mansión Cairndale estaba tranquila y silenciosa. Avanzaron con sigilo. A través de las ventanas, el resplandor anaranjado de las hogueras teñía de luz las paredes y sus rostros y manos. Oyeron un súbito estallido de cristales detrás de ellos y gritos. Luego los gritos cesaron.

—Ya viene —susurró Alice.

Los otros niños, cuyos nombres no conocía, se habían dispersado en varias habitaciones, con las puertas cerradas y se habían acurrucado en silencio, pero al mirar hacia atrás, Charlie vio una sombra que se deslizaba por las paredes, muy por detrás de ellos y supo que no había forma de esconderse. No del *liche*. Este lo asustaba más que nada en el mundo, y comenzó a temblar. Estaban en un largo pasillo recto y la criatura se acercaba rápidamente.

—Tenemos que enfrentarlos —susurró Komako molesta—. No podemos escondernos.

—¿Dónde está la señorita Davenshaw? —preguntó Oskar.

Charlie echó un vistazo alrededor. De algún modo la habían perdido en el camino.

—Mierda —espetó Alice.

Todo estaba saliendo mal. Alice comenzó a retroceder, pero en ese momento la mansión se estremeció; las paredes temblaron como si algo estuviera tratando de derribarlas. Charlie la vio vacilar. Luego sacó una llave larga de su bolsillo y pasó sus manos sobre ella desesperadamente. Él pensó que tal vez se estaba volviendo loca, pero entonces un gato saltó con ligereza sobre el alféizar de una ventana abierta, casi como si hubiera sido invocado, y Alice lo miró con fiereza.

—¡Vaya que te tardaste! —le gritó ella.

Al *gato*.

Charlie la miró fijamente, pero no tenía tiempo para pensar en esto. Se oyó un repentino rugido sibilante y, al mirar por la ventana, vio que la otra ala de la mansión, el ala donde estaba el estudio de Berghast, ardía en llamas. Una oscuridad se arremolinaba allí, borrando el cielo, y se dio cuenta de que era polvo. El polvo de Jacob Marber, rodeándolos, encerrándolos.

Tenían que llegar al estudio de Berghast y entrar en los túneles antes de que los incendios hicieran intransitable el camino, pero luego sintió en su manga la mano de Ribs que lo detenía, tropezó y se giró. El *liche* se arrastraba hacia ellos por el pasillo. Mientras avanzaba, derribaba las velas de sus apliques. En una de sus garras sostenía una linterna, y Charlie observó cómo la encendía y luego la estrellaba contra una puerta. Un chorro de llamas encendió la madera.

Se quemarían vivos.

—¡Tenemos que irnos, ahora! —gritó Alice. Entonces echaron a correr y se dirigieron a la curva en el pasillo, una esquina. Alice volteó con furia—. ¿Por qué no nos ha atacado todavía? —preguntó. Es más rápido que nosotros, ya debería estar aquí. Es casi como… como…

Su voz se apagó con horror cuando doblaron la esquina.

—Como si nos estuviera conduciendo a alguna parte —terminó de decir Komako, con un susurro.

Charlie siguió su mirada. Allí, delante de ellos, estaba Jacob Marber, bloqueando su salida; el polvo oscuro como cuerdas giraba alrededor de sus puños. Charlie no podía distinguir sus ojos debido a las sombras, pero tenía la barbilla agachada y la barba le caía sobre el pecho como un mandil de oscuridad. La piel de su mejilla desgarrada y ensangrentada se agitaba. Caminaba despacio, sin prisa, hacia ellos.

—¡Charlie! —dijo Komako entre dientes. Lo agarró por la muñeca para que él se volviera hacia ella y le dijo con voz tranquila y fría—: Tienes que llegar al glífico, tienes que sellar el *orsine*. Nosotros podemos manejar esto. Tienes que irte.

Charlie miró con pánico a Jacob Marber, luego a Komako y a él otra vez.

—No… no creo que pueda —dijo. Muy por detrás de ellos, las largas garras del *liche* raspaban las paredes.

Alice había escuchado y se acercó a él.

—Tú sanas, ¿verdad? —dijo ella bruscamente—. Es lo que haces, ¿no?

Él asintió, confundido.

—Sí…

Sin esperar a escuchar más, lo agarró del cuello de la camisa y lo arrojó bruscamente por la ventana. En ese momento, Charlie, los cristales rotos y los pedazos astillados del marco de madera se desplomaron hacia el patio en llamas.

Henry Berghast dejó caer al niño en el suelo de la cámara.

Se recordó a sí mismo que no debía apresurarse. Había enganchado la linterna afuera de la puerta mientras la abría y la había olvidado allí, pero no importaba, ya que la cámara estaba iluminada por el resplandor azul del *orsine*. Aun así, debía tener más cuidado. No tendría una segunda oportunidad.

Fue entonces cuando se dio cuenta de que no estaban solos.

Había unas figuras en la penumbra, siluetas borrosas, tan grises como el polvo, de pie con el rostro vuelto hacia el *orsine*, los hombros encorvados y los brazos sin vida a los costados. Seis en total. No se fijaron en Berghast ni en el niño.

Los espíritus de los muertos.

Berghast se agachó, mirando con furia. Mientras miraba, un séptimo espíritu vadeó adormilado y salió del *orsine*. Sus pies dejaban huellas húmedas en el suelo de piedra. Se tambaleó a unos metros de distancia y luego giró, miró hacia atrás, a la brillante superficie azul, y se quedó inmóvil.

En silencio, con el corazón desbocado, empezó a preparar lo que necesitaba. Recordó las palabras que había vislumbrado en el guante, el conjuro, y empezó a murmurarlas, en voz baja, entre dientes. Por naturaleza, no era alguien que creyera en lo espiritual o lo invisible, y sabía mucho de lo que los antiguos creían que eran tonterías y supersticiones, pero haría lo que el guante le había mostrado. Era mejor ser cauteloso.

Escuchó que el niño se movía.

—Me golpeó —se quejó el niño.

Berghast se permitió fruncir brevemente el ceño.

—No me dejaste otra opción —murmuró—. No me gustó hacerlo. No me hagas lastimarte de nuevo. Ahora, silencio, que no estamos solos.

El niño también debió haberlos visto entonces, porque se quedó callado.

Berghast se apresuró en su trabajo. Se acercó al *orsine* con cautela, pero el espíritu muerto no le prestó atención. Llevaba el guante en la mano izquierda y lo presionó contra la superficie. La piel del *orsine* se había adelgazado, se había partido en algunos puntos y ya estaba fallando.

Se pasó una mano grande y áspera por el cuero cabelludo desnudo, meditabundo. Luego comenzó a caminar lentamente alrededor de la cisterna, inclinándose para cortar con el cuchillo antiguo las raíces que se hundían en el estanque. El cuchillo cortaba suave y fácilmente, y las raíces del glífico casi no sangraron.

Los muertos seguían sin moverse.

Después llevó al niño al borde del estanque, le quitó los zapatos y le remangó los pantalones. El niño estaba tranquilo, mirando con sus grandes ojos las figuras grises que lo rodeaban. Berghast hundió los piececitos blancos del niño en el gélido *orsine*. Parecían de cera bajo el brillo azul.

—Ahora, a esperar —murmuró.

Marlowe alzó la mirada, con miedo.

—Sé que piensa que tiene que hacer estas cosas —susurró—, pero no es así. No es una mala persona. Puede elegir.

—Ah, pero ya he elegido —respondió en voz baja—. He elegido esto.

No tenía importancia lo que el niño pensara ni lo que supiera. Jacob Marber estaba dentro de Cairndale, abriéndose paso entre los viejos Talentos. «Que venga», pensó con una sonrisa sombría. «Que lo presencie todo». El guante había comenzado a lastimarle la mano. Se sentía como si los pequeños dientes estuvieran masticando su muñeca. En voz baja comenzó a repetir el conjuro, las palabras en ese idioma antiguo resonaban como un tambor en la parte posterior de su garganta.

«Ven, ven, ven, ven».

¿Cuánto tiempo esperaron en medio del silencio? Parecía que el mundo que los rodeaba retrocedía con quietud, de modo que no había Cairndale ni Marber ni espíritus ni fuego ni ruinas. Solo un hombre y un niño, al borde de un estanque, contemplándose a sí mismos en el agua.

Entonces, en la cisterna azul turbia, apareció una sombra. Había algo ahí abajo. Una silueta se elevaba desde las profundidades, haciéndose más y más grande... increíblemente grande.

—Ah —susurró Berghast, complacido. Curvó sus dedos enguantados—. Tu madre ha llegado, niño. Te ha sentido y ha venido. Ahora podemos empezar.

El niño volvió su rostro sorprendido hacia abajo. Berghast agarró su pequeño brazo y le cortó la muñeca con el cuchillo. El niño gritó, y el *drughr*, el hermoso *drughr*, nadó hacia él.

En ese mismo instante los espíritus de los muertos reunidos abrieron sus oscuras bocas y, como si fueran uno solo, comenzaron a gritar.

Komako vio a Alice Quicke empujar a Charlie a través de la ventana, estrellando el vidrio. Todo cayó sobre los duros cimientos de granito de abajo. Ella había visto suficiente de su talento para saber que él estaría bien, pero su corazón se llenó de un miedo enfermizo de todos modos.

Se volvió para mirar a Jacob.

—Ocúpate del otro —le dijo a Alice—. Jacob es mío.

Las suaves facciones de Oskar se endurecieron. Lymenion, corpulento y con el ceño fruncido, se acercó, pero Alice no estaba escuchando, estaba arrodillada frente a un extraño gato oscuro, susurrándole, discutiendo. Cuando levantó la vista, miró directamente a Komako y dijo:

—Dice que no puede ayudarnos. No contra Marber, no mientras Marber tenga el weir-bent.

Komako no entendía.

—Una llave, es una llave —dijo Alice apresuradamente—. Tenemos que quitársela, o el *keywrasse* no podrá ayudarnos. —Debió de haber visto algo en el rostro de Komako, porque frunció el ceño con rápida irritación, tiró de un cordón alrededor de su cuello y levantó una llave larga de aspecto elaborado—. Es algo así. No puedo explicarlo todo ahora. Solo busca la llave y trata de quitársela.

—De acuerdo. Una llave...

Tenía su revólver en la mano y estaba apretando el percutor dando la vuelta; su largo abrigo de hule se arrastraba detrás de ella.

—Apúrate. Ribs y yo nos encargaremos del *liche*.

Alice se alejó por donde habían llegado, con una mirada asesina.

Komako podía ver a Jacob Marber caminando ahora con paso firme y con calma por el largo pasillo. Su rostro estaba destrozado, su barba enmarañada con su propia sangre. Quedaba poco en él que ella reconociera del joven que la había rescatado hacía tantos años, que había salvado a su hermana menor, Teshi, de esa multitud en Tokio, que la había abrazado mientras ella lloraba después de que Teshi muriera. Recordó cómo había hablado él de su propio hermano, y de su frenética búsqueda para ayudarlo, cómo le había confesado que, sin importar lo que implicara, si algo podía devolverle a su Bertolt, lo haría. Ese algo era el *drughr*. Tal vez incluso mientras la ayudaba, mientras la abrazaba, ese *drughr* ya lo estaba cortejando. Había llevado la culpa de eso dentro de ella durante tanto tiempo, la sensación de que le había *fallado*, que debió haber sentido la voracidad de su dolor y ayudarlo a salir de él, pero ella había estado demasiado abrumada por su propio dolor. Desde aquel momento, y durante toda su breve vida, se había esforzado por recordar una única verdad: que su propio sufrimiento, su entrega a él, había aumentado la reserva de sufrimiento de los demás en el mundo; pero tal vez, solo tal vez, todavía era posible razonar con Jacob. Tal vez había una parte de él que ella aún podría alcanzar. ¿Y si no? Ella se había vuelto más fuerte de lo que él podía imaginar, y él lo descubriría.

Jacob se acercó. Las velas del pasillo se apagaron, una tras otra, y humearon. Él caminaba hacia ellos como el presagio de una mayor oscuridad. Komako lo vio y, de repente, volvió a tener nueve años, en las tortuosas calles de madera de Tokio, mientras caía la lluvia y su hermana, Teshi, se tambaleaba, y Jacob la miraba con un miedo furioso que no estaba tan lejos del amor.

—¡Jacob! —gritó ella—. ¡Tú no quieres hacer esto! ¡Yo sé que no!

Él se detuvo al escuchar su voz.

Su mirada se deslizó más allá de la chica, hacia Oskar y Lymenion, luego se volvió a posar en ella.

—¿Komako? —dijo él; había un cansancio en su voz que casi le rompió el corazón. Lentamente, el humo y el polvo se desvanecieron. Sus ojos estaban vidriosos—. Por favor —dijo—, vete. Háganse a un lado. No estoy aquí para lastimarlos, a ninguno de ustedes. Solo vine por Berghast.

—Mataste a los ancianos, en el campo. Yo te *vi*…

—Traté de evitarlo. Se los advertí, pero no quisieron escucharme. Alice Quicke tiene algo que necesito. —Él la estudió bajo el débil resplandor del fuego lejano—. No sabes nada de todo esto, ¿verdad?

Oskar susurró desde el otro lado del corredor.

—No lo escuches, Ko. Está mintiendo.

Pero ella no estaba tan segura.

—¿Para qué has venido a buscar a Berghast?

Jacob extendió las manos. Una oscuridad se retorcía bajo su piel. El ala de su sombrero cubría sus ojos.

—Para matarlo —dijo en voz baja—. El *keywrasse* me ayudará a hacerlo. Después de matar a Berghast…

—¿Sí?

—Mataré al *drughr*. Así todos ustedes estarán a salvo.

—¿Por qué?

—Porque son malos. Los dos.

Encontró los diminutos puntos de luz donde estaban sus ojos y los miró fijamente. Ella tenía un nudo en la garganta. Se obligó a observarlo y a no apartar la mirada mientras decía:

—Pero tú también, Jacob. Tú también te has vuelto así. Has matado. Matar más no cambiará nada.

Mientras Komako hablaba, se iba acercando, esperando su momento. Cerca de ella, Lymenion se arrastraba a lo largo de la pared en la oscuridad. Estaba a unos tres metros de Jacob cuando ella la vio. En una cadena de reloj, dentro de un bolsillo de su chaleco, sobresalía la cabeza con nudos. La llave.

Parecía más alto, más feroz, pero también se movía algo encorvado y retorcido, inclinado hacia un lado. Alguien lo había atacado salvajemente, de alguna manera, y las heridas estaban sanando mal. De repente Komako dejó que el frío se filtrara en sus muñecas y le dolieran los brazos, y convocó el polvo viviente, dejó que entrara en ella, y ese gran vacío profundo y denso la llenó por completo; todo esto en solo un instante, y sintió la satisfacción de saber que Jacob no podía haber adivinado su poder, lo que había aprendido a hacer, la velocidad y destreza que había adquirido. Hizo girar un bucle delgado y fuerte de polvo hacia él, rápido como un látigo: rompió la cadena, le arrebató la llave y la llevó hasta su mano abierta.

Él ni siquiera se inmutó.

Simplemente suspiró, como si fuera eso lo que había temido que pasara, y levantó el ala de su sombrero, y ella vio lo que había en sus ojos, todo el cansancio y la furia resignada y los años de actos crueles y supo que no podía luchar contra él.

Ella ni siquiera tuvo oportunidad para tratar de correr. El polvo se filtraba de él, largas cintas de oscuridad; estaba *dentro* de él, era *parte* de él. De repente estaba serpenteando alrededor de los tobillos y rodillas de Komako, e inmovilizando sus codos contra sus costillas. Ella levantó la vista y empezó a hablar, pero no pudo, el polvo le apretaba la tráquea, el polvo de Jacob.

Él caminó lentamente hacia ella.

Fue entonces cuando, surgiendo de la oscuridad, Lymenion atacó. Golpeó con la fuerza de un tren de carga y derribó a Jacob hacia atrás, luego lo golpeó con su tremendo puño, y prosiguió a lanzar una lluvia de golpes sobre él, de modo que el piso tembló, el yeso del techo empezó a desprenderse y Jacob quedó hundido hasta la cadera en una hendidura en las tablas. Todo esto sucedió tan rápido que Komako apenas pudo vislumbrarlo, como un borrón de furia. Jacob hubiera sido aplastado contra el piso de abajo de no ser porque, en el último momento, algo detuvo el puño de Lymenion, y lo mantuvo rígido en el aire, y el poderoso gigante de carne se tambaleó hacia atrás, girando la cabeza de un lado a otro, como si se sintiera confundido de repente, como si una fuerza invisible lo atacara por todos lados.

—¡Lymenion! —gritaba Oskar. ¡Lymenion!

El gigante de carne golpeaba el aire, el polvo se arremolinaba a su alrededor como si fuera una nube de abejas enojadas. El polvo se espesó hasta que Komako ya no pudo verlo. Podía oír a Oskar gritando algo desde el fondo del pasillo. Luego Jacob levantó las manos y apretó los puños, y la oscuridad que rodeaba a Lymenion también se oprimió, y Lymenion estalló en una lluvia de carne apestosa, dejando solo una mancha en el suelo, las paredes y el techo.

A Komako le zumbaban los oídos. No podía moverse. Tenía la llave en la mano, pero las cuerdas de polvo y humo eran demasiado fuertes para ella. Ella lo miró con desesperación, con los brazos clavados a los costados.

—¿Qué me dices de Bertolt? ¿Crees que esto es lo que él hubiera querido? ¡Jacob!

—Tal vez —murmuró Jacob.

Ella notó que estaba decidiendo algo, su expresión se hizo más dura.

—¡Te quise como a un hermano! —gritó ella—. ¡Por favor!

Jacob levantó la mano, la oscuridad tatuada se retorcía dentro de ella. Un polvo negro se arremolinó, desgarrador y hermoso.

—Lo sé —murmuró él con tristeza.

Cuando el polvo la golpeó, lo hizo con la fuerza de un viento terrible, sacudiendo su cabeza hacia atrás, haciéndola girar de lado contra la pared en ruinas. No podía ver nada por la tormenta de hollín en sus ojos, y cuando abrió la boca para gritar, esta se llenó de humo, y el polvo viviente vertió su oscuridad por su garganta, hasta sus pulmones.

Margaret Harrogate derribó su silla de ruedas mientras intentaba bajarse de ella, al borde del lago, donde comenzaba el muelle hundido.

Cayó con fuerza y tuvo que buscar en la penumbra los cuchillos que tenía sobre su regazo, pero estaba preparada para esto: se había puesto gruesas mangas de lana para protegerse los codos, y se arrastró con dolor hacia el bote de remos, lo desató y subió.

Detrás de ella, una pared de humo se agitaba y parpadeaba, y el reflejo del lago también ardía. Se permitió un breve momento de dolor para orar para que Alice se llevara a los pequeños. A todos ellos. «Solo váyanse», oró. «Váyanse y no miren atrás».

El casco se balanceó con suavidad. Ella tomó los remos. Lentamente, el pequeño bote se adentró en el lago de fuego. Había motas de luz azul a la deriva sobre el olmo escocés, como cenizas brillantes. Le dolían los hombros, le dolían los brazos. De vez en cuando escuchaba el estruendo sordo de las explosiones colina arriba en la mansión, que estaba envuelta en una nube negra de polvo y humo, latiendo con un brillo anaranjado. Algo adentro estaba en llamas.

En la isla se arrastró fuera del bote, lo ató con fuerza y siguió arrastrándose sobre sus antebrazos por el camino rocoso, cuesta arriba, hasta el monasterio en ruinas. Sus codos estaban desgarrados y sangrando para entonces. A la luz del fuego, los muros del monasterio resplandecían con un tono rojizo, como si estuvieran empapados de sangre. Hizo una pausa, giró sus piernas muertas y se sentó para pensar. El glífico; el *orsine*; el doctor Berghast y su *drughr*…

Cuando de repente se oyeron unos gritos.

Unos gritos bajos y espeluznantes, llenos de la música de la tristeza y el anhelo, pero también de odio y hambre; Margaret se estremeció al escucharlos. No era el sonido de algo humano. Presionó su mejilla contra las frías rocas: el sonido venía de la Tierra misma.

Lentamente Margaret se abrió paso en el suelo alrededor del edificio. Había una puerta pesada abierta, y una linterna encendida en un gancho al lado. El grito se hizo más fuerte. «Berghast», pensó. Se arrastró dentro, a través de una antecámara y por una tosca y curva escalera de piedra, y salió, jadeando, a una gran cámara rocosa, con una cisterna de luz azul. El suelo y las paredes estaban rotos y entrecruzados con cientos de raíces, como tentáculos, y los terribles gritos llenaban el lugar y hacían reverberar las paredes. Había figuras grises, indistintas, de pie en la penumbra, con la boca abierta. Los gritos procedían de ellas.

Su cabeza daba vueltas. Porque allí, en el borde de la cisterna, con su monstruosa sombra proyectada por la extraña luz que brillaba debajo de él, se alzaba Henry Berghast. Por un momento ella no lo reconoció. Su cabeza estaba afeitada, su espesa barba había desaparecido. Llevaba un extraño guante brillante que le llegaba hasta la mitad del antebrazo. Su amplia espalda estaba volteada hacia ella, y estaba sujetando al niño, Marlowe.

La muñeca del niño tenía una cortada, y Berghast sostenía su bracito con rigidez sobre el estanque, mientras la sangre se derramaba. El rostro del pequeño se veía pálido.

Margaret sujetó sus cuchillos.

En ese mismo momento, Abigail Davenshaw caminaba suavemente por la alfombra en el estudio del doctor Berghast, tanteando el camino con su vara de abedul, esforzándose por escuchar cualquier movimiento. Se oía el inquietante y suave chasquido de los pájaros de hueso en una jaula, tan regular como maquinaria en la oscuridad. Se oía el repiqueteo amortiguado de la quietud. Pasos al fondo de un corredor, a toda prisa.

Se abrió paso con cuidado entre las sillas y el escritorio. Podía oler algo, un olor a cuero quemado y papel, muy tenue. Entró una bocanada de aire frío de algún lugar debajo de la tierra, y encontró la puerta por la que había pasado antes, la puerta de esa extraña habitación cerrada, abierta de par en par.

—¿Hola? —gritó. Su voz repiqueteó y se desvaneció en las profundidades—. ¿Doctor Berghast? Soy la señorita Davenshaw.

Nada.

Ella se mordió el labio y frunció el ceño.

Que así sea.

Empezó a bajar, sintiendo el camino con los dedos de los pies, lentamente y con cautela a cada paso, cuidando de no caerse ahí dentro de las paredes, donde nadie la encontraría, mientras Cairndale se quemaba hasta los cimientos.

Pero no se cayó. Cuando llegó al fondo supo, por la forma en que se movía el aire, que algo era diferente. La puerta cerrada con llave había sido arrancada de sus bisagras.

—¿Hola? —dijo insegura. Recordó la respiración entrecortada que había oído antes y se movió con mucha cautela, y el miedo que había sentido antes la llenó de nuevo, pero lo que fuera que había oído, ya no estaba, no estaba o estaba muerto; no había nada vivo ahí excepto ella.

Cuando su vara de abedul tocó una cosa extendida dentro de la celda, no estaba segura de lo que era. Una cadena tintineó suavemente. Sus suelas resbalaron en un charco de algún fluido viscoso y supo por el olor a hierro de qué se trataba.

Se arrodilló y buscó a tientas el rostro del muerto. Era el criado del doctor Berghast, Bailey. Le habían arrancado la garganta, y tenía heridas profundas en el pecho y los brazos. Era como si hubiera sido atacado por un animal salvaje.

Abigail Davenshaw se humedeció los labios, se levantó sombríamente y volvió a subir las largas escaleras por donde había llegado. En el estudio se acercó con cuidado al fuego, buscó a tientas un atizador y arrastró hacia ella con cuidado un diario medio quemado que estaba en la chimenea. Era eso lo que había olido antes. Si Berghast había intentado destruirlo, debía contener algo importante, dedujo ella. Luego fue al escritorio, a los cajones, para buscar si encontraba algo más de valor.

El incendio se acercaba, podía sentir el calor a través de las paredes, así que con una expresión dura en su rostro se guardó el diario chamuscado bajo el brazo y cruzó el estudio silencioso, buscó a tientas la manija de la puerta y salió corriendo al edificio en llamas.

Charlie estaba asustado. Muy asustado.

Entró corriendo al estudio de Berghast; su clavícula destrozada seguía curándose, y los miles de cortes y muescas que le habían ocasionado los vidrios rotos ya se habían curado. El glífico. Tenía que localizar al glífico y sacarle el corazón. Sabía que tal vez tendría que enfrentarse al *liche*, Walter, el mismo que lo había aterrorizado tanto en Londres y que había tratado de arrancarle la garganta, y cuyas garras lo habían lastimado de una nueva manera, que lo había hecho sanar mucho más lenta y dolorosamente. Además del recuerdo del *liche*, había tenido sueños terribles de la experiencia en los meses posteriores, en los que la criatura trepaba por el techo y se le echaba encima como una enorme araña blanca. Se despertaba empapado y temblando.

Ahora estaba buscando justamente a esa criatura. Todos contaban con él.

Pero no había tiempo para pensarlo bien. Solo se detuvo el tiempo suficiente para mirar alrededor del estudio, asegurándose de que ni Berghast ni su criado gigante estuvieran ahí; sus ojos se posaron entonces en los pájaros de hueso en su percha, que chasqueaban sus huesos suavemente, y en las brasas de la chimenea que aún ardían con calor. Luego corrió hacia la puerta de los túneles, la puerta que conducía abajo, y avanzó por debajo del lago hasta la isla. Si hubiera llegado solo cinco minutos antes habría sorprendido a la señorita Davenshaw sacando el diario quemado de la chimenea, y tal vez hubiera podido pedirle algún consejo, o algo de ayuda, pero ella se había ido, de regreso al laberinto de Cairndale, a la mansión en llamas con ese diario humeante apretado contra su pecho, con la mitad de sus secretos quemados, y no volvería a verla.

Bajó los escalones de tres en tres. El túnel era más negro que nada, y el aire se sentía viciado. Había olvidado tomar una linterna o una vela. Sus pasos salpicaban constantemente en el agua estancada y, aunque sentía a cada paso que estaba a punto de chocar con algo, nada le estorbó ni tropezó ni se cayó.

Luego sintió que el túnel se inclinaba gradualmente hacia arriba y que el aire se aclaraba, y una tenue luz gris se hizo visible más adelante. Cuando salió a la isla trepó por las piedras desmoronadas y vio una linterna colgada de un gancho junto a la puerta abierta. Alcanzaba a escuchar unos gritos bajos desde la cámara del *orsine*. Había algo ahí. Fuera lo que fuera, le sería de ayuda una linterna, así que la desenganchó, se apresuró por la parte de atrás y entró en la catedral en ruinas.

Bajo las nervaduras del techo y el cielo nocturno más allá, se abrió camino, cansado, pero decidido y sujetando la linterna. Encontró la cripta, y allí, a la izquierda, apoyada contra la pared, la vieja antorcha en su soporte. Abrió la puerta de la linterna y encendió la antorcha. Los cráneos sonrieron desde sus cavidades. Los huesos en sus antiguas cajas yacían en reposo.

Las raíces se hicieron más densas. Vio, a la luz del fuego, rastros de una lucha: las raíces desgarradas o hechas trizas, sangre en un rastro moteado que se adentraba más. Podría ser el *liche*. Walter.

Había empezado a correr para entonces, tropezando con las raíces y arañando su camino hacia arriba, haciendo demasiado ruido. No le importaba. Cuando salió a la cámara baja y enmarañada del glífico, tropezó bruscamente y se quedó mirando horrorizado.

El glífico y Walter colgaban del techo en un terrible abrazo. Había sangre por todas partes. Las raíces del glífico habían arrancado por completo una de las piernas de Walter; una docena de raíces habían perforado su cuerpo, sus brazos, su pecho y su columna vertebral; un grueso nudo de raíces estaba envuelto alrededor de su garganta y sus ojos estaban en blanco. Estaba muerto.

Pero también el glífico. Antes de morir, Walter le había arrancado la garganta con los dientes, y la cabeza del antiguo ser ahora colgaba en un ángulo extraño, con sangre por todo el frente.

Charlie estaba temblando, devastado y aliviado. Al menos no tendría que ser él quien matara al glífico.

Fue entonces cuando se dio cuenta de que no había traído nada para sacarle el corazón. Echó un vistazo a la luz de las antorchas. Sus ojos se posaron en las garras del *liche*. Los pulgares habían sido masticados.

Estiró la mano, torció la muñeca empapada de sangre y, con cautela, presionó una garra contra el pecho de corteza del glífico.

La garra se deslizó con suavidad y penetró. Un limo negro y acuoso rezumó. Charlie comenzó a serrar el pecho, abriéndolo bien, y cuando logró cortar lo suficientemente profundo metió la mano y buscó a tientas algo suave y gomoso, y lo arrancó con furia.

El corazón salió con un ruido de succión. Todavía estaba caliente. Era del tamaño de un puño, cubierto de una baba negra y gelatinosa. Lo puso entre sus manos, respirando con dificultad, sintiendo que brotaba una terrible tristeza dentro de él. A pesar de todo, el glífico había sido un ser antiguo y bueno, un ser que los había mantenido a salvo a todos. Había vivido encadenado al *orsine*, tan prisionero de él como cualquiera de los espíritus muertos. No parecía justo. Charlie se tambaleó hacia atrás y limpió el corazón con una de sus mangas. Debajo del limo, la superficie del corazón latía lentamente, como una brasa, y brillaba.

Fue entonces cuando lo sintió. Levantó el rostro, y ahí estaba de nuevo: un estruendo bajo y profundo, como un tren que pasa por la tierra. Las paredes se estremecieron. La tierra cayó tamizada desde el techo, por todas partes. Entonces Charlie entendió: la isla se estaba derrumbando.

Tomó la antorcha y se echó a correr.

Alice corrió de regreso por el pasillo oscuro, sintiendo cómo temblaba la mansión debajo de ella: sabía que Ribs estaba cerca, pero no la veía; tenía su Colt en las manos mientras corría. Jacob Marber estaba en algún lugar detrás de ellas ahora, frente a la niña, Komako, Oskar y su gigante de carne. Ahí el pasillo estaba tranquilo, más fresco. Redujo la velocidad y se detuvo. Luego inclinó la cabeza para escuchar.

Sabía que Coulton estaría cerca. Casi podía sentirlo allí, esperándola en la penumbra, con sus aterradores dientes largos rechinando. Ella retiró el percutor y giró en un círculo lento. Las luces del pasillo estaban apagadas.

—Sé que estás aquí, Coulton —dijo con calma. Sus ojos se dirigieron a los nichos oscuros, las puertas en sombras. Dudó por un momento y se preguntó si no se habría equivocado; si, de alguna manera, él había logrado adelantarse y estaba ayudando a Marber a avanzar por el pasillo.

—¿Coulton? —dijo ella.

Entonces sintió una suave y cálida gota sobre su hombro. Con una lentitud imposible levantó los ojos hacia el techo.

Coulton estaba ahí colgado, justo arriba de ella, esbozando una sonrisa con sus largos dientes; tenía algo resbaladizo y goteante acumulado en sus labios. Entonces se precipitó sobre ella y la empujó con una fuerza increíble contra el suelo, le arrancó el arma de la mano y desgarró su abrigo, sus brazos y su piel expuesta, e intentó tomar, una vez más, el weir-bent que colgaba de su cuello.

Ella luchó en silencio, con furia, con una ferocidad que la sorprendió incluso a ella; mordió a Coulton, le arañó la cara y los ojos con los pulgares. De repente él aulló y se alejó, agarrándose la base del cuello, girando de un lado a otro como loco. Entonces ella vio el pedazo de cristal ensangrentado, flotando en la oscuridad.

Ribs.

Coulton también lo vio. El *liche* saltó sobre la pared, se impulsó rápidamente y aterrizó justo donde debía estar parada Ribs, pero ella era demasiado rápida; el cristal ya había caído al suelo; Coulton chilló y empezó a dar vueltas.

Alice se arrastró contra la pared, palpando con las manos en la oscuridad, en busca de más fragmentos rotos. Encontró uno y lo levantó justo cuando Coulton se estaba arrojando sobre ella otra vez, y sintió que el pedazo penetraba profundamente en su estómago, y ella cortó y apuñaló y seccionó su carne en tiras hasta que una gran humedad caliente empapó sus muñecas y brazos.

Él le había mordido el hombro gravemente y se había ido con un pedazo de ella en la boca, pero eso fue todo. Coulton se dejó caer hacia atrás, se agarró el vientre y agitó las piernas en agonía.

Ella se puso de pie jadeando. Buscó su arma y la vio flotando en el aire. Ribs la tenía apuntada al *liche*. Apretó el gatillo. Con un rugido ensordecedor, Coulton, lo que alguna vez había sido Coulton, giró hacia un lado para dejar de moverse.

No parecía posible. Alice se tambaleó. Sosteniendo su hombro, miró hacia donde debía estar parada Ribs y asintió. Luego ambas estaban corriendo de nuevo, más lento ahora, pero corriendo de todos modos, de regreso por el pasillo hacia los sonidos de lucha y destrucción.

Llegaron a la esquina y dieron la vuelta. Alice casi cayó de rodillas. Oskar estaba desplomado sin moverse contra una pared en ruinas, con la cara sangrando. Lymenion no estaba en ninguna parte. Había salpicaduras de sangre y pedazos de carne por todo el techo del pasillo, y Alice sintió que se tambaleaba. Una pared entera se había derrumbado, y ella vio en la habitación en ruinas un enorme torbellino oscuro que era el *keywrasse*, de ocho patas y el doble de dientes, luchando contra Jacob Marber, quien atacaba al *keywrasse* rápidamente con cuerdas y bucles de polvo, enredándolo y arrastrándolo por la garganta, mientras la criatura rasguñaba los brazos y las piernas de Marber con sus largas garras. Alice miró rápidamente hacia atrás. Vio a Komako, arrodillada, y esta le devolvió la mirada debajo de su cabello negro enredado. Ella levantó un puño. En él sostenía el otro weir-bent.

Alice no vaciló ni siquiera lo pensó; sintió la punzada en el costado donde Marber la había herido, donde el polvo la había penetrado, y se inclinó hacia el dolor, lo abrazó; levantó ambas manos ante ella y extendió los brazos, como si estuviera abriéndose paso a través de aguas densas. Vio cómo Jacob Marber retrocedía ante el *keywrasse* y, de repente, levantaba las manos de su cuerpo exactamente como lo estaba haciendo ella, con una mirada de perplejidad en su rostro.

En ese momento el *keywrasse* salió de debajo de una pila de ladrillos rotos, gruñó y se arrojó contra el pecho expuesto de Marber.

Alice cayó de rodillas en el mismo instante. La fuerza de sujetar a Jacob Marber era demasiado para ella. Él giró el rostro para verla, incluso mientras el *keywrasse* se abalanzaba sobre su corazón.

Después de eso, todo sucedió a la vez. El *keywrasse* fue golpeado en el costado por una pared de humo. Alice sintió que una cuerda de polvo se envolvía alrededor de su propio cuello con la fuerza de tensión del hierro, luego estaba girando, volando por la habitación y estrellándose con la puerta de un pequeño balcón de piedra. Todo era dolor, niebla y confusión. Levantó el rostro y vio cómo el *keywrasse* se retorcía y clavaba sus fauces en la garganta de Marber. Ella parpadeó. Marber aplastó al *keywrasse* contra el suelo. Ella parpadeó otra vez. El *keywrasse* golpeaba la cabeza de Marber. De repente el balcón se estremeció, y Marber y el *keywrasse* atravesaron la puerta y estaban en él. Vio cuando Marber recibió un golpe terrible por parte de la criatura, lo que hizo que su cabeza girara extrañamente hacia atrás, y en ese momento el balcón cedió bajo el peso de los tres. Ella se sujetó del borde de la puerta y, de alguna manera, logró aferrarse mientras Jacob Marber caía en picada entre una pila de piedras y ladrillos hasta el patio.

Entonces sintió algo, un gran par de poderosas mandíbulas se agarraron al cuello de su abrigo y la arrastraron de vuelta a la habitación. Ella se quedó tirada, jadeando, sollozando y sin moverse entre el polvo y los escombros. Había sobrevivido.

Cuando levantó el rostro vio que el *keywrasse* cojeaba de la pata delantera izquierda. Todavía era grande, del tamaño de un perro de tamaño considerable, pero en cuanto a lo demás volvía a parecerse a un gato, con solo cuatro patas y dientes ordinarios, pero tenía sangre en el hocico y también apelmazada en el pelaje, aunque Alice no podía distinguir si era suya o de alguien más. Se estiró, envolvió sus brazos alrededor de su cuello y enterró su rostro profundamente en su pelaje. El calor que desprendía era tremendo, y olía a cosas quemadas.

—Gracias —susurró ella—. Gracias, gracias…

Oskar y Komako emergieron del humo, ensangrentados y magullados. No se acercaron demasiado al gran *keywrasse*. Komako se acercó al borde y miró hacia abajo, a los escombros, a la mano aplastada de Jacob Marber apenas visible. La niña cerró los ojos. Sin decir una palabra le dio a Alice el segundo weir-bent, el weir-bent de madera que Jacob le había quitado en Londres. El *keywrasse* entrecerró sus brillantes ojos, los cuatro.

—¿Ko? —Se escuchó la voz de Ribs. Alice vio un humo tenue enroscándose alrededor de la silueta de la niña—. No podemos quedarnos aquí. Si Jacob Marber vino a Cairndale, el maldito *drughr* no debe estar lejos.

—Ribs tiene razón —dijo Oskar. Su frente estaba sangrando.

Cairndale gimió y se estremeció a su alrededor. No tenían mucho tiempo, pero Alice estaba mirando a través de la pared rota, más allá del polvo que se disipaba, hacia la isla y la vasta copa del árbol. Todo estaba iluminado con un misterioso brillo azul.

—¿Crees que Charlie lo haya sellado?

—No —respondió Komako, acercándose—. Aún no. ¿Puedes caminar?

En un instante Alice vio en su mente el enorme horror que había abierto un agujero en el aire cuando estuvieron en Londres. Ninguno de estos niños lo había visto. Solo ella. Los miró a ellos y luego al *keywrasse* exhausto y supo que no podían luchar contra el *drughr* así.

—Tenemos que bajar al patio —dijo, cuando decidió qué iban a hacer. Se puso de pie temblorosamente—. Hay un carruaje ahí, Margaret y yo llegamos en él. No puede estar muy lejos. Hay que sacarlos a todos de aquí.

Se volvió hacia el *keywrasse*, se arrodilló y este se acercó cojeando y acarició con su hocico la mano abierta de Alice. Ella sostenía los dos weir-bents en la otra mano, los colocó con cuidado sobre el mortero roto y retrocedió.

—Estos te pertenecen —dijo ella en voz baja.

El *keywrasse* los olfateó con cautela y luego levantó el hocico para mirarla con cautela.

—Adelante —susurró Alice—. Puedes irte.

Y, como si comprendiera, de repente el *keywrasse* inclinó la cabeza hacia un lado y se tragó los weir-bents con un movimiento rápido; luego se dio la vuelta y caminó silenciosamente hacia el corredor en llamas, mientras su sombra se proyectaba sobre las paredes, y se fue.

Los niños retrocedieron, observando todo esto en silencio.

Ribs, aún invisible, gruñó.

—¡Malditos americanos! Siempre tienen que hacer algún gran gesto como ese.

—¿Qué quieres decir con eso? —preguntó Alice.

—Que la próxima vez podrías esperar hasta que estemos a salvo.

Alice se dirigió hacia el pasillo, revisando su revólver mientras caminaba; su largo abrigo ondeaba detrás de ella.

—Nadie está a salvo —murmuró—. Nunca hay una próxima vez.

En ese momento, mientras Alice y los niños corrían por la mansión en llamas, Margaret, en la isla, estaba sujetando los cuchillos anillados entre sus manos y arrastrándose lentamente por la cámara que gritaba. Las figuras grises no se movieron. Al verlas, se llenó de terror. Solo sabía que tenía que ayudar al pobre niño, al pequeño Marlowe; tenía que impedir que Henry Berghast hiciera lo que fuera que estaba haciendo. De alguna manera todo esto era su culpa. Debería haberlo conocido tal como era, debería haberse dado cuenta.

Mostró los dientes y se arrastró. El chico yacía desplomado junto a la cisterna. Todo dependería de la sorpresa, de la rapidez.

Pero cuando estuvo a unos metros de distancia se quedó impactada por lo que el hombre estaba haciendo. El *drughr*, como una mancha de oscuridad, estaba presionado contra la superficie del *orsine*, atrapado allí, lleno de furia, mientras Henry Berghast había metido la mano en el cuerpo de la bestia y se estaba alimentando de ella.

Luego, lentamente, Henry arrastró al *drughr* hacia arriba, más y más, hasta que este se elevó pegado a la piel como de alquitrán del *orsine*. El *drughr* se veía colosal, de unos tres metros y medio de altura. Forcejeaba y volvía su rostro ciego en dirección de Marlowe. Cuando se elevó, las figuras grises que gritaban se detuvieron de repente, se quedaron en silencio, con sus bocas oscuras muy abiertas.

El silencio resonó en los oídos de Margaret, desorientándola. La sangre de la muñeca del niño todavía se filtraba en las aguas. Ella sacudió la cabeza para despejarse.

Pero entonces Berghast se dio la vuelta y se levantó con ligereza, como si la hubiera estado esperando. Su rostro sin barba estaba tenso, las sombras oscuras debajo de sus ojos se veían más pronunciadas, la piel que le cubría su mandíbula y sus pómulos hacía que pareciera una calavera, y tenía una expresión cruel.

Su suave y mesurada voz sonaba como si fuera la de él, también como si no fuera de él.

—Ah, Margaret —dijo—. Has venido a advertirme sobre Walter y el señor Thorpe. Llegas tarde. Está muerto.

Intentó esconder los cuchillos, pero era demasiado tarde, él los había visto. Parecía despreocupado. A sus espaldas el *drughr* se retorcía con movimientos lentos, una figura de agonía y lástima.

—Vi tu carruaje en el patio —continuó en voz baja—. ¿Qué te pasó? Te ves… terrible.

Caminó lentamente en un círculo felino a su alrededor, luego se agachó con suavidad y la agarró por las muñecas. La mano enguantada era áspera y sus placas de madera afiladas. Emitía un ligero vapor, aunque se sentía frío al tacto. Él le quitó los cuchillos con facilidad y ella dio un grito ahogado de dolor y frustración. El *drughr* se retorcía sobre el *orsine*, doblándose una y otra vez sobre sí mismo, como el humo en un frasco.

Entonces algo se movió detrás de Berghast; él se volteó a medias y Margaret vio a Marlowe arrodillado, con ambas manos aferradas con fuerza al brazo desnudo de Berghast. El chico emitía un brillo terrible; su piel era tan translúcida que ella podía ver la forma de su cráneo, sus cuencas huecas, los huesos y las venas de sus brazos. Tenía los dientes apretados. El brillo estalló.

Ella vio que la piel de Berghast comenzaba a hervir donde Marlowe lo estaba agarrando.

Ella no entendía lo que estaba viendo. No parecía posible, pero Berghast se puso de pie de repente y arrojó al niño hacia atrás, de modo que su cabeza golpeó el suelo de roca, y entonces la luz en Marlowe se apagó; se veía deshuesado y extraño.

La piel de Berghast también brillaba.

—¿Por qué estás haciendo esto? —gritó Margaret, llena de una súbita rabia impotente—. Vine a advertirte. Pensé que intentarías protegerlos, a todos. ¡Henry, yo creía en ti! ¡Te ayudé todos estos años! ¡Mi esposo te ayudó! Pero no eres más que un… un monstruo…

—No lo soy —dijo él—. Esto tiene un propósito mayor.

Él la jaló hacia arriba, retorciendo tanto sus muñecas que ella temió que pudieran romperse. Luego soltó una y levantó su propio cuchillo.

—Henry —dijo ella.

Pero él deslizó el cuchillo dolorosamente en su vientre, sin prestarle atención. Entró rápidamente y sin resistencia hasta la empuñadura, y ella se quedó sin aliento ante el lento y punzante dolor, todo su cuerpo se llenó de asombro.

—No soy un monstruo —dijo él otra vez, viéndola a los ojos y forzándola a devolverle la mirada—. No me da gusto hacer esto.

Entonces sacó el cuchillo y la soltó.

Charlie sacó el corazón goteante de la cripta.

Había un brillo azul a su alrededor. Sostuvo el corazón del glífico envuelto en su camisa como un recién nacido, se sentía cálido y resbaladizo, y él lo protegía con sus manos ahuecadas mientras avanzaba.

Al otro lado del lago, Cairndale estaba en llamas. Él observó cómo se incendiaban los andamios. Sus brazos y piernas estaban arañados y ensangrentados, pero los arañazos ya se estaban cerrando, y cuando pudo respirar de nuevo se tambaleó alrededor del monasterio en ruinas, entró en los oscuros aposentos de los monjes y bajó sigilosamente las escaleras de piedra. Tenía que hundir el corazón en el *orsine*.

El brillo azul de abajo era cegador. Tropezó en el borde de la cámara subterránea e hizo una mueca. El *orsine* era demasiado brillante, pero cuando volvió la cara a un lado vio, acechando alrededor de las paredes, unas extrañas figuras grises. La luz parecía no proyectarse en ellas ni la oscuridad; volvieron sus rostros hacia donde estaba Charlie, y él los reconoció. Eran diferentes, ya no eran hermosos, ya no estaban llenos de recuerdos; pero él los reconocía. Eran los espíritus de los muertos.

De repente lo rodearon, sin emitir sonido alguno, pero se movían a una velocidad increíble, y sintió el toque del primero con un temblor, mientras trataba de proteger el corazón del glífico. Se sentían tan sólidos como cualquier cosa en el mundo, y su toque resplandecía con ese mismo fuego azul; Charlie sintió que su propia carne comenzaba a burbujear y a derretirse en agonía.

Luego un segundo y un tercero se acercaron a él, y mientras lo hacían, Charlie no pudo aferrarse al corazón del glífico por más tiempo y este se le escapó de las manos, y de repente, los muertos lo soltaron y se arremolinaron alrededor del pequeño corazón azul brillante. Se lo estaban comiendo.

—No... —Charlie cayó de rodillas, horrorizado. Los muertos no le prestaron atención, y pronto el corazón había sido devorado por completo. Había desaparecido. Sus bocas y dedos estaban manchados con baba negra.

Fue entonces cuando Charlie levantó la vista y notó que algo estaba atrapado en el *orsine*, un enorme gigante pegajoso que sobresalía y que se apretaba contra la superficie de este. Parecía engrosado, alargado y cubierto de alquitrán. Luego vio al doctor Berghast inclinado sobre el *orsine*, con el pesado artefacto en forma de guante al costado y con la otra mano hundida hasta el codo en el pegajoso muslo de la figura, como si la sujetara, para mantenerla en su lugar.

Pero algo le estaba pasando a él, estaba temblando y había un brillo azul bajo en su piel que casi se parecía al de Marlowe. Entonces Charlie entendió. Berghast estaba drenando el poder del *drughr*.

La abertura en el *orsine* seguía creciendo. Los muertos volvían a estar de pie, con los brazos a los costados, mirando el *orsine*. Charlie había fallado, les había fallado a todos, había perdido el corazón del glífico y, ahora, sería imposible volver a sellar el *orsine*.

Fue entonces cuando vio, acurrucados a medias en la oscuridad, los cuerpos inmóviles de la señora Harrogate y de su único amigo, Marlowe. Yacían cerca de un pilar y parecía que la señora Harrogate de alguna manera había arrastrado a Marlowe hasta ahí. Podía ver una larga mancha de sangre desde donde ella se había arrastrado. Cuando llegó a ella vio la sangre en su vientre y supo que se estaba muriendo. La muñeca izquierda de Marlowe tenía una cortada; estaba cubierto de su propia sangre, y su rostro estaba muy pálido. Charlie había llegado demasiado tarde.

Pero entonces Marlowe esbozó una débil sonrisa.

—Char-lie —dijo con una voz suave y seca—. Sabía que... vendrías.

Charlie sintió que su pecho se hinchaba de dolor. Se secó los ojos con las palmas de las manos.

—Lo siento Mar, lo siento mucho. Lo perdí, perdí el corazón del glífico. Se suponía que debía sellar el *orsine*, pero me lo quitaron. Traté de detenerlos...

Pero el niño solo suspiró y volvió a cerrar los ojos.

—¿Mar?

Él levantó la vista y notó que los ojos de la señora Harrogate estaban abiertos. Ella lo estaba mirando.

—Mis cuchillos —susurró ella—. Si puedes. Llega a la orilla. Del estanque. Aún puedes. Detenerlo.

Siguió su mirada y vio las cosas alargadas y de aspecto malvado en el suelo, no muy lejos de Berghast.

—Pero el glífico se ha ido —dijo Charlie, ahogando un sollozo. No entendía de qué serviría eso—. Ahora los muertos podrán pasar. No hay manera de cerrar el *orsine*. Ya no importa.

Los ojos de la señora Harrogate brillaron de dolor.

—Siempre importa —susurró ella.

Charlie miró a Marlowe y luego volvió a mirar a la señora Harrogate. El doctor Berghast seguía inclinado sobre el *orsine*, hundiendo su mano libre en el cuerpo del *drughr*, vaciándolo.

En ese momento Charlie se agachó y comenzó a avanzar. Se movió de pilar en pilar bajo la luz azul acuosa, pero no alcanzaba los cuchillos. Casi sin pensar cerró los ojos; respiró lentamente y trató de vaciar su mente. Hubo quietud, silencio, un sentimiento de gran paz. Extendió la mano, con calma, y entonces fue como si todavía estuviera tratando de alcanzar, alcanzar más, y sintió que los músculos de su brazo se estiraban y se acalambraban, y volvían a estirarse con más fuerza, y parecía que sus huesos se iban a salir de sus articulaciones; el dolor le causaba mareo; luego sintió que sus dedos se cerraban alrededor de la empuñadura de un cuchillo y abrió los ojos. El cuchillo era pesado, más pesado de lo que debería haber sido, y el metal se sentía caliente al tacto. Su brazo se veía extraño, como una serpiente, y en silencio lo retrajo hacia él. El dolor era asombrosamente intenso, pero su corazón dio un brinco.

Lo había hecho. Había logrado hacer el *mortaling*.

La importancia de ese hecho y su significado, se desvaneció en un momento. Berghast todavía estaba succionando la fuerza vital del *drughr*. Se veía más grande, su espalda estaba más ancha, parecía que estaba lleno de una energía frenética. Era muy tarde. Siempre iba a ser demasiado tarde.

Charlie corrió hacia adelante y hundió el cuchillo hasta la empuñadura directamente en la espalda del doctor Berghast.

El efecto fue inmediato. El brillo parpadeó y el *drughr* se deslizó como deshuesado hacia las profundidades del *orsine*. Berghast se dio la vuelta. Su barba se había ido, así como su cabello. Tenía los labios estirados sobre los dientes en un rictus, y los ojos hundidos y brillantes. Una espeluznante energía azul crepitaba sobre su piel, sobre su mano, tal como lo había visto Charlie con Marlowe. Berghast se tambaleó y cayó de rodillas, como si el esfuerzo de lo que estaba haciendo fuera demasiado y no le quedara nada de energía.

Charlie vio el segundo cuchillo en el borde de la cisterna; se abalanzó sobre él y se levantó sosteniéndolo frente a él. Berghast no se había movido. Estaba arrodillado con los hombros caídos y la cabeza agachada, solo respirando.

Pero cuando Charlie avanzó para apuñalarlo en el corazón, la mano enguantada de Berghast se elevó para encontrarse con el cuchillo y lo hizo a un lado. Agarró la muñeca de Charlie y este sintió un fuego salvaje y agonizante. Algo le estaba pasando, podía sentirlo en el agarre del anciano, una especie de vaciado, como si una parte de sí mismo estuviera siendo arrancada.

—¿Qué… qué está haciendo? —gritó Charlie.

—Tú —dijo Berghast sin aliento—. No… no lo entiendes…

Durante un largo y terrible momento el fuego azul pareció engullirlos a ambos. Charlie se estremeció de dolor. La piel de su muñeca estaba burbujeando, pero era peor que eso, era como si una parte de su interior se estuviera desprendiendo lentamente. Berghast siguió sujetándolo, sin fuerzas suficientes para hacer más que eso. Hubo un destello de movimiento en el suelo detrás de Berghast: la señora Harrogate se había arrastrado hasta él. Charlie la observó mientras ella estiraba la mano y empujaba, suavemente, el hombro de Berghast, y Charlie pudo jalar su muñeca para zafarla, y vio que el hombre que tanto daño les había hecho a todos ellos se inclinaba con suavidad y caía débilmente por el borde, hacia el estanque luminoso.

Todo sucedió con tanta lentitud y delicadeza, que no pareció real.

Pero entonces Berghast empezó a agitarse, tratando de mantenerse a flote. Charlie vio cómo ascendía desde las profundidades del *orsine* una figura sombría, el *drughr*, que se elevó a través del agua azul turbia para envolver un brazo alrededor del cuello de Berghast y luego lo arrastró lentamente hacia las profundidades, muy lejos.

Alice y los demás corrieron por los largos pasillos de Cairndale, deteniéndose donde el fuego era demasiado intenso, dando la vuelta y buscando un camino diferente. Había cuerpos en el pasillo, cuerpos pequeños. Ella trató de no mirarlos. «¡Salgamos!», pensaba. «¡Solo salgamos!».

Los vitrales de la gran escalera se habían hecho añicos, y mientras descendían los escalones sus botas crujieron sobre los fragmentos rotos. El fuego ardía a su alrededor. Una parte del techo cayó con estrépito y

Alice tropezó, pero mantuvo una mano sobre Oskar y lo arrastró para apartarlo. Tenía las manos y la cara manchadas de hollín, y el pelo chamuscado. Los ojos de Oskar lucían aterrados.

Entonces ya estaban afuera, el aire de la noche silbaba a su alrededor, y la luz del fuego arrojaba un resplandor anaranjado sobre el paisaje. El carruaje se había ido. Ella hizo un gesto hacia la reja de entrada y el camino de grava más adelante, y gritó que los caballos no podían haber ido muy lejos. Seguro todavía estaban en sus arneses; podrían haber arrastrado el carruaje por el camino o incluso hacia los campos, pero lo encontrarían, lo harían. No quiso mirar a la derecha, simplemente se negó a hacerlo, a la pila de ladrillos y mampostería que se había derramado sobre las piedras, de la que sobresalía la mano como garra de Jacob Marber. El *keywrasse* no estaba por ninguna parte.

Empujó a los niños delante de ella, a través del patio en llamas, con su largo abrigo pesado sobre los hombros. Eran demasiados para el carruaje, pero se las arreglarían —tendrían que hacerlo—, y ella conduciría los caballos para sacarlos a todos.

Fue entonces cuando vio una figura tirada frente a una puerta, jadeando. Disminuyó la velocidad y se detuvo. Los otros estaban un poco más adelante para entonces, siluetas esbeltas que corrían a través de los adoquines hacia la reja de entrada. Ella fue hasta la puerta y se arrodilló con cautela.

Komako la vio detenerse.

—¡Alice! —gritaba la chica—. ¡Alice, tenemos que irnos!

Pero Alice no volteó, no se atrevió a apartar la mirada. Era Coulton. Estaba apoyado de espaldas a una puerta, sujetándose el vientre con sus dedos con garras. Ella miró su cara manchada de sangre, los labios rojos torcidos por el dolor, los dientes largos como agujas. Sus ojos estaban oscuros y parecían conscientes.

—Al… ice… —jadeó él.

Ella se inclinó más cerca, respirando con dificultad. No tenía miedo. Por la expresión en su rostro parecía reconocerla, había ahí una parte del viejo Coulton, el hombre que había conocido y en el que confiaba. Era como si, con la muerte de Jacob Marber, hubiera vuelto a ser él mismo, y lo que veía lo horrorizaba.

—Por favor… —susurró él, casi llorando—. Mátame. *Por favor.*

Ella se humedeció los labios. La mansión estaba ardiendo a su alrededor, empezando a colapsar. Los restos estaban llenos de muertos. Ella parpadeaba con lágrimas en los ojos; sacó su revólver, amartilló el percutor y sostuvo el cañón contra su pecho, donde debería haber estado su corazón. Él envolvió el revólver con sus garras ensangrentadas y lo sostuvo junto con ella. Luego asintió.

—Frank… —susurró ella.

Estaba a punto de decir algo más, cuando los pulgares de Coulton encontraron el gatillo y apretaron. El revólver se sacudió una vez en su mano y salió una tenue nube de humo del cañón.

Charlie, debilitado, se inclinó sobre el borde de piedra. Respiraba entrecortadamente, sacudiendo la cabeza. Berghast le había hecho algo. Su muñeca era como una agonía en llamas. En lo más profundo del *orsine*, hacia donde Berghast había sido arrastrado, vio que el brillo azul parpadeaba, se hacía más débil y, de repente fue como si el brillo se elevara desde las profundidades y se precipitara hacia él. Charlie se tambaleó hacia atrás.

Eran ellos, los espíritus de los muertos. Las figuras grises salían lenta y metódicamente del *orsine*, una tras otra. Había veinte, treinta de ellos ahora. Siguieron llegando más. Se juntaron, se dieron la vuelta y se quedaron tambaleándose, moviendo sus cabezas grises de un lado a otro, como si buscaran algo.

El nivel del agua también comenzó a subir y sobrepasó los bordes de la cisterna, las aguas extrañas brillantes se derramaron por el suelo. Charlie corrió hacia la señora Harrogate y la arrastró de las axilas hasta la columna donde yacía Marlowe. Se quedó sentado, atento a las figuras grises. Algunos de ellos se habían desviado.

Pero cuando volteó a ver a la señora Harrogate se dio cuenta de que era demasiado tarde. Estaba muerta

—¡No, no, no, no, no! —exclamó Charlie, sosteniendo su cabeza—. ¡Por favor, señora Harrogate. No!

Las aguas se iban acumulando a su alrededor. Todo estaba saliendo mal. El techo se estremeció. La isla estaba temblando ahora, comenzando a desmoronarse.

Marlowe se incorporó y se sentó en la corriente creciente, mientras sus ojos vidriosos observaban una de las figuras grises. Se veía tan pequeño.

—Oye —dijo Charlie, agachándose a la altura de su rostro. Se forzó a hablar con calma—. Iba a volver por ti, en verdad.

—Lo sé, Charlie.

—Supongo que encontraste tu propio camino.

El chico sonrió con debilidad.

—Supongo que sí.

La isla volvió a sacudirse y hubo un débil sonido de explosiones y Charlie parpadeó para alejar su miedo. Fuera lo que fuese que Berghast le había hecho, lo dejó sintiéndose mareado. El agua ya rebasaba sus tobillos.

—Bueno, tendrás que contarme después —dijo él—, pero ahora hay que irnos, Mar. ¿Puedes caminar?

Marlowe sacudió la cabeza.

—No puedo.

—Claro que puedes. Te ayudaré.

Pero el niño apartó suavemente sus brazos. Charlie no entendía. Siguió la mirada de Marlowe y vio que el *orsine* inundaba el suelo de la cámara y la tierra tembló de repente, y entonces entendió, supo lo que su amigo estaba pensando.

—Es imposible, Mar —susurró—. Perdí el corazón del glífico. No hay nada que hacer.

—Yo puedo cerrarlo, Charlie.

Charlie trató de reír con incredulidad, pero sonó más como un sollozo.

—¿Qué puedes hacer? No sabes nada de esto.

Pero había una calma en el rostro de Marlowe que desconcertó a Charlie y le hizo dudar de sus propias palabras.

—Brynt sabe cómo —dijo el niño—. Ella me mostrará.

Entonces Charlie volvió a mirar por encima del hombro y vio la figura gris que Marlowe había estado observando. Era grande, mucho más grande que las demás, y estaba frente a Marlowe con sus enormes brazos a los costados. Era ella.

Charlie estaba llorando y asintiendo mientras miraba el rostro de su amigo.

—¿Qué pasará contigo? —susurró—. Tiene que haber otra manera. Por favor.

Charlie se mordió el labio, e incluso sin decirlo, sabía que no había otra manera. Marlowe luchaba por mantenerse erguido, agarrado del pilar, dejando pequeñas huellas ensangrentadas. Charlie se paró con él. En el agua, a los pies de ambos, la señora Harrogate yacía con su andrajoso vestido negro, el rostro magullado vuelto hacia otro lado y su pelo se alborotaba con suavidad. Charlie apretó la mandíbula.

—Entonces iré contigo —dijo firmemente—. Tengo el anillo. Es un artefacto, como el guante…

—No puedes venir conmigo —dijo Marlowe, de esa misma manera enloquecedoramente tranquila. Parecía diferente, no solo por el dolor y el agotamiento. Parecía más… maduro. Más él mismo. Como si hubiera vislumbrado a la persona en la que se convertiría y ya se estaba transformando en ella. Le dijo—: Tienes que quedarte aquí, Charlie. Te necesito de este lado.

—¿Por qué?

Marlowe le esbozó una sonrisa que parecía extraña en un rostro tan marcado por el dolor y la sangre, y desprovisto de color.

—Porque tienes que encontrar una manera de traerme de vuelta —dijo.

Devastado, Charlie no sabía qué decir.

Observó cómo el niño se acercaba al *orsine*, sus pequeños pies chapoteaban en el agua brillante, tenía las muñecas pegadas contra su pecho y sus pequeños hombros agachados hacia adelante. Se veía tan pequeño. La enorme figura gris de Brynt estaba con él. El brillo también provenía de Marlowe ahora, Charlie podía ver brillo dentro de él, y pudo ver en su mente cómo era el niño cuando se conocieron por primera vez en Londres, recordó lo cálida y suave que se sentía la mano del niño sobre la suya, también vio la celda de la prisión en Natchez y percibió el agradable olor de la piel de su madre antes de todo eso, cuando ella lo abrazaba, cuando él escuchaba los latidos de su corazón, y tuvo que apartar la mirada porque estaba llorando.

El espíritu de Brynt tomó la mano del niño.

Charlie tuvo miedo. El brillo azul se intensificó. Había un sonido dentro de ese resplandor, triste y adolorido, y pudo ver cómo las silenciosas figuras grises reunidas en esa cámara se hinchaban con la luz, como si esta viniera de su interior, y cómo entonces se desintegraban en esa luz, como si nunca hubieran existido. En ese momento su amigo, el único amigo que había conocido, prácticamente su hermano, entró en el *orsine*, y con una terrible tensión el agua cubrió su cabeza. Sus manitas empujaban y empujaban, y entonces Charlie vio cómo el brillo azul que brotaba desde lo más profundo se encogió, se estrechó y se desvaneció por completo, y la cámara quedó sumida en la oscuridad. La superficie del *orsine* quedó tan fría y sin luz como las piedras, y el extraño brillo azul de Marlowe se había ido, se había ido del mundo para siempre.

Alice se llevó una mano a los ojos y miró fijamente la mansión en llamas. La gran nube de polvo que había formado Jacob Marber se estaba disipando. Entonces oyó que Ribs gritaba. El viejo carruaje estaba cerca de los acantilados que rodeaban el lago. Alice bajó la pendiente corriendo; sus botas resbalaban en el suave lodo y sus fuertes piernas rebasaron a Oskar a la luz del fuego. Komako ya estaba ahí, de pie con las manos en alto sobre su cabeza y sin decir nada.

Los caballos debieron asustarse cuando empezó el incendio y galoparon hasta ahí, luego trataron de girar bruscamente cuando vieron el acantilado frente a ellos. El carruaje estaba volcado, con dos de sus ruedas astilladas y torcidas. Uno de los caballos estaba enredado en sus propias riendas, pero no pateaba, simplemente yacía quieto como si se hubiera cansado. No parecía estar herido. El otro se quedó con los ojos en blanco, asustado, cuando captó el olor de Ribs. Había otros tres caballos que habían huido de los establos en llamas y que debían haber seguido a estos en la oscuridad, y que ahora estaban con los ojos aterrorizados, resbalando de lado cada vez que un niño se acercaba.

—Retrocede —le dijo a Ribs, sin saber dónde se encontraba la niña.

A lo lejos, al otro lado del lago, podía ver la isla donde se encontraba el monasterio en ruinas, la isla a la que había ido Charlie. Algo estaba pasando allí, algo extraño. Había luces que se elevaban de los árboles como diminutas polillas, dando vueltas y elevándose en espiral. Un extraño resplandor azul palpitaba en las ruinas a través de las aguas oscuras.

El primer caballo resopló y sacudió la cabeza, y de repente, el segundo empezó a patear, tratando de ponerse en pie.

—Tranquilo —murmuró Alice. Tenía las manos en alto y se puso de pie para que el primer caballo pudiera verla con claridad—. Está bien —dijo para calmarlo—. Está bien. Estás bien, estás bien.

El caballo se estaba calmando. Ella se estiró y puso una mano en su cuello húmedo sin dejar de murmurar.

Pero entonces Oskar gritó de pánico. Alice retrocedió suavemente y volteó.

Y lo vio, andrajoso y humeante, avanzando hacia ellos como una figura de ira: Jacob Marber. Incluso a esa distancia Alice podía ver la sangre en su barba y las heridas donde le habían arrancado la oreja. Su ropa estaba desgarrada. Sus grandes manos estaban levantadas.

—Mierda —espetó ella.

Sacó su Colt, la niveló y disparó cinco veces directamente al pecho, haciéndolo tambalearse, pero no cayó. Con calma, pero rápidamente, abrió la recámara, descargó los proyectiles y comenzó a recargar. No debería haber soltado al *keywrasse* tan pronto.

Vio a Oskar levantado en el aire y arrojado como un juguete por la pendiente, hacia el borde del acantilado. El chico yacía donde aterrizó, inmóvil. Otros tres niños intentaron correr y fueron arrastrados a la oscuridad, mientras gritaban. Vio a Komako, con las manos levantadas, forcejeando, cayendo sobre una rodilla y luego sobre la otra, su larga trenza ondeaba detrás de ella. Una nube de polvo la rodeó. Sin embargo Marber no se detuvo, siguió avanzando hacia ella, hacia Alice. Cuando cargó su revólver Alice se arrodilló, lo sostuvo sobre una muñeca para estabilizarlo y disparó a las piernas de Marber.

Eso lo detuvo. Sus piernas se doblaron y cayó con fuerza. Alice ya estaba levantada y corriendo por los demás, por Oskar y por Komako, y le gritaba a Ribs que sacara los caballos de sus arneses. Fue entonces cuando la isla explotó.

Estalló en una gran conflagración de fuego azul, y las extrañas llamas se arquearon hacia arriba y se derramaron sobre el lago. Alice se tambaleó hacia atrás cuando vio eso, y pensó en Charlie, que estaba ahí, y sintió como si su corazón se rompiera de repente, pero no había tiempo, Marber se había vuelto a poner de pie y le estaba gritando. Ahora iba corriendo hacia ella, como si no le hubiera disparado, o como si no hubiera sido aplastado o desgarrado por el *keywrasse*. Ella lo vio y supo, incluso mientras levantaba su Colt, que no habría forma de detenerlo.

Ella no podía.

Entonces algo enorme y oscuro saltó de la oscuridad de la noche y se estrelló contra él. Estaba gruñendo y golpeando la cabeza de Marber, luego los dos rodaron cuesta abajo hacia los acantilados. Era el *keywrasse*: con muchas patas, colmillos y garras, y lleno de una furia que Alice no había visto antes.

Pero ella no se detuvo a mirar. Levantó a Oskar de la tierra y corrió hacia Komako para ayudarla a ponerse de pie. Luego todos subieron a los caballos que Ribs había desenganchado y cabalgaron a pelo, tres en cada uno; cabalgaban rápido, amontonados e inclinados sobre los cuellos de los caballos, y Alice, con el corazón roto, solo miró hacia atrás el tiempo suficiente para ver cómo el *keywrasse* agarró el cráneo de Marber con sus poderosas fauces y lo arrastró hasta el borde del acantilado mientras él pataleaba, luego ambos se sumergieron en las inquietantes aguas negras de abajo. La superficie del lago se cerró sobre ellos, ondulando, hasta que se quedó quieta. En la noche iluminada la isla se derrumbó sobre sí misma, colapsando por completo. Las mejillas de Alice estaban mojadas. Su hombro mordido se sentía en llamas. Detrás de ellos la vieja mansión ardía y ardía en la oscuridad. Sus caballos corrieron.

EPÍLOGO

Hacia el este el cielo estaba rojo. Charlie encontró a la señorita Davenshaw en las ruinas justo cuando amanecía. Todavía estaba viva; era la única. La ayudó a subir la cresta y a recostarse en el musgo al borde del acantilado, ensangrentada, manchada de ceniza y hollín y con la ropa desgarrada. Con cuidado la cubrió con una manta chamuscada que rescató de los restos humeantes; suavemente le puso una mano en el rostro, y rogó en silencio que no muriera. Todavía le dolía la muñeca donde Berghast lo había agarrado. Abajo pudo ver, iluminado por la luz creciente, el armazón humeante de la Mansión Cairndale; había dos muros aún en pie, y supo que entre los muertos yacían todos los viejos Talentos y las bestias en sus establos y otros sirvientes, jardineros y jóvenes Talentos cuyos nombres él… nunca supo. En las aguas negras del lago, la isla se había derrumbado sobre sí misma, de modo que, ahora, no quedaba nada más que una profunda depresión llena de cicatrices, aún cubierta por la oscuridad de la noche e iluminándose poco a poco.

Marlowe.

Eso era lo que ocupaba los pensamientos de Charlie. Marlowe. Perdido en la isla. Sin importar lo mucho que tratara de no pensar en ello. Marlowe descendiendo al *orsine*, los espíritus de los muertos desvaneciéndose frente él, el intenso brillo azul extinguiéndose, todo comprimido por los puños de Marlowe, luego, la explosión. Charlie agachó la cabeza hasta su pecho, sus ojos estaban húmedos. Regresó a la isla y buscó a su amigo entre las ruinas; pero, por supuesto, no lo encontró. Para Charlie ahora solo existía este mundo. Más tarde, en la mansión, buscó entre los escombros, gritando los nombres de la señorita Alice, Komako, Ribs, Oskar o cualquiera, cualquiera que siguiera con vida; pero no había nadie, nada ni una sola señal de vida, hasta que vislumbró a la señorita Davenshaw bajo una viga derrumbada en lo que había sido la entrada del ala este. Estaba toda blanca por el polvo, como un *liche*, exactamente como un *liche*, pero no tenía idea de si los demás habían logrado escapar o si habían caído en algún lugar lejano, o si estaban enterrados justo bajo sus pies, y el no saberlo era casi la parte más difícil.

Todo fue así. Simplemente no sabía qué hacer. Tampoco sabía qué había sido de Jacob Marber y su *liche*, no los veía por ninguna parte. Arrastró a la señorita Davenshaw y trató de despertarla, y cuando eso no funcionó, miró a su alrededor con impotencia, luego comenzó la larga y difícil ascensión, sosteniéndola de los brazos, hasta arriba de la cresta, alejándose de las ruinas, tratando de escapar de todo aquello. Esa era la única idea clara en su mente. La señorita Davenshaw estaba aferrada con sus nudillos blancos a un diario encuadernado en cuero y medio quemado. Charlie trató, pero no pudo quitárselo, así que se rindió.

Volvió a bajar a través de las ruinas y encontró en un cobertizo sin quemar una carretilla para transportar madera. Los pequeños paneles de vidrio del edificio habían volado en la explosión y Charlie se cortó la mano con un fragmento y se quedó mirando la sangre que brotaba de su palma mugrienta y la forma en que esta salpicaba lentamente el mango de la carretilla, pero ese tipo de dolor no importaba. No para un *haelan*.

En el lago sacó el cuerpo de la señora Harrogate del bote de remos donde la había dejado y la llevó hasta la cresta, con las piernas dobladas y los brazos cruzados sobre el pecho, sin saber qué más hacer. No le había parecido correcto dejarla allá. La señorita Davenshaw aún no se había movido. Sabía que las columnas de humo atraerían a los lugareños de los alrededores, y que no pasaría mucho tiempo, mediodía a más tardar, antes de que llegaran los policías y los periodistas. Quería irse antes de eso. Sabía que Escocia no era Misisipi; pero, aun así, no quería ser el único que quedara con vida: un joven negro, rodeado de destrucción y de cuerpos blancos.

Pero cuando el sol iluminó el lago la señorita Davenshaw despertó. Se incorporó sobre un codo, gimiendo, y movió la cabeza de un lado a otro a la luz rojiza de la mañana.

—¿Quién está ahí? —dijo con voz ronca.

Por un momento no pudo hablar.

—Soy yo, soy Charlie —dijo apresuradamente, abrumado de repente. Y empezó a jadear y sollozar, con los hombros agitados.

Ella tardó en responder. Una serie rápida y complicada de expresiones atravesó su rostro.

—Charlie… ¿Estamos…? ¿Alguien más…?

—Solo somos nosotros, señorita D. —dijo Charlie—. No he visto a nadie más con vida. Solo somos nosotros.

Fue entonces cuando vio la mancha de sangre en la manga de la mujer ciega donde él la había sujetado, y levantó la palma de su mano con asombro. La herida no estaba sanando.

Cuando volvió a pensar en ello más tarde, comprendió que debía haber sido Berghast, cuando estaban al borde del *orsine*, quien lo había hecho. De alguna manera, con ese agarre ardiente, le había arrancado el talento a Charlie; lo había destripado, lo había dejado drenado, descascarillado y ordinario, tan ordinario como cualquiera.

Envolvió su muñeca quemada con una tira de camisa rasgada, con cuidado, aunque torpemente, luego también se vendó la mano sangrante. Casi de inmediato se filtró una mancha de sangre. El dolor palpitaba. Estaba demasiado sorprendido, demasiado exhausto, demasiado lleno de tristeza e ira por todo lo que había sucedido para asimilar realmente esta nueva pérdida.

—¿Cree que volverá? —le susurró a la señorita Davenshaw, asustado.

Ella estiró una mano ensangrentada, para abrazarlo.

—Oh, Charlie —murmuró ella.

Dejaron el cuerpo de la señora Harrogate debajo de una sábana en el patio de Cairndale, sabiendo que los lugareños enterrarían a los muertos. Fue idea de la señorita Davenshaw, pero sacaron lo que pudieron encontrar de entre los escombros: un bolso de viaje y algunos alimentos de la despensa. Y lo más parecido a una muda de ropa limpia. La señorita

Davenshaw le indicó que fuera al cobertizo y, en una olla volcada, Charlie encontró un monedero y una pila de billetes, y los tomó. Se mantuvo alejado de los cuerpos en el campo, y más tarde, cuando encontró la pequeña mano de un niño que sobresalía de los escombros, la miró, luego bajó por la pendiente, se sentó y no volvió a subir.

Para cuando las largas sombras se retiraron a la mitad del lago, ellos ya estaban caminando. Charlie pudo ver jinetes a caballo acercándose mientras él y la señorita Davenshaw abandonaban los terrenos para siempre, trepando por el muro bajo de piedra del perímetro. Las columnas de humo aún se elevaban lentamente desde dos de los edificios anexos detrás de ellos.

Más tarde esa mañana los recogió una carreta del mercado y recorrieron el resto del camino hasta Edimburgo así. Cuando llegaron a la calle Princes fueron de inmediato a la estación de tren y compraron un boleto directo para King's Cross, en Londres.

—Podemos escondernos ahí —le explicó la señorita Davenshaw.

Él no preguntó por qué ni de quién ni por cuánto tiempo. Seguía tocándose las vendas, sintiendo el pinchazo de un dolor que no lo dejaba. Ella le dijo que irían al sur, a una dirección que había pertenecido al instituto, y se quedarían allí por un tiempo mientras decidían qué hacer a continuación. Desde luego, se refería al edificio de la calle oeste Nickel.

Poco a poco Charlie se fue haciendo a la idea de lo que era ahora: un exiliado, un Talento perdido, al igual que su padre antes que él. Si ya no sanaba, no sería diferente de Alice o de su mamá, y las amaba y admiraba a ambas. Sin embargo, le sorprendió no sentirse más devastado por el cambio. Cada mañana se despertaba y sentía el aire oscuro de Londres en su piel, se ataba las botas, sentía el calor de su sangre en los dedos y pensaba en Marlowe, solo, en la tierra de los muertos. Sus propias desgracias palidecían en esos momentos. Entonces recordaba a un niño indigente, sentenciado a muerte en Natchez, confundido y asustado por su talento, sintiéndose solo en el mundo. Ese chico se sentía casi como una persona diferente, alguien a quien deseaba poder encontrar, para hablar con él y decirle: «Las cosas no están bien, pero mejorarán».

Porque sí habían mejorado. Ahora lo veía. A pesar de todo lo ocurrido. Después de conocer a Mar, Ko, Ribs y Oskar, después de conocer a su padre, después de haber entrado en el *orsine* y deambular por un mundo muerto, su primera vida parecía un sueño. Lo que había visto desde entonces era más real. Había sido testigo de cómo los espíritus de los muertos se levantaban del *orsine*; los había sentido, como un enjambre helado, escarbando para obtener el corazón del glífico. Había visto a un *drughr* perder su poder, y había visto a su mejor amigo descender a ese otro mundo, que se había sellado detrás de él. Ahora había una nueva tristeza silenciosa dentro de él. No solo por su propia pérdida. El único refugio que Charlie había conocido en todo el mundo se había quemado a su alrededor. Sus amigos estaban perdidos, probablemente muertos. Fuera lo que fuese él ahora, en quienquiera que se estuviera convirtiendo, no se parecía en nada al chico que había sido alguna vez.

Durante varias semanas se quedaron en el antiguo alojamiento de la señora Harrogate, aunque era inquietante para Charlie, pues estaba obsesionado por la sombra torcida de lo que había sucedido allí: el *liche* arañando las paredes, las garras en su cuello. Recordaba también el extraño «Londres» del otro mundo, el vestíbulo de ese edificio acuoso, y tenía que reprimir un estremecimiento cada vez que salía a la calle, pero solo salían por comida y artículos de primera necesidad. Tuvieron que romper la cerradura para entrar, y aunque Charlie hizo todo lo posible para reparar la puerta, todavía no cerraba bien, así que ambos eran cautelosos. La señorita Davenshaw estaba callada, meditabunda, obsesionada con el diario quemado que se había llevado de Cairndale. Charlie le leía pasajes durante largas horas seguidas, con las lámparas de gas al máximo y, a veces, con una vela encendida en el candelabro al lado del sofá.

Pero Charlie no podía evitar la sensación de que Marlowe no se había ido, de que no estaba muerto, de que estaba en algún lugar dentro del *orsine*, en el otro lado, aún con vida. No tenía razones para sustentarlo, y sí todas las razones del mundo para pensar lo contrario, pero estaban las palabras de despedida de su amigo y el sentimiento que tenía. Una noche le dijo a la señorita Davenshaw lo que sentía, que tal vez Mar no estaba muerto. La señorita Davenshaw solo lo acercó a ella y lo abrazó.

El diario que leía cada noche había pertenecido al doctor Berghast. Estaba chamuscado y le faltaban páginas, y además toda la contraportada había sido arrancada y los papeles olían a humo, aceite y cosas muertas, y cuando él se frotaba los dedos después de tocarlo, también olían a eso. A veces tenía que hacer el diario a un lado. Se sentía como una reliquia de esa terrible noche. Poco del contenido de sus páginas tenía sentido para él. Había columnas de números, o fechas, y garabatos medio legibles sobre colores y horas del día; registros de algún tipo de experimento. Él leía todo esto obedientemente en voz alta. Había una entrada con tres nombres registrados, y con ubicaciones descritas, que la señorita Davenshaw le pedía que releyera varias veces, mientras ella se quedaba sentada con el rostro apartado y el ceño fruncido.

—Son del glífico —susurró ella por fin. Los últimos hallazgos del señor Thorpe. Niños. Talentos. Todavía están por ahí, en alguna parte.

Charlie recordó su propio rescate a manos de la señorita Quick y el señor Coulton, de esa celda de la cárcel en Natchez. Parecía que había pasado una vida desde entonces.

—¿Cómo los encontrarán ahora?

Pero la señorita Davenshaw solo lo instó a marcar la página y seguir leyendo. Faltaban muchas de las últimas páginas, pero a veces todavía podía leer partes de las entradas, y fue una de estas la que hizo que la señorita Davenshaw frunciera el ceño y se sentara más erguida, como si hubiera estado esperando ese pasaje precisamente. Parecía una especie de entrada de diario, en la que mencionaba a una mujer llamada Addie, de una comunidad construida con huesos. «Addie cree que es posible proteger el pasaje y mantener a los monstruos a raya», había escrito Berghast. «Pero no es posible. Si hay una puerta, se abrirá. Tarde o temprano. Porque ese es su propósito, y todas las cosas de esta Tierra, tanto animadas como no, deben cumplir su propósito en algún momento. Uno no puede cerrar los ojos y confiar en que el horror se esfumará. La única forma de matar a un monstruo es enfrentarlo en su guarida».

Poco a poco Charlie entendió, y alzó la mirada. Berghast estaba escribiendo sobre un *orsine*.

Un segundo *orsine*.

Entonces, cierto día, escucharon a alguien forzando la gran puerta principal, luego el sonido de pasos en el vestíbulo de la planta baja. De pronto Alice Quicke estaba de pie frente a Charlie, mirándolo asombrada y sin palabras, con la ropa sucia, los ojos arrugados y los hombros cansados. Se veía diez años mayor. Antes de que pudiera decir algo, rodeándola por todos lados llegaron Komako, Oskar y Ribs, aunque Ribs tenía el brazo izquierdo en cabestrillo y su rostro anguloso se veía más pálido que de costumbre. Todos reían, hablaban entre sí, e incluso la señorita Davenshaw sonreía con su acostumbrada seriedad.

—¿Dónde está Lymenion? —dijo ella cuando todos dejaron de hablar.

Las pálidas cejas de Oskar se fruncieron.

—Nos ayudó a detener a Jacob, señorita Davenshaw, pero puedo hacerlo otra vez. Solo necesito... los materiales correctos.

—Quiere decir que necesita algunos tipos muertos —dijo Ribs para ayudarlo—. Oh, Lymenion no se ha ido para siempre. Uno no puede matar a un gigante de carne así de fácil, ¿verdad?

—No —respondió Oskar con firmeza.

—Gracias, Eleanor, con eso basta —dijo la señorita Davenshaw. Tenía una leve sonrisa en los labios. Parecía que una parte de sí misma estaba volviendo a ella, y se había enderezado con un placer digno—. Primero lo primero. Me imagino que ninguno de ustedes ha comido. ¿Cuándo fue la última vez que se lavaron? ¿Qué llevan puesto?

Cuando los dedos de la señorita Davenshaw comenzaron a revisar el estado de sus pupilos, Charlie vio que Komako lo miraba atentamente, buscando su rostro, con una profunda compasión en su mirada, y él sintió que sus mejillas se sonrojaban. ¿Qué estaba viendo ella? Los ojos de ella se detuvieron en la nueva cicatriz hinchada en su palma. Él apartó la mano, incómodo y tímido. Ella se veía bien, incluso con la ropa arrugada, sin lavar y cansada. Su larga trenza estaba envuelta alrededor de su cabeza.

—¿Qué le pasó a tu mano? —le preguntó en voz baja, para que solo él pudiera escuchar—. ¿Charlie...?

Estaba a punto de responderle, a contarle lo de su talento, pero no pudo. Sacudió la cabeza y apartó la mirada.

—Pensamos que estabas muerto —dijo—. Yo pensé que estabas muerto. Todos vimos cómo explotó la isla.

—Sí. Yo… escapé.

—Obviamente. —Ella arqueó una de sus finas cejas, y por un momento Charlie vio a la vieja Komako, la chica sarcástica, la que lo molestaba tanto, pero con la misma rapidez volvió a desaparecer, y esa nueva preocupación descendió sobre el rostro de la chica como un velo. Lo entristecía verla así, aunque no entendía por qué. No fue sino hasta más tarde que se dio cuenta de que ella no había preguntado por Marlowe; ninguno de ellos lo había hecho. Era como si lo supieran. Había una distancia en ella ahora, algo tácito, y supo entonces que todos ellos habían cambiado, cambiado por completo, y no había vuelta atrás; las cosas no volverían a ser como antes.

Esa noche se juntaron frente a la chimenea de la sala y Alice les contó lo sucedido. Les contó sobre la muerte de Jacob Marber y cómo había caído Lymenion, y sobre el ataque del *liche* Coulton. El *keywrasse* los había salvado a todos. Ribs había sangrado mucho cuando la isla se derrumbó, y se habían llevado los caballos y habían huido de las ruinas en llamas de Cairndale hacia Edimburgo. Quince de ellos habían logrado escapar. Se habían quedado con la alquimista, la vieja señora Ficke, mientras Ribs sanaba. Los periódicos se habían vuelto locos con las especulaciones sobre la destrucción del instituto. La policía local estaba buscando testigos. Alice temía que Berghast, el *drughr* o algo peor pudiera perseguirlos aún, y no quería quedarse en Escocia. Así que viajaron a Londres y dejó a los otros niños, a los once, al cuidado de Susan Crowley. Si alguien podía mantenerlos a salvo era ella. Por supuesto que Ribs, Oskar y Komako se negaron a quedarse. Así que continuaron hasta ahí, hasta la calle oeste Nickel, porque Alice no sabía a dónde más ir.

Cuando Alice terminó de hablar, Charlie les contó brevemente sobre Marlowe, la señora Harrogate, el doctor Berghast y el *orsine*. Habló sobre la pérdida de su talento y levantó la mano para mostrarles la cicatriz. No tenía ánimos suficientes para hablar mucho de eso. Los rostros de sus amigos estaban demacrados y tensos, y parecía que Oskar estaba a punto a llorar cuando escucharon cómo Marlowe había salido del *orsine*, después de haber estado ahí todo el tiempo, y se había sacrificado volviendo a entrar.

Después de eso la señorita Davenshaw habló sobre lo que había ocurrido después, sobre el cuerpo de la señora Harrogate, su viaje al sur y el diario que había tomado del escritorio del doctor Berghast. Por último les contó de los escritos de Berghast sobre un segundo *orsine*. Era real, dijo ella, había existido alguna vez, tal vez todavía existía. Faltaba el resto de esa entrada, pero seguramente aún quedaban pistas por descubrir en el diario.

—Hay otro portal en algún lado —les explicó, sentándose muy erguida y quieta—. Existe otra forma de entrar a ese otro mundo.

Komako sacudía la cabeza.

—Pero ¿qué más da ahora, señorita Davenshaw?

Charlie la miró, miró a todos sus amigos.

—Marlowe selló el *orsine*. Después de que Berghast... cayó en él. Puede ser que todavía esté vivo ahí. Tengo que averiguarlo, Ko. Tengo que saberlo con certeza.

—¿Piensas que... pudo sobrevivir? —susurró Oskar.

Charlie asintió.

—¿Y Berghast? —dijo Komako—. ¿Crees que él también pudo haber sobrevivido?

Charlie hizo una pausa.

—No lo sé.

Ribs entrecerró sus ojos verdes.

—¿Qué piensas hacer, Charlie? El bastardo te quitó tu talento.

—Así es, señorita Ribbon —dijo la señorita Davenshaw, volviendo su rostro severo en dirección a la niña—, pero hay otras formas de existir en el mundo. No todo cambio es una pérdida.

La propia expresión de Charlie era feroz y decidida. Sabía que tratarían de disuadirlo de lo que estaba a punto de decirles.

—Voy a buscar el segundo *orsine* —dijo—. Voy a encontrarlo. Luego voy a sacar a Marlowe.

Nadie habló. Alice se quitó el sombrero y se pasó las manos por el grasiento cabello amarillento. Luego volvió a ponerse el sombrero. Sus ojos se veían duros como el granito.

—Muy bien —dijo ella, y miró a Charlie a los ojos—. Entonces vamos a buscarlo.

AGRADECIMIENTOS

En primer lugar, a Ellen Levine, mi agente y amiga, sin quien este libro no existiría. Ningún escritor podría pedir una defensora más feroz y amable que ella. También a Audrey Crooks —por su incansable ayuda—, Alexa Stark, Martha Wydysh, Nora Rawn, Stephanie Manova y todo el equipo Trident Media, que ayudaron a hacer posible este libro.

Megan Lynch, de Flatiron Books, ha sido una bendición, una editora tan brillante, sensible y delicada como cualquier autor podría esperar encontrar. Ha sido mi mayor suerte trabajar con ella. También a Kukuwa Ashun —gurú de la organización, que ha mantenido todo en orden en todo momento—, Keith Hayes, el diseñador de una portada absolutamente hermosa; Malati Chavali, Marlena Bittner, Katherine Turro, Nancy Trypuc, Cat Kenney y Claire McLaughlin, por sus ideas extraordinariamente brillantes. Erica Ferguson, excelente correctora de estilo. Ryan Jenkins y Hazel Shahgholi, invaluables correctores. Flatiron es increíble.

A Jared Bland, de McClelland & Stewart, partidario incondicional de este libro desde el principio. Me siento increíblemente afortunada por haber caído en su órbita y tener sus ojos puestos en mi escritura. También a Tonia Addison, Erin Kelly, Sarah Howland, Ruta Liormonas y todos en M&S.

A Alexis Kirschbaum, de Bloomsbury, cuya calidez y entusiasmo por este proyecto me ayudaron a salir adelante. También al resto del equipo de Bloomsbury; en especial a Philippa Cotton, Emilie Chambeyron, Stephanie Rathbone y Amy Donegan.

A Rich Green, en Gotham Group, creador de maravillas, por toda su fe y apoyo.

Y, sobre todo y como siempre, a Jeff, Kevin, Brian y a mis padres, Cleo y Maddox, que sueñan mundos con palabras todos los días. Y a Esi, mi amor, mi talento, con quien comienza y termina todo.